HEYNE BÜCHER

Von Eric van Lustbader
sind als Heyne-Taschenbücher erschienen:

Schwarzes Herz · Band 01/6527
Teuflischer Engel · Band 01/6825
Der Miko · Band 01/7615
Shan · Band 41/3
Ronin · Band 01/7716
Dolman · Band 01/7819
Zero · Band 41/12

ERIC VAN LUSTBADER

DER NINJA

Roman

WILHELM HEYNE VERLAG
MÜNCHEN

HEYNE ALLGEMEINE REIHE
Nr. 01/6381

Titel der amerikanischen Originalausgabe
THE NINJA
Deutsche Übersetzung von Juscha Zoeller

14. Auflage

Genehmigte Taschenbuchausgabe

Printed in Germany 1992
Umschlagfoto: Archiv für Kunst und Geschichte, Berlin
Umschlaggestaltung: Atelier Ingrid Schütz, München
Gesamtherstellung: Presse-Druck Augsburg

ISBN 3-453-01943-1

Für Syd in Liebe

Natsu-gua ya
tsuwamono-domo ga
yume no ato.
Sommergras:
Von den glorreichen Träumen hehrer Krieger
die Nachernte.

– Matsuo Bashō

MRS. DARLING. Traute Nachtlichter, die ihr meine schlafenden Kindchen bewacht, leuchtet mit klarem, stetem Schein heut' nacht.

– J. M. Barrie, *Peter Pan*

Inhalt

Prolog

IN DER DUNKELHEIT LAUERT DER TOD

Es war das erste, was sie ihn gelehrt hatten. Und er vergaß es nie. Er vermochte sich im Tageslicht zu bewegen, ohne dabei gesehen zu werden. Aber die Nacht war seine liebste Freundin.

Jetzt schnitt der hohe, gellende Laut der Alarmsirene durch die nächtlichen Geräusche – das Di-di-di der Zikaden, den donnernden Schlag der Brandung gegen den grauen Sand und die schwarzen, klaftertiefen Felsen da unten, den heiseren Schrei einer aufgestörten Krähe, weit entfernt über den dichten Wipfeln der Bäume.

Jäh wurden die Blätter der uralten, ausladenden Platane durch die Lichter vergoldet, die im Haus angingen. Aber er befand sich nicht mehr beim Wagen, sondern war bereits eingetaucht in die hüllenden Schatten der sorgsam geschnittenen Hecke.

Es war eigentlich nicht notwendig für ihn, sich zu verbergen, denn er war ganz in Schwarz gekleidet: mit niedrigen Stiefeln, Wollhose, langärmligem Hemd, mattschwarzer Jacke, Handschuhen und einer Maske mit Kapuze, die sein Gesicht – bis auf die Augen, die durch einen schmalen Schlitz sichtbar waren – verdeckte. Selbst die Augenlider waren mit feinem Kohlepuder beschmiert, um jeden Lichtreflex zu vermeiden. Sein intensives Training war ihm so in Fleisch und Blut übergegangen, daß er sich ohnehin nie als Zielscheibe anbieten würde, auch schloß er eine Fehleinschätzung seines Gegners aus.

Das Licht auf der Veranda ging an, Insekten flatterten um die Lampe. Der Lärm der Alarmanlage des Wagens war zu laut, als daß das Öffnen der Wagentür zu hören gewesen wäre. Aber er zählte die Sekunden, bis er todsicher ...

Barry Braughm trat in den hellen Schein, der aus der geöffneten Tür fiel. Er trug Jeans und ein weißes T-shirt. Der offene Reißverschluß seiner Hose verriet, daß er sich überhastet angezogen hatte. In der rechten Hand hielt er eine Taschenlampe.

Er ließ von seinem Standort, der sanften Erhebung der

Türschwelle aus, den schmalen Strahl der Lampe um den Wagen gleiten, der von der Chromverkleidung in die Nacht zurückgeworfen wurde. Schließlich schwang er den Strahl beiseite und blinzelte in die Dunkelheit. In diesem Augenblick war er weder in der Laune, zu seinem Wagen zu gehen und daran herumzuhantieren, noch sonst etwas zu unternehmen.

Keine halbe Stunde war seit dem heftigen Streit mit Andy vergangen, der wie üblich damit geendet hatte, daß dieser in die Nacht hinausgerast war – zurück zur Stadt, wie Barry annahm. Geschah ihm verdammt recht; damit hatte er sich wieder mal ins eigene Fleisch geschnitten. Aber das war eben Andy, wie er leibte und lebte.

Lieber Gott, dachte Barry wütend, ich weiß wahrhaftig nicht, warum ich es immer wieder mit ihm versuche. Er schüttelte den Kopf. Du weißt es sehr gut, sagte er zu sich selbst. Zu gut.

Er stieg die wenigen Stufen hinunter, wobei er aufpaßte, die oberste nicht zu verfehlen. Diese war geborsten, wie auch so vieles andere hier reparaturbedürftig war. Andy hatte versprochen, sie noch diese Woche in Ordnung zu bringen.

Er tappte über das feuchte Gras des Rasens, sah die Katze hocken, ein dunkler Schatten, in sich zusammengekauert. Der Wind flüsterte in dem jungen Ahornbaum zu seiner Linken. Ein Stück weiter konnte er gerade noch die Umrisse der Hecke ausmachen. Was, zum Teufel, tue ich eigentlich mit einem Mercedes? fragte er sich, wobei er im gleichen Augenblick wußte, daß diese Frage ebenso müßig war.

Wäre es nicht um Andys willen ... Denn Andy liebte diese Art von Luxus; nie würde er anders als erster Klasse reisen. Mich nimmt er davon nicht aus, dachte Barry übellaunig. Er sah zur Straße hin, vielleicht erhaschte sein Blick Andys nachtschwarzen Audi, dessen Scheinwerfer in die lange Auffahrt tauchten. Barry wandte sich ab. Nicht heute nacht, dachte er. So rasch kommt er nie zu sich.

Er ließ das Licht der Taschenlampe über die Hecke gleiten, über die kiesbestreute Auffahrt und lenkte den Strahl schließlich auf die feuchtschimmernde Haube des Wagens. Diese schien ihm aus der Dunkelheit entgegenzuwachsen, als er sich ihr näherte.

Gottverdammte Hitze, dachte er. Setzt immer die Alarmanlage in Gang. Ich mag heute nacht nicht alleine schlafen. Hätte daran denken sollen, bevor ich Andy »einen Scheißkerl« nannte.

Er blieb stehen, sah sich um und beugte sich nieder, um die

Türen zu überprüfen, eine nach der andern. Glas und Chrom tauchten ins Licht der Taschenlampe, während er nach Anzeichen fahndete, die darauf deuteten, daß jemand versucht hatte, den Wagen gewaltsam zu öffnen. Als er nichts fand, begab er sich zur linken Seite, bückte sich abermals und schob dann einen winzigen metallenen Schlüssel in die kleine elektrische Installation an der Innenseite der Karosserie. Er drehte mit einer schnellen Bewegung, und Stille breitete sich wieder aus. Das Zirpen der Zikaden kehrte zurück, und das Gischten der Brandung kündete von dem nie endenden Ansturm gegen die sich langsam auflösende Küste.

Barry war schon auf dem Weg zurück zum Haus, als er meinte, ein flüchtiges Geräusch bei den Felsen am niedrigen Kliff seines Anwesens gehört zu haben. War es der sanfte Laut von dahineilenden nackten Füßen gewesen? Er fuhr herum, hob die Taschenlampe, um besser sehen zu können. Doch er entdeckte nichts.

Neugierig geworden, begab er sich über den Rasen ins hohe Gras, das er nie mähte, weil es so nahe beim Kliff wuchs; Sekunden später stand er auf der kleinen Erhebung dieses Geländes, das mit grauem Schiefer übersät war. Über den Rand des Kliffs hinweg spähte er in alle Richtungen. Direkt unter sich erblickte er die bleich schimmernden Kämme der Wellen, die geräuschvoll an Land rollten. Es ist Flut, dachte er.

Der Schmerz in seiner Brust kam ohne jede Vorwarnung. Er wurde zurückgerissen, als greife eine Hand aus dem Dunkeln nach ihm. Er glitt auf dem feucht-glitschigen Felsen aus, warf die Arme zur Seite, um das Gleichgewicht zu halten. Dabei flog die Taschenlampe wie eine winzige Sternschnuppe in die Nacht. Klar vernahm er das scharfe Peng, als sie auf die Felsen da unten aufklatschte, um sodann – gleich einem selbstmörderischen Glühwürmchen – in das schäumende Meer einzutauchen. Sein Mund zuckte. Er versuchte zu schreien, aber alles, war er hervorbrachte, war ein würgendes Keuchen. Er wußte, daß es so einem Fisch zumute sein mußte, der am Angelhaken hing.

Seine Arme und Beine fühlten sich an, als seien sie mit Luft aufgepumpt. Die Atmosphäre schien keinen Sauerstoff mehr zu enthalten, so, als befände er sich auf einem fremden Planeten – ohne den Schutz eines Raumanzugs. Unfähig, seine Bewegungen zu koordinieren, balancierte er gefährlich leichtsinnig auf den schrundigen Felsen, nahe daran, den langen Fall in die weißgekrönte, schwarze See zu tun. Dumpf dachte er, er könne einen Herzanfall erlitten haben, was ihn veranlaßte, verzweifelt zu überlegen, was zu tun sei und wie er sich helfen könne. Er starb in dem Augenblick, als er sich zu erinnern versuchte ...

Ein Schatten löste sich von der Wand der Hecke, kam behend und geräuschlos über die Steine heran. Selbst die Zikaden und Nachtvögel wurden von seinen Schritten nicht aufgescheucht.

Der Schatten kniete über dem toten Körper. Schwarze Finger tasteten nach etwas Dunklem, Metallischem, das in der Brust, genau unter der rechten Herzseite, steckte. Mit einem Ruck war es herausgezogen.

Die schattenhafte Gestalt befühlte zuerst die Halsschlagader, prüfte, wie es schien, längere Zeit das Weiße der Augen, sodann die Fingerkuppen.

Leise murmelte der Schatten den *Hannya-Shin-Kyõ* vor sich hin. Er erhob sich. Die Leiche schien leicht wie eine Feder in seinen Armen. Ohne jede wahrnehmbare Bewegung oder sichtbare Anstrengung warf er sie ins Dunkel über den Rand der Klippe, weit genug hinaus, damit sie ins tiefe Wasser fiel; dort wurde sie sofort von der starken Strömung fortgerissen.

Innerhalb von Sekunden war auch der Schatten verschwunden, war wieder eins geworden mit der Dunkelheit, hatte keine Spuren hinterlassen; so, als hätte es ihn nie gegeben.

Erster Ring

Das Buch der Erde

地

West Bay Bridge

Sommer / Gegenwart

Als Nicholas Linnear sah, wie sie den aufgedunsenen bläulich-weißen Leichnam aus dem Wasser fischten, drehte er sich sofort weg und war bereits am anderen Ende des Strandes, als die Menschenmenge anfing, sich um den Toten zu drängen.

Fliegen umschwirrten mit bösartigem Sirren die in Schlangenlinien entlang des Strandes verlaufende Erhebung, die über der Flutmarke lag. Die verklebten Gischtflocken darauf glichen feinem weißem Kinderhaar. Weiter draußen rollten die Brecher heran, deren violettes Blau sich in Weiß verwandelte, wenn ihre Kronen zu Schaum wurden und schließlich zu seinen Füßen im nassen Sand ausrollten.

Wie damals, als er noch jünger war, grub er seine Zehen in den Sand. Doch vergeblich. Denn das Meer leckte den Untergrund unter ihm fort. Er sank um Zentimeter ein, während das Land vom unerbittlichen Anrollen der Flut unterspült wurde.

Bis jetzt war es ein ruhiger Nachmittag gewesen. Die Dune Road wirkte werktäglich verschlafen, obwohl man die Woche nach dem vierten Juli schrieb. Ganz unbewußt fingerte er nach dem Päckchen mit den dünnen, schwarzen Zigaretten, das er jedoch nicht mehr bei sich trug. Seit sechs Monaten rauchte er nicht mehr. Er wußte das Datum deshalb noch so genau, weil er am selben Tag, als er das Rauchen aufgegeben, auch seinen Job gekündigt hatte.

An einem frostigen, düsteren Wintertag war das gewesen – er war in die Agentur gegangen und nur so lange in seinem Büro geblieben, wie er Zeit brauchte, die Aktentasche aus Straußenleder abzulegen, die Vincent ihm ohne jeden ersichtlichen Grund geschenkt hatte – es war ein paar Monate nach seinem Geburtstag gewesen, und seine Beförderung war noch länger her. Er hatte die Aktentasche auf seinen Schreibtisch aus Rosenholz und Rauchglas befördert, dessen Design viel zu modern war, als daß es so etwas wie Schubladen geboten hätte. Dann verließ er den Raum wieder, wandte sich nach links, ging vorbei an Lil, seiner Sekretärin, die neugierig das Gesicht hob, durchschritt die mit beigefarbenem Teppichboden ausgelegte Eingangshalle, die durch rosafarbenes Neonlicht indirekt beleuchtet wurde. Wann hatte er eigentlich die Entscheidung getroffen? Er wußte es wahrhaftig nicht. Auf dem Weg hierher, im Taxi, war sein Kopf leer gewesen, seine Gedanken hatten Asche geglichen, die auf den Bodensatz des Kaffees der vergangenen Nacht gestippt wurde. Sie schienen nichts festhalten zu können.

Er passierte die beiden weiblichen Wächter, die, steingemeißelten Sphinxen vor einem Pharaonengrab gleich, die riesige geschnitzte Mahagonitür bewachten. Sie waren zudem noch verdammt tüchtig. Er klopfte kurz an und trat ein.

Goldman war am Telefon – dem dunkelblauen, was hieß, daß er sich mit einem hochkarätigen Kunden unterhielt; das beigefarbene war internem Brainstorming vorbehalten. Nicholas blickte aus dem Fenster. Heutzutage sind sie alle hochkarätig, dachte er. Es gab Tage, an denen man es als Vorteil empfand, im sechsunddreißigsten Stockwerk untergebracht zu sein. Aber der heutige gehörte nicht dazu. Der Himmel war so dicht verhangen, daß er wie eine Glocke über der Stadt lastete. Wahrscheinlich würde es gegen Abend wieder schneien. Er hätte nicht zu sagen gewußt, ob dies gut war oder schlecht.

»Nick, mein Junge!« rief Goldman, während er den Hörer auf die Gabel legte. »Das ist ja geradezu Gedankenübertragung – genau jetzt kommst du hereingeschneit! Rate mal, wer am Apparat war? Ach wo.« Er wedelte mit der Hand, was aussah, als setze eine Ente zum Flug an. »Nein, besser nicht. Ich sag's dir. Es war Kingsley.« Seine Augen weiteten sich, ein typisches Zeichen dafür, daß er aufgeregt war. »Weißt du, was er sagte? Er hat mir fast das Ohr weggeredet wegen dir und deiner Kampagne. Die ersten Ergebnisse liegen bereits vor. Sie zeigen eine drastische Verbesserung, sagt er. Das waren seine Worte. Es hätte ›eine drastische Verbesserung‹ gegeben, so hat sich dieser *Schmendrick* ausgedrückt.«

Mit beinahe sechzig wirkte Sam Goldman nicht einen Tag älter als fünfzig. Er war fit, schlank und stets braungebrannt. Auf diese Bräune legte er Wert; wohl um seine lange, weiße, glatt zurückgekämmte Mähne noch stärker zu betonen, dachte Nicholas.

Goldman war ein Mann der Kontraste. Sein Gesicht wirkte merkwürdig langgezogen, zerfurcht und besaß hervorstehende Wangenknochen. Trotz der langen Nase und dem großen Mund war es ein stolzes Gesicht, das von großen braunen Augen beherrscht wurde. Er trug ein blaues Nadelstreifenhemd mit einem steifen weißen Kragen, dazu eine italienische Seidenkrawatte in den Farben Marineblau und Marone. Er wußte, wie man sich anzieht, dieser Goldman. Seine Ärmel hatte er allerdings bis halb über die Unterarme hochgekrempelt.

Während er ihn sich so betrachtete, wußte Nicholas ganz plötzlich, warum ihm das, was er vorhatte, schwerfallen würde.

»Das freut mich, Sam«, sagte er.

»Na, setz dich doch.« Goldman deutete auf einen Chrom-Wildleder-Sessel, der vor seinem riesigen Schreibtisch stand. Er selbst hätte sich ein solches Modell nicht unbedingt ausgesucht. Aber seine Kunden fühlten sich alle sehr wohl darin.

»Ich stehe sehr gut, danke.« Jetzt, da es darauf ankam, wurde ihm klar, was er sich da vorgenommen hatte. »Ich gehe, Sam.«

»Du gehst? Du willst schon Urlaub machen, wo du erst seit sechs Monaten Creative-director bist?«

»Sieben.«

»Was soll's? Na, wie dem auch sei, du willst also Ferien machen? Schön, von mir aus. Wohin soll's gehen?«

»Ich glaube, du hast mich nicht richtig verstanden, Sam. Ich möchte die Gesellschaft verlassen. Aufhören.«

Goldman schwang in seinem Sessel herum, starrte aus dem Fenster. »Heute wird es noch schneien. Im Radio haben sie zwar gesagt, daß es keinen Schnee geben würde. Aber ich weiß das besser. Ein alternder Veteran weiß das immer. Ich spür's in den Füßen. Jedesmal, wenn ich Tennis spiele. Heute morgen habe ich zu Edna gesagt – «

»Sam, hast du gehört, was ich gesagt habe?« fragte Nicholas leise.

»Dieser Kingsley. Ein solcher *Schmock!* Er mag sich im Verlegen auskennen, aber er versteht einen Dreck von Werbung. Es hat lange genug gebraucht, bis er zu uns kam.« Abrupt drehte er sich zurück. »Du, Nick, du verstehst etwas von Werbung.«

»Sam . . . «

»Du möchtest aufhören, Nicky? Wirklich und wahrhaftig aufhören? Das glaube ich nicht. Hier hast du doch alles. Weißt du, wieviel wir netto – netto, nicht brutto, hörst du – an dieser gottverdammten Kampagne, die du gestartet hast, verdienen?«

»Das kratzt mich nicht, Sam.«

»Klotzige zweihunderttausend. Warum also solltest du gehen wollen?«

»Ich bin müde, Sam. Wirklich. Mir ist, als wäre ich schon

viel zu lange in der Werbung. In letzter Zeit wache ich morgens auf und fühle mich wie Drakula.«

Goldman warf den Kopf hoch, ein unausgesprochenes Zeichen seiner Zweifel.

»Ich fühle mich wie eingesargt.«

»Du gehst also nach Japan zurück.«

»Darüber habe ich noch nicht nachgedacht.« Nicholas war erfreut und überrascht über Goldmans Reaktion. Goldman besaß in solchen Dingen ein ungeheures Gespür. »Ich finde das auch nicht wichtig.«

»Klar ist das wichtig!« explodierte Goldman. »Ich denke dauernd daran, nach Israel zurückzukehren.«

»Du bist nicht in Israel aufgewachsen«, gab Nicholas zurück.

»Damals hat es noch gar nicht existiert«, schnaubte Goldman. »Aber, das ist jetzt nicht wichtig.« Er wedelte abermals mit der Hand. »Das ist Geschichte. Jetzt zählt die Gegenwart.« Ein Anruf für ihn wurde durchgestellt. Er bellte der Sphinx, die gerade am Apparat war, zu, sie solle sich die Nummer notieren, er werde zurückrufen. »Hör zu, mir ist Kingsley völlig egal, Nicky. Und das weißt du sehr gut. Aber ich betrachte die Sache als ein Zeichen des Himmels. Geht dir das nicht ein? Du bist derzeit in unserer Branche ein ganz heißer Tip. Ich wußte das bereits vor einem Jahr und habe recht behalten. Möchtest du das tatsächlich alles hinschmeißen?«

»Ich glaube nicht, daß Wollen das richtige Wort ist«, erwiderte Nicholas. »Müssen kommt der Sache näher.«

Goldman entnahm einem Kistchen aus massivem Holz eine Zigarre und betrachtete sie nachdenklich. »Nick, ich langweile dich doch nicht etwa mit dem Hinweis, wie viele blitzgescheite Burschen ihr linkes Ei dafür geben würden, wenn sie deinen Job kriegen könnten – «

»Danke«, entgegnete Nicholas trocken. »Ich weiß das zu schätzen.«

»Jeder ist seines Glückes Schmied.« Goldmans Augen waren auf die Zigarrenspitze geheftet. Er biß deren Ende ab, entzündete ein langes Streichholz.

»Könntest du nicht . . .«, setzte Nicholas an, um dann erklärend hinzuzufügen: »Ich hab' das Rauchen aufgegeben.«

Goldman fixierte Nicholas, hielt das Streichholz in der Luft. »Typisch für dich«, sagte er bündig. »Immer alles auf einmal.« Er pustete die Flamme aus, warf das Streichholz in einen großen Glasaschenbecher. Mürrisch, vielleicht weil er nicht willens war, eine ungewohnte Niederlage zuzugeben, steckte er sich die kalte Zigarre lustlos in den Mund, um nachdenklich darauf herumzukauen. »Du weißt, Nick, daß ich mich nicht nur als dein Boß sehe. Es ist nun eine ganze Reihe von Jahren her, seit ich dich damals, direkt vom Schiff kommend, auflas.«

»Vom Flugzeug.«

Goldman wedelte mit der Hand. »Von was auch immer.« Er nahm die Zigarre aus dem Mund. »Da ich mich als deinen Freund betrachte, meine ich, daß du mir eine Erklärung schuldest.«

»Sieh mal, Sam . . .«

Goldman hob die geöffnete Handfläche empor. »Ich will dich ja nicht daran hindern zu gehen. Du bist inzwischen erwachsen geworden. Ich kann aber auch nicht sagen, daß ich nicht enttäuscht wäre. Ich bin enttäuscht. Warum, zum Teufel, sollte ich dir etwas vorlügen? Nur – ich würde gern mehr wissen!«

Nicholas stand auf, ging zum Fester. Goldman schwang seinen Sessel herum, um jeden seiner Schritte zu verfolgen, angespannt, als säße er in einer Radarstation und verfolge auf dem Radarschirm ein wichtiges Objekt.

»Selbst ich bin mir nicht klar darüber, Sam.« Nicholas rieb sich die Stirn. »Ich weiß nicht . . . Mir ist, als ob mir das alles hier . . . die ganze Agentur, mein Büro, zu einem Gefängnis würden. Ein Ort, aus dem man heraus muß und in den man nicht freiwillig hineingeht.« Er wandte sein Gesicht Goldman zu. »Oh, es ist nicht die Firma. Die ist in Ordnung – ich vermute . . .« Er hob die Schultern.

»Vielleicht liegt's am Metier der Werbung. Ich fühle mich darin verloren. Mir bedeutet die Sache nichts mehr, auch wenn sie einen noch so großen Aufschwung nimmt. Mir ist, als trudele ich zurück in ein anderes Zeitalter, eine andere Generation.« Er lehnte sich vor, eine seltsame Spannung beherrschte seinen Oberkörper. »Ich habe das Gefühl, fortgetragen zu werden, weit hinaus aufs Meer, von wo aus ich kein Land mehr sehen kann.«

»Dann bleibt mir also nichts, womit ich deine Absicht, deine Meinung ändern könnte?«

»Nichts, Sam.«

Goldman seufzte: »Edna wird das sehr nahegehen.«

Sekundenlang verfingen sich ihre Blicke in einer Art schweigendem Kampf ineinander. Es war, als schätzten sie einander ab.

Goldman legte seine kräftigen Hände flach auf die Schreibtischplatte. »Weißt du«, sagte er ruhig, »es gab einmal eine Zeit – wenn man in dieser Stadt etwas mit der Polizei zu tun hatte –, da lief alles gut für einen, wenn man einen Rabbi kannte. Jemanden, der sich um einen kümmerte, wenn etwas schiefzulaufen drohte ...« Er zuckte mit den Schultern, »... war wahrscheinlich auf der ganzen Welt so.« Er schob die kalte Zigarre in den anderen Mundwinkel. »Heute ist das wohl anders. Die Welt der Konzerne – die kennt keine Rabbis. Du mußt dich anpassen. Mußt sämtlichen Vizepräsidenten in den Hintern kriechen, darauf achten, daß du zu ihren Wochenendparties eingeladen wirst, nett zu ihren Frauen bist, die so geil sind und so unglücklich, daß sie einen Betonmast umarmen würden, wenn der ihnen sagen könnte, daß sie gut aussehen; ›man‹ muß in einem bestimmten Teil von Connecticut wohnen, wo ›man‹ in zweistöckigen Häusern mit ovalen Auffahrten residiert. Früher, da waren ihre Hirne aufgeschlossen, jetzt sind sie nur noch Computer. Das greift um sich, Nick, geschäftstüchtig nennt man das. Ich, ich würde mich zurückziehen, wenn ich ebenfalls in diese Falle stolperte.« Goldmans Augen waren klar und funkelten, obwohl es draußen dämmerte und der Tag grau war. »Ich wurde unter den Rabbis großgezogen, und das steckt für immer in mir drin; und es gibt keine Möglichkeit, das rauszukriegen, selbst wenn ich es wollte.« Er stützte die Ellbogen auf den Tisch und rutschte auf dem hochlehnigen Sessel nach vorn, befand sich jetzt in Augenhöhe mit Nicholas. »Verstehst du, was ich meine?«

Nicholas sah ihn an: »Ja, Sam«, erwiderte er nach einer Weile. »Ich weiß genau, was du meinst.«

Der grelle Schrei der kreisenden Möwen übertönte das Sirenengeheul, doch als der Krankenwagen näherkam, löschte der durchdringende Ton jeden anderen Laut aus. Stumm liefen Menschen über den Strand, wirkten wie verstörte Vögel, so, als bemühten sie sich, nicht aufzufallen.

Er war Anfang dieses Jahres nach West Bay Bridge gekommen. Um zu überleben, mußte er zuerst einmal alles von sich schieben, Abstand gewinnen – von der Agentur, von Columbia, von allem. Nicht einmal ein Ertrunkener durfte seine solipsistische Welt stören, in der nur sein Ich, das reine Sein galt.

Es war schon seltsam genug, daß die Meeresleiche bewirkte, daß er sich an den Anruf erinnerte. Er kam ein paar Tage, nachdem er die Agentur verlassen hatte. Er war mitten auf Seite drei der *Times* und bei seinem zweiten Irish Coffee.

»Mr. Goldman war so freundlich, mir Ihre Nummer zu geben, Mr. Linnear«, sagte Dekan Whoolson. »Ich hoffe, ich störe nicht.«

»Ich weiß nicht, was mir die Ehre Ihres Anrufs verschafft«, entgegnete er.

»Ach, das ist ganz einfach. In letzter Zeit stellen wir eine Renaissance des Interesses an der Orientalistik fest. Unsere Studenten stört jedoch die – wenn ich es einmal so nennen darf – Oberflächlichkeit vieler unserer Kurse in Orientalistik. Ja, ich muß leider zugeben, sie halten uns in diesem Fach für rückständig.«

»Aber ich bin wohl kaum zum Lehrer geeignet.«

»Wir wissen, daß Sie keine pädagogische Ausbildung besitzen.« Die Stimme wirkte ziemlich trocken, wie eine Prise alten Schnupftabaks. Gleichzeitig war der Ton von Redlichkeit, der in ihr mitschwang, unüberhörbar. »Wir sind uns selbstverständlich darüber im klaren, daß Sie kein entsprechendes akademisches Diplom besitzen, Mr. Linnear. Aber dieser Kurs, für den wir Sie vorgesehen haben, wäre ideal für Sie.« Der Dekan kicherte – ein merkwürdig erschreckender Laut, so als entstamme er der Sprechblase einer Cartoon-Figur. »Was den Lehrkörper anbelangt, so wären Sie uns allen sehr willkommen.«

»Aber ich bin mit Ihrem Lehrplan nicht im mindesten vertraut«, entgegnete Nicholas. »Ich hätte keine Ahnung, wo ich überhaupt anfangen sollte.«

»Mein Lieber, das kriegen wir schon hin«, sagte Dekan Whoolson, und seine Stimme verströmte jetzt Vertraulichkeit. »Es handelt sich um ein Seminar, müssen Sie wissen, das von vier Professoren abgehalten wird. Im Augenblick sind es drei, da Dr. Kinkaid erkrankt ist. Im Frühjahrssemester findet es zweimal wöchentlich statt. Da Sie mit drei Kollegen zusammenarbeiten – Sie merken, ich schließe Sie bereits ein, Mr. Linnear –, können Sie die Einhaltung des Lehrplans den anderen überlassen und sich auf das konzentrieren, von dem Sie mehr wissen als sonst irgend jemand in der westlichen Hemisphäre.«

Wieder erfolgte dieses seltsam liebenswerte Kichern, das Nicholas an Pfefferminzschokolade und Sahnebonbons erinnerte.

»Diese . . . nun, Einsicht in den japanischen Geist – das ist es, was wir suchen. Die Studenten wären zweifellos begeistert, davon zu erfahren – genau wie wir.«

In dem kurzen Schweigen, das auf diese Aussage folgte, vernahm Nicholas Stimmen in der Leitung, als seien irgendwelche Geister durch dieses Gespräch heraufbeschworen worden.

»Vielleicht möchten Sie sich den Campus einmal ansehen«, sagte Dekan Whoolson. »Im Frühling ist er am schönsten.«

Warum soll ich nicht einmal etwas ganz anderes versuchen? dachte Nicholas damals, und sagte: »Also gut.«

Immer noch liefen Menschen an ihm vorbei, angezogen vom Heulen der Sirene. Die Ansammlung von Neugierigen wurde immer größer, eine Aura von Ekel und Faszination schien sie einzuhüllen. Sie glichen Motten, die in immer enger werdenden Kreisen um eine Flamme schwirrten. Er konzentrierte sich auf das Rauschen der Flut, die sich ihm darbot, ihn wie einen Freund anrief; aber die menschlichen Stimmen, schrill vor neugieriger Erregung, durchzuckten den Nachmittag wie glühende Nadeln. Für diese Leute war es eine Show, die ihren Alltag durchbrach, eine Chance, später die Sechs-Uhr-Nachrichten anzustellen und zu Freunden sagen zu können: »Ich war dabei, als sie ihn rausholten«, um sodann mit ruhiger Hand und dem Bewußtsein zufriedener Ochsen nach ihren eisgekühlten trockenen Martinis und den eingelegten Peperonischeiben zu greifen, die ein aufmerksamer Gast von Balducci in der City mitgebracht hatte.

Sein Haus bestand aus verwitterten grauen Schindeln und kaffeebraunen Ziegeln und besaß nicht die glubschigen Butzenscheiben aus Plexiglas oder die bizarr geschwungenen Mauern, wie viele andere Häuser hier. Zur Rechten des Hauses verwandelte sich die Düne jäh in flachen Sandstrand, der etwas tiefer gelegen war als das Land dahinter. Bis Anfang Dezember hatte hier ein Haus gestanden, das ungefähr eine Viertelmillion Dollar wert gewesen war; aber der Winter war genauso schlimmm gewesen wie der von 1977/78, und es wurde fortgespült. Die Familie versuchte noch immer, Geld von der Versicherung zu bekommen, um es wieder aufzubauen. So gab es an der betreffenden Stelle ein weiteres Stück unbebaute Fläche, was in dieser dicht bevölkerten Luxusstrandgegend selten war.

Die Brecher schienen schwerer und schwerer auf den Sand zu schlagen, während sich die Flut weiterfraß. Er spürte, wie das Salzwasser seine Fußknöchel bis zu den Waden beleckte. Obwohl er die Beine seiner Jeans mehrmals umgekrempelt hatte, waren sie schwer von Nässe. Er bückte sich, um den feuchten Sand abzuklopfen, als jemand mit ihm zusammenprallte. Er fiel rücklings hin.

»Können Sie nicht schauen, wo Sie hingehen?« protestierte er zornig, während er versuchte, sich wieder hochzurappeln.

»Tut mir leid, aber warum brüllen Sie denn gleich so? Ich habe Sie nicht gesehen.«

Das erste, was er bemerkte, war ihr Gesicht, obgleich ihm ihr Parfüm – zarter Zitrusduft und so trocken wie die Stimme von Dekan Whoolson – bereits in die Nase gestiegen war. Ihr Gesicht war dem seinen sehr nahe. Zuerst dachte er, ihre Augen seien haselnußbraun, aber dann sah er, daß sie mehr grün als braun waren. In der linken Iris schwammen zwei winzige rote Flecken. Ihre Haut glänzte und war leicht sommersprossig, ihre Nase etwas zu breit, was ihrem Gesicht jedoch Charakter verlieh. Ihre Lippen waren sehr voll, wodurch der Mund sinnlich wirkte.

Er griff ihr unter die Arme und hob sie hoch, während er sich ebenfalls erhob.

Sofort wich sie vor ihm zurück und kreuzte die Arme über ihren Brüsten. »Bitte, lassen Sie das.« Sie sah ihn immer noch an, machte keine Anstalten, an ihm vorbeizugehen. Ihre Finger rieben an ihren Armen, als ob sein Griff sie noch immer schmerzte.

»Haben wir uns nicht schon einmal gesehen?« fragte er.

Ihre Lippen verzogen sich zu einem kleinen, spöttischen Lächeln. »Aber, aber, fällt Ihnen nichts Besseres ein, hm?«

»Ganz im Ernst – ich habe Sie irgendwo schon einmal gesehen.«

Ihr Blick glitt für einen Moment über seine Schulter hinweg, dann kehrte er zurück, und sie sagte: »Das glaube ich nicht . . .«

Er schnippte mit den Fingern. »Im Büro von Sam Goldman. Im Herbst oder Winter.« Er neigte den Kopf. »Ich irre mich bestimmt nicht.«

In ihren Augen schien sich bei Nennung des Namens Sam Goldman ein Vorhang zu heben. »Ich kenne Sam Goldman«, sagte sie langsam. »Ich habe ein paarmal als freie Mitarbeiterin für ihn gearbeitet.« Sodann legte sie ihren langen Zeigefinger über ihre Lippen. Ihr lackierter Fingernagel schimmerte im Licht. Das Geraune der Stimmen unten am Strand schwoll an wie der Aufschrei des Publikums bei Auftritt eines Stars oder einer Fußballmannschaft.

»Sie sind Nicholas Linnear«, sagte sie. Als er nickte, stach sie mit dem Finger nach ihm. »Von Ihnen spricht er immerzu.«

Er lächelte. »Aber Sie erinnern sich nicht an unsere Begegnung?«

Sie hob die Schultern. »Ich weiß wirklich nicht. Wenn ich in meine Arbeit vergraben bin . . .«

Nicholas lachte.

Wie sie jetzt zu ihm aufblinzelte, sah sie nicht mehr wie ein College-Mädchen aus; es war, als ströme das Licht der Sonne durch sie hindurch, um eine bisher verborgene innere Unschuld zu erhellen. Schließlich wandte sie die Augen von ihm ab. »Was ist da hinten eigentlich los?«

»Sie haben eine Leiche aus dem Ozean gefischt.«

»Oh! Wer ist es?«

Er hob die Schultern. »Keine Ahnung.«

»Sind Sie nicht neugierig?« Sie schien den Wind nicht zu spüren, der ihre dichte dunkelhaarige Mähne zerzauste. »Es könnte jemand von hier sein. Sie wissen doch, hier herrscht die reinste Inzucht – wir kommen alle aus derselben Branche.«

»Es interessiert mich nicht.«

Sie löste ihre Arme und steckte die Hände in die Vordertaschen ihrer abgeschnittenen Jeans. Sie trug ein türkisfarbenes ärmelloses Oberteil, das die Farbe ihrer Augen betonte. Ihre festen Brüste hoben und senkten sich beim Atmen. Deren Knospen zeichneten sich unter dem Stoff deutlich ab. Ihre Taille war schmal, die Beine lang und, wie es den Anschein hatte, auch ziemlich elegant geformt. Sie bewegte sich wie eine Tänzerin.

»Aber so ganz interesselos sind Sie doch nun auch wieder nicht, wie ich sehe«, sagte sie wie ein wenig von oben herab. »Wie würden Sie sich denn fühlen, wenn ich Sie so anstarren würde, wie Sie das mit mir tun?«

»Geschmeichelt«, erwiderte er. »Ich würde mich bestimmt geschmeichelt fühlen.«

Justine war Designerin für Werbeanzeigen; sie wohnte vier Häuser weiter am Strand und fand es schöner, im Sommer nicht in der Stadt zu arbeiten.

»Ich verabscheue New York im Sommer«, erzählte sie Nicholas am nächsten Nachmittag bei einem Drink. »Können Sie sich vorstellen, daß ich mich einmal einen ganzen Sommer lang in meiner Wohnung verschanzt habe? Die Klimaanlage lief auf vollen Touren, ich ging nicht ein einziges Mal vor die Tür. Ich hatte Angst, am Gestank der Hundescheiße zu ersticken. Ich rief D'Agostino an und ließ mir zweimal in der Woche Lebensmittel schicken. Vom Büro kam diese große, fette Nutte – jene, die es in der Kaffeepause dem Direktor unterm Schreibtisch besorgte –, um meine Entwürfe abzuholen und die Schecks zu bringen. Aber trotz alledem – es war nicht auszuhalten, ich mußte raus! Ich schmiß ein paar Sachen in meine Reisetasche und nahm die nächste

Maschine nach Paris. Dort blieb ich zwei Wochen, während sie in der Agentur fast durchdrehten, weil sie mich nicht finden konnten.« Justine nippte an ihrem Manhattan. »Das einzige, was sich dann geändert hatte, als ich zurückkam, war, daß die Nutte Leine gezogen hatte.«

Die Sonne sank; das Meer sog den rosigen Ball auf, das Wasser schimmerte roséfarben. Dann, ganz plötzlich, war es dunkel; nicht einmal die kleinen Lichter, die sonst weit draußen auf dem Meer auf und nieder hüpften, waren heute zu sehen.

So war es auch mit mir, überlegte er. Reflexe auf der Oberfläche, aber was lag darunter, was barg die Nacht?

»Sie gehen nicht nach Columbia zurück?« fragte sie.

»Nein, ich gehe nicht zurück.«

Sie schwieg, lehnte sich auf der mit haitianischem Baumwollstoff bezogenen Couch zurück, breitete die Arme über der Rückenlehne aus, so daß sie wie dunkle, still verharrende Schwingen wirkten. Das Licht der Lampe lag lediglich auf ihren Gesichtern. Sie legte den Kopf etwas zur Seite, und ihm war, als ob das Eis zwischen ihnen zu brechen begänne.

»Ich habe mich in den Campus verliebt«, sagte er, um ihre Frage zu beantworten. »Gewiß, es war erst Anfang Februar, als ich dort hinkam. Aber ich konnte mir die roten Ziegelmauern vorstellen, wenn die Magnolien davor blühten und die Glyzinien sie überwucherten. Auch die Blüten der Quittenbäume zwischen den uralten Eichen konnte ich mir lebhaft ausmalen.

Der Kurs an sich – ›Quellen der orientalischen Geisteswelt‹ – stellte sich als nicht allzu schwierig für mich heraus. Die Studenten waren zumindest interessiert, und manche waren ziemlich hell im Köpfchen. Einige unter ihnen waren sogar beängstigend gescheit. Sie schienen überrascht, daß ich mich für sie interessierte.

Ich wollte wissen, warum das so war, und im Verlaufe des Semesters erfuhr ich dann allmählich, woran es lag. Meine Kollegen waren viel zu sehr mit den Recherchen für ihre neuesten Bücher beschäftigt, um ihren Studenten allzuviel anbieten zu können. Wenn sie wirklich einmal unterrichteten, dann behandelten sie ihre Eleven mit Verachtung.

Ich weiß noch, wie ich in einer Vorlesung dabeisaß – es war mitten im Semester. Die Professoren Eng und Royston, die den wichtigsten Unterrichtsstoff zu vermitteln hatten, teilten ihren Studenten mit, daß die Abschlußarbeiten der Semester-Halbzeit beurteilt seien und zurückgegeben würden. Dann fuhr Royston mit der Vorlesung fort. Als die Glocke läutete, forderte Eng die Studenten auf, sitzen zu bleiben. Penibel schichtete er sodann vier Stapel von Zeugnissen vorn auf dem Fußboden auf und erklärte: ›Die Studenten, deren Nachnamen von A bis F beginnen, finden ihre Papiere hier‹, dabei deutete er auf den Stapel zu seiner Rechten. Und so fort. Dann drehten sich die beiden Herren um und verließen den Saal, noch ehe der erste Student sich hinkniete und seinen Stapel durchwühlte.«

»Es war demütigend«, fuhr Nicholas fort. »Die Mißachtung menschlicher Wesen ist etwas, das ich nicht ertragen kann.«

»Ihnen hat also das Unterrichten Spaß gemacht.«

Er fand, das sei eine merkwürdige Schlußfolgerung. »Es belastete mich zumindest nicht.« Er mixte sich einen weiteren Gin-Tonic, gab eine Zitronenscheibe und einige Eiswürfel hinein. »Es waren schließlich die Professoren, die es fertigbrachten, daß mir das Semester endlos erschien. Ich glaube, sie hielten nicht allzuviel von mir. Schließlich existiert an jeder Universität eine gewisse Inzucht. Jeder ist von Ehrgeiz getrieben. ›Veröffentliche oder verrecke‹, ist ihre Devise oder vielmehr eine Realität, der sie jeden Tag wieder aufs neue ins Auge blicken müssen.« Er hob die Schulter. »Ich nehme an, ihnen paßte die Art meiner Position nicht. Ich hatte mir den besten Teil an ihrem Beruf aussuchen können, ohne ihre Verantwortung tragen zu müssen.«

»Und Royston und Eng? Wie waren die?«

»Oh, Royston war schon in Ordnung. Zu Anfang wirkte er etwas fad auf mich. Aber nach einer Weile taute er auf. Aber Eng«, Nicholas schüttelte den Kopf, »Eng war ein durch und durch mieser Typ. Er hatte bereits eine vorgefaßte Meinung von mir, ehe wir uns überhaupt kennenlernten. Wir drei standen einmal in der Halle zusammen, als er sagte: ›Sie sind also in Singapur geboren.‹ Einfach so. Wobei er dastand, sehr groß, und durch seine nickelgerahmten Kneifergläser auf mich herabsah. Er hatte eine merkwürdige Art zu sprechen. Seine Worte kamen abgehackt, erstarrt, schienen in der Luft zu hängen wie Eiszapfen. ›Eine ekelhafte Stadt, wenn Sie erlauben. Die Engländer haben sie erbaut, und die Chinesen haben sie von jeher genauso verachtet wie die Inder.‹«

»Was haben Sie darauf geantwortet?«

»Um ehrlich zu sein, ich war viel zu verblüfft, um irgend etwas Vernünftiges herauszubringen«, erwiderte Nicholas verdrossen. »Dieser Kerl hatte das ganze Semester über keine zwei Worte an mich gerichtet – und dann das. Er hatte mich einfach überrumpelt.«

»Ihnen fiel tatsächlich keine schlagfertige Erwiderung ein?«

»Nur, daß er sich irrte. Ich wurde nämlich dort lediglich gezeugt.« Nicholas stellte sein Glas ab. »Ich habe sofort nach diesem Vorfall mit Dekan Whoolson gesprochen, aber dieser ließ mich abblitzen. ›Eng ist ein Genie‹, so ungefähr drückte er sich aus. ›Und Sie kennen ja solche Menschen – wie sie sich bisweilen geben. Ich muß Ihnen sagen, wir sind verdammt froh, ihn hier zu haben. Er wollte eigentlich nach Harvard, aber wir haben ihn denen im letzten Moment weggeschnappt, indem wir ihn davon überzeugten, daß er bei uns die besseren Möglichkeiten habe, wissenschaftlich zu arbeiten.‹ Woraufhin der Dekan mir auf den Rücken klopfte, als wäre ich ein Boxer, der zurück in den Ring muß. ›Vielleicht dachte Eng, Sie seien Malaye. Wir müssen schließlich alle Zugeständnisse machen, Mr. Linnear.‹«

»Das verstehe ich nicht«, sagte Justine. »Sie sind doch kein Malaye, oder?«

»Nein, aber wenn Eng das dachte, war klar, warum er mich nicht ausstehen konnte. Die Chinesen und die Malayen bekämpften sich damals in und um Singapur bis aufs Messer. Es gab keinerlei Gemeinsamkeit zwischen ihnen.«

»Was sind Sie?« Plötzlich schien sie ihm sehr nahe zu sein, ihre Augen waren groß und leuchteten. »In Ihrem Gesicht liegt etwas Asiatisches. Vielleicht sind es Ihre Augen. Oder Ihre angeschrägten Wangenknochen.«

»Mein Vater war Engländer«, sagte er. »Ein Jude, der gezwungen war, seinen Namen zu ändern, damit er arbeiten und Geschäfte machen konnte. Im Krieg diente er in der Army. Er war Oberst.«

»Wie war sein Name? Ich meine, bevor er ihn änderte?«

»Das weiß ich nicht. Er hat es mir nie sagen wollen. ›Nicholas‹, sagte er eines Tages zu mir, ›was ist schon ein Name? Der Mann, der behauptet, daß sein Name eine Bedeutung habe, ist ein Lügner.‹ «

»Aber Sie – Sie waren nie neugierig, wie dieser Name wirklich lautete?«

»Eine Zeitlang schon. Aber dann gab ich es auf, nachzuforschen.«

»Und Ihre Mutter?«

»Sie behauptete immer, eine reinblütige Chinesin zu sein.«

»Aber?« beharrte Justine.

»Wahrscheinlich war sie ein chinesisches Halbblut. Die andere Hälfte war vermutlich japanisch.« Er hob die Schultern. »Nicht, daß ich das jemals genau erfahren hätte. Es war nur, sie schien immer wie eine Japanerin zu denken.« Er lächelte. »Ich bin ein Romantiker, und es ist auf jeden Fall aufregender, sich vorzustellen, daß sie ein Halbblut war. Eine ungewöhnliche Mischung, – wenn man die Feindseligkeit bedenkt, die seit Jahrtausenden zwischen den beiden Völkern besteht. Ein Mysterium gleichsam.«

»Sie lieben Mysterien?«

Er betrachtete den Fall ihres dunklen Haares, das über der einen Wange lag und das Auge mit den roten Sprenkeln verdeckte.

»In gewissem Sinne – ja.«

»Ihre Gesichtszüge sind ganz und gar kaukasisch«, sagte sie, das Thema wechselnd.

»Ja«, erwiderte Nicholas. »Äußerlich schlage ich meinem Vater, dem Oberst, nach.« Er legte seinen Kopf an die Couchlehne, für den Bruchteil einer Sekunde berührte sein Haar ihre ausgestreckten Finger, aber sie zog sie sofort zurück, ballte sie zur Faust. Er sah auf das Lichtmuster, das die Lampe an die Zimmerdecke zeichnete. »Innerlich jedoch bin ich der Sohn meiner Mutter.«

Doc Deerforth freute sich zu keiner Zeit auf den Sommer. Merkwürdig, dachte er, sehr merkwürdig, denn eigentlich ist es immer die Zeit, in der ich am meisten zu tun habe. Der Ansturm aus der City erstaunte ihn jedesmal aufs neue. Es war, als schwärme die gesamte Upper East Side von Manhattan aus, genauso zielbewußt wie die Wildgänse, die in pfeilförmiger Formation jeden Herbst gen Süden flogen.

Nicht, daß Doc Deerforth allzuviel über Manhattan gewußt hätte, jedenfalls jetzt nicht mehr. Seit fünf Jahren hatte er keinen Fuß mehr in dieses Tollhaus gesetzt, und damals war es auch nur geschehen, um seinem Freund, Nate Graumann, einen kurzen Besuch abzustatten. Graumann war Chefamtsarzt in New York City.

Doc Deerforth war es recht, hier zu leben. Seine Tochter besuchte ihn regelmäßig mit ihrer Familie – seine Frau war vor über zehn Jahren an Leukämie gestorben und zu einem verblaßten Foto geworden – und er hatte seine Arbeit als Arzt in West Bay Bridge. Außerdem war er noch als Gerichtsmediziner unter Flower in Hauppague tätig. Sie schätzten ihn dort, weil er gründlich war und scharfsinnig. Flower fragte ihn immer wieder, ob er nicht Amtsarzt in Suffolk werden wolle, aber er war viel zu glücklich hier. Er hatte viele Freunde – alles warmherzige Menschen; doch vor allem hatte er sich selbst. Er hatte festgestellt, daß er im Grunde mit sich selbst am glücklichsten war. Allerdings vermochte auch dieser Umstand nicht, ihm die gelegentlichen Alpträume vom Leibe zu halten, die sich, verstohlen wie Diebe, in seinen nächtlichen Schlaf schlichen. Er erwachte dann, schweißgebadet, die feuchten Laken um seine Beine gewikkelt. Manche Nächte träumte er von weißem Blut; aber auch andere Traumsymbole seiner persönlichen Ängste suchten ihn heim. Dann pflegte er aufzustehen, in die Küche zu tappen, wo er sich eine Tasse heißen Kakao zubereitete, und aufs Geratewohl nach einem seiner sieben Raymond Chandlers griff, um zu lesen. In Chandlers knappem Stil und lapidaren Schlußfolgerungen fand er eine Art existentieller Ruhe inmitten seines privaten Sturms, was zur Folge hatte, daß er innerhalb von dreißig Minuten in sein Bett zurückkehrte.

Doc Deerforth reckte sich, um sich des Schmerzes, der wie die Zinken einer Forke zwischen seinen Schulterblättern saß, zu entledigen. Das kommt davon, wenn ich in meinem Alter noch stundenlang ohne Pause arbeite, dachte er.

Ein Ertrunkener, und zu einem solchen war er heute in die Dune Road gerufen worden, war im allgemeinen eine reine Routinesache – nicht jedoch für ihn. Das Wort Routine existierte in seinem Wortschatz nicht. Für ihn war Leben das Kostbarste auf Erden. Aber um so zu empfinden, hätte er nicht Arzt werden müssen. Die Zeit, die er im Pazifik zugebracht hatte, hätte dafür genügt. Tag für Tag sah er damals von seinem primitiven Dschungel-Camp aus, wie Schwärme von Einmannflugzeugen, die von Kamikaze-Piloten gesteuert wurden und deren stumpfe Nasen mit hochexplosiven Sprengstoffladungen präpariert waren, auf die amerikanischen Kriegsschiffe niederstürzten – in jener Zeit des erbitterten Kampfes um die Philippinen. Ihm war dabei durch den Sinn gegangen, daß dieser Vorgang die geistige Kluft zwischen Ost und West sehr augenfällig demonstriere. *Ōka* – die Kirschblüte – nannten die Japaner solch ein Todesflugzeug, während die Amerikaner von *baka* – der Idiotenbombe – sprachen. Die westliche Philosophie bot der Vorstellung vom rituellen Selbstmord, wie ihn die Samurai kultivierten, keinen Raum. Er würde nie den *haiku* vergessen, der, wie es hieß, von einem zweiundzwanzigjährigen Kamikaze-Flieger kurz vor dessen Tod verfaßt wurde: »Könnten wir nur fallen/Wie Kirschblüten im Frühling –/So strahlend rein!« So empfanden die Japaner, was den Tod anbelangte. Der Samurai wurde geboren, um im Kampf eines ruhmreichen Todes zu sterben.

Der Krieg war vorübergegangen; nur die Nachtmare jagten ihn noch immer, gleich hungrigen Vampiren, die aus ihren Gräbern aufstiegen.

Doc Deerforth erhob sich hinter seinem Schreibtisch und trat ans Fenster. Zwischen den zitternden Blättern der Eiche hindurch, die diese Seite seines Hauses vor der heißen Nachmittagssonne schützte, konnte er auf die breite Main Street sehen. Drei Wagen standen vor dem im Kolonialstil gehaltenen Autoprüfstand. Weiter unten ergoß sich eine Menschenmenge über die ausladende Treppe der Bibliothek. Ein gewöhnlicher Wochentag im Sommer – nicht mehr. Und doch schien ihm die Welt meilenweit entfernt, so fern wie die Oberfläche eines anderen Planeten.

Doc Deerforth kehrte zu seinem Schreibtisch zurück und blätterte eine Weile in seinen Akten. Dann verließ er das Haus, schritt die Main Street entlang, in Richtung auf das häßliche, einstöckige Ziegelgebäude der Feuerwehr, um über den Parkplatz die Polizeistation anzusteuern.

Auf halbem Weg dorthin traf er Nicholas, der eben aus der automatischen Tür des Supermarktes trat, beladen mit Tüten voller Lebensmittel.

»Hallo, Nick.«

»He, Doc. Wie geht's?«

»Gut, gut! Bin auf dem Wege zu Ray Florum, hab' was mit ihm zu besprechen.«

Wie die meisten Einwohner von West Bay Bridge hatten sie sich irgendwann mal auf der Main Street kennengelernt. Geschah es nicht auf diese Weise, wurde man von gemeinsamen Freunden miteinander bekannt gemacht. Es war hier selbst für den eingeschworenen Einsiedler schwierig, keine Bekanntschaften zu schließen.

»Bin eben von Hauppague zurück.«

»Was ist mit der Leiche, die man gestern gefunden hat?«

»Hm, ja.« Doc Deerforth drehte den Kopf flink zur Seite, spuckte einen Rest Fleisch aus, der sich zwischen seinen Zähnen festgesetzt hatte. Er war ganz froh über die Ablenkung, denn es war ihm mehr als unangenehm, Florum mit dem, was er wußte, gegenüberzutreten. Außerdem mochte er Nicholas gut leiden.

»Sie müßten den Toten eigentlich gekannt haben. Hat nicht weit von Ihnen an der Dune Road gewohnt.«

Nicholas lächelte schwach. »Wohl kaum ...«

»Hieß Braughm. Sein Name war Barry Braughm.«

Nicholas verspürte ein merkwürdiges Schwindelgefühl. Er mußte an Justines Worte denken, die sie ihm am Strand gesagt hatte: ›Sie wissen doch, hier herrscht die reinste Inzucht.‹

»Ja«, sagte Nicholas langsam. »Ich kannte ihn. Als ich noch Werbung machte, haben wir zusammen in derselben Agentur gearbeitet.«

»Na, so was. Das tut mir aber leid, Nick. Kannten Sie ihn gut?«

Nicholas dachte eine Weile darüber nach. Braughm hatte einen brillanten analytischen Geist besessen. Er erfaßte die öffentliche Meinung, den Publikumsgeschmack besser als irgend jemand sonst in der Agentur. Erschreckend, daß es ihn plötzlich nicht mehr gab. »Gut genug«, sagte er nachdenklich.

Er schwang sie herum, tanzte mit ihr hinaus in die Nacht, stieß mit dem Rücken die Gittertür auf, die Musik des Plattenspielers ertränkte das Rauschen der Flut, die wie schwere samtige Bänder ans Ufer schwebte.

Ihre Arme zitterten, als er sie auf die Veranda führte. Aber es war gut so. Genau das richtige.

She shadows me in the mirror
And never leaves on the light . . .

Während sie sich dem Rhythmus hingab, wirkte sie sinnlich, vermochte eine Glut zu entfachen, die stark war und von elementarem Ungestüm.

Some things that I say to her
They just don't seem to bite . . .

Es war, als habe die Musik sie aus ihren Fesseln befreit – aus ihrer Furcht vor sich selbst.

She says leave it to me
And everything will be all right.

Ihre Schulter berührte die seine, und die Musik klang wie in einem anderen Raum, als sie sagte: »Ich bin mit Büchern aufgewachsen. So lange ich denken kann, habe ich gelesen. Meine Schwester kam wunderbar mit Menschen zurecht und ging oft mit Freunden aus, ich aber saß daheim und verschlang ein Buch nach dem anderen.« Sie lachte, ein volles, glückliches Lachen, das ihn überraschte. »Oh, ich hatte meine Phasen, gewiß! Howard Pile zum Beispiel – ich liebte seinen *Robin Hood.* Eines Tages, ich war sechzehn, entdeckte ich de Sade. Seine Werke galten damals als verbotene Lektüre, was um so aufregender war. Aber abgesehen davon, hat mich vieles in seinen Schriften beeindruckt. Überdies kam ich auf die Idee, meine Eltern könnten mich nach dessen Heldin Justine benannt haben. Jedenfalls fragte ich meine Mutter, aber sie erklärte mir: ›Ach, weißt du, es war einfach ein Name, der deinem Vater und mir gefiel.‹ Sie war Französin, wissen Sie. Oh, wie sehr ich mir in diesem Augenblick wünschte, daß ich sie nie gefragt hätte! Meine Phantasie war so viel schöner gewesen als das, was sie mir jetzt gesagt hatte. Was konnte man von ihnen schon erwarten. Sie waren beide einfach banal.«

»War Ihr Vater Amerikaner?«

Sie wandte ihm ihr Gesicht zu. Der warme Schein der Lampen im Wohnzimmer färbte ihre Wange rot – wie der Pinsel eines Malers. »Durch und durch.«

»Was – welchen Beruf hatte er? Ich meine, was hat er gemacht?«

»Wir wollen hineingehen«, sagte sie und löste sich von ihm. »Mir ist kalt.«

Der Blick eines jeden, der den Raum betrat, fiel zunächst auf das große Schwarzweißfoto eines ziemlich kräftigen Mannes mit starkem Kinn und unerschrockenen Augen. Darunter stand zu lesen: Stanley J. Teller, Polizeichef von 1932 bis 1964. Daneben hing eine gerahmte Ausgabe von Norman Rockwells *The Runaway.*

Das Büro war ein karger viereckiger winziger Raum, dessen Doppelfenster auf den Parkplatz hinausgingen. Es gab an diesem Abend um diese Zeit überhaupt viel zu sehen.

»Warum hören Sie nicht auf, darum herumzureden, Doc, und erklären mir das Ganze in einfachen Worten«, äußerte der Polizeileutnant Ray Florum. »Was ist an diesem Ertrunkenen so Besonderes?«

Das Knistern und Knattern der Funkstationen in der Halle wirkte als ständiger akustischer Hintergrund, klang wie ein Telefongespräch, bei dem sich die Leitungen überlagerten.

»Das versuche ich Ihnen gerade klarzumachen«, entgegnete Deerforth geduldig. »Dieser Mann ist nicht durch Ertrinken gestorben.«

Ray Florum setzte sich in seinen Holzdrehstuhl, der unter seinem Gewicht ächzte. Florum war ein gewichtiger Mann, großgewachsen und füllig, was ihn zur Zielscheibe des gutmütigen Spotts seiner Mannschaft machte. Er war Chef der Ortspolizei von West Bay Bridge. In seinem aufgedunsenen Gesicht saß – wie der leuchtende Mittelpunkt einer Zielscheibe – eine knollige, rotgeäderte Nase. Seine Haut war braun wie gegerbtes Leder; sein graumeliertes Haar kurzgeschnitten. Er trug einen braunen Dacronanzug, nicht weil er ihn mochte, sondern weil er mußte. Viel lieber wäre er in einem Flanellhemd und einem alten Paar Hosen an seinem Arbeitsplatz erschienen. »Woran«, sagte Florum langsam, »ist er dann gestorben?«

»Er wurde vergiftet«, erwiderte Doc Deerforth.

»Doc«, sagte Florum und strich sich mit der Hand müde übers Gesicht. »Ich möchte das ganz klar haben, verstanden? Kristallklar. So klar, daß es nicht die geringste Möglichkeit eines Mißverständnisses gibt, wenn ich meinen Bericht abfasse. Ich sehe Flower schon auf seinem weißen Roß von Hauppague hier einreiten, wobei er fragt, warum unsere Untersuchungen so lange dauern und wann wir ihm den Toten endlich abnehmen, schließlich seien seine Leute total überarbeitet.«

Florum schlug mit der flachen Hand auf eine Ausgabe von *Crime in the United States, 1979.* »Na gut, diesmal werden sie warten müssen, und wenn sie schwarz werden.«

Ein Wachtmeister kam herein, reichte Florum einige mit Schreibmaschine getippte Seiten und ging wortlos wieder hinaus.

»Manchmal bringen die es schon fertig, daß mir die Galle überläuft. Ich bin nicht einer von diesen gottverdammten Politikern. Aber dieser Job hier bräuchte einen solchen Burschen. Wen, zum Teufel, schert es schon, ob ich die Polizeibestimmungen einhalte oder nicht?« Er stand auf, ging zu einem Regal und kehrte mit einer Akte zurück, die er auf seinem Tisch aufschlug. Er fuhr sich übers Haar, kratzte sich den Kopf, indem er einige Acht-mal-zehn-Fotos durchblätterte, die Doc sogar von oben als Bilder des ertrunkenen Mannes erkannte.

»Flower wird Ihnen wenigstens zur Zeit nicht lästig werden«, sagte Doc Deerforth sanft.

Florum sah kurz auf, sein Blick war fragend, dann betrachtete er wieder die Fotos. »Wie haben Sie das Wunder fertiggebracht?«

»Ich hab's ihm noch nicht gesagt.«

»Wollen Sie . . .« Florum griff nach einem länglichen Vergrößerungsglas, das in einer offenen Schublade seines Tisches lag, »Sie wollen doch damit nicht etwa sagen, daß von diesem Mord niemand etwas weiß, außer uns beiden?«

»Doch«, erwiderte Doc Deerforth sehr ruhig.

Nach einer Weile stellte Florum fest: »Auf diesen Fotos ist nichts zu erkennen, was auf einen Mord schließen ließe.« Er schob die Bilder wie Spielkarten zusammen, mischte sie, zog eine Großaufnahme vom Kopf und der Brust des Ertrunkenen hervor. »Nichts – Ich für meinen Teil würde sagen: der übliche Fall eines Ertrunkenen.«

»So werden Sie auch nichts finden.«

Florum lehnte sich in seinem Sessel zurück und faltete die Hände über seinem runden Bauch. »Okay, Doc, ich bin ganz Ohr. Fangen Sie mit Ihren Erklärungen an.«

»Dieser Mann war tot, ehe sein Körper mit Meereswasser in Berührung kam.« Doc Deerforth seufzte. »Es gibt da etwas, was selbst ein guter Arzt wie Flower übersehen haben könnte.«

Florum grunzte, sagte indes kein Wort. »Schauen Sie, in der Brust des Mannes, in der Mitte links, ist eine kleine oberflächliche Verletzung zu sehen, die auch als Kratzer von einem Felsen stammen könnte – was nicht der Fall ist. Ich habe Blutproben entnommen, unter anderem aus der Aorta, wo sich eine bestimmte Art von Gift konzentriert, das innerhalb zwanzig Minuten durch den Körper getragen wird und tödlich ist. Es handelt sich um höchst ungewöhnliches kardiovaskuläres Gift.«

»Mithin lautet die Todesursache: Herzlähmung?«

»Ja.«

»Sind Sie sich dessen ganz sicher?«

»Was das Gift angeht, ja. Sonst wäre ich nicht zu Ihnen gekommen. Aber ich habe noch einige Tests laufen. Es erscheint möglich, daß ein Splitter des Gegenstandes, mit dem die Haut geritzt wurde, noch im Brustbein des Toten steckt.«

»Es gibt keine Austrittswunde?«

»Nein. Möglicherweise wurde das Mordwerkzeug herausgezogen, nachdem der Mann tot umgefallen war.«

»Na schön, Doc ...« Der Polizeileutnant machte eine Pause, schob die Fotos beiseite und studierte ein ausgefülltes Formblatt. »Somit wurde dieser Mann, Barry Braughm, leitender Angestellter bei« – er nannte den Namen von Sam Goldmans Werbeagentur in New York – »wohnhaft in 3-0-1, East Sixth, dritter Stock, ermordet. Aber auf welche Weise? Aus welchem Grund? Er lebte hier allein, ohne eifersüchtige Ehefrau, ohne Freund ...« Florum dachte nach. »Er hatte eine Schwester in Queens, die wir bereits befragt haben. Wir haben sein Haus an der Dune Road überprüft. *Nada.* Nichts. Keine Anzeichen eines Einbruchs, eines Diebstahls. Nicht ein Stück ist verschwunden. Sein Wagen stand da, wo er ihn geparkt hatte, vor seinem Haus. Er war gesichert wie Fort Knox. Es gibt nichts ...«

»Es gibt«, fiel Doc Deerforth ein, »ein Gift ganz besonderer Art.« Er fuhr sich mit den Handflächen über die Hosenbeine. Wie lange war es her, seit er zum letztenmal feuchte Hände gehabt hatte? »Mir ist dieses Toxin ... ich habe es kennengelernt, als ich in Übersee stationiert war.«

»Im Krieg?« fragte Florum verdutzt. »Guter Gott, das ist sechsunddreißig Jahre her! Wollen Sie mir etwa erklären ...«

»Die Wirkung dieses Giftes kann ich nicht vergessen, Ray, ganz gleich, wie viele Jahre es her ist. Eines Nachts war eine Patrouille von uns draußen. Fünf Männer. Nur einer kehrte zurück; es gelang ihm noch, sich bis zur Rollbahn zu schleppen. Wir hatten keinen Schuß gehört, nichts, nur die Stimmen der Nachtvögel und das Summen der Insekten ...«

Doc Deerforth atmete tief durch, damit ihn die Erinnerung nicht überwältigte. »Jedenfalls brachten sie ihn zu mir. Ein halbes Kind noch, nicht älter als neunzehn. Er lebte noch, und ich tat alles, was nur möglich war, aber ich war machtlos. Er starb mir unter den Händen.«

»An dem Zeug?«

Doc Deerforth nickte bekümmert. »An eben demselben.«

»Soll ich gehen?« fragte Nicholas.

»Ich weiß nicht.« Justine stand hinter der Couch, zerrte abwesend an dem haitianischen Baumwollbezug. »Mein Gott, du bringst mich ganz durcheinander.«

»Das wollte ich nicht«, suchte er sie zu beschwichtigen.

Er erschrak In diesem Augenblick erinnerte ihn das Profil ihres Gesichts an Yukio. Habe ich, dachte er, wirklich Abstand gewonnen von all den diffizilen, ritualisierten Lebensmustern meiner japanischen Vergangenheit? War es ihm jetzt möglich, die Fehler, die er damals begangen hatte, zu erkennen und die Rolle zu begreifen, die er in dem damaligen Drama gespielt hatte?

Justine machte an der anderen Seite der Couch eine Bewegung; sie schien so weit von ihm entfernt, als befände sie sich in einem anderen Land; aber er nahm ihren Duft wahr.

»Es ist spät«, sagte sie. Der Satz ergab keinen Sinn, und er nahm an, er war nur ausgesprochen worden, um die Leere zwischen ihnen zu füllen, die ihr wohl bedrohlich erschien.

Dieses innere Angespanntsein gehörte zu einem Teil ihres Wesens, der ihn am stärksten fesselte. Gewiß, in seinen Augen war sie außergewöhnlich schön; wäre er ihr auf der Straße in Manhattan begegnet, hätte er sich bestimmt nach ihr umgedreht. Aber körperliche Schönheit, das hatte er schon früh gelernt, war die Herrin über das Nichts – gefährlich und arrogant zugleich. Mehr als alles andere brauchte er die Herausforderung. Sowohl was Frauen anbelangte, als auch in anderer Hinsicht. Denn er fühlte tief drinnen in seiner Seele, daß es nicht wert war, etwas zu besitzen – es sei denn, man hatte es sich erkämpft. So war es auch mit der Liebe – vor allem mit der Liebe. Auch das hatte er in Japan gelernt, wo die Frauen Blumen glichen, die man mit unendlicher Zartheit und Behutsamkeit zur Entfaltung bringen mußte, um dann, wenn sie sich einem voll geöffnet hatten, erkennen zu können, daß sie erfüllt waren von wundersamer Zärtlichkeit und abgründiger Leidenschaft.

Es war nur das sanfte Rauschen und Glucksen der Brandung zu hören, durchbrochen vom Schrei einer Möwe, einsam und klagend, voller Verlorenheit.

Er fragte sich, was er unternehmen solle; ob er überhaupt etwas unternehmen wolle. Schließlich lebte auch in ihm die Angst.

»Hast du viele Frauen gehabt?« fragte sie plötzlich. Er sah, daß ihre Arme zitterten und daß sie sich anstrengen mußte, ihren Kopf zu heben. Sie starrte ihn an. Wollte sie ihn herausfordern? Oder nur ihre Vorurteile bezüglich der Männer bestätigt wissen?

»Das ist eine seltsame Frage.«

Sie wandte den Kopf etwas zur Seite, und er sah, wie das warme Licht der Lampe ihren Nasenrücken nachzeichnete, bis in die Vertiefung unter dem einen Auge reichte, auf dem hohen Wangenbogen lag, rötlich schimmernd wie Kupfer. Ihre rechte Gesichtshälfte lag völlig im Schatten. »Wirst du sie beantworten?«

Er lächelte. »Es gab etliche, die mir gleichgültig waren. Wenige, von denen ich das nicht sagen kann . . .«

Die ganze Zeit über beobachtete sie seine Augen, suchte nach einem Anzeichen dafür, ob er sich über sie lustig machte, fand aber nichts.

»Was willst du wissen, Justine?« fragte er sanft. »Hast du Angst, daß ich es dir nicht sagen würde?«

»Nein.« Sie schüttelte den Kopf. »Ich habe Angst, daß du es sagst.« Ihre Fingernägel zupften an den winzigen Knötchen in der Baumwolle wie die Finger eines Musikers an den Saiten einer Harfe. »Ich möchte es wissen, und doch nicht«, äußerte sie nach einer Weile.

Er wußte, wovon sie sprach. Er ging um das Sofa herum, stellte sich neben sie. »Ich bin es, Justine«, sagte er. »Nur ich bin bei dir. Wir beide sind hier allein.«

»Ich weiß.« Wie um sich von seiner Gegenwart zu befreien, erhob sie sich. Vielleicht spürte sie, wie die gegenseitige Anziehungskraft begann, sie aus dem Gleichgewicht zu bringen. Sie ging durchs Zimmer, blieb vor dem großen Fenster stehen. Die Lichter vor dem Haus brannten noch. Hinter der Veranda, die von Motten ständig umflattert wurde, schlug das Meer unablässig gegen den Strand. Der Sand war jetzt so schwarz wie Kohle.

»Weißt du, diese Aussicht erinnert mich aus irgendeinem Grund an San Francisco.«

»Wann warst du dort?« fragte er und setzte sich auf die Lehne der Couch.

»Vor ungefähr zwei Jahren. Ich war fast anderthalb Jahre dort.«

»Warum bist du weggegangen?«

»Ich ... ich habe mich von jemandem getrennt. Ich kam wieder hierher, in den Osten, kehrte sozusagen als verlorene Tochter in den Schoß der Familie zurück.« Aus irgendeinem Grund fand sie das komisch; aber das Lachen schien ihr im Halse steckenzubleiben.

»Du hast die Stadt geliebt?«

»Ja«, sagte sie. »Ja, das hab' ich. Sehr sogar.«

»Aber warum bist du dann weggegangen?«

»Ich war damals ein anderer Mensch, meiner selbst überhaupt nicht sicher.« Sie faltete die Hände vor der Brust, hielt die Ellbogen nach unten gedrückt. »Ich war so verletzlich. Ich glaube, ich hatte das Gefühl, ich könnte dort nicht allein mit mir sein.« So, als würde sie die damalige Situation erst jetzt richtig verstehen, setzte sie hinzu: »Es war eine dumme Situation. *Ich* war dumm.« Sie schüttelte den Kopf, als ob sie immer noch nicht ganz begreifen könne, warum sie so gehandelt hatte.

»Ich bin zweimal dort gewesen«, bemerkte Nicholas. »In San Francisco, meine ich. Ich war verliebt in diese Stadt. Ihre Lage, das flirrende Weiß ihrer Häuser.« Er sah auf die schmale phosphoreszierende Linie, die das Ansteigen der Brandung und deren alsbaldiges Abfallen ankündigte. »Ich ging immer wieder hinunter zum Strand, um auf den Pazifik zu blicken, und ich dachte bei mir: Hier, diese Wellen, sie rollen und rollen den ganzen Weg von Japan bis an diese Küste.«

»Was ließ dich in dieses Land kommen?« fragte sie.

»Ich kam hierher, um mir zu beweisen, daß ich ebenso ein Mensch des Westens bin – wie des Ostens. Ich stürzte mich auf dem College auf das Fach Massenkommunikation. Als ich nun einmal hier war, schien Werbung die logische Wahl, und ich hatte das Glück, einen Mann zu finden, der bereit war, mir, einem Neuling in der Branche, eine Chance zu geben.« Er lachte. »Es stellte sich heraus, daß ich ein Naturtalent war.«

Sie trat zu ihm. Ihr langes Haar bewegte sich sanft im Luftzug. Sie berührten sich nicht. »Willst du mich haben?« flüsterte sie. »Möchtest du mit mir schlafen?«

»Ja«, sagte er und beobachtete ihre Augen, sah, wie deren Farbe vom Grün ins Schwarze überzugehen schien, während sich die Pupillen weiteten. Er fühlte die Spannung in seinem Körper, war sich seiner eigenen Kräfte nicht mehr sicher, spürte einen Hauch Furcht, die wie eine Feder über sein Rückgrat strich. »Willst du denn mit mir schlafen?«

Sie erwiderte nichts. Er spürte die Nähe ihrer Hand, war hypnotisiert von ihren Augen, diesen glühenden, magnetischen Punkten. Er fühlte die Erregung in sich aufsteigen. Dann berührten ihre Fingerspitzen die Muskeln seines Armes, ihre Finger krümmten sich um seinen Bizeps, fest, ohne zu drücken. Diese einfache Geste übertrug soviel, wirkte, als habe sie sie nie zuvor gemacht. Nie war ihm solches geschehen – nicht auf diese Art. Seine Beine begannen zu zittern, ein Seufzer stieg in seinem Inneren auf. Er nahm sie behutsam in die Arme und war ganz sicher, daß sie leise aufschrie – ein winziger Ausbruch erotischen Gefühls.

»Oh!« Mit hingebungsvoller Inbrunst hervorgestoßen, ehe sich seine Lippen auf die ihren legten. Sofort öffnete ihr Mund sich unter dem seinen, und er fühlte, als sie sich mit ihrem ganzen Körper an ihn schmiegte, die Glut in der Wölbung ihrer Brüste, ihrem Leib und dem Delta ihrer Schenkel.

Wie heiß sie war, als seine Lippen ihren schlanken Nacken liebkosten, sich zu den gerundeten Erhöhungen ihres Schlüsselbeins vortasteten. Seine Hände zerrten an ihrem T-Shirt. Ihre Lippen waren an seinem Ohr, ihre Zunge kreiste, kreiste wie eine hungrige Möwe über dem nachtdunklen Strand, und sie flüsterte: »Nicht hier. Nicht hier. Bitte . . .«

Sie hob die Arme, das T-Shirt glitt zu Boden; seine Finger strichen ihre Wirbelsäule entlang, erfühlten die lange Vertiefung. Sie bebte und stöhnte, als er sie unter ihren Armen leckte, langsam zu ihren vollen Brüsten vordrang, deren Knospen bereits hart vor Erregung waren.

Ihre langen Finger lösten den Reißverschluß seiner Jeans, ihre Fingernägel schlugen aneinander, als seine geöffneten Lippen über die Hügel ihrer Brüste strichen, nach innen glitten. »Bitte«, flüsterte sie. »Bitte.«

Er spürte das letzte Aufflackern der Angst wie einen müden Seufzer. Sie sanken tiefer und tiefer, wanden sich, bebten vor Erwartung, als die letzten Kleidungsstücke fielen. Ihre Hand wollte das seidene Höschen abstreifen, aber er hielt sie fest, hob sie mit einer Hand unter ihren Pobacken auf, die andere stützte ihren Rücken. So legte er sie rücklings halb auf das Sofa, beugte sich zwischen ihre gespreizten Schenkel. Seine geöffneten Lippen fanden ihre samtigen Innenflächen, bewegten sich langsam aufwärts, hinauf bis zu ihrem seidenbedeckten Venushügel. Ihre Finger waren weiß, indes sie sich fest in die Kissen krallten; seine Zunge berührte die feuchte Seide, sie stöhnte abermals, hob sich ihm entgegen.

Dr. Vincent Ito rührte mit dem Löffel leicht im heißen Tee, der in der henkellosen Steinguttasse dampfte. Ein paar der dunklen zerstampften Blätter wirbelten vom Tassenboden auf, schwammen an der Oberfläche. Sie erinnerten ihn an im Wasser treibende Körper. Diese würden kommen, das wußte er, sie waren bereits ein oder zwei Monate unterwegs. Einstens waren es Menschen gewesen, die von einer Brücke gesprungen oder ahnungslos in den East River beziehungsweise den Hudson gestoßen worden waren – irgendwann während der langen Wintermonate. Die Kälte der Tiefe konservierte die Leiber, die zum Grund abgesunken waren, wo sie, umspült von trägen Strudeln, lagen, bis der Sommer begann und das Wasser sich erwärmte. Bei dreißig bis fünfunddreißig Grad Fahrenheit fingen die Bakterien an, sich zu vermehren, brachten den Körpern Verwesung, ließen sie anschwellen, bis die Gase sie schließlich nach oben trugen. Und Monate nach ihrem Versinken würden diese Körper zu ihm gebracht werden, zu ihm ins Gerichtsmedizinische Institut.

Eine Tatsache, die ihn nicht im geringsten zu erschüttern vermochte. Da er nun einmal Anatom war, war sie schlicht ein Teil seines Lebens – ein wichtiger Teil –, darüber war er sich schon vor langem klargeworden. Der Keller des Leichenschauhauses mit seinen übereinanderliegenden Stahltüren, die mit fein säuberlich beschriebenen Karten beschildert waren, der graue Kachelfußboden, die große Waage, auf der die Leichen gewogen wurden, das war der Ort, wo er die meiste Zeit seines Lebens verbrachte. Es bedeutete nichts Dämonisches, Grauenerregendes für ihn, wenn er zwischen den dunkel- und hellhäutigen Körpern hindurchschritt, die, blutleer, auf den weißschimmernden Bahren lagen, wobei die großen T-förmigen Schnitte der Skalpelle quer über der Brust der Leichen angeordnet waren, deren Epidermis dick war wie Leder und deren Gesichter so friedlich erschienen, als schliefen sie den Schlaf der Gerechten. Das alles hatte keine Wirkung auf ihn. Das Erregende an der forensischen Medizin lag für ihn in dem verworrenen Puzzle des Todes. Nicht im Tod an sich, sondern in dem Umstand, der zu ihm geführt hatte. Er war ein Detektiv, dessen Arbeit an den Toten schon sehr oft den Lebenden geholfen hatte.

Vincent starrte aus dem Fenster, während er gemächlich seinen Tee schlürfte. Es lag noch immer Dunkelheit über der Stadt. Die Uhr zeigte 4.25 Uhr. Er war stets so früh auf.

Von weither vernahm er das Rumpeln eines Müllfahrzeuges, das sich durch die Tenth Street schob. Dann durchschnitt die Sirene eines Polizeiwagens die Stille. Aber auch dieses Geräusch verebbte, löste sich auf in der Schwärze der Nacht. Außer seinen Gedanken blieb nichts. Und diese drehten sich um seine eigene Person.

Er fühlte sich gefangen. In meinem letzten Leben muß mein Karma sehr schlecht gewesen sein, überlegte er. Japan schien ihm so unerreichbar fern wie ein vergangenes Jahrhundert. Es schien ihm nicht mehr möglich, es je wiederzufinden, zumindest nicht das Japan, das er vor zwölf Jahren verlassen.

Für ihn war Nippon wie eine verwelkte Blume. Dennoch lockte es ihn gleich einer Meeressirene.

Nicholas erwachte kurz bevor es dämmerte. Sekundenlang war ihm, als befände er sich in seinem früheren Heim außerhalb von Tokio mit dem Zen-Garten, den schrägen Schatten an der Wand, die von den Stengeln des sich im Winde wiegenden Bambus stammten. Er hörte den abgehackten Ruf eines Kuckucks, das morgendliche Rauschen des Straßenverkehrs, gedämpft durch die Entfernung und zugleich verstärkt durch Eigentümlichkeiten der Landschaft.

Noch halb im Schlaf drehte er den Kopf, erblickte einen weiblichen Körper neben sich, *Yukio.* Sie war also doch zurückgekehrt, dachte er. Er hatte es ja gewußt . . .

Er fuhr empor, sein Herz raste. Ein Runengesang wehte vom Meer herüber, verwandelte sich jäh in das Rauschen der anbrandenden Wellen, das klar zu ihm durchs offene Fenster drang. Da war der Schrei der Möwen. Doch die Bedeutung dieses geheimnisvollen Gesangs vermochte er nicht aufzulösen.

Er atmete ein paarmal tief durch. Japan umhüllte ihn noch immer wie ein hauchzarter, schimmernder Schleier. Wodurch war es so fordernd in seine Erinnerung zurückgekehrt?

Er blickte um sich, sah die Nasenspitze von Justine und ihre sanften, sinnlichen leicht geöffneten Lippen, während alles andere vom Laken bedeckt war. Sie schlief tief, und ihre Brüste hoben und senkten sich regelmäßig.

Was ist an ihr, dachte er, das mich wie eine Strömung forträgt? Er sah sie noch immer an, beobachtete das leise Auf und Ab ihres warmen Körpers und wußte, daß er nach Japan zurückglitt, in die Vergangenheit, in die er nie mehr eintreten wollte . . .

Vincent Ito traf vier Minuten vor acht Uhr vor dem Gebäude des Gerichtsmedizinischen Instituts in der First Avenue ein. Er schob die Glastüren über der kurzen Eingangstreppe auf, nickte dem Polizisten vom Dienst zu und sagte »Hallo« zu Tommy, dem Chauffeur von Nate Graumann. Er betrat Zimmer 134 und wußte sofort, daß er noch genügend Zeit für eine Tasse Kaffee hatte, ehe die morgendliche Konferenz begann.

Er begab sich durch den kleinen Vorraum in das Büro des Chefamtsarztes.

Nate Graumann, New York Citys Chefamtsarzt, war ein Hüne von einem Mann. Seine geschlitzten Augen schimmerten schwarz und waren halb unter seinen schweren Lidern verborgen, die etwas blasser waren als die Haut seines Gesichtes. Irgend jemand hatte ihm die Nase zerschlagen, vielleicht bei einer Keilerei in der South Bronx, wo er geboren und aufgewachsen war. Sein Haar war graumeliert, sein Schnurrbart hingegen tiefschwarz. Kurz gesagt: Er wirkte wie ein ernst zu nehmender Gegner – eine Tatsache, die vom Bürgermeister der Millionenstadt und mehreren Mitgliedern des Finanzausschusses unschwer bestätigt werden konnte.

»Morgen, Vincent«, rief er.

»Morgen, Nate.« Ito eilte durch das Zimmer zu dem hohen Dom der Kaffeemaschine, der mitten aus dem Chaos von Graumanns Büro ragte. Ich brauche heute unbedingt einen starken Kaffee, dachte er mürrisch.

»Bleib noch 'ne Minute, Vincent«, sagte Graumann später, als die Konferenz sich auflöste.

Vincent saß auf seinem grünen Stuhl vor dem mit Papieren überhäuften Schreibtisch und reichte Graumann die neuesten Akten hinüber, die dieser jeweils zu sehen wünschte.

Sie waren seit den frühen Jahren ihrer Zusammenarbeit Freunde, aber diese Zeiten schienen immer mehr zu entschwinden. Graumann war stellvertretender Leichenbeschauer gewesen, als Vincent hier anfing, und es kam ihnen bisweilen so vor, als hätten sie damals mehr Zeit für ihre Arbeit und ihre Freundschaft gehabt. Vielleicht lag es auch daran, daß ihnen zu jener Zeit ein größerer Etat zur Verfügung stand. Ihre Arbeitslast wurde immer schwerer, nachdem der Fiskus erhebliche Einschränkungen angeordnet hatte. Es hieß, die Stadtverwaltung habe Wichtigeres zu tun, als sich um Menschen zu kümmern, die erschlagen, erstochen, erdrosselt, ertränkt, vergiftet, erschossen, durch Bomben zerfetzt wurden oder den Tod in den Gewässern der Umgebung fanden. In New York City sterben pro Jahr achtzigtausend Menschen. Und bei uns landen dreißigtausend davon, dachte Ito.

»Was liegt zur Zeit an?« wollte Graumann wissen.

»Da ist diese Morway-Sache«, erläuterte Vincent und runzelte nachdenklich die Stirn. »Ferner die Holloway-Messerstecherei. Ich kann deswegen jede Minute ins Gericht gerufen werden. Der Fall Principal ist nahezu abgeschlossen. Es fehlen nur noch ein paar Kleinigkeiten für den Staatsanwalt, die Blutanalysen sollen heute nachmittag kommen. Und dann, o ja – nicht zu vergessen: die Sache Marshall.«

»Worum handelt es sich dabei?«

»Kam gestern am späten Nachmittag. Die McCabe meinte, es sei dringend, also fing ich sofort damit an. Ertränkt – im Wasserreservoir. Die McCabe nimmt an, jemand habe den Kopf des Betreffenden unter Wasser gedrückt. Sie haben einen Verdächtigen in U-Haft, darum brauchen sie die Unterlagen so schnell wie möglich.«

Graumann nickte. »Bist ganz schön eingedeckt, was?«

»Mehr als das.«

»Ich möchte dich für ein paar Tage auf ›Die Insel‹ schikken.«

»Was? Ausgerechnet jetzt!«

»Wenn es nicht wichtig wäre, würde ich dir damit nicht kommen.«

»Aber was ist mit . . .«

»Ich werde mich persönlich um deine laufenden Fälle kümmern. Und diese hier«–, Graumann nahm zwei Aktenordner auf, »– diese werde ich Michaelson übergeben.«

»Michaelson ist ein Idiot«, erwiderte Vincent aufgebracht.

Graumann sah ihn gelassen an. »Er arbeitet genau nach Vorschrift, Vincent. Er ist pflichtbewußt, und man kann sich auf ihn verlassen.«

»Aber er ist so langsam«, stöhnte Vincent.
»Schnelligkeit ist nicht alles«, mahnte ihn Graumann.

»Sag das mal der McCabe. Sie setzt das ganze Büro auf dich an. All diese gottverdammten Kriminalassistenten, die sich hier wichtig machen und alles durcheinanderbringen.«

»Dafür werden sie bezahlt, tut mir leid.«

»Und was soll ich auf ›Der Insel‹?«

»Paul Deerforth rief mich gestern abend noch spät an«, sagte Graumann. »Du erinnerst dich an ihn?«

»Gewiß. Wir sind uns im vorigen Jahr begegnet, als ich dich für ein paar Tage besuchen kam. West Bay Bridge, stimmt's?«

»Hm, ja«, Graumann lehnte sich vor. »Er hat da offenbar ein Problem, das ihm über den Kopf wächst.« Der Amtsarzt betrachtete seine Fingernägel, sah dann wieder Vincent an. »Er hat ausdrücklich um deine Hilfe gebeten.«

An der linken Backsteinwand des Wohnzimmers des von Nicholas bewohnten Hauses befand sich ein riesiges Aquarium, groß genug, um an die 1500 Liter Wasser zu fassen; aber es wurde nicht von den üblichen Zierfischen bewohnt. Der Besitzer des Hauses hatte ihm, dem Sommermieter, seine Salzwasserfische anvertraut, die in ihren leuchtenden Farben das Wasser durchhuschten wie eine Schar buntgefiederter exotischer Vögel.

Nicholas betrachtete Justines Umrisse durch das Glas und das Wasser hindurch.

Sie trug einen roten Badeanzug, der an den Oberschenkeln hoch angesetzt war und dem Trikot einer Tänzerin glich, vor allem aber ihre langen Beine betonte. Um den Hals hatte sie ein weißes Handtuch geschlungen, als käme sie soeben aus der Gymnastikstunde. Nachdem sie den Teller mit dem letzten Bissen Toast ausgewischt hatte, schob sie das Stück Brot in den Mund und drehte sich ihm zu.

»Das sind nicht deine Fische, oder?« fragte sie.

Er war gerade mit dem Füttern fertig, blieb aber noch sitzen, fasziniert von den sich stetig verändernden Strömungen, hervorgerufen durch die leisen Schwimmbewegungen der Fische und die Luftblasen der Sauerstoffzufuhr. Unwirklich und besänftigend zugleich wirkte diese Welt, obgleich sie womöglich nur ein Spiegelbild seiner Phantasie war.

»Nein«, erwiderte er hinter seinem gläsernen Versteck hervor. »Aber ihnen gehört in Wirklichkeit das Haus.« Er lachte und richtete sich auf. »Mehr als mir auf jeden Fall.«

Sie stand auf und brachte die Teller in die Küche. »Himmel, wie es regnet.« Sie lehnte sich mit den Ellbogen auf das Spülbecken und starrte aus dem Fenster. »Und ich wollte heute draußen arbeiten.«

Der Regen schlug an die Fenster des Wohnzimmers, auf das flache Dach. Er kam vom Meer her. Das Licht war kalt und dämmrig, fleckig wie Marmor.

»Arbeite hier«, sagte er. »Du hast doch alles bei dir.«

Sie kam wieder ins Wohnzimmer, wobei sie sich die Hände abtrocknete.

»Ich weiß nicht –«

Sie verwirrte ihn. Nichts zu unternehmen, war genauso schlimm, wie den falschen Weg einzuschlagen. Er haßte Unschlüssigkeit.

»Hast du Skizzen mitgebracht?«

»Ja.« Sie blickte zu der großen Leinentasche hinüber, die sie neben das Sofa gestellt hatte.

»Ich würde sie gern sehen.«

Sie nickte, nahm eine große blaue Mappe aus der Tasche und reichte sie ihm.

Während er Blatt für Blatt betrachtete, wanderte sie durch den Raum. Das Blubbern des Aquariums, das gedämpfte Schäumen der Brandung waren zu vernehmen.

»Was sind denn das?«

Er sah auf. Sie stand vor einer niedrigen Anrichte aus Walnußholz, die Hände lose auf dem Rücken verschränkt, und meinte die Gegenstände, die oberhalb an der Wand hingen: ein Paar in ihrer Scheide steckende, leicht gekrümmte Schwerter. Das obere war ungefähr fünfundsiebzig Zentimeter lang, das darunter etwa fünfzig.

Er betrachtete sekundenlang die schemenhaften Linien ihres Rückens und verglich sie mit denjenigen der Zeichnung, die er in der Hand hielt.

»Es sind die alten Schwerter der japanischen Samurai«, erklärte er. »Das längere ist das *katana,* das tödliche Schwert; das andere ein *wakizashi.«*

»Wofür werden sie verwendet?«

»Zum Zweikampf und *seppuku* – dem rituellen Selbstmord. Im Mittelalter durften nur die Samurai das *daisho,* das zweischneidige Schwert, tragen und benutzen.«

»Woher hast du sie?« Immer noch hielt sie den Blick auf die Waffen gerichtet.

»Sie gehören mir«, sagte er.

Sie wandte ihm das Gesicht zu und lächelte. »Du meinst damit, daß du ein Samurai bist?«

»Gewissermaßen«, sagte er ernst und stand von der Couch auf. Er trat neben sie. Wie hätte sie ahnen können, daß er drei Stunden am Tag trainierte?

»Darf ich das lange Schwert sehen?« bat sie.

Behutsam nahm er das *katana* von der Wand. »Das sollte ich nicht tun.« Seine linke Hand lag auf der Scheide, die Finger seiner Rechten umspannten das lange Heft.

»Weshalb nicht?«

Sehr langsam zog er die Scheide zurück; die schimmernde Klinge wurde in einer Länge von etwa zehn Zentimetern sichtbar. »Das *katana* soll nur für den Kampf gezogen werden. Es ist heilig. Es wird in der Zeremonie der Mannwerdung verliehen; getauft auf seinen Namen, ist es das Herz und die Seele des Samurai. Dies hier ist ein *dai-katana,* das länger ist als das übliche Schwert. Berühre es bitte nicht«, gebot er scharf. Erschreckt zuckte ihr ausgestreckter Finger zurück. »Du würdest dich verletzen.«

In der Klinge sah er ihr Spiegelbild. Ihre Augen waren geweitet, ihre Lippen leicht geöffnet. Er konnte sie neben sich atmen hören.

»Laß es mich noch ein bißchen länger ansehen.« Sie strich sich eine Haarsträhne aus den Augen. »Es ist schön. Hat es einen Namen?«

»Ja«, sagte er und dachte an Cheong und Itami.»*Iss-hōgai.* Das bedeutet ›Fürs Leben‹.«

»Hast du ihm diesen Namen gegeben?«

»Nein, mein Vater.«

«Er gefällt mir. Er paßt irgendwie.«

»In einem von Japanern geschmiedeten Schwert liegt ein Zauber beschlossen«, bemerkte er und ließ das *dai-katana* in seine Scheide zurückgleiten. »Dieses Schwert ist beinahe hundert Jahre alt, doch es ist so wundervoll gearbeitet, daß es heute noch aussieht, als sei es nicht länger als ein Jahr getragen worden.« Er hängte die Waffe wieder an die Wand. »Es besitzt die beste Klinge, die die Welt je gesehen hat.«

Das Telefon klingelte. Er begab sich zum Apparat und nahm den Hörer ab.

»Nick. Hier ist Vincent.«

»Hallo! Wie geht es dir?«

»Gut. Übrigens – ich bin auf dem Weg nach West Bay Bridge.«

»Das ist ja großartig! Ich hab' dich seit –«

»– seit März haben wir uns nicht mehr gesehen, wenn du es genau wissen willst. Hör zu, ich werde bei Doc Deerforth wohnen.«

»Auf keinen Fall. Du wohnst hier draußen am Strand. Ich habe massenhaft Platz. Im Ort kannst du nicht schwimmen gehen.«

»Tut mir leid, aber ich habe keine Ferien.«

»Was macht Nate?«

»Das übliche. Wir haben zu viel zu tun.«

Nicholas sah zu Justine hinüber, die ihre Skizzen durchblätterte, ihre eine Hand fuhr durch das dichte Haar. Während er sie betrachtete, lehnte sie sich über das Sofa, nahm einen Stift aus ihrer Tasche und fing an, die Skizze zu vollenden, die sie zuvor betrachtet hatte.

»Ist jemand bei dir?«

»Ja.«

»Ach so. Na gut. Ich werde am späten Nachmittag ankommen.« Vincent Ito lachte. Es klang dünn und angestrengt. »Es muß sich um einen besonderen Fall handeln. Graumann hat mir den Wagen und Tom bewilligt. Ich brauche mich also nur im Rücksitz zurückzulehnen und kann ein Nickerchen machen.«

Nicholas lachte. »Ruf mich umgehend an, wenn du Zeit hast, dann kommst du zu mir auf einen Drink.«

»Wird gemacht. Bis dann.«

Nicholas legte den Hörer auf die Gabel und setzte sich neben Justine. Sein Blick glitt über die Zeichnung; aber seine Gedanken waren weit fort.

»Ich glaube, ich weiß jetzt, warum man mich hergeholt hat«, bemerkte Vincent Ito.

»Sie kennen das Zeug?« fragte Doc Deerforth.

Vincent rieb sich mit Daumen und Zeigefinger die Augen. Das harte Neonlicht tat weh. Er griff nach der Schreibtischlampe, zog sie näher zu den Papieren heran, die er studierte. »Ich weiß noch nicht genau, was ich davon halten soll, um ehrlich zu sein.«

»Der Mann, den wir eben unten gesehen haben, ist nicht durch Ertrinken ums Leben gekommen.«

»Daran gibt es keinen Zweifel.« Vincent nickte zustimmend. »Woran er auch gestorben ist, jedenfalls war es keine Asphyxie.«

»Wie Sie hier sehen können –«, Doc Deerforth deutete auf die Blätter in Vincents Händen, »– ist in diesen ärztlichen Unterlagen keinerlei Herzerkrankung verzeichnet, es gab bei ihm kein kardiologisches Problem, weder bei ihm noch in seiner gesamten Familie. Er war ein kerngesunder sechsunddreißigjähriger Mann, Kaukasier, etwas aus der Form gegangen zwar, dennoch . . .«

»– dennoch starb er an einem Herzanfall«, beendete Vincent den Satz.

»Herbeigeführt, davon bin ich überzeugt«, Doc Deerforth beugte sich vor und tippte auf ein maschinegeschriebenes Blatt, »durch diese Substanz.«

»Was sagt der Computer?«

Doc Deerforth schüttelte den Kopf. »Wir haben die Daten gar nicht eingefüttert. Vergessen Sie nicht, für jeden hier, der mit dem Fall zu tun hat, ist es ›Unfalltod durch Ertrinken‹, jedenfalls bis jetzt.«

»Und wie wollen Sie die Verzögerung Ihres Berichtes begründen?« Vincent schlug die Akten zu und schob sie zu Doc Deerforth hinüber.

»Hab' ich Ihnen das nicht gesagt? Ich hab' da Probleme, ein bißchen Ärger mit der Familie des Mannes.« Doc Deerforth klemmte sich die Akte unter den Arm und machte sich daran, Vincent aus dem Laboratorium zu führen, nachdem er sorgfältig alle Lampen gelöscht hatte. Die halbstündige Fahrt zu Nicholas schien plötzlich für Vincent in weite Ferne zu rücken.

Justine hockte mit hochgezogenen Knien auf der Couch, die Arme um ihre Beine geschlungen. Ihr offenes Skizzenbuch lag vor ihr auf dem niedrigen Tisch. Die Fensterscheiben an der gegenüberliegenden Wand wirkten wie von Tränen überströmt, doch der Regen war dabei, sich in Bodennebel zu verwandeln.

»Erzähl mir von Japan«, sagte sie ohne Übergang und neigte den Kopf, bis ihr Gesicht auf der Höhe war wie seines. Ihre kühlen, sehr großen Augen sahen ihn alles andere als gefühllos an.

»Ich bin sehr lange nicht mehr dort gewesen«, erwiderte er.

»Wie ist es dort?«

»Anders. Ganz anders.«

»Du meinst die Sprache?«

»Oh, das ist natürlich auch von Bedeutung. Aber es gibt vor allem Unterschiede, die viel grundsätzlicherer Natur sind. Du kannst nach Frankreich oder Spanien gehen und hast es dort auch mit einer anderen Sprache zu tun. Aber die Lebensweise ist dort denn doch nicht so verschieden von der deinigen. Die Japaner dagegen verwirren die meisten Menschen aus dem Westen, ja, sie erschrecken sie. Merkwürdig, aber es ist so.«

»Jeder Mensch ist verschreckt, wenn er etwas nicht begreift und versteht«, stellte sie fest.

»Dann«, fuhr er fort, »gibt es einige, die sofort begreifen. Mein Vater war einer von ihnen. Er liebte den Osten.«

»So wie du.«

»Ja«, sagte er, »so wie ich.«

»Weshalb bist du dann hierher gekommen?«

Er sah sie an, während die Dunkelheit sich langsam herabsenkte, die Welt draußen in Blau tauchte, und er fragte sich, warum sie in ihren Fragen derart klar und einfühlsam und in ihren Antworten doch so ausweichend sein konnte.

»Ich wollte nicht länger in Japan leben«, sagte er und erkannte, daß diese Feststellung sowohl die Wahrheit als auch eine grobe Unzulänglichkeit enthielt. Aber welche Worte hätten ihr genügt? Er wußte es nicht.

»Du kamst also hierher und gingst in die Werbung.«

Er nickte. »Gewissermaßen, ja.«

»Und hast deine Familie verlassen?«

»Ich habe keine Familie.« Die Worte kamen kalt und hart, vernichtend wie Pistolenkugeln. Sie wich vor ihm zurück.

»Du bringst es fertig, daß ich mich plötzlich schäme, weil ich nicht mehr mit meiner Schwester spreche«, sagte sie und wandte sekundenlang ihr Gesicht ab, als wolle sie ihre Verlegenheit verbergen.

»Du mußt sie sehr hassen.«

Ihr Kopf fuhr herum. »Das war grausam von dir.«

»Wirklich?« Er war überrascht. »Ist sie dir womöglich gleichgültig? Das wäre viel schlimmer.«

»Nein«, sagte sie. »Nein. Sie ist mir nicht gleichgültig. Sie ist schließlich meine Schwester.«

»Warum willst du nicht von deinem Vater sprechen? Du redest von ihm immer in der Vergangenheitsform. Ist er tot?«

In ihren Augen glomm ein Funke auf. »Ja. Er ist so tot, wie man es nur einmal sein kann.« Sie stand auf, ging zum Aquarium, sah mit krampfhafter Anstrengung ins Wasser. Nicholas überlegte, was ihr Vater ihr angetan haben mochte, daß sie ihn so sehr verachtete.

»Was ist mit deiner Schwester?« fragte er. »In dieser Hinsicht bin ich neugierig, weil ich ein Einzelkind war.«

Sie wandte sich ab, die Wasserreflexe, hervorgerufen durch den Schein der Lampe, malten wellenförmige Lichter und Schatten auf ihre Wangen. Er stellte sich vor, sie befänden sich auf dem Grund des Meeres, schwebender Tang, der sich majestätisch wie Bambusrohr im Atem der tiefen Strömung wiegte; er stellte sich vor, ihre Sprache sei nur Hall, hohle

Laute, Schwingungen, die wie Tennisbälle hin und her flogen.

»Gelda«, ihre Stimme hatte jäh eine seltsame Färbung angenommen, die er nicht einordnen konnte, »meine ältere Schwester –« sie brach ab. »Du hast Glück, daß du allein bist; einige Dinge im Leben sollte man nicht teilen müssen.«

Es schien unvernünftig, ihr Vorwürfe zu machen, weil sie es nicht fertigbrachte, ihn ins Vertrauen zu ziehen. Dennoch fühlte er sich von ihrer Zurückhaltung verletzt. Plötzlich spürte er das verzehrende Verlangen, ihre Geheimnisse zu teilen – ihre Demütigungen, ihre kindlichen Träume, ihren Haß, ihre Liebe, ihre Furcht und ihre Scham. Er wollte ihre Seele ganz, die so ungewöhnlich und erregend unvollkommen war wie ein fremdartiger, funkelnder Edelstein. Ihr Geheimnis zog ihn an. Und wie ein Marathonschwimmer, der seine Grenzen überschreitet und deshalb untergeht, in der Erkenntnis, daß er versucht hat, etwas zu entdecken und zu erkunden, dem er nicht gewachsen war, so wußte Nicholas, daß eine ähnliche Erkenntnis den Schlüssel dazu bot, in sein Unterbewußtsein hinabzutauchen, um jene unerschlossenen Reserven zu mobilisieren, die imstande waren, ihn an ferne Ufer zu tragen.

Doch in einem Winkel seines Bewußtseins wußte er, was ihn dort an jenem Strand erwarten würde; und ihm graute davor, sie wieder zu erblicken, ihre grauenhaften Fratzen zu sehen. Einmal war er ihnen schon begegnet, und er wäre dabei beinahe zugrunde gegangen.

Sie traten aus dem Haus in die Sommernacht. Die Wolken waren gen Westen gezogen, der Himmel war endlich wieder klar. Die Sterne leuchteten, schimmerten wie Edelsteine auf Samt, gaben ihnen das Gefühl, die Welt sei in einen Umhang gehüllt, eigens für diese Stunde gewebt.

Sie schlenderten am Saum des Wassers entlang, weit draußen, denn es war Ebbe. Ihre Füße fühlten den feuchten Tang und ab und zu flüchtigen Schmerz, wenn sie auf Krebsschalen traten.

Die Brandung taumelte in flachen, leicht phosphoreszierenden Erhebungen heran. Sie waren allein am Strand, irgendwo glühte ein orangefarbener Schein, ringelten sich dünne Rauchschwaden in die Luft, Anzeichen eines nächtlichen Barbecues im Lee der Düne.

»Hast du Angst vor mir?« Seine Stimme war so leicht wie Nebel.

»Nein«, sagte sie, »ich habe keine Angst vor dir.« Sie steckte die Hände in die Vordertaschen ihrer Jeans. »Ich habe nur einfach Angst. Sie begleitet mich seit anderthalb Jahren, diese Angst, wie das Schattenbild eines Dämonen, den ich nicht zerstören kann.«

»Wir haben alle Angst – vor diesem oder jenem.«

»Himmel, Nick, behandele mich nicht so gönnerhaft! Du hattest sie nie – diese Art von Angst!«

»Weil ich ein Mann bin?«

»Weil du du bist.« Sie wandte den Blick von ihm, rieb mit den Handflächen ihre nackten Arme. Er meinte, sie zittern zu sehen.

Er bückte sich, grub einen sandbedeckten Stein aus, wischte ihn ab, spürte dessen unbeschreibliche Sanftheit unter seinen Fingern. Die Zeit hatte all die Kanten geglättet, die Zeit hatte ihm seine Form gegeben. Doch das Wesen des Steins, seine Farben, Schichtungen, die Unvollkommenheit seiner Struktur, Konsistenz und Härte, die blieben.

Sie nahm ihm den Stein aus der Hand und warf ihn weit hinaus ins Meer. Mit einem platschenden Laut traf er auf der Oberfläche des Wassers auf und versank so schnell, als hätte es ihn nie gegeben. Aber Nicholas konnte noch immer sein Gewicht spüren, dort, wo er in der Innenfläche seiner Hand geruht hatte.

»Alles wäre so einfach«, sagte er, »wenn wir uns den Menschen, die wir mögen, nähern könnten, als hätten sie keine Vergangenheit.«

Sie stand schweigend neben ihm und blickte ihn an. Lediglich der leichte Schauer, der über ihren Nacken lief, bewies ihm, daß sie ihn verstanden hatte.

»Aber das können wir nicht«, fuhr er fort. »Die menschliche Erinnerung reicht weit, sehr weit zurück; und sie ist es auch, die uns bisweilen, wenn wir jemanden zum erstenmal sehen, ein schwaches, aber unfehlbares Gefühl des Wiedererkennens vermittelt – Wiedererkennen wovon? Einem verwandten Geist? Einer Aura? Diese Dinge haben viele Namen.«

Er machte eine kleine Pause, ehe er fragte: »Hast du etwas gespürt, als wir uns begegneten?«

»Ja.« Sie fuhr mit dem Daumen über seinen Handrücken, zeichnete die Knochen nach. Ihr Blick war auf ihre Füße gerichtet, auf den feuchten schwarzen Sand, auf das heranrollende Wasser. »Ich habe Angst, dir zu vertrauen.« Ihr Kopf hob sich so unerwartet, als hätte sie eine Entscheidung getroffen und sei nun entschlossen, an ihr festzuhalten. »Die Männer, die ich hatte, waren alles solche – sie waren Mistkerle. Aber schließlich hatte ich sie ausgewählt.«

»Wieso soll ausgerechnet ich nun anders sein – meinst du das?«

»Aber du bist anders, Nick. Ich kann es fühlen.« Und doch ließ sie seine Hand los. »Ich kann nicht noch einmal dasselbe durchmachen. Ich kann es einfach nicht.«

Er sagte: »Wir sind in einem Wust romantischer Ideale erzogen worden, wo Liebe und Heirat noch Ewigkeitswerte sind. Ich glaube, du bist noch auf der Suche. Das Leben ist ein großes Suchen nach Liebe, Geld, Ruhm, Anerkennung, Sicherheit.«

»Außer bei mir.« Justines Stimme trug jetzt einen Hauch von Bitterkeit. »Ich weiß nicht, was ich noch haben will.«

»Und was war es«, entgegnete er, »das du in San Francisco suchtest?« Er sah nur noch ihre Umrisse, eine Figur aus Elfenbein in der Dunkelheit, die dort, wo sie stand, die Sterne auslöschte.

Als sie antwortete, war ihre Stimme ein Wispern, wie außerhalb der Zeit, ein heiseres, rauhes, gleichsam unirdisches Murmeln, das ihn erschauern ließ.

»Ich wollte«, sagte sie, »beherrscht werden.«

»Ich kann es immer noch nicht glauben, daß ich es dir gesagt habe.«

Sie lagen nackt unter den Laken auf seinem Bett. Ein Mondstrahl fiel durch das Fenster ins Zimmer, bildete eine Brücke zu einem anderen Land.

»Warum?« fragte Nicholas.

»Weil ich mich deswegen schäme. Ich schäme mich auch, daß ich so etwas je gefühlt habe.«

»Ist es denn so schrecklich, wenn jemand sich wünscht, beherrscht zu werden?«

»Die Art, in der ich es mir wünschte ... Ja, es war – schrecklich und unnatürlich.«

»Wie meinst du das?«

Sie drehte sich um, und er fühlte den sanften Druck ihrer Brüste an seiner Haut. »Ich möchte nicht mehr darüber sprechen. Laß uns vergessen, daß ich es je gesagt habe.«

Er umfaßte ihre nackten Arme und sah ihr voll ins Gesicht.

»Wie hieß der Junge in San Francisco?«

»Chris.«

»Ich bin nicht Chris. Und ich bin auch sonst keiner von denen, die es irgendwann einmal in deinem Leben gab.« Er schwieg und beobachtete ihre Augen. »Verstehst du, was ich meine? Wenn du jetzt nicht die Angst durchbrichst, wenn du jetzt scheiterst, dann wird es dir nie gelingen, davon loszukommen. Und jeder Mann, der dir begegnet, wird auf irgendeine Art Chris sein.«

Sie löste sich von ihm. »Du hast kein Recht, mir solche Belehrungen zu erteilen. Wer, zum Teufel, bist du überhaupt? Was bildest du dir ein? Ich sage irgend etwas, und sofort kennst du mich durch und durch, weißt, wie und wer ich bin.« Sie stieg aus dem Bett. »Du hast den Dreck einer Ahnung von mir. Du wirst nie etwas von mir wissen. Wer, verdammt noch mal, schert sich überhaupt darum, was du sagst?«

Er sah, wie sie sich im Zimmer bewegte, und eine Sekunde später hörte er die Tür zum Badezimmer zuschlagen.

Er setzte sich auf, schwang die Beine über den Bettrand. Der Wunsch zu rauchen machte sich stark in ihm bemerkbar, deshalb zwang er sich, an etwas anderes zu denken. Er fuhr sich mit beiden Händen durchs Haar, starrte blicklos aufs Meer hinaus. Selbst jetzt schwang Japan in seinen Empfindungen mit. Da gab es eine Botschaft, das wußte er; aber, da er sich gezwungen hatte, diese so tief in sich zu vergraben, kam sie nur sehr langsam herauf ans Licht.

Er stand auf. »Justine«, rief er.

Die Tür zum Badezimmer flog auf, und sie erschien in einer dunklen Militärjacke und Jeans. Ihre Augen waren helle, harte Sterne. Sie blitzte ihn an.

»Ich gehe«, sagte sie schroff.

»So bald?« Ihre melodramatische Art amüsierte ihn, außerdem glaubte er ihr nicht so recht.

»Du mieser Hund! Du bist wie alle anderen!« Sie steuerte auf die Diele zu.

Er packte sie an der rechten Hand, wirbelte sie herum. »Wo gehst du hin?«

»Weg!« schrie sie. »Weg von hier, raus! Weg von dir, du – du Hurensohn!«

»Justine, du benimmst dich wie eine Närrin.«

Ihre freie Hand fuhr hoch, schlug ihm ins Gesicht: »Sag so was nicht zu mir.« Ihre Stimme war nur noch ein Fauchen, ihr Gesicht eine nahezu tierische Fratze.

Ohne nachzudenken schlug er sie. Ihm wollte es das Herz brechen, und er rief sanft ihren Namen. Sie stürzte in seine Arme, ihre offenen Lippen trafen auf seinen Hals, ihre heißen Tränen brannten auf seiner Haut. Sie streichelte seinen Kopf.

Er hob sie auf und trug sie zu dem zerwühlten Bett, und sie liebten sich leidenschaftlich und lange.

Später, als sie ihre Arme müde um ihn gelegt hatte und ihre Beine um die seinen geschlungen hielt, sagte er sehr ernst: »Das wird nie wieder vorkommen. Nie wieder.«

»Nie wieder«, hauchte sie als das Echo seiner Worte.

Im Schlaf hörte er das Telefon klingeln, und sein Bewußtsein zog sich von Delta zu Beta zu Alpha hinauf, bis er wach war. Sein Magen verkrampfte sich, er drehte sich um und griff nach dem Apparat neben dem Bett. Justine bewegte sich.

»Hallo?« Seine Stimme klang belegt.

Justine legte ihre Arme über seine Brust; selbst ihre Fingernägel waren warm.

»Hier ist Vincent.« Pause. »Störe ich?«

Vincent war viel zu sehr Japaner, um sich aufzudrängen, und er würde nie so früh anrufen, wenn es nicht wirklich wichtig wäre. Wenn Nicholas jetzt ›Später‹ sagte, würde Vincent sofort auflegen – kein Problem. Justines Kopf schob sich in die Beuge seines Armes; Schatten sammelten sich in den Höhlungen ihrer Wangen und Augen.

»Was ist los, Vincent?«

»Hast du von der Leiche gelesen, die sie vor ein paar Tagen aus dem Wasser gezogen haben?«

»Jaa.« Sein Magen zog sich zusammen. »Was ist damit?«

»Ihretwegen bin ich hier.« Vincent räusperte sich, ihm war hörbar unbehaglich zumute. »Ich bin in Hauppague im Gerichtsmedizinischen Institut. Weißt du, wo das ist?«

»Ich weiß, wie ich nach Hauppague komme, wenn du darauf hinauswillst«, entgegnete er kurz.

»Leider – ja, Nick.«

Ihm war, als läge die Luft tonnenschwer auf seinen Lungen. »Was, um Himmels willen, ist denn los? Warum diese verdammte Geheimnistuerei?«

»Ich glaube, du solltest selber sehen, was wir hier haben.« Vincents Stimme klang müde. »Ich möchte dich nicht beeinflussen. Darum sage ich dir auch am Telefon nicht soviel – damit du dir nicht schon vorher den Kopf zerbrechen mußt.«

»Junge, ich habe genügend Zeit, mir den Kopf zu zerbrechen.« Nicholas sah auf seine Uhr: Es war 7.15 Uhr. »In vierzig Minuten bin ich bei dir, okay?«

»Ja. Ich warte vor dem Institut auf dich und begleite dich rein.« Wieder trat ein kurzes Schweigen ein, dann sagte Vincent: »Tut mir leid, alter Knabe.«

»Schon gut, schon gut.«

Als er den Hörer auflegte, spürte er, daß seine Hand schweißnaß war.

Nicholas sah noch einmal auf den Metallsplitter, der unter dem Okular des Mikroskops lag. Ein winziges, ohne Mikroskop kaum erkennbares Teilchen, das Doc Deerforth im Brustbein der Leiche entdeckt hatte.

»Hier sind alle Analysen«, sagte Vincent und schob die Papiere über den verzinkten Tisch. Nicholas blickte vom Mikroskop auf. »Wir haben die Tests dreimal durchlaufen lassen, um ganz sicherzugehen.«

Nicholas nahm die Blätter auf, sein Blick glitt über die Zahlen. Aber er hatte bereits vermutet, was er dort finden würde. Trotzdem schien es ihm nahezu unglaublich.

»Dieser Stahl«, sagte er bedachtsam, »wurde aus magnetischem Stahl und eisenhaltigem Sand gefertigt. Er enthält so an die zwanzig Legierungsbeimischungen. Da das Teilchen so winzig ist, ist es schwierig, exakt festzustellen, wie viele. Ich bediene mich hier früherer Erfahrungen.«

Vincent, dessen Blick unverwandt auf Nicholas geruht hatte, holte tief Luft. »Er wurde also nicht in diesem Land hergestellt?«

»Nein«, entgegnete Nicholas. »Er wurde in Japan hergestellt.«

Vincent nahm einen Aktenordner vom Tisch und reichte ihn Nicholas. »Sieh dir mal Seite drei an.«

Nicholas öffnete die Akte, blätterte die Papiere durch. Sein Blick fiel auf ein maschinegetipptes Blatt. Er saß regungslos. Er fühlte, wie das Blut in seinen Adern plötzlich zu jagen begann. Sein Herz raste. Er war dabei, sich jenen fernen Gestaden zu nähern. Er sah auf. »Wer hat die chemische Analyse gemacht?«

»Ich«, beschied ihn Doc Deerforth. »Es gibt keinen Zweifel: Ich war während des Krieges auf den Philippinen stationiert; die festgestellte Giftsubstanz ist mir schon einmal untergekommen.«

»Wissen Sie genau, was es ist?« fragte Nicholas ihn.

»Ein nichtsynthetisches Gift, das das kardiovaskuläre System angreift.«

»Es ist *doku*«, sagte Nicholas. »Ein unerhört wirkungsvolles Gift, aus den Blütenstempeln der Chrysantheme destilliert. Die Technik der Herstellung ist außerhalb Japans praktisch unbekannt. Selbst unter den Japanern wissen nur wenige, wie es gewonnen wird. Es kommt ursprünglich, so heißt es, aus China.«

»Dann wissen wir auch, wie das Gift in den Körper des Toten gelangte«, sagte Vincent.

»Was wollen Sie damit sagen?« mischte sich Doc Deerforth ein.

»Er will damit sagen«, antwortete Nicholas mit schwerer Stimme, »daß der Mann durch einen sogenannten japanischen Sternwerfer ums Leben kam, dessen winzige scharfe Schneiden in *doku* getaucht waren.«

»Wir kennen damit ebenfalls den Täterkreis«, sagte Vincent.

Nicholas nickte. »Das ist richtig. Nur eine ganz bestimmte Gruppe von Männern kann mit dem Sternwerfer umgehen. Der Mörder ist ein Ninja.«

Aus Gründen der Sicherheit drängte Doc Deerforth sie nun, rasch das Gebäude zu verlassen. Sie achteten sorgfältig darauf, alle wichtigen Analysen und Beweisstücke mitzunehmen.

Da keiner von ihnen gefrühstückt hatte, hielten sie auf der Fahrt nach West Bay Bridge vor einem Schnellrestaurant am Montauck Highway, wo original-portugiesische Küche geboten wurde.

Bei starkem schwarzem Kaffee, heißen gerösteten Sardinen und Meeresmuscheln saßen sie und beobachteten die auf dem Highway dahinrollenden Wagen. Keiner von ihnen schien das erste Wort sprechen zu wollen.

Schließlich äußerte Vincent: »Wer ist denn die Neue, Nick?«

Nicholas wandte den Blick vom Fenster ab und lächelte. »Ihr Name ist Justine Tobin. Sie wohnt unten am Strand, ganz in meiner Nähe.«

»An der Dune Road?« fragte Doc Deerforth, und als Nicholas nickte, fügte er hinzu: »Ich kenne sie. Schönes Mädchen. Nur – ihr Name ist Tomkin.«

»Tut mir leid, Doc«, sagte Nicholas. »Sie müssen sich irren. Diese Justine heißt mit Nachnamen Tobin.«

»Dunkles Haar, grüne Augen, eines mit roten Flecken drin, so ungefähr fünf bis sieben . . .«

»Das ist sie.«

Doc Deerforth nickte. »Ihr Name ist Justine Tomkin, Nick. Jedenfalls wurde sie unter diesem Namen geboren. Sie wissen doch, Tomkin, wie *Tomkin-Öl*.«

»Sie meinen doch nicht etwa *den* Tomkin?«

»Doch. Genau den. Er ist ihr Vater.«

Jeder Mensch wußte, wer Raphael Tomkin war. Öl stellte nur eine seiner vielen multinationalen Geldquellen dar, war aber gewiß die lukrativste. Tomkin – wo hatte er das noch gelesen? In *Newsweek?* – war seine hundert Millionen Dollar schwer, wenn das nicht längst wieder überholt war. Aber bei diesen Dimensionen kam es wohl auf ein paar hundert Millionen mehr oder weniger nicht mehr an.

»Sie kann ihn nicht unbedingt leiden«, sagte Nicholas.

Doc Deerforth lachte. »Jaaa! Das kann man wohl sagen.«

Nicholas fielen Justines Worte ein: *Er ist so tot, wie man es nur sein kann.*

Jetzt verstand er auch die Ironie, die hinter dieser Bemerkung steckte. Aber es ärgerte ihn, daß er das alles auf diese Weise erfahren mußte.

»Also, was können Sie mir über die Person eines Ninja erzählen?« bemerkte Doc Deerforth und schob sich Muschelfleisch zwischen die Zähne.

Draußen hielt ein weißer Ford, ein korpulenter Mann mit rotem Gesicht und Knollennase stieg aus und kam auf das Restaurantgebäude zu.

»Ich hoffe, es macht Ihnen nichts aus«, sagte Doc Deerforth, »daß ich Ray Florum angerufen habe, ehe wir hierher fuhren. Er ist der Chef der Ortspolizei von West Bay Bridge. Ich meine, er hat ein Recht darauf zu erfahren, was vorgeht, nicht wahr?« Nicholas und Vincent nickten zustimmend.

Die Tür wurde geöffnet, und Florum schob sich in den Raum. Doc Deerforth stellte ihn vor und er setzte sich zu ihnen.

»Wörtlich genommen«, begann Nicholas, »heißt Ninja ›Insgeheim‹, ›Verschwiegen‹.« Florum goß sich Kaffee ein, während Nicholas fortfuhr. »Außerhalb von Japan ist über *ninjutsu*, die Kunst der Ninja, fast nichts bekannt. Und auch in Japan selbst gibt es kaum Schriftliches darüber, weil sich um diese Kunst ein Wissen rankt, das eifersüchtig gehütet und nur mündlich weitergegeben wird. Man muß in eine Ninja-Familie hineingeboren werden, um als Ninja zu reüssieren.

Wie Sie wahrscheinlich wissen, war die japanische Gesellschaft streng in Kasten unterteilt. Es gab eine festgefügte soziale Ordnung, bei der es niemandem eingefallen wäre, seine Rangstellung im Leben zu verlassen; diese Stellung innerhalb der Gesellschaft wurde als Karma angesehen, und das sowohl in religiöser als auch in sozialer Hinsicht.

Die Samurai zum Beispiel, die Krieger des feudalen Japans, waren Männer aus der Klasse der *bushi*; niemand außer ihnen durfte je Samurai werden und zwei Schwerter tragen. So weit, so gut. Die Ninja hingegen entwickelten sich auf der entgegengesetzten Seite des sozialen Spektrums, unter den *hinin*. Wie niedrig diese Schicht eingestuft wurde, geht aus der Übersetzung des Begriffes hervor. Er bedeutet: ›nicht menschlich‹. Natürlich waren die *hinin* himmelweit von den aristokratischen *bushi* entfernt. Als in Japan zwischen den Clans immer mehr Kleinkriege ausbrachen, erkannten die Samurai die wachsende Notwendigkeit, sich die besonderen Kunstfertigkeiten der Ninja zu Diensten zu machen. Denn den Samurai selbst waren in vielen Situationen durch einen eisernen Kodex – den *bushido* – die Hände gebunden, der ihnen viele Handlungen strikt verbot. So kam es, daß die Samurai-Clans die Ninja als ›freie Mitarbeiter‹ anwarben, um Taten wie Mord, Brandlegung, Giftmischerei und terroristische Gewaltakte durch sie ausführen zu lassen, die ihnen selbst bei ihrer Ehre untersagt waren. Die Geschichte berichtet, daß die Ninja ihren ersten wichtigen ›Auftritt‹ im sechsten Jahrhundert nach Christus hatten, als Prinzregent Shotoku sie als Spione einsetzte.

Sie waren so erfolgreich, daß ihre Zahl während der Heian- und Kamakura-Periode drastisch anwuchs. Sie konzentrierten sich im Süden; Kyoto, zum Beispiel, wurde bei Nacht von ihnen beherrscht.

Zum letztenmal tauchten sie als wichtiger Faktor in der japanischen Geschichte während des Shimabara-Krieges im Jahre 1637 auf, als sie herangezogen wurden, um eine Rebellion der Christen auf der Insel Kyūshū niederzuschlagen. Es ist überdies bekannt, daß sie während des großen Tokugawa-Krieges sehr aktiv waren.«

»Wie weit reichen ihre Fertigkeiten und Kenntnisse?« Doc Deerforth vermeinte in diesem Augenblick, den Verwesungsgestank des philippinischen Dschungels in der Nase zu haben.

»Sehr weit«, entgegnete Nicholas. »Die Samurai lernten von den Ninja gewisse Techniken der Maskierung, der Tarnung, der Kodierung und des lautlosen Signalisierens, und sie lernten von ihnen, Feuer- und Rauchbomben herzustellen. Kurz gesagt, Sie gehen nicht fehl, wenn Sie die Ninja als paramilitärische Gruppe ansehen. Aber jede *ryu* – das heißt jede Schule und, in bezug auf die Ninja, jeder Clan – war auf andere Kampfarten spezialisiert: Spionage, Geheimwaffen und so weiter. So konnte man also jeweils auf Grund der angewandten Methode ablesen, aus welcher *ryu* der Täter kam. Die *fodo-ryu*, zum Beispiel, waren für die Herstellung vieler Arten winziger, kaum auffindbarer Schneiden bekannt; die *gyōkku* waren Experten in der Anwendung von Daumen und Zeigefinger, mit denen sie die menschlichen Nervenzentren im Kampf Mann gegen Mann außer Gefecht setzten. Die *kotto* waren darin geübt, Knochen zu brechen, andere Schulen wandten die Hypnose an. Die Ninjas waren auch häufig erfahrene *yogen* – sprich Chemiker.«

Eine Weile lastete schwere Stille über den Männern, bis Vincent sich räusperte und sagte: »Nick, ich glaube, du solltest ihnen nun auch noch den Rest mitteilen.«

Nicholas blieb stumm.

»Was meint er damit?« fragte Florum.

Nicholas holte tief Luft. »Die Kunst des *ninjutsu«*, sagte er schließlich, »ist sehr, sehr alt. So alt, daß man nicht einmal genau weiß, wann sie entstand, obwohl angenommen werden darf, daß sie in China entwickelt wurde. Die Japaner übernahmen im Laufe der Jahrhunderte sehr viel von der Kultur der Chinesen. Ein Element von ... Aberglaube gehört dazu. Man könnte sogar sagen: Zauberkraft.«

»Zauberkraft?« echote Doc Deerforth. »Wollen Sie ernsthaft ...«

»Es ist schwierig«, sagte Nicholas, »in der Geschichte Japans Tatsachen von Legenden zu unterscheiden. Ich will wahrhaftig nicht melodramatisch werden. Aber so ist das eben in Japan! Den Ninjas wurden Taten zugeschrieben, die ohne magische Hilfe nicht möglich waren.«

»Mythen«, sagte Florum, »besitzt jedes Land ...«

»Ja, wahrscheinlich.«

»Und was ist mit dem Gift, das Sie gefunden haben?«

»Es ist ein Ninja-Gift. Schluckt man es, ist es völlig harmlos. Eine beliebte Methode, es einem Feind ›einzugeben‹, war, einen schnell trocknenden Sirup daraus zu machen und die *shaken* damit zu bestreichen.«

»Was sind das?« wollte Florum wissen.

»Sie gehören zum Arsenal der lautlosen, nahezu unsichtbaren Waffen der Ninjas, den kurzen, scharfen *shuriken.* Das *shaken* ist ein sternenförmiges, metallenes Gebilde. Von einem Ninja geschleudert, wird es zur tödlichen Waffe. Bestrichen mit dem betreffenden Gift, muß die Waffe nicht einmal in einen lebenswichtigen Teil des Körpers eines Opfers eindringen, damit dieses stirbt.«

Florum schnaubte verächtlich. »Wollen Sie mir etwa weismachen, daß der Tote von einem Ninja umgebracht wurde? Himmel, Linnear, haben Sie vorhin nicht gesagt, diese Burschen seien seit dreihundert Jahren ausgestorben?«

»Nein«, berichtigte ihn Nicholas. »Ich habe nur gesagt, daß

es das letzte Mal war, daß sie von anderen zu wichtigen Kampfhandlungen benutzt wurden. Seit dem siebzehnten Jahrhundert, beziehungsweise dem Tokugawa-Shogunat, hat sich in Japan vieles verändert. Das Land ist – in vieler Hinsicht – nicht mehr das, was es einmal war. Dennoch gibt es dort Traditionen, die unmöglich auszulöschen sind, weder von den Menschen noch von der Zeit.«

»Es muß noch eine andere Erklärung geben«, sagte Florum und schüttelte den Kopf. »Was sollte ein Ninja ausgerechnet in West Bay Bridge zu suchen haben?«

»Es tut mir leid, diese Frage kann ich Ihnen nicht beantworten«, erwiderte Nicholas. »Aber das eine weiß ich. Außerhalb Japans ist soeben ein Ninja am Werk, und in der ganzen Welt gibt es keinen gefährlicheren, gerisseneren Feind. Keine moderne Waffe wird ihn davon abhalten, sein Opfer zu vernichten und ungesehen zu entfliehen.«

»Tja, das hätte er dann bereits demonstriert«, äußerte Florum und stand auf. »Vielen Dank für Ihre Information.« Er streckte seine Hand aus. »War nett, Sie beide kennenzulernen.« Er nickte Deerforth zu und verschwand.

Als Justine das Klopfen an der Tür hörte, fing ihr Herz an zu rasen. Sie legte den Stift weg, wischte sich die Hände an einem Tuch ab und erhob sich hinter ihrem Zeichenbrett. Das Licht war momentan gut; sie bevorzugte Tageslicht, obwohl die Bogenlampe über dem Tisch ein verhältnismäßig natürliches Licht spendete.

Sie ließ Nicholas ein.

»Sie haben dich wegen der Leiche angerufen, nicht wahr?« sagte sie.

Er ging durchs Zimmer und setzte sich auf das Sofa, verschränkte die Hände hinter dem Kopf. »Welche Leiche?«

»Du weißt doch. Die, die sie aus dem Meer gezogen haben – an dem Tag, als wir uns begegnet sind.«

»Ja. So ist es.« Er sah müde aus.

»Wozu haben sie dich gebraucht?«

Er blickte zu ihr empor. »Sie meinen, ich könnte ihnen helfen, herauszufinden, woran der Mann starb.«

»Du willst damit sagen, daß er nicht ertrunken ist?«

»Justine, warum hast du mir nicht gesagt, daß dein Vater Raphael Tomkin ist?«

Ihre Hände, die sie bis jetzt vor ihrem Leib gefaltet gehalten hatte, lösten sich und sanken zu beiden Seiten des Körpers nieder. »Was für einen Grund hätte ich haben sollen, es dir zu sagen?« fragte sie.

»Meinst du, ich sei auf dein Geld aus?«

»Sei nicht albern.« Sie lachte kurz auf, aber es klang, als drohe sie zu ersticken. »Ich besitze überhaupt kein Geld.«

»Du weißt genau, was ich meine.«

»Und was für einen Unterschied macht es für dich, wer mein Vater ist?«

»Eigentlich keinen. Aber es interessiert mich, warum du deinen Namen geändert hast.«

»Das geht dich gar nichts an.«

Er stand auf und ging zu ihrem Zeichenbrett, betrachtete, woran sie gearbeitet hatte.

»Hübsch«, sagte er. »Es gefällt mir.«

Er begab sich in die Küche, öffnete den Eisschrank. »Dieser Mann wurde ermordet«, sagte er über die Schulter hinweg zu ihr. »Von einem Experten. Aber niemand weiß, warum.«

Er nahm eine Flasche Perrier heraus, öffnete sie und goß sich ein Glas voll ein. Er nahm einen großen Schluck. »Vincent wurde herbeordert, er wiederum bat mich um meine Mithilfe, weil der Mörder aller Wahrscheinlichkeit nach ein Japaner ist, ein Mann, der für Geld tötet.«

Er drehte sich um und kam langsam ins Wohnzimmer zurück, wo sie noch immer auf demselben Fleck stand wie zuvor. Sie sah ihn an, ihre Augen leuchteten.

»Nicht einfach irgendein Killer – einer, von dem man in den Zeitungen liest, wenn jemand in New Jersey oder Brooklyn umgebracht worden ist. Nein! Er gehört zu den Killer-Typen, von denen man nie etwas hört. Er ist viel zu gescheit, um sich durch irgendwelche Auffälligkeiten verdächtig zu machen – außer daß er einen elitären Kern von Klienten bevorzugt. Aber ich weiß wirklich nicht genug, um mehr darüber zu sagen.« Er sah wieder zu ihr auf, als er sich auf das Sofa setzte. »Begreifst du?«

Es blieb still, nur das ferne Rauschen der Brandung war zu vernehmen. Schließlich ging sie zu dem Stereoplattenspieler und legte eine Platte auf. Aber schon in der nächsten Sekunde hob sie den Plattenarm wieder ab, als wäre Musik jetzt ein Eindringling, den es fernzuhalten galt.

»In meinem zweiten Hochschuljahr beorderte er mich überraschend nach Hause«, sagte sie mit dem Rücken zu ihm. Ihre Stimme war flach. »Schickte mir seinen gottverdammten Jet, damit ich nur ja kein Kolleg versäumte.« Sie drehte sich zu ihm, ihr Kopf war gesenkt, sie starrte blicklos auf eine Büroklammer, mit der ihre Finger so lange spielten, bis diese völlig zerbogen war.

»Ja, ich war – erschrocken ist wohl das richtige Wort. Ich konnte mir nicht vorstellen, aus welchem wichtigen Anlaß er mich nach Hause holen ließ. Selbstverständlich dachte ich sofort an meine Mutter! Komisch, an Gelda dachte ich nicht. Sie war nie krank, im Gegensatz zu Mutter.

Jedenfalls wurde ich gleich nach meiner Ankunft in sein Arbeitszimmer geführt. Da stand er vor dem Kamin und wärmte seine Hände. Ich stand da in meinem Lodenmantel, der naß vom Schnee war, und hatte ihn noch nicht einmal abgelegt, als er mir einen Drink anbot. ›Meine Liebe‹, sagte er, ›ich habe eine Überraschung für dich. Mir ist jemand ganz Außergewöhnliches begegnet. Der Betreffende wird jeden Augenblick hier eintreffen. Wahrscheinlich hat er sich wegen des Schneefalls verspätet. Komm, zieh deinen Mantel aus und setz dich.‹ Aber ich blieb stehen, wo ich war, verblüfft, sprachlos. ›Ist das der Grund, weshalb du mich hast hierher fliegen lassen?‹ fragte ich schließlich. ›Aber ja. Ich möchte, daß du ihn kennenlernst. Er ist einfach ideal für dich. Er kommt aus der richtigen Familie und verfügt über fabelhafte Verbindungen. Er sieht gut aus, ist, weiß Gott, nicht arm und hochintelligent.‹ – ›Vater‹, erwiderte ich, ›du hast mich fast zu Tode erschreckt, ich dachte schon, es sei etwas mit Mutter passiert . . .‹ – ›Sei doch nicht töricht, Justine! Weißt du überhaupt, wieviel Zeit ich aufgewendet habe, um diesen Mann für dich auszusuchen?‹ sagte er.« Sie seufzte. »Für meinen Vater war Zeit das kostbarste Gut.«

»Aber so etwas gibt es doch heutzutage nicht mehr – «, meinte Nicholas ungläubig.

»Meinst du?« Sie lachte spöttisch. »Es geschieht immer wieder, überall.« Sie breitete die Arme aus. »Wann wirst du erwachsen? Wach auf, Nick!«

Er stand vom Sofa auf; es ärgerte ihn, daß sie ihm plötzlich überlegen schien, weil sie ihn an Körperhöhe überragte. »Ich wette, das hat dein Vater zu dir gesagt, ›Wann wirst du endlich erwachsen, Justine?‹«

»Du bist ein ganz mieser Kerl, hörst du?«

»Na, na, fang nicht schon wieder an!«

»Ekel!« Sie sprang über den niedrigen Tisch, der zwischen ihnen stand, ihr Körper fiel gegen den seinen, ihre Hände wollten auf ihn einschlagen, aber er hielt sie an den schmalen Handgelenken fest.

»Hör jetzt mal gut zu«, sagte er. »Ich habe nichts gegen Diskussionen mit dir, aber ich brauche keine Psychodramen.«

»Aber ich.«

»Nein«, sagte er, »du ebensowenig.« Er ließ sie los.

Sie sah ihm ins Gesicht. Ihre Hand hob sich, ihre Fingerspitzen streichelten zart seine Wange. »Hilf mir«, flüsterte sie. »So hilf mir doch.«

Sein Mund bedeckte ihre offenen Lippen.

Es war schon komisch, daß ausgerechnet Billy Shawtuck den Spitznamen ›Wilder Bill‹ trug; aber dem war nun einmal so. Er war ein Mann Anfang Vierzig mit frischer Gesichtsfarbe, untersetzt, aber nicht dick. Auch im heißesten Sommer trug er langärmelige Hemden, selbst am Strand, wo man mehr schwitzte als einem der Wind Kühlung bieten konnte.

Seine Kumpane von Grendels wußten, daß er das tat, weil er nicht gern seine gewaltigen Muskeln zeigte. Mit einiger Beharrlichkeit erfuhr man auch, wie er zu dem Spitznamen kam: weil er kein Bier trank, sondern nur doppelte Scotchs on the Rocks. Und das zu jeder Tages- und Nachtzeit. Offenbar machte ihm die Hitze überhaupt nichts aus.

Billy arbeitete für Lilco und die ›Riding Power Lines‹. Wenn er nach Arbeitsschluß bei Grendels mit einem seiner Freunde aus Spaß ein wenig raufte, dann betonte er stets, daß er sich seine Muskeln ehrlich verdient habe. »Ich mußte mein Geld nicht zu irgendeinem dieser Fitneß-Zirkusse tragen, um Bizeps zu bekommen«, pflegte er zu sagen, wobei er den doppelten Scotch on the Rocks auf einmal hinunterkippte und die Hand hob, um den nächsten zu bestellen. »Nee, das macht alles die Arbeit. Ehrliche Arbeit, bei der man ins Schwitzen gerät.« Dann schüttelte er den Kopf. »Bin keiner von diesen dämlichen Schreibtischhengsten.«

Grendels war die Bierschwemme des Ortes. Dort verkehrten ausschließlich hart arbeitende Männer in blauen Hemden (die Geistesarbeiter hatten ihre eigene Stammkneipe). Sie lag ein paar Meilen vor West Bay Bridge, auf der Straße zum Montauk Highway.

Spät am Abend stand Billy Shawtuck in der Tür von Grendels; er war dabei, zu gehen. Die Farbe des Himmels ging von Indigo in Schwarz über, die Lichter der Autos auf dem Highway schossen vorbei wie Augen von Nachttieren.

Auf der obersten Treppenstufe holte Billy tief Luft und verfluchte den sommerlichen Verkehr. Wir werden alle eines Tages an Kohlenoxidvergiftung sterben, dachte er.

Keine fünf Schritte von ihm entfernt stand sein Lilco-Laster. Aber heute abend verließ Billy nur ungern die wohlige Wärme der Bar. Die Musikbox hinter ihm plärrte. Tony Bennett sang ›I Left My Heart in San Francisco‹.

Behalte dein San Francisco, dachte Billy, kannst noch die ganze Westküste dazuhaben und sie dir in den Arsch stecken. Er war dort in der Army gewesen und hatte gelernt, die Küste zu hassen. Hab' da nichts zurückgelassen, außer einer anständigen Gonorrhöe. Er lachte. Verdammt, es reut mich, daß ich diesen späten Job angenommen habe. Überstunden sind zwar nicht schlecht, vor allem nicht nachts – aber an manchen Tagen, na ja, da waren sie das Geld nicht wert. Und er hatte das Gefühl, heute sei einer dieser Tage.

Tief seufzend stapfte er die Stufen hinunter. Aber seine Stimmung änderte sich schnell, als er eine dunkle Seitenstraße entlangfuhr, und er fing an, leise vor sich hinzupfeifen. Dieser Job würde ihn nicht lange aufhalten.

Er dachte an Helene und die Fummel, die er ihr aus dem Frederick's-of-Hollywood-Katalog bestellt hatte. Vielleicht, ging es ihm durch den Sinn, sind sie heute mit der Post gekommen. Eigentlich war es an der Zeit.

Er sah Helenes langbeinigen Körper in den Kleidern vor sich und lachte – wenn man die Dinger überhaupt Kleider nennen konnte. Er bog gerade um die letzte Kurve zur Wohnhausfront am Strand, als er im Strahl seines linken Scheinwerfers die schwarzgekleidete Gestalt sah.

»Was, zum Teufel –!« Er trat auf die Bremse und schwang den schweren Wagen nach rechts. Er lehnte sich aus dem Fenster und polterte: »Dämlicher Kerl! Beinahe hätte ich dich umgebracht! Was fällt dir . . .«

Die Tür zu seiner Linken flog auf, und er hatte das Gefühl, ein Tornado wirble ihn aus dem Fahrersitz. »He!« Er rollte über den kühlen Asphalt. »Was soll denn das, Kumpel!«

Er kam auf die Füße, stand geduckt wie ein Boxer, die Fäuste vor seiner Brust erhoben.

»Mach hier keinen Ärger, du Hurensohn.«

Seine Augen wurden weit, als er im Gleißen der Scheinwerfer die lange Klinge aufblitzen sah. Großer Gott, dachte er, ich muß betrunken sein. Er stieß eine Faust vor. Sie traf ins Leere.

Die Luft vor ihm schien zu zerreißen, vibrierte wie ein Perlenvorhang. Dann drang ihm die Klinge in den Unterleib.

»Jesus Chri . . .«

Dann zischte der runde hölzerne Stab durch die Luft, traf pfeifend auf seiner Schulter auf. Erstaunlicherweise spürte er überhaupt keinen Schmerz.

Zum erstenmal seit Jahren stiegen Tränen in Billys Augen auf. Mama, dachte er, Mama, ich komme heim.

»Ich glaube, ich weiß, was es ist«, sagte sie.

Es war Nacht geworden, und ein heftiger Wind fiel vom Land her das Haus an, raschelte in den Bäumen. Weit draußen tutete ein Schiff, einmal, zweimal, dann war es still. Sie lagen eng aneinandergeschmiegt auf dem Bett, genossen die Nähe ihrer Körper, ohne sexuelles Verlangen, nur die Freude zusammenzusein.

»Du wirst bestimmt nicht lachen?« fragte sie leise und drehte ihm das Gesicht zu. »Versprich mir, daß du nicht lachen wirst.«

»Ich verspreche es.«

»Wenn mir körperlich Schmerz zugefügt wird, bereitet er mich gewissermaßen vor.«

»Worauf?«

»Auf jene andere Art von Schmerz. Das Ende. Das Verlassenwerden.«

»Das scheint mir eine schrecklich pessimistische Art, das Leben zu betrachten.«

»Ja, das ist es.«

Er legte seinen Arm um sie, und sie schob ihren Fuß zwischen seine Beine, rieb ihn an seinem Schienbein.

Nach einer Weile sagte er: »Was ist es denn, was du willst?«

»Ich möchte glücklich sein«, sagte sie. »Das ist alles.« Es gibt nichts sonst auf der Welt, dachte sie, außer unseren beiden umschlungenen Körpern, unseren vereinten Seelen. Sie hatte das Gefühl, nie zuvor in ihrem Leben einem anderen Menschen so nahe gewesen zu sein wie in diesem Augenblick Nicholas. Vertrauen mußte irgendwo beginnen. Vielleicht waren dies Ort und Zeit für sie, um neu anzufangen.

Sie fuhr empor. Das Klirren schien aus dem vorderen Teil des Hauses zu kommen. Die Küche. Sie schrie auf, als griffe eine eiskalte Hand nach ihr. Dann sah sie Nicholas, wie er seine Beine über die Bettkante schwang.

Als er sich splitternackt auf die Schlafzimmertür zu bewegte, schien er völlig verwandelt. Er hatte sein Körpergewicht auf den linken Fuß verlagert und dabei den Körper seitlich wie in Fechthaltung geneigt, wobei die Knie leicht angewinkelt waren, die Füße dagegen nicht vom Fußboden abhoben. Er hatte kein Wort zu ihr gesagt, als er sich jetzt in die Diele schob.

Sie riß sich zusammen und folgte ihm.

Er hielt seine Hände vor sich. Seine Handkanten hatten jetzt eine merkwürdige Ähnlichkeit mit Schneiden, die Finger wirkten hart wie Stahl, als er in die Küche glitt.

Sie sah, daß das Fenster über dem Spülbecken nach innen geöffnet und zersplittert war. Gezackte Glassplitter schimmerten im Licht. Sie wagte sich auf ihren nackten Füßen nicht weiter. Die Vorhänge flatterten im Wind, der durch das Fliegenfenster pfiff und gegen die Wände prallte.

Sie sah, wie Nicholas sich weiterbewegte, sodann verharrte, aufrecht wie eine Statue. Seine Augen waren auf den Boden neben dem Tisch nahe beim Fenster gerichtet. Schließlich ging sie vorsichtig über den mit Splittern besäten Fußboden und stellte sich hinter ihn. Ein Röcheln entfuhr ihr. Sie wandte sich ab. Aber irgendein innerer Zwang hieß sie, den Blick wieder auf die Stelle zu richten.

Auf dem Boden lag eine schwarze pelzige Masse, groß und reglos. Blut rann in mehreren Rinnsalen über die Fliesen und glitzerte auf den zerstreuten Glassplittern. Ein fremder stechender Geruch drang ihr in die Nase und würgte sie. Ihre Augen fingen an zu tränen.

»Was . . .« Sie schluckte. »Was ist das –?«

»Ich bin nicht sicher«, sagte er langsam. »Es ist zu groß für eine Fledermaus – so wie sie in diesem Teil des Landes vorkommen – und es ist auch kein fliegender Hund.«

Das Telefon begann zu läuten, Justine fuhr zusammen. Ihre Hände krallten sich in seine Arme. »Ich habe eine Gänsehaut«, sagte sie. Nicholas rührte sich nicht, starrte auf das schwarze Etwas zu seinen Füßen, das durch das Fenster geflogen war. »Vom Licht geblendet«, stellte er fest.

Justine ging zur Wand, wo das Telefon hing, nahm den Hörer ab. Nicholas schien es überhaupt nicht wahrgenommen zu haben. Sie mußte ihn am Arm fassen. »Vincent möchte dich sprechen«, sagte sie.

Jetzt riß er seinen Blick los und sah sie an. »Geh nicht näher ran«, warnte er sie, bevor er zum Telefon ging. »Was gibt's?« fragte er unwirsch.

»Ich hab's bei dir zu Hause versucht«, sagte Vincent. »Als niemand abnahm, dachte ich . . .« Nicholas schwieg. »Ja, ich weiß, wie spät es ist.« Vincents Stimme hallte in Nicholas' Ohr. »Es ist wieder passiert. Florum hat eben die Leiche reingebracht. Sie fotografieren sie gerade.«

Der Wind, der durch das zerbrochene Fenster stob, ließ Nicholas erschauern. Ihm brach der Schweiß aus. Er sah auf die Masse auf dem Fußboden, die schwarzpelzige Leiche, das rote Blut, das dahinrann, als gälte es, Zeit zu gewinnen.

»Nick, der Mann wurde von der Schulter schräg bis zum Hüftknochen gespalten, so ordentlich und säuberlich wie . . . Es war ein einziger Hieb. Begreifst du?«

Tokio/Singapur

Sommer 1945 bis Winter 1951

Inmitten des üppigen Waldes stand ein Shinto-Tempel. Von da aus waren es ungefähr hundertundfünfzig Meter bis zum Haus, einem weitläufigen, in seinen Maßen aufs feinste ausgewogenen Gebäude, streng nach japanischer Tradition erbaut. Der Grundriß war in der Form des Buchstaben L angelegt, ergänzt durch zwei Zeremoniengärten, die – überflüssig, dies zu betonen – ebensoviel Fürsorge und Liebe wie ein kleines Kind erforderten.

Die ironische Pointe erhielt das Gelände erst später, als man am entfernten Ende des sanft abfallenden Hügels im Westen eine hypermoderne achtspurige Schnellstraße baute, um die Verkehrswege nach Tokio zu entlasten.

Die letzten Spuren japanischer Kriegsmacht waren getilgt, die kaiserlichen *daimyo* als Kriegsverbrecher abgeurteilt, indes der Kaiser blieb. Und überall waren uniformierte Amerikaner zu sehen.

Im September 1945 eroberten die Engländer Singapur zurück, das die Japaner über drei Jahre gehalten hatten. Dort war es, wo sein Vater seiner Mutter begegnete. Sie war mit einem japanischen Garnisonskommandeur verheiratet gewesen und hatte mit ansehen müssen, wie er an einem der letzten Tage jenes Sommers von einer Mine zerrissen wurde.

Mit der Niederlage der Japaner in Singapur und dem Tod ihres Mannes war ihre eigene Welt in Trümmer gegangen, hatte sich ihr Geist verwirrt.

So irrte sie tagelang in den rauchenden Trümmern Singapurs umher, duckte sich instinktiv in dunkle Torbogen, wenn sie die schweren Tritte von Soldatenstiefeln vernahm – sie konnte längst nicht mehr unterscheiden, welcher Soldat auf welche Seite gehörte.

Sie überlebte dank des Mitleids jener chinesischen Menschen, die sie bislang verachtet hatte, und die sie jetzt wie ein Baby fütterten; die ihr mit dem Löffel die dünne Reissuppe zwischen die schlaffen Lippen schoben, ihr das Kinn wieder und wieder abwischten. Denn sie vermochte nicht einmal diese einfache Handlung auszuführen.

Sie erleichterte sich in den Rinnsteinen. Und sie vergaß, was es hieß, ein Bad zu nehmen. Wenn sie bisweilen fließendes Wasser sah, etwa in den Springbrunnen, die nicht zerstört waren, streckte sie ihre Hände in das kühle Naß, starrte auf die Tropfen, die an ihren Fingern hingen, als hätte sie dergleichen nie zuvor gesehen. Wenn es regnete, verharrte sie und sah hinauf zu den schweren Wolken – als suche sie einen flüchtigen Blick auf Gott zu erhaschen.

An jenem Morgen taumelte sie in das Garnisonsbüro, wo ihr toter Mann seine Kommandozentrale gehabt hatte und nun Nicholas' Vater mit seinem Stab untergebracht war. Oberst Linnear hatte Sorgen. Nicht nur, daß seine Truppen die letzten der noch umherstreunenden japanischen Gegner aus der Stadt fegen sollten; es sollte auch ein Bürgerkrieg zwischen Chinesen und Malayen vermieden werden, die in ständiger Spannung miteinander lebten. Seinen Leuten blieb damit kaum Zeit zum Schlafen. Eine Situation, die er nur mit Geschicklichkeit bewältigen konnte, indem er nicht jedem von oben so unbedingt gehorchte.

Er saß in dem zerschrammten Holzstuhl, der das einzige persönliche Eigentum des toten japanischen Garnisonskommandeurs gewesen war, als die verstörte Frau in sein *Sanctum sanctorum* wankte. Wie es ihr gelungen war, an den Wachen vorbeizuschlüpfen, hatte er nie herausfinden können. Aber dieser Gedanke kam ihm erst viel später.

»Danvers!« rief der Oberst und sprang hinter seinem Schreibtisch auf. »Sofort ein Feldbett her. Marsch!«

Der Mann lief hinaus, als der Oberst die Frau in letzter Sekunde auffing. Ihre Lider flatterten, sie brach in seinen Armen zusammen.

»Sir!« ließ sich Leutnant McGivers vernehmen, »wegen dieser . . .«

»Um Himmels willen, Mann, holen Sie eine kalte Kompresse«, bellte der Oberst. »Und Grey dazu, und zwar ein bißchen plötzlich!«

Grey war der Garnisonsarzt, ein großer, eckiger Mann mit buschigem Schnurrbart und von der Sonne geröteter Haut. Er traf gerade ein, als Danvers ungeschickt das Feldbett durch die Tür zu wuchten versuchte.

»Helfen Sie ihm, McGivers, seien Sie so nett«, bat der Oberst den zurückkehrenden Leutnant. Gemeinsam brachten die beiden die Liege ins Zimmer.

Der Oberst hob die Frau hoch und bemerkte ihr fein geschnittenes asiatisches Gesicht unter der Kruste von Staub und Schmutz. Er legte sie sanft auf das Bett.

Dann überließ er sie Grey, setzte sich wieder hinter seinen Schreibtisch und fuhr fort, mit seinen Leuten die Probleme zu besprechen, die sie zu bewältigen hatten. Schließlich erhob sich der Arzt.

»Schön, Leutnant«, sagte der Oberst müde, »sorgen Sie dafür, daß die Stadt evakuiert wird, und zwar bis acht Uhr.« Er stand auf, fuhr sich mit den langen Fingern durchs Haar und ging zu dem Bett hinüber, vor dem Grey stand und auf seine Patientin hinuntersah.

Als sie allein waren, fragte er: »Wie geht es ihr?«

Der Arzt hob die Schulter. »Schwer zu sagen, bevor sie zu sich kommt. Ich muß noch einige Untersuchungen vornehmen. Offenbar steht sie unter einem Schock, zudem leidet sie an völliger Erschöpfung. Ein paar gute Mahlzeiten werden Wunder wirken, meine ich.«

Er trocknete sich die Hände, die er sich gewaschen hatte, an einem Handtuch ab. »Hören Sie, Denis, da sind 'ne Menge junger Burschen, um die ich mich kümmern muß. Falls es irgendein Problem gibt, wenn sie zu sich kommt. schicken Sie Danvers, um mich zu holen. Ansonsten – glaube ich – wissen Sie genausogut wie ich, was sie braucht.«

Der Oberst sandte Danvers nach einer heißen Suppe und ein paar Happen gebratenen Huhns – falls derlei aufzutreiben war. Dann kniete er sich neben das Bett und verfolgte das langsame Pulsen der Halsschlagader der Ohnmächtigen.

So kam es, daß das erste, was Cheong sah, als sie ihre Augen öffnete, das Gesicht des Obersten war. Wovon sie unmittelbar am meisten berührt war – sie erzählte es später Nicholas immer wieder –, »waren die freundlichsten Augen, die ich je gesehen habe. Sie waren vom tiefsten Blau. Ich hatte noch nie so blaue Augen gesehen.

Plötzlich erinnerte ich mich an die langen Tage, nachdem Tsuko getötet worden war, als wären es Teile eines Films, die man zusammengesetzt hat. Ich hatte keinen Schleier mehr vor meinen Augen und keine Watte in meinem Kopf.

Und damit fing alles an, sich zu lösen, entschwanden die letzten dunklen schrecklichen Tage des Krieges – als seien sie Geschehnisse aus dem Leben eines anderen Menschen.

Da wußte ich, daß dein Vater Teil meines Karmas war, in jenen ersten Augenblicken, da ich ihn sah.«

Am Ende des Tages, im schimmernden Smaragd- und Lapislazuli-Licht der Dämmerung, brachte der Oberst sie zu sich nach Hause. Jeeps holperten über die Straßen, die im Staub erstickten.

Wie immer war die Stadt voll von Menschen, der Oberst

hatte sich einen Jeep kommen lassen, obwohl er es sonst vorzog, zu Fuß nach Hause zu gehen. Er brauchte zwanzig Minuten von Keppel Harbour durch die City bis zu dem Haus, das er bewohnte.

Es stand auf einem Hügel, was der Oberst sehr schätzte, da er von hier aus im Norden den Bukit Timah sehen konnte, den granitenen Wächter der Insel. Jenseits der dunklen Erhebung, die dem Höcker eines riesigen Drachens glich, lagen die schwarzen Wasser der Meerenge von Joshore sowie Malaysia, die südlichste Spitze des asiatischen Kontinents.

An Tagen, wenn es besonders heiß und feucht war, wenn ihm sein Hemd am Körper klebte und der Schweiß von der Stirn in die Augen rann, wenn die Stadt dampfte wie ein tropischer Regenwald, kam es ihm vor, als stülpe sich ganz Asien über seinen Schädel, um ihn unter einer Glocke von Sümpfen, Moskitos und Menschen zu ersticken. Dann kam auch der Schmerz in seinem Nacken wieder, und zwar schlimmer denn je.

Aber das war, bevor Cheong in sein Leben trat. Dieses Geschehen glich einem Mysterium. An jenem Abend, nachdem er sie der winzigen Pi anvertraut hatte, damit diese sie bade und kleide, und er an seinem Schreibtisch stand und den ersten Drink des Tages nahm, spürte er, wie die Müdigkeit von ihm abgewaschen wurde wie Salzwasser unter einer heißen Dusche. Er dachte: Wie gut, nach einem langen Arbeitstag zu Hause zu sein.

Doch das war nur die eine, die profane Seite des Geschehens. Wenn er sich später, was häufig vorkam, an jenen Tag erinnerte, war er sich über seine Motivation und Gefühle, die ihn damals bestimmten, durchaus nicht im klaren. Er wußte nur: Als Cheong von Pi in sein Arbeitszimmer geführt, als er abermals ihr Gesicht sah, fühlte er sich zum ersten Mal, seit er 1940 in den Osten gekommen war, nicht mehr von Asien bedrängt.

Im Licht des sich neigenden Tages betrachtete er ihr Antlitz. Es war kein ausgesprochen chinesisches Gesicht. Es war oval geschnitten, länger als breit. Cheong besaß hohe Wangenknochen, sehr große mandelförmige Augen und eine kleine Nase, nicht so flach geformt, wie dies sonst bei chinesischen Gesichtern der Fall ist. Ihr Mund war groß und voll. Etwas später vermochte er sofort, ihr die kleinste Stimmungsschwankung buchstäblich von den Lippen abzulesen.

Pi hatte Cheongs langes Haar mit einem roten Seidenband zu einem Pferdeschwanz zusammengebunden. Es war dicht und schimmernd. Der Oberst fühlte sich an ein mythisches

Wesen erinnert, das zum Leben erweckt worden war. Und doch war sie so ganz und gar Asiatin, die lebendige Verkörperung dieses weiten, übervölkerten Kontinents.

»Wie fühlen Sie sich?« Er sagte diesen Satz in Kantonesisch. Als er keine Antwort bekam, wiederholte er ihn in Mandarin.

»Gut. Ich danke Ihnen«, erwiderte sie und verneigte sich.

Es war das erste Mal, daß der Oberst sie sprechen hörte. Er erschrak. Noch nie hatte er eine so schöne, melodische Stimme vernommen.

Cheong war groß, maß wohl an die ein Meter siebzig. Ihr Körper war biegsam wie eine Weide und so wohlgeformt, wie ein Mann es sich nur erträumen konnte.

»Es war für mich ein großes Glück, Ihnen zu begegnen«, sagte sie, den Blick auf den Boden gerichtet. Vergebens bemühte sie sich, seinen Nachnamen auszusprechen. »Ich bin zutiefst beschämt«, sagte sie schließlich. »Pi übte mit mir die ganze Zeit, während ich badete. Ich bitte demütigst um Vergebung.«

»Bitte«, entgegnete der Oberst. »Nennen Sie mich Denis.«

Sie sprach das ›D‹ auf eine Art aus, die mit dem Englischen nichts gemein hatte. »Denis, diesen Namen werde ich nicht vergessen.«

In dieser Sekunde wußte der Oberst, daß er sie bitten würde, seine Frau zu werden.

Als der Oberst den Befehl erhielt, in Tokio den Posten des Beraters von General MacArthur anzutreten, war sein erster Gedanke: Wie soll ich es Cheong sagen?

Es war Anfang des Jahres 1946, und Japan litt noch unter den Folgen der Atombombenexplosionen von Hiroshima und Nagasaki, deren Auswirkungen unabsehbar waren.

Seit vier Monaten war er mit Cheong verheiratet, sie war im dritten Monat schwanger. Ihm war bislang nicht der Gedanke gekommen, Singapur zu verlassen; für ihn war es zur zweiten Heimat – nach England – geworden.

Aber er wußte auch, wie zahlreich und schwierig die Probleme Japans seit der bedingungslosen Kapitulation im letzten Jahr waren. Und es reizte ihn, beim ›Ansteuern eines klaren neuen Kurses für Japan‹ – wie MacArthur es ausdrückte – mitzuhelfen.

Der Oberst sagte Danvers, daß er den Rest des Tages zu Hause zu erreichen sei, falls es etwas Wichtiges gäbe.

Als er vor seinem Haus anlangte, sah er Cheong bereits auf

der Türschwelle auf ihn warten. Sie hatte das Knirschen der Räder seines Jeeps auf dem Kies gehört.

»Du kommst heute früh heim, Denis«, sagte sie lächelnd.

Er kletterte aus dem Jeep und entließ den Fahrer. »Vermutlich wirst du mir jetzt zu verstehen geben, daß ich den Dienstboten im Wege herumstehe«, brummte er.

»Ganz und gar nicht«, rief sie und schob ihren Arm in den seinen, als sie die Stufen hinaufschritten. »Ich habe sie in die Küche geschickt, wo es eine Menge Arbeit gibt.« Sie gingen durch die Halle in sein Arbeitszimmer, wo sie ihm einen Drink zurechtmachte.

»Ah«, machte er und nahm ihr das kühle Glas aus der Hand. »Haben sie etwas getan, für das sie bestraft zu werden verdienen?«

»O nein.« Sie hielt die kleine Hand vor den Mund, als erschrecke sie diese Vorstellung.

Er nickte. Ein Glücksgefühl breitete sich in ihm aus. »Gewiß würdest du es mir sagen, wenn es der Fall wäre, nicht wahr?«

»Nein, bestimmt nicht.«

Sie bedeutete ihm, daß er sich in seinen Lieblingssessel setzen solle. Als er sich behaglich zurücklehnte, die langen Beine auf dem Teppich ausgestreckt, kniete sie neben ihm nieder. Sie trug ein tiefblaues Seidengewand mit Mandarin-Kragen und weiten Glockenärmeln. Der Oberst konnte sich beim besten Willen nicht vorstellen, wo sie dieses bemerkenswerte Kleidungsstück erworben hatte. Aber er war zu vertraut mit den Sitten ihres Landes, als daß er danach gefragt hätte.

»Ich bin die Herrin des Hauses«, fuhr sie fort, »und für die Disziplin darin trage ich Sorge, so wie du sie in deinem Amt trägst.« Womit sie die Garnisonsverwaltung meinte. »Du mußt mir vertrauen, daß ich imstande bin, eine Aura der Vollkommenheit in unserem Hause zu wahren. Gelassene Heiterkeit ist wichtig für die Gesundheit des Geistes, meinst du nicht auch?« Und als er nickte, ihre Augen beobachtete, sprach sie weiter: »Die gelassene Heiterkeit beschränkt sich nicht nur auf diesen Ort hier und die Bediensteten, sie muß auch die übrigen Bewohner erfassen.«

Sie schwieg. Der Oberst, der während ihrer Ausführungen ruhig an seinem Drink genippt hatte, setzte sich auf und stellte das Glas auf den niedrigen Tisch neben seinem Sessel. In seiner westlichen Mentalität sehnte er sich danach, ihre zarten Hände in seine zu nehmen, sich ihr zuzuneigen und sie zu fragen: »Was hast du, Liebling? Was bekümmert dich?«

Doch er wußte, das war unmöglich. Damit hätte er sie beschämt. Sie hatte ganz bewußt soviel Zeit für ihre einführenden Worte aufgewendet. Er mußte dies achten, indem er ihr gestattete, zum Thema zu kommen, wann sie es für richtig hielt. Wenn der Oberst etwas in den sechs Jahren seines Aufenthaltes in Fernost gelernt hatte, dann war es Geduld. Denn ohne diese Eigenschaft machte man hier vieles falsch, hier, wo das Leben so anders war.

»Du weißt, Denis, daß gelassene Heiterkeit nur ein Aspekt der Lebensharmonie ist. Und Harmonie ist es, wonach alle Menschen letztlich streben.« Sie legte ihre Finger auf den Rücken seiner Hand, die auf dem abgegriffenen, seidig-glatten Holz der Armlehne ruhte.

Ihre Augen waren auf ihre Hände gerichtet, die übereinander ruhten. »Unser Karma hat sich miteinander verbunden, es ist damit um so machtvoller, nicht wahr?«

Er nickte zustimmend, und sie fuhr fort: »Ich muß etwas von dir erbitten.«

»Du weißt, daß du es mir nur zu sagen brauchst«, entgegnete der Oberst ernst. »Dir, die mich von allen Menschen dieser Erde am glücklichsten macht, gehört alles, was mein ist.«

»Die Bitte, die ich habe, ist sehr groß.«

Er nickte abermals.

»Wir müssen fortgehen von Singapur«, sagte sie heftig. Als er sie nicht unterbrach, sprach sie hastig weiter: »Ich weiß, daß dir deine Arbeit hier sehr viel bedeutet, aber unser Weggang ist . . .«, sie suchte nach dem richtigen Wort, das ihre Vorstellungen verdeutlichen könnte, ». . . eine Notwendigkeit für uns alle. Für dich, für mich und für das Kind.« Sie legte eine Hand auf ihren Leib. »Wir sollten nach Japan gehen. Nach Tokio.«

Er lachte – betroffen von der unfreiwilligen Komik des Ganzen und zugleich verwirrt von ihren beschwörenden Worten.

»Ist das denn lustig?« rief sie, denn sie verstand sein Lachen falsch. »Es ist schlecht für uns, hier zu bleiben. Sehr schlecht. In Japan wird unser Karma erblühen, sich entfalten. Dort liegt unsere – wie heißt das englische Wort? – Bestimmung. Ist das richtig? Unsere Bestimmung.«

»Ich lache nur über ein recht seltsames Zusammentreffen«, versicherte ihr der Oberst. »Nicht über den Inhalt deiner Worte.« Er streichelte ihre Hand. »Und nun sag mir, warum wir ausgerechnet nach Tokio übersiedeln sollen.«

»Weil dort Itami lebt. Tsukos Schwester.«

»Ach so.«

Sie hatte ihm zwar völlig zwanglos von ihrer früheren Ehe erzählt, aber sonst sprach sie kaum von diesem Abschnitt ihres Lebens.

»Und was hat sie mit unserem Karma zu tun?«

»Das weiß ich nicht«, erwiderte Cheong. »Aber letzte Nacht hatte ich einen Traum.«

Der Oberst wußte sehr wohl, wieviel Wert die Menschen des Ostens den sogenannten Traumbotschaften beimaßen. In dieser Hinsicht waren sie den Römern der Antike nicht unähnlich, er selbst war auch längst nicht mehr so skeptisch oder gar zynisch wie früher. Das Unbewußte, das hatte er erfahren, bestimmte den Lebensweg eines Menschen mehr als die meisten annahmen oder willens waren, zuzugeben. Auf jeden Fall waren Träume mit dem Begriff des Karmas eng verbunden. Und das Karma war etwas, an das der Oberst glaubte, dazu lebte er schon zu viele Jahre in Fernost.

»Mir träumte von Itami«, sagte Cheong. »Ich war in einer Stadt – in Tokio. Ich kaufte ein und ging in eine ruhige Nebenstraße, dort erblickte ich einen Laden mit einem buntgeschmückten Schaufenster und blieb stehen. In der Mitte des Fensters saß eine Puppe. Die schönste Puppe, die ich je gesehen habe. Ihre Aura war sehr stark.

Sie war aus Porzellan, hatte ein weißes Gesicht und war erlesen gekleidet – in der Mode der *bushi.* Ihre Augen starrten mich an, und ich konnte die meinen nicht abwenden. ›Kauf mich‹, sagte sie.

Der Verkäufer wickelte sie für mich in ein seidenes Tuch, und ich nahm sie mit mir nach Hause. Als ich sie auswickelte, begann sie zu sprechen. Es war Itami. Sie sagte, daß wir zu ihr kommen müßten. Sie sagte, wir sollten Singapur verlassen und nach Tokio kommen.«

»Bist du Itami jemals begegnet?« fragte der Oberst.

»Nein.«

»Hat Tsuko dir irgendwann einmal ein Bild von ihr gezeigt?«

»Nein.«

»Und doch bist du sicher, daß die Puppe in deinem Traum Itami war.«

»Es war Itami, Denis.«

Er neigte sich ihr zu und nahm ihre Hände, wie es ihn schon seit geraumer Zeit drängte. Ihre langen Fingernägel waren tiefrot lackiert, das sah er an ihr heute zum ersten Mal. Er strich mit den Fingerspitzen über die seidige Glätte des Lacks, genoß das Gefühl. »Wir werden nach Japan gehen,

Cheong. Nach Tokio. Wir werden Itami finden, wie dein Traum es dir offenbart hat.«

Am Tag vor ihrer Abreise nahm sie ihn mit zu So-Peng.

Dieser lebte vor der Stadt, im Nordwesten, in einem Dorf, dessen Häuser aus Ölpapier und Bambus erbaut waren, und in das noch nie ein Mensch aus dem Westen einen Fuß gesetzt hatte. Es war auf keiner Karte der Region verzeichnet.

Es war Sonntag, und Cheong bestand darauf, daß der Oberst keine Uniform tragen solle. »Das ist äußerst wichtig«, sagte sie. Sie selbst war in ein weißes bodenlanges Seidengewand mit himmelblauen Borten und Mandarin-Kragen gekleidet und wirkte wie ein Traum.

Als sie aus der Stadt fuhren, war strahlender Sonnenschein. Die Hitze schwappte in jähen Wellen über sie hinweg. Eine schwache Brise trug den Verwesungsgeruch der Sümpfe herüber. Zweimal mußten sie halten, während sich eine jener langen schwarz-silbernen Vipern über den Pfad wand. Beim erstenmal machte der Oberst Anstalten, die Schlange zu töten, aber Cheongs energische Hand auf der seinen hielt ihn davor zurück.

Weit entfernt und doch seltsam nah, schien der östliche Horizont förmlich unter dunkelgrauen Wolkenmassen zu ersticken. Der Himmel darüber war von einem merkwürdig fahlen Gelb; nirgendwo war auch nur der Schimmer eines Blaues zu sehen. Hin und wieder brach gleißendes Licht durch das Grau, ließ die Sanftheit der Szenerie für Sekunden wie in Marmor erstarren.

Singapur war längst aus ihrem Blickfeld entschwunden, als sie den Wagen verließen, Cheong ihn bei der Hand nahm und zum Dorf von So-Peng führte.

Es lag in einem baumbestandenen flachen Tal, über dem im Hintergrund Basaltberge aufragten, eine natürliche Barriere, die jedoch mit den Jahrtausenden dem anstürmenden Meer weichen würde.

Sie kamen zu einem Haus, das mit den anderen des Ortes in jeder Hinsicht identisch war. Als sie vier breite Holzstufen erklommen hatten, standen sie auf der ersten Veranda, die geräumig war wie die Veranden an den alten Kolonialhäusern im Süden der USA, geschützt gegen den Monsunregen und die glühende Sonne. Hier bat Cheong ihn, die Schuhe auszuziehen, so wie sie es tat.

Die Haustür wurde geöffnet. Eine alte Frau mit stahlgrauem Haar, das sie sorgfältig hochgesteckt trug, die in eine lange aschfarbene Seidenrobe gekleidet war, empfing sie. Sie legte die Hände vor der Brust zusammen und verneigte sich vor ihnen. Sie erwiderten die Gebärde. Als sie sich aufrichteten und die Frau sie anlächelte, bemerkte der Oberst, daß sie keinen einzigen Zahn mehr im Mund hatte. Ihr Gesicht war zerfurcht. Trotzdem lag darauf ein Abglanz jener Vitalität und Schönheit, die es in seiner Jugend besessen haben mußte. Ihre schwarzen Mandelaugen glommen wie Lampions, erglänzten in der neugierigen Unschuld des kleinen Mädchens, das sie einmal gewesen.

Cheong stellte ihr den Oberst vor. »Und das ist Chia Seng«, sagte sie zu ihm – ohne deren Position in diesem Haus näher zu erläutern.

Chia Seng lachte, starrte den kräftigen Körper des Obersten an und wiegte den Kopf, als wolle sie sagen: »Ist das denn gut so, daß die jungen Leute von heute so kräftig sind?« Sie hob die schmalen Schultern und schnalzte mit der Zunge.

Wie der Oberst bemerkte, sprach Cheong Mandarin. Es bedurfte mithin keines Hinweises, daß auch er sich dessen bedienen würde, wenn es darauf ankam.

Sie standen jetzt in einem Raum von beträchtlichen Ausmaßen. Noch merkwürdiger war die Tatsache, daß dieser mit *tatamis* – japanischen Schilfmatten von einer bestimmten Größe, wie sie nur in traditionellen japanischen Häusern Verwendung fanden – ausgelegt war. Aber auf den Oberst warteten noch mehr Überraschungen.

Chia Seng führte sie wortlos durch diesen ersten Raum, der karg mit niedrigen lackierten Tischen und mit Kissen ausgestattet war, in eine tieferliegende, schummrig beleuchtete Halle, deren eine Wand aus einem riesigen Stück Jade bestand, die so hervorragend bearbeitet war, daß sie wie ein Gitterwerk wirkte. In der Mitte der Jadewand befand sich ein bogenförmiger Durchgang. Irgendwo hatte der Oberst gelesen, daß ein solcher Durchgang ›Pforte zum Mond‹ genannt wurde. Etwas derartiges gab es nur in den Häusern der ganz Reichen, die in der letzten Hälfte des neunzehnten Jahrhunderts auf dem chinesischen Festland lebten.

In der Öffnung der ›Pforte zum Mond‹ hing von Bambusstangen, die in Form eines Kreuzes angebracht waren, ein langer Streifen Seide. Der Seidenstreifen selbst war grau, in Königsblau eingewirkt war ein Rad-und-Speichen-Muster. Dieses erschien dem Oberst seltsam bekannt, und minutenlang durchforschte er sein Gedächtnis danach, wo er es bereits gesehen hatte, bis ihm einfiel: auf einem *ukiyo-e*-Druck von Ando Hiroshige, der zu einer der *Dreiundfünfzig Statio-*

nen der *Tokaidō*-Serie gehörte; er konnte sich jedoch an den Titel des betreffenden Druckes nicht erinnern. Jedenfalls, das wußte er noch, war das Zeichen einem reisenden *daimyo* beigegeben. Er wischte den Gedanken beiseite, als Chia Seng sie durch die ›Pforte zum Mond‹ geleitete.

Sie befanden sich nun in einem etwas kleineren Raum. An drei Seiten hingen Seidenrollen edelster Herstellung von den Wänden herab. Dunkle Farben gelangten zu leuchtendem Leben, die Jahre überdauernd.

Düfte stiegen ihm in die Nase – der kreidige Geruch von Holzkohle, der Moschusduft von Weihrauch und noch einige andere subtilere Gerüche. Es roch nach delikatem Öl, wie es in feinen Häusern zum Kochen verwendet wurde. Doch es war unmöglich, alle Nuancen einzeln zu bestimmen.

»Bitte«, sagte Chia Seng. Sie gingen vorbei an einem niedrigen roten Lacktisch, auf dem in einer Schale frischgeschnittene Blumen standen. Sie passierten die beiden offenstehenden Flügel einer Gittertür, die in einen nachtschwarzen Schlund führte, als sei dieser aus dem Herzen eines Onyx geschnitten.

»Vorsicht, die Stufen«, mahnte Chia Seng, und sie stiegen eine schmale Wendeltreppe empor, auf der man nur hintereinander gehen konnte.

Die Turmtreppe führte zu einer Plattform, über der sich ein grünes Kacheldach spannte, das an allen vier Ecken von Holzbalken getragen wurde. Der Blick konnte von hier aus ungehindert umherschweifen – nur an einer Seite begrenzt durch die schwarzen Basaltfelsen.

Als der Oberst die Plattform betrat, fiel sein Blick als erstes auf eine großgewachsene Gestalt, die durch ein langes Glas auf das herantreibende Gewitter hinausstarrte. Es war So-Peng.

»Willkommen, Oberst Linnear.« Seine Stimme klang voll und tief. Seinem Mandarin haftete etwas Merkwürdiges an – im Westen hätte man gesagt, ›er verschluckt die Endsilben‹.

So-Peng drehte sich nicht um, er schien Cheongs Gegenwart gar nicht zu bemerken. Chia Seng, deren Auftrag offenbar beendet war, glitt lautlos die Wendeltreppe hinab.

»Bitte, stellen Sie sich neben mich, Oberst«, gebot So-Peng. Er trug eine altchinesische zeremonielle Robe, die die Farbe von Perlmutt hatte und deren Material dem Oberst unbekannt war. Die leiseste Bewegung des alten Mannes ließ sie aufschimmern, und das zuckende Licht über der Landschaft wurde aufs herrlichste reflektiert.

Der alte Mann reichte dem Oberst das Fernrohr. »Richten

Sie Ihren Blick hindurch, Oberst, und sagen Sie mir, was Sie sehen.«

Der Oberst nahm das polierte kupferbeschlagene Glas und setzte es an ein Auge, während er das andere schloß. Der Wind war stärker geworden.

Innerhalb des Ausschnittes, der sich seinem Blick bot, sah er, wie die Wolken, die jetzt blaurot waren, wie Beulen, regelrecht blühten, und auch, daß sich die Farbe des Himmels, dort, wo der Sturm nicht tobte, veränderte. Das vor kurzem noch so fahle Gelb wurde jetzt von blaßgrünen Strähnen durchzogen. Hin und wieder war ein dumpfes Grollen zu vernehmen, das über die Erde wie eine unsichtbare *tsunami,* eine Flutwelle, hinwegrollte. Pflichtbewußt berichtete der Oberst, was er sah.

»Und das ist alles«, sagte So-Peng, worin keine Frage mitschwang.

»Ja«, wollte der Oberst soeben sagen, »ja, das ist alles, was ich zu sehen vermag.« Aber im letzten Augenblick hielt er sich davor zurück. Gewiß gab es da noch etwas, von dem der alte Mann wünschte, daß er es bemerkte.

Langsam und sorgfältig bewegte er das Glas vor seinem Auge über das Gelände, den Himmel, Zentimeter für Zentimeter, aber er erblickte nichts, was des Berichtens wert gewesen wäre. Er sah die Frauen in den Reisfeldern, den flachen, gefluteten Gevierten, auf denen kein Baum Schutz vor dem herannahenden Gewitter bot. Im nahezu gleichen Rhythmus neigten sie sich nach vorn, griffen mit der Hand aus und ernteten den Reis. Ihre Röcke trugen sie hochgerafft, zu Knoten zwischen ihren Beinen geknüpft, wollene Säcke hingen auf ihren Rücken. Sie sahen aus wie Tiere, die eine schwere Last trugen; Wasser bedeckte ihre nackten Füße.

»Die Frauen arbeiten noch«, sagte der Oberst. »Als ob der Sturm nicht im Anzug wäre.«

»Ah«, nickte So-Peng. »Und was sagt Ihnen das, Oberst?«

Der Oberst hob das Glas vom Auge, ließ es sinken und sah So-Peng an – den gelben haarlosen Schädel, den grauen flusigen Bart, der von der Spitze seines Kinns herunterhing, die dunklen gelassenen Augen, die ihn kühl betrachteten.

»Hmm«, machte So-Peng und schwieg.

»Sie wissen etwas, was wir nicht wissen«, sagte der Oberst.

So-Peng war sich in diesem Augenblick nicht klar darüber, ob der Oberst ernsthaft oder nur herablassend sprach. So-Peng besaß zwar sehr viel Erfahrung mit Menschen, aber so kurz wie er diesen Mann hier kannte, konnte er ihn bis jetzt nur von seinem Instinkt her beurteilen.

Der Oberst wußte sehr wohl, daß er zu diesem Zeitpunkt in seiner Beziehung zu Cheong an einem entscheidenden Punkt angelangt war. Die Absegnung ihrer Ehe durch diesen Mann war für sie wichtig. Warum dies bei ihrer Heirat nicht der Fall gewesen war, wußte er nicht zu sagen. Aber ihm war klar, daß bei ihrem Entschluß, Singapur zu verlassen, So-Peng eine aktive Rolle gespielt hatte.

Die Tatsache, daß dieses Dorf so abgeschnitten lag, machte dem Oberst nur zu schmerzlich bewußt, daß viele Chinesen keine große Zuneigung zu den ›Westlern‹, diesen ungeschlachten Barbaren, hegten.

In diesem Augenblick schien ihm diese Abneigung, ja diese Feindseligkeit berechtigt, doch sie berührte ihn nicht.

Der Oberst hegte eine große Achtung vor diesen Menschen, ihrer Lebensweise, ihrer Geschichte, ihrer Religion, ihren Sitten und Gebräuchen, und sein Wissen um diese Dinge gab ihm die Kraft zu sagen: »Es gibt keinen Zweifel, Sir, daß wir es sind, die hier viel zu lernen haben. Aber ich fühle auch, daß ein Austausch von Informationen nützlich sein kann und – wichtiger noch – zu gegenseitigem Vertrauen führt.«

So-Pengs Hände wurden von den weiten Ärmeln seines Gewandes verdeckt, als er die Arme vor seiner mageren Brust kreuzte. »Vertrauen«, sagte er nachdenklich, als wäre ihm das Wort neu, und er koste es jetzt wie ein exotisches Gewürz auf der Zunge. »Nun ja, Oberst, ›Vertrauen‹ kann vielerlei Bedeutungen haben. Und was«, fuhr So-Peng fort, »läßt Sie annehmen, daß ein solches Vertrauen Ihnen entgegengebracht werden könnte?«

Der Oberst hielt seinen Blick fest und ruhig auf So-Peng gerichtet.

»Weil ich Respekt für Sie und Ihr Land empfinde. Ich achte, was ist und was war, habe Verständnis für die Menschen hier. Zudem besitze ich die Neugier zu lernen, was ich nicht weiß. Und letztlich ist da die Liebe.« Kaum hatte er das ausgesprochen, entspannte sich der Oberst. Er hatte damit sein Herz bloßgelegt und seine Frau geehrt. Mehr gab es nicht zu tun.

»Cheong«, nahm So-Peng wieder das Wort, »ich glaube, Chia Seng hat nach dir gerufen. Ihre Stimme schwebte zu mir durch die gewitterschwere Luft.«

Wortlos verneigte sich Cheong und verließ den Raum.

Der Oberst verharrte schweigend auf seinem Platz. Das Gewitter war dabei, näherzurücken.

»Cheong sagte mir, daß Sie in Kürze nach Japan reisen.«

Der Oberst nickte. »Ja. Morgen. Man hat mich gebeten, an der Seite General MacArthurs am Wiederaufbau Japans mitzuwirken.«

»Ja. In solcher Arbeit liegt großes Ansehen. Aber meinen Sie nicht«, sprach So-Peng weiter, »daß dieser Wiederaufbau, wie Sie es nennen, den Japanern überlassen werden sollte?«

»Das wäre natürlich ideal. Aber unglücklicherweise haben gewisse Elemente der japanischen Gesellschaft das Volk während der letzten beiden Dekaden auf falsche Wege geführt.« Als sein Gegenüber schwieg, fuhr der Oberst fort: »Ich bin sicher, Sie wissen von gewissen Aktivitäten in der Mandschurei.«

»Nun, die Mandschurei«, erwiderte So-Peng spöttisch. »Was habe ich oder was haben meine Mitbürger mit der Mandschurei zu tun? Für uns ist sie ein Flecken irgendwo auf der Weltkarte. Mich würde es nicht scheren, wenn sich die Japaner mit den Bolschewiken wegen der Mandschurei in die Haare kriegten. Die Mandschurei abgeben zu müssen, wäre, von meinem Standpunkt aus gesehen, kein großer Verlust für China.«

»Aber für die Japaner bedeutet dieses Land eine Art Glacis in bezug auf das übrige China. Dort könnten sie ihre Militärbasen anlegen, von denen aus sie ihre Expansion betreiben.«

»Ja«, seufzte So-Peng. »Ihre imperialistische Wesensart hat mir einstens sehr zu schaffen gemacht. Der Militarismus liegt den Japanern im Blut. Aber China hat heute nichts von Japan zu befürchten. Das sage ich Ihnen – im Vertrauen, versteht sich. Der Druck kommt von den Bolschewisten, und diese sind mehr zu fürchten, als es die Japaner je waren. *Bushido* – kennen Sie diesen Begriff, Oberst?«

»Ja«, nickte der Oberst.

»Gut.« So-Peng sah hinauf zum Himmel, der jetzt völlig bedeckt war mit grauen Wolken. »Er bezeichnet den Grad einer Freundschaft, einer Freundschaft, die nichts mit jener Kumpanei zu tun hat, wie sie bisweilen zwischen Geschäftsfreunden oder Nachbarn besteht. In einer solchen Freundschaft – und es gibt sie heute seltener, als man annehmen möchte – wird der gegenseitige Gedankenaustausch nicht zum Problem, gibt es keine Barrieren. Sie verstehen, was ich meine, Oberst?«

»Ja, Sir, gewiß.«

»Hm. Jemand sagte mir, daß Sie verstehen würden.« So-Peng lachte leise, nicht unfreundlich. »Wissen Sie, es war ein Tag wie der heutige, als Cheong zu mir gebracht wurde. Sie war damals noch sehr klein, nicht einmal drei Jahre alt, glaube ich. Was mit ihrer Familie geschehen ist, weiß ich nicht. Ich habe viele Jahre lang Nachforschungen angestellt, jedoch ohne Erfolg.

Aber es war nach einiger Zeit auch gar nicht mehr wichtig. Dies hier war ihre Familie, und ich hätte sie nicht mehr lieben können, als wenn sie meine eigene Tochter gewesen wäre. Ich habe viele Kinder und inzwischen viele Enkel und Urenkel. Du meine Güte, ihre Zahl ist so groß, daß ich manchmal ihre Namen verwechsle. Doch das ist entschuldbar. Ich bin ein alter Mann, und mein Geist ist mit unzähligen anderen Dingen beschäftigt.

Ich darf Ihnen indes in aller Bescheidenheit sagen, daß unter all meinen Nachkommen Cheong einen besonderen Platz einnimmt. Sie ist nicht die Frucht meiner Lenden, aber ganz gewiß ist sie die Frucht meines Geistes. Das müssen Sie versuchen zu verstehen, ehe Sie Singapur verlassen.«

So-Peng schwieg; es war, als träume er von einem fernen Land oder von längst vergangenen Zeiten. Der Himmel schien aufzureißen, und Regen fiel schräg aus dem holzkohlenfarbenen Gewölk, schlug auf das kleine viereckige Dach, schoß aus den zierlichen Dachrinnen. Die grünen Blätter der Bäume zitterten und bogen sich unter dem Guß. Dann schien eine Wasserwand die übrige Welt auszulöschen. Der Oberst lehnte sich vorsichtig über die Brüstung, aber er konnte nicht einmal das darunterliegende Dach von So-Pengs Haus sehen. Nebel trieb, Rauchschwaden gleich, zu ihnen herauf.

»Es ist, als seien wir hier mutterseelenallein«, sagte der Oberst.

So-Peng lächelte. »Man ist in Asien nie wirklich allein, finden Sie nicht?« Er schien ruhig wie eine Statue, was den Oberst angesichts des Unwetters, das sie umgab, merkwürdig berührte. Wasserstaub stäubte von der Brüstung hoch und sprühte über den Oberst hin. Er trat einen Schritt zurück. Das Ganze erinnerte ihn an den Tag, als er im Bug eines schnittigen Kutters gestanden hatte, weit draußen auf dem offenen Meer. »Unsere Welt ist anders«, fuhr So-Peng fort. »Wir sind in sie hineingeboren, darin aufgewachsen, wir haben unser Leben stets mit der Vorstellung vom Unabänderlichen, Ewigen, das uns immer nahe ist, verknüpft. Ich habe oft gedacht, daß dies ein zweischneidiges Schwert ist – ich sage Ihnen das im Vertrauen. Diese Vorstellung ist unsere große Stärke im Leben, aber zugleich auch unsere Schwäche. Zu unserer Achillesferse wird es, so fürchte ich, ganz sicher werden, wenn es dazu kommen sollte, daß wir mit dem Westen kooperieren. Ich habe Angst, daß viele meiner Landsleute die Menschen des Westens unterschätzen, eben weil sie sie für Barbaren halten, unfähig, die östlichen Vorstellungen von Mannesehre und Wiedergeburt zu begreifen. Diese Unterschätzung kann tödlich sein. Ein Beispiel dafür sind die Japaner. Schwachsinnig, ihr Hang zur Glorie! Die Japaner haben das Versagen geadelt. Ein großer Teil ihrer Nationalhelden wäre nach westlichen Maßstäben als jämmerliche Versager zu bezeichnen. Dieser Lebensauffassung gebührt Ehre; aber im Westen zählen allein Erfolge.

Wie lautet der Begriff – protestantische Ethik, nicht wahr? Nun, viele Japaner werden Ihnen heute sagen, Japan wurde unter dem Banner der protestantischen Ethik vernichtet. Es mußte für die falsche Einschätzung von Pearl Harbor teuer bezahlen. Die Vereinigten Staaten sind in Wahrheit der schlafende Riese gewesen; und dessen Zorn war furchtbar.«

So-Peng sah versonnen hinaus in den wütend niederpeitschenden Regen. Die Luft war schwer von Feuchtigkeit. »Bis jetzt fehlt uns trotz allem immer noch das Verständnis für das Wesen der Zeit. Wir blicken immer zurück ins Gestern, obwohl es doch bereits unabänderliche Ewigkeit ist. Wir haben die Gegenwart noch nicht eingeholt.« Er lachte. »Doch geben Sie uns Zeit. Wir sind sehr gewitzt und außerordentlich anpassungsfähig. Passen Sie auf, daß wir Sie nicht überholen!«

Der träumerische, in sich gekehrte Ausdruck schwand aus So-Pengs Augen, als er sich dem Oberst zuwandte und sagte: »Worte der Weisheit – ich glaube nicht an sie. Man kann Weisheit nicht erlernen, indem man zu Füßen eines anderen sitzt. Jeder muß sein eigenes Leben leben, seine eigenen Fehler machen, seine eigenen Ekstasen durchlaufen, um den wahren Sinn seiner Existenz zu erfahren, der für jedes menschliche Wesen ein anderer ist. Es gilt wieder aufzustehen, wenn man gefallen ist. Wieder und wieder. Nur so sammelt man Erfahrungen, lernt man, kommt man weiter.

So. Genug der Reden. Ich bin heute geschwätzig wie ein altes Weib. Vielleicht kommt das vom Wetter. Womöglich betäube ich mit Sprechen meine innere Unruhe. Die Zeit des Monsuns habe ich von Kindesbeinen an gefürchtet.

Sie fragen sich vielleicht, Oberst, aus welchem Kulturkreis ich stamme. Nun, mein Vater war Chinese. Ein kultivierter, stiller Mandarin, der es, ob seiner Klugheit und Scharfsinnigkeit, früh zu einem bedeutenden Geschäftsmann gebracht hatte; er emigrierte mit dreiunddreißig Jahren nach Singapur. Ich bin auf dem Festland geboren, nicht hier. Meine Mutter war Japanerin.« Die Augen des Alten öffneten sich weit. »Die wahre Abstammung meiner Mutter wurde aus bestimmten Gründen verschwiegen. Da sich ihre Gesichtszüge von denen der Menschen hier so sehr unterschieden, erklärte mein Vater stets, sie käme aus dem Norden Chinas, aus der Nähe der russischen Grenze, wo es viele Mischlinge gibt.

Über Cheongs Abstammung weiß ich ebenfalls nichts Genaues. Nur daß sie hier aufwuchs und von den hiesigen Einflüssen geprägt wurde.

Kennt man den Boden, aus dem ein Edelstein kommt, dann ist man eher fähig, dessen Wert zu beurteilen.« So-Peng schüttelte den Kopf. »Aber das ist ein etwas knöchernes Beispiel. Lassen Sie mich Ihnen ein anderes geben. Ein Mann begegnet einer ungewöhnlich schönen Frau. Im Laufe der Zeit, die er mit ihr verbringt, findet er ihr Verhalten launenhaft, unberechenbar, verwirrend – kurzum, unbegreiflich. Nun erfährt er, daß diese Frau die mittlere von drei Töchtern ist. Damit hat er womöglich den ersten Schritt getan, das Geheimnis ihres seltsamen Verhaltens zu enthüllen. Je mehr er willens ist, in dieser Hinsicht zu lernen, um so weniger seltsam wird ihm ihr Verhalten erscheinen, bis er es zum Schluß vollkommen versteht.« Der Alte streckte plötzlich die Nase in die Luft und schnupperte. »Es wird bald vorbei sein«, sagte er. »Kommen Sie. Wir wollen hinuntergehen.«

Der Oberst, Cheong und So-Peng saßen um den roten Lacktisch im Raum mit den Seidenrollen, während Chia Seng ihnen schweigend ein Gericht nach dem anderen auftischte. Der Oberst hatte seit Jahren nicht mehr ähnlich Vorzügliches gekostet, zudem noch so erlesen angerichtet und serviert. Da gab es als erstes *dim sum* – winzige delikate Reisteigklößchen, gefüllt mit den verschiedensten Farcen. Dann wurde Fischsuppe gereicht, heiß und würzig, nicht im mindesten schwer. Zum dritten servierte Chia Seng sechs Arten von Reisgerichten, vom einfachen, gekochten weißen Reis bis hin zu einer Art überbackener Version, die mit gewürzten Meeresfrüchten und gekochtem Eigelb versetzt war. Der vierte Gang bestand aus einem kalten Salat, der mit Meerrettich und Gurke zubereitet war. Dann kam der Hauptgang: in Scheiben geschnittenes Geflügel, das knusprig goldbraun gebraten war. Ferner gab es geröstete Krabben, frische Langusten, Flußkrebse, deren Rückenpanzer, da sie frisch aus dem kochenden Wasser kamen, rötlichblau schimmerten. Zum Ende des Mahls wurden große halbmondförmige Melonenscheiben aufgetragen, deren Saft auf die Tonteller lief, wie Bächlein aus einem eiskalten Fluß.

Als sie gegessen hatten, schob So-Peng seinen Teller von sich, stöhnte wohlig auf und tätschelte seinen Bauch. »Erzählen Sie mir von sich, Oberst«, sagte er.

Der Oberst berichtete dem Alten von seinem Vater und das, was er über seine Mutter wußte, die er nie richtig gekannt hatte, da sie an Diphtherie starb, als er zwei Jahre alt war. Er berichtete von seiner Stiefmutter, die er aus vielen Gründen verachtete. Er erzählte So-Peng davon, was es hieß, ein ›Einzelkind‹ zu sein. Er erzählte ihm von seiner Jugend, die er im ländlichen Sussex verbracht, seiner Schulzeit und dem Weg, der ihn schließlich nach London geführt hatte, von seinem brennenden Interesse an Fernost, seinen Studien und seiner Einberufung.

»Und nun«, sagte So-Peng, »schlagen Sie ein neues Kapitel Ihres Lebens auf. Sie werden Politiker werden, mehr noch, Sie werden Geschichte machen. Sehr gut. Sehr gut. Bald werde auch ich Singapur für einige Zeit verlassen. Meine Dienste werden anderswo gebraucht. So ist dies hier sozusagen eine Abschiedsfeier.« Er schwieg. Es schien, als warte er auf irgend etwas. Lange Minuten verflossen in Stille, nur das Tropfen des Regens von den dichtbelaubten Bäumen, die das Haus umstanden, war zu hören.

Plötzlich erschien Chia Seng. Sie trug einen undefinierbaren Gegenstand vor sich her; sie trat zum Tisch und reichte ihn So-Peng. Diesmal verließ sie den Raum nicht, sondern blieb schweigend an seiner Seite stehen.

So-Peng hielt den Gegenstand in Brusthöhe vor sich, und jetzt sah der Oberst, daß es ein kupferbeschlagener Kasten war, der so an die fünfundzwanzig Zentimeter hoch und zwanzig Zentimeter breit, emailliert und reich lackiert war. Auf dem Deckel war ein herrlich gemalter feuerspeiender Drache im Kampf mit einem kraftvollen Tiger zu sehen.

Der Alte hielt den Kasten noch immer vor sich und sagte: »Es ist meine Pflicht, mich zu entschuldigen, liebste Cheong, daß ich nicht in Singapur anwesend war, als du Oberst Linnear geheiratet hast.

Dabei bedeutest du mir mehr, Cheong, als alle anderen, denn deine Liebe leuchtete um so stärker, um so reiner, je härter du vom Schicksal gefordert wurdest. Keines meiner Kinder mußte deswegen irgend etwas vermissen.

Das, ich zweifle nicht daran, weißt du. Aber was dir gewiß nicht bewußt ist, und weshalb ich es dir nun sage, ist, daß nur dein Geist es war, der dem meinen treu blieb. Das hat mich tief berührt, denn es geschah völlig natürlich, ohne jedes Drängen, jeden Zwang meinerseits.

Und jetzt, in der Stunde unseres Abschieds – denn ich fürchte, wir werden uns nie wiedersehen –, möchte ich dir dies hier überreichen. Es gehört dem Oberst ebenso wie deinem Kind, das bald geboren wird, und den Kindern, die du noch empfangen solltest. Ich gebe es dir frohen Herzens, mit all meiner Liebe. Es kommt von mir und von Chia Seng, aus der langen Überlieferung unserer Familie. Dieses Kästchen samt Inhalt gibt es auf der ganzen Welt nur einmal. Es ist mein Vermächtnis an dich. Verwende es, wie du es für richtig hältst.«

Seine alten Hände mit den langen Fingern, über denen sich die Haut wie zerknittertes Pergament spannte, schoben das Kästchen langsam über den Tisch.

Der Oberst hielt Cheongs zitternde Hand und sah in So-Pengs Augen. Er wollte etwas sagen, aber seine Zunge versagte ihm den Dienst. Da saß er, auf der anderen Seite des Tisches, und eine Welt lag zwischen ihnen. Er blickte einen Mann an, der offensichtlich bedeutend und geheimnisvoll zugleich war, von dem er indes nicht wußte, wer er wirklich war, was er tat, was seine Funktion war.

Sowohl der Oberst als auch Cheong verliebten sich auf den ersten Blick in das Haus und seine Gärten, das in einem der Vororte Tokios lag. MacArthur hatte wohl erwartet, daß der Oberst eine passende Wohnung in der City nähme, damit er näher an seinem Büro sei. Er fand jedoch keine, jedenfalls keine, die ihm und Cheong gefiel.

Das Haus lag am östlichen Rand eines riesigen Waldes aus Zypressen und Pinien, in dem der Shinto-Tempel erblühte wie eine Blume aus einer anderen Welt. Dessen Anmut, Stille und natürliche Demut verzauberten den Oberst augenblicklich. Der Tempel verkörperte für ihn das Unveränderliche und die Würde des japanischen Geistes. Immer, wenn er ihn sah, dachte er an So-Peng.

Niemand wußte, wer vor dem Oberst und Cheong das Haus bewohnt hatte, nicht einmal Ataki, der verhutzelte alte Gärtner. Seit Jahren seien Haus und Gärten verlassen, hatte er dem Oberst berichtet. Getreulich kam er noch jeden Tag, um sich um die Gärten zu kümmern; aber die Zeit hatte seine Erinnerung verwischt. Vielleicht, dachte der Oberst, will er es auch einfach nicht sagen. Wie dem auch sei – jetzt gehörten das Haus mitsamt den Gärten dem Oberst und seiner Frau.

Der Ziergarten vor dem Haus war atemberaubend schön

mit seinen vielfältig blühenden Bonsai-Bäumen und einem flachen steinumrandeten Teich, in dem Goldfische mit blauen Augen und filigranartigen Flossen schwammen.

Hinter dem Haus gab es einen ganz anderen Garten, der aus einem Zen-Rechteck bestand, das aus Kiesel und vier Felsblöcken gebildet wurde. Die Felsblöcke hatte der Künstler, der den Garten angelegt hatte, nach vorgeschriebenen traditionellen Maßen aufstellen lassen. Sie wirken wie Inseln, die aus einer ruhigen Meeresoberfläche aufragten, dachte der Oberst. Doch Nicholas stellte fest – als er groß genug war –, daß es Berggipfel über einer Wolkenbank seien, eine Bemerkung, von der der Oberst und Cheong entzückt waren. Auf jeden Fall aber war der Zen-Garten ein Ort der Meditation und des vollkommenen Friedens – besonders wertvoll in einem Land, das, verwüstet wie es war, mühselig um sein Überleben kämpfte.

Nicholas liebte das Haus und die Gärten mit nie erlöschender Leidenschaft. Immer und immer wieder zog es ihn in den Zen-Garten, wo Cheong ihn oft, nachdenklich vor sich hinsinnend, fand, den Kopf in die Hände gestützt, den Blick auf die heitere Gelassenheit der Felsen inmitten der vollkommen angeordneten Steine gerichtet. Nach einer gewissen Zeit hatte sie es sich angewöhnt, ihn dort stets zuerst zu suchen.

Nicholas konnte sich nicht entscheiden, ob er den Garten mehr liebte, wenn er allein in ihm war, oder wenn Ataki kam, um die Erde mit Wasser und Harke davor zu bewahren, auszutrocknen, und sich zu vergewissern, daß die Ordnung der Steine gewahrt wurde. Denn Nicholas liebte beides: die verinnerlichte Einsamkeit dieses Ortes (»Es ist«, hatte er dem Oberst einmal anvertraut, »als ob du deine Seele atmen hörtest«) sowie die Behutsamkeit und Präzision des alten Mannes, mit der er die Kieselsteine wieder in ihre alte Ordnung brachte. Die Steine waren so abgeschliffen, daß Nicholas der festen Überzeugung war, sie stammten von der Küste der Insel. Denn nur das ewige Streicheln der bewegten See vermochte wohl diese erstaunliche Glätte hervorzubringen.

Nicholas erschienen die Bewegungen des alten Mannes ohne jede Anstrengung, so als ob er kaum körperliche Kraft einsetzte. Als er ungefähr sechs Jahre alt war, fragte er Ataki, wie es kam, daß er sich auf diese Art bewege. Als der Alte ihm schlicht mit dem Wort *›bujutsu‹* antwortete, ging Nicholas geradewegs zum Oberst, um diesen zu fragen, was es damit auf sich habe.

»Bujutsu«, erwiderte der Oberst, indem er seine Teetasse abstellte und die Zeitung, die er gerade gelesen hatte, sorgfäl-

tig zusammenfaltete, »*bujutsu* faßt alle martialischen Künste Japans zusammen.«

»Dann«, sagte Nicholas klar und deutlich, »will ich *bujutsu* erlernen.«

Der Oberst betrachtete seinen Sohn. Er hatte sehr bald erkannt, daß Nicholas nie etwas leichtfertig dahinsprach. Wenn er nun sagte, er wolle *bujutsu* erlernen, so war es ihm ernst damit, und er würde kein Opfer, keine Schwierigkeiten scheuen.

Der Oberst stand auf, legte den Arm um die Schulter seines Sohnes und öffnete die *shōji*, die Papierschiebetüren, die in den Holzwänden eingelassen waren, damit sie hinaustreten und im Garten miteinander sprechen konnten.

Sie standen am Rande des Zen-Gartens, aber als Nicholas seinen Vater ansah, bemerkte er, daß der Oberst seinen Blick weit über dessen Grenze hinaus gerichtet hielt, hinauf zu den grünen Schwertern des Zypressenwaldes.

»Weißt du, Nicholas«, sagte der Oberst mit einer merkwürdig schwebenden Stimme, »daß im Umkreis des Shinto-Tempels, inmitten des Waldes, ein kleiner Park liegt, in dem, so heißt es, vierzig verschiedene Arten von Moos wachsen?«

»Dort bin ich noch nie gewesen«, entgegnete Nicholas. »Wirst du mich einmal hinbringen?«

»Vielleicht – eines Tages«, erwiderte der Oberst. Sein Herz tat ihm weh, denn er wußte, es gab nie genug Zeit; er war hier, um seine Arbeit zu tun. Eine gräßliche, verzehrende Arbeit, die trotzdem getan werden mußte, und die ihn brauchte, um richtig erledigt zu werden.

Die vergangenen Jahre waren dazu angetan gewesen, einen Mann mit weniger Kraft und Mut, als sie der Oberst besaß, zu verschleißen. Aber immer, wenn er am Zusammenbrechen war, holte er So-Peng in sein Bewußtsein zurück. Zudem dachte er an seinen Sohn; und dann machte er weiter.

»Ich selbst war noch nie dort, Nicholas. Außer den Shinto-Priestern jenes Tempels hat kaum ein Mensch ihn je gesehen.« Der Oberst schwieg eine Weile, bis er weitersprach: »Willst du wirklich dort hingehen, wo heutzutage nur wenige Menschen ihren Fuß hinsetzen würden?«

»Ich will am Anfang beginnen, Vater.«

Der Oberst legte seinen Arm fester um die Schulter seines Sprößlings. »Ich werde mit deiner Tante darüber sprechen. Bist du damit einverstanden, mein Sohn?«

Nicholas nickte. Sein Blick glitt vom Gesicht seines Vaters hinüber zu den Bergen, die sich durch die Wolken drängten.

Die Tante, die der Oberst in jenem Gespräch erwähnte, war

Itami. Nicholas betrachtete sie nicht als seine Tante. Vielleicht, weil er sie nicht leiden mochte. Und wenn er sich einmal eine Meinung gebildet hatte, konnte ihn niemand davon abbringen.

Womöglich resultierte seine instinktive Abneigung gegen sie auch nur daraus, daß ihn ihr Ehemann verwirrte. Für einen Jungen, der von Geburt an gelernt hatte, die Ruhe seines Geistes zu bewahren, war es denn auch äußerst schwierig, Satsugai zu ertragen. Starke Turbulenzen, machtvolle Strudel störten seine Gesammeltheit. Die Unfähigkeit, seine innere Ausgewogenheit wiederzufinden, bevor Satsugai gegangen war, erschreckte Nicholas jedesmal.

Seine Tante war eine ungewöhnlich kleine Frau mit zartem Knochenbau, aber sie war in Nicholas' Augen schön, wenn auch ihr Gesicht nicht die Ebenmäßigkeit des Gesichtes seiner Mutter hatte.

Itami war stets in traditionelle japanische Gewänder gekleidet und immer von Dienerinnen umgeben. Ihre Winzigkeit hob ihr charismatisches Wesen noch stärker hervor. Sie stammte, das hatte der Oberst ihm gesagt, aus einer der größten und ältesten Familien Japans und gehörte damit den *bushi* an. Itami war eine Samurai-Dame. Sie war seit elf Jahren mit Satsugai verheiratet. Dieser war, soviel Nicholas wußte, ein reicher und einflußreicher Geschäftsmann.

Dann war da noch der Sohn von Itami. Er war drei Jahre älter als Nicholas. Ein großer, kräftiger Knabe mit tiefen, nachdenklichen Augen und einer Neigung zu Grausamkeit und Berechnung. Er verbrachte die meiste Zeit mit seinem Vater. Bei den häufigen Gelegenheiten, bei denen die beiden Familien zusammenkamen, war es unvermeidlich, daß Nicholas und Saigõ miteinander sprachen oder spielten.

Nicholas schien es immer, der andere Junge habe ihn vom ersten Augenblick an gehaßt. Warum, das konnte er sich nicht vorstellen. Doch dann, als er es wußte, zahlte er Saigõ seine Feindseligkeit in gleichem Maße zurück.

Natürlich war es Satsugai, der Saigõ aufhetzte. Als Nicholas dies erfuhr, verstärkte dieses Wissen seinen Haß auf diesen Mann und seine Furcht vor ihm. Aber dann war es schließlich Saigõ, der Nicholas mit Yukio bekannt machte. Wie es geschrieben steht: Alles im Leben gleicht sich aus.

Oder etwa nicht?

Zweiter Ring

Das Buch des Windes

風

New York City / West Bay Bridge

Sommer / Gegenwart

Als der Mann mit der verspiegelten Flieger-Sonnenbrille aus den Tiefen der Pennsylvania-Station an der Siebenten Avenue auftauchte, sah er sich nicht um; er ging auch nicht, wie die meisten seiner Mitreisenden sofort zum Bordstein, um ein vorbeifahrendes Taxi heranzuwinken.

Statt dessen wartete er, bis das Licht der Ampel wechselte. Als es soweit war, überquerte er raschen Schrittes die Avenue – den leichten Regen schien er nicht zu bemerken. Seinem Gang nach zu urteilen und vielleicht auch nach der Art und Weise, wie er seine längliche Leinentasche schräg über seiner muskulösen Schulter trug, hätte man meinen können, er sei Tänzer; er bewegte sich ohne jede Anstrengung, anmutig wie der Wind.

Er trug ein kurzärmeliges marineblaues Seidenhemd und eine Baumwollhose im selben tiefen Blau, dazu graue Wildlederschuhe, fast ohne Absatz, mit Sohlen so dünn wie Papier. Sein Gesicht war ziemlich breit; tief eingekerbte Linien zogen sich von den Mundwinkeln nach unten, als hätte er nie gelernt zu lächeln. Sein schwarzes Haar war borstig und kurz geschnitten.

Auf der Ostseite der Siebenten Avenue ging er an der überladenen Fassade des Statler Hilton Hotels vorbei, überquerte die Zweiunddreißigste Straße, ging unter der grün-weißen Markise von ›Chinatown Express‹ hindurch und verschwand nebenan in der Tür von McDonalds.

Zielstrebig eilte er durch den in Grellgelb und Orange gehaltenen Raum zu den Telefonzellen an der Wand. Neben der äußersten linken Zelle war eine Reihe von Telefonbüchern angebracht, die in Metalldeckel gebunden waren, um Diebstahl und Vandalismus zu erschweren. Sie hingen mit dem Rücken nach oben in einem hüfthohen Regal, gleich stillen Fledermäusen in einer Höhle.

Der Mann mit der Sonnenbrille hob eines der Bücher auf die Oberfläche des Regals. Sein Deckel war zerfetzt, die unteren Ränder der mittleren Seiten waren beschädigt und wirkten wie angeknabbert. Er blätterte das Buch durch, bis er zu dem Buchstaben kam, den er suchte. Mit dem Zeigefinger glitt er die Spalten ab. Fast am Ende angekommen, hielt er inne und nickte. Er wußte die Adresse bereits, aber er war es gewohnt, seine Informationen zu überprüfen.

Nachdem er das Restaurant verlassen hatte, überquerte er die Avenue, hielt sich mit schnellen Schritten westwärts, lief abermals Madisons Garden entlang und sprang an der Achten Avenue in einen Bus. Dieser war gedrängt voll. In der sauerstoffarmen Hitze roch es nach Schweiß und ungelüfteten Kleidern.

An der Haltestelle der Vierundsiebzigsten Straße sprang er ab und ging einen Block weiter. Vom Central Park West drehte er westwärts in Richtung des Hudson. Der Regen hatte aufgehört, aber der Himmel blieb dunkel verhangen. Die Luft stand förmlich. Die Stadt dampfte.

Er fand die Adresse ungefähr in der Mitte zwischen Columbus Avenue und Broadway. Seine Nasenflügel bebten, als er die Stufen zu dem Backsteinhaus emporstieg. Er öffnete die äußere Tür aus Glas und Holz und trat in das winzige Vestibül. Eine moderne Stahl-Drahtglas-Tür, sicher verschlossen, verwehrte ihm den weiteren Eintritt. An der Wand war ein Knopf angebracht, den er energisch drückte. Darüber hing ein diskretes Messingschild, auf dem eingraviert stand: TOHUKU NO DOJO, oberhalb davon befand sich eine kleine ovale, vergitterte Sprechmuschel.

»Ja«, tönte eine blecherne Stimme aus der Muschel.

Der Mann mit der Sonnenbrille wandte sich der Sprechmuschel zu. »Ich möchte trainieren«, sagte er.

»Bitte, kommen Sie herauf. Zweiter Stock, um die Ecke links, bis zum Ende des Ganges.«

Der Öffner summte, und er stieß die Tür auf.

Er nahm den durchdringenden Geruch von Schweiß wahr, dem jenes pikante Odium von körperlicher Anstrengung und Furcht beigemischt war. Zum erstenmal, seit er seinen Fuß in die Stadt gesetzt hatte, fühlte er sich zu Hause. Doch verachtungsvoll schob er seine Gefühle beiseite. Flink und unhörbar lief er die teppichbelegten Treppen hinauf.

Terry Tanaka war am Telefon. Er sprach mit Vincent, als Eileen zu ihm trat. Als er den Blick in ihren Augen sah, bat er Vincent, am Apparat zu bleiben und legte die Hand über die Sprechmuschel. »Was ist denn, Ei?«

»Ein Mann ist hier, der trainieren will.«

»So? Das geht, schreib ihn ein.«

»Ich denke, du solltest dich lieber selbst um ihn kümmern«, sagte sie.

»Weshalb denn? Was ist mit ihm los?«

»Nun, erstens möchte er *dich* sehen. Und zweitens – wie er sich bewegt, wie er geht –, er ist kein Schüler.«

Terry lächelte. »Da siehst du, wie weit verbreitet unser Ruf inzwischen ist. Der Bericht in *New York* war Goldes wert.« Als sie nichts erwiderte, fragte er: »Sonst noch was?«

Sie schüttelte den Kopf. »Nur – der Bursche ist mir unheimlich. Seine Augen ...« Sie hob die Schultern. »Ich weiß nicht –«

»Okay. Hör zu, gib ihm inzwischen eine Tasse Tee oder sonst etwas. Ich komme sofort.«

Sie nickte, schenkte ihm ein dünnes Lächeln.

»Was war denn?« tönte Vincents Stimme in sein Ohr.

Terry nahm die Hand vom Hörer. »Oh, nur ein Klient, der mit Ei gesprochen hat.«

»Wie geht es ihr?«

»Gut.«

»Und was macht ihr beide?«

»Ach, immer dasselbe.« Terry stieß ein kurzes Lachen aus. »Ich warte immer noch darauf, daß sie ›ja‹ sagt. Ich lag schon so oft vor ihr auf den Knien, daß ich vier Paar Hosen durchgewetzt habe.«

Vincent lachte. »Es bleibt also bei unserem Essen heute abend?«

»Gewiß doch. Solange es nicht zu spät wird. Ich möchte Ei heute abend noch sehen.«

»Aber natürlich. Nur ein paar Fragen, die ich dir stellen möchte. Nick wollte auch kommen, aber ...«

»Wie geht es ihm denn? Er rief an, ehe er auf die Insel ging. Hat er sich da den ganzen Sommer herumgetrieben?«

Vincent lachte. »Ja. Bis ich ihn mir kaufte. Er hat übrigens ein neues Mädchen.«

»Wurde auch Zeit«, sagte Terry.

»Er läßt dich und Ei herzlich grüßen. Er wird bald in der Stadt sein, dann kommt er bei euch vorbei.«

»Gut, gut. Mein neuer Kunde wird Ei den Kopf abreißen, wenn ich nicht endlich komme. Also, bis sieben.«

Er legte auf und schritt durchs Zimmer, trat um die Ecke, um Mr. Wonderful zu begrüßen.

Als Terry erschien, fühlte Eileen Okura, wie ihre Angst sich löste. Zwei Dinge hatten sie erschreckt. Erstens, daß sie den

Mann nicht hatte kommen hören. Zweitens, seine Haltung, die äußerst ungewöhnlich war. Er stand noch immer genauso da, wie er von der ersten Sekunde an dagestanden hatte. Die Tasche hatte er auf dem Rücken, die Sonnenbrille schwang er zwischen dem Daumen und dem Zeigefinger seiner rechten Hand hin und her. Die Haut seines Gesichts und seiner Hände erschien ihr viel zu weiß für einen Asiaten. Als sie jedoch auf seine Kehle blickte, wo das Hemd offenstand, sah sie, daß die schneeige Farbe nur in seinem Gesicht, an seinen Händen und an seinem Hals vorherrschte. Seine Brust war dunkler, von natürlicher Farbe. Es war, als hätte er irgendwann einen grauenhaften Unfall gehabt. Vielleicht hatte er bei einer Explosion Verbrennungen erlitten? Doch am meisten fesselten sie seine Augen. Sie wirkten vollkommen tot, wie schwarze Steine, die jemand in ein stehendes Wasser geworfen hat. Undenkbar, daß sie irgendein Gefühl widerspiegeln konnten. Diese Augen musterten sie jetzt, als wäre sie irgendeine seltene Spezies von Lebewesen, die nackt und bloß auf einem Tisch lag, um seziert zu werden. Eileen fühlte plötzlich, wie eisige Kälte sie durchrann.

»*Watashi ni nanika goyõ desu ka?*« fragte Terry den Mann. »Was kann ich für Sie tun?«

»*Anata ga kono dõjõ no master desu ka?*« – »Sind Sie der Meister dieses *dõjõ?*«

Terry ignorierte die abrupte, unhöfliche Art, die der Mann beim Sprechen hatte. Er sagte: »*Sõ desu.*« – »Ja.«

»*Koko de renshu sasete itadakitai no desu ga.*« – »Ich möchte trainieren.«

»Ich verstehe. An welchen Disziplinen sind Sie interessiert? «

»Aikido, Karate, Kenjutsu.«

»In Aikido und Karate kann ich Sie unterbringen, aber für Kenjutsu ist es leider völlig unmöglich. Mein Lehrer dafür ist auf Urlaub.«

»Und wie wär's mit Ihnen?«

»Ich? Ich habe aufgehört, Kenjutsu zu unterrichten.«

»Ich brauche keinen Unterricht. Trainieren Sie mit mir.«

»Ich . . .«

»Das ist doch interessanter, als Papierkram zu erledigen.«

»Da haben Sie allerdings recht. Mein Name ist Terry Tanaka. Und der Ihre?«

»Hideoshi.«

Terry nickte. »Gut. Miß Okura wird Ihnen die notwendigen Papiere geben. Das Honorar beträgt vierzig Dollar die Stunde.«

Der andere nickte kurz. Terry erwartete fast, daß er eine Kunststoffbrieftasche mit Travellerschecks ziehen würde. Statt dessen zog der Mann hundertundzwanzig Dollar in Zwanziger-Scheinen aus einer Rolle, die er in der rechten Hosentasche bei sich trug.

»Unterschreiben Sie hier«, sagte Terry und zeigte auf die gepunktete Linie. Er deutete mit dem Kopf in Richtung auf eine schmale Tür am anderen Ende des Raumes. »Sie können sich da drin umziehen. Haben Sie Ihren eigenen Mantel dabei?«

»Ja.«

»Gut. Sehr gut. Der Übungsraum ist eine Treppe höher. Mit welcher Disziplin möchten Sie beginnen?«

»Überraschen Sie mich«, sagte Hideoshi und wandte sich ab, verschwand im Dunkel der Kabine hinter der schmalen Tür.

Terry drehte sich um, sah, wie Eileen auf die Tür starrte. Dahinter zeichnete sich kein Schatten ab. Das Licht, das durch die halb heruntergezogenen Jalousien, die an dem schmalen hohen Fenster angebracht waren, drang, schimmerte auf ihrer Haut.

»Wer ist er?« Ihre Stimme schien in dem hohen Raum nur ein Flüstern.

Terry hob die Schultern. Er war ein großer Mann, ungefähr einen Meter und achtzig, er besaß breite Schultern, eine schmale Taille und schlanke Hüften. Sein Gesicht war flach, die Augen über den hohen Wangenknochen schwarz.

»Warum tust du es, Terry?«

Wieder zuckte er die Schultern. »Warum nicht? Es handelt sich nur um ein Training.«

Aber er wußte, was sie meinte, und sein Herz war ihm durchaus nicht so leicht, wie es seine Stimme glauben machen wollte. Er und Nicholas waren die besten Kenjutsu-Meister, die derzeit außerhalb Japans lebten. Drei Viertel seines bisherigen Lebens – Terry war jetzt achtunddreißig Jahre alt – hatte er mit dem Studium von Kenjutsu verbracht, der altjapanischen Kunst des Schwertkampfes. Der Grund, warum er das Training plötzlich im letzten Jahr aufgegeben hatte, war für einen westlichen Menschen nicht leicht zu verstehen.

Vor langer Zeit hatte er Miyamoto Musashis *Go Rin No Sho* gelesen. Es war wohl die umfänglichste Abhandlung der Welt, was das Thema ›Strategie‹ betraf. Das Wissen des großen Kriegers, der das Buch wenige Wochen vor seinem Tod geschrieben hatte, war nach Terrys Meinung zeitlos. Was sich allein schon darin zeigte, daß die besten, prominentesten japanischen Geschäftsleute beim Ausarbeiten ihrer Werbe- und Verkaufskampagnen Miyamotos Prinzipien beherzigten.

Es war ungefähr vor einem Jahr, als er *Go Rin No Sho* abermals aus dem Bücherregal nahm. Aber als er das Buch wieder las, fand er darin ganz andere, dunklere Inhalte, als beim ersten Mal, Dinge, die in der Logik und im Himmel der Phantasie verborgen waren. Sich aus religiösen Gründen andere untertan zu machen, das war nicht der Sinn des Lebens. Das wußte er plötzlich. Und schwarze Träume zermürbten ihn so sehr, daß er sich gezwungen sah, sich des Buches zu entledigen. Er warf es mitten in der Nacht fort, wartete damit nicht einmal bis zum Morgen.

Aber auch bei Tageslicht blieb dieses Gefühl. Ohne jede Vorwarnung fand er sich an einem tiefen Abgrund. Da war die Versuchung, über den Rand zu schauen, die sich aber in ihm mit der Furcht verband, sein Gleichgewicht zu verlieren und ins Nichts zu stürzen. So tat Terry den entscheidenden Schritt und legte sein *katana* für immer, wie er meinte, beiseite.

Und nun kam heute plötzlich dieser fremde Mann daher, der sich Hideoshi nannte. Terry zitterte innerlich, aber er beherrschte sich so weit, daß Eileen seine wahren Gefühle nicht erriet; er wollte sie nicht erschrecken.

Er hatte keinen Zweifel daran, daß der Mann die Lehren von Miyamoto kannte, ein *haragei*-Eingeweihter war. Der Begriff ging auf zwei Wortstämme zurück: *hara*, das hieß Zentrierung und Integration, und *ki*, das bedeutete eine erweiterte Form von Energie, Intuition, sechster Sinn. Wie Terrys *sensei* seinerzeit sagte: »Der wahre Weg, um die Wirklichkeit aufzunehmen.« Ein *haragei*-Eingeweihter vermochte auf höchst sensitive Art und Weise sowohl Energieströme zu empfangen als auch auszusenden, wenn er auf einen anderen Eingeweihten traf. Terry hatte sofort gespürt, mit wem er es zu tun hatte.

»Ein weiterer Japaner, frisch vom Flugzeug aus Haneda«, sagte er lässig zu Eileen. Unter keinen Umständen hätte er ihr verraten, was er wirklich von diesem Mann dachte.

»Irgend etwas ist merkwürdig an ihm.« Sie starrte immer noch auf die Tür. »Diese Augen ...« Ihr schauderte. »So – unpersönlich, wie ... wie ... Kameralinsen.« Sie tat einen Schritt auf Terry zu. »Was tut er so lange da drinnen?«

»Sicherlich meditiert er«, erwiderte Terry. Er nahm den Telefonhörer auf, drückte auf den Knopf für die Hausverbindung. Leise sprach er mit jemandem im dritten Stockwerk, informierte die betreffende Person über den neuen Klienten. Er legte den Hörer wieder auf die Gabel. »Er wird mindestens noch zwanzig Minuten dort drinnen bleiben«, sagte er zu Eileen.

Er starrte auf ihr langes schwarzes, schimmerndes Haar, das kaskadengleich über ihre Schultern fiel, wie ein nachtdunkler Fluß über eine Felsenwand. Sie schrak zusammen, und er fragte: »Was ist?«

Ihr Kopf wandte sich ihm zu. »Nichts. Ich hatte nur das Gefühl, jemand starrt mich an.«

Er lächelte. »Aber das tu ich ja die ganze Zeit.«

»Nicht hier, Terry. Bitte. Du weißt, wie – ich – mich – dabei fühle, wie ich darüber denke. Wir arbeiten zusammen, und wir ...« Ihr Blick traf den seinen, und für einen winzigen Moment spürte er sein Herz sinken. War es Furcht, was er da wie Streifenwagenlichter in der Nacht blitzen sah?

Zärtlich streckte er seine Hand aus, zog sie an sich. Sie widerstrebte ihm nicht, ließ sich in seine Arme schließen und darin wiegen. Sie fühlte sich plötzlich sicherer, als er ihr so nahe war.

»Alles in Ordnung, Ei?«

Sie nickte wortlos. Aber ihre Augen schwammen in Tränen. Es schnürte ihr die Kehle zu, und sie wußte nicht, warum. »Ich möchte heute nacht bei dir sein«, hörte sie sich sagen, und augenblicklich fühlte sie sich besser.

»Wie wär's mit jeder Nacht?« fragte Terry.

»Heute abend«, erwiderte sie sanft, »frag mich heute abend.« Sie tupfte ihre Augen mit einem Taschentuch ab. »Wann soll ich kommen?«

»Ich esse mit Vincent. Warum kommst du nicht mit?«

Ihr Lächeln wurde schmal. »Ihr Männer habt soviel miteinander zu besprechen, was mich nicht interessiert.«

»Gut, ich sage ab. Zufrieden?«

Jetzt lachte sie. »Nein, nein. *Bushido* ist wichtig für dich.«

»Es ist ein Teil meines Erbes. Wir wären keine Japaner ohne *bushido.* Ich habe mich nicht vollständig in die westliche Kultur integriert und werde es wohl nie tun. Ich kann die Geschichte meines Volkes nicht vergessen ...« Er schwieg, sah sie zittern. Ihre Lider flatterten, ihre Augen schlossen sich.

»Die Geschichte meines Volkes«, ihre Worte waren ein geisterhaftes Echo. »*Bushido*, ich werde für meinen Kaiser und mein geliebtes Heimatland sterben.« Tränen stürzten unter ihren gesenkten Lidern hervor, verwandelten sich in winzige Regenbogen, hinter denen die Galaxis des Schmerzes stand.

»Wir haben den großen Feuersturm vom März überlebt –«, sie flüsterte ihre Worte, »als die Armee Napalmbomben auf uns warf, als zweihunderttausend Japaner – Zivilisten, keine Soldaten – bei lebendigem Leib verbrannten, als halb Tokio in Flammen stand. Und am nächsten Morgen blies der Wind die verkohlten Leichen hinweg – wie Staub.«

»Eileen, nicht doch!«

»Dann zogen wir fort vom Kriegsgeschehen, nach Hiroshima im Süden. Aber sehr bald brachten meine Eltern – beunruhigt von all den Gerüchten – mich und meine Großeltern in die Berge.« Sie sah in sein Gesicht, ohne es wirklich zu sehen. »Es gab dort nicht genug zu essen, und viele starben den Hungertod. Oh, es war nichts Besonderes, man fühlte sich von Müdigkeit erfüllt. Stundenlang saß ich in der Sonne und dachte an gar nichts. Ich brauchte Stunden, um mein Haar zu kämmen, weil mich meine Arme schmerzten, wenn ich sie hob. So erging es mir. Aber für meine Mutter und meinen Vater, da war Hiroshima, und das Licht, das vom Himmel fiel.«

»Das ist alles vergessen«, sagte er.

»Nein, das ist es nicht. Und du solltest es verstehen. Die Erinnerung zählt, nicht die Historie. Du kannst nicht einfach das Schlechte negieren, als habe es nie existiert. Nick tut das nicht, das weiß ich. Er erinnert sich; er fühlt den Schmerz noch immer. Aber ich glaube nicht, daß es dir und Vincent ebenso geht.«

Er wollte ihr seine Gedanken offenbaren, aber er merkte, daß er es nicht fertigbrachte. Jedenfalls jetzt nicht. Dafür war jetzt nicht die richtige Zeit und der richtige Ort – dafür besaß er ein feines Gespür. Vielleicht heute nacht. Heute nacht würde er zusehen, daß alles geklärt wurde. Er beobachtete, wie das künstliche Licht und die diffusen Schatten auf ihrem seidigen Gesicht spielten, ihrem langen, schlanken Hals, ihrem schmalen, festen Körper. Man hätte sie unmöglich für eine Frau von einundvierzig Jahren gehalten. Sie sah aus, als sei sie kaum dreißig, selbst im Licht des Tages.

Es war fast zwei Jahre her, seit sie sich kennengelernt hatten, und ein Jahr, seit sie zu heimlich Liebenden geworden waren – heimlich jedenfalls, was ihr Verhalten im *dōjō* betraf; ihre Freunde wußten selbstverständlich Bescheid. In letzter Zeit verspürte er den Wunsch nach mehr. Denn vor kurzem war ihm klargeworden, daß – zumindest teilweise – das Ende seiner innigen Beziehung zum *kenjutsu* mit dem Beginn seiner Liebe zu Eileen zusammenfiel. Und inzwischen wußte er, daß es in seinem Leben nichts gab, was wichtiger war, als mit ihr zusammenzusein. Der *dōjō*, den er vor fast fünf Jahren eröffnet hatte, war gut eingeführt; es würde auch ohne ihn eine Weile gutgehen. So hätten sie Zeit genug für die Hochzeit und lange, ausgedehnte Flitterwochen, irgendwo weit fort. Paris vielleicht. Ja, Paris! Es war Eileens Lieblingsstadt, das wußte er, und er selbst war noch nie dort gewesen. Was hätte er also anderes tun sollen, als sie zu fragen? Heute abend galt es auf ein Neues! Ob sie diesmal ›ja‹ sagen würde? Er glaubte fest daran, und sein Herz jubelte.

»Ich werde heute abend«, sagte er, »um neun zurück sein, falls Vincent nicht im Verkehr von der Insel hierher steckenbleibt, dann könnte es allenfalls zehn werden. Aber du hast ja den Schlüssel. Komm, wann du magst und bring Champagner mit, Dom Pérignon. Ich besorge den Kaviar dazu.«

»Gut«, sagte sie. Ihre Augen waren sehr groß.

Er drehte sich um, plötzlich war ihm der Mann wieder in den Sinn gekommen. »Ich gehe wohl besser hinauf und bereite die *bokken* vor. Hideoshi wird mit den anderen durch sein, und ich will alles bereit haben.«

Justines Augen waren tränenlos. Das war neu für sie, aber es bot ihr keinen Trost. Nicht bei dieser Angst, die sie verspürte, diesem Knoten im Magen, diesem Druck auf der Brust, der sie am Atmen zu hindern schien, sich nicht auflösen wollte. »Es ist alles in Ordnung«, sagte sie sich immer wieder. Doch es half nichts. Absolut nichts. Sie fröstelte, fühlte sich kalt. Ihre Finger waren wie Eis.

Sie stand im dunklen Wohnzimmer von Nicholas' Haus und starrte in den Nebel und den Regen dieses gräßlichen Sonntags hinaus. Irgendwo da draußen lag das Meer mit der unablässig heranrollenden Brandung. Doch der ekelhafte Regen verbarg es vor ihr wie ein wunderbares Spielzeug, das am Morgen des Weihnachtstages vor einem Kind verborgen gehalten wird. Sie dachte daran, hinauszugehen, sich durch den Nebel zu tasten, um das Meer zu finden, doch so, wie sie sich fühlte, hatte sie nicht die Kraft, dem Wetter zu trotzen.

Oh, mein Gott! Oh, mein Gott!

Mit einem Ruck wandte sie sich von der regennassen Fensterscheibe ab und rannte blindlings durch das Haus zum Badezimmer. Hier sackte sie vor der Toilette zusammen und erbrach sich.

Sie zitterte am ganzen Körper, Schweißtropfen traten ihr auf die Stirn, die ihr wie kleine brennende Sturzbäche in die Augen rannen.

Nach einer schier endlosen Zeit – sie vermochte den Gestank nicht mehr zu ertragen – streckte sie die Hand nach der Wasserspülung aus. Das kostete sie fast alle Energie, die sie noch besaß. Doch dann fand sie noch die Kraft, aufzustehen und sich über das Waschbecken zu lehnen. Das kalte Wasser prickelte auf ihrem Gesicht. Sie öffnete den Mund, um ihn mit Wasser zu spülen und den sauren Geschmack loszuwerden.

Sie setzte sich auf den Rand der Badewanne und spürte den kalten Porzellanrand an ihren Schenkeln. Sie legte ihren Kopf auf ihre Knie und schlug ihre Arme darum.

Sie schaukelte vor und zurück und dachte: *Ich bringe es nicht fertig. Ich kann es nicht.*

Jetzt war es ihr Bewußtsein, das sich erbrach. Ihre Enttäuschungen entfalteten sich wie ein Banner über dem Kopf und löschten alle anderen Lebenszeichen aus. Timothy, der Trainer der Basketball-Mannschaft der High-School, war der erste gewesen. *Ich werde dir nicht weh tun, Justine,* und dann war er brutal in sie eingedrungen, noch einmal und noch einmal, und hatte den Schmerz auf ihrem Gesicht genossen, während ihr Weinen in der sterilen Symmetrie der dunklen Turnhalle zu vernehmen war. Und sie hatte erkennen müssen, daß sich seine Augen an ihrer Furcht weideten. Und dann kam Jodie, der Mann von Harvard, mit den lachenden Augen und dem grausamen Herzen. *Ich will mal Chirurg werden, Justine,* sagte er ihr, und sein Verhalten war karrierebewußt und brutal. Ihm folgte Eddi, der eine Nacht mit ihr, die andere mit seiner Frau schlief, und der es gar nicht anders haben wollte. In San Francisco traf sie schließlich Chris. Das Feuer ihrer Liebe war unersättlich gewesen, sie hatten sich vollkommen unempfindlich für alles gezeigt, was um sie herum geschah. Oder war es nur ihr so ergangen? Sogar jetzt vermochte sie die Wahrheit nicht zu ertragen.

Zu jener Zeit hatte sie unter dem Namen ihres Vaters gelebt – und von seinem Geld. War es das Geld gewesen, das sie schwach und faul gemacht hatte? Es war ja so bequem, so problemlos und überzeugend, einfach ihrem Vater die Schuld zu geben.

O Gott, dachte sie, das alles macht mich böse und bitter. Ihr war, als müsse sie sich noch einmal erbrechen, aber sie riß sich zusammen. Es kam ja ohnehin nichts mehr, sie war leer; und trotzdem vermittelte ihr die Angst das Gefühl, zuviel getrunken zu haben.

Ich bringe es nicht fertig, sagte sie vor sich hin. *Ich kann es nicht.*

Sie hatte sein Geld angenommen – viel Geld –, nicht gedankenlos, sondern ganz bewußt. Weil sie ihn haßte.

Natürlich hatte für Chris ihr Geld schon eine Rolle gespielt. Das wurde klar, als ihr Vater in seinem Flugzeug anreiste und eine Schar Detektive mitbrachte, die er eigens für diesen Zweck engagiert hatte. In ihrem Bericht stand alles nachzulesen. Der ganze Vorgang versetzte sie in einen solchen Schock, daß sie kaum ein Wort hervorbrachte, geschweige denn zu protestieren vermochte, als die Leute ihres Vaters darangingen, ihre Kleider, ihre ganzen Habseligkeiten zusammenzupacken. Während das geschah, drängte er sie nach draußen in einen wartenden Wagen. Auf dem Rückflug zur Ostküste sagte sie kein Wort. Ihr Vater, der auf der anderen Seite des Flugzeugganges saß, war so mit seinen Geschäftsberichten beschäftigt, daß er keine Notiz von ihr nahm. Sie war weder hungrig noch müde. Sie war einfach ein Nichts.

Das alles erschien ihr jetzt sehr lange her. Jahre können wie ein ganzes Leben sein. Daran mußte sie denken, als sie im Flugzeug auf dem Rückflug nach New York saß: Vor ihren Augen sah sie das alte Landhaus in Connecticut, das sie so geliebt hatte; mit den efeuumrankten Backsteinwänden, den bleigefaßten Fenstern, der Terrasse mit der Fahnenstange, dem tiefgrünen Rasen auf der Rückseite und dem lehmigen Weg mit den großen Pfützen, der zu den Ställen führte, wo es immer nach Heu, Stallmist und Pferdeschweiß roch. Ein Ort, den sie sehr liebte; irgendwie erinnerte er sie an England. Es war anders gewesen als das neue Haus an der Gine Lane, weiter am Rande der Insel. Ihr Vater hatte das alte Haus kurz nach dem Tod ihrer Mutter verkauft und zweieinhalb Millionen für das neue Anwesen bezahlt, das in einer der renommiertesten Wohngegenden Amerikas lag.

Ostern in Connecticut. Sie war gerade acht Jahre alt. Gelda hatte ein paar Freunde eingeladen, die sie nicht mochte oder mit denen sie nicht zusammen sein wollte. Ihre Mutter war nicht anwesend, sie war in die Stadt gefahren, um einzukaufen. Sie lief ziellos durch das riesige alte Haus; in den freundlichen hellen Räumen hielten sich hier und da Dienstboten auf, die die Vorbereitungen für ein abendliches Fest trafen. Als sie zum Fenster hinaussah, entdeckte sie im Halbrund der Auffahrt einige Wagen, und als sie die weitgeschwungene Treppe zum Erdgeschoß hinunterging, hörte sie Stimmen durch die geschlossenen Türen der Bibliothek. Sie drehte am Türknauf und stieß die Tür auf.

»Daddy?«

Ihr Vater befand sich mit einer Gruppe von Männern in dem Raum; sie sprachen alle lebhaft miteinander.

»Justine«, sagte ihr Vater und hob die Augenbrauen, »du siehst doch, daß ich im Moment beschäftigt bin.« Er verharrte dabei auf seinem Platz.

»Aber ich muß mit dir reden.« Sie fühlte sich winzig gegenüber den Männern. Einer von ihnen rutschte irritiert auf der Couch umher, auf der er saß; das Leder knarrte unter seinem Gewicht.

»Das ist jetzt wirklich nicht die Zeit dafür. Ich werde Clifford rufen.«

Ihr Vater streckte die Hand aus und zog an einer Schnur. Nach einem kurzen Augenblick erschien der Diener.

»Sie haben geläutet, Sir?«

»Clifford«, sagte ihr Vater, »sehen Sie zu, daß Sie sie beschäftigen, bis Mrs. Tomkin zurückkommt! Ich kann keine Störungen gebrauchen. Hat Gelda heute nicht einige Freundinnen eingeladen?«

»Doch, Sir.«

»Kann sie denen nicht Gesellschaft leisten?«

»Gewiß, Sir, kann sie das.« Clifford wandte sich ihr zu. »Kommen Sie, Miß Justine –«

Doch sie hatte sich bereits umgedreht und lief den langen hohen Gang entlang. Sie hörte, daß Clifford ihr folgte. Krachend schlug die Tür hinter ihr ins Schloß. Sie mochte Clifford sehr und verbrachte viel Zeit mit ihm, wobei sie ihm alles erzählte, was sie bewegte. Aber jetzt wollte sie niemanden um sich haben.

Sie rannte an der Hauswand entlang in Richtung der Pferdeställe und war völlig außer Atem, als sie dort anlangte.

Die Tomkins besaßen sechs Pferde. Araberpferde. Ihr Liebling war ›König Said‹. Es war ihr Pferd. Doch die Tomkin-Kinder durften, obwohl sie alle gut reiten konnten, die Pferdeställe nur in Begleitung eines Erwachsenen betreten und nicht ohne Aufsicht ein Pferd besteigen.

Doch im Moment war Justine das alles gleichgültig. Sie lief den strohbedeckten Gang entlang bis zu ›König Saids‹ Box. Sie rief ihn, und er fing an zu schnauben und zu stampfen; er freute sich offensichtlich auf einen Ausritt. Er streckte seinen Kopf aus der Box. Sein kräftiger Hals war hoch über ihr, sein Fell glänzte. So gern hätte sie ihn gestreichelt, doch dafür war sie zu klein.

Plötzlich kam ihr der Gedanke, die Tür der Box zu öffnen. Sie war gerade dabei, den eisernen Riegel hochzuheben, als Clifford sie fand.

»O Gott, Miß Justine, tun Sie das nicht noch einmal –«

Doch sie hatte sich schon in seine Arme geworfen, klammerte sich an ihn und schluchzte herzzerreißend.

Die Rückkehr nach New York hatte ein Stimmungstief in ihrem Leben bewirkt. Von einer unkontrollierbaren Angst befallen, wandte sie sich schließlich an einen Psychiater. Zuerst schien es, als sei er nicht imstande, ihr zu helfen. Doch dieses Urteil wurde der Sache nicht gerecht.

Rückblickend mußte man sagen, daß es eine Zeit der Besinnung gewesen war. Sie begann wieder zu zeichnen und kehrte damit zu einem Hobby zurück, das sie früher sehr geliebt hatte. Sie stellte mit der Zeit eine Mappe mit Musterentwürfen zusammen, und schon die zweite Agentur gab ihr eine feste Anstellung. Aber bald fand sie heraus, daß sie der Beruf nicht voll befriedigte, auch wenn er ihr Spaß machte (war sie damals dankbar dafür, daß es ihr wieder gutging?). Sie wußte natürlich, an was es letztlich lag. Doch der Gedanke, sich wieder mit einem Partner einzulassen, war für sie undenkbar.

In dieser Situation entdeckte sie ihre Liebe zum Tanz. Eines Abends nahm sie eine Freundin aus dem Büro mit zum Ballettunterricht, und die Sache gefiel ihr vom ersten Augenblick an. Von da an verwandte sie ihre überschüssige Energie dazu, ihren Körper zu trainieren, und sie fand immer mehr Vergnügen an dem kontrollierten Rhythmus, dem Dualismus von Spannung und Entspannung, jenen Elementen, die ihr der Tanz vermittelte.

Doch es war nicht der Tanz allein, die Vorübungen begeisterten sie ebenfalls. Ihr Lehrer hielt große Stücke auf die Lehre des T'ai Chi als Vorbereitung zum Tanz. Zu ihrer Überraschung konnte Justine feststellen, daß sie mit dem Eindringen in diese Lehre lernte, sich richtig zu bewegen, was ihr sowohl bei den modernen Tänzen als auch beim klassischen Ballett zugute kam.

Sie war schon über ein Jahr in der Tanzschule, als ihr der Lehrer eines Tages sagte: »Wissen Sie, Justine, wenn Sie schon als Kind mit dem Tanzen begonnen hätten, wären Sie heute sicherlich eine großartige Tänzerin. Sie sind eine meiner besten Schülerinnen, und das nicht nur wegen Ihrer körperlichen Ausdruckskraft, man merkt, daß bei Ihnen das Herz dabei ist. Leider kann man das Rad der Zeit nicht zurückdrehen.«

Sie war stolz und glücklich. Zum ersten Mal in ihrem Leben hatte sie das Gefühl, sich selbst unter Kontrolle zu haben, über sich selbst zu bestimmen; sie fühlte sich nicht mehr von den Launen des Augenblicks getrieben.

Sie hatte ihren Ganztagsjob bei der Agentur aufgegeben und sich selbständig gemacht, wobei sie immer noch Aufträge von ihrer alten Agentur bekam. Doch sie war frei, konnte sich die Arbeit aussuchen, die ihr Spaß machte und verdiente nach sechs Monaten dreimal soviel wie als Angestellte.

Dann hatte sie sich für das Haus in West Bay Bridge entschieden.

Und sie hatte Nicholas getroffen.

Ich bringe es nicht fertig. Ich kann es nicht.

Sie stand auf und tappte wie betrunken aus dem Badezimmer, den Gang entlang, indem sie ihre Hände wie eine Blinde ausgestreckt hielt, um ihren Weg durch das Haus zu finden. Im Wohnzimmer stieß sie gegen das Aquarium. Die farbenprächtigen Bewohner der Tiefe gerieten ein wenig in Unruhe, zogen aber alsbald wieder gelassen ihre Bahn. Sie fühlte eine neue Welle von Übelkeit in sich aufsteigen und wandte sich ab in Richtung auf die Eingangstür.

Ich kann das nicht auf mich nehmen. Ich kann ihm nicht vertrauen. Oh, mein Gott. Oh, mein Gott!

Sie stolperte in den Regen hinaus, die Holzstufen hinunter, um in dem nassen Sand auf die Knie zu fallen.

Auf allen vieren kroch sie einige Meter weit, um dann, als sie ihr Gleichgewicht wiedererlangt hatte, den ganzen Weg nach Hause zu rennen.

Nicht viel später kam Nicholas vom Strand zurück, wo man die zweite Leiche gefunden hatte. Diesmal hatte man auf ihn gewartet.

»*Es war ein einziger Hieb. Begreifst du?*« Das hatte Vincent am Telefon gesagt. Nicholas wußte, was das bedeutete: Der Hieb war mit einem *katana* erfolgt.

Die Leiche wies einen Schnitt auf, der von der rechten Schulter bis genau über den linken Hüftknochen führte. Der Hieb war mit der feinsten Klinge ausgeführt worden, die je von Menschenhand angefertigt wurde. Sie konnte leicht eine Rüstung durchtrennen; Fleisch und Knochen waren für ein *katana*, das von der Hand eines Meisters im Schwertfechten geführt wurde, gleich Papier. Es gab Klingen, die über tausend Jahre alt waren, ohne daß sie etwas von ihrer Schärfe eingebüßt hätten; keine sonstige Hieb- und Stichwaffe der Welt konnte sich mit dem japanischen *katana* messen.

Schon ein zweites Opfer hatte also sterben müssen. Der Mann lag so da, wie man ihn gefunden hatte, zusammengekrümmt im Sand der schwachen Brandung. Er hatte noch nicht lange im Wasser gelegen. Und es stand außer Frage, daß er nicht ertränkt worden war.

Jetzt mußten sie ihre Schlußfolgerungen revidieren. Offensichtlich war Barry Braughm nicht das einzige Opfer des Ninja. Aber es gab, zumindest auf den ersten Blick, nichts, was die beiden Opfer miteinander verband. Der zweite Tote war ein Arbeiter der Lilco gewesen – der Long Island-Energieversorgung – und entstammte der unteren Mittelklasse.

Doch der Ninja war frei und tötete noch immer.

Im Haus angekommen, warf Nicholas seine leichte Khakijacke von den Schultern. Seine Turnschuhe und die Jeans waren bis zu den Knien völlig durchnäßt. Doch das interessierte ihn nur am Rande. Er mußte an Justine und das Etwas denken, das in der Nacht durch das Küchenfenster geflogen war. Er wagte nicht daran zu denken, um was es sich handeln könnte. Er hatte sie gebeten, hierzubleiben und nicht zu sich nach Hause zurückzukehren.

Sie war nicht da.

Er fluchte leise vor sich hin, schritt durch das Wohnzimmer, nahm seine Jacke auf und ging wieder hinaus.

Niemand antwortete auf sein Klopfen. Doch als er am Strand entlanggegangen war, hatte er durch das Fenster und die geöffnete Tür des Schlafzimmers die Lichter auf der Rückseite des Hauses gesehen.

Er klopfte noch einmal und drehte schließlich voller Besorgnis den Türknopf. Die Tür gab nach, er betrat das Haus.

In der Diele verharrte er still wie eine Statue. Er lauschte und beobachtete die Schatten. Jemand war im Haus, aber offenbar kein Eindringling. Das war ihm binnen Sekunden klar.

Er rief ihren Namen: »Justine.«

Es war nicht der Schnitt, der ihn nachdenklich stimmte. Weder Doc Deerforth noch Vincent hatten das andere bemerkt, zumindest hatten sie dessen Bedeutung nicht erkannt. Als er, Nicholas, sich über den Körper beugte, hatte er die linke Schulter von oben im Blickfeld. Die Wunde begann dunkel zu werden. Er berührte sie. Unter dem Fleisch war das Schlüsselbein gebrochen. Augenblicklich war er auf der Hut; er wollte die anderen nicht erschrecken, auch nicht Vincent. Wenn das, was er nun vermutete, tatsächlich der Fall war ...

Da gab es einen Mann, der Miyamoto Musashi hieß, und wahrscheinlich Japans größter Schwertkämpfer war. Unter anderem war er der Gründer der *Niten*-Schule, auch ›Schule der Zwei Himmel‹ genannt. Sie lehrte die Kunst, zwei

Schwerter zur gleichen Zeit zu gebrauchen. Musashi, auch als Kensei, ›der Heilige des Schwerts‹, bekannt, gebrauchte angeblich auch *bokken* – hölzerne Schwerter – im Kampf und schwor, mit ihnen unbesiegbar zu sein.

Wie man es auch betrachtete: Der Mann war von zwei Hieben getroffen worden, nicht nur von einem, wie Vincent und Doc Deerforth annahmen. Der eine war mit dem stählernen *katana* erfolgt und hatte ihn gespalten, der andere hatte sein Schlüsselbein zertrümmert – dieser Hieb stammte von einem *bokken*.

»Justine, ich bin's, Nick.« Er hörte, wie sich im hinteren Teil des Hauses etwas regte.

Er fühlte sich in eine Wolke von Konfetti eingehüllt, die, als sie langsam zu Boden sank, ein Muster bildete.

Und was er erkannte, erschreckte ihn bis ins Mark.

Justine erschien in der halboffenen erleuchteten Tür des Schlafzimmers.

»Was machst du hier?«

»Justine?« Er wußte, daß sie es war, doch konnte er nicht glauben, daß es der Ton ihrer Stimme war.

»Warum bist du gekommen?«

»Ich hatte dir doch gesagt, du sollst in meinem Haus bleiben und nicht hierher gehen.« Er versuchte, nicht an das schwarze Fell-Etwas zu denken, das blutverschmiert auf dem Fußboden in der Küche lag. Er versuchte, sich selbst zu beruhigen, versuchte, die Tatsache zu ignorieren, daß es ein Tier war, das der Ninja zur rituellen Warnung verwendet hatte. Es half ihm nichts.

»Mich befiel plötzlich Platzangst, verstehst du? Ich hab' dir einmal gesagt, daß ich das ab und zu bekomme.«

»Hier ist es nicht sicher.«

»Wovon redest du? Ich fühle mich hier wohl. Das ist mein Haus. Mein Haus, Nick.« In dem Licht, das sie wie eine Aurora umfloß, konnte er ihr Gesicht nicht sehen. Aber das brauchte er auch gar nicht.

»Ich glaube, du verstehst nicht.«

»Nein«, sagte sie traurig. »Ich fürchte, du bist derjenige, der nicht versteht.« Sie tat einen Schritt auf ihn zu. »Warum gehst du nicht?«

»Was ist denn passiert?«

»Es gibt – nichts mehr zu sagen.«

»So geht es doch nicht!«

»Ich will nicht mehr darüber sprechen, das ist alles.«

»Du bist nicht der einzige Mensch, der von diesen Dingen betroffen ist.«

»Nick – keiner ist betroffen.«

»Du weißt, was ich meine.«

»Ja, ich weiß. Darum sage ich: Ich bin nicht bereit, mich auf solche Dinge einzulassen.«

»Auf was für Dinge?«

»Bitte zwing mich nicht zu Erklärungen.«

»Ich möchte nur wissen, was dir auf einmal in den Sinn gekommen ist.«

»Es ist – aber du kennst mich eben überhaupt nicht. So bin ich halt. Unberechenbar. Sprunghaft.« Sie seufzte. »Bitte geh', Nick. Mach' hier keine Szene.«

Er hob seine Hände mit den Handtellern nach oben. »Ich werde keine Szene machen.« Er ging auf sie zu. »Ich brauche nur ein paar Antworten.«

»Hier wirst du keine finden. Jedenfalls heute nicht.« Sie wandte sich von ihm ab und trat in das Licht zurück.

»Justine, warte!« Er berührte ihren Arm.

»Laß mich in Frieden!« rief sie und schob ihn zurück Dann sagte sie ganz ruhig, fast flüsternd: »Laß mich allein, Nick, ich meine es wirklich ernst.«

Er drehte sich um und ließ sie stehen, eine Silhouette unter der erleuchteten Tür.

Klick. Klick-klick. Pause. Klick-klack-klick. *Hai!*

Während sie sich in dem aufgezeichneten Kreisumfang bewegten, spürte Terry zum ersten Mal in seinem Leben Angst vor einem Gegner.

Es war nicht so sehr die Angst vor einer Niederlage – sogar er war ein- oder zweimal geschlagen worden –, obgleich er bereits nach den ersten Augenblicken der Eröffnung wußte, daß dieser Mann ihn mit großer Wahrscheinlichkeit besiegen würde. Nein, es war etwas Subtileres. Es war die Art und Weise, in der dieser Hideoshi kämpfte. Beim Kenjutsu war der Stil sehr wichtig. Allein aus der Art, wie ein Gegner kämpfte, konnte man viel über ihn erfahren. Nicht nur, wo und bei wem er in die Schule gegangen war, sondern auch, was für ein Mensch er war. Denn sein Stil offenbarte seine Philosophie, seine religiöse Einstellung. Man konnte daraus ersehen, was er verehrte und was er verachtete.

Terry war beunruhigt; er erkannte in der Kampfweise des anderen dessen Mißachtung des menschlichen Lebens. Eileen hatte recht gehabt, als sie bemerkte, der Mann hätte tote Augen, Augen wie Kameralinsen. Sie waren ohne Glanz und leer wie Glas. Kein einziges Gefühl, so schien es, konnte dahinter verborgen sein. Das bekümmerte Terry. Er hatte über die Samurai im Japan der Feudalzeit gelesen. Damals, im 17. Jahrhundert, kurz nachdem Ieyasu Tokugawa die sich bekriegenden *daimyo* geeinigt hatte, indem er das Tokugawa-Shogunat begründete – das zweihundert Jahre überdauern sollte –, besaß für sie das menschliche Leben nur geringen oder überhaupt keinen Wert. Sie waren Totschläger, die blind den Befehlen ihrer Lehensherren gehorchten, nur ihnen und dem *bushido* verpflichtet. Er hatte sich oft gefragt, wie es dazu hatte kommen können.

War es das fehlende Stück in einem Puzzle, daß er sich jetzt einem solchen Manne gegenüber fand, der einem anderen Zeitalter entstiegen schien. Karma, dachte Terry.

Er machte einen Ausfall auf die linke Seite, doch sofort wurde er blockiert. Jetzt wirbelten ihre *bokken* durch die Luft, so schnell, daß es dem ungeübten Auge erschien, als ob die beiden Streiter riesige Ventilatoren in Bewegung setzten.

Terry beugte ein Knie und vollzog mit seinem *bokken* einen horizontalen Schlag, der andere hielt ihn mit einer vertikalen Parade auf. Ein weniger erfahrener Schwertfechter hätte in dieser Situation womöglich zum Todesstreich, dem doppelhändigen senkrechten Himmel-zur-Erde-Schlag, angesetzt. Was für ihn einen katastrophalen Ausgang gehabt hätte, denn Terry hätte sich nur eine kleine Wende nach vorn zu werfen brauchen, um mit der Spitze seiner Waffe den Bauch des Angreifers zu durchbohren und so dem tödlichen Schlag zuvorzukommen.

Statt dessen trat der andere jetzt zurück und zwang Terry damit, sich wieder in die Ausgangsstellung zu begeben, um den Kampf so fortzusetzen. Es hatte schon zweimal einen Schlagabtausch gegeben und, nachdem die Stunde sich dem Ende zuneigte, würde dies der letzte sein. Während Terry einige blitzschnelle Schläge seines Gegners abwehrte, hatte er das beunruhigende Gefühl, noch nicht das ganze Repertoire dieses Mannes kennengelernt zu haben. Wenn er ehrlich war, mußte er sich eingestehen, daß der andere die ganzen vierzig Minuten über nur mit ihm gespielt hatte.

Verärgert schlug er immer wieder zu. Doch ohne seine Schläge direkt anzunehmen, bewegte sich der *bokken* des anderen wie der Schatten seines eigenen im gleichen Rhythmus. Dann waren sie einander plötzlich ganz nahe, und Terry konnte seinem Gegner zum erstenmal richtig ins Gesicht sehen. Es war der Bruchteil eines Augenblicks, das Zehntel einer Sekunde, daß seine Konzentration, sein *zanshin* – das ist die körperliche Verfassung, kombiniert mit geistiger

Wachsamkeit – nachließ. Fast verächtlich schlug der andere an Terrys *bokken.* Für eine gute Reaktion blieb keine Zeit mehr, und mit dem *bokken* des anderen an seiner Kehle mußte sich Terry geschlagen geben.

Als Justine aus ihrem Schlafzimmer trat, um sich einen Drink zu mixen, war es kurz vor Sonnenuntergang. Ein Blick aus einem der vorderen Fenster des Hauses zeigte ihr nur dicke graue Wolkenbänke, die wie die letzten Gäste einer wilden Party dahinstoben, ungebärdig, zerfleddert, im Winde treibend. Das fahle Licht raubte der Landschaft alle Farben. Der Sand sah spröde und klumpig aus, wie erkaltendes Blei.

Sie hielt inne, die eine Hand um den Hals der Rumflasche gelegt. War da nicht ein Schatten auf der Terrasse? Während sie die Flasche abstellte, bewegte sie sich langsam nach rechts, um besser sehen zu können. Sie ging an dem Mittelbalken zwischen den beiden Bilderwänden vorbei. Flatternde Vorhänge nahmen ihr die Sicht. Sie schob sich etwas weiter nach links und stand dann ganz still. Aus dem Schatten war deutlich eine Silhouette geworden. Irgend jemand stand da draußen.

Sie spürte ein undefinierbares Gefühl von Angst ihren Körper durchjagen. Wie in Trance führte sie die Hand an ihre Kehle. Ihr Herz schlug wie ein Dampfhammer, und jäh hatte sie Nicholas' Worte im Kopf. *Hier ist es nicht sicher.* War es das, was er meinte? Jetzt wünschte sie, sie hätte auf ihn gehört. Doch in der Absicht, ihn loszuwerden, hatte sie nicht darauf geachtet.

Sie fragte sich erschrocken, ob sie die Tür abgeschlossen hatte, nachdem er gegangen war. Ihr war so, aber sie war sich dessen nicht ganz sicher. Doch sie traute sich nicht, eine weitere Bewegung zu machen und dadurch womöglich ihre Position zu verraten.

Dann fiel ihr das Telefon ein. Während sie die Silhouette im Auge behielt, bewegte sie sich rückwärts schrittweise auf die Diele zu. Verkrampft griff sie nach dem Telefon und hätte dabei fast den Hörer zu Boden geworfen. Sie ging in die Knie, um ihn festzuhalten und Nicholas' Nummer zu wählen. Dann schloß sie die Augen und betete, daß er den Hörer abnehmen möge. Jedes einzelne Läuten drang wie ein Eiszapfen durch ihr Herz. Sie zitterte und spürte, wie sich eine Gänsehaut bei ihr bildete, während sie das Telefon umklammerte.

Ganz leise, mit tänzelnden Schritten ging sie zurück ins Wohnzimmer, setzte sich auf die Lehne des Sofas und starrte auf die Silhouette. Sie dachte daran, sich durch die Hintertür aus dem Haus zu schleichen. Doch was dann? An die Tür eines der Nachbarhäuser klopfen? Und was sagen? Daß sie Angst vor einem Schatten hatte?

Plötzlich kam sie sich vollkommen idiotisch vor. Wie eine Verrückte, die sich in den Alpträumen ihrer eigenen Phantasie gefangen hatte. Schließlich hatte sich die Silhouette, seitdem sie sie bemerkt hatte, nicht mehr bewegt. Vielleicht war es nur die Rückenlehne eines Stuhles . . .

Sie sprang auf und bewegte sich, ohne noch weiter nachzudenken. Sie riß die Tür auf und trat auf die Terrasse hinaus. Die Luft war schwer vom Salz des Meeres, doch es schien, als ob die Feuchtigkeit nachließ. Vom Osten her kam ein frischer Wind.

Geradezu mechanisch zwang sie sich, in Richtung der Silhouette zu sehen.

»Nicholas!« Sie sog die Luft ein.

Da saß er im Lotussitz, seine Unterarme auf die Knie gelegt, und starrte auf die See.

»Was machst du hier?« Sie trat neben ihn. »Nick?« Sie beugte sich zu ihm hinunter. »Was machst du hier, zum Teufel?«

»Ich denke nach.«

»Worüber?« Das war eine klare Frage – erstaunlich bei dem Zustand, in dem sie sich befand. Doch nachdem sie ihn hier als den Bewacher ihres Hauses, als *ihren* Bewacher, vorgefunden hatte – anstelle eines Eindringlings –, war ihre Angst wie ein schlimmer Traum verflogen. Während sie noch darüber nachdachte, hörte sie ihn sagen: »Das werde ich dir jetzt erklären.«

Sie verhielt sich gefaßter, als er erwartet hatte.

»Bist du sicher?« fragte sie.

»Wenn ich es nicht wäre, hätte ich nicht davon angefangen. Ich kann nicht behaupten, daß ich das Ganze begreife, doch – das Tier in der Küche, das war kein Unglücksfall. Es war eine Ninja-Warnung.«

»Hast du mir nicht einmal gesagt, daß es eine der typischen Eigenschaften des Ninjas ist, ohne Warnung zuzuschlagen?«

Er nickte. »Ja. Das ist richtig, meistens ist es so. Doch es gibt Fälle – eine Blutrache zum Beispiel, oder wenn es eigens befohlen wurde, oder wenn der Ninja mit seiner Unbesiegbarkeit prahlen wollte –, bei denen eine rituelle Warnung vorausging.«

»Das ist doch irre«, protestierte sie. »Was könnte ein Ninja ausgerechnet von mir wollen? Ich habe keinerlei Verbindung ...« Sie hielt inne, doch er schwieg, wartete, daß sie selbst darauf käme. Er glaubte nicht, daß sie dabei seine Hilfe nötig hatte.

Sie stand vom Sofa auf und fing an, nervös mit den Fingern schnippend, im Zimmer umherzugehen. Sie blieb vor der Bar stehen und mixte sich einen großen Rum-Drink, dem sie viel Eis beigab. Völlig geistesabwesend vergaß sie, ihn zu fragen, ob er auch etwas trinken wollte. Sie kehrte zum Sofa zurück und nippte an ihrem Glas.

»Es gibt nur eine Sache, die ich mir vorstellen könnte«, begann sie etwas unsicher.

»Laß uns sehen, ob wir beide zu der gleichen Schlußfolgerung kommen.«

»Es muß mit meinem Vater zusammenhängen.«

»Mit deinem Vater«, sprach Nicholas nach. »Raphael Tomkin.«

Er erhob sich und goß sich einen Bitter-Lemon ein. »Erzähl mir, was du von seinen Geschäften weißt.«

Sie zuckte die Schultern. »Nicht mehr als andere auch. Ich habe mich nie besonders dafür interessiert. Die wichtigsten Tatsachen sind mir bekannt. Er hat vor allem mit Öl zu tun. Die Gesellschaft ist multinational. Das wär's auch schon.«

»Mit anderen Worten: nicht sehr viel.«

»Ich hab' dir ja gesagt ...«

»In Ordnung. Lassen wir das vorläufig mal auf sich beruhen. Doch ...«

Justines langer Zeigefinger lag auf seinen Lippen. »Bitte nicht, Nick. Frag mich nicht. Nicht jetzt. Noch nicht. Laß die Dinge, wie sie sind. Ich bitte dich.«

Er beobachtete ihre Augen und fragte sich, was er darin vermißte. Nichts! Oder doch etwas? In diesem Augenblick begehrte er sie mehr als alles andere auf der Welt, und diese Tatsache verlangte einen Kompromiß. Das mochte gut oder schlecht sein. Aber vielleicht hatte sie tatsächlich recht, und es war nicht der richtige Augenblick. Er trank die Hälfte seines Bitter-Lemon.

»Und was machen wir jetzt?«

Das ist eine gute Frage, dachte Nicholas, und sah sie an. Der Ninja wollte sie töten, darüber bestanden keine Zweifel, auch wenn ihm, Nicholas, dessen Motivation noch unklar war. Doch diese würde ohnehin nicht so schnell zu klären sein, weswegen er die Überlegungen dazu im Augenblick ebensogut beiseite schieben konnte. Was ihm wirklich zu schaffen machte, war die Person des Ninja. Es gab, wie er Vincent und Doc Deerforth erklärt hatte, einige Ninjas, die als Geheimagenten in allerhöchster Mission operierten. Aber darunter einen Schüler der *Niten*-Schule anzutreffen, war alarmierend. Von allen *Kenjutsu*-Stilen war er derjenige, der mit am schwierigsten zu meistern war.

»Alles, was ich im Moment tun kann, ist, daß ich bei dir bleibe.«

Justine nickte. Eigenartig, daß sie keine Angst empfand. Im Gegenteil. Sie fühlte sich plötzlich viel besser.

Doc Deerforth träumte. Er lag in seiner Hängematte, die, an den beiden Pfosten der Veranda befestigt, leicht hin und her schwang. Das eintönige Geräusch des unablässig herniederströmenden Regens hatte ihn eingeschläfert.

Er träumte von einem Wald, grün wie ein riesiger Smaragd, in dem die Nässe von den Bäumen tropfte. Doch es war weder ein schöner noch ein fröhlicher Ort für ihn. Er brach durch die Zweige des Unterholzes, und wenn er voller Angst von Zeit zu Zeit seinen Kopf drehte, konnte er die furchtbare Bestie sehen, die ihn unermüdlich verfolgte. Es war ein Tiger von nahezu drei Metern Länge, der sich scheinbar mühelos durch das dichte Blattwerk bewegte. Seine sehnigen, kräftigen Muskeln arbeiteten mit einer überraschenden Eleganz unter dem glänzenden gestreiften Fell. Hin und wieder fing sich Dock Deerforths Blick in den Augen seines Peinigers. Es waren keine Katzenaugen, es waren menschliche Augen – die Augen eines Japaners, um genau zu sein.

Es waren die Augen des Ninja, die Doc Deerforth kurz vor Kriegsende im philippinischen Dschungel gesehen hatte.

Jetzt versperrte ihm ein riesiger Bambusstamm den Weg. Es gab kein Entrinnen. Er drehte sich um, das Untier mit den Menschenaugen riß seinen Rachen auf – sengende Flammen schossen daraus hervor. Eine gallertähnliche Substanz legte sich um seinen Körper und stach wie tausend Mücken. Er wand sich, schlug um sich, um sich von der brennenden Substanz zu befreien. Doch diese klebte zäh an seiner Haut. Seine Haut löste sich in dünnen Schichten ab, rollte sich wie Pergamentpapier, gab Muskeln und Sehnen frei. Die Substanz drang tiefer und tiefer in ihn ein, griff seine Knochen an, die langsam zerfielen. Die ganze Zeit über grinste ihn der

Tiger mit der Fratze des Ninja an. Und schließlich, als er fühlte, daß alle Kraft aus ihm geschwunden war, so als hätte er sein Leben verströmt, hob das Ungeheuer seine rechte Vordertatze – es war ein menschlicher Armstumpf, unterhalb des Ellbogens amputiert. Die Haut des Stumpfes war schwarz, als wäre der Arm in einem furchtbaren Feuer weggesengt worden. Der Tiger mit der Fratze des Ninja hob das verstümmelte Glied zu ihm auf, als wollte er sagen: »Sieh dir das an und erinnere dich.« Auf der Innenseite des Armes war eine siebenstellige Zahl eintätowiert.

Doc Deerforth erwachte. Er war vollkommen naßgeschwitzt. Er rang nach Luft und zwang sich, einige Male tief durchzuatmen. Irgendwann, während er schlief, hatte der Regen aufgehört, doch das Wasser tropfte noch immer von den Bäumen, was ihn an den Dschungeltraum und den Ninja denken ließ.

Auf dem Wege zu seinem Treffen mit Vincent wäre Terry fast ums Leben gekommen.

Er dachte gerade über Hideoshi nach, als er an der Ecke der Sechsten Avenue die Fahrbahn überqueren wollte, um auf der Sechsundvierzigsten Straße in östlicher Richtung weiterzugehen. Er war mit Vincent bei ›Michita‹ verabredet, einem kleinen japanischen Restaurant auf der Sechsundvierzigsten Straße zwischen der Sechsten und Fünften Avenue. Dieses Lokal, das noch in der traditionellen Art geführt wurde – es besaß eine *sushi*-Bar und Räume mit *tatamis* ausgestattet – war vierundzwanzig Stunden am Tag geöffnet, da es viele japanische Geschäftsleute als Gäste hatte, die sich nur vorübergehend im Land aufhielten und nach Tokioter Zeit lebten. Für Nicholas, Vincent und ihn war es ein bevorzugter Ort, denn sie fühlten sich hier wie zu Hause.

Das Straßenlicht blendete ihn, und plötzlich – er war gerade vom Bordstein heruntergetreten – schoß dieses klapprige Checker-Taxi heran. Der schrille Laut der Hupe riß ihn aus seinen Gedanken, und beim Quietschen der Bremsen und unter den Flüchen des fetten Fahrers sprang er auf den Bürgersteig zurück. »Verdammter Idiot!« hörte er den Fahrer aus dem Fenster rufen, als das Taxi weiterraste. Er fühlte den kalten Wind dieser Begegnung, als er, seine Schritte beschleunigend, in Richtung der Oberen Stadt weiterging.

Dieser Zwischenfall vermochte ihn jedoch nicht von seinen Überlegungen abzulenken. Im Obergeschoß des *dōjō* hatte er, während er die *bokken* für die Trainingsrunden vorbereitete, den Mann beim Aikido und später dann beim Karate beobachtet. Dabei war er verblüfft von der Kraft und Beweglichkeit des Mannes. Nach wenigen Augenblicken war ihm klar, daß dieser von Strategie mehr verstand als alle seine Lehrer zusammen. Seit der Eröffnung hatte der *dōjō* sehr schnell den Ruf erworben, eines der besten Trainingszentren dieser Art zu sein, nicht nur in Amerika, sondern in der ganzen Welt. Im wesentlichen war das natürlich Terrys Verdienst, war mit auf die sorgfältige Auswahl der *sensei* zurückzuführen. Seine Instruktoren waren, einer wie der andere, in ihrem Spezialfach Spitzenklasse. Sie derart deklassiert zu wissen, war in der Tat beunruhigend. Als er durch Michitas schwere Eingangstür, die aus hellem Holz und Metall gefertigt war, trat, überlegte er, ob er Vincent von Hideoshis Besuch erzählen sollte.

Nachdem sie den *dōjō* verlassen hatte, ging Eileen einkaufen. Sie fuhr quer durch die Stadt zu Bloomingdale und erwarb einige neue Stücke Unterwäsche. Aus einer Laune heraus kaufte sie zudem noch eine Flasche Eau de Cologne, das sie schon lange einmal ausprobieren wollte. Auf dem Rückweg zu Terry nahm sie in einer Weinhandlung eine Flasche 1970er Dom Pérignon mit.

Es war noch hell, als sie vor Terrys Backsteinhaus anlangte. Sie stellte den Champagner in den Eisschrank und warf die Pakete von Bloomingdale aufs Bett. Wieder in die Küche zurückgekehrt, kochte sie vier Eier für den Kaviar ab und überzeugte sich, daß die Zwiebeln und das Toastbrot ausreichten.

Sie begab sich durchs Schlafzimmer ins Bad, zog sich aus und war gerade dabei, unter die Dusche zu treten, als sie sich besann. Nackt wie sie war, lief sie ins Wohnzimmer, legte eine Platte auf und drehte die Stereoanlage so laut, daß sie die Musik unter der Dusche hören konnte.

Sie sang, während ihr das Wasser auf den Rücken prasselte. Die Musik vernahm sie gedämpft, als stünde sie unter einem Wasserfall. Sie sah sich auf einer Tropeninsel, wo sie im türkisfarbenen Wasser einer verlassenen Lagune badete. Sie wusch ihre Haare, seifte ihren Körper ein und genoß die Glätte ihrer Haut.

Sie drehte das Wasser ab und ging hinaus, nicht ohne sich vorher einen Turban um die Haare geschlungen zu haben. In Terrys Spiegel, der bis zum Fußboden reichte, betrachtete sie kritisch ihren nackten Körper. Sie war stolz auf ihn. Ihre Haut war elastisch und makellos, ihr Fleisch, trotz ihres Alters, straff. Sie besaß einen langen, schmalen Hals, und ihre Schultern waren so zart wie die einer Porzellanpuppe. Ihre Brüste, sanft geschwungen, waren noch voll und kräftig, ihre Brustwarzen lang und dunkel. Ihre Taille war schmal, die Hüften angenehm gerundet. Am meisten aber war sie auf ihre Beine stolz. Sie waren lang und fest, die Muskeln kräftig und elastisch zugleich, ihre Fesseln schlank, die Füße klein. Sie beobachtete, wie sich ihre Muskeln spannten, als sie sie mit dem dicken blau-grünen Badetuch bearbeitete. Ihre Brustwarzen traten durch die rauhe Berührung steif hervor, und sie spürte die aufsteigende Wärme, als sie das Handtuch langsam an ihrem Bauch hinunterführte und damit – in Erwartung Terrys – zwischen ihren Schenkeln rieb. Sie liebte es, wenn er seine Hände an ihren Körper legte. Sie waren weich, behutsam und erfahren; sie verabscheute alles Grobe; und er wußte, daß sie das Vorspiel genauso liebte wie den eigentlichen Akt, da er in ihr war und sie beide zugleich zum Höhepunkt kamen. Sie fand es wunderbar, bei Musik zu lieben. Irgendwie empfand sie den Wechsel der Töne und Tempi als eine Bereicherung des Aktes. Zudem machte es ihnen die Musik leichter, ihren Empfindungen Ausdruck zu verleihen. Sie beobachtete im Spiegel, wie das Blut durch ihren Körper pulste, so wie ihre Gedanken dahineilten. Sie stellte sich vor, daß Terry bereits zu Hause sei und im Wohnzimmer den Kaviar und Sekt bereitstellte.

Sie begab sich ins Schlafzimmer. Vom Bett nahm sie eines der Pakete und öffnete es. Sie entnahm die Flasche mit dem Chanel Nr. 19 und betupfte ihre warme, schimmernde Haut damit. Dann warf sie sich in den flauschigen cremefarbenen Bademantel, den sie gekauft hatte, und genoß das angenehme Gefühl, auf Terrys Empfang vorbereitet zu sein.

Ihr Blick ging zur Diele, sie krauste die Stirn. Hatte sie nicht vorhin in der Diele das Licht brennen lassen? Oder vielleicht doch nicht? Sie zuckte die Schultern und erhob sich.

Auf halbem Wege zu der kleinen Porzellanlampe, die auf dem Tischchen neben dem Sofa stand, hielt sie inne und wandte den Kopf. Hatte sich da etwas bewegt? Inzwischen hatte es draußen zu dunkeln begonnen, und sie sah nur große Flächen tiefer Schatten im Zimmer. Irgendwo miaute eine Katze, als ob man ihr bei lebendigem Leibe das Fell abzöge. Man vernahm das Klappern von Deckeln der Mülltonnen in dem überdachten Betongeviert beim Haus. Die Platte lief noch, spielte Henry Mancini. Eine bittersüße Melodie, mit der die Platte endete. Wie romantisch war doch Mancini!

Sie ging zu dem Tischchen und drückte auf den Schalter.

Die Lichter im Schlafzimmer erloschen. Sie fuhr herum, wobei sie zunächst nicht sah, daß die Lampe nicht angegangen war. Die Musik hatte jäh aufgehört. Sie hörte, wie sich der Tonarm bewegte und in die Halterung einrastete.

»Ist hier jemand?« Sie kam sich sehr dumm vor.

Die vollkommene Lautlosigkeit im Zimmer war viel beängstigender, als wenn sie eine Stimme vernommen hätte. Sie sah auf das Leuchtzifferblatt ihrer Uhr, und alles, was sie denken konnte, war: Terry muß jeden Augenblick nach Hause kommen.

Wie von unsichtbaren Mächten getrieben, steuerte sie auf die Diele zu. Sie versuchte, die Dunkelheit mit ihren Blicken zu durchdringen. Die Vorhänge waren geschlossen. Hier, auf der Rückseite des Hauses, schirmten die dichten Bäume im Hof die Lichter der Nachbarhäuser ab.

Sie tastete sich ins Schlafzimmer, suchte nach dem Lichtschalter an der Wand. Doch bevor sie ihn erreichte, hörte sie, wie die Stereoanlage im anderen Zimmer klickte. Nach einer kurzen Pause setzte Mancinis Piano samt einem Baß ein. Bald darauf folgten Schlagzeug und Violinen, während sich das Quäken eines Saxophons über dem Ganzen wie eine menschliche Stimme aufschwang.

Sie stürzte zur Tür, konnte jedoch nichts sehen. Etwas nahm ihr die Sicht. Sie tat einen Schritt vorwärts – ihr Atem stockte, etwas schnellte ihr entgegen und legte sich um ihr rechtes Handgelenk.

Wild schreiend taumelte sie zurück. Bei dem Versuch, sich zu befreien, warf sie den Arm hoch, doch das Ding – was immer es war – folgte ihr lautlos und unnachgiebig; der Griff um ihr Handgelenk wurde immer fester.

»Was wollen Sie?« fragte sie schwach. »Was wollen Sie?« Ihr Kopf, dumpf vor Angst, vermochte nichts anderes zu denken. Es war, als ob die Nacht durch magische Beschwörung eine Art Eigenleben gewonnen hätte.

Sie spürte die Bettkante in ihren Kniekehlen, und dieses Gefühl brachte sie wieder zu sich selbst zurück. Sie warf sich nach vorn. Sie glaubte nicht an Geister, nicht einmal an die *karmi* ihrer Vorfahren, die als körperhafte Schattenwesen nach den Lebenden greifen konnten. Ihre Lippen öffneten sich, sie bleckte die Zähne.

Sie spürte den Widerstand, der ihrem Körper entgegengesetzt wurde, und biß zu. Doch sofort wurde ihr Kopf nach hinten gedrückt.

»Oh, mein Gott!« hörte sie ihre eigene Stimme, als ob diese aus einer anderen Welt käme.

Im Widerschein der Straßenlaterne vor dem Haus starrte sie in Augen, die nicht mehr als zwanzig Zentimeter von den ihren entfernt waren. Sie waren so leblos wie Steine in einem Teich. Das übrige Gesicht des Unbekannten sowie sein Körper, das wußte sie jetzt, waren schwarz verhüllt.

»Oh, mein Gott!« stöhnte sie.

Er war auf ihr, bevor sie überhaupt den Mund öffnen konnte. Sein Gesicht war dem ihren ganz nahe, doch es war, als würde sie von einem unbelebten Wesen angegriffen, das einer mechanischen Steuerung unterlag. Sie konnte nichts riechen, nichts sehen; sie hatte nicht die entfernteste Idee, was der Angreifer fühlte, was er von ihr wollte. Sie konnte noch nicht einmal ihren Kopf zur Seite drehen, so fest war sein Griff. Vor ihren Augen erstand der Berghang im Süden Japans, wo sie während der letzten Kriegstage als Kind gelebt hatte. So klar, als ob sie dort wäre, sah sie die hohen, stattlichen Kiefern sich im Westwind wiegen, sah die *sokaijin*, wie sie sich müde den Hang heraufbewegten – eine schmale, gelichtete Reihe, gleich einer erschöpften Schlange, die kein Ende zu nehmen schien. Sie erinnerte sich an *zōsui*, den Gemüsebrei, von dem sie sich fast ausschließlich ernährten; sie spürte den Geschmack in ihrem Munde. Nie hätte sie gedacht, daß sie sich dieser Dinge mit solcher Genauigkeit erinnern würde.

Sie verspürte eine schnelle Bewegung über sich, und ihr Flauschmantel zerriß. Sie war jetzt nackt.

Sie fühlte seinen Körper auf dem ihren, nicht heiß, nicht kühl, irgendwo dazwischen temperiert. Sie schloß die Beine, verschränkte ihre Füße, widerstand ihm noch immer.

Es war für sie ein erneuter Schock, als sie spürte, wie er plötzlich in ihr dichtes Haar griff, es in die Höhe zog und mit der einen Hand wie ein Seil zusammendrehte.

Und dann wurde es von ihm nach unten geführt, schlang sich um ihren Hals. Sie verstand nicht, um was es ging, bis es sich wie eine Schlinge immer enger um ihren Hals zu legen begann.

Sie kämpfte wie eine Tigerin, kratzte ihn mit ihren Nägeln, stieß und schlug um sich, benutzte ihre Knie und Schenkel, um ihn abzuschütteln, doch es war nutzlos. Sie war machtlos gegen ihn.

Terry sagte Vincent durch das geöffnete Fenster seines Taxis *sayonara.* Der Regen, der während des Tages gefallen war, hatte die Stadt nicht von der unerträglichen Hitze und

Feuchtigkeit des Hochsommers befreien können; ein Umstand, der ihn an Tokio erinnerte.

»Ich ruf dich bald an«, beschied er Vincent.

»Sehr gut. Vielleicht hast du ein paar gute Einfälle.« Vincent lehnte sich mit den Ellbogen ins Taxifenster.

Terry lachte. »Ich meine ja immer noch, daß du und Nick, daß ihr aus der ganzen Sache viel mehr macht, als wirklich drin ist.«

»Wir haben das Gift nicht erfunden, Terry«, sagte der andere ernst. »Oder die *katana*-Wunde.«

»Ich weiß nicht, altes Haus. In dieser Stadt gibt es eine Menge Verrückter. Was sollte ein Ninja hier schon wollen?«

Vincent zuckte mit den Schultern. Darauf hatte er keine Antwort.

»Siehst du?«

»He, Kumpel«, brummte der Taxifahrer, indem er sich umdrehte. »Zeit ist Geld. Ich kann nicht die ganze Nacht hier stehen bleiben. Wenn ihr quatschen müßt, warum tut ihr's nicht auf der Straße?«

»Schon gut«, sagte Terry, »es kann losgehen.« Er winkte Vincent zu, als das Taxi vom Straßenrand wegfuhr.

Er gab dem Fahrer seine Adresse an und ließ sich in den Rücksitz sinken. In gewisser Weise bedauerte er es, daß er dem Freund nicht Einzelheiten über den Besucher in seinem *dōjō* erzählt hatte. Vielleicht hätte er es getan, überlegte er, wenn sie nicht so mit dem Fall beschäftigt gewesen wären.

Von dieser Überlegung wanderten seine Gedanken zu Eileen, die daheim auf ihn wartete. Alle Probleme waren wie weggewischt. Geduld, so pflegte ihm sein *sensei* immer wieder zu sagen, kann oft die wichtigste Waffe sein, über die man verfügt. »Du bist einfach zu impulsiv, mein Junge«, sagte er zu sich selbst. »Schlag ein langsameres Tempo an und genieß das Leben.« Plötzlich fiel ihm der Kaviar ein.

Er lehnte sich nach vorn, brachte seinen Mund nahe an das Gitter heran, das in die verkratzte dicke Plexiglasscheibe eingelassen war, die ihn von dem Fahrer trennte. »Hallo!« rief er. »Ich habe ganz vergessen, Ihnen zu sagen, daß wir noch einmal kurz an der Russischen Teestube halten müssen, bevor wir zu der Adresse fahren, die ich Ihnen angegeben habe.«

Der Fahrer fluchte und schüttelte den Kopf. »Heute nacht machen sie mit mir wieder einmal, was sie wollen. Hätten Sie mir das nicht etwas früher sagen können, junger Freund? Jetzt muß ich noch mal zur Neunten zurück und mittenmang rein in den dicksten Verkehr.« Er schlug das Lenkrad ein und wendete in voller Fahrt den Wagen. Das Ergebnis war ein ohrenbetäubendes Hupkonzert, vermischt mit Flüchen und dem Quietschen blockierender Bremsen. Terrys Fahrer lehnte sich aus dem Fenster und steckte einen Finger in die Luft. »Leckt mich am Arsch, ihr Wichser!« schrie er. »Lernt erst einmal richtig Autofahren, ihr dämlichen Hurenböcke!«

Terry fischte einen Bleistift und ein Stück Papier aus seiner Jackettasche und fand sich plötzlich dabei, wie er den Namen *Hideoshi* aufschrieb. Dahinter setzte er *Yodogimi* und schließlich *Mitsunari.* Dann starrte er auf das Geschriebene, als ob es fremde Zeichen seien.

Das Taxi kam mit einem Ruck zum Stehen. Der Fahrer wandte sich nach ihm um. »Ich möchte nicht hier stehen und mich ins Knie ficken, wenn du weißt, was ich meine, Kumpel!«

Terry steckte Papier und Bleistift ein und verließ hastig das Taxi.

Er brauchte nur ein paar Minuten, um seine zwei Unzen frischen Belugas zu erhalten und zu bezahlen. Als er wieder im Wagen saß, gab der Fahrer Gas, als ob alle Teufel hinter ihm her wären. »Kann dir passieren«, sagte er und blickte im Rückspiegel Terry an, »daß da Burschen in deinen Wagen kommen, die so irre aussehen, daß man es sich kaum vorstellen kann. Sie heißen dich anhalten, schnupfen ein Pülverchen und verschwinden auf Nimmerwiedersehen. Du kannst sie mit einem Suchtrupp von der Stärke eines Bataillons nicht wiederfinden. Früher konnte ich die Kerle noch auseinanderhalten, heut nicht mehr. Soll ich durch den Park fahren?«

»Genau«, sagte Terry. »Das ist es.«

Im Park herrschte Grabesstille. Er wirkte wie abgenabelt von den glitzernden Lichtern der ihn umgebenden Wolkenkratzer, die sich stolz in den dunklen Himmel reckten.

Er ging die hohen Stufen des braunen Steinhauses empor und pfiff leise vor sich hin. Auf halbem Wege zum dritten Stock hörte er die Mancini-Musik, die aus seinem Apartment drang. Er lächelte in sich hinein und fühlte sich warm und geborgen. Eileen liebte Mancini.

Er drehte den Schlüssel im Schloß und trat ein.

Sofort war ihm klar, daß er ins Schlafzimmer mußte. Er warf die Tür zu, stand vollkommen im Dunkeln, tastete sich durch das Wohnzimmer vorwärts.

Daß etwas nicht so war wie sonst, hatte er innerhalb eines Sekundenbruchteils gerochen, erspürt, erfühlt und danach gehandelt. Außer der Musik war nichts zu hören gewesen. Die perfekte Falle, dachte er. Ohne die Musik hätte ich womöglich die Tür behutsamer geöffnet, um Eileen nicht zu wecken, falls sie eingeschlafen sein sollte. Und dann hätte ich ja womöglich zögern können. Verdammte Platte!

Eileen! schrie es in ihm, als der Schlag auf ihn sauste.

Er hatte vielleicht drei Viertel des Weges zur Schlafzimmertür geschafft, die halb offenstand. In den ersten Sekunden des Angriffs wurde mit vier heftigen Schlägen auf ihn gezielt. Drei davon konnte er abwehren, der vierte saß. Genau über seiner rechten Niere. Der Atem versagte ihm. Er glitt zu Boden, da seine Beine ihm den Dienst versagten.

Dann war er plötzlich wieder auf den Füßen und rannte, so gut er konnte, auf die Schlafzimmertür zu.

Er schlug die Tür hinter sich zu, drehte den Schlüssel um. Während seine Gedanken wieder zu arbeiten begannen, dachte er: Zeit. Ich muß Zeit gewinnen.

Der leblose Körper raubte ihm jeden vernünftigen Gedanken. Seine Beine fühlten sich an, als seien sie mit Wasser gefüllt.

Ihr Gesicht war voller dunkler Schatten, eingerahmt von einigen verlorenen Locken des nachtschwarzen Haares, das sich um ihren Hals schlang.

Er brauchte sie nicht zu berühren, um zu wissen, daß sie tot war. Dennoch beugte er sich über sie. Sein Verstand gebot ihm, daß er absolut sicher sein müsse. Er nahm ihren Kopf in seinen Schoß, als er von der Tür her ein Geräusch hörte.

Nahezu automatisch erhob er sich und ging zur gegenüberliegenden Wand. Seine kalten Finger umfaßten das kühle Lackleder der Scheide des Schwertes, das an der Wand hing. Er nahm es entschlossen an sich; das Zischen des nackten Schwertblattes, als er es aus der Scheide riß, erschien ihm lauter, als er dies je zu hören vermeint hatte – lauter noch als das Zersplittern der Holztür, die unter der gewaltigen Kraft eines Karateschlages aus den Angeln brach.

Die schwarze Gestalt stand in der Tür, den *bokken* in der linken Hand; die rechte war leer. Bis zu diesem Augenblick der Konfrontation hatte Terry seinem Bewußtsein nicht erlaubt, die Wahrheit in ihrer vollen Unerbittlichkeit zu akzeptieren. Er zitterte unwillkürlich.

»Ninja«, entfuhr es ihm. Er konnte seine Stimme kaum wiedererkennen, so heiser war sie vor Erregung. »Du hast den Tod gewählt, als du hierher kamst.«

Er sprang auf das zwischen ihnen stehende Bett und schlug mit seinem *katana* zu. Das war, wie ihm sofort klar wurde, ziemlich töricht, denn er hatte keinen festen Halt unter den Füßen und damit auch nicht genug Kraft in seinem Schlag.

Elegant und fast ohne Anstrengung wich der Ninja seinem Schlag aus, ohne überhaupt seinen *bokken* zu heben; überflüssig, die Schwerter zu kreuzen, hieß das. Sogar dafür bist du nicht gut genug.

Der Ninja entwich in die Dunkelheit des Wohnzimmers. Blieb Terry keine andere Wahl, als ihm zu folgen? Im Unterbewußtsein war ihm klar, daß er sich, würde er dem Ninja folgen, ihm dadurch in die Hand spielte. Der Schauplatz für einen Kampf war genauso wichtig wie der Kampf selbst. Er stieg über Eileens Körper, sein Herz krampfte sich zusammen, sein Blut gefror. Zum Teufel! fuhr es ihm durch den Kopf, ich kann ihn überall schlagen. Vor Schmerz und Wut vergaß er alles, was man ihn gelehrt hatte.

Im Wohnzimmer, wo noch immer Mancini ertönte, sah er den schwachen Umriß des *bokkens* und stürzte sich sofort darauf zu.

Doch der Ninja war schon in Bewegung, im Angriff, und Terry hob sein *katana* in die Dunkelheit und wartete auf den Schlag gegen seine Klinge. So traf ihn der mächtige Hieb gegen seinen Brustkorb vollkommen unvorbereitet. Wie von einer Explosion wurde er fast zwei Meter zurückgeschleudert. Er taumelte, seine Rippen, sein Brustbein brannten wie Feuer. Bis zum Unterkiefer spürte er einen einzigen Schmerz. »Was soll das –?« keuchte er, vollkommen verwirrt.

Und wieder war der Ninja da wie ein Schatten. Er griff an. Terry hob instinktiv sein *katana,* obgleich er nicht sicher war, wo der Angriff herkam, seine Sicht war verschwommen.

Ein zweiter Streich erfolgte gegen seine Brust, er flog zurück und ging in die Knie. Das *katana* in seiner rechten Hand schien so schwer wie ein menschlicher Körper. Seine Lungen arbeiteten stoßweise; er hatte die Orientierung verloren.

Der Ninja war exakt nach dem *Go Rin No Sho* verfahren. Er hatte den klassischen Körperstreich angesetzt, von dem Musashi schrieb. *Den Gegner geh mit der linken Schulter an,* hieß es bei ihm, *halte den Geist zurück, bis daß der Feind tot ist. Lerne dies gut.* Der Ninja hatte seine Lektion wahrhaftig gut gelernt, dachte Terry geradezu unbeteiligt. Sein eigenes Leben war ihm jetzt gleichgültig; Eileen lag tot im Nebenzimmer.

In dem dunklen Nichts stand der Ninja hoch aufragend wie ein Turm. Er schien kaum zu atmen. Ohne Gefühlsregung sah er auf den Toten nieder.

Lange Minuten suchten seine Sinne nach einem Laut aus der normalen Welt. Dann endlich, anscheinend befriedigt, wandte er sich ab. Unter dem Sofa zog er seine Leinentasche hervor, riß den Verschluß auf und verstaute seinen *bokken* behutsam neben dessen Bruder, der oben auf den anderen Sachen lag. In Sekundenschnelle hatte er die Tasche geschlossen, aufgehoben, umgehängt und verließ das Zimmer.

Hinter ihm spielte Mancini weiter. Die langsame bittersüße Melodie, die von verlorener Liebe kündete, fiel in Kaskaden in den Raum. Ein tiefes Stöhnen entfloh Terrys aufgerissenen Lippen. Er hob mühsam den Kopf und kroch in Richtung Schlafzimmer, warum, das wußte er nicht, wußte nur, daß er dorthin mußte.

Vor seinem Gesicht hing eine Schnur, er langte hinauf, zog daran. Das Telefon fiel auf seine linke Schulter, aber er war bereits bar jeglicher Empfindung. Seine zitternden Finger wählten sieben Nummern. Das gleichmäßige Klingeln, das aus dem Hörer drang, war wie das Läuten einer weit entfernten Tempelglocke.

Eileen schien plötzlich so weit entfernt, und er wußte, sie brauchte ihn. Der Hörer entglitt seinen Fingern.

»Hallo?« Vincents Stimme klang leise durch das baumelnde Telefon. »Hallo! Hallo!«

Aber da war niemand mehr, der ihn hätte hören können. Terry lag, mit dem Gesicht nach unten, auf dem schwarzen Fächer von Eileens Haar.

Im Wohnzimmer verklang die Musik.

Tokio

Frühling 1959 bis Frühling 1960

»Sieh hier, Nicholas«, sagte der Oberst an einem dunklen, trüben Nachmittag. Dichte Wolken verdeckten den Fudschijama. Ab und zu zuckte ein Blitz über den Himmel und erhellte ihn; kurz danach grollte entfernt der Donner.

Der Oberst saß in seinem Arbeitszimmer, seine Hände lagen auf einem lackierten Kasten. Auf den Deckel war ein Drachen gemalt, im Kampf mit einem Tiger. Nicholas wußte, daß dieser Kasten das Abschiedsgeschenk von So-Peng an seine Mutter und seinen Vater gewesen war.

»Es ist an der Zeit, denke ich, dich damit bekannt zu machen«, sagte der Oberst. Er griff nach Pfeife und Tabaksbeutel und füllte die Pfeife mit dem feuchten Tabak. Danach strich er ein langes Zündholz an der Kante seines Schreibtisches an, sog so lange kräftig an der Pfeife, bis sie zu seiner Zufriedenheit brannte. Sein langer Zeigefinger tippte auf den Deckel des Kastens, zeichnete die Linien der zwei ineinander verschlungenen Tiere nach.

»Nicholas, kennst du die Bedeutung von Drachen und Tiger in der japanischen Mythologie?«

Nicholas schüttelte den Kopf.

Der Oberst blies eine Wolke wohlriechenden bläulichen Rauchs von sich, schob sich die Pfeife in den Mundwinkel. »Der Tiger ist der Herr der Erde und der Drachen der Beherrscher der Lüfte. Mir ist eines immer merkwürdig erschienen: Die fliegende Schlange Kukulkan aus der Mythologie der Mayas – zwar immer ohne Federn abgebildet – war auch die Beherrscherin der Lüfte. Interessant, daß zwei Kulturen, die so weit voneinander entfernt existierten, dieses wichtige Symbol gemeinsam hatten, meinst du nicht auch?«

»Aber warum hat dir So-Peng ein japanisches Geschenk gemacht?« fragte Nicholas. »Er war doch Chinese, nicht wahr?«

»Hm, eine gute Frage«, erwiderte der Oberst und stieß erneut Rauchwolken aus. »Eine Frage, auf die ich leider keine befriedigende Antwort weiß. Es ist wahr: So-Peng war ein Mandarin, aber seine Mutter war Japanerin.«

»Nun ja, aber das erklärt immer noch nicht, warum du diesen Kasten erhalten hast«, meine Nicholas. »Es stimmt, daß ihr damals nach Japan gegangen seid; aber dieser Kasten ist alt und war sicherlich nirgendwo käuflich zu erwerben.«

»Richtig«, sagte der Oberst und streichelte den Deckel. »Es besteht kaum ein Zweifel, daß er schon lange im Besitz seiner Familie war. Aber warum sollte So-Peng ihn uns schenken? Bestimmt hat er es nicht aus einer bloßen Laune heraus getan. Er war nicht dieser Typ Mensch.« Der Oberst erhob sich und ging zum regenüberströmten Fenster. Die Rahmen trugen ein Filigran aus Eiskristallen wie schmückende Ketten; der Winter war noch nicht endgültig vorbei.

»Ich habe lange Zeit darüber nachgedacht«, sagte der Oberst und starrte aus dem Fenster. Er rieb ein kleines Oval frei, sah hinaus, als blicke er durch die Schießscharte einer belagerten Festung in die Ferne. »So-Peng bat uns sogar, den Kasten nicht zu öffnen, bevor wir Japan erreicht hätten. Und wir respektierten diese Bitte.

Auf dem Haneda-Flughafen wurden wir von einer Abordnung des SCAP abgeholt – wir waren selbstverständlich mit einer Militärmaschine geflogen. Da stand aber noch jemand zu unserem Empfang bereit. Deine Mutter erkannte sie sofort, und ich auch – nach der Beschreibung, die Cheong mir nach ihrem Traum von Itami gegeben hatte.« Er hob die Schultern. »Ich war überhaupt nicht überrascht. Man wächst allmählich in solche ... Phänomene hinein. Sie sind ein Teil des fernöstlichen Lebens. Und ich bin sicher, daß auch du dies eines Tages erfahren wirst.

Die Begegnung zwischen deiner Mutter und Itami berührte mich eigentümlich. Es war, als hätten sie sich ihr Leben lang gekannt, als wären sie Schwestern und nicht nur verschwägert. Es gab nicht die mindeste Fremdheit zwischen ihnen, wie dies eigentlich zu erwarten gewesen wäre, wenn ein junges Mädchen, das in einem kleinen chinesischen Dorf aufwuchs, zum erstenmal einer Dame der japanischen Gesellschaft begegnet. Aber sie verstanden einander, obwohl deine Mutter und Itami ganz verschiedene Menschen sind.« Der Oberst wandte sein Gesicht dem Sohn zu. »All diese Gegensätze zwischen ihnen, die du ebenso kennst – wenn ich an die Herzenswärme deiner Mutter denke und die stählerne Haltung von Itami, oder die Fähigkeit zum Glücklichsein deiner Mutter und die Melancholie deiner Tante –, nichts von alledem trennte sie.

Auch darüber habe ich lange Zeit nachgedacht, und dann kam ich zu dem Schluß: Obwohl mir So-Peng so wortreich mitgeteilt hatte, daß er über Cheongs wahre Herkunft nichts wisse, sollte sein Geschenk mir indirekt etwas anderes offenbaren.«

»Du meinst, Mutter ist Japanerin?«

»Vielleicht zum Teil.«

Der Oberst trat vom Fenster weg und setzte sich neben seinen Sohn, legte ihm liebevoll die Hand auf die Schulter. »Aber, Nicholas, du mußt mir versprechen, nie mit einem anderen Menschen darüber zu sprechen, auch nicht mit deinei Mutter. Ich habe dir das heute gesagt, weil – nun ja, weil So-Peng die Angelegenheit für wichtig hielt. Was mich betrifft: ich bin Engländer und Jude; doch mein Herz schlägt für diese Menschen hier. Mein Blut singt von ihrer Geschichte, meine Seele schwingt im Gleichklang ihrer Seelen.

Und doch bin ich weder Buddhist noch Shinto. Diese Religionen bedeuten mir wenig, auch wenn ich sie studiert habe. In meinem Herzen habe ich dem Judentum nie abgeschworen, dem Blut Salomons und Davids, dem Blut Moses, das durch meine Adern rinnt. Vergiß das nie! Es ist einzig und allein deine Sache, wie und wofür du dich entscheidest, welche Richtung du im Leben einschlagen willst. Ich würde mich nie in deine persönlichen Angelegenheiten und Entschlüsse mischen. Aber es ist meine Pflicht, dir die Tatsachen aus Vergangenheit und Gegenwart mitzuteilen. Ich hoffe, du verstehst.«

Lange sah er seinen Sohn aus ernsten Augen an. Dann erst öffnete er den Kasten mit dem Tiger und dem Drachen, das Geschenk des rätselhaften So-Peng.

Nicholas sah hinein und erblickte das sprühende Feuer von sechzehn, im Durchmesser etwa ein Zentimeter großen, geschliffenen Smaragden.

Seit sieben Jahren studierte Nicholas nun schon *bujutsu,* aber er hatte das Gefühl, überhaupt nichts gelernt zu haben. Er war stark, kraftvoll, und seine Reflexe waren großartig. Aber ohne große Konzentration und Anteilnahme absolvierte er die Übungen im Training. Er hatte nie eine besondere Liebe zu diesem Kampfsport entwickelt. Es beschäftigte ihn, warum es ihm nicht gelang, in die Sache ›hineinzuwachsen‹, Er war auf harte Arbeit vorbereitet gewesen, auf Schwierigkeiten; das war ja genau die Art von Anstrengung, die er suchte. Deshalb verwunderte ihn seine Gleichgültigkeit um so mehr.

Fehlte der zündende Funke? Lag es an seinem Meister?

Tanaka war ein schwerer, kräftiger Mann, der meinte, Wiederholungen seien das A und O der Übungen. Nicholas übte gehorsam immer wieder dasselbe. Wieder und wieder. Bis er das Gefühl hatte, die Sequenzen hätten sich seinen Gehirnzellen, seinen Nerven und Muskeln eingeprägt. Es war eine langweilige Arbeit, und er haßte sie. Er haßte auch die Art, wie Tanaka sie als Kinder behandelte, noch untauglich für die Welt der Erwachsenen.

Immer wieder ertappte er sich dabei, wie er zum anderen Ende des *dõjõ* hinübersah, wo Kasatsu, der Meister des *ryus,* Klassen mit ausgewählten Studenten unterrichtete. Er sehnte sich danach, dort zu trainieren anstatt hier, beim Gros, wo er unwichtige Übungen vollführen mußte. Wieder und wieder.

Er war auf Itamis Zureden hin und durch ihre Vermittlung demselben *ryu* beigetreten, in dem Saigõ war, und es ärgerte ihn, daß sein Vetter, der schon länger dem *ryu* angehörte, ihm weit voraus war. Saigõ ließ überdies keine Gelegenheit vorübergehen, ohne es ihm zu ›geben‹. Er zeigte seine Verachtung für Nicholas vor allen anderen. Viele der Studenten waren auf seiner Seite, weil Nicholas kein Japaner war. Sie waren der Meinung, daß *bujutsu*, eine der traditionellen, geheiligten Institutionen Japans, Fremden nicht zugänglich sein sollte. Saigõ erwähnte nie, daß Nicholas sein Vetter war. Privat verhielt er sich jedoch ganz anders. Er gab sich, skrupellos wie er war, Mühe, Nicholas gegenüber höflich zu sein. Nicholas hingegen hatte es nach dem dritten vergeblichen Versuch aufgegeben, sich mit Saigõ aussprechen zu wollen.

Um der Wahrheit die Ehre zu geben: Saigõ war Nicholas im *dõjõ* wie ein Pfahl im Fleisch. Er tat alles, um seinen anderen Kameraden zu helfen, aber er tat auch alles, um Nicholas das Leben schwerzumachen. Er ging sogar so weit, sich zum inoffiziellen Anführer von Nicholas' Gegnern zu machen.

Eines Abends, als die Arbeit beendet war und alle geduscht hatten, kamen sechs der Jungen auf Nicholas zu, der sich gerade anzog. Sie bildeten einen Kreis um ihn, umzingelten ihn provozierend.

»Was tust du hier?« fragte einer der größeren Jungen. »Hier ist unser Platz.«

Nicholas schwieg und kleidete sich weiter an. Nach außen hin wirkte er unbeteiligt, aber in seiner Brust schlug sein Herz wie ein Schmiedehammer.

»Hast du uns nichts zu sagen?« mischte sich ein anderer ein. Er war kleiner und jünger als die anderen, aber deren Nähe schien ihm Mut zu machen. Er lachte verächtlich.

»Womöglich versteht er gar kein Japanisch, und wir müssen englisch mit ihm reden – wie mit den Affen im Zoo!« Alle lachten.

»So wird es sein«, fiel der große Junge wie auf ein Stichwort hin ein. »Ich möchte eine Antwort haben, Affe. Sag uns gefälligst, warum du dich hier herumtreibst, an unserem Platz, du stinkende Pestbeule, du.«

Nicholas erhob sich langsam. »Warum geht ihr nicht spielen, irgendwohin, wo man über eure Scherze lacht?«

»Hört, hört!« rief der Kleine. »Der Affe kann sprechen!«

»Halt den Mund!« sagte der größere Junge und wandte sich wieder an Nicholas. »Mir gefällt dein Ton nicht, Affe.« Ohne jede Warnung schoß seine rechte Hand auf Nicholas' geneigten Nacken zu. Nicholas gelang es, geschickt auszuweichen, aber schon drängten die Jungen heran.

Über ihre Köpfe hinweg erblickte er Saigõ, der im Hinausgehen war, als interessiere ihn das lächerliche Handgemenge nicht. Nicholas rief seinen Namen.

Saigõ drehte sich um, kam zurück. »Moment mal«, rief er und schob sich durch den Kreis der Jungen. »Was ist denn hier los?«

»Es ist der *gaijin*, der Fremde«, erwiderte der große Junge, die Fäuste immer noch geballt. »Er macht mal wieder Ärger. Sucht wohl Streit.«

»Oho, tatsächlich?« fragte Saigõ. »Einer gegen sechs? Kaum zu glauben.« Er hob die Schultern und schlug Nicholas mit der Handkante in den Magen.

Nicholas fiel auf die Knie, seine Stirn berührte den Boden wie im Gebet. Er würgte, bemühte sich, seine Lungen, die zu bersten schienen, mit Luft zu füllen. Er schnappte wie ein Fisch auf dem Trockenen.

»Verärgere diese Jungen ja nicht noch einmal, Nicholas«, sagte Saigõ, der über ihm stand. »Hast du dein Benehmen vergessen? Aber, was will man von ihm schon erwarten. Sein Vater ist ein Barbar und seine Mutter Chinesin! Kommt, laßt uns gehen.« Saigõ geleitete die Jungen hinaus, ließ Nicholas allein und schmerzgekrümmt auf dem Fußboden zurück.

Unerwartet, mitten in der Woche, war sie mit dem Gefolge ihrer Bediensteten erschienen. Der gesamte Haushalt geriet in Panik. Denn Cheong meinte stets, das Haus sei nicht sauber, das Essen nicht erlesen, die Familie nicht gut genug gekleidet, um Itami zu gefallen.

Verstohlen beobachtete Nicholas vom Nebenzimmer aus,

wie Cheong für Itami die traditionelle Teezeremonie zelebrierte. Sie kniete auf den *tatamis* vor dem grünen Lacktisch. Seine Mutter trug einen Kimono. Ihr langes glänzendes Haar wurde von winzigen Elfenbeinstäbchen gehalten und war kunstvoll frisiert. Er glaubte, nie einen so schönen, so hoheitsvollen Menschen gesehen zu haben wie Cheong. Sie besaß einen Adel der Seele, wie er Itami nicht eigen war. Zwar war Itami stark, aber ihr fehlte die innere Harmonie, aus der Cheong ihre Kraft erhielt, und die etwas von der absoluten Stille eines heißen Sommertages hatte. Cheong war etwas sehr Kostbares, Einzigartiges. Nicholas wollte sie wie ein makellos gewebtes Stück Stoff erscheinen, und er bewunderte und achtete sie über alles.

Er hatte keine große Lust, sich mit Itami zu unterhalten; aber es nicht zu tun, wäre ungezogen gewesen. Er durfte das Haus nicht verlassen, ohne ihre Anwesenheit zu ehren. Darum zog er – später am Nachmittag – die *shōji* auf und trat in den Teeraum.

Itami sah auf. »Ah, Nicholas. Ich wußte nicht, daß du da bist.«

»Guten Tag, Tante.«

»Bitte, entschuldige mich für einen Augenblick«, sagte Cheong. Sie erhob sich leicht und anmutig. »Der Tee ist kalt.« Aus einem Grund, den nur sie kannte, durften ihr die Dienerinnen nicht behilflich sein, wenn Itami zu Gast war. Als sie die beiden allein gelassen hatte, wurde es Nicholas unter dem stummen, forschenden Blick der Tante unbehaglich.

Er ging zum Fenster, sah hinaus in den Pinienwald.

»Weißt du eigentlich«, sagte Itami, »daß es in diesem Wald eine alte Shinto-Weihestätte gibt?«

»Ja«, sagte Nicholas und wandte ihr sein Gesicht zu. »Mein Vater hat es mir gesagt.«

»Warst du dort?«

»Nein, noch nicht.«

»Und weißt du auch, Nicholas, daß zu dieser Weihestätte ein Park gehört, der voll von Moosen ist?«

»Vierzig verschiedene Arten, wie mir bekannt ist, Tante. Ja. Ich weiß davon, aber Vater sagte mir, daß ihn nur die Priester der Weihestätte betreten dürfen.«

»Vielleicht gibt es Ausnahmen, Nicholas.« Sie erhob sich. »Wie wäre es, Nicholas, wenn du mich dorthin führen würdest? Zu der Weihestätte, meine ich.«

»Wann? Jetzt?«

»Gewiß doch – jetzt.«

»Aber ich dachte . . .«

»Es läßt sich alles ermöglichen, Nicholas, auf diese oder jene Weise.« Sie lächelte und rief: »Cheong, Nicholas und ich machen einen Spaziergang. Wir bleiben nicht lange aus.« Sie wandte sich wieder Nicholas zu und streckte die Hand aus. »Komm«, sagte sie freundlich.

Sie gingen schweigend nebeneinander, bis sie zum Waldrand kamen. Dort wandten sie sich nach rechts. Durch hohes Gras gelangten sie zu einem schmalen und ausgetretenen Sandpfad, der durch das Unterholz führte.

»Ach ja, Nicholas, du mußt mir noch erzählen, wie dir das Training im *dõjõ* gefällt«, nahm Itami das Gespräch wieder auf. Sie ging vorsichtig auf ihren hölzernen *geta* und benutzte die Spitze ihres lackierten Papierschirms als Stütze, um das Gleichgewicht zu halten.

»Es ist sehr schwer, Tante.«

»Aber damit wirst du wohl gerechnet haben.«

»Ja.«

»Und gefällt dir die Arbeit?«

Sein Blick suchte den ihren, und er überlegte, worauf sie wohl abzielte. Er hatte nicht die geringste Absicht, ihr von der wachsenden Feindseligkeit zwischen ihm und Saigõ zu erzählen. Das wäre nicht gut gewesen. Nicht einmal mit seinen Eltern sprach er davon. »Manchmal«, sagte er, »würde ich gern schneller vorankommen.« Er hob die Schultern. »Ich bin wohl zu ungeduldig.«

»Es gibt Zeiten, in denen nur die Ungeduldigen belohnt werden, Nicholas«, entgegnete sie und stieg vorsichtig über einen Ast. »Ah, da sind wir!«

Vor ihnen lag eine Lichtung. Als sie aus dem Schatten der Pinien traten, öffnete Itami ihren Schirm, um ihr Gesicht zu schützen. Sie besaß eine Haut so weiß wie Schnee, tiefrote Lippen und Augen, die schwarz waren wie Kohlestückchen.

Die lackierte Wand des Tempels war in volles Sonnenlicht getaucht. Er mußte die Augen zusammenkneifen, um sich an die gleißende Helligkeit zu gewöhnen. Ihm war, als blicke er auf einen See aus flüssigem Gold.

Sie gingen weiter über einen mit blauweißen Kieseln ausgelegten Pfad, der um den Tempel führte.

»Aber du hast durchgehalten«, sagte Itami sanft. »Das zählt.«

Sie standen vor den ausladenden Holzstufen, die zu der bronzeverzierten lackierten Holztür führten. Die Tür stand offen – schattenspendend, einladend, unbewegt, als harre sie der Dinge, die da kommen sollten. Sie blieben eine Weile am

Fuße der Treppe stehen. Itami legte ihre Hand auf Nicholas' Schulter. Sie tat dies so leicht, daß er es – hätte er die Geste nicht gesehen – nicht bemerkt hätte.

»Als dein Vater zu mir kam und mich bat, ihm dabei behilflich zu sein, dich in einem angemessenen *ryu* unterzubringen, war ich sehr skeptisch.« Sie schüttelte den Kopf. »Ich hatte jedoch keine Wahl, ich konnte mich ihm nicht versagen. Die Ehre gebietet, daß ich keine eigene Meinung habe; aber ich war beunruhigt.« Sie seufzte. »Nicholas, ich habe Mitleid mit dir. Dein Leben wird schwierig verlaufen. Die Menschen des Westens werden dich nie voll anerkennen, da asiatisches Blut in deinen Adern fließt, und die Japaner werden dich deiner okzidentalen Merkmale wegen verachten.«

Ihre Hand flatterte wie ein Schmetterling auf, ihr Zeigefinger streichelte leicht seine Wange. Sie sah ihn an. »Selbst deine Augen sind die deines Vaters.« Sie ließ die Hand sinken. »Ich bin nicht leicht zu täuschen.« Sie nahm ihren unerbittlichen Blick von seinem Gesicht und sagte: »Wir wollen hineingehen und beten.«

»Schön, ist das nicht schön?« sagte Itami.

Er mußte ihr zustimmen. Sie standen am Ufer eines gemächlich in Mäandern dahinfließenden Bachs, der auf einer kleinen Anhöhe mit moosbedeckten Felsen entsprang. Alles war grün – das Wasser, die Kiesel, die vielerlei Moosarten, die Nicholas bestaunte.

»Und friedlich«, fuhr Itami fort. »Es ist so friedlich hier. Die Welt da draußen scheint nicht zu existieren.« Unter dem Schattendach des überhängenden Schlüsselblütenbaumes schloß sie ihren Schirm. Sie atmete tief, den kleinen Kopf zurückgelegt. »Es ist, als habe sich die Zeit verflüchtigt, Nicholas. Als hätte es nie ein zwanzigstes Jahrhundert gegeben, keinen Imperialismus – keinen Krieg.« Sie schloß die Augen.

Er beobachtete sie, doch plötzlich öffnete sie ihre Augen wieder, starrte vor sich hin. »Aber es hat Krieg gegeben.« Sie wandte sich um. »Sollen wir uns ein wenig auf diese Steinbank dort setzen? Vielleicht hat hier irgendwann einmal einer der Tokugawa gesessen. Das alles hier läßt in mir ein Gefühl für unsere Geschichte wach werden. Ein Gefühl des Dazugehörens. Und doch bin ich eine Außenseiterin.«

»Aber wie kann das sein?« entgegnete Nicholas. »Du bist eine Nobunaga, stammst aus einem der ältesten und edelsten Häuser Japans.«

Itami lächelte ihn wie eine Verschwörerin an, und er sah

ihre ebenmäßigen weißen Zähne schimmern. »O ja«, wisperte sie, »eine Nobunaga, in der Tat. Aber vieles in Japan beruht auf Äußerlichkeiten – unter dem prunkvollen Mantel verbirgt sich ein vermodernder Leichnam.« Jetzt war ihr Gesicht nicht mehr schön; es schien wie unter einer Qual in sich zusammenzufallen. »Hör mir gut zu, Nicholas. Unsere Ehre hat uns geflohen; wir haben uns von den westlichen Barbaren korrumpieren lassen.«

Ihre Stimme hatte sich ein wenig gehoben. »Heute sind wir eine Nation, der Verachtung gebührt; entsetzliche, grauenvolle Taten sind in unserem Namen geschehen.«

Nicholas saß reglos neben ihr. Die Luft wurde kühler. Aber man spürte: sie konnte jetzt nicht aufhören zu sprechen; sie wollte es auch gar nicht. Es war, so dachte er, für sie sicherlich schwierig gewesen, überhaupt davon anzufangen. Aber nun, da sie ihre anfängliche Scheu überwunden hatte, konnte sie nichts mehr aufhalten.

»Weißt du, wer die *zaibatsu* sind, Nicholas?«

»Nein. Ich kenne nur den Namen«, erwiderte er, und wieder war ihm, als habe sie ihn auf unsicheren Grund gelockt.

»Bitte deinen Vater, dir von ihnen zu erzählen. Der Oberst weiß eine Menge über sie, und du solltest ebenfalls Bescheid wissen.« Dann, als sei sie Nicholas doch eine Erklärung schuldig, sagte sie: »Satsugai arbeitet für einen *zaibatsu.*«

»Für welchen?«

»Ich hasse meinen Mann, Nicholas. Und ...« sie lachte kurz auf, »... nur dein Vater weiß, warum. Das Leben ist eine einzige Ironie. Teuflische Mächte scheinen das, was man sich am meisten wünscht, vor einem zurückzuhalten.« Ihre winzigen Hände lagen geballt wie Babyfäuste in ihrem Schoß. »Was nützt es, eine Nobunaga zu sein, wenn, wenn ich immer die Schande meines Urgroßvaters mit mir herumtragen muß? Meine Schande ist so unauflösbar mit meiner Existenz verknüpft, wie dein Mischblut sich nicht verleugnen läßt.

Mein Urgroßvater verließ seine Dienste bei den *shōgun,* als er achtundzwanzig war, um ein *ronin* zu werden – du weißt, was das ist?«

»Ein herrenloser Samurai.«

»Ein Krieger ohne Ehre, ja. Ein Brigant, ein Freibeuter. Er wurde käuflich, verkaufte seine starken, geschickten Arme an den, der ihm am meisten bot. Erzürnt über dieses unziemliche, unehrenhafte Verhalten, entsandten die *shōgun* Häscher, die ihn fangen sollten. Als ihnen dies schließlich gelungen war, folgten sie den Befehlen der *shōgun,* meinem Urgroßvater keinen ehrenhaften Tod zu gewähren. Sie kreuzigten ihn, wie sie es mit Verbrechern zu tun pflegten.

In den meisten derartigen Fällen wurde die gesamte Familie des Missetäters ausgerottet – Frauen und Kinder – und der Besitz eingezogen. Aber im Falle meines Urgroßvaters geschah dies nicht.«

»Warum nicht?« fragte Nicholas.

Itami hob die Schultern und lächelte glanzlos. »Karma. Ich kämpfe dagegen an, mein Inneres rebelliert; es bereitet mir Schmerzen, und des Nachts weine ich. Ich schäme mich, es zu sagen: Ich fühle mich als *bushi,* als Samurai-Frau, selbst heute und in dieser Zeit. Es gibt Dinge, die sind unabänderlich. In meinem Blut lebt der Kampfgeist meiner Vorfahren; meine Seele singt mit den Schwingungen des *katana,* seiner Klinge, seinem todbringenden Schatten aus Stahl.«

Sie erhob sich, ihr Schirm erblühte wie eine riesige Blume. »Eines Tages wirst du es verstehen. Denke stets daran. Es ist im *ryu* schwer für dich. Ich weiß es. Aber du darfst nicht aufgeben. Hörst du? Niemals.«

Sie wandte sich von ihm ab, die sanften Pastellfarben des Schirms löschten die glühende Leidenschaft in ihren schwarzen Augen. »Komm«, hörte er sie sagen. »Es ist an der Zeit, daß wir in die Welt zurückkehren.«

»Ai uchi«, sagte Muromachi und hielt einen *bokken* in seinen Händen, während sieben Schüler, Nicholas' gesamte Gruppe, in einem exakten Halbkreis um ihn herumstanden, »ist im *itto-ryu* die erste Regel; die erste von Hunderten. *Ai uchi* bedeutet: Schlage den Gegner, wie er dich schlägt. Den richtigen Zeitpunkt dafür zu wählen, bildet eine der Grundlagen für das *kenjutsu. Ai uchi* beinhaltet das Fehlen von Zorn. Es bedeutet, daß ihr den Gegner wie einen geschätzten Gast behandelt. Es bedeutet, euer Leben preiszugeben, die Furcht von euch zu werfen. *Ai uchi* ist der Anfang und das Ende. Vergeßt das nicht. Es ist der Zen-Kreis.«

Das war die Lehre, die Nicholas als erstes empfangen hatte, als er vor sieben Jahren dem *ryu* beitrat. Er verstand sie nicht völlig, aber er vergaß sie nie. In den folgenden Jahren übte er mit kalter Besessenheit unter Muromachis Anleitung die Tausende von Schlagvarianten der *katani.* Während er mehr von den moralischen Lehren des *kenjutsu* erfuhr, während sich sein Wissen mit schwindelerregender Geschwindigkeit vergrößerte, mußte er immer an diese erste Unterrichtsstunde denken. Und je mehr er darüber nachsann, um so mehr fühlte er eine gewisse Ruhe in sich aufsteigen, indes der Sturm aufzog und ihn zu überwältigen drohte.

Dennoch war er nie ganz zufrieden mit sich. Er dachte an jenen späten Nachmittag, als er nach der Übung plötzlich spürte, daß jemand im Raum war. Er sah auf, aber niemand war zu sehen. Die Halle wirkte verlassen, und doch konnte er das Gefühl nicht loswerden: jemand befand sich in seiner Nähe. Er stand auf und wollte schon rufen, als ihm einfiel, daß einige seiner Kameraden irgendwo lauern mochten. Da blieb er still, denn er wollte ihnen nicht den geringsten Grund zur Schadenfreude liefern.

In der Dämmerung begann er auf leisen Sohlen in dem Raum umherzugehen. Auf der Wand an der gegenüberliegenden Seite des leeren *dõjõ* lagen Streifen staubdurchflirrten Sonnenlichts – die Sonne glühte noch rot wie Blut über dem Smog der Industriestadt, und übergoß die majestätischen Abhänge des Fudschi mit ihren Strahlen. Etwas in seinem Empfinden wies ihn darauf hin, daß keine Gefahr für ihn drohte. Er war zwar immer noch sicher, daß sich ein menschliches Wesen im selben Raum befand, aber er wußte jetzt, daß dieses Wesen ihm nicht übel wollte. Wie er zu diesem Schluß gelangt war, hätte er nicht sagen können; es handelte sich eher um einen Reflex.

Licht floß in die eine Ecke des *dõjõ,* streifte das hellgelackte Geländer, hob ein breites Stück der Plattform dahinter hervor, ließ den Eckpfeiler jedoch im Schatten. Er betrachtete das Muster aus Licht und Schatten, als eine Stimme sagte:

»Guten Abend, Nicholas.«

Ein Mann trat hinter dem verhüllenden Vorhang hervor. Es war Kansatsu.

Er war schmal und klein; sein dichtes, borstiges Haar zeigte bereits weiße Strähnen. Seine Augen schienen sich nicht zu bewegen und doch alles zu sehen.

Als er von der Bühne herunterstieg, war kein Laut zu vernehmen. Nicholas, nackt bis zu den Hüften, war sprachlos, als der Mann vor ihm stand. Kansatsu hatte kaum drei Worte mit ihm gesprochen, seit er im *ryu* war. Nicholas begriff, daß diese Begegnung kein Zufall war.

Kansatsu faßte ihn fest ins Auge. Sein ausgestreckter Zeigefinger berührte die rotblaue Beule links unter Nicholas' Brustbein.

»Es sind böse Zeiten für Japan, sehr böse Zeiten«, sagte Kansatsu und sah auf. »Der Krieg erwuchs aus Habgier, er wurde nicht um unserer Ehre willen geführt.« Kansatsus Augen waren traurig. »Und nun zahlen wir den Preis. Wir wurden von den Amerikanern überrannt, unsere neue Verfassung ist amerikanisch, und die Japaner von heute haben nur den einen Wunsch, nämlich den amerikanischen Interessen zu dienen.« Er hob die Schultern. »Aber das eine mußt du wissen, was Japan auch geschehen mag, *bushido* wird nie untergehen. Wir tragen zwar bereits westliche Anzüge, unsere Frauen frisieren ihr Haar auf amerikanische Art, und wir nehmen westliche Manieren an. Aber das ist alles unwichtig. Die Japaner sind wie Weiden, sie biegen sich im Wind, um nicht zu brechen. Die Amerikaner dienen, ohne es zu ahnen, unseren Zwecken. Mit ihrem Geld werden wir dereinst machtvoller denn je wiedererstehen. Aber wir müssen unsere Traditionen beibehalten, denn nur *bushido* macht uns stark.

Du möchtest einer von uns werden«, wechselte Kansatsu abrupt das Thema. »Aber das hier . . .«, er deutete noch einmal auf den Bluterguß, den Saigō Nicholas beigebracht hatte, ». . . dies sagt mir, daß deine Anstrengungen noch nicht von Erfolg gekrönt sind.«

»Der Erfolg wird sich mit der Zeit einstellen«, erwiderte Nicholas. »Ich lerne, nicht ungeduldig zu sein.«

Kansatsu nickte. »Gut. Sehr gut. Dennoch, man muß die notwendigen Schritte unternehmen.« Er legte die Fingerspitzen vor seinem Körper zusammen und schritt langsam durch den *dōjō,* während Nicholas neben ihm ging. »Ich glaube, es ist an der Zeit, daß du beginnst, mit anderen *sensei* zu arbeiten. Ich wünsche nicht, daß du deine wertvolle Arbeit mit Muromachi aufgibst; aber ich möchte deinem Stundenplan Neues hinzufügen.

Morgen wirst du anfangen, mit mir zu arbeiten«, sagte Kansatsu und führte Nicholas durch den dämmrigen Raum. »Wir werden uns dem *haragei* widmen.«

Nicholas' Einstellung Satsugai gegenüber war zwiespältig gewesen. Aber jenes *zaibatsu*-Fest, an dem er mit seinen Eltern teilnahm, vertiefte die ambivalente Haltung, die er dem Mann seiner Tante gegenüber einnahm, noch. Oder lag es daran, daß er allmählich erwachsen wurde? Er neigte eher dazu, die Gründe im Geschehen jener Nacht zu suchen.

Satsugai war kein stattlicher Mann, er war weder hochgewachsen noch von kräftigem Körperbau. Dennoch war er eine auffallende Erscheinung. Brust und Leib waren bei ihm dicklich, Beine und Arme dagegen schienen für seinen Körperbau zu kurz. Sein Kopf, oval, mit schwarzem Haar, das bürstenartig geschnitten war, was Satsugai – zumindest in den Augen Nicholas' – noch martialischer wirken ließ, schien zwischen den Schultern zu sitzen. Das Gesicht war flach, aber nicht typisch japanisch. Die Augen, mandelförmig geschnitten und von glimmendem Schwarz wie Obsidian, verliefen von der Nasenwurzel weg schräg nach oben. Diese ungewöhnliche Augenpartie, zusammen mit den flachen, hohen Wangenknochen und der tiefgelben Gesichtsfarbe, kündete von Satsugais mongolischem Erbe. Nicholas wußte aus dem Geschichtsunterricht, daß die Mongolen 1274 und 1281 in Japan eingefallen waren, wobei sie Fukuoka im Süden eroberten, das der asiatischen Küste am nächsten war. Satsugai wurde in der Nähe von Fukuoka geboren. War daher die Mutmaßung so abwegig, seine Ahnen seien unter den gefürchteten Reiternomaden zu suchen?

Satsugai war zweifellos ein Mensch, der zum Führen geboren war, und ein Einzelgänger. Nach außen hin war das nicht zu spüren, denn er war Japan ergeben, *seinem* Japan, weshalb er auch vielen Gruppierungen angehörte, nicht nur jener *zaibatsu*-Clique. Und doch, das wurde Nicholas in der Nacht des Festes klar, war Satsugai innerlich davon überzeugt, den anderen überlegen zu sein, und darauf fußten seine Führungsqualitäten. Die meisten Japaner waren geborene Gefolgsmänner; sie waren in dem blinden Gehorsam erzogen, den Regeln des *shōgun* zu folgen, selbst wenn dies den Tod bedeutete. War es dann noch verwunderlich, daß Satsugai so viele fanatische Anhänger hatte?

Itami war stets an seiner Seite. Und in seiner Nähe verhielt sich Saigō, als hätte er die Erlaubnis erhalten, sich im Abglanz seiner großen Persönlichkeit zu sonnen. In jener Nacht trat indes noch eine vierte Person in Erscheinung, die Nicholas vom ersten Augenblick an gefangennahm. Diskret fragte er seine Mutter, wer das Mädchen sei.

»Das ist Satsugais Nichte. Sie stammt aus dem Süden«, entgegnete Cheong. »Sie ist nur kurz zu Besuch hier.«

Nicholas erkannte am Ton ihrer Stimme, daß für Cheong dieser Besuch nicht kurz genug sein konnte. Er wollte sie soeben fragen, warum sie das Mädchen nicht leiden mochte, als auch schon Satsugai mit der jungen Dame herantrat und sie Cheong, dem Oberst und Nicholas vorstellte.

Die Fremde war schlank und groß – wie eine Weide, würde ein Mann aus dem Westen sagen. Ihr dunkles Haar war sehr lang, ihre glänzenden, feurigen Augen erschienen Nicholas riesig. Ihre Haut, von einem inneren Schein erwärmt, schimmerte wie Porzellan. Nicholas war hingerissen. Sie hieß Yukio Jokoin, wie er bei der Vorstellung durch Satsugai erfuhr. Sie war mit Saigō gekommen, und Saigō blieb wie ein Schatten an ihrer Seite. Obwohl Nicholas versuchte, ihre Aufmerksamkeit zu erregen, wußte er nicht, ob ihm dies gelungen war.

Er kämpfte mit sich, ob er sie zum Tanzen auffordern sollte. Er für seine Person hätte nichts lieber getan; aber er wußte nicht, welche Folgen eine solche Handlungsweise haben würde. Endlich kam er zu dem Schluß, daß die Entscheidung einzig und allein bei ihm liege.

Wie zu erwarten gewesen war, mißfiel Saigō sein Dazwischentreten. Saigō wollte eben seinen Unmut in Worte fassen, als Satsugai ihn rief. Widerstrebend entschuldigte er sich und ging.

Als Nicholas Yukio zur Tanzfläche führte, hatte er Zeit, ihren Kimono zu bewundern, der taubenblau und von eingewebten platinschimmernden Fäden durchzogen war. Bestickt war er mit einem mitternachtsblauen Rad- und Speichenmuster, das typisch war für den gesellschaftlichen Rang einer *daiymo* zu Zeiten des japanischen Feudalismus.

Beim Tanz erschien sie ihm leicht, beinahe gewichtslos. Während er sie zu den Klängen der langsamen Musik eng führte, spürte er ihre Wärme und die sanften Bewegungen ihres Körpers unter ihrem dünnen Kimono.

»Wir sind beide zu jung, um uns an den Krieg zu erinnern«, sagte sie mit spröder Stimme. »Und dennoch hat er selbst noch auf uns Wirkungen. Erscheint Ihnen das nicht seltsam?«

»Eigentlich nicht.« Er atmete den Duft ihrer Haut. »Setzt sich Geschichte nicht wie in einer Wellenbewegung fort? Nichts geschieht in einem Vakuum, jedes Geschehen schlägt Wellen, die sich ausbreiten, auf andere Wellen treffen, wodurch es dann letztendlich auch zu Veränderungen kommt.«

»Oh, was sind Sie für ein Philosoph!« Er dachte schon, sie mache sich über ihn lustig, als sie lachte und fortfuhr: »Aber die Theorie gefällt mir. Wissen Sie, warum? Weil sie auch besagt, daß das, was wir hier tun, unser Geschick beeinflussen wird.«

»Unser Geschick?«

»Ja. Das Geschick, das Sie und mich betrifft. Yin und yang.«

Während sie sprach, hatte sie sich so unauffällig, daß Nicholas es zunächst gar nicht bemerkt hatte, noch enger an ihn geschmiegt. Plötzlich, während sie sich zu der Musik bewegten, spürte er ihr Bein zwischen den seinen. Behutsam schob sie ihren Unterkörper vor, und er spürte die sanfte Erhebung ihres Venushügels. Sie sprach weiter, sah ihm dabei tief in die Augen und rieb sich leicht an ihm. Er wagte kaum zu atmen, um sie auch ja nicht durch irgendeine ungeschickte Bewegung aus ihrer Haltung zu reißen. Es war ein so unsagbar intimer Vorgang, gerade weil er sich inmitten von beinahe sechshundert elegant gekleideten Menschen, die noch immer jede Liberalisierung mißbilligten, abspielte. Diese verstohlene Zärtlichkeit erregte ihn noch stärker, als er bei einer Drehung feststellte, daß Saigō vom Rande der Tanzfläche aus zu ihnen herüberstarrte. Aber sein Vater hielt ihn noch immer in ein Gespräch verwickelt, aus dem er sich offensichtlich nicht lösen konnte. Das war das erste Mal, daß Nicholas für Satsugai freundliche Gedanken übrig hatte.

Sie tanzten lange, ohne sich voneinander zu lösen. Als die Musik schließlich endete und sie sich trennen mußten – ohne daß ein Wort über ihre Vertraulichkeit gewechselt worden wäre –, ahnte er nicht, daß beinahe vier Jahre vergehen würden, bis er sie wiedersah.

Sonntags schlief der Oberst immer lange. Diesen Luxus gestattete er sich; vielleicht, weil es ihm Freude bereitete, an einem arbeitsfreien Tag die gewohnte Routine zu durchbrechen. Sechs Tage in der Woche stand er Punkt sechs Uhr auf; am Sonntag stieg er erst dann aus dem Bett, wenn es ihm paßte.

Niemand wagte es, ihn zu stören, außer Cheong, die seine gelegentlichen Wutausbrüche nicht verletzen konnten. Manchmal blieb sie bei ihm auf dem *futon,* bis er erwachte, aber meistens stand sie früh auf, schickte die Dienerinnen fort und arbeitete in der Küche.

An den Wochenenden bereitete Cheong die Mahlzeiten selbst zu. Sie hätte gern jeden Tag gekocht, das wußte Nicholas, weil sie es gern tat; aber der Oberst hatte es ihr verboten. »Laß Tai kochen«, hatte er einmal etwas verärgert zu ihr gesagt. »Dafür wird sie schließlich bezahlt. Deine Zeit sollte dir allein gehören, du sollst damit tun und lassen, was du magst.«

»Was ich mag?« hatte sie seine Worte aufgenommen.

»Du weißt sehr gut, was ich meine.«

»Wer? Ich?« Sie deutete auf sich. »Ich nur unwissende kleine Chinesin, Oberst-san.« Das sagte sie in Pidgin-Englisch, obwohl sie die englische Sprache sonst großartig beherrschte. Dabei verneigte sie sich wieder und wieder.

Den Oberst brachten ihre Parodien auf – sie war eine brillante Komödiantin, fähig, jeden Akzent und Dialekt nachzuahmen. Im Nu verwandelte sie sich in eine andere Person. Er ärgerte sich, weil all diese Verwandlungen der Wirklichkeit so nahe kamen. Er wollte nicht an den dunstigen asiatischen Küstenstreifen erinnert werden, nicht an die Verachtung, mit der Engländer und Amerikaner Chinesen wie Malayen behandelten, als seien sie Untermenschen, nur für niedere und sexuelle Dienste zu gebrauchen.

Der Oberst hatte Cheong seinerzeit in seine starken sonnengebräunten Arme genommen und sie geküßt. Er hielt sie sehr fest, denn er wußte, daß dies die einzige Möglichkeit war, sie zum Schweigen zu bringen.

Es war ein Sonntagmorgen. Cheong war bereits auf und saß in der Küche, wo sie frisches Gemüse schnitt, als Nicholas hereinkam.

Das Sonnenlicht fiel in schrägen Strahlen durch die Fenster, ließ sie aufblitzen. Von fern war das Brummen eines Flugzeuges zu hören, das zur Landung auf Haneda ansetzte. Am Horizont sah er, wie sich Wildgänse in V-Formation von der Ellipse der aufgehenden Sonne fortbewegten.

Er küßte seine Mutter, und ihre Arme schlangen sich um ihn.

»Wirst du heute zum *dõjõ* gehen?« fragte sie sanft.

»Nicht, wenn Vater daheim bleibt.«

Sie schnippelte grüne Bohnen, als sie sagte: »Ich glaube, er hat heute eine Überraschung für dich. Ich hatte gehofft, du würdest dich entschließen, zu Hause zu bleiben.«

»Ich hatte das Gefühl, ich sollte es tun«, sagte er. »Also entschloß ich mich dazu.«

»Die Zeit wird kommen«, sagte Cheong, ohne von ihrer Arbeit aufzusehen, »da wird das nicht mehr möglich sein.«

»Du meinst – für Vater?«

»Nein. Für dich.«

»Ich fürchte, ich verstehe nicht.«

»Als dein Vater und ich Singapur verließen, bereitete sich So-Peng auf seinen Tod vor. Es sollte ein langsames Sterben werden, bei dem es noch viel für ihn zu vollenden galt. Aber wir – das hatte er uns gesagt – sollten uns nie wiedersehen. Und er hatte recht.«

Ihre Hände bewegten sich wie flirrende Schatten über dem Holztisch und ließen nur für Sekundenschnelle das Arbeiten sein. »Ich wußte, daß ich mit deinem Vater Singapur für immer verlassen würde; unser Leben lag anderswo. Hier. Aber mein Herz war schwer bei dem Gedanken, daß ich So-

Peng nie mehr wiedersehen würde. Er war mein Vater; er war mir soviel mehr als ein Vater und ich ihm mehr als eine Tochter. Vielleicht sind wir uns deshalb so nahe gewesen: Es war eher unser Geist als unser Blut, das verwandt war.

An jenem Tag, als wir uns verabschiedeten, blieb ich, wie so oft als Kind, noch eine Minute auf der Veranda seines Hauses stehen. Als ich gehen wollte, legte So-Peng seine Hand auf meinen Arm. Es war das erste Mal, daß er mich berührte, seit ich erwachsen war, und zugleich das letzte Mal. Dein Vater war schon vorausgegangen. ›Jetzt bist du ich, Cheong‹, sagte er zu mir in jenem Mandarin-Dialekt, in dem wir häufig miteinander sprachen.«

»Was meinte er damit?«

»Ich weiß es nicht – ich kann nur Vermutungen anstellen.« Sie wischte ihre Hände ab, tauchte sie in eine Schüssel mit kaltem Zitronenwasser und fuhr fort, Gemüse zu putzen. »Ich weinte den ganzen Weg über, bis wir zu der Lichtung kamen, wo der Jeep stand. Dein Vater sagte natürlich kein Wort, obwohl er – daran zweifle ich nicht – es gern getan hätte; aber er würde mich nie beschämen.«

»Mußtest du Singapur verlassen?« fragte Nicholas.

»Ja, das mußte ich«, sagte sie, und zum ersten Mal sah sie von ihrer Arbeit auf. »Ich habe meine Pflicht deinem Vater gegenüber zu erfüllen. Das ist mein Leben. An jenem Tag wußte ich es und So-Peng ebenso. Es wäre ihm unbegreiflich gewesen, wenn ich bei ihm geblieben und meiner Pflicht nicht nachgekommen wäre. Das durfte nicht sein. Seine Pflichten zu vernachlässigen heißt, die einzigartige Fähigkeit, nämlich Großes zu vollbringen, zu zerstören.

Pflicht ist das Wesen des Lebens, Nicholas. Sie ist das einzige, über das der Tod keine Gewalt hat. Sie bedeutet Unsterblichkeit.«

Wie sich bald herausstellte, hatte der Oberst den ganzen Tag zur Verfügung, und da es Frühling war, nahm er Nicholas mit zum Jindaiji, dem Botanischen Garten der Stadt, damit er die Kirschblüte erleben konnte.

Auf dem Weg dorthin brachten sie Cheong zu Itami; sie hatte Itami versprochen, sie zu ihrem kranken Onkel zu begleiten.

Der Morgendunst hatte sich aufgelöst, und ein starker Ostwind trieb den Bodennebel auseinander. Bauschige kleine Wölkchen machten den Himmel zu einem impressionistischen Gemälde.

Der Park bot einen nicht minder beeindruckenden Anblick. Die Bäume standen in voller Blütenpracht, ihre Zweige bogen sich unter der Last der blaßrosa Blüten, die etwas geradezu Vergeistigtes, Außerirdisches an sich hatten. Zu anderen Jahreszeiten zeigte der Park seine eher strenge Schönheit. Aber jetzt schrieb man April, und die Üppigkeit, die er bot, war atemberaubend.

Viele Kimonos und bunte Schirme aus Ölpapier waren zu sehen, als sie lässig die gewundenen Pfade unter zwei Himmeln entlangschlenderten – der eine tiefhängend und duftend, der andere unendlich weit. Sie blieben bei einem Händler stehen, der *tofu* verkaufte. Der Oberst erstand für jeden eine Portion, und sie schleckten die Süßigkeit, während sie langsam weitergingen. Lachende Kinder liefen an ihnen vorbei, gefolgt von den Eltern, und junge Menschen, die Arm in Arm gingen. Auch viele Amerikaner wanderten im Park umher.

»Vater, wirst du mir etwas von den *zaibatsu* erzählen?« fragte Nicholas.

Der Oberst schob ein Stück *tofu* in den Mund, kaute und dachte nach.

»Nun, ich meine, du weißt schon einiges über sie.«

»Ich weiß wohl, was man unter den *zaibatsu* versteht«, erwiderte Nicholas. »Die vier größten Industriekonzerne Japans. Und ich weiß auch, daß nach dem Kriege viele *zaibatsu*-Generaldirektoren wegen Kriegsverbrechen angeklagt wurden. Aber mehr weiß ich nicht.«

Der Oberst mußte sich bücken, als sie unter den tief herabhängenden Ästen hindurchgingen. Es war, als glitten sie durch roséfarbene Wolkenbänke. Das moderne Tokio schien es nicht zu geben, es war nichts weiter als eine Erfindung aus einem Science-fiction-Roman. Für die Japaner gab es wohl kein machtvolleres Symbol als die Kirschblüte. Sie galt als Zeichen für alles mögliche: Erneuerung, Läuterung, Liebe und zeitlose Schönheit, die Grundpfeiler des japanischen Geistes. All das ging dem Oberst durch den Sinn, als er darüber nachdachte, womit er seine Erklärung beginnen sollte.

»Wie vieles, was in Japan geschieht oder gedacht wird«, sagte er, sind auch die *zaibatsu* nicht so einfach zu beschreiben. Der Ursprung liegt in Japans langer militärischer Tradition. Mit dem Beginn der Meiji-Restauration im Jahre 1868 bemühte sich Japan sehr stark, sich sowohl von der Isolation als auch dem Feudalismus abzuwenden, die die mehr als zweihundert Jahre der machtvollen Tokugawa-Shogunate geprägt hatten. Das bedeutete gleichzeitig aber auch Abwendung vom Traditionalismus, der, wie viele überzeugt waren, das Rückgrat von Japans Stärke ausmachte.«

Nicholas und der Oberst bogen jetzt nach rechts ab und gingen einen sanften Abhang hinunter zu einem kleinen See. Das Lachen und Rufen der Kinder schwebte durch das Blütengewirr zu ihnen herüber.

»Mit dieser neuen Politik«, fuhr der Oberst fort, »dieser ›Verwestlichung‹, wenn du so willst, wurde die Macht der Samurai mehr und mehr zersetzt. Seit jeher waren sie stets Japans standhafteste Traditionalisten gewesen. Jetzt wurden sie plötzlich als Reaktionäre gebrandmarkt, da sie gegen alles heftig opponierten, was die Meiji-Restauration neu zu erschaffen suchte. Dir ist bekannt, daß seit 1582 – als Toyotomi Hideoshi *Shōgun* wurde – nur Samurai zwei Schwerter tragen durften, das *katana* gebührte allein den Samurai. Nun – das änderte sich. Der Military Conscription Act verbot das Tragen des *katana*. Nach dem Aufbau einer Bürgerarmee wurden wirkungsvoll alle Klassenschranken zerschlagen, die die Samurai seit ihrem Bestehen im Jahre 792 nach Christi aufgerichtet hatten.«

Eine Zeitlang wanderten sie am Ufer des Sees entlang; sein reines kühles Blau stand im krassen Gegensatz zum Weißrosa der Blüten. Zwei Spielzeugsegelboote mit geblähten weißen Segeln trieben über das Wasser. Ihre kleinen Kapitäne rannten hurtig am Ufer entlang, um mit ihnen Schritt zu halten.

»Dennoch, die Samurai waren nicht so leicht zu schlagen«, sagte der Oberst. Die Miniatursegel, die so sicher über das Wasser flogen, brachten ihm die Erinnerung an Japans mörderische Vergangenheit zurück. »Die meisten von ihnen kämpften, und als sie geschlagen wurden begannen sie, sich in Gruppen zusammenzuschließen. Die Hauptgruppe hieß die *Genyōsha* – die ›Dunkle-Ozean‹-Gruppe –, aber es gab auch die *Kokuryukai* – die ›Schwarze-Drachen‹-Gruppe. Diese Gruppen, die auch heute noch aktiv sind, sind reaktionäre Organisationen, die fest an den Imperialismus und die Bestimmung Japans glauben, über das asiatische Festland zu herrschen.

Nun, die *Genyōsha* haben sich in Fukuoka formiert, wo auch heute noch ihre Stammbasis ist. Da dieser Teil von Kyushu Japans engste Annäherung an den Kontinent bildet, ist es nicht weiter verwunderlich, daß die *Genyōsha* dort am stärksten vertreten und am schlagkräftigsten sind.«

Nicholas dachte an die Invasion der Mongolen, an die nationalistischen Gefühle, die derartig jähe Einfälle zu wecken vermochten. Und das brachte ihn wieder auf Satsugai.

Sie fanden eine Bank am Wasser und setzten sich. Auf der anderen Seite des Sees hielt ein Kind eine Handvoll mit Fäden, an denen bunte Luftballons schwebten, und noch höher, über den riesigen Wipfeln der Bäume, konnte Nicholas – wie an den Himmel geklebt – den zitternden, zerbrechlichen Umriß eines Kastendrachens sehen. Er war mit dem Bild des feuerspeienden Drachen bemalt.

»Nachdem es ihnen nicht gelang, das Meiji-Regime zu stürzen, machten sich die Mitglieder der *Genyōsha* daran, die Restauration von innen her zu bekämpfen. Es waren gescheite Männer. Sie wußten, daß die Meiji-Oligarchie, die sich die Industrialisierung zum Ziel gesetzt hatte, vor allem die ökonomische Expansion benötigte, um ihre Position zu stärken. Für die *Genyōsha* gehörten dazu auch die Ausbeutung und schließlich die Unterjochung Chinas.

Die Männer der *Genyōsha* suchten Beziehungen zu höchsten Regierungsstellen. Vor allem aber hatten sie es auf den Generalstab, in dem noch die reaktionären Vorstellungen vorherrschten, abgesehen.

Vor der Wahl von 1882 verhandelten die *Genyōsha* geschickt mit den wichtigsten Grundbesitzern. Sie sagten ihnen zu, sie als Politiker wieder in Amt und Würden einzusetzen, wenn sie ihrerseits bereit wären, eine stark imperialistisch geprägte Außenpolitik zu unterstützen. Die *Genyōsha* heuerten zudem Kriminelle an, die überall im Land und bei allen möglichen Gelegenheiten Schlägereien provozieren mußten. Schließlich wurde es eine Wahl der Angst.«

Zwei amerikanische Offiziere, ihre Familien im Schlepptau, schritten vorüber. Sie trugen ihre Uniform wie eine Auszeichnung, gaben sich ganz als Eroberer, als Erretter Japans. Möglicherweise bemerkten sie, was sich um sie herum abspielte, aber mit Sicherheit verstanden sie nichts davon.

»Es wurde nicht nur eine Expansionspolitik betrieben, die schließlich zum japanischen Einmarsch in die Mandschurei führte, auch die japanischen Geschäftsleute wahrten ihre althergebrachten, festgefügten Interessen im Ausland. Eine wachsende Volkswirtschaft war jetzt für Japan lebenswichtig. Die Geschwindigkeit, mit der sie sich entwickelte, mutete wie ein Wunder an. Die vier Großkonzerne – *zaibatsu* – waren eines der Ergebnisse dieser industriellen Explosion.«

»Dann hatte Kansatsu recht, als er sagte, daß die Wirtschaftskapitäne genausoviel Verantwortung wie die Militärs am Ausbruch des Krieges trügen«, sagte Nicholas nachdenklich.

Der Oberst nickte. »In vielerlei Hinsicht war Japan – gemessen am Weltniveau – eine primitive Nation. Dafür hatten die Tokugawa gesorgt. Andererseits jedoch verstanden sie vielleicht besser als sonst jemand, die Unschuld ihres Landes zu wahren, was MacArthur nicht erkannte. Oh, er wußte genug von der japanischen Kultur, um den Kaiser auf seinem Platz zu belassen, trotz des Geschreis, daß er als Kriegsverbrecher hingerichtet werden müsse. MacArthur war sich sehr wohl im klaren darüber, daß jeder Versuch, den Kaiser zu entthronen, Japan in ein schlimmes Chaos gestürzt hätte; er ist eine Institution, die selbst die mächtigen *shōgun* nicht anzugreifen wagten.

Außerdem haben die Amerikaner von Anfang an den Mythos verbreitet, daß die führende Kraft, die hinter den japanischen Kriegsanstrengungen steckte, einzig und allein die Militärs gewesen seien.« Der Oberst leckte seine klebrigen Finger ab und nahm die Pfeife aus der Tasche. »Nichts könnte weiter von der Wahrheit entfernt sein. Es waren die Mächtigen der *zaibatsu,* die das Land dahin steuerten, daß ein Krieg die einzig mögliche ökonomische Alternative schien.«

»Aber was war mit dem japanischen Volk?« fragte Nicholas. »Es wollte doch gewiß keinen Krieg?«

Der Oberst schob die kalte Pfeife zwischen die Zähne. Er sah auf und beobachtete das sanfte Wiegen der schweren Blütenzweige im Wind. »Leider lebt das Volk aus einer langen Geschichte. Die Gesellschaft Japans war über einen zu großen Zeitraum hinweg feudal geprägt. Man zollte dem Kaiser blinden Gehorsam, ebenso den *shōgun,* den *daimyo.* Das wurde überliefert und war in Fleisch und Blut übergegangen.«

Er reckte sich, saß aufrecht und wandte sich seinem Sohn zu, der neben ihm auf der Bank saß. Die eine Hand hielt den Pfeifenkopf. »So ist es nicht überraschend, daß kurz vor Kriegsausbruch kaum Anti-Kriegsstimmung herrschte. Die Sozialdemokratische Partei, die, als Japan die Mandschurei besetzte, offen antimilitaristische Töne anschlug, verlor in der Wahl von 1932 ungeheuer viele Wähler und damit Abgeordnetensitze. Damals war es die winzige, aber in sich gefestigte Kommunistische Partei, die den einsamen Rufer in der Wüste ausmachte und sich als einzige gegen die imperialistischen Bestrebungen wandte. Aber sie war gleich einem Schilfrohr im Hurrikan. Die *zaibatsu*-Gewaltigen und die *Genyōsha* hatten, geschickt wie sie waren, mit ihren Leuten Schlüsselpositionen in der Regierung und den Medien besetzt; ein Krieg war unvermeidlich.«

Das Hallen von Schritten ließ beide aufblicken. Zu ihrer

Linken kamen einige uniformierte Polizisten die Steintreppe heruntergerannt, wobei sie drei Stufen auf einmal nahmen und die Arme ausbreiteten, um das Gleichgewicht zu halten. Die Menschen blieben stehen, blickten ihnen nach. Irgend jemand schrie laut. Kinder begannen zu laufen; die Segelboote schaukelten plötzlich unbewacht auf den Wellen. Die amerikanischen Offiziere zögerten sekundenlang, ehe sie den Polizisten folgten. Nicholas und der Oberst standen auf und wurden in der Menge zur linken Seite des Sees gedrängt.

Der Oberst nahm Nicholas am Arm und bahnte sich mit seinen breiten Schultern einen Weg durch die Neugierigen. Die Menschen schoben und stießen, wurden aber ruhiger, als noch mehr Polizisten eintrafen. Nicholas erhaschte einen Blick auf ein Stück Rasen, wie auf eine kleine Waldlichtung. Kirschblüten lagen überall verstreut, als gälte es, einen Helden willkommen zu heißen. Er erspähte einen gemusterten Kimono. Zuerst war dieser ihm grau erschienen, dann sah er aber, daß er auf weißem Grün schmale gewellte Linien in Schwarz trug.

Die Polizisten schoben sich durch die Gaffer. In der entstandenen Lücke erblickte Nicholas einen Mann, der im Gras kniete. Seine Stirn berührte den Boden, der mit Kirschblüten übersät war. Sein rechter Arm war an seinen Körper gepreßt, die Hand unter den Falten des Kimonos verborgen. Vor ihm lagen eine kleine kupferbeschlagene Schachtel aus Rosenholz und ein langer weißer Streifen aus Seide, der teilweise im Schatten lag.

Die Hand des Obersten umgriff Nicholas' Schulter. »Das ist Hanshichiro!« sagte er und meinte den großen japanischen Dichter.

Nicholas wechselte seine Position, um besser sehen zu können. Jetzt konnte er zwischen dem Wald von Beinen das Gesicht des knienden Mannes erkennen. Sein Haar war stahlgrau, das Gesicht mit seinen groben Zügen breit und flächig. Falten zogen sich von den Mundwinkeln bis zum Kinn hinunter. Seine Augen waren geschlossen. Dann bemerkte Nicholas, daß auf dem seidenen Streifen nicht, wie er angenommen hatte, Schatten lagen, sondern daß er befleckt war. Die Seide ließ das Blut durchsickern, das die Erde zu Hanshichiros Füßen aufnahm.

»*Seppuku*«, sagte der Oberst, »das Ende der Ehrenhaften.«

Nicholas dachte noch immer daran, wie ruhig, ja wie ordentlich der Vorgang abgelaufen war. Er war an Erzählungen aus dem Krieg gewöhnt, wo der Tod eine schmutzige Angelegenheit war. Aber hier, wie friedlich, wie korrekt war es zugegangen, gleich dem Wechsel der Gezeiten, der die Ebbe mit sich nimmt oder die Flut heranträgt.

»Geht es dir gut, Nicholas?« Der Oberst legte seinem Sohn leicht die Hand auf die Schulter und sah ihn besorgt an.

Nicholas nickte. »Ich denke schon. Ja.« Er sah zum Oberst auf. »Mir ist – mir ist nur ein bißchen merkwürdig. So, als ob alles ein wenig zuviel gewesen wäre. Ich . . . Warum mußte er es im Park tun? Er wollte, daß alle es sehen.«

»Sehen und es sich einprägen«, sagte der Oberst. Sie erklommen die Anhöhe im Park, wo die Bäume die Wege verdeckten. Nicholas konnte noch immer den Drachen über sich schweben sehen. Er spie Feuer – als wolle er sich gegen die unberechenbaren Windströmungen behaupten, die ihn hierhin und dorthin zerrten.

»Er war ein verbitterter Mann, zutiefst in der Vergangenheit verwurzelt. Er konnte sich nicht mit einem Japan abfinden, das neue Wege beschritt.«

Ein dunkelblauer Kinderwagen, in dem rosige Zwillinge saßen und der von einer japanischen Matrone geschoben wurde, rollte an ihnen vorüber.

»Hanshichiro war ein großartiger Künstler, ein Besessener, ein Mann von hoher Ehrenhaftigkeit. Das war seine Art, gegen Japans Aufbruch in die Zukunft zu protestieren, der – so mag er es empfunden haben – schließlich dessen Vernichtung bedeuten wird.«

Ein junger amerikanischer Matrose mit seiner japanischen Freundin kam ihnen von den Hügeln entgegen, und beide hielten sich lachend an den Händen. Der Seemann legte seinen Arm um das Mädchen, küßte es auf die Wange. Die Japanerin kicherte, wandte den Kopf ab. Ihr Haar flog im Wind.

»Es gibt viele, die wie Hanshichiro denken«, sagte Nicholas. »Wurde Satsugai nicht in Fukuoka geboren?«

Nachdenklich sah der Oberst auf seinen Sohn herab. Er war stehengeblieben und suchte in seiner Jackentasche. Als er seinen Tabaksbeutel herausgezogen hatte, begann er umständlich seine Pfeife zu stopfen, wobei sein Daumen den Tabak festdrückte.

Nicholas sah zu dem Drachen am Himmel auf, der über den Baumwipfeln schaukelte. »Ich habe die Verfassung gelesen, Vater. Ich weiß, daß du daran mitgearbeitet hast. Sie ist sehr demokratisch, in viel stärkerem Maße, als dies heutzutage in Japan praktiziert wird; in politischer Hinsicht hat sich in neuerer Zeit eher ein Rechtsdrall vollzogen – die *zaibatsu* wurden niemals entlarvt und unschädlich gemacht. Die meisten Männer aus der Zeit vor dem Krieg sind wieder dabei. Das verstehe ich nicht.«

Der Oberst zog ein pistolengraues Ronson-Feuerzeug hervor, drehte den Rücken zum Wind, brachte mit dem Daumen am winzigen Rad die Flamme zum Leben. Er sog viermal tief durch, ehe er geradezu mit einem Seufzer der Befriedigung den Deckel des Feuerzeuges zuschnappen ließ.

»Ich möchte erst wissen, wie du dich fühlst, ehe ich dir darauf antworte. Bekümmert es dich, daß Hanshichiro tot ist? Oder daß du Zeuge warst, wie ein Mann sich das Leben nahm?«

»Ich weiß nicht. Ich weiß es wirklich nicht.« Nicholas fuhr mit der Hand über die schwarze Eisenbrüstung, die den Pfad abgrenzte, und fühlte das kühle Metall an seiner Haut. »Ich weiß nicht, ob es bereits eine Wirkung auf mich hat. Mir will es noch wie ein Film erscheinen, nicht wie ein Stück Wirklichkeit. Ich kannte ihn nicht, auch nicht sein Werk. Ich glaube, ich bin traurig; aber ich weiß nicht, warum. Er tat, was er tun mußte.«

Der Oberst sog an seiner Pfeife und bedachte, was sein Sohn soeben geäußert hatte. Was hatte er erwartet? Tränen? Einen hysterischen Ausbruch? Er fürchtete sich vor dem Heimkommen, wenn er Cheong alles erzählen mußte. Sie liebte die Gedichte des alten Mannes. Es war unfair von ihm, zu erwarten, Hanshichiros Tod müsse Nicholas genauso tief berühren wie ihn. Ihre Erfahrungen waren nicht dieselben. Nicholas' Sinn für Tradition war noch nicht so entwickelt wie sein eigener oder der Cheongs. Sekundenlang dachte er an Satsugai. Nicholas fehlte es an nichts, aber er würde von jetzt an auf der Hut sein.

»Obwohl nach amerikanischer Ansicht allein die Militärs für den Krieg verantwortlich zu machen waren«, sagte der Oberst, »wurde nach Beendigung des Krieges auch unter den *zaibatsu*-Leuten eine Säuberungsaktion vorgenommen. Es waren jedoch viel zu viele Originaldokumente verbrannt oder gefälscht worden, so daß viele der höheren Chargen durch die Maschen der Gerichtsbarkeit schlüpfen konnten. Wem dies nicht gelang, der wurde vor ein Kriegsgericht gestellt und wegen Kriegsverbrechen hingerichtet.«

Sie gingen langsam zum östlichen Tor, hinter dem ihr Wagen geparkt war.

»Die Amerikaner kamen mit den besten Absichten hierher.« Der Oberst sog an seiner Pfeife, stieß blauen Rauch aus. »Ich erinnere mich noch an den Tag, als wir den Verfassungsentwurf fertiggestellt hatten und ihn dem Premier und dem Außenminister vorlegten. Die Herren waren vollkommen durcheinander. Denn es war keine japanische Verfassung, ihr Geist war westlich geprägt, das traf sicherlich zu! Aber es war MacArthurs feste Absicht, das Land von seiner feudalistischen Vergangenheit zu befreien, die er für höchst gefährlich hielt, womit er nicht unrecht hatte. Kernstück der Verfassung war, daß dem Kaiser alle Macht genommen und diese in die Hände des japanischen Volkes gelegt werden sollte. Der Kaiser würde dabei nur noch als Repräsentant des Staates fungieren.«

»Und was geschah dann?« fragte Nicholas.

»1947 gab es in Washington einen völligen Umschwung. Rechte wurden beschnitten, bestimmte Kriegsverbrecher überstellt, und leitende Leute der *zaibatsu* wurden wieder in ihre Vorkriegsherrlichkeit eingesetzt.«

»Das klingt alles so – widersprüchlich.«

»Nur, wenn du es vom japanischen Standpunkt aus betrachtest«, erwiderte der Oberst. »Schau, Amerika fürchtet den Weltkommunismus, und es wird alles getan, um zu verhindern, daß dieser sich ausbreitet. Sieh doch nur, wie sie Franco in Spanien und Tschiangkaischek in dieser Weltregion unterstützen. Faschismus, meinen die Amerikaner, sei ihre beste Waffe gegen den Kommunismus.«

»Dann haben die Amerikaner ihre eigene Verfassung für Japan unterlaufen, die reaktionären *zaibatsu*-Gewaltigen wieder eingesetzt und uns damit wieder in die rechtsradikale Richtung gedrängt.«

Der Oberst nickte; aber er sagte nichts. Ihm war, als könne er es nicht mehr bis zum Parktor schaffen, als wäre er am Ende einer gefährlichen, trügerischen Reise angekommen.

»Laß uns hier eine Minute ausruhen«, bat er leise. Sie stiegen vorsichtig über die Brüstung und setzten sich auf ein Stück Rasen, das im Sonnenlicht lag. Trotzdem schien der Oberst zu frösteln: er zog die Schultern zusammen. Hin und wieder trieben dünne Wolkenschleier vor das Gesicht der Sonne, ließen Schatten tanzen, sie wie verlorene Seelen über das Gras flattern. Die Kirschblüten wisperten, die Zikaden klagten, ein braun-weißer Schmetterling gaukelte wie ein heiterer Solotänzer über die Gräser dahin. Dem Oberst erschien der Tag als *haiku* – vollkommen und traurig zugleich. Warum sind so viele *haiku* kummervoll? fragte er sich.

Der Oberst war in seinem Leben Zeuge vieler Tode gewesen; des Todes von Männern, die er kannte, und von solchen, die ihm fremd waren. Nach einer gewissen Zeit entwickelt man dabei eine Art Schutzpanzer, von dem das Leid abprallt. Tut man das nicht, wird man verrückt. Wenn dann der Tod erst einmal die Unwirklichkeit einer Pantomime angenommen hat, denkt man nicht mehr über ihn nach.

Der Tod im Park an einem sonnigen Frühlingstag, inmitten spielender Kinder, den Erben Japans, dieser Tod war anders. Der Oberst kam sich ausgehöhlt vor wie Cäsar, der aus den Armen Kleopatras, aus dem ewigen Sommer, nach Rom in die Kälte eines Märztages zurückkehrt. Er dachte an den Adler, der auf dem Platz die Statue Cäsars in majestätischem Flug umkreist hatte – wie ein Vorbote, ein Zeichen. Und ihm erschien dieser bedeutende Tod, dessen Zeuge er soeben geworden war, als ebensolches Zeichen. Aber er vermochte dieses Zeichen nicht zu deuten.

»Bist du – geht es dir gut?« fragte Nicholas. Er legte seine Hand auf den Arm seines Vaters.

»Wie bitte?« Für einen Augenblick war der Blick des Obersten in weite Ferne gerichtet gewesen. »O ja. Danke. Es ist alles in Ordnung, Nicholas. Ich dachte nur darüber nach, wie ich deiner Mutter von Hanshichiros Tod berichten soll. Sie wird sich sehr aufregen.«

Der Oberst verfiel wieder in Schweigen, betrachtete das weißrosa Blütenmeer um sich her. Nach einiger Zeit fühlte er sich ruhiger.

»Vater, ich möchte dich etwas fragen.« Nicholas' Stimme war so gelassen, daß sein Vater wußte, daß er lange Zeit über die Frage nachgedacht hatte.

»Um was handelt es sich?«

»Gehört Satsugai zu den *Genyōsha*?«

»Warum fragst du?«

»Die Frage scheint mir logisch zu sein. Satsugai ist der Kopf eines *zaibatsu,* seine Lebensphilosophie ist extrem reaktionär, und er wurde in der Nähe von Fukuoka geboren.« Nicholas sah seinen Vater an. »Offen gestanden, wäre ich überrascht, wenn er nicht dazu gehörte. Wurde ihm nicht auch aus diesem Grund gestattet, nach der Säuberung von 1947 wieder seine alte Stellung zu bekleiden?«

»Hm«, machte der Oberst, »eine sehr logische Schlußfolgerung, Nicholas. Du bist ein guter Beobachter.«

Der Oberst dachte eine Weile nach. Aus den Wipfeln zu ihrer Linken flatterten plötzlich graue Kiebitze auf, kreisten einmal über dem Gelände und schossen sodann gen Westen, der Sonne entgegen. Ein Stück weiter entfernt wurde der Kastendrachen von unsichtbaren Händen langsam aus dem Himmel gezogen; der Tag neigte sich seinem Ende entgegen.

»Die *Genyōsha*«, sagte der Oberst bedächtig, »wurde von Hiraoka Kotarō gegründet. Sein engster Vertrauter war Leutnant Munisai Shokan. Satsugai ist sein Sohn.«

Nicholas wartete lange, bis er fragte: »Ist damit meine Frage mit einem Ja beantwortet?«

Der Oberst nickte, aber er dachte an etwas anderes. »Weißt du, warum Satsugai seinen einzigen Sohn Saigō nannte?«

»Nein.«

»Ein Mann namens Saigō war der Führer der ultra-konservativen Samurai. 1877 führte Saigō dreißigtausend seiner Leute in die Schlacht gegen eine modern ausgerüstete Armee, die von der Meiji-Regierung aufgestellt worden war. Mit ihren Kanonen und Gewehren vernichteten sie die Samurai.«

»Aber natürlich«, rief Nicholas aus. »Die Satsuma-Rebellion!« Er brach einen Grashalm ab. »Das war der letzte Samurai-Aufstand, nicht wahr?«

»Der letzte. Ja.« Der Oberst erhob sich. Er war jetzt wieder fähig, der Welt gegenüberzutreten, auch wenn es ihm schwerfallen würde, in Cheongs trauriges Gesicht blicken zu müssen. Er konnte es nicht ertragen, wenn sie betrübt war.

Sie durchquerten das letzte Stück des Parks und verließen ihn durch das hohe Tor. Der Drachen war vom Himmel verschwunden. Die Sonne verlor sich im dichter werdenden Wolkendunst, wobei sich der Himmel rötete wie ein Löschblatt, auf das ein Blutstropfen gefallen ist.

In jener Nacht träumten sie beide von Hanshichiros Tod. Jeder auf seine Art.

Dritter Ring

Das Buch des Wassers

水

New York City/West Bay Bridge

Sommer/Gegenwart

Die grauen Zementblöcke von Manhattan schimmerten in der Sonne des Spätjulitages. Es war schwül. Nicholas spürte die Hitze durch die dünnen Sohlen seiner Leinenschuhe, das Gehen auf dem Asphalt der Straßen wurde ihm beschwerlich.

Er stand am Straßenrand der Siebenten Avenue vor der Markise des neuen Madison Square Garden, am Eingang zum Penn Station-Komplex. Gegenüber befand sich das Statler Hilton-Hotel, und einen Block weiter ragte die scheußliche Glasfront eines McDonald-Restaurants auf.

Abwesend blickte er auf den Verkehr, die vorbeiflitzenden Lichtreflexe, die Wogen aus Stahl. Er dachte an den Anruf, den er spät in der Nacht erhalten hatte. Ihm schien es unmöglich, unvorstellbar. Ein Einbrecher, auch wenn er noch so gerissen war, konnte nicht in Terrys Wohnung gelangen, ohne daß dieser es merken würde; Terry war nicht zu überraschen. Wie war es dann passiert? Vincent war noch zurückhaltender gewesen als sonst; seine Stimme hatte leblos geklungen. Als Nicholas ihn drängte, mehr zu sagen, hatte er nur seine Anweisung wiederholt: Sei heute an der Siebenten Avenue am Eingang zur Penn Station, und zwar nach dem ersten Morgenzug stadteinwärts.

Aus einem wolkenlosen Himmel brannte die Sonne auf die Straße. Sein Hemd klebte ihm am Körper. Er fuhr sich mit den Fingern durchs Haar und wünschte, er hätte es sich bei dieser irrsinnigen Hitze kürzer schneiden lassen. Die Ampeln der Avenue waren alle auf Rot. Die Luft lag schwer wie eine Brokatdecke über der Straße.

Nicht Vincent sollte er treffen, sondern, so hatte ihm der Freund gesagt, Kriminalleutnant Lew Croaker. Nicholas meinte, den Namen schon einmal gelesen zu haben. Die freie Zeit, über die er verfügte, ließ ihm jetzt die *New York Times* viel wichtiger erscheinen als früher. Richtig, Croaker war mit dem Fall Didion befaßt. Die Zeitungen, selbst die sonst so solide *Times,* hatten die Sache sensationell aufgemacht. Vielleicht, weil der Mord im Actium House geschah, dem exklusiven neuen Wohnblock an der Fünften Avenue. Croaker war dabei immer wieder erwähnt worden, er hatte eine hervorragende Presse.

Die Ampeln an der Siebenten Avenue sprangen auf Grün. Der Verkehr geriet in Bewegung, war beherrscht vom Gelb der Taxis. Aus der sich nur schleppend fortbewegenden Masse der Autos tauchte plötzlich eine schnittige schwarze Limousine auf. Infolge des getönten Fensterglases war im Innern kaum etwas zu erkennen. Der Wagen fuhr an den Bordstein, hielt vor Nicholas. Die hintere Tür ging auf. Ein Mann neigte sich von der anderen Seite herüber und sagte: »Bitte, steigen Sie ein, Mr. Linnear.«

Als er zögerte, schwang die vordere Tür lautlos auf. Ein kräftiger Mann in dunkelblauem Anzug mit kurzem Bürstenhaarschnitt trat auf ihn zu und nötigte ihn mit höflichem Nachdruck in die Limousine. Beide Türen schlossen sich mit einem behaglichen *Bong*, das Geld verriet. Der Wagen fügte sich diskret in den Verkehrsstrom ein.

Das Innere des Wagens war so geräumig, wie Nicholas das von Autos sonst nicht gewohnt war, zudem herrschte eine Stille, die ihn erstaunte. Die Straßenszenerie glitt an ihnen vorüber, als würde sie auf einem Läufer weggezogen. Im Augenblick waren nur die fast zarten Geräusche des Schaltens zu vernehmen.

Der Wagen war mit taubenblauem Samt ausgeschlagen und zweifelsohne für den Besitzer maßgeschneidert worden. So etwas gab es nicht einmal in den teuersten Autosalons. Es war kühl und dämmrig wie in einer teuren Bar. Selbst die Schwingungen des V-8-Motors waren kaum zu spüren.

Drei Männer waren im Wagen: der Fahrer, der Mann im dunkelblauen Geschäftsanzug, der vorn neben dem Chauffeur saß, und jener Unbekannte auf dem Rücksitz. Er wirkte etwas untersetzt und trug einen konservativ geschnittenen leichten Leinenanzug; an seinem Körper war nicht der leiseste Fettansatz zu erkennen, sondern er war durch und durch muskulös, mit kräftigem Knochenbau. Der Kopf dieses Unbekannten war groß, wobei ihm das vorgeschobene Kinn ein ziemlich aggressives Aussehen verlieh. Dies wurde durch die fliehende Stirn und das kurze Haar, grauschimmernd wie ein Pistolenlauf, noch unterstrichen. Seine mageren Wangen waren pockennarbig, die tiefliegenden blauen Augen wurden von schwarzen buschigen Brauen überschattet. Alles in allem, dachte Nicholas bei sich, ein Gesicht, das die Spuren harter Schlachten trug, die der Mann jedoch alle gewonnen zu haben schien.

»Haben Sie Lust auf einen Drink?« Der Mann neben ihm hatte mit einer Stimme gesprochen, die gewohnt war, Befehle zu erteilen. Aber es war der Bursche im blauen Geschäftsanzug, der sich auf dem Vordersitz halb umdrehte und seinen linken Arm auf die Rückenlehne legte – was wie eine Drohung wirkte. Nicholas fing an sich zu wundern, wo, zum Teufel, Leutnant Croaker geblieben war.

»Baccardi und Bitter Lemon, falls Sie das haben.« Augenblicklich öffnete der Blaue eine kleine Tür in der Mitte der Vordersitze. Nicholas hörte das leichte Klingeln von Eis im Glas. Er blieb ruhig, obwohl er noch immer keine Ahnung hatte, wer diese Männer waren.

»Sie sehen nicht so aus wie auf den Fotos«, sagte der Mann neben ihm fast angewidert.

Als der Blaue sich vorbeugte, um den Rum einzugießen, sah Nicholas den Bruchteil einer Sekunde lang in seiner rechten Achselhöhle den Griff des Revolvers im Lederhalfter. Nicholas wandte den Blick ab und sah auf die Stadt, die immer noch vor den Fenstern wie auf einem laufenden Band vorbeiglitt. Sie schien tausend Meilen entfernt. »Ich war noch nie sehr fotogen«, entgegnete er.

»Ihr Drink«, sagte der Mann im blauen Anzug.

Nicholas streckte die Hand aus. In diesem Augenblick wußte er, was kommen würde, und er ließ es merkwürdigerweise geschehen. Sowie er nämlich seine Hand durch die Öffnung zwischen den beiden Vordersitzen schob, zog der Blaue das Glas weg und griff mit der anderen Hand nach Nicholas' Handgelenk. Es war eine flinke, geschickte Bewegung, und doch, dachte Nicholas, irgendwie zu langsam und nicht geschickt genug für ihn. Er hätte dem auf die verschiedensten Arten begegnen können. Statt dessen verhielt er sich passiv, während der andere seine Hand zurückbog. Der Blaue starrte auf Nicholas' Handkante, die hart und schwielig war. Er hob den Blick, nickte dem neben Nicholas Sitzenden zu, und erst dann reichte er Nicholas den Drink.

Nicholas nippte daran und fragte: »Zufrieden?«

»Was Ihre Identität angeht«, sagte der Mann neben ihm, »ja.«

»Sie wissen mehr von mir, als ich von Ihnen«, stellte Nicholas gelassen fest.

Der Mann hob die Schultern. »So soll es auch sein.«

»Das meinen Sie vielleicht.« Keiner von ihnen trug eine Sonnenbrille oder überhaupt eine Brille; keiner rauchte.

»Das ist die einzige Meinung, die zählt, Mr. Linnear.«

»Macht's Ihnen was aus, wenn ich mir eine Zigarette anzünde?« Nicholas griff mit der rechten Hand in seine Hosentasche. Im gleichen Augenblick hob der Blaue den Arm.

»Aber, Mr. Linnear«, sagte der Mann neben ihm. »Sie haben doch vor sechs Monaten das Rauchen aufgegeben.«

Nicholas war beeindruckt. Wer immer dieser Mann war – ein Amateur war er auf keinen Fall.

»Wußten Sie, Mr. Linnear, daß eine hohe Dosis von Nikotin die Geschmacksnerven zerstören kann?« Er nickte, als bedürfe diese Feststellung einer physischen Bestätigung. »Es ist tatsächlich so. Eine Gruppe von Wissenschaftlern an der Universität von Nordkarolina hat eine Studie darüber ausgearbeitet.« Er lächelte. »Witzig, nicht? Der Campus ist von Tabaksfeldern umgeben.«

»Von derartigen Untersuchungen habe ich nie gehört«, entgegnete Nicholas.

»Nun, gewiß nicht. Im Augenblick sind die Ergebnisse noch geheim. Sie werden erst während des jährlich stattfindenden Tabakpflanzerkongresses im Oktober in Dallas veröffentlicht.«

»Sie scheinen eine ganze Menge darüber zu wissen.«

»Das sollte ich auch«, lachte der Mann. »Die Studie wurde mit meinem Geld finanziert.« Er wandte den Kopf, ließ Nicholas Zeit, das zu verdauen.

»Wieviel wissen Sie wirklich von mir?« fragte Nicholas. Er war sich inzwischen ziemlich sicher, daß er das Gesicht kannte. Zumindest kamen ihm einige Züge darin bekannt vor.

Der Kopf des Mannes fuhr herum, er starrte ihn aus eisigen Augen an. »Genug, um ein Gespräch von Mann zu Mann zu suchen.«

Das war die Bestätigung, die ihm noch gefehlt hatte. »Ich habe Sie zuerst nicht erkannt«, sagte Nicholas. »Ich habe Sie nie ohne Bart gesehen.«

Der Mann lächelte, rieb sich das glattrasierte Kinn. »Macht einen ganz schönen Unterschied, ich geb's zu.« Dann verließ dieses Gesicht jede Spur von Wärme, es wirkte wie aus Marmor gemeißelt. Die jähe Veränderung war erschrekkend. »Was wollen Sie von meiner Tochter, Mr. Linnear?« Die Stimme des Mannes war wie ein Peitschenknall.

Nicholas überlegte, wie es sein müsse, unter solch bösartiger Tyrannei aufzuwachsen. Er beneidete Justine nicht.

»Was will ein Mann schon von einer Frau?« sagte er. »Nur das eine, Mr. Tomkin. Nur das eine und sonst nichts!«

Aus den Augenwinkeln sah Nicholas den Blauen zur Bewegung ansetzen, ehe er ihn voll im Blickfeld hatte. Er entspannte sich. Seine Zeit war noch nicht gekommen. Die großen fleischigen Hände packten seinen Hemdenkragen. Nicholas dachte, der Blaue müsse wohl mühelos einen Konzertflügel stemmen können.

Tomkin sagte: »Das war nicht sehr klug.« Seine Stimme hatte abermals den Klang verändert, so rasch und vollkommen, wie ein Chamäleon die Farbe zu wechseln imstande ist. Jetzt glich sie einer Stahlklinge, die hauchdünn mit Samt überzogen war. »Justine ist schließlich nicht irgendwer. Sie ist meine Tochter.«

»Ist das die Art, mit der Sie in San Francisco mit Chris umgesprungen sind?« entgegnete Nicholas.

Tomkin schwieg. Nicht einmal sein Atem war zu hören. Dann, ohne den Kopf zu wenden, machte er eine knappe Handbewegung, woraufhin der Blaue Nicholas' Hemd losließ; dann zog er die Trennscheibe, die den Fond vom vorderen Teil des Wagens trennte, zu. Er drehte sich nach vorn und sah aus dem Fenster.

»So ist das also«, sagte Tomkin, als sie ungestört waren. »Interessant.« Sein Blick ruhte immer noch auf Nicholas' Gesicht. »Meine Tochter muß Sie mögen.« Sein Ton wurde eisig. »Entweder das oder Sie sind phantastisch im Bett. Seit ich sie von San Francisco zurückbrachte, war sie mit keinem Mann länger als zwei Stunden zusammen.« Dann fuhr er nach kurzem Nachdenken fort: »Sie hat Probleme.«

»Jeder hat Probleme, Mr. Tomkin«, sagte Nicholas trokken, »auch Sie.« Kaum hatte er das geäußert, bedauerte er es auch schon. Sein Zorn hatte ihn dazu getrieben – kein gutes Zeichen.

Tomkin ließ sich in die Polster sinken. Er schielte zu Nicholas hinüber. »Sie sind ein merkwürdiger Kerl. Ich mache sehr viele Geschäfte mit den Japsen, fliege drei-, viermal im Jahr rüber, hab' aber noch nie einen wie Sie getroffen.«

»Ich nehme an, das soll ein Kompliment sein.«

Tomkin hob wieder die Schultern. »Nehmen Sie es, wie Sie wollen.« Er beugte sich vor, drückte einen verborgenen Knopf, und ein kleiner Tisch drehte sich auf seiner Seite des Wagens heraus; er war sogar mit einer Lampe ausgestattet. Hinter dem Tisch befand sich eine Art Ziehharmonikaregal. Tomkin entnahm diesem ein Blatt Papier. Es war in der Mitte gefaltet. Er reichte es Nicholas. »Hier«, sagte er. »Was halten Sie davon?«

Es war ein Blatt japanischen Reispapiers von sehr feiner, edler Qualität. Nicholas entfaltete es behutsam. Mit schwarzer Tusche war in die Mitte ein Symbol gepinselt: Neun kleine Diamanten, die einen großen Kreis umgaben – wie Satelliten eine Sonne. In dem Ring war das japanische Zeichen für *komuso,* den Bettler-Asketen, angebracht.

»Nun?« fragte Tomkin herrisch. »Wissen Sie, was das ist?«

»Sagen Sie mir, wie Sie es bekommen haben.« Nicholas hob den Blick von der Zeichnung und sah, daß die kalten blauen Augen plötzlich von Angst verschleiert waren.

»Es kam mit der Tasche.« Als Tomkin sah, daß Nicholas ihn verständnislos anblickte, fügte er gereizt hinzu: »Mit der Tasche aus Japan. Jedes unserer Auslandsbüros schickt täglich – nun, eine Kurier- oder Aktentasche, wie Sie wollen, mit wichtigen Bescheiden, die man besser nicht am Telefon bespricht oder deren telefonische Übermittlung zu lange dauern würde. Was zum Beispiel bei Computerdaten der Fall wäre. Nun, jedenfalls, zuerst hielt ich es für einen Scherz, aber inzwischen ... Also, sagen Sie mir, was es ist.«

»Es ist ein – Wappen«, sagte Nicholas einfach. Er reichte das Blatt Tomkin zurück; aber dieser wollte es nicht nehmen. Nicholas legte es auf den Tisch. »Das Wappen einer Ninja *ryu* – einer Schule.« Er holte tief Atem, er überlegte seinen nächsten Satz sorgfältig. Aber ehe er noch etwas sagen konnte, klopfte Tomkin an die Trennscheibe aus Rauchglas. Der Blaue wandte den Kopf und öffnete die Scheibe einen Spalt. »Frank, ich möchte zum Bau.«

»Aber, Mr. Tomkin ...«

»Und zwar sofort, Frank.«

Frank nickte, schob die Scheibe zu. Nicholas sah, wie er mit dem Chauffeur sprach. Dieser wendete den Wagen an der nächsten Ecke; sie fuhren jetzt gen Osten. Als sie zur südlichen Park Avenue kamen, bog der Fahrer nach links in Richtung Norden ab.

Neben Nicholas betrachtete Tomkin das zusammengefaltete Reispapier, als wäre darin etwas verborgen, das eben zum Leben erwacht war.

Kriminalleutnant Croaker war alles andere als glücklich, als er am frühen Morgen Hauptmann Finnigans Büro verließ. Genauer gesagt, war er nahe daran, vor Wut zu kochen. Mit großen Schritten ging er den Korridor entlang, auf dem Beamte und Stenotypistinnen durcheinanderwieselten.

»He, Lew ...« Aber Croaker war bereits an dem Wachtmeister vorbei und hatte ihn nicht einmal bemerkt. Dieser zuckte die Schultern und wandte sich ab. Manchmal war Croaker eben nun einmal so. In solchen Fällen war es am besten, ihm nicht in die Quere zu kommen.

Croaker stürmte in sein Büro und trommelte mit den Fäusten auf die Kunstholzplatte seines Schreibtischs. Wie oft hatte er schon versucht, mit Zigaretten Löcher in das Ding zu brennen, vergebens.

Er warf sich in den dunkelgrünen Drehstuhl und starrte mit reglosem Blick auf die Glasscheibe, die sein Büro vom nächsten Raum trennte; alles, was er sah, war Finnigans fettes Mickymausgesicht, aus dem ihm sanfte, feuchtblaue Augen entgegenglotzten.

»Ich möchte das ganz klarstellen, Croaker«, hatte der Hauptmann gesagt, »der Didion-Fall ist abgeschlossen.« Dabei hatte er seine Patschhände vors Gesicht gehoben, als wolle er Croakers Widerspruch abwehren. »Ich weiß. Ich weiß. Ich selbst habe Sie darauf angesetzt. Aber ich dachte, wir würden schnelle Ergebnisse bekommen. Jeder, vom Bürgermeister an abwärts, rief nach einer schnellen Verhaftung. Dann machten sich die Medien darüber her; und Sie wissen ja, wie das ist!« Finnigans Hände senkten sich flach auf den Schreibtisch. Croaker dachte, daß sie aussähen wie angeräucherte Schinken. »Sie kennen diese Art von Leuten, die im Actiumhaus wohnen. Persönlichkeiten wie Cardin und Calvin Klein haben es nun mal nicht gern, wenn so etwas in ihrer Umgebung passiert. Das hat uns alle ganz schön unter Druck gesetzt.«

Croaker schloß die Augen und mußte langsam zählen: »Ein Schaf, zwei Schafe«, so wie als Kind vor dem Einschlafen, sonst hätte er Finnigan womöglich eins auf die fleischige rote Nase gegeben. Seine Augen öffneten sich wieder. Er sah, daß sich der Hauptmann in seinem Stuhl zurückgelehnt und die Hände über dem Bauch gefaltet hatte. Croaker fragte sich, wie viele Whiskys der Alte schon geschluckt haben mochte. Unablässig mußte er in die Richtung schauen, wo der Hauptmann in der untersten Schublade die Flasche stets griffbereit hielt. Dann sah er wieder in Finnigans rotgeädertes Gesicht. Die Augen darin wirkten in dem bleichen Morgenlicht noch verwaschener als sonst. Hinter der halb geschlossenen Jalousie erhoben sich die Wolkenkratzer von Manhattan als kantige Giganten.

»Ich kenne diesen Druck, Hauptmann.« Seine Stimme gab nichts von seinen Gefühlen preis. »Seit ich vor zehn Jahren zur Polizei kam, muß ich damit leben. Was ich nicht verstehe – warum dieser plötzliche Sinneswandel?«

»Sie sind nicht weitergekommen, überhaupt nicht«, erwiderte Finnigan gleichmütig. »Ich habe den Stecker rausgezogen, das ist alles.«

»Quatsch. Das ist doch nur . . .«

»Also fangen Sie mir nicht so an, Leutnant. Mit mir machen Sie das nicht.« Finnigans Augen funkelten plötzlich zornig, Speichel sammelte sich auf seiner vorgeschobenen Unterlippe. »Ich bin nicht in der Stimmung, Ihre Großmäuligkeit zu ertragen.« Finnigan lehnte sich vor. Jetzt waren seine kleinen Augen böse und bitter und ganz und gar gnadenlos. »Sie mögen sich bei der Presse eines guten Rufs erfreuen. Mit meinem Einverständnis. Denn die Öffentlichkeit reagiert bisweilen auf Namen und Gesichter. Aber denken Sie nur ja nicht, daß Sie deswegen besonders privilegiert wären.« Finnigans dicker Daumen deutete nach hinten auf die Stadtkarte an der Wand. »Ich kenne Ihren Lieblingszeitvertreib. Sie sind scharf darauf, auf sich aufmerksam zu machen und mit den Medien zu spielen. Sie gieren nach Publicity. Das ist alles okay; damit werde ich fertig. Aber ich toleriere es nicht, wenn Sie mich wie eine Art Idioten behandeln, wie jemanden, der moralisch nicht ganz in Ordnung ist.« Er bemerkte den Blick seines Gegenübers. »Sie sind lange genug bei der Polizei, um zu wissen, warum manche Untersuchungen sterben müssen, ehe sie zu Ende geführt wurden. Irgendeiner da oben hat es verlangt. Okay? Jetzt habe ich mich wohl klar genug ausgedrückt, so daß auch Sie kapieren dürften.«

Finnigans Gesicht war dunkelrot, seine Lippen zitterten. »Ich habe mir überlegt, wie ich Sie loswerden könnte. Das dürfen Sie mir glauben. Aber ich kann Sie nicht versetzen lassen – dazu sind Sie mir leider zu wertvoll. Ich zögere nicht, Ihnen das einzugestehen: Sie sind auch für meine Personalakte gut!«

Finnigan erhob sich, seine dicken Arme waren wie zwei Säulen, die in geballten Fäusten endeten. Er preßte diese so hart gegen die Tischplatte, daß die Fingerknöchel weiß wurden. »Aber der Teufel soll mich holen, wenn ich Sie nochmals so ein Ding abziehen lasse wie in der Lyman-Sache. Sie haben mich vor den Leuten zum Narren gemacht, und ich kann nur von Glück sagen, daß der Untersuchungsrichter nicht Wind davon bekommen hat.« Er hob einen Finger, prall wie ein Würstchen, schüttelte ihn und stach nach Croaker. »Sie werden diesen Tanaka-Okura-Doppelmord übernehmen, und ich will nie wieder hören, daß Sie den Jungens von der Polizei einen Fall in den Schoß geworfen haben – wie dies gestern nacht geschehen ist.« Er hustete rauh und wischte sich die Lippen mit einem grauen Taschentuch. »Was ist los? Haben Sie etwas gegen Hieb- und Stichwaffen? Nein. Dachte ich mir doch. Also übernehmen Sie den Fall und werden Sie glücklich damit. Seien Sie froh, daß Sie überhaupt noch einen Fall übertragen bekommen.«

Croaker wollte gehen, aber als seine Finger sich um den Türknauf legten, sagte Finnigan in seinem Rücken: »Oh, und noch eins, Leutnant, Sie wissen doch, wie die Arbeit hier vor sich geht? Oder muß ich Ihnen die Dienstvorschriften noch einmal erklären?«

Jetzt, in dieser Sekunde, beschloß Croaker, auf eigene Faust mit dem Didion-Fall weiterzumachen. Er wußte, daß er ganz auf sich gestellt sein würde. Er konnte sich keinem Kollegen anvertrauen, und wenn er deren Quellen benutzte, was sicherlich notwendig sein würde, mußte er seine Absichten tarnen. Er sah auf die Uhr, dann in den Pappbecher, in dem noch ein Rest kalten Kaffees war. Es war spät, wenn er Linnear rechtzeitig abholen wollte; aber im Augenblick war es ihm gleichgültig. Seine Gedanken waren noch bei dem Didion-Fall.

In einer Beziehung hatte Finnigan sogar recht – er hatte nichts in der Hand. Aber nur bis zu einem gewissen Punkt. Das Mädchen hatte Hintermänner gehabt; es hatte sich herausgestellt, daß die Tote sich für Geld verkauft und die Männer ausgenommen hatte, wo es nur möglich gewesen war. Jetzt war er einem von den Burschen auf der Spur. Matty, ›der Mund‹, war damit rausgerückt. Aber er brauchte Namen und Adressen, sonst nützte ihn das alles nichts. Doch es hatte keinen Sinn, das alles Finnigan zu erklären. Da konnte er genausogut gegen eine Wand reden. Das war auch der Grund, weshalb Croaker seine Fälle immer für sich behielt. Finnigan wollte Ergebnisse. Und der nennt mich publicity-geil! Croaker knurrte, als er sich in seinem Stuhl herumschwang. Jetzt würde der Hauptmann wohl erst einmal dem Whisky seine ungeteilte Aufmerksamkeit widmen ...

Croaker fluchte und erhob sich. Es war höchste Zeit, Linnear abzuholen.

Ungefähr zur selben Zeit war Vincent im Autopsiesaal bei der Arbeit. Er war nicht im Dienst gewesen, als sie gestern spät in der Nacht die Leichen von Terry und Eileen gebracht hatten; aber man hatte ihn sofort rufen lassen – Tallas hatte gemeint, er solle es sofort wissen. Sie verstand etwas von Zusammenhängen, dachte er anerkennend. Und so war er gerade rechtzeitig hier angekommen, um den Rest einer Diskussion zwischen zwei Polizisten, die Bericht erstatteten, und dem Kriminalbeamten mitzubekommen. Dieser war ein großer, kräftiger Bursche, der die Polizisten zusammenstutzte, daß sie in keinen Stiefel mehr paßten. Vincent scherte sich nicht darum. Was er wollte, war Gewißheit. Vielleicht war alles nur ein schreckliches Mißverständnis – vielleicht handelte es sich um einen der Lehrer des *dōjō* ... Aber es waren tatsächlich Terry und Eileen: *Tot.* Da fiel ihm die plötzliche Stille in der Telefonleitung ein. War es Terry gewesen, der ihn angerufen hatte? Er wandte sich traurig ab. Das spielte jetzt sowieso keine Rolle mehr.

Er brachte alles in Ordnung, damit am nächsten Morgen die Kriminalpolizisten den Fall übernehmen konnten. Er versicherte sich, daß ihre Kleidungsstücke, ihre persönliche Habe ordentlich zusammengepackt wurden. Danach war er nach Hause gefahren und hatte eine unruhige Nacht verbracht.

Er war schon so weit, daß er sich nur im Leichenschauhaus zufrieden fühlte. Dort konnte er logisch arbeiten, Probleme lösen und versuchen, dem stummen Opfer sein Geheimnis zu entreißen. Manchmal funktionierte es, und sein Bericht führte zur Verhaftung des Mörders; manchmal war er der einzige, der den Angehörigen der Toten Trost spenden konnte, jener Toten, die täglich an ihm vorbeigeschoben wurden.

Sie waren wie riesige Hieroglyphen, wie starre Monolite, die darauf warteten, daß ihre geheime Botschaft entziffert wurde. Und er war der Archäologe ihres abgeschlossenen Erdendaseins.

Es war ungeheuer befriedigend für ihn, hier im ›Totenhaus‹ – wie viele Ärzte es nannten – zu arbeiten. Diese Bezeichnung war im übrigen falsch, denn hier waren er und seine Kollegen jeden Tag an der Arbeit, um dem kalten Griff des Todes die Geheimnisse des Lebens abzuringen. Sie entmystifizierten diese Geheimnisse Stück für Stück, während ihre Skalpelle in die erkalteten Körper eindrangen, bis die Furcht vor dem Tode schwand.

An diesem Morgen stand Vincent im Hauptraum, mit dem Rücken zu den Reihen der fleckenlosen Stahltüren. Ein schwarzer Mann, nackt und kalt, den Kopf im rechten Winkel zum Körper, lag auf einer der Bahren. Vincent stand da und sah auf die Schwingtüren, die in die Autopsie führten. Dahinter, das wußte er, lag sein Freund, Terry Tanaka; daneben Eileen. Zum erstenmal, seit er hier arbeitete, fragte er sich, ob er die Türen wirklich aufstoßen sollte. Ihm graute plötzlich, seine sonstige Sicherheit war verschwunden. Er wünschte sich nach Japan zurück. Aber er wußte, daß das jetzt unmöglich war.

Er wußte, daß der einzige Weg dort in diesen hellen, sauberen Raum führte. Dort mußte der Tod zergliedert werden, Teilchen um Teilchen, bis er begreifen würde, wer das seinen Freunden angetan hatte und warum. Das, darüber gab es keinen Zweifel, wollte er mit aller Deutlichkeit wissen.

Vincent schüttelte sich, schob die Türen auf und ging hinein, um an den Leichen zu arbeiten. Die Vision von Japan war seinem Gedächtnis entschwunden.

Die Limousine glitt in den Unteren Fiftys aus dem endlos dahinrollenden Verkehr und kam zum Stehen. Frank stieg als erster aus und öffnete die hinteren Türen.

Sie standen vor einem Häuserblock, der von dem Stahlskelett eines dreiviertel fertiggestellten Gebäudes beherrscht wurde. Das Trottoir war aufgerissen, darüber waren Holzplanken gelegt, damit die Fußgänger passieren konnten. Am anderen Ende des Rohbaus stand eine riesige Zementmischmaschine. Daneben arbeitete ein Kran und beförderte unermüdlich Balken und Träger.

Sie gingen über die Holzplanken und traten in den Schatten eines überdachten Eingangs. Die Luft war erfüllt von Staub, der sich ihnen wie Schuppen auf Haar und Schultern legte.

Ein Mann mit schmalem, eingefallenem Gesicht kam ihnen entgegen. Er trug einen hellgelben Schutzhelm. ›Lubin Bros.‹ stand in Blau darauf zu lesen. Er grinste breit, als er Tomkin bemerkte, und schüttelte ihm die Hand. Dann führte er sie nach rechts zu einem Wohnwagen, der als Konstruktionsbüro diente. Tomkin stellte ihn kurz als Abe Russo, den Bauführer, vor. Russo schüttelte Nicholas' Hand. Sein Griff war kühl und fest. Er verteilte Schutzhelme, dann verließen sie den Wagen wieder.

Frank führte sie in das Innere des Rohbaus, durch eine riesige Atriumhalle, dann einen Korridor entlang, in dem nackte Glühbirnen an langen Drähten baumelten und wo ihnen der feuchte Geruch von Zement in die Nase stieg.

An den Innenwänden des Lifts, der sie nach oben brachte, hingen noch olivgrüne Matten. Ein Mann wartete auf sie. Er war so breitschultrig wie Frank, nur etwas kleiner. Stumm gingen sie den Flur entlang.

Decken und Innenwände waren fertig, bespannt mit einem tiefblauen Material, das wie Rohseide wirkte. Die Außenwand zu ihrer Rechten war ganz aus Glas – vielmehr würde sie das sein, wenn alle Scheiben eingesetzt waren. Noch war das schmale Gitterwerk aus Metall mit orangefarbenen Rostschutzflecken übersät. Dahinter dehnte sich das atemberaubende Panorama von Manhattan bis zum Hudson. Im Norden war der Südzipfel des Central Park zu erkennen.

Auf der rechten Seite des Flurs waren die Türen kupferbeschlagen und hatten auffallende Knäufe. Auf der linken Seite führten einfache Holztüren in kleine Büros, deren Fußböden noch aus rohem Beton bestanden. In einigen Räumen sah Nicholas große Teppichrollen stehen.

Ein warmer Wind schlug ihnen entgegen. Selbst hier oben war es heiß. In Manhattan konnte man der Hitze schwerlich entkommen. Ruß und Schmutz wirbelten über den kahlen Boden wie Gischt, die der Wind vor sich hertrieb.

Tomkin blieb vor einer der kupferbeschlagenen Türen stehen und sah hinaus. Er hob den Arm. »Sehen Sie, was ich sehe, Nicholas?« Er drehte sich kurz um. »Ich darf Sie doch Nicholas nennen?« Es war eine rhetorische Frage, und er fuhr fort: »Das da draußen war einmal die große, weite Welt. Jeder konnte sich etwas davon nehmen. Jedenfalls jeder, der den Mumm dazu hatte.« Tomkins Arm fiel herunter, seine Finger krümmten sich. »Jetzt ist es nichts weiter als ein gottverdammter industrialisierter Bauernhof. Es gibt keinen Raum mehr, es gibt keine Muße mehr. Wissen Sie, was das heißt, hm? Nun, ich werde es Ihnen sagen. Wir ersticken uns gegenseitig in dem Bemühen, zu überleben. O ja, Sie haben richtig gehört. Es geht nur noch ums Überleben, es geht nicht mehr darum, Profite zu machen. Die Welt hat sich vereinheitlicht.« Er blinzelte. »Sie wissen, was ich meine, Nicholas? Nein? Wie würde es Ihnen gefallen, Marco Polo zu sein? Zweieinhalb Jahre über die endlosen Weiten Asiens zu ziehen? Endlich nach Cathay – das antike Wort für China – zu kommen, ein Land, in das noch nie ein Mensch aus dem Westen seinen Fuß gesetzt hat? Kann es irgend etwas in der Welt geben, das einem solchen Erlebnis gleichzusetzen wäre? Nein. Ich sage es Ihnen: Tausendmal nein!«

Er bewegte sich vorwärts wie in Trance und legte seine Hände auf die Träger der Stahlkonstruktion. »Wissen Sie«, flüsterte er, »daß ich nicht weiß, wieviel Geld ich besitze? Oh, ich könnte eine Menge Leute beschäftigen, die das herausfinden – aber bis sie die Summe festgestellt haben, stimmt sie schon längst nicht mehr. Die Summe ist ohnehin zu hoch, als daß jemand mit Vergnügen über sie nachdenkt.« Auf seinem Gesicht glänzten kleine Schweißperlen. »Es gibt tatsächlich nichts auf der Welt, das ich nicht bekommen könnte, wenn ich es haben wollte. Glauben Sie mir das?«

Jetzt drehte er sich zu Nicholas um. Seine Stimme war heftig geworden, die Adern an seinen Schläfen pulsten. »Ich könnte Sie hier über die Brüstung werfen lassen. Jetzt, in diesem Moment, einfach so. Ich könnte es veranlassen und würde dafür nicht belangt werden. Nun ja, vielleicht müßte ich ein kurzes Verhör über mich ergehen lassen.« Er wedelte mit der Hand. »Aber ich habe nicht die Absicht.«

»Das beruhigt mich«, sagte Nicholas, aber Tomkin sprach weiter, als hätte er ihn nicht gehört.

»Das wäre eine ausgesprochen despotische Tat. Ein Zurschaustellen meiner Macht. Und das interessiert mich nicht.«

»Sie scheinen ziemlich fatalistisch zu sein.«

»Wie?« kehrte Tomkin langsam aus seinen Träumen zurück. »O nein, natürlich bin ich das nicht. Aber eines möchte ich Ihnen noch sagen. Wie alle großen Männer vor mir beschäftige ich mich mit der Sterblichkeit – mit meiner Sterblichkeit.« Er zögerte, ehe er weitersprach: »Ich möchte für Justine nur das Beste – für meine beiden Töchter möchte ich das.«

Aus irgendeinem Grund hatte Nicholas die feste Vorstellung, daß Tomkin eigentlich etwas ganz anderes sagen wollte. »Dann bin ich überzeugt, daß sie es bekommen werden«, sagte er.

»Behandeln Sie mich gefälligst nicht so gönnerhaft«, entgegnete Tomkin streng. »Ich bin mir absolut klar darüber, daß ich als Vater ein Versager bin. Justine hat Probleme in ihrer Beziehung zu Männern, Gelda hat sich soeben von ihrem vierten Mann scheiden lassen. Ich kann gar nicht genug Leute einstellen, die sie vom Trinken zurückhalten. Ich mische mich immer wieder in ihr Leben ein. Ich platze hinein und ziehe mich dann ebenso schnell wieder zurück. So ist es, ja. Für beide ist das schwer zu ertragen.«

»Justine zumindest schätzte Ihre Einmischung durchaus nicht«, stellte Nicholas fest.

»Sie hat aber keine andere Wahl«, knurrte Tomkin. »Schließlich bin ich immer noch ihr Vater. Was immer sie über mich erzählen mag, ich liebe sie. Ich liebe sie alle beide.«

»Hören Sie, Mr. Tomkin . . .«

»Gewiß haßte sie es, als ich mich vor zwei Jahren noch einmischte. Aber was wußte sie damals schon? Sie saß bis über beide Ohren im Dreck.« Er machte eine schnelle, heftige Bewegung mit der Hand. »Sie folgte diesem Hurensohn wer weiß, wohin.«

»Mir hat sie erzählt . . .«

»Ach? Hat Sie Ihnen auch erzählt, daß er ein Zuhälter für Männer war? Daß er Männer mehr liebte als Frauen? Hat sie Ihnen auch erzählt, daß er sie gefesselt und geschlagen hat, bevor er es mit ihr trieb? Hat sie davon irgend etwas erzählt, hm?« Sein Gesicht war fleckig geworden vor Zorn und Scham, Speichel rann von seinen Lippen.

»Nein«, sagte Nicholas ruhig. »Das hat sie nicht getan.«

Tomkins Lachen klang wie das feindselige Knurren eines Tieres. »Ich hätte gewettet, daß sie das nicht tun würde.« Er schob seinen Kopf vor; er sah jetzt aus wie ein Jagdhund, der eine Fährte aufnimmt. Nicholas fragte sich, ob er das Jagdwild sei. Wenn ja, dann wird sich Tomkin daran verschlucken.

»Sie hatten kein Recht, mir das alles zu erzählen«, sagte er. Seine Stimme klang gefährlich.

»Was ist los? Dreht sich Ihnen der Magen um?« Tomkin grinste böse. »Widert sie Sie jetzt an, nachdem Sie wissen, was sie für eine Frau ist? Hassen Sie sich jetzt womöglich selbst dafür, daß Sie sich mit ihr eingelassen haben?«

»Es ist unwichtig, was sie in ihrer Vergangenheit getan hat«, sagte Nicholas langsam. »Sofern sie noch in dieser Vergangenheit lebt, hat das mit ihr und mir nichts zu tun.« Er sah Tomkin ins Gesicht, das vor Schweiß glänzte. »Ich weiß, was für ein Mensch Justine ist, Tomkin. Ich frage mich nur, ob *Sie* es wissen.«

Einen Augenblick lang schien es, als würde Tomkin einen Wutanfall bekommen. Seine Augen quollen hervor. Aber plötzlich hatte er sich wieder unter Kontrolle, jedes Anzeichen von Zorn war verschwunden. Er lächelte und schlug Nicholas auf den Rücken. »Ich glaube, man kann mir keinen Vorwurf daraus machen, wenn ich mich absichere, oder?«

Nicholas erkannte, wie schwach Tomkin war. Darum vollführte er das Theater um seine Töchter, darum machte er sie schlecht – weil sie das Wichtigste in seinem Leben waren. Sie bedeuteten für ihn – Unsterblichkeit. Ob er vielleicht glücklicher wäre, wenn er einen Sohn hätte, dem er seinen Namen, seine Macht vererben könnte, dachte Nicholas.

Merkwürdig, gerade diese Schwäche hinderte Nicholas daran, diesen Mann zu verachten. Im Itto *ryu* hatte man ihn gelehrt, die Schwäche des Gegners auszunutzen, sich ihrer zu bedienen, um ihn niederzuzwingen. Aber außerhalb des *dōjō* mußte Nicholas oftmals erfahren, daß Menschen ihr Leben, zumindest ein gut Teil davon, aus einer Schwäche heraus lebten. Das war es, was sie menschlich, was sie verletzlich machte, was sie interessant werden ließ, wie Musashi zum Beispiel.

Glaubte man dem *Go Rin No Sho,* dann war er eine Feder aus Stahl, unbesiegbar, ohne Gefühle. Und doch erzählt man sich, Musashi sei von einem Ninja mit einen papiernen Fächer bezwungen worden. Die Ninja waren dafür bekannt und berüchtigt, daß sie sich Ausstrahlungen ihres Körpers zunutze machten. Diese, so glaubte man allenthalben, hatten Musashis geheimnisvolle Niederlage bewirkt. Aber Nicholas wußte, daß mehr dahintersteckte. Er erwärmte sich für den großen Musashi, den ›Schwert-Heiligen‹, der letztlich doch besiegt wurde.

Es wäre zu einfach gewesen, Tomkin als einen bösen Menschen abzutun und nichts mehr mit ihm zu tun haben zu wollen. Wie doch die Fassaden der Menschen täuschen! Für einen Augenblick hatte er einen Nerv berührt, etwas in diesem Mann entdeckt, von dem niemand sonst wußte. Oder war Tomkin nur schlau genug, ihn auf seine Seite zu ziehen?

»Ich möchte, daß Sie für mich arbeiten«, sagte Tomkin leichthin. »Ich möchte, daß Sie herausfinden, was da vor sich geht. Ich weiß alles von *Yakuza!* Auch einiges von *Shōtō.* Sie haben doch sicherlich von ihm gehört?«

Nicholas nickte und schwieg.

»Scharfer Bursche, dieser Kerl. Aber ich habe es geschafft.« Er hob Daumen und Zeigefinger in der Geste des Siegers und schob dabei die Unterlippe nachdenklich vor. »Von den Ninja allerdings – von denen weiß ich nichts. Und was ich nicht selbst weiß, das übergebe ich Experten, damit sie es für mich herausfinden.« Er stieß mit dem Zeigefinger nach Nicholas' Herz. »Sie sind ein Experte – was diese Burschen angeht, stimmt's?«

»So könnte man es nennen.«

»Ich möchte Sie anheuern. Finden Sie heraus, was das hier soll.« Er holte das gefaltete Blatt Reispapier hervor, welches das Wappen der Ninja trug, und winkte damit Nicholas näherzukommen. »Nehmen Sie dieses gottverdammte Ding. Ich will es nicht haben.«

Nicholas rührte sich nicht von der Stelle. »Wann haben Sie es bekommen?« fragte er.

»Wie ich schon sagte, es kam in der japanischen Tasche. Moment mal, lassen Sie mich nachdenken, ja, vor ungefähr einer Woche.«

Vor einer Woche, dachte Nicholas. Es konnte kein Zufall sein. Vor einer Woche hatte man Barrys Leiche gefunden. Das bestätigte ihm seine Vermutung: Man hatte es auf Tomkin abgesehen. »Ich meine, Sie sind als Opfer gekennzeichnet. Sie werden getötet werden.«

Tomkin verzog keine Miene. »So, so. Nun, solche Drohungen gibt es alle Tage.«

»Nicht von einem Ninja.«

»Nein«, gab Tomkin zu. »Aber ich sagte Ihnen ja, ich habe ein bißchen Ärger mit *Yakuza* gehabt. Nichts von Bedeutung.«

»Das ist etwas anderes.«

»Er wird mich nie kriegen.«

»Es gibt Tausende von Wegen, Sie zu finden. Aber Sie verschwenden nur Ihre Zeit. Sie werden es nie schaffen!«

»Ist das ein Verkaufstrick?« Tomkins Augen wurden hart. »Eine kleine Geschichte, die Sie sich ausgedacht haben, um den Preis höher zu treiben?«

»Ich habe nicht gesagt, daß ich den Job übernehmen werde.«

Tomkin zuckte mit den Schultern. »Wie Sie wollen. Ich habe schließlich noch Frank und Whistle. Mich kann das alles nicht aufregen.«

Nicholas sah ihn nicht einmal an. »Tomkin, wenn ein Ninja angeheuert wurde, um Sie zu töten, dann passiert er die beiden, als ginge er durch ein Weizenfeld.«

»Wie ich schon sagte, Sie haben einen reizenden Verkaufstrick drauf.«

»Das ist kein Trick. Sie haben mich sowieso schon zu lange aufgehalten. Ich habe eine wichtige Verabredung. Ich bin an der Sache nicht . . .«

Er hatte die Handbewegung übersehen; im Nu waren sie neben ihm. Einer auf jeder Seite. Franks Hände hingen lokker herunter, die Finger hatte er etwas angezogen. Whistle hatte seine Pistole bereits gezogen. Es war eine 38er mit kurzem Lauf, auf lange Reichweiten nicht so effektiv, aber innerhalb von zehn Metern brutal in der Wirkung. Und er stand nahe genug.

Nicholas befand sich in der klassischen ersten Position von *yoroi kumi-uchi.* In einem westlichen Anzug war diese Stellung weitaus effektvoller als im klassischen Gewand früherer Zeiten.

Whistle richtete seinen Revolver auf ihn, sein Finger lag am Abzug. Nicholas trat vor und stieß seinen rechten Fuß auf den Rist des Mannes, während er zur gleichen Zeit den Revolverlauf mit der linken Handkante wegschlug. Es gab eine Explosion, die Kugel schlug in die Wand und hinterließ eine graue Narbe im Blau.

Whistle ließ den Revolver sinken, schoß seine Rechte aufwärts in Nicholas' Unterleib. Mit aufgerissenen Augen sah er zu, wie sie mitten im Schwung aufgehalten wurde, so fest, als wäre sie gegen eine Zementmauer geprallt. Er zuckte zusammen; der Schmerz, als ihm die Hand umgedreht wurde, war groß. Im gleichen Moment traf Nicholas' Linke sein Schlüsselbein. Er sank bewußtlos zusammen.

Jetzt trat Frank in Aktion. Er machte keine Bewegung, um seinen Revolver in der Achselhöhle zu erreichen. Seine Finger waren gerade ausgestreckt, als er beide Hände nach vorne stieß.

Nicholas stand bewegungslos, beobachtete den Ausfall. Er hatte genügend Zeit. Er ist Linkshänder, ermahnte sich Nicholas, und Karateexperte.

Als Frank angriff, bewegte sich Nicholas beinahe lässig zwischen den tödlichen Händen. Tomkin kam es vor, als bewege er sich überhaupt nicht, als schiebe er geradezu sanft seine Ellbogen zwischen Franks Rippen. Frank brach zusammen und fiel auf den Zementfußboden.

»Ich wußte, daß Sie gut sind«, sagte Tomkin erregt. »Ich wußte es! In den Berichten stand es; aber man kann ihnen nicht immer trauen. Wenn man die Qualität der anderen für selbstverständlich hält, ist man zumeist verloren. Das passiert leider immer wieder.« Er sah auf seine bewegungslosen Leibwächter hinab. »Scheißkerle.« Er hob den Blick und streckte die Hand aus. »Freue mich, Sie an Bord zu haben, Nick.«

Als er auf den Korridor trat, um zum Fahrstuhl zu gehen, sagte Nicholas über die Schulter hinweg: »Ich sagte es schon. Ich bin nicht daran interessiert, für Sie zu arbeiten.« Tomkin stieg über die beiden Körper hinweg und folgte ihm. Nicholas drückte auf den Knopf, der rot aufleuchtete. Der Lift fing an zu steigen. »Sie empfinden keine Achtung für Menschen«, sagte Nicholas, als Tomkin ihn erreicht hatte.

»Nein, nein, das stimmt nicht.«

»Aber gewiß stimmt es. Ich kann es nicht ausstehen, vereinnahmt zu werden. Und genauso ergeht es Justine. Ich schulde Ihnen nichts, rein gar nichts, Tomkin. Sie haben keine Forderungen an mich.«

Der Lift hielt, die Tür öffnete sich. Er stieg ein.

»Warten Sie eine Minute, Nick.« Tomkin streckte wieder die Hand aus.

»Rufen Sie mich bitte nicht an. Ich werde mich melden.«

Die Tür schloß sich, als Nicholas auf den Erdgeschoßknopf drückte, aber Tomkin sprang vor und hielt die Türen mit seinen Händen auf. Sein Gesicht war hart wie Granit, seine Augen glühten. »Haben Sie nicht etwas übersehen?« spie er geradezu heraus. »Nicht nur mein Leben ist in Gefahr, auch das meiner Tochter. Denken Sie mal darüber nach«, fügte er hinzu und ließ die Tür los.

Während er hinunterfuhr, dachte Nicholas an die Nacht, die er mit Justine verbracht hatte, als das schwarze Ding durchs Küchenfenster geflogen war. Rotes Blut und schwarzes Fell. Die Visitenkarte der *kuji-kiri* Ninja. Sie bedeutete Terror, eine der bewährten Waffen der Ninja. Die *kuji-kiri* waren die gefürchtetsten aller Ninja *ryus.* Und deren Wappen war das *komuso*-Ideogramm, ein Kreis, umgeben von neun Diamanten.

In ihm schrie alles nach Justine. Er sah ungeduldig auf die blinkenden Zahlen, während der Lift hinunterfuhr. Er mußte sofort zu einem Telefon.

Auf der Straße sah er einen dunkelhaarigen Mann mit breiten Schultern und dem Gesicht eines Cowboys neben einem einfachen weißen Ford Sedan stehen. Auch ohne das rote Licht auf dem Wagendach hätte er gewußt, daß das ein Polizeiwagen war. Er erkannte in dem Wartenden Kriminalleutnant Lew Croaker. Nicholas ging über die Holzplanken zum Bordstein.

In Abe Russos fahrbarem Hauptquartier hatte er den Schutzhelm abgegeben und telefoniert. Eigentlich wollte er Ray Florum anrufen, den Polizeileutnant von West Bay Bridge, aber er wußte, Justine würde ihm deswegen sehr böse sein. Also ließ er sich von der Auskunft Doc Deerforths Nummer geben und sprach mit ihm. Dieser hatte ihm versprochen, nach Justine zu sehen.

»Linnear«, empfing ihn Croaker, als er in das gleißende Sonnenlicht trat. »Was, zum Teufel haben Sie mit Raphael Tomkin zu tun?“ Er spielte mit einem Zahnstocher. Seine Finger waren lang und schmal.

»Hallo, Leutnant«, sagte Nicholas.

»Lassen wir die gescheiten Dialoge. Steigen Sie ein«, entgegnete Croaker und zog den Kopf ein, als er sich hinters Steuerrad klemmte. »Wir haben etliches zu erledigen.«

Nicholas öffnete die andere Tür und stieg ein. Kaum hatte er den Fuß vom Asphalt, als der Wagen schon anfuhr. Er zog die Tür zu.

»Hatte Ihr Freund Ito Ihnen nicht besondere Anweisungen gegeben?« fragte Croaker. Er fädelte den Wagen durch den Verkehr in Richtung Park Avenue.

»Tomkin hat mich gekidnappt, als ich auf Sie wartete.«

Croaker schnaufte. »Hat Mami Ihnen denn nicht gesagt,

daß ein braves Kind nicht in ein Auto mit lauter fremden Männern steigt? Himmel! Was wollte denn das Ekel von Ihnen?«

»Darauf muß ich wohl nicht antworten.«

Croakers Kopf fuhr herum, er schien den dichten Verkehr zu vergessen, während er Nicholas anstarrte. »Hören Sie, Junge, machen Sie bloß keinen Ärger! Ich sage es hiermit klar und deutlich: Was mit Raphael Tomkin zu tun hat, das muß ich wissen, verstanden?« Er bremste hart, gerade rechtzeitig, um nach links einzubiegen.

»Was interessiert Sie so sehr an Tomkin?« Nicholas wurde es allmählich leid, gefragt zu werden, aber keine Antworten zu erhalten.

»Also, hören Sie, Linnear«, sagte Croaker und betonte jede Silbe so überdeutlich, daß offenkundig wurde, wie sehr er sich zusammenriß, »ich tue mein möglichstes, mich menschlich zu verhalten, ich bitte mir deshalb von Ihnen mehr Respekt aus. Noch habe ich nichts gegen Sie, noch nicht. Aber heute ist nicht gerade mein bester Tag, ich neige zu Kurzschlüssen. Also, seien Sie so nett und sagen Sie mir, was ich wissen muß.« Er legte den Unterarm auf die Hupe und raste die Park Avenue entlang.

»Ich kenne seine Tochter«, sagte Nicholas. »Er wollte einiges über diese Bekanntschaft wissen.«

Croaker schlug wiederholt mit dem Handgelenk auf das Steuerrad. »Gottverdammich!« schrie er. »Gottverdammich!« Er schüttelte den Kopf. »Ich dachte, ich umgehe den Verkehr auf der Zweiten, indem ich die Park nehme, aber nun sehen Sie sich das bloß an!« Er deutete auf das Meer von Wagen, die vor ihnen in der Sonne blinkten. Die Luft stank nach Auspuffgasen und überhitztem Öl. »Zum Teufel mit allen!« Croaker griff mit der linken Hand aus dem Fenster und schaltete die Sirene an, wobei auf dem Dach automatisch das rote Licht zu kreiseln anfing. »Jesus!« schnaubte der Leutnant, als die Fahrer nur widerwillig Platz machten. »Sommer in New York!«

Als sie in der Dreißigsten Straße angelangt waren, stellte Croaker die Sirene wieder ab. »Welche?« fragte er.

»Was welche?«

»Welche Tochter kennen Sie, Linnear? Gelda, die auf Chivas wild ist, oder die verrückte Jüngere – wie heißt sie doch noch?«

»Justine.«

»Ach ja, richtig. Vergeß ich immer wieder.« Er drehte den Kopf zur Seite und spuckte den Zahnstocher aus dem offenen Fenster. »Hab' mal mit ihr gesprochen. Vor ein paar Monaten. Die sollte man eigentlich nicht vergessen!«

»Ja«, sagte Nicholas. »Sie ist sehr schön.« Er sehnte sich danach, bei ihr zu sein, anstatt hier in der Gluthitze zum Leichenschauhaus zu fahren. Verdammter Tomkin, dachte er wütend, mußte aber zugleich lächeln. Das mußte man dem Kerl zugute halten: der kannte sich aus! Womit er wieder beim Thema war. »Sie kennen die Familie doch bestimmt gut.«

Sie mußten halten, da die Ampel zwischen der Zweiten und Dritten Avenue auf Rot stand. Croaker hatte den Ellbogen auf die Fensterkante gelegt. Er hatte graue Augen und dickes Haar, das er ziemlich lang und glatt zurückgekämmt trug.

»Für einen Zivilisten sind Sie ganz schön neugierig«, sagte er.

Langsam setzte sich die Wagenschlange in Bewegung, die Ampel war jetzt grün. Croakers Stimme veränderte sich, wurde auffallend freundlich. »Nehme an, der alte Hurenbock hat es nicht gut aufgenommen, daß Sie mit seinem Baby spielen, was?«

»So kann man es auch ausdrücken.« Sie mußten wieder halten. Die Hitze war erdrückend. »Wie haben Sie mich überhaupt gefunden?«

Croaker hob die Schultern. »Ich kam zur Penn Station, gerade rechtzeitig, um Sie in die Limousine steigen zu sehen. Frank ist gar nicht so dumm, wie er aussieht.«

»Ja, das ist mir auch aufgefallen.« Nicholas griente. »Er und Whistle taten ihr Bestes, um mich einzuschüchtern.«

»Sie sehen nicht so aus, als sei ihnen das gelungen.«

»Ich wollte mich sowieso verabschieden.«

Croaker warf den Kopf zurück und lachte. »Linnear«, sagte er, »Sie haben mir soeben den Tag gerettet.«

Jetzt waren sie da angekommen, wo die Ursache des Staus lag. Die Straße war von Wasser überflutet, das sich blubbernd vor den Gullys staute. Etliche Meter weiter tanzte ein halbes Dutzend Kinder mit nacktem Oberkörper, die Hosen hochgekrempelt, um einen offenen Hydranten. Croaker kurbelte das Fenster hoch, und die Weiterfahrt mutete an wie die Passage durch eine Waschanlage.

»Fehlt es Ihnen?« fragte Nicholas.

»Was? Was soll mir fehlen?« Croaker fuhr bei Gelb über eine Kreuzung.

»Das Rauchen.« Nicholas hatte bemerkt, daß die Finger von Croakers rechter Hand gelblich verfärbt waren.

»Na, weiß Gott, und wie es mir fehlt«, knurrte Croaker. »Warum, meinen Sie wohl, lutsche ich diese albernen Pfefferminzstäbchen, hm? Glauben Sie bloß nicht, daß ich Zeit zum Essen finde bei dem ganzen Dreckskram, der in dieser verdammten Stadt anfällt. Seit drei Tagen und Nächten habe ich kein Bett mehr gesehen.« Mit kreischenden Rädern, die eine Radierspur von mehreren Metern hinterlassen haben mußten, bog er nach links in die Erste Avenue ein. Vor der türkisfarbenen Fassade des Gerichtsmedizinischen Instituts parkte er den Wagen ein, dann stiegen sie die Stufen zu dem Gebäude empor.

Croaker, der voranging, schnippte seine braune Kunststoffbrieftasche auf, um seine Marke vorzuweisen. Der Mann am Empfang nickte, als Croaker sagte: »Wir sind zu Doktor Ito bestellt«, und wählte auf der Nummernscheibe des Telefons drei Zahlen.

Er blickte auf, als er den Hörer auf die Gabel legte. »Doktor Ito kommt sofort herauf. Er ist in der Autopsie.«

Croaker sah sich um und betrachtete den diensthabenden Polizisten. Er kannte den Mann nicht.

Vincent kam in die Halle. Er trug seinen grünen Arbeitskittel, der hinten geknöpft war. »Hallo, Nick«, sagte er ernst und schüttete diesem und Croaker die Hand. Er führte sie am Büro des Erkennungsdienstes vorbei und fuhr mit ihnen in dem hydraulischen Lift hinunter in die Leichenkammer.

Nicholas hatte sich immer vorgestellt, es müsse an einem solchen Ort nach Formalin und Desinfektionsmitteln riechen; aber es roch überhaupt nicht. Alles war still, nur das leise, monotone Summen hinter den Schwingtüren war zu vernehmen, wo eine Autopsie vorgenommen wurde. Vincent ging zur Wand mit den fleckenlosen Stahltüren und zog zwei Bahren heraus. Dann beschrieb er ihnen in allen Einzelheiten, was er herausgefunden hatte.

»Es war kein normaler Einbrecher«, schloß er. »Sehen Sie, auf welche Art und Weise Brustbein und Brustkorb zertrümmert sind?«

»Gott im Himmel, ich habe so etwas noch nie gesehen«, sagte Croaker. »Sieht aus, als hätte der Betreffende mit einem Baseballschläger zugeschlagen.«

Vincent schüttelte den Kopf. »Nicht mit so etwas Grobem, Leutnant. Der Schlag wurde rein mit Körperkraft ausgeführt.«

Croaker schnob verächtlich. »Das glaube ich nicht! Der Bursche müßte ja Fäuste haben wie Hämmer.«

»Von Fäusten ist nicht die Rede«, sagte Vincent.

Croaker sah ihn verblüfft an. »Dann wissen Sie mehr als ich, Doc.«

»Leutnant«, mischte sich Nicholas ein. »Terry war ein *sensei,* ein Meister des Kenjutsu, Karate, Aikido. Kein Mensch hätte sich ihm so weit nähern können, es sei denn . . .«

»Es sei denn . . . was? Ich möchte es hören.« Croaker kreuzte die Beine und lehnte sich lässig an die Stahltüren.

»Es gibt eine Kenjutsu-Technik, erarbeitet und niedergeschrieben von Miyamoto Musashi, Japans größtem Schwertkämpfer. Sie heißt der ›Körperschwung‹, und zwar aus ganz einsichtigem Grund. Man benutzt dazu eine Schulter . . .«

»Da muß man ja wie ein Panzer gebaut sein«, fiel Croaker ein.

»Im Gegenteil«, sagte Nicholas. »Der Ausführende könnte sogar kleiner sein als Vincent. Wir sprechen nicht von rein physischer Kraft, Leutnant, wir denken auch an eine gewisse innere Kraft.«

»Hören Sie, Linnear, von so was wie ›innerer Kraft‹ habe ich nur einmal gehört, und zwar in dem Film ›Kung Fu‹ mit David Carradine, und davon habe ich nichts geglaubt.«

Nicholas lächte gequält. »Dann müssen wir erst einmal anfangen, Sie einzuweihen, Leutnant.«

»Dann sind Sie also derselben Meinung wie Ito? Sie glauben, daß diese beiden hier von einem Japaner umgebracht wurden?«

»Nun ja, ich weiß, daß einige wenige Europäer Kenjutsu-*sensei* sind. Aber keiner von ihnen könnte auf diese Art töten. Das war ein Spiritualmord, und der Mörder ist allen anderen weit überlegen.«

Croaker starrte auf Terrys zertrümmerte Brust. »Daran ist doch nichts Spirituelles, Mann. Das ist die Arbeit eines Müllabfuhrwagens von mehreren Tonnen.«

»Wurde irgendeine Mordwaffe in Terrys Wohnung gefunden?«

»Nur ein Schwert . . .«

»Terrys *katana«,* Vincents Blick verhakte sich in den von Nicholas, »es lag neben ihm.«

»Ja«, sagte Croaker. »Aber kein Tropfen Blut war an der Klinge, nichts, nicht die Spur davon. Nur bedeutet das gar nichts. Der Kerl kann die Mordwaffe mitgenommen haben.«

»Das hat er nicht getan!« sagte Nicholas. »Leutnant, fast zwei Jahrhunderte lang war das Töten in Japan eine hohe Kunst. Es gehörte zum Leben der Japaner. Im heutigen modernen Japan lebt die alte Kultur trotz allem fort. Immer noch gibt es *bushido,* den ›Weg des Kriegers‹.«

»Und was, zum Teufel, ist das?«

Nicholas sagte: »Ich glaube nicht, daß ich das in ein paar Minuten erklären kann.«

»Macht nichts. Ich habe massenhaft Zeit.« Croaker holte ein ›Minty Pick‹ aus der Brusttasche und schob es sich zwischen die Zähne. »Ich habe seit Ewigkeiten nichts mehr gegessen. Wie wär's, wenn wir bei einem ordentlichen Steak darüber redeten?«

Nicholas nickte, und Croaker wandte sich an Vincent: »Ach, Doc, ich nehme gleich die Säcke in Empfang, wenn ich schon einmal hier bin.«

»Gut.« Vincent begab sich zu dem kleinen Alkoven in der Ecke, wo mehrere Plastiksäcke darauf warteten, von der Polizei abgeholt zu werden. Sie enthielten Kleidungsstücke, persönliches Eigentum der Mordopfer. Vincent kam mit zweien der Säcke zurück und reichte Croaker ein Formblatt, das dieser unterschrieb.

Nicholas' kurzer Anruf hatte Doc Deerforth beunruhigt.

Bis zwölf Uhr dreißig hatte der Arzt zu tun, aber kaum war der letzte Patient gegangen, verließ er seine Praxis und fuhr hinaus zur Dune Road. Er war mit Ray Florum in ständiger Verbindung geblieben; aber die Polizei kam in den beiden Mordfällen nicht weiter, und es blieb ihm nichts anderes übrig, als die für den Distrikt zuständige Kriminalpolizei hinzuzuziehen. Es würde allerdings überhaupt nichts nützen, dachte Doc Deerforth grämlich, als er über die eiserne Zugbrücke zur Dune Road fuhr. Diese Distriktkriminaler schienen schlechten Krimis entstiegen – sie rissen das Maul zu weit auf und konnten wenig Erfahrung vorweisen.

Er bog nach rechts ab. Möwen flogen auf, segelten über das Wasser hin, kreisten über dem weitläufigen zweistöckigen Haus ›The Cross Tree‹, dem neuen Gebäude in der Straße. Es war in Hell- und Dunkelbraun gehalten und besaß einen breiten Treppenaufgang zur Landseite hin. Es war in lauter kleine Eigentumswohnungen aufgeteilt.

Der Gedanke an den Ninja ließ ihn auf dem Weg zu Justine nicht los. Seit ihm klar war, daß es ihn gab, konnte er keine Nacht mehr ruhig schlafen. In seinen Träumen kehrte er zurück in den dampfenden Dschungel, wo tagsüber das Geschützfeuer dröhnte und nachts die Heckenschützen feuerten. Aber es war eine ganz bestimmte Nacht, die ihn – auch in seinen Träumen – immer wilder bedrängte. Wie lange kämpfte er schon gegen die Erinnerung? Bald, das wußte er, würde er zu Chloralhydrat greifen müssen, um in traumlose Abgründe zu versinken.

Er parkte den Wagen vor dem Haus, ging den leicht ansteigenden, mit Holzplanken belegten Gehweg hinauf und klopfte an die Windfangtür. Hinter ihm brandete das Meer. Weiter unten am Strand hörte er Kinder jauchzen, die sich in den Wellen tummelten. Ein zottiger Hund bellte, jagte einem kreisenden Frisbee nach. Der Sand war wie ein Flickenteppich aus eingeölten Körpern, bunten Decken und gestreiften Sonnenschirmen. Eine kühle Brise wehte vom Meer her; sekundenlang konnte er das Brummen eines Flugzeugs vernehmen.

Justine öffnete die Tür. Sie lächelte. »Oh, was führt Sie denn hier heraus?«

»Nichts Besonderes«, log Doc Deerforth. »Ich war hier in der Gegend und dachte, ich sag' Ihnen mal guten Tag. Seit Anfang des Sommers hab' ich Sie ja nicht mehr gesehen.«

Justine lachte, als sie zurücktrat, um ihn einzulassen. »Gott sei Dank dauerte die Allergie nicht lange; ich hätte sie den ganzen Sommer über bestimmt nicht ertragen.« Sie ging in die Küche. »Möchten Sie einen Drink?« Und als er nickte, fügte sie hinzu: »Gin-Tonic?«

»Fein.«

Sie machte sich an die Zubereitung.

»Scheint recht ruhig hier zu sein«, sagte er. »Haben Sie viel Besuch?«

»Wie bitte?« fragte sie über das Klirren der Eiswürfel hinweg. »Ach so. Nein. Nur Nicholas.« Sie kostete von ihrem Glas. »Mhmm! So mag ich ihn. Ach, wissen Sie, ich fühle mich unter vielen Menschen nicht wohl, jedenfalls nicht privat.« Sie begaben sich ins Wohnzimmer und setzten sich aufs Sofa. »Bei der Arbeit ist es etwas anderes. Aber ich trenne gern das eine vom anderen.«

Doc Deerforth nickte. »Ich verstehe. Mir geht es nicht anders.«

Sie betrachtete ihn über den Rand ihres Glases hinweg, das sie in der Hand drehte. »Sagen Sie, Doc«, begann sie, »Sie sind doch sicher nicht den ganzen Weg hier herausgekommen, um ein paar freundliche Worte mit mir zu wechseln –«

»Kann ich mich nicht erkundigen, wie es Ihnen geht?«

»Aber ich bin doch nicht krank«, betonte sie.

Doc Deerforth lächelte. »Das habe ich auch nicht behauptet. Ich bin nicht beruflich hier.«

»Um so besser.« Ihr Blick ließ ihn nicht los. »Hat Nicholas Sie angerufen?«

Er lachte erleichtert. »Wissen Sie, Sie erinnern mich an Kathy, meine Jüngste. Ihr entgeht auch nichts.« Er nickte. »Nicholas rief heute früh an.«

»Mir wär's lieber gewesen, er hätte mich angerufen«, entgegnete Justine. »Und er wäre nicht in die Stadt gefahren.«

»Das mußte er wohl – soviel ich weiß.« Doc Deerforth stellte sein Glas ab. »Hätten Sie nicht mit ihm fahren können?«

Sie schüttelte den Kopf. »Ich habe zuviel Arbeit, und – es sind *seine* Freunde. Ich gehöre nicht dazu. Ich will auch nicht immer an seinem Rockschoß hängen.« Sie trank einen Schluck. »Wir leben jeder unser eigenes Leben. Und da, wo sich beide kreuzen, da ist unsere Liebe. Wir lehnen uns aneinander an, wir berühren uns sacht, zögernd und versuchen vorsichtig herauszufinden, wo wir die Welt des andern stören, indem wir zu weit gehen.«

»Und was geschieht, wenn Sie einmal zu weit gehen?« fragte Doc Deerforth. »Und Ihre Welt – wie Sie es nennen – dabei gestört wird?«

Justine erhob sich lässig, ging durch das Zimmer, sah auf den heißen Strand und die kühle Brandung hinaus. »Ich fürchte«, erwiderte sie – und ihre Stimme war wie ein Hauch –, »das wäre – katastrophal.«

»Die Damen werden sich um Sie kümmern, meine Herren.« Der Oberkellner trat ein wenig nach rechts, hob einen Arm und deutete auf die dunkle Treppe. Er strich mit dem Zeigefinger über seinen dünnen Schnurrbart.

»Nanu, ich dachte, Sie würden mich in eines der Restaurants am Park bringen«, sagte Nicholas. Sie befanden sich in einem Lokal an der unteren Fünfzigsten Straße auf der East Side.

»Etwas wie die ›Belmore Cafeteria‹?« gab Croaker zurück. »Nein, die überlasse ich den Ausgeflippten.«

Im zweiten Stock war es ruhig; nur ein Tisch in der Nähe der Tür war besetzt. Am anderen Ende des Raumes befand sich entlang einer Fensterfront eine erhöhte Plattform.

Die beiden Kellnerinnen, die hier bedienten, waren hübsch. Croaker wünschte einen Tisch am Fenster, und eine der Kellnerinnen führte sie die Stufen hinauf. Nachdem die beiden Männer ihre Drinks bestellt hatten, legte sie ihnen die Menükarte vor und zog sich zurück.

»Wie lange kennen Sie Tanaka?« fragte Croaker. Sein Blick prüfte das Angebot auf der Speisekarte.

»Ungefähr sechs Jahre«, sagte Nicholas. »Wir sind uns in der Kenjutsu-Klasse begegnet.«

»Hier?«

»Ja. Ich gehe immer noch hin. Nach dem Essen werde ich Ihnen die Schule zeigen.«

»Teil meiner Einweihung, was?«

Die Mädchen kamen beide an den Tisch, stellten die Gläser vor die Gäste – einen Kir für Nicholas, einen dunklen Myer's Rum on the Rocks für Croaker. Croaker bestellte Eier und Schinken, Nicholas wollte dasselbe essen wie er. Als die Mädchen verschwunden waren, nahm Croaker den Faden wieder auf.

»Dieses *dõjõ?* Wo hat Tanaka eigentlich das Geld dafür hergehabt?«

»Er hat es sich erarbeitet, nehme ich an.« Nicholas nahm einen großen Schluck von seinem Kir. »Ich glaube, er hatte ein bißchen Geld, als er rüberkam. Seine Mutter hatte ihm etwas hinterlassen, als sie starb.«

»Wieviel?«

Nicholas hob die Schultern. »Keine Ahnung. Seine Familie war reich, aber es waren neun Kinder.«

»Und wo leben die?«

»Soviel ich weiß, in Japan. Terry war der einzige, der – ins Ausland ging.«

»Und der Vater?«

»Wurde im Krieg getötet.«

»Hm, so, so.« Croaker wiegte den Kopf. »Aber trotzdem – man braucht doch eine Menge Geld – oder Sicherheiten, um sich hier selbständig zu machen.«

»Worauf zielen Sie ab?«

Croaker nahm sein Glas auf und trank. »Sie wissen doch selbst, wie das ist. Man braucht Geld, man bekommt es. Manchmal ist es nicht so einfach, es zurückzuzahlen. Die Leute werden nervös, sie wollen nicht länger warten.«

Nicholas schüttelte den Kopf. »Terry hatte nur einen einzigen Geschäftspartner, und das war die Chase Manhattan Bank. Und der hat er vor neun Monaten den Restkredit zurückgezahlt. Der *dõjõ* ging fabelhaft.«

»Gibt es irgend jemanden, der eine alte Rechnung mit ihm zu begleichen hatte?«

»Ach, Leutnant . . .«

Croaker hob beschwichtigend die Hand. »Ich gehe ja nur alle Möglichkeiten durch. Sie sind sicher, daß er keine Schulden hatte? Schließlich waren Sie ja nicht vierundzwanzig Stunden am Tag mit ihm zusammen.«

»Das war auch nicht nötig. Ich kannte ihn. Glauben Sie mir, im Zusammenhang mit ihm gab es nie krumme Geschäfte . . .«

»Was uns zum *bushido* bringt, stimmt's?«

Er wurde von den Kellnerinnen unterbrochen, die das Essen brachten. Er wartete, bis sie wieder gegangen waren, ehe er sagte: »Wissen Sie, Linnear, dafür, daß diese beiden Toten Ihre Freunde waren, scheinen Sie ja nicht sehr bekümmert zu sein.«

Nicholas saß sehr still. Eine Ader an seinem Hals pulste heftig; ein kalter Wind schien durch sein Gehirn zu wehen. Er hörte geisterhafte Echos, als trage der Wind die Worte seiner Vorfahren zu ihm durch die langen Flure der Zeit. Unter dem Tisch wurden seine Finger steif und stählern wie Messer, die Muskeln seiner Oberschenkel hart wie Stahl. Er brauchte kein Schwert, keine verborgene Waffe. Da war nur er selbst, eine todbringende Maschine, wie sie tödlicher nicht sein konnte.

Croaker sah ihm in die Augen. »Ist schon gut«, sagte er mild. Er spielte mit der Gabel im weichen Eigelb. »Ihr Essen wird kalt.« Er machte sich über seines her und wußte nicht, daß er soeben in Todesgefahr geschwebt hatte.

Es gab einen solchen und einen anderen Zorn. Genauso, wie es solche und andere Beleidigungen gab. Lew Croaker ist nichts weiter als einer dieser vielen tumben Menschen des Westens, sagte Nicholas zu sich selbst, während er aß. Er hatte keine Ahnung, was er soeben angerichtet hatte oder welche Wirkung seine Worte hätten haben können. Croaker hatte diesen Satz wohl nur ausgesprochen, um ihre Wirkung auf Nicholas' Gesicht ablesen zu können. Er hätte keine Regung zeigen dürfen. Das hatte man ihm im *bujutsu* gelehrt. Jedoch – das war lange her, und seit er im Westen weilte, war er nicht mehr so wachsam.

Das war wieder einmal der Beweis dafür, daß die Gefahr in den verschiedensten Masken auftrat. Nicht, daß er Lew Croaker für eine Gefahr hielt, weiß Gott nicht. Aber, dachte er weiter, Unwissenheit und Dummheit bringen ihre eigene Art von Gefahr mit sich. Croaker hatte ahnungslos seinen Kopf auf den Block gelegt.

Während sie aßen, sah Lew Croaker von Zeit zu Zeit auf und blickte forschend auf Nicholas, der immer noch damit beschäftigt war, ihm den vielschichtigen Begriff *bushido* zu erklären. Konnte man als Grundlage den Gehorsam nennen? Aber für westliche Gehirne hatte das Wort einen ganz anderen Inhalt, dem etwas Verqueres anhaftete. Nein, Gehorsam war nicht die treffende Bezeichnung. Das *bushido* war im übrigen nicht allein von soziologischen und religiösen Voraussetzungen bestimmt, sondern auch von der Geschichte. Den Amerikanern, die in einem Zeitraum von zweihundert Jahren dachten, wenn es um ihr eigenes Land ging, war der Begriff ›Geschichte‹ etwas Fremdes.

Doch Croaker schien alles sehr ernsthaft aufzunehmen, sein Interesse vertiefte sich sichtlich während der Darlegungen von Nicholas. Beim Kaffee lehnte sich Croaker zurück und holte wieder das unvermeidliche ›Minty Pick‹ hervor. Sein Blick wanderte eine Weile durch den Raum, als er plötzlich völlig ohne Zusammenhang sagte: »Ich hab' eine Frau, die bringt mich noch zum Wahnsinn. Sie ist nie da, wenn ich nach Hause komme.«

»Ihren Erzählungen nach zu schließen«, meinte Nicholas, »kommen Sie ja ohnehin kaum nach Hause.«

Croaker nahm einen großen Schluck Kaffee, zog die Nase kraus, goß Sahne dazu, öffnete ein Päckchen Zucker, streute den Inhalt in die Tasse und rührte um. »Ich weiß nicht, was es ist, aber irgendwie kann ich mich einfach nicht richtig daran gewöhnen.« Er nahm noch einen Schluck, nickte befriedigt, sah auf.

»Sie brauchen einen anderen Job«, sagte Nicholas.

»Nein! Ich glaube, ich brauche 'ne neue Frau, das ist es. Sie ist Wissenschaftlerin, in der Hormonforschung tätig. Seit dreieinhalb Jahren arbeitet sie an ein und demselben Projekt. Ich bin überzeugt davon, daß sie nicht einen Schritt weitergekommen ist.« Er rollte das ›Minty Pick‹ zwischen seinen Lippen, von einem Mundwinkel zum anderen. »Sie bastelt am Super-Ehepaar. Sie und ich, wir sind überholt, alter Junge.« Er lachte. »Nein, nein, so dramatisch ist es nicht, was sie tut. Sie versuchen, einen Weg zu finden, erbkranken Ehepaaren gesunde Kinder zu ermöglichen.« Er brütete ein paar Minuten über seinem Kaffee. »In letzter Zeit lief alles nicht so richtig. Ich glaube, es wird Zeit auszusteigen.«

»Dann steigen Sie aus!« sagte Nicholas.

Croaker sah auf. »Sie sagen es.« Die Stille, die dieser kurzen Feststellung folgte, brachte beide Männer in Verlegenheit. »Hören Sie, was ich vorhin sagte . . .«

»Gehen wir«, sagte Nicholas und stand auf. »Wir haben noch etwas vor und wollen nicht zu spät kommen.«

Drinnen war es kühl und trocken – auch ohne die Segnungen der Klimaanlage. Es war, als seien sie tief unter der Erde, wo es immer kühl ist. Hierher konnte die Sommersonne nicht dringen.

Die Mauern waren aus dicken Steinquadern gefügt, die die Kühle selbst an den heißesten Tagen bewahrten, während man im zweiten Stock der Sonne ausgesetzt war.

Über den Geräuschen ihrer Bewegungen konnte Croaker leise Echos hören, wie schwache Stimmen, die vom Grunde eines Teiches heraufdrangen. Er konnte die Worte nicht verstehen; aber er wußte, diese Stimmen waren da. Je näher sie kamen, um so besser konnte er sie hören: es waren kurze Befehle, als handle es sich um eine militärische Übung. Sie erinnerten ihn an die Tage seiner Soldatenzeit in jener staubigen Stadt, in Georgia.

»Schon vor Jahren haben Film und Fernsehen die martialischen Künste Japans entdeckt«, sagte Nicholas, während sie weitergingen. »Sie haben sie zur Zirkusunterhaltung degradiert. Das Ergebnis: Hier im Westen werden sie ungefähr so wichtig genommen wie ein Ringkampf. Auf jeden Fall werden sie von den Amerikanern völlig falsch verstanden.« Nicholas blieb stehen und blickte Croaker an. »Das ist die typische westliche Vorstellung. Man schießt eine Kanone ab – und bum! Man hat Leben ausgelöscht. Aber das ist keine Kunst. *Bujutsu* liegt in der Seele, im Geist begründet.«

Sie gingen weiter, und die Worte kamen noch näher. Croaker meinte, das rhythmische Klatschen nackter Füße auf Holz zu hören, den Schlag von Holz auf Holz, als spiele ein Riese auf einem übergroßen Schlaginstrument.

»*Bujutsu* ist nicht etwas, das man auf die leichte Schulter nehmen kann, Leutnant. Das kann ich Ihnen versichern!« fuhr Nicholas fort. »Es handelt sich weder um Zaubertricks, noch um ein Partyspiel. *Bujutsu* ist tödlicher Ernst!« Er wandte sein Gesicht Croaker zu. »Ich hoffe, ich bin nicht zu weitschweifig. Ich bin nur – sorgfältig. Sie müssen wissen, einem gewöhnlichen Abendländer wird sich ein wahrer *bujutsu*-Adept niemals entdecken. Warum auch? Er wünscht keine Publicity.

Trotz seines kriegerischen Charakters hat das *bujutsu* seine Wurzeln im Religiösen – im Zen und Shinto vor allem. Dann ist es auch, nun, sagen wir, eine Art Sport. Es wird beherrscht von der Art zu leben – dem *bushido.* Ein Adept würde eher *seppuku* – rituellen Selbstmord – begehen, als die Regeln verletzen. Alles im Leben des Adepten unterliegt dem *bushido*, Leutnant. Ich hoffe, Sie können mir noch folgen.«

»Ich bin nicht sicher«, sagte Croaker freimütig. Irgend etwas schwamm am Rande seines Bewußtseins dahin, quälte ihn. Er fragte sich, was es sein mochte, dann zuckte er gleichsam innerlich die Schultern und dachte nicht länger darüber nach. Er spürte, daß es sich, je mehr er es verfolgte, um so mehr entzog.

»Das ist nicht außergewöhnlich«, Nicholas schenkte ihm ein dünnes Lächeln, in dem keine Wärme lag. »Manche Abendländer brauchen Jahre, bis sie etwas davon begreifen. »Andere . . . begreifen es nie.«

Es gab nicht so schnell etwas auf der Welt, das Gelda Tomkin-Odile zum Weinen gebracht hätte. Doch jetzt fühlte sie sich den Tränen nahe. Sie stand in ihrem kühlen Sutton Place-Apartment und sah hinaus auf den East River, der sich im gleißenden Sonnenlicht in flüssigen Stahl zu verwandeln schien. Aber das interessierte Gelda nicht. Es war der übliche Anblick – eintönig wie ein Gemälde. Oder war es womöglich ein Gemälde? sann sie. Sie wußte, daß sie nicht mehr klar zu denken vermochte. Aber das hatte sie ja gewollt. Dennoch – der Chivas genügte nicht mehr. Außerdem, so spann sie ihre Gedanken weiter, ist er nicht gut fürs Geschäft. Haschisch war ebenfalls nicht das Wahre. Das hatte sie bereits vor einiger Zeit festgestellt, als sie merkte, daß sie dessen Wirkung kontrollieren konnte. Sie brauchte etwas, das *sie* beherrschte. Halluzinogene nützten überhaupt nichts bei ihr, und Opium warf sie schlicht um. Bis sie darauf kam, daß Kodein in Verbindung mit Whisky genau das war, was der Onkel Doktor ihr verordnen sollte. Sie lachte ironisch bei dem Gedanken.

Das Telefon läutete im Wohnzimmer hinter ihr, ein sanftes Schnurren, das ebenso zur Atmosphäre des Raumes paßte wie die lange Ledercouch, deren Oberfläche nur von nacktem, hitzigem Fleisch erwärmt werden konnte.

Gelda sah weiter aus dem Fenster; sie hatte es nicht eilig, den Anruf entgegenzunehmen. Es war bestimmt Pear, die sie brauchte. Sie konnte es sich leisten, sie warten zu lassen.

Sie wünschte, sie hätte jetzt wirklich weinen können, aber selbst durch den Nebel von Alkohol und Tabletten erkannte sie, daß ihr Inneres ausgedörrt war wie eine Wüste.

Sie wandte sich um und schritt lautlos über den saphirfarbenen tiefen Teppich, mit dem ihr Schlafzimmer ausgelegt war. Durch die offene Tür sah sie die großzügige Fläche der bernsteinfarbenen Ledercouch und den terrakottafarbenen Teppich in ihrem Wohnzimmer – oder ihrem ›Arbeitszimmer‹, wie sie es lieber nannte, denn sie wollten kaum noch das Bett benutzen.

Ihr dichtes Haar war honigfarben. Als sie durch einen breiten Streifen Sonne schritt, nahm es den Schimmer schwerer Seide an. Sie trug ein blattgrünes, reinseidenes bodenlanges Kleid, das sich wie eine zweite Haut um ihren Körper legte und locker gegürtet war. Es betonte ihre vollen Brüste, das schöne Dekolleté, die langen Beine, aber es verbarg jenen Körperteil, den sie in ihren geheimen Gedanken am meisten haßte. In der ganzen Wohnung hing kein einziger Spiegel, nicht einmal im Badezimmer über dem Waschbecken; dennoch besaß sie einen ganzen Schrank voll davon. Aber dieser Schrank war abgeschlossen.

Sie nahm den Hörer ab. »Ja?«

»Liebling, warum hat es so lange gedauert?« wisperte Pear an ihrem Ohr. »Warst du unartig?«

»Nicht unartig genug.« Gelda schloß die Augen.

Pear kicherte. »So liebe ich mein Mädchen.« Ihre Stimme veränderte sich jäh. »G, ist alles in Ordnung? Geht es dir gut?«

»Klar geht es mir gut. Warum?«

»Man hat dich in letzter Zeit kaum gesehen. Ein paar der Mädchen haben nach dir gefragt. Sie vermissen dich.«

»Ich vermisse sie ebenfalls«, sagte Gelda und überlegte, ob sie es auch wirklich meinte. »Ich habe viel nachgedacht, Pear.«

»Mein Liebling«, sagte Pear geduldig, »du weißt doch, daß Nachdenken nicht gut für dein Gemüt ist. Du mußt häufiger ausgehen, laß dich doch mal wieder auf Parties sehen.«

»Du weißt doch, daß ich die nicht mag.« Geldas Stimme war schnippisch.

»Wie du meinst. Ich will dir nicht auf die Nerven gehen.« Pears Tonfall war traurig. »Liebling, ich sorge mich um dich. Wirklich, ich mache mir ehrlich Sorgen.«

»Ich bedeute dir nicht die Bohne.«

»Hör auf, solch einen Unsinn zu reden, G.« Jetzt wurde Pear aufgebracht. »Du willst nur widersprechen. Ich weiß es, und ich verzeihe dir. Es gibt nicht viele Menschen auf der Welt, die mir etwas bedeuten – weiß der Himmel! –, aber du, du gehörst dazu.«

»Ich bin eines deiner Mädchen, mehr nicht«, sagte Gelda eigensinnig.

Am anderen Ende der Leitung hörte sie Pear verzweifelt aufseufzen. »Liebling, muß ich dich abermals daran erinnern, daß du es warst, die sich an mich gewandt hat? Schön, ich besorge dir deine Kunden, aber sie sind schließlich etwas Besonderes. Eintausend Dollar pro Nacht – das ist kein Pappenstiel. Du könntest vielleicht stundenweise mehr verdienen, aber was soll das, Herzchen? Es würde dich kaum glücklich machen. Und darum geht es doch! Ich kann wohl kaum behaupten, du seist ›eines meiner Mädchen‹! Meine Mädchen wollen dich, mein Liebling. Das ist der Unterschied!«

»Hast du was für mich?« fragte Gelda kühl.

Pear seufzte wieder, schien aufzugeben. Dann aber sagte sie: »Ja, Dare. Die Schauspielerin. Du erinnerst dich . . .«

»Ich erinnere mich.«

»Sie will einzig und allein dich.«

»Na gut.«

»Hast du alles, was du brauchst?« erkundigte sich Pear.

Gelda überlegte. »Das Bier ist ausgegangen und der Lachs . . .«

»Ich schicke Lawless am Nachmittag vorbei. Sonst noch was?«

»Ja«, sagte sie, »ein halbes Pfund Lachs.«

Pear lachte in ihr Ohr. »So gefällst du mir wieder. Wetten, daß die heutige Nacht mehr aus Vergnügen als aus Arbeit bestehen wird?«

Wenigstens gab es etwas, worauf sie sich freuen konnte. Gelda wandte sich wieder zum Fenster und sah in das grelle Licht der Sonne. Das Telefon fiel ihr aus der Hand. Der Fluß aus Stahl schien ihr zuzublinzeln. *Verwirrend.*

Der Raum bestand nur aus Holz. Hölzerne Dübel und Klebstoff aus Harz waren verwendet worden, um die Bohlen zu befestigen, die mit einem farblosen Lackanstrich überzogen waren.

Er war rechteckig, breiter als lang, besaß eine hohe Decke. Das Licht war warm, und man hatte sorgfältig darauf geachtet, daß es gleichmäßig in alle Ecken fiel.

Abgesehen von den erhöhten Sitzen mit den niedrigen Holzlehnen, die den ganzen hinteren Teil des Raumes einnahmen, und einem Podium enthielt er keine Möbelstücke oder andere Einrichtungsgegenstände, was den Eindruck einer Turnhalle verstärkte.

Ein Dutzend Männer in weißen Beinkleidern und Hemden aus Baumwolle standen sich in zwei Reihen zu je sechs gegenüber. Jeder hielt einen polierten Holzstock mit flachem Griff in der Hand. Croaker hätte diese Stöcke für Schwerter gehalten, wären sie nicht völlig rund und ohne Schneide und Spitze gewesen. Die Männer trugen keine Schutzmasken. Es waren allesamt Japaner. Die meisten mochten Anfang bis

Mitte Zwanzig sein; ein Halbwüchsiger war ebenfalls darunter und zwei Teilnehmer, die sich offensichtlich den Vierzigern näherten.

Ein Mann, ganz in Grau gekleidet, stand zwischen den beiden Gruppen, in der Nähe der Stufen, die zu dem niedrigen Podium führten. Er war von kleinem Wuchs und kahl, wodurch sein Alter schwierig zu schätzen war. Croaker nahm an, daß er so zwischen vierzig und fünfzig war. Der Mann stieß einen durchdringenden Schrei aus, die beiden Gruppen traten zwei Schritte vor und begannen einen – wie es Croaker schien – rituellen Kampf, zu dem sie die Holzstöcke benutzten.

»Das ist eine *kenjutsu*-Klasse, Leutnant«, bemerkte Nicholas. »Die beste in der westlichen Hemisphäre und auch nach fernöstlichen Maßstäben hervorragend.«

Fasziniert sah Croaker zu, wie die Männer vorsprangen, sich zurückzogen, angriffen, parierten, wobei sie einstimmig aufschrien. Aber alles lief so langsam und methodisch ab, daß er nicht einsehen konnte, wie jemand damit in einem Kampf Erfolg haben sollte.

Nach einiger Zeit erklang ein sanfter Glockenton. Auf ein scharfes Kommandowort des *sensei* hin traten die Männer zurück, hoben alle zur selben Zeit ihre Schwerter und verneigten sich tief voreinander. Dann streben sie auseinander und verteilten sich in schweigende kleine Gruppen. Einige begaben sich an die Wände des *dōjō* und setzten sich auf ihre Schenkel, andere beugten und streckten sich, wo sie gerade standen. Jeder schien in seine Handlung vollkommen versunken.

Nicholas nahm Croaker am Arm und führte ihn über den glänzenden Boden zu dem Meister. Er verbeugte sich und sagte etwas auf Japanisch. Der *kenjutsu*-Meister verneigte sich ebenfalls und streckte Croaker die Hand entgegen.

Unsicher ergriff Croaker diese. Sie war wie aus Granit. Der Mann lächelte.

»Das ist Fukashigi«, sagte Nicholas. »Betrachten Sie sich als vorgestellt.«

Croaker ließ die Hand des anderen los. »Was geschieht nun?«

»Warten Sie ab«, sagte Nicholas.

Fukashigi sah nach links und sagte sehr schnell etwas auf Japanisch. Ein Adept erhob sich gelassen, nahm ein zweites Schwert auf und kam mit ruhigen Bewegungen zu ihnen. Er verneigte sich vor Nicholas und reichte ihm eine der Waffen. Er und Nicholas nahmen die Eröffnungsstellung ein: die

Füße so weit gespreizt wie ihre Schultern breit waren. Fukashigi sagte etwas zu dem Adepten, am Ende des Satzes nickte er einmal. »Hei!« rief er auffordernd.

Der Adept war groß, aber schmächtig. Sein Gesicht wirkte hart und besaß flinke, intelligente Augen. Sie standen sich gegenüber, die Füße gespreizt, die Knie leicht gebeugt, beide Hände am Griff ihrer Holzschwerter.

»Es gibt«, sagte Nicholas zu Croaker, ohne seinen Blick von dem Adepten zu wenden, »es gibt im *kendo* nur fünf Haltungen. Es zählen: das Oben, die Mitte, das Unten, die rechte und die linke Seite. Die ersten drei sind entscheidend, die beiden letzteren treten übergangsweise in Erscheinung, etwa, wenn man einen Angriff über den Kopf oder über eine der Seiten pariert. Aber das ist nicht das Wesentliche. Um die Technik zu beherrschen, müssen Sie – wie es heißt – ›in Haltung gehen und aus der Haltung heraustreten‹. Mit anderen Worten: Tu, was die Situation verlangt, wozu dich der andere zwingt, und zwar *ohne zu denken,* so daß es vom Anfang bis zum Ende des Wettkampfes eine einzige fließende Bewegung ist, wie das Meer. Die fünf Elemente, Leutnant, sind für das *kenjutsu* bestimmend.«

Damit griff er den Gegner mit solcher Geschwindigkeit und Kraft an, daß Croaker förmlich einen Luftsprung tat.

»Angriff aus der Mitte-Haltung«, erklärte Nicholas und wiederholte die Bewegung, verlangsamt, wie in Zeitlupe, damit der Ablauf deutlicher würde. Er hob das Schwert, so daß die ›Spitze‹ auf das Gesicht des Gegners zielte. Sein Kontrahent griff sofort an, doch noch während er dies tat, schlug Nicholas mit kaum merkbarer Bewegung dessen Schwert auf die rechte Seite.

Nicholas stand nun, sein Schwert hoch über dem Kopf erhoben, in der Haltung: Oben. Der Adept machte einen Ausfall nach vorn, und im gleichen Augenblick hieb Nicholas nach unten.

Nicholas ließ das Schwert sinken. Der Adept griff abermals an, indem er das Schwert hochriß. Diesmal sperrte er Nicholas, aber sofort zog Nicholas sein Schwert zurück und schlug dem anderen quer über den Oberarm.

Der Adept ging augenblicklich zum Angriff über, diesmal von der rechten Seite. Nicholas führte sein Schwert nach links, bis etwas unterhalb seiner Taille. Sowie sein Gegner zum Hieb ansetzte, flog Nicholas' Schwert an der Körperlänge des anderen empor, unterkreuzte dessen Schwert und kam auf der Schulter seines Gegners auf.

Jetzt griff der Adept aus der Oben-Haltung an. Graziös

glitt Nicholas in die Auslage. Sein folgender Hieb hätte in einem echten Kampf den Kopf des Studenten zerschmettert.

Beide traten zurück, verneigten sich.

»Sie haben«, sagte Nicholas und wandte sich Croaker zu, »soeben die Grundlagen des *kenjutsu* kennengelernt.«

»Aber mit diesen hölzernen Übungsschwertern«, entgegnete Croaker, »können Sie keinen Menschen verletzen . . .«

»Im Gegenteil. Diese *bokken* sind genauso tödlich wie das *katana.* Sie . .«

In dieser Sekunde wirbelte Nicholas herum. Seine Sinne hatten wahrgenommen, daß er von zwei Personen angegriffen wurde: Der Adept kam von der Seite, der *sensei* agierte direkt hinter ihm. Der Adept war mit einem Schlag entwaffnet. Bevor Croaker überhaupt die Situation begriff, war Nicholas mitten im Kampf mit Fukashigi. Das war innerhalb des Bruchteils einer Sekunde geschehen. Croaker schwindelte der Kopf. Hatte er den Angriff überhaupt kommen sehen?

Das Schlagen der *bokken* erfüllte den Raum. Die Bewegungen der Kämpfer waren so leicht, daß sie wie verschwommen wirkten. Croaker sah gebannt zu. Aber so sehr er sich auch bemühte, er konnte die Bewegungen nicht unterscheiden; sie flossen ineinander über. Er dachte an Nicholas' Vergleich mit dem Meer. Und er verstand.

Dann gab es einen jähen, lauten Schlag, als Fukashigi Nicholas' gesenktes Schwert von oben traf. Nicholas wich indes keinen Fußbreit, stand da, unbeweglich. Der *sensei* sprang – flink und leicht wie ein Luftzug – zurück, bereitete sich auf den zweiten Angriff vor. Als er aber das Schwert nach hinten nahm, um es für den Vorwärtsstoß anzusetzen, war Nicholas schon bereit. Er dehnte sich, einem Fluß gleich, sein Schwert folgte präzise dem Weg des anderen und, indem er dessen ›Spitze‹ niederhieb, stieß er nach dem Kopf des *sensei.* Er berührte zwar nur dessen Nasenspitze, aber schon war Fukashigis linke Faust in Nicholas' Gesicht – deutete einen Schlag an, der, hätte Kraft dahintergesessen, Nicholas das Nasenbein gebrochen und ihn bewußtlos gemacht hätte.

Beide traten zurück und verneigten sich voreinander. Keiner von ihnen schien heftiger zu atmen als vor dem Kampf.

Doc Deerforth war gegangen, Justine saß über ihrem Zeichenbrett. Seit vier Tagen arbeitete sie nun schon an dem Entwurf. Ein- oder zweimal schien sie es geschafft zu haben, aber dann war ihr wieder alles aus den Händen geglitten; sie kam über eine Skizze nicht hinaus. Es ist, als ob ich eine

Echse mit den Fingern greifen wollte, dachte sie. Angewidert warf sie schließlich den Stift beiseite, riß die Blätter vom Zeichenblock und zerknüllte sie.

Sie ging in die Küche und bereitete sich ein Thunfisch-Sandwich zu. Während sie aß, überlegte sie, was sie falsch mache. Die Idee an sich erschien ihr in Ordnung. Sie spülte den Rest des Sandwichs mit einem Schluck Wein hinunter.

Dann griff sie sich ein Handtuch und ging im Badeanzug hinaus an den Strand. Sie lief mit weitausgreifenden Schritten, ließ das Handtuch in den Sand fallen und warf sich in den heftigen, kalten Sog des Wassers. Sie sah, daß eine Welle sich auftürmte, und kurz bevor diese sich brach, tauchte sie hinein.

Sie hörte schwach das Donnern über sich, spürte den Anprall, als der Brecher über sie hinwegrollte. Dann wurde sie wieder nach oben getragen, durchbrach die glänzende Wasserfläche, blinzelte, holte tief Luft und tauchte abermals ein.

Sie dachte an Nicholas. Vielleicht sollte sie doch wieder in die Stadt ziehen, auch wenn sie sich Doc Deerforth gegenüber gegenteilig geäußert hatte. Sie hatte nichts von Nicholas gehört. Er hatte gewiß zu tun. Nie mehr hatte sie es so weit kommen lassen wollen. Aber sie konnte es nicht ändern: sie sehnte sich nach ihm. Justine schwamm so lange, bis sie kurz auftauchen mußte, um durchzuatmen. Als sie weit genug draußen war, drehte sie nach rechts und schwamm parallel zum Strand.

Plötzlich wanderten ihre Gedanken zu dem Schwert mit der langen schwarz- und goldlackierten Scheide, das an Nicholas' Wand hing. Sie sah sich auf Zehenspitzen zu ihm schleichen, langsam die Hand heben, es vom Haken nehmen. Sie krampfte ihre Faust um den Griff. Es war schwer, aber vollkommen austariert. Ihre rechte Hand glitt über das lange Heft: Nicholas' *katana.* Zentimeter um Zentimeter sah sie den schimmernden Stahl vor ihren weit geöffneten Augen aus der Scheide gleiten. Das Blut sang in ihren Ohren. Und die Kühle des Meeres war wie eine Liebkosung ihres schwimmenden Körpers. Gischt flog auf wie Vögel, die zum Himmel stoben.

Sie spürte einen kalten Wasserstrudel wie eine Spirale an ihren Schenkeln. Er war wie eine streichelnde Hand. Erschrocken riß sie die Augen auf. Der Strudel, der ihre Glieder umschlang, glitt weiter an ihrem Körper herauf. Sie rollte sich herum. Und dann fühlte sie das Ziehen. Zuerst war es nur ein winziges Zupfen, aber dann plötzlich, als die Flut und ihre Schwimmstöße sie weitertrugen, zerrte etwas an ihr.

Die Strömung zog sie unerbittlich hinaus ins Meer. Wie ein Kreisel drehte sie sich im Wasser; sie kämpfte verbissen darum, die Richtung zum Strand zu erreichen. Sie war eine hervorragende Schwimmerin, und noch war ihre Atemtechnik gut. Sie mußte an die Oberfläche gelangen.

Die Kraft, die sie nach unten und hinaus zog, war so stark, daß sie sich kaum höherkämpfen konnte. Es war, als sei eine Seeschlange vom Grunde aufgestiegen, die sich mit ihrem schlüpfrigen Leib um sie wand.

Schließlich brach sie durch die Meeresoberfläche, keuchend und hustend. Aber sie hatte keinen Grund unter den Füßen. Sie bemühte sich, den Kopf zu heben, das brennende Salz aus den Augen zu schütteln, um die Küstenlinie klarer zu erkennen; dann wurde sie wieder hinuntergerissen.

Jetzt geriet sie in Panik. Ihr Magen hob sich, sie zitterte. Sie schwamm nicht einmal mehr, kämpfte nur noch, doch – vergebens. Warum hatte sie nicht geschrien, als sie den Kopf über Wasser hatte? Sie bemühte sich wieder, hochzukommen, aber die Gewalt, die sie nach unten zog, war zu stark, ließ sie nicht los. Sie sank. Und sinkend fand sie ihren Weg heim. Nahe dem sandigen Grund war die Stille vollkommen. Einen Augenblick lang wunderte sie sich darüber, während ihr Inneres noch vor Angst vibrierte, bis sie plötzlich merkte, daß die Strömung sie freigab. Wie blind griff sie um sich, fand eine Felsbank und zog sich strandwärts an ihr entlang.

Ihre Lungen verwandelten sich in Feuer, sie bekam einen Krampf ins linke Bein. Sie ließ es locker hängen, entspannte die Muskeln, und der Krampf ließ nach.

Endlich spürte sie die Wärme des Flachwassers, und ein leichter Stoß der Dünung schob sie auf eine sandige Erhebung.

Sie keuchte und ächzte, ihr Inneres war wie Gelee. Jetzt spürte sie den Sand unter ihren Fußsohlen, aber als sie sich aus dem Wasser erheben wollte, merkte sie, daß ihre Beine sie nicht mehr trugen. Sie fiel auf die Knie und wurde von einer Welle überschwemmt. Sie stürzte vornüber.

Als sie Meerwasser in den Sand erbrach, hörte sie Stimmen. Dann griffen starke Hände unter ihre Achseln. Ihr Kopf baumelte herab, sie hustete.

»Geht's besser?«

Sie versuchte zu nicken, mußte sich jedoch wieder erbrechen und würgte schrecklich. Da spürte sie warmen Sand unter ihrem Rücken. Sie rang keuchend nach Luft. Ihr war, als würde sie niemals genug davon in ihre Lungen bekommen, die wie zwei Blasebälge zu arbeiten schienen. Ihr Atem kam stoßweise und rauh wie bei einem Asthmatiker. Irgend jemand schob ein zusammengelegtes Handtuch unter ihren Kopf, Wangen und Lippen stachen plötzlich, als würden sie mit Tausenden von Nadeln traktiert. Sie versuchte, einen Arm zu heben; aber er fiel herab, als gehöre er nicht zu ihr. Kein Funken Kraft war mehr in ihr.

»Bleiben Sie ruhig«, sagte jemand über ihr. »Es wird schon alles gut.«

Sie schloß die Augen, kam sich vor, als stolpere sie aus einer Achterbahn; alles drehte sich und ihr war schwindelig. Sie vermeinte, noch die Umschlingung des Strudels zu verspüren. Allmählich erst schwand diese Vorstellung, und endlich konnte sie wieder regelmäßig atmen.

»Sind Sie in Ordnung?«

Sie nickte. Zu sprechen wagte sie noch nicht.

»Wohnen Sie hier irgendwo?« Es war die Stimme einer Frau.

Sie nickte.

»Wir haben einen Arzt angerufen.«

»Mir geht es schon wieder gut«, sagte Justine. Ihre Stimme klang fremd.

»Er muß gleich hier sein.«

Sie nickte und schloß wieder die Augen. Sie mußte an Gelda denken, an die Ferien, die sie mit ihr an der Küste verbracht hatte. Gelda war damals neun, sie sechs. Sie spielten zusammen im Wasser, und aus Spaß stieß sie Gelda in die Rippen. Ihre Schwester fuhr herum, das Gesicht wutverzerrt, und drückte beide Hände auf Justines Kopf. Justine war sofort unter Wasser. Zuerst war es nicht schlimm, aber dann wollte sie wieder an die Oberfläche, um Atem zu schöpfen. Doch Gelda stemmte sie weiterhin nach unten. Sie schlug mit Armen und Beinen um sich, aber Gelda ließ nicht ab. In Gedanken flehte sie ihre Schwester um Erbarmen an, dann beschimpfte sie sie. Als Gelda endlich losließ, war sie hysterisch. Sie rannte schreiend aus dem Wasser, ließ sich in die Arme ihrer Mutter fallen. Nie erzählte sie einem Menschen, was Gelda mit ihr gemacht hatte. Aber eine Woche lang sah sie ihre Schwester nicht an und sprach kein Wort mit ihr. Geldas einzige Reaktion darauf war stumme Schadenfreude.

Justine öffnete die Augen und sah Doc Deerforth, der sich über sie beugte, zu ihr sprach. Sie erschauerte und barg ihr Gesicht an seiner Brust. Sie weinte.

Nachdem Leutnant Croaker sich vor dem *dõjõ* von Nicholas verabschiedet hatte, fragte er über das Autotelefon nach Neuigkeiten. McCabe wollte, daß er zurückrufe – zweifellos wegen der Tanaka-Okura-Sache. Vegas hatte hereingeschaut, und Finnigan wollte sofort einen Bericht über die erzielten Fortschritte.

Er fuhr quer durch die Stadt, der Verkehr war höllisch. »Wenn Sie Vegas noch erwischen, sagen Sie ihm, ich bin gegen vier Uhr dreißig da, okay?« Mit dem D. A. wollte er noch nicht sprechen, und Finnigan sollte ihn am Arsch lecken.

Sonst waren keine Anrufe hereingekommen. Croaker versuchte, sich von diesem ständigen Wunsch danach frei zu machen, dieser ewigen Erwartungshaltung. Und doch – was hätte er für diesen einen Anruf gegeben. Er sagte ins Telefon: »Verbinden Sie mich mit Vincent Ito im Gerichtsmedizinischen, bitte.«

Die Hitze flirrte in schlierigen Streifen über der Straße. Er wischte sich über die feuchte Stirn. Als Vincent in der Leitung zu hören war, machte er den Vorschlag, daß sie zusammen essen gingen. Vincent nannte Croaker die Adresse von ›Michita‹.

Croaker fuhr durch den Central Park zur Zweiundsiebzigsten Straße, und ein paar Minuten später hielt er vor dem dreistöckigen Backsteinhaus, in dem sich Terry Tanakas *dõjõ* befand. Dort vernahm er sämtliche Lehrer. Er ließ einen Polizeizeichner kommen, der ein Phantombild von dem fremden Japaner anfertigte, der am Nachmittag des Tages, als der Doppelmord geschah, den *dõjõ* besucht hatte. Keiner der Befragten hatte ihn jemals vorher oder nachher gesehen. Niemand wußte, woher er kam. Der *aikido-sensei* erinnerte sich an seinen Namen: Hideoshi; aber der sagte Croaker überhaupt nichts. Trotzdem könnte es sein, daß dieser Mann der Mörder war oder aber mit diesem in Verbindung stand.

Es war bereits nach vier Uhr, als Croaker fertig war. In Terrys Wohnung hatte man keine Fingerabdrücke gefunden, außer denen der beiden Opfer. Nun sollte der Erkennungsdienst den *dõjõ* auf Spuren untersuchen. Auch der kleinste Hinweis durfte nicht übersehen werden, dachte er. Wer weiß, vielleicht haben wir Glück und kommen auf etwas ... Dann beauftragte er einen Kriminalwachtmeister, den ganzen Wohnblock durchzugehen und jeden zu befragen, ob er eine Beobachtung gemacht hätte.

Im Büro warf er die beiden Kunststoffsäcke mit den Kleidungsstücken und persönlichen Sachen von Terry und Eileen in eine Ecke und meldete sich bei Irene.

Er fragte nach Anrufen. Es waren keine gekommen.

Als er die Säcke öffnen wollte, wurde es im Eingang seines Büros plötzlich dunkel. Vegas stand unter der Tür. Er war ein riesiger Mann mit Vollbart und Augen wie Blitzlichter. Seine Haut war so dunkel, daß sie im Neonlicht bläulich schimmerte.

»Hallo«, sagte Croaker.

»Was gibt's Neues?« Vegas' Stimme war wie ein fernes Donnergrollen.

»Hab' gehört, du wolltest mit mir sprechen.«

»Stimmt.«

»Setz dich.«

Vegas setzte sich schnaufend. Er trug ausgeblichene Jeans, Cowboystiefel und ein grau-schwarzes Cowboyhemd mit Perlmuttknöpfen. »Ich muß da raus«, sagte er. Er meinte das Rauschgiftdezernat. »Mich treibt's die beschissenen Wände hoch.«

»Ist es Sallyson?« Der war sein Vorgesetzter.

»Der Hurenbock ist reif für die Klapsmühle.« Vegas lehnte sich vor, die Ellbogen auf die langen Schenkel gestützt. »Hör mal, Lew. Ich will hierher. Zur Mordkommission.«

Croaker sah seinen Freund an. Er kannte Vegas schon lange. Sie hatten vieles miteinander durchgestanden, manche harte Schlacht geschlagen. Und sie halfen einander, wann immer es möglich war. »Finnigan ist auch, weiß Gott, nicht einfach«, erwiderte Croaker ernst. »Der ist ein ganz fieses Arschloch, das kann ich dir sagen, mein Junge.«

»Macht mir gar nichts, Lew«, sagte Vegas. »Wenn ich nur aus dieser Drogenhölle rauskomme. Ich find's wirklich nicht mehr lustig bei den Jungs da.«

»Na ja, Vegas, ich weiß auch nicht so recht, ob Finnigan dich haben möchte.«

»Ich weiß, daß er ein Arschloch ist, aber wenn's hart auf hart geht, ist er auch ganz okay. Aber sag mal, was ist eigentlich los, Lew? Willst du vielleicht nicht, daß ich mit dir zusammenarbeite?«

Croaker lachte. »Nur zu gern möchte ich dich hier haben, am liebsten sofort. Aber im Augenblick ist der Alte nicht besonders gut auf mich zu sprechen.«

»Mist. Aber das ist doch nichts Besonderes, oder? Du kennst ihn doch. Das nächste Mal, wenn du ihm ein dickes Ding durchziehst, küßt er dir den Arsch, deinen weißen Arsch, mit Verlaub zu sagen, weil er dann 'ne Medaille mehr kriegt.«

»Kann sein, aber vielleicht auch nicht«, grinste Croaker.

»Es gibt immer zwei Möglichkeiten, Lew.«

Croaker hätte Vegas nur zu gern von dem Didion-Fall erzählt, von seinen Vermutungen und woran er eben arbeitete. Aber er wußte leider nur zu genau, daß er das nicht durfte. Nicht, weil er Vegas nicht traute – sie hatten einander oft genug das Leben gerettet. Aber es war etwas anderes, ob Croaker sich selbst in Schwierigkeiten brachte oder einen anderen womöglich mit hineinzog.

Croaker streckte den Arm aus, schlug dem anderen auf den Oberschenkel. »Okay, Gebongt. Ich werde mit Finnigan darüber sprechen, aber erst, wenn ich es für richtig halte, beziehungsweise weiß, daß wir eine Chance haben.«

Vegas schenkte ihm ein breites Grinsen. »Super. Super!« Er erhob sich, ragte hoch über Croaker auf. »Du jubelst mich ihm unter, und wir zwei machen was draus. Na, Zeit für den lieben Nigger, die Kurve zu kratzen.« Damit erhob er sich ebenfalls, drehte sich um und wedelte lässig mit der Hand. »Bis später.«

»Bums eine für mich«, sagte Croaker.

Vegas wandte sich um und lächelte: »Die Schönste, Lew.«

»Ich weiß nicht, Nick, aber es kommt mir so vor, als wäre ich bereits über hundert Jahre hier.« Vincent betrachtete die Erdnuß, die er schälte. »Merkwürdig, aber Tokio ist nur noch wie ein vergangener Traum für mich, sonst nichts.«

»Dann solltest du zurückkehren. Und wenn's nur für einen Urlaub ist.«

»Ja. Das wäre wohl gut.« Vincent schob die Nuß in den Mund.

Sie gingen die ausgetretenen Steinstufen hinunter, die zum Central-Park-Zoo führten. Sie schlenderten über sechseckige Fliesen, rochen den Moschusduft von brünstigen Tieren. Sie wandten sich nach Norden, steuerten dem Affenhaus zu.

»Aber ich werde es nicht tun. Das weiß ich schon jetzt.«

»Nichts und niemand hält dich davor zurück.«

Sie gingen die Steinstufen zur Plaza hinunter. Hinter dem großen leeren Käfig, der für die Paviane bestimmt war, konnten sie den Robbenteich sehen, in dem ein paar neuerworbene junge Seelöwen um ältere Weibchen herumtauchten und spielten.

»Es geht auch um meine Familie, Nick, insbesondere um meine Schwestern. Wenn ich zurückgehe, müßte ich sie wiedersehen. Die Pflicht gebietet es. Aber ich bring's nicht fertig. Nicht – nach dem, was aus mir geworden ist.«

Am Affenhaus stand ein dunkelhäutiger Mann mit einem

dichten Schnurrbart und einer Matrosenmütze auf dem Kopf neben einem Paar Gasflaschen. Vor den staunenden Kindern blies er Heliumballons auf, was den Kleinen vorkommen mußte als blase der Riese aus dem Märchen den Wind über die Erde.

»Was ist denn Schreckliches aus dir geworden?«

Vincent wandte Nicholas den Kopf zu. »Das ist es ja. Ich weiß es selbst nicht. Aber ich bin nicht mehr der, der ich einst war. Ich habe mich angepaßt. Ich habe das Gefühl, von diesem Land korrumpiert worden zu sein. Meine Werte haben sich verschoben. Die Traditionen, die ich in mir trage, zerbröckeln, genauso wie jene meiner Umgebung.«

Vor dem Gorillakäfig stand eine Menschenmenge, die begeistert zusah, wie eine Wärterin die Gorillafamilie mit einem Schlauch abspritzte. Die Gorillamutter streckte plötzlich ihren langen Arm aus und hielt die Handfläche gegen den Strahl. Die Gaffer wurden von einer Wasserfontäne übersprüht. Kreischend und jauchzend liefen sie auseinander, um sich alsbald wieder vor dem Käfig einzufinden und über ihr Mißgeschick zu lachen. Währenddessen sah der Orang-Utan im Nebenkäfig hochmütig und ruhig zu; er schien die merkwürdigen Wesen vor seinem Gitter zu studieren, als habe er vor, eine Abhandlung über sie zu schreiben.

»Na, na«, sagte Nicholas leichthin. »Ich erinnere mich genau an das erste Mal, als wir uns begegneten – du, Terry und ich. Es war bei ›Michita‹, erinnerst du dich? Wir fühlten uns alle etwas verloren – alle in derselben Weise. Dennoch, so meine ich, sind wir mit dieser Stadt verbunden.« Er versuchte zu lächeln. »Sie ist so ein bißchen unser Zuhause.« Er wiegte den Kopf. »Was war es, was uns zusammenbrachte? Einfach nur Heimweh? Ich glaube nicht.«

»Eileen pflegte zu sagen, daß es der martialische Geist sei, der uns wie eine magische Nabelschnur verbinde. Sie muß gedacht haben, wir seien in gewisser Weise noch wie Kinder.«

Nicholas schüttelte den Kopf. »Nein, da irrst du dich. Sie respektierte gerade diesen Geist in uns. Sie konnte ihn wohl nicht begreifen. Aber sie spürte dessen Kraft. Nie hätte sie sich dazwischengedrängt. Darum lehnte sie es auch stets ab, mitzukommen, wenn wir drei uns trafen.«

»Ich weiß nicht«, sagte Vincent. »Es kommt mir alles so fremd vor.«

»Öffne deinen Geist, und du wirst die Kraft wieder spüren. Sie hat uns nicht verlassen, nur weil wir hier leben.« Nicholas schien mehr zu sich selbst zu sprechen als zu Vincent. »Wir wurden in einem Land des martialischen Geistes geboren.

Das kettet uns an dieses Land – für immer. Und es verbindet uns stärker als irgendwelche Blutsbande. Was uns einmal gelehrt wurde, wird uns nie verlassen, das weißt du sehr gut! Du bist im Geiste immer noch derselbe Mensch, der vor zwölf Jahren aus der JAL-Maschine stieg.«

»O nein, der bin ich nicht. Schon lange nicht mehr. Ich spreche nicht mehr so wie damals, ich denke nicht mehr so wie damals. Amerika hat mich verändert, und dieser Prozeß ist nicht mehr rückgängig zu machen. Nie kann ich zurückgehen, nie mehr. Der Westen hat mir etwas sehr Wertvolles genommen, es mir entrissen, während ich nicht darauf achtgab.«

»Du kannst es zurückbekommen. Es ist nicht zu spät.«

Vincent sah ihn an, schob die Hände in die Taschen und ging weiter. Sie befanden sich jetzt in der Nähe jenes Halbrunds, auf welchem die berühmte Uhr steht, um die bei jedem Stundenschlag ein Reigen von Tieren tanzt. Dahinter lag der Kinderzoo. Sie vernahmen das helle Lachen der Kleinen und das Trippeln winziger Füße.

»Ich habe es noch keinem Menschen gesagt, nicht einmal der Polizei. Am Abend von Terrys und Eileens Tod bekam ich einen Anruf – aber es meldete sich niemand.« Er sah auf. »Je mehr ich darüber nachdenke, um so stärker bin ich davon überzeugt, daß ich im Hintergrund Musik gehört habe.«

»Erinnerst du dich noch daran, was für Musik es war?«

»Ja. Ich bin ziemlich sicher, es war Mancini.« Vincent mußte nicht erst hinzufügen, daß Mancini Eileens Lieblingskomponist war.

Er erschauerte. »Es war, als ob Terry aus dem Jenseits nach mir riefe.« Er hob hastig die Hand. »Ich weiß, ich weiß. Ich glaube auch nicht an dieses übersinnliche Zeugs. Aber, verdammt noch mal, es war, als wollte er mir mitteilen, wer es getan hat.«

»Du meinst, er kannte den Mörder?«

Ratlos hob Vincent die Schultern. »Vielleicht. Ich mache wohl zuviel daraus. Ich wünschte nur – ich wäre in jener Nacht in der Stadt gewesen. Mehr kann ich dazu nicht sagen. Himmel, sie waren doch unsere Freunde!«

Nicholas schwieg und starrte auf die lachenden Kinder, die Eis schleckten oder ihre klebrigen Zungen den ernsthaft dreinblickenden Affen herausstreckten. Er sehnte sich danach, etwas zu empfinden. Schmerz konnte sehr nützlich sein; besser, Schmerz wirklich zu empfinden, als ihn nur wie eine ständig wachsende Last mit sich herumzutragen. Er spürte eine jähe Stille, als befinde er sich im Zentrum eines wütenden Hurrikans. Obwohl sicher und geborgen, war er doch Zeuge der Verwüstungen um sich her. Gab es keine Möglichkeit, der Zerstörung Einhalt zu gebieten? Er wußte einen Weg; aber es widerstrebte ihm, diesen einzuschlagen. Vincent sah ihn ruhig an, als könne sein Blick Nicholas einen Entschluß entreißen. *Es mußte also getan werden.* Er hatte es von Anfang an gewußt, als ihm die Sache angeboten wurde. Es gab schließlich ein Gelübde, es gab den Ruf der Pflicht. Vincent hatte recht. Die beiden waren seine Freunde gewesen.

Vincent berührte leicht seinen Arm. »Tut mir leid, alter Junge«, sagte er. »Meine Nerven machen nicht mehr so recht mit. Es ist nicht fair von mir, es an dir auszulassen.« Er lächelte schwach. »Daran siehst du, wie verwestlicht ich bereits bin.«

Nicholas erwiderte das Lächeln mit aller Wärme, die er für diesen Mann empfand. »Keiner von uns hat die Bedeutung von Versprechen und Pflicht vergessen! Du hast recht.«

»Hör zu, Croaker hat mich heute abend zum Essen eingeladen. Warum kommst du nicht mit? Um acht Uhr, wie gehabt.«

»Einverstanden«, nickte Nicholas. »Sehr gern.«

Vincent sah auf seine Uhr. »Zurück in die Galeere. Bis später dann.«

Nicholas suchte im ganzen Zoo nach einem Telefon. Schließlich verließ er das Gelände. Auf der Fünften Avenue fand er sofort eines. Er rief Justines Nummer an. Doc Deerforth war am Apparat.

»Was ist passiert?« fragte Nicholas. Sein Herzschlag raste.

»Ein kleiner Unfall. Nichts Schlimmes. Aber ich meine, Sie sollten herauskommen, wenn Ihre Arbeit es zuläßt.«

»Was ist denn geschehen, Himmel noch mal?«

»Justine ist in eine Strömung geraten. Es geht ihr jedoch inzwischen gut.«

»Sind Sie sicher, daß es – nichts anderes war?«

»Ganz sicher. Woran denken Sie denn?«

»Waren noch andere Leute da? Hat jemand irgend etwas Verdächtiges bemerkt?«

»Sehr viele Leute waren am Strand. Ein Nachbar half, sie aus der Brandung zu bergen. Aber keiner hat irgend etwas Verdächtiges bemerkt.«

»Können Sie bei ihr bleiben, bis ich komme? Ich nehme den ersten Zug, der hinausfährt.« Nicholas sah auf seine Uhr.

»Gewiß doch. Sofern kein Notfall gemeldet wird . . .«

»Verstehe, Doc. Sagen Sie ihr, ich komme!«

»Sowie sie aufwacht. Regen Sie sich bitte nicht auf.«

Nicholas legte auf, winkte einem Taxi und fuhr zur Penn Station. Am Schalter der Long Island Rail kaufte er eine Fahrkarte; er sah, daß er noch fünfundzwanzig Minuten Zeit hatte. Er rief Tomkin an. Während er darauf wartete, daß die Verbindung zustande kam, sah er gedankenlos auf die Menschen, die sich in der Bahnhofshalle drängten. Ein paar Teenager in Gewändern mit hohen Tibetkragen drängten sich durch die Menge. Eine junge Frau stand an einer Säule, als hätte sie ein Rendezvous. Oder war es ihr Chef, auf den sie wartete?

»Nicholas?« Die Stimme am anderen Ende war klar und scharf.

»Tomkin?«

»Ich freue mich, daß Sie anrufen. Haben Sie über mein Angebot nachgedacht?«

Du Halunke, dachte Nicholas. Du durchtriebener Halunke, Justine da mit hineinzuziehen! Und doch: Wußte er nicht inzwischen, daß Justine ein Teil dieses Teufelsmosaiks war? Methodisch beruhigte er sich. »Ich habe darüber nachgedacht. Morgen werde ich beginnen, für Sie zu arbeiten.«

»Gut. Warum kommen Sie nicht zum Bau, und wir . . .«

»Nein. Ich bin in der Penn Station und nehme den nächsten Zug zur Insel.«

»Warum das?«

»Justine ist draußen.«

»Ich verstehe.«

»Davon bin ich überzeugt«, sagte Nicholas heftig. »Ich setze mich morgen mit Ihnen in Verbindung.«

»Nick . . .«

Nicholas brachte die Stimme zum Schweigen, indem er den Hörer auflegte.

Der Mann hatte vor einer Woche bei Lubin Bros. angefangen. Zuerst hatte er an einem Bau in der Ralph Avenue in Brooklyn gearbeitet, bis Edwards krank wurde und man ihn für diesen zur Park Avenue schickte. Tomkin zahlte sehr gut, damit sein neues Bürogebäude rechtzeitig fertig werde, und Lubin Bros. tat alles, um ihn zufriedenzustellen. Dazu gehörte auch, daß nie jemand ausfiel.

Der Mann war ein guter Arbeiter und sprach wenig; er fiel niemandem besonders auf. Als er sich an jenem Morgen zur

Arbeit meldete, waren seine Gedanken noch bei der Nacht zuvor; oder richtiger bei der Morgendämmerung. Als er sich jetzt an die neue Aufgabe machte, konzentrierte sich sein Unterbewußtsein zwar darauf, aber sein Gehirn überdachte die Arbeit der vergangenen Stunden.

Es hatte keine Schwierigkeiten bereitet, in die Tiefgarage des Actium-Hauses zu gelangen; er war auf dem leeren Rücksitz eines Lincoln-Überlandbusses gekommen, der seine Passagiere direkt vor der Einfahrt ablud. Der Rest war Abwarten gewesen.

Zehn Minuten nach drei Uhr fuhr Tomkins Wagen auf die Rampe. Tomkin litt an Schlaflosigkeit, darum verbrachte er die meisten Nächte der Woche in seinem Büro.

Die starken Scheinwerfer glitten über die Rampe, blendeten ab. Der Motor summte leise, während der Chauffeur den Wagen auf den leeren Parkplatz gleiten ließ. Dann erstarb die starke Maschine.

Der Mann kannte die Gewohnheiten des Chauffeurs längst auswendig; trotzdem wartete er noch eine ganze Stunde, nachdem dieser die Garage verlassen hatte. Wenn es etwas gab, wovon er genügend besaß, dann war es Zeit. Zeit konnte einem die beste Freundin sein, aber auch die unerbittlichste Feindin. Darum behandelte er sie mit größter Hochachtung. Es zahlte sich niemals aus, übereilt zu handeln.

Schließlich trat er aus seinem Versteck hervor und bewegte sich schattengleich auf die Limousine zu. In Sekundenschnelle hatte er die hintere Tür des Wagens geöffnet und bereits wieder geschlossen. Im Wageninnern knipste er eine bleistiftdünne Taschenlampe an und zog ein Skalpell hervor. Dort, wo der Veloursteppich sich unter den Rücksitz schob, setzte er das Messer an und zog eine rasierklingendünne Linie. Dann zog er eine zweite Schnittlinie, daß beide Einschnitte ein T ergaben. Er hob den Stoff an, schob ein winziges Objekt, nicht größer als zwei Zentimeter im Durchmesser, darunter. Mit einem geruchlosen Klebstoff befestigte er sodann das Teppichmaterial wieder. Jetzt wandte er seine Aufmerksamkeit dem Telefon zu. Der Hörer kümmerte ihn nicht. Er öffnete das Gehäuse und befestigte an der Innenwand ein zweites Aufnahmegerät, schloß das Gehäuse wieder. Er lehnte sich auf den Rücksitz zurück – er wußte, daß das der Platz war, auf dem Tomkin zu sitzen pflegte – und öffnete die Klappe zum Schaltkasten. Daran schien alles in Ordnung und nichts verändert worden zu sein. Befriedigt schloß er die Klappe wieder, löschte die Stablampe und stieg aus dem Wagen. Nach zwanzig Sekunden ging er die Einundfünfzigste Straße entlang, eingemummt in seine schwarze Nylon-Windjacke. Er hatte genau neun Minuten in der Limousine verbracht.

Als er jetzt in der Atriumhalle von Tomkin Industries arbeitete, entwickelte er in Gedanken den Plan, wie er weiter hinauf gelangen konnte.

In der Frühstückspause ließ er sich von dem Käfiglift, der außen an der Fassade emporfuhr, so weit nach oben bringen, wie dies nur ging. Er gelangte in das Stockwerk, das unter dem lag, in dem sich Tomkins Büro befand. Der Fußboden bestand aus Beton, übersät von Zahlen und Markierungen, die wohl die Architekten hinterlassen hatten. Die Flure wirkten verlassen. Trotzdem bewegte er sich lautlos und vorsichtig. Es gab viele Türen, in die er schlüpfen konnte, falls es notwendig sein sollte. Immer wieder verharrte er, lauschte auf die Geräusche in dem Rohbau, bereit, die geringste Abweichung sofort herauszuhören.

Wegen seines Gesichtes machte er sich keine Sorgen. Auf seinen Wangen klebten fleischfarbene Gummipölsterchen, wie sie von Maskenbildnern verwendet werden. Auch seine Nase hatte er damit verwandelt. Seine Wangen waren mit Zellstoffröllchen austamponiert, so daß sein Gesicht voller wirkte. Seine Haltung war ganz anders als die des Mannes, der Terry Tanakas *dōjō* besucht hatte. Seine Schultern waren vornübergebeugt, er hinkte leicht, als sei das linke Bein verkürzt. Dabei lag in seinem rechten Schuh eine zwei Zentimeter dicke Sohle. Die Tarnung des Körpers war genauso sorgfältig vorzunehmen wie die des Gesichts. Erst dann entstand ein neues Image. Jedoch waren nur kleine Veränderungen angeraten. Es war nicht klug, besondere Merkmale zu stark hervorzuheben.

Er fand die Feuerleiter und kletterte leise zum obersten Stockwerk hinauf. Hier ging es lebhaft zu. Sowohl Handwerker als auch Tomkins Mitarbeiter waren anwesend. Um so besser, dachte er.

Tomkins Büro – es umfaßte ein Viertel der Stockwerksfläche – war zu neun Zehnteln fertig. Er hatte es bereits bezogen. Es wurde hier in Schichten durchgearbeitet. Pausen gab es nicht. Die Morgenschicht begab sich zum Mittagessen nach unten, während die zweite Schicht deren Arbeiten übernahm. Der Mann benahm sich, als gehöre er dazu. Er ging an Frank vorbei, der vor der schweren Metalltür zum Chefbüro stand. Das war nicht der schwierigste Teil. Eher schon die Tatsache, es vor aller Augen zu tun.

Er mußte den Eindruck erwecken, als wisse er genau, was er zu tun habe, dann würde sich kein Mensch um ihn kümmern.

Und so war es auch. Er verwendete die Zeit, sich alles genau einzuprägen, jede Ecke und jeden Winkel, die noch offenen Bohrlöcher und die bereits verzementierten. Er wußte schließlich, wo die Kabel und Drähte lagen, kannte jede Steckdose, wußte, wo sich die Sicherungskästen befanden und wo die Notbeleuchtung. Noch brauchte er dieses Wissen nicht.

Aber man konnte nie wissen.

Um halb zwei Uhr war er fertig. Unter dem wachsamen Blick von Frank war er gerade dabei, mit den anderen Arbeitern dieser Schicht das Stockwerk zu verlassen, um in den Käfiglift zu steigen. Als er um die Ecke bog, öffnete sich die Tür des Lifts am Ende des Ganges mit einem Seufzer, und Tomkin erschien, begleitet von Whistle.

Den Bruchteil einer Sekunde verharrte der Mann. Seine toten Augen glommen. Wie einfach wäre es, dachte er ungerührt, ihn sich jetzt vorzunehmen. Whistle tot auf den Knien; Tomkin, der taumelte, durch die sonnenflimmernde Luft stürzte und tief dort unten auf dem Asphalt aufprallte. Die Vorstellung gefiel ihm; eine gewisse Ironie lag darin. Aber er ließ sich von ihr nicht gefangennehmen. Und das war der entscheidende Punkt: es war keine elegante Lösung. Außerdem wäre für Tomkin das Moment des Schreckens zu gering. Es wären ja nur Sekunden, die er durch die Luft fliegen würde. Aber angenommen, es geschähe, woran würde Tomkin in diesen Momenten wohl denken, überlegte der Mann. An Gott? An die Hölle? Daran, daß ihm vergeben werde? Der Mann hob in Gedanken lässig die Schultern. Was bedeutete das schon. Keiner dieser westlichen Begriffe sagte ihm etwas. Für ihn gab es nur das *karma.* Er würde in die *kami* eingehen, nachdem er tot war. Dort würde er die ihm aufgegebene Zeit warten müssen, bis er in einem anderen Körper, in einem anderen Leben wiederkehren würde, das wiederum sein eigenes *karma* besaß.

Diese Auffassung des Lebens war so grundsätzlich verschieden von der eines Menschen wie Tomkin. Das wußte er. Was es nicht leichter machte, ihn zu töten; die Ausführung nahm ihn geistig nur wenig in Anspruch. Die Mechanismen der Infiltration, der Aussaat des Schreckens, das war es, was seine Gedanken beschäftigte; der Vorgang des Tötens an sich war für ihn nicht mehr, als träte er auf eine Küchenschabe. Und was war Tomkin schon anderes? Man konnte ihn schwerlich als ein zivilisiertes, menschliches Wesen bezeichnen.

Was seine Flucht betraf, so wußte der Mann, daß diese nach Ausführung seines Auftrags nicht möglich sein würde. Der Gedanke belastete ihn nicht im geringsten, denn er hatte sich sein Leben lang darauf vorbereitet: Als Krieger zu sterben, war des Lebens höchstes Ziel. Man ging dadurch in die Geschichte ein und lebte, nachdem man sein Leben vollendet hatte, in der Erinnerung der Menschen fort.

Der Mann ging weiter den unfertigen Korridor entlang, duckte sich unter einer lose hängenden Drahtschlinge hindurch, die aus einer Öffnung in der Decke baumelte. Im Bruchteil einer Sekunde war er auf der Feuerleiter und entschwand.

Unten, in der Halbdämmerung der Atriumhalle, steckte er sich den Finger ins Ohr, als kratze er sich. Auf seinem Trommelfell haftete ein flacher, fleischfarbener Empfänger. Er berührte ihn mit der Spitze seines Zeigefingers und begann zu lauschen.

Nicholas spürte ihn, als er sich von der langen Reihe der glänzenden, verchromten Telefonzellen an der Wand der U-Bahn-Station wandte – diesen Kitzel im Nacken, der wie eine Warnung war. Mit ruhigen Bewegungen ging er auf einen Buchladen zu, hatte aber nicht die Absicht, ihn zu betreten. Er lag auf seinem Weg, und er wollte die Richtung nicht plötzlich ändern. Er blieb vor der Auslage stehen. Durch die offene Tür schoben sich unablässig Menschen hinein und heraus. An der Kasse hatte sich eine Schlange gebildet; es gab beim Kauf von zehn bestimmten Taschenbuch-Bestsellern zwanzig Prozent Nachlaß.

Er stand etwas schräg, so daß die Scheibe ihm als Spiegel diente. Auf diese Weise konnte er einen großen Teil des Bahnhofs hinter sich überblicken, wenngleich die Spiegelung und die Verzerrungen durch das Glas seine Beobachtungen erschwerten.

Er sah auf die Uhr: noch fünfzehn Minuten bis zur Abfahrt des Zuges.

Er trat von dem Buchladen weg und durchquerte die Bahnhofshalle. Eine alte Frau, die einen Koffer auf Rädern hinter sich herzog, kreuzte seinen Weg. Zwei Matrosen in frischem Weiß schlenderten an ihm vorbei, wobei der eine dem anderen soeben den Schluß eines unanständigen Witzes erzählte. Die junge Frau an der Säule war nicht mehr da, entweder war der, auf den sie gewartet hatte, erschienen, oder sie hatte das Warten aufgegeben. Drei schwarzhaarige Kinder unter der Obhut einer strengblickenden Frau lachten und neckten einander. Ein Mann in einer schwarzen Windjacke stand an der Wand mit den Schließfächern, eine brennende

Zigarette im Mundwinkel. Ihm gegenüber blätterte ein Mann in einem kamelhaarfarbenen Anzug im *Hustler,* ließ die Zeitschrift sinken, als sich ein anderer mit einer braunen Aktentasche näherte. Sie schüttelten einander die Hand und gingen weg.

Nicholas betrat die Nedicks Snack-Bar, zwängte sich neben einen fetten Mann, der soeben ein Stück Kokosnußcremetorte verzehrte. Auf der Theke vor ihm lagen eine Dollarnote und etwas Kleingeld; seine Lippen waren voller Krümel und mit Creme beschmiert. Der Mann sah an Nicholas vorbei, als dieser sich neben ihn auf einen Hocker setzte. Nicholas bestellte eine Wurst und Orangensaft. Die Säulen in dem Raum waren mit Spiegeln verkleidet, was Nicholas die Möglichkeit bot, seine Umgebung weiterhin zu beobachten. Er bekam, was er bestellt hatte, und bezahlte.

Das Gefühl ließ ihn nicht los. Es gab nur eine Erklärung dafür: Er wurde von einem *haragei*-Adepten überwacht.

Nicholas wischte sich mit der Serviette über die Lippen, überprüfte ein letztes Mal die Spiegel und ging hinaus. Noch fünf Minuten, bis der Zug kam; in dieser Zeit mußte er den Adepten geistig ausschalten. Vor allem galt seine Sorge Justine. Sie war ganz sicher in Gefahr, und er kam sich völlig machtlos vor, wenn er so weit von ihr entfernt war. Es war ein Unterschied, ob Doc Deerforth bei ihr war oder er selbst. In gewissen Situationen vertraute Nicholas nur auf sich.

Eines war noch zu tun. Er ging wieder zum Telefon und rief Leutnant Croaker an.

»Ja?« Die Stimme wirkte überreizt, barsch.

»Hier spricht Nicholas Linnear, Leutnant.«

»Was gibt's?«

»Ich bin auf dem Weg hinaus auf die Insel. Justine hatte einen Unfall.«

Schweigen. Nicholas' Blick glitt immer noch über seine nähere Umgebung.

»Croaker, jemand verfolgt mich.«

»Sehen Sie Gespenster – oder zuviel fern?«

»Ich habe überhaupt niemanden gesehen – noch nicht.«

Das Summen in der Leitung schien in diesem Augenblick das einzig Lebendige zu sein.

»Wieso wissen Sie dann, daß jemand hinter Ihnen her ist?« fragte Croaker schließlich.

»Sie werden es nicht glauben, wenn ich es Ihnen sage.«

»Na, lassen Sie's schon raus.«

»Es hat mit *haragei,* dem *bujutsu*-Training zu tun. Es handelt sich um eine Art übersinnliche Wahrnehmung, eine Methode, die Dinge zu erahnen. Sie können es auch einen erworbenen sechsten Sinn nennen.«

Nicholas erwartete eine spöttische Bemerkung, statt dessen hörte er am anderen Ende den Leutnant fragen:

»Und wer, meinen Sie, ist es?«

»Der Ninja.«

Er hörte, wie Croaker den Atem einzog. »Bleiben Sie, wo Sie sind, Linnear. Ich bin umgehend da.«

»Das nützt nichts. Er riecht Sie meilenweit.«

»Wir können doch nicht einfach stillsitzen und abwarten.«

»Glauben Sie mir, es ist die einzige Möglichkeit. Überlassen Sie ihn mir.«

»Ihnen? Wieso, zum Teufel?«

»Ich glaube, er ist hinter Tomkin her und hat es außerdem auf Justine abgesehen. Darum fahre ich auch raus.«

»Seit wann interessiert Sie Tomkins Sicherheit?« Jetzt wurde die Stimme im Draht schneidend.

»Seit ich für ihn arbeite. Seit heute.«

Er vernahm, wie der andere schwer atmete. »Hören Sie, Sie Scheißkerl...«

»Nein. Jetzt hören Sie mir mal gut zu. Sie haben überhaupt keine Ahnung, in was Sie sich da einlassen. Nicht die geringste Ahnung! Ich habe heute im *dõjõ* versucht, Ihnen eine Vorstellung davon zu geben. Aber ich fürchte, wir haben recht, wenn wir behaupten, daß die Menschen des Westens zu dickköpfig sind, um zu lernen.«

Nicholas warf den Hörer auf die Gabel und mischte sich unter die Menschenmenge, die die Treppe zum Gleis 17 hinunterging. Die ganze Zeit über spürte er das Kribbeln auf der Schädeldecke. Als er den Bahnsteig betrat, meinte er, für den Bruchteil einer Sekunde den Eindruck eines Gesichts erhascht zu haben. Es war nur eine ganz flüchtige Impression. Der Spuk eines bleichen Halbmonds von Gesicht, das sich im Halbprofil darbot. Doch irgend etwas daran machte ihn stutzig. Er wollte umkehren, aber die Menschen hinter ihm drängten ihn vorwärts.

Kurze Zeit darauf saß er im Zug an einem Fensterplatz. Das Gefühl im Nacken war verschwunden. Hatte es je existiert? Warum Fragen stellen, deren Antwort er wußte? Aber wieso sollte der Ninja ihm auf der Spur sein? Darauf fand er keine befriedigende Antwort.

Im Gang entstand Gedränge, als sich die letzten Passagiere durch die Türen zwängten. Die Klimaanlage versagte, jemand stöhnte.

Die Türen hatten sich aufseufzend geschlossen, eine Glokke ertönte, und der Bahnsteig glitt vorüber. Nicholas sah aus dem Fenster. Ein Neger fegte den Boden am anderen Ende des Bahnsteigs. Sonst war da nichts weiter als Muster aus Licht und Schatten, die sich verloren, als der Zug schneller fuhr.

Dann lag die Stadt hinter ihnen. Er dachte an Justine und begann einzunicken, den Kopf an die Fensterscheibe gelehnt.

»Die Fahrkarten, bitte.«

Er fuhr hoch. Sein Geist war erfüllt von dem bleichen Halbmond des Gesichts, dessen Züge seltsam unklar waren, als waberten abendliche Sommernebel vor seinem inneren Auge.

Gelda lachte. Und wenn sie lachte, bebten ihre Brüste, was Dare sehr wollüstig fand.

Dare gelang es immer, Gelda zum Lachen zu bringen. Das war einer der Gründe, warum Gelda sie mochte. Und ihres Körpers wegen. Dares Haut war durchgehend goldbraun, kein Bikiniweiß unterbrach die gleichmäßige Sonnenbräune. Oder war es womöglich Dares natürliche Hautfarbe? Gelda fragte nie. Dare war groß, größer als Gelda, die schon nicht als klein zu bezeichnen war. Sie war langgliedrig und schmal, ohne etwa mager oder auffällig muskulös zu sein. Sie war gleichzeitig jungenhaft und weiblich. Sie besaß kleine gerundete, hoch angesetzte Brüste, eine schmale Taille und schlanke Hüften. Weder in ihrer Haltung noch in der Art, wie sie sich kleidete, lag etwas Männliches. Sie hatte dichtes blondes Haar, das sie lang trug. Das Blond war echt.

Dares Beine waren länger und schmaler als die von Gelda und herrlich geformt. Sie liebte den Westen: die sonnengebräunte Männlichkeit, die fließenden Bewegungen in den Muskeln dahingaloppierender Pferde; vor allem aber liebte sie die Gesetzlosigkeit.

Wie recht Pear hatte, als sie meinte, die Nacht werde wohl mehr Vergnügen als Arbeit bringen!

»Diesmal hab' ich beinahe einen gefunden, G«, sagte Dare soeben. Sie legte sich entspannt in der Wanne zurück; das Badezimmer duftete nach Veilchen. Gelda kniete neben der Wanne und drehte an den kristallenen Wasserhähnen. Wasser stürzte in das weiße Porzellanbecken zwischen Dares gespreizte Beine, auf den dichten wirren Haarbusch, der durch die Nässe die Farbe von Karamellen annahm.

»Aber, weißt du«, fuhr sie fort, »als es dann so weit war – ... ich konnte es kaum glauben.«

»Was war denn?« fragte Gelda und ließ heißes Wasser dazulaufen.

»Was meinst du wohl?« Ihre Stimme nahm einen weinerlichen Tonfall an. »Mein wunderbarer, großkalibriger Texaner, dieser Rassehengst, entpuppte sich nun – als Homo.« Sie ließ die Arme aus der Wanne hängen, wand den Po, als das Wasser an ihrem Körper hochstieg. »Er weinte in meinem Bett und sagte, Frauen schüchterten ihn ein.« Sie legte den Kopf zurück, schloß die Augen, genoß die Wärme des Badewassers. »Oh, ich werde niemals einen Mann finden.« Ihre Lider hoben sich, ihre grauen Augen senkten sich in Geldas topasfarbene. »Aber du sollst doch etwas wissen.« Ihre Stimme senkte sich zu einem heiseren Flüstern. »Ich glaube, es ist mir inzwischen gleichgültig. Ich habe dich, und es gibt nichts auf der Welt, was meinem Herzen teurer wäre.« Sie hob die Arme, streckte sie aus. »Komm zu mir, komm ins Wasser, Liebling, da draußen ist es zu kalt.«

Gelda erhob sich und warf den pfirsichfarbenen seidenen Morgenmantel ab. Er fiel mit einem sinnlichen Rascheln auf den gekachelten Boden. Dare erschauerte, als sie so splitternackt vor ihr stand.

Ihre Hände berührten sich, als Gelda in die dampfende Wanne stieg. Dare rückte beiseite, damit es Gelda bequem hatte.

»Es gibt niemanden wie dich«, flüsterte Dare. »Bestimmt nicht.« Sie streichelte Geldas Schultern, ließ die Hände zärtlich über deren Brüste gleiten. »Deswegen ist mir auch die Höhe des Honorars schnuppe.«

Gelda strich unter Wasser über die Schenkel der anderen, sehr zart, nur mit den Spitzen ihrer langen Fingernägel. »Und was wäre«, sagte sie leise, »wenn ich nichts verlangen würde?«

Dare kräuselte die Stirn, und Gelda strich mit dem Zeigefinger über die Stelle. »Laß das«, sagte sie.

Dares volle Lippen öffneten sich zu einem Lächeln. »Ich komme hierher, um dich zu sehen, Liebling. Zufällig kostet das auch noch Geld. Na und, was soll's? Geld kommt, Geld geht. Du bist besser als ein Gramm Koks oder ein russischer Zobel.«

Gerda lächelete. »Soll das etwa ein Kompliment sein?«

Dare lachte auf. »Du weißt genau, daß es eins ist.«

»Du bist die einzige Frau, die ich auf diese Art haben möchte«, sagte Gelda.

Punkt sechs Uhr fünfzehn traf Vincent Leutnant Croaker bei ›Michita‹. Das Restaurant war bereits gerammelt voll von Gästen, die vor dem Theater noch eine Kleinigkeit zu sich nehmen wollten.

Der Raum war L-förmig, dämmerig, und Holzwände trennten die Tische voneinander ab. Die *sushi*-Bar zu ihrer Linken war vielleicht zu drei Viertel besetzt. Vincent erblickte nur einen einzigen Amerikaner.

Sie wurden in den hinteren Teil des Restaurants geführt, wo kein ›westliches‹ Ambiente, vielmehr eine Reihe von intimen *tatami*-Zimmern zu finden war. Dieser traditionelle Trakt war mit Schilfmatten ausgelegt, es gab keine Stühle, nur niedrige Tische, um die die Gäste im Schneidersitz hockten. Die *tatami*-Zimmer wurden von *shõji* abgeschirmt.

Vincent bestellte Sake für beide, dann streiften sie die Schuhe ab und betraten den abgeteilten Raum. Ein Kellner legte ledergebundene Speisekarten auf den schimmernden Holztisch und ging, um ihre Getränke zu holen.

Croaker schob einen Aktenordner auf den Tisch, nahm zwei DIN A4-Blätter heraus und plazierte sie nebeneinander vor Vincent auf die Tischplatte. »Haben Sie einen solchen Mann schon einmal gesehen?«

Es waren Phantomzeichnungen. Sie stellten einen Mann Anfang Dreißig dar, mit asiatischen Gesichtszügen, breiter Nase, flachen Wangen und undurchdringlichen Augen. Sein Haar war lang.

Vincent betrachtete die Zeichnungen eingehend, dann schüttelte er den Kopf. »Nein. Aber um die Wahrheit zu sagen, es hätte mich auch sehr überrascht, wenn es der Fall gewesen wäre.«

»Warum?«

»Das ist der Mann, der in Terrys *dõjõ* kam – an dem Tag, als er und Eileen ermordet wurden. Stimmt's?«

»Woher wissen Sie das?«

Der Sake wurde gebracht, und sie schwiegen, während der Kellner die winzigen Gefäße füllte. Als er gegangen war, sah Croaker Vincent fragend an.

»An jenem Abend habe ich mit Terry gegessen«, sagte Vincent langsam. »Ich war derjenige, der die ganze Zeit geredet hat.« Seine Stimme klang traurig. »Heute tut es mir leid, daß ich soviel geredet habe, denn Terry ging offenbar etwas im Kopf herum. Irgend etwas lag ihm am Herzen. Er erwähnte kurz einen Japaner, der am Nachmittag bei ihm erschienen war, um Karate, Aikido und Kendo zu trainieren.« Er nippte an seinem Sake und hob die Hand. »Ich möchte keine Mutmaßungen anstellen. Aber, Bennoku, der *kenjutsu-sensei* von Terrys *dōjō*, war für zehn Tage im Urlaub. Wenn dieser Unbekannte zu Terry kam, um *kenjutsu* zu trainieren, dann gab es nur einen, der mit ihm arbeiten konnte – Terry selbst.«

Croaker hob die Schultern. »Und was ist daran so Besonderes? Linnear sagte mir, daß Tanaka Experte in *kenjutsu* war – ein *sensei,* so nennen Sie das doch?«

Vincent nickte. »Ja. Aber offenbar hat Nick Ihnen nicht gesagt, daß Terry sein *katana* nicht mehr benutzte. Er hatte, ich kann es nicht anders umschreiben, eine geistige Wandlung erfahren. Er empfand keine Freude mehr an *kenjutsu,* er übte es nicht mehr aus.«

»Wie lange schon nicht mehr?«

»Das weiß ich nicht genau. Vielleicht sechs Monate.«

»Warum hat Linnear es mir nicht gesagt?«

Vincent goß ihnen beiden Sake nach. »Um Ihnen die Wahrheit zu sagen: ich bin nicht einmal sicher, daß Nick es wußte. Er – nun gut –, auch bei ihm ist so etwas wie eine Wandlung eingetreten, nur ist dieser Prozeß noch nicht beendet. Nicholas befindet sich noch mitten in dieser geistigen Auseinandersetzung. Ich kenne den Grund nicht. Wir sind einander immer noch sehr nahe, er und ich, und Nicholas war auch Terry sehr nahe; aber dieser hatte sich trotz allem irgendwie innerlich zurückgezogen. Ich bin sicher, Terry hatte die Möglichkeit, es Nicholas zu sagen. Aber ich vermute, er zog es vor, es nicht zu tun.« Vincent hob zweifelnd die Schultern. »Jedenfalls – wenn das hier der Mann ist . . .«, er tippte auf die Zeichnungen, »tritt er getarnt auf. Ich mag ihn kennen, oder vielleicht kennt ihn Nicholas; aber wir würden beide nie in der Lage sein, ihn einwandfrei zu identifizieren.«

Croaker nickte. »Okay.« Er wollte die Bilder wieder in den Aktenordner heften.

Vincent streckte seine Hand danach aus. »Warum warten Sie nicht damit, bis Nicholas kommt? Es könnte ihn verletzen, wenn er sie nicht zu sehen bekommt.«

»Linnear hat mich heute am Spätnachmittag angerufen. Er ist zurückgefahren. Seine Freundin hatte einen Unfall.« Croaker legte die Zeichnungen in den Ordner zurück. »Niemand sah diesen Mann in den *dōjō* gehen oder herauskommen. Dasselbe ist es mit Terrys Apartment.«

»Das überrascht mich nicht. Er ist ein Professioneller. Ein sehr gefährlicher Professioneller sogar. Ich fürchte, Sie wissen gar nicht, wem Sie da auf der Spur sind.«

»So ähnlich hat sich Linnear auch ausgedrückt«, knurrte Croaker. »Aber ich höre so etwas gar nicht gern.«

»Es ist die Wahrheit, Leutnant. Sie sollten den Tatsachen ins Gesicht sehen. Dieser Bursche kann jeden kriegen, den er vernichten will.«

»Selbst Raphael Tomkin?«

Vincent nickte. »Selbst ihn.«

»Man hat es mindestens ein dutzendmal versucht«, stellte Croaker fest. »Es waren ebenfalls Professionelle.«

Vincent seufzte. »Dieser ›Professionelle‹ ist anders. Wir sprechen nicht von einem Killer, einem Totschläger aus Detroit, oder wo immer diese Typen herkommen.«

»Aus Jersey City«, erwiderte Croaker dünn lächelnd.

»So? Nun, in unserem Fall handelt es sich um einen Ninja, Leutnant. Er ist nicht nur ein professioneller Killer, sondern dazu noch Houdini – Super- und Spiderman in einem.« Vincent trommelte mit den Fingerspitzen auf die Tischplatte. »Der Mann ist ein Hexenmeister.«

Croaker sah Vincent in die Augen, suchte nach einem Aufblitzen von Ironie, fand aber keines. »Sie meinen das doch nicht ernst, oder?«

»Auf die Gefahr hin, melodramatisch zu wirken – todernst.«

Der Kellner trat erneut an den Tisch. Sie bestellten ihr Essen und noch mehr Sake. »Lassen Sie sich Zeit«, sagte Vincent zum Kellner. Dieser nickte still und ging hinaus.

»Linnear hat mich heute zu einem *kenjutsu-dōjō* mitgenommen«, sagte Croaker.

»Zu welchem?«

»Ich kenne den Namen nicht. Ich habe den *sensei* gesehen. Ein Mann namens Fukashigi.«

Ein merkwürdiger Ausdruck trat in Vincents Augen. »Da dürfen Sie sich als privilegiert betrachten. Nur sehr wenige Menschen aus dem Westen dürfen einen *dōjō* betreten. Und – daß Nicholas Sie mitnimmt . . .« Er pfiff leise vor sich hin.

»Ja«, scherzte Croaker. »Und das auch noch, nachdem ich ihn beleidigt hatte. Nachtragend kann man ihn nicht nennen.«

Jetzt wurden Vincents Augen traurig. Er sagte: »Er war nicht betroffen. Es lag nicht bei ihm, zornig zu sein, sondern bei Ihnen. Sie haben Ihr Gesicht verloren.«

»Ich – mein Gesicht? Was meinen Sie damit?«

»Einfach das: Beziehungen basieren auf Achtung – gegenseitiger Achtung. Daraus entsteht Vertrauen. Und Verpflichtung. Ich werde Sie nicht fragen, was Sie getan haben . . . nein, sagen Sie es mir nicht. Ich wünsche nicht, es zu wissen. Aber ich will Ihnen nur das eine erklären: wenn Sie ihn beleidigt haben, dann ist seine Achtung für Sie gesunken.«

»Und was schert es mich, was er von mir hält?«

»Nun gut, vielleicht schert es Sie tatsächlich nicht«, lächelte Vincent. »Falls das der Fall ist, gibt es zu diesem Thema nichts mehr zu sagen.« Er trank einen Schluck Sake und füllte erneut die Schale.

Croaker räusperte sich, und nach einer Weile sagte er: »Führen Sie bitte Ihren Gedanken zu Ende.«

»Ich wollte nur sagen, daß es nicht Nicholas ist, der Ihnen verzeihen muß; er hat es wohl bereits getan. Sonst hätte er Sie nicht mitgenommen, damit Sie Fukashigi kennenlernen. Es liegt an Ihnen, Ihr inneres Gleichgewicht wiederherzustellen.«

»Und wie könnte mir das gelingen?« fragte Croaker mißtrauisch.

»Ach, wenn ich nur die Antwort auf diese Frage wüßte, dann wäre ich ein weiser Mann.« Vincent schüttelte den Kopf. »Und heute abend fühle ich mich nicht im geringsten weise, Leutnant.«

An der *shushi*-Bar saß ein Mann in unsichtbarer Maske. Seine flachen Wangenknochen hatte er erhöht, die breite Nase abgeflacht, die Ringe unter den Augen vertieft. Selbst seine Mutter hätte ihn nicht erkannt, und die war einst eine sehr kluge Frau gewesen.

Er war bei einem Teller mit *sashimi* angelangt, als Vincent und Leutnant Croaker das Restaurant betraten und zu einem *tatami*-Raum geführt wurden. Er wandte nicht den Kopf, aber er verfolgte ihren Weg aus den Augenwinkeln.

Kurze Zeit später schob er den Teller vorsichtig von sich und durchquerte die gesamte Länge des Raums, um zum Waschraum zu gelangen. Dabei mußte er an den *tatami*-Zimmern vorbeigehen. Der Waschraum war leer. Der Mann wusch sich die Hände und betrachtete sich dabei im Spiegel. Die Tür wurde geöffnet, und zwei Männer kamen herein. Der Mann ging hinaus, vorbei an den *shōji*-Wänden. Er bezahlte seine Rechnung und verließ das Restaurant.

Die Sommernacht war heiß. Er winkte ein Taxi herbei. Viermal mußte er den Wagen wechseln, bevor er den fand, der für seine Zwecke geeignet war.

Genau um acht Uhr achtzehn abends zog Polizeioffizier Pete Travine seinen Streifenwagen so scharf zur Seite, daß die rechten Räder den Bordstein streiften. Zum zweitenmal fuhr er jetzt die Achtundzwanzigste Straße ab. Er war ganz sicher, daß das, was er in der schmalen Gasse zwischen einem Backsteinwohngebäude und einem Schneidergeschäft erspäht hatte, vor zwanzig Minuten, als er das erste Mal hier vorbeigefahren war, noch nicht dagewesen war. Er dachte an die gute alte Zeit, da Polizisten noch zu zweit Streife gefahren waren. Seit der Finanzkrise im Stadthaushalt experimentierten sie in bestimmten Bezirken mit Solopatrouillen, trotz der Proteste, die sich dagegen erhoben.

Der Funk quakte immer wieder; aber es ging nur um Fälle, die nicht in seinem Bezirk lagen. Er parkte den blau-weißen Wagen, nahm die Taschenlampe, ließ das Licht über den dunklen Weg gleiten. Mülltonnen schimmerten auf. Es war sehr still hier, es gab keine Spaziergänger, nur das ferne Summen des dünnen Verkehrs auf der Lexington war zu hören.

Er öffnete die rechte Tür, stieg aus. Mit einer Hand ließ er das steife Lederhalfter aufschnappen, das er immer trug, wenn er Streife fuhr.

Vorsichtig ging er ein paar Schritte, bis er im Licht der Stablampe eine offenstehende Gittertür sah, hinter der vier oder fünf Steinstufen zu der betreffenden Gasse führten. Die Schmalseite des Backsteinhauses war fensterlos. Linkerhand über der Schneiderei lagen Wohnungen. Unheimliches, ständig wechselndes Licht wie bei einem Kaleidoskop, das man schüttelt, drang heraus. Die Bewohner hatten ihre Fernsehapparate in Betrieb.

Travine ging die Stufen hinunter. Er dachte kurz daran, in der Zentrale anzurufen, verwarf den Gedanken aber sofort wieder. Er wollte denen dort nur Konkretes berichten.

Hinter den aufgereihten Mülltonnen lagerten dunkle Schatten. Doch in dem fahlen Licht, das aus den Fenstern kam und seltsame Schatten auf die Ziegelmauer warf, die das linke Anwesen von der Gasse trennte, war jenes Etwas zu erkennen, das Travine aufgefallen war.

Jetzt stand er über dem unbekannten Objekt. Er nahm die Hand von seiner Pistole, um es zu berühren. Ein grober Leinensack bedeckte den Körper etwa zur Hälfte. Nun konnte Travine das Gesicht ausmachen. Er legte zwei Finger an die Halsschlagader des Mannes und erhielt bestätigt, was er vermutet hatte: Der Mann war tot.

Travine stand auf und ohne etwas zu verändern, stieg er die Stufen zur Straße hinauf. Er sah erst nach rechts, dann nach links. Ein Pärchen ging Arm in Arm vorbei. Sonst war alles still. Er nahm das Telefon im Streifenwagen ab und rief im Büro des Gerichtsarztes an. »Ich will nicht bis morgen hier stehen«, sagte er dem Kollegen. »Schick einen Arzt, und zwar ein bißchen plötzlich.«

Dann ging er zu dem Toten zurück, durchsuchte diesen nach Papieren. Er fand keine Brieftasche, kein Geld, keine Ausweispapiere, nichts. Aber der Mann war bestimmt kein Streuner. Travine berührte den Körper noch einmal; er war noch warm. Er erhob sich. In der Ferne hörte er Sirenen, die Nacht wurde von ihrem Heulen zerrissen.

Anhand von Fingerabdrücken war es möglich, den Toten innerhalb drei Stunden zu identifizieren. Dann allerdings begann man sich zu fragen, was mit seinem Taxi geschehen war.

Vincent stand vor dem ›Michita‹ und wartete auf ein Taxi.

Er war nicht betrunken, höchstens ein wenig beschwipst. Er fühlte sich leicht wie ein Luftballon, obwohl die Nacht heiß und schwül war. Alle Sorgen und Ärgernisse, die ihn seit Monaten bedrückten, waren von ihm abgefallen.

Er atmete tief durch, obwohl die Nachtluft schwer war von Auspuffgasen, den Gerüchen von Gebratenem, die aus einer Snackbar an der Ecke kamen. Ihm war, als sei er auf der Ginza in Tokio mit ihrem Menschengewimmel, dem gleißenden Neondschungel, in dem die Reklame für Nachtclubs und westliche Produkte blühte.

Er sah den Leuten zu, die an ihm vorüberströmten. Ihm war plötzlich ein wenig schwindlig. Er bekämpfte den Impuls zu kichern. Doch warum sollte er nicht kichern, wenn ihm danach war? Er kicherte laut. Niemand beachtete ihn.

Er setzte sich in westlicher Richtung in Bewegung. Wie eine Brandung, die an einen fernen Strand schlägt, klang das Rauschen des Verkehrs von der Sechsten Avenue herüber. Er mußte an Uraga denken, wo die Schiffe von Admiral Perry im Jahre 1853 vor Anker gegangen waren und den zweihundertfünfzig Jahren japanischer Isolation ein Ende gesetzt hatten. Wäre es besser gewesen, der Bann, der Japan in magischer Knechtschaft hielt, wäre nicht gebrochen worden?

Vor der Ecke zur Sechsten fuhr ein Taxi an, näherte sich auf der anderen Straßenseite. Als es auf gleicher Höhe mit ihm war, ging das Licht in dem Taxischild an. Es funkelte zu ihm herüber – ein schwebender Edelstein in der Nacht. Er war noch mit den Gedanken in Japan.

Geistesabwesend winkte er dem Fahrer. Das Taxi wendete, fuhr an den Bordstein heran. Es war ein Checker, groß und geräumig, mit Klimaanlage.

Drinnen gab es keine Trennscheibe, die Sitze waren aus beigefarbenem Leder.

Vincent nannte dem Fahrer seine Adresse und lehnte sich zurück. Der Wagen startete.

Selbst in den überfüllten modernen Straßen Tokios, dachte Vincent, fand man immer wieder, inmitten des urbanen Gewirrs, einen alten Shinto-Tempel, irgendwo verborgen zwischen zwei Hochhäusern. Man vernahm das geisterhafte Klingeln der Bronzeglöckchen, die im Laufe der Zeit Patina angesetzt hatten; man konnte den Weihrauch riechen, der spiralenförmig in den Himmel stieg. In solchen Augenblicken triumphierte die Seele des zeitlosen Japan unbefleckt von westlichen Einflüssen über die Auspuffgase, den Unrat der Konsumgesellschaft und schwang sich zu den althergebrachten Göttern auf.

Im Wagen war es dunkel. Er sah hinaus auf die glühenden Lichter der Stadt, stellte fest, daß sie sehr langsam fuhren. Er neigte sich nach vorn. »Hören Sie«, sagte er, »ich hab' nicht die ganze Nacht Zeit!«

Er sah, wie sich der Hinterkopf des Fahrers ein wenig hob, während der Mann in den Rückspiegel blickte. Vincent erkannte, daß dieser Japaner war. Er suchte nach dem Schild mit seinem Namen am Armaturenbrett. Doch die Lampe darüber war ausgeknipst. So konnte er nichts erkennen. Er sprach jetzt japanisch mit dem Fahrer, entschuldigte sich für sein ungeduldiges Verhalten.

»Schon gut«, sagte der Mann. »Die Nacht ist für uns alle nicht angenehm.«

Sie waren in die Vierundfünfzigste eingebogen, fuhren weiter nach Westen. An der Ecke bog der Fahrer in die Achte Avenue ein. Auf beiden Straßenseiten lagen schäbige Restaurants, ein Pornokino neben dem anderen. Überall lehnten Nutten in den Eingängen, hielten nach Kunden Ausschau. Dazwischen tummelten sich schwarze Zuhälter, kleine Drogenhändler und puertoricanische Stricher – der bleiche, fette Unterleib der Stadt in seiner ebenso unbekümmerten wie lasterhaften Pracht.

Der Fahrer fuhr an einer Kreuzung bei Gelb weiter, hielt an der nächsten bei Rot.

»Das ist eine Nacht wie zu Hause«, sagte Vincent auf Japanisch.

»Soweit hätte es nicht kommen müssen«, sagte der Mann.

Vincent stellte sich wieder Perrys vier Kriegsschiffe vor, wie sie in den Hafen von Uraga einfuhren. Vielleicht hat er recht, dachte er. »Es hätte nicht soweit kommen müssen.«

Der Fahrer drehte sich um. In den tanzenden Lichtern eines Kinos war sein Gesicht blau und grün. Sein Mund öffnete sich zu einem Lächeln. Ein schwarzes Rechteck, das geradesogut zu einer Nõ-Maske gehören konnte. Die Augen waren wie Steine, strahlten auch nicht den geringsten Anflug von Wärme oder gar Herzlichkeit aus.

Dieser Kontrast zwischen dem Lächeln des Mundes und der Feindseligkeit der Augen verlieh dem Mann etwas erschreckend Boshaftes. Vincent mußte an das erste Nõ-Spiel denken, dem er im Alter von sechs Jahren beigewohnt hatte, an die Dämonenmasken, die ihm damals so entsetzlich furchteinflößend erschienen waren.

Irgend etwas an diesem Gesicht war seltsam. Das Licht war zu schwach, er konnte nicht feststellen, was es war – er neigte sich vor. Es schien, als sei die Haut des Mannes fleckig, wie mit ...

Er sank zurück. Sein Geist war betäubt von dem, was er wahrgenommen hatte. Aber seine Reflexe waren durch den Alkohol verlangsamt, er sah, wie die Wangen des Mannes sich blähten, wie das Gesicht auf ihn zukam – einer Viper gleich. Die Lippen darin waren zu einem O geformt, die Wangen prall. Ein feiner Nebel schoß aus der Öffnung des Mundes, sprang ihn mitten im Luftholen an. Er hatte bereits etwas davon geschluckt, ehe er den Atem anhielt.

Croaker saß immer noch im Schneidersitz in dem *tatami*-Zimmer, den Kopf auf eine Faust gestützt. Vincent war gegangen. Croaker bestellte noch einmal Sake und dachte grimmig daran, daß er irgendwann einmal nach Hause mußte. Er kippte den Rest Reiswein hinunter. Der war kalt, und Croaker wartete geduldig auf die frische Flasche. Er mochte das Zeug. Es schmeckte zwar nach nichts, aber es machte einen herrlich *high.*

Ich will nicht nach Hause zu Alison, dachte er. Das überraschte und ärgerte ihn zugleich. Ich bin nicht einmal böse auf Alison, dachte er. Er wollte einfach nichts mehr mit ihr zu tun haben. Er hatte schon zu viele Gedanken daran verschwendet, wie es möglich war, daß zwei Menschen eine Zeitlang so viel füreinander empfinden konnten, und dann plötzlich überhaupt nichts mehr. So ist der Mensch nun einmal, philosophierte er. Aber es war eine teuflische Sache.

Der Sake kam, und er hieß den Kellner, die Tasse zu füllen. Er trank diese sogleich aus und goß sich wieder ein. Es reizte ihn, Matty, ›den Mund‹, anzurufen, aber er befürchtete, daß damit diese Didion-Geschichte endgültig platzen würde. Der ganze Fall schien nur auf einer schillernden Seifenblase zu ruhen: Er mußte den Namen und die Adresse dieser Frau haben.

Er hätte nicht die Augen schließen müssen, um das Bild von Angela Didions Wohnung vor sich zu haben. Aber er tat es trotzdem. Er ging noch einmal alles durch.

Das erste, was er bemerkte, als er sie betrat, war der süßliche Geruch. Äther? Das abgedunkelte Wohnzimmer gab nichts preis, aber im Schlafzimmer bemerkte er sofort die indische Pfeife, und als er daran roch, war alles klar: Opium. Er kostete mit der Zungenspitze: Von höchster Qualität. Sehr stark. Kaum auf der Straße gekauft. Aber schließlich war das Angela Didions Schlafzimmer, und eine Frau, die höchstwahrscheinlich das am besten bezahlte Modell der Welt war, würde wohl nur das Beste vom Besten wählen.

Er streifte sich Chirurgenhandschuhe über, ging zum Wandschrank gegenüber dem riesigen Bett. Das Schlafzimmer war ganz in Mitternachtsblau gehalten, angefangen von der Tapete bis hin zu den seidenen Lampenschirmen. Die Bettlampe hatte gebrannt, als er das Zimmer betrat.

Behutsam öffnete er die Schiebetür. Im Schrank hingen Seidenkleider von Calvin Klein und Ferragamo, ferner sechs Pelzmäntel, angefangen von einem bodenlangen russischen Zobel bis hin zu einem atemberaubenden dreiviertellangen Silberluchs. Darunter standen aufgereiht Schuhe von Botticelli und Charles Jourdan.

Auf dem tiefen Teppich zwischen Bett und Garderobenschrank lag eine schwarze Seidenjacke. Er ging vorsichtig darum herum, um sich dem Bett zu nähern. Es war ein ovales Etwas, vermutlich Maßanfertigung. Jedenfalls gab es derlei nicht in einem Kaufhaus. Laken und Zudecke waren mitternachtsblau, die Bezüge der Kissen aus mitternachtsblauer Seide. Letztere schienen um Angela Didions Füße zu spielen wie die Wellen einer gefährlichen Brandung, die sie jeden Augenblick verschlingen konnte.

Angela Didion hing mit dem Oberkörper über die Bettkante. Das lange honigblonde Haar floß über den Teppich. Sie war geschminkt, die Wimpern mit Mascara gefärbt, Wangen und Lippen mit Rouge bedeckt. Sie war nackt bis auf eine dünne Goldkette um ihre Taille, die ihren einzigen Schmuck bildete. Sie lag auf der linken Seite des Bettes. Auf der rechten war das Kopfkissen eingedrückt, als hätte jemand darauf gelegen. Auf den Laken waren Flecken zu erkennen, die noch feucht wirkten. Doch nirgendwo war Blut zu sehen. Ein Kissen war unter Angela Didions winzigen Po geschoben.

Irgend jemand hatte sie fürchterlich zugerichtet. Sie hatte blutunterlaufene Stellen, die sich zusehends an einer Seite ihres Halses, auf der Brust, zwischen den Rippen und dem Unterleib verdunkelten. Ihr Rücken war gekrümmt – wie in Ekstase. Ihr Gesicht war ausdruckslos. Kein Anzeichen von Schmerz, Angst oder Leidenschaft stand darauf zu lesen.

Sie muß eine ungewöhnliche Frau gewesen sein, dachte Croaker, als er auf die Leiche hinabsah, ihre Schönheit erstrahlte selbst über die Demütigung, die man ihr angetan, ja selbst über den Tod hinaus. Croaker machte es traurig, daß ein so herrliches Geschöpf auf so grausame Weise zerstört worden war.

Er riß sich zusammen, ging abermals um das Bett herum und kniete neben der seidenen Jacke nieder, deren Schwarz auf dem tiefen Blau des Teppichs fast nicht zu erkennen war.

Vorsichtig hob er sie mit der Spitze seines Zeigefingers hoch, roch daran. Ein schwacher Parfümduft entströmte dem Kleidungsstück. Er erhob sich, ging zu Angela Didions Frisiertisch. Er erblickte den elfenbeinernen Kamm, die dazu passenden Bürsten, die ovalen Schildpattspiegel, die Schminkutensilien, Tiegel und Dosen mit Wimperntusche, Lidschatten, Rouge, Puder, Cremes. Außerdem standen zwei Parfümflaschen auf einem silbernen Tablett. Die Marken waren ›Joy‹ und ›Bal à Versailles‹. Er roch an beiden Flakons, lange, sorgsam. Um sicherzugehen, begab er sich zu dem seidenen Kleidungsstück auf dem Teppich zurück, überzeugte sich davon, daß ihm ein anderer Duft anhing.

Er hatte danach viel Zeit gebraucht und Schwerstarbeit verrichtet, um Matty, ›den Mund‹, zum Reden zu bringen. Nun wartete Croaker ungeduldig auf Namen und Adresse der Geliebten von Angela Didion. Um exakter zu sein: auf einen bestimmten Namen.

Nach der Größe der Jacke zu urteilen, war diejenige, die sie trug, zu zierlich, um einem erwachsenen Menschen so grauenhafte Mißhandlungen zuzufügen, wie sie Angela Didions Leiche aufwies. Und es war kein Gegenstand dazu benutzt worden, wie der Gerichtsarzt feststellte. Diese seien nur durch Fäuste verursacht worden, war seine Meinung. Und um solche Fausthiebe austeilen zu können, dazu müßte jemand stark und kräftig gebaut sein.

Nein, die Unbekannte war keine Mörderin. Aber, und

davon war Croaker überzeugt, sie war Zeugin des Mordes. Sie wußte alles! Und sie hat irre Angst.

Komm schon, Matty, spuck's aus, dachte er.

Croakers Hand auf dem Tisch zitterte; er sah sie an, als gehöre sie gar nicht zu ihm. Da wollte es der Teufel, daß er wußte, wer Angela Didion ermordet hatte, aber ohne diese eine Zeugin nicht weiterkam. Die paar Vermutungen, Theorien und Indizien, die er besaß, würden McCabe nicht zufriedenstellen, geschweige denn, für eine Verhaftung ausreichen. Himmel, wie sehr er es haßte, auf einen anderen angewiesen zu sein. Er hatte sieben Jahre gebraucht, Matty, ›den Mund‹, aufzubauen, und jetzt sah es endlich so aus, als würde sich die Mühe auszahlen. *Falls er durchkam.*

Was Croaker auf diesen Ninja-Fall zurückbrachte. Auch bei diesem trat er auf der Stelle. Croaker wußte aus langer bitterer Erfahrung, daß das außerordentlich gefährlich war, weil damit eine Menge Menschen in Gefahr waren.

Dann war da noch das Problem Nicholas Linnear. Vincent hatte recht; und er, Croaker, fühlte es instinktiv: Er hatte Linnear zutiefst verletzt. Gleichzeitig wurde ihm immer klarer, daß Linnear womöglich der Schlüssel zu dem Fall war. Croaker sah auf seine Uhr, dachte kurz daran, Linnear anzurufen, verwarf den Gedanken sofort wieder. Das Telefon war ohnehin nicht das richtige Medium dafür. Er seufzte und trank noch die Flasche Sake leer. Eigentlich sollte er jetzt nach Hause gehen, aber der Gedanke war ihm unerträglich; andererseits wollte er jetzt eine Frau. In sein Bewußtsein tauchte langsam, nebelartig, ein Bild. Urplötzlich versteifte er sich. Das Gesicht erschien ihm bekannt, wo hatte er es schon einmal gesehen? Vielleicht auf einem Plakat? Existierte diese Frau, deren Bild da aus seinem tiefsten Inneren aufstieg, überhaupt? Oder hatte es sie womöglich nie gegeben?

Vincent atmete prustend aus, versuchte, seine Lungen von dem Nebel zu befreien. Es war ein sinnloses Unterfangen; sein Geist wußte es, doch sein Körper kämpfte um jede Chance.

Seine Augen fingen an zu brennen und zu tränen. Blindlings tastete er nach dem Türgriff. Der Wagen fuhr an, als die Ampel auf Grün wechselte. Er lehnte sich gegen die Tür, sie ging beim zweiten Versuch endlich auf. Die Straße raste auf ihn zu, als er hinaustaumelte. Hupen plärrten. Er konnte das Quietschen von Bremsen hören, Rufen. Dann war er auf den Beinen und lief wankend weiter, rutschte auf Hundekot aus wie auf einer Bananenschale, breitete die Arme aus, um ins Gleichgewicht zu kommen, erreichte den Bürgersteig.

Hinter sich spürte er die drohend ragende Masse des Wagens, als der Fahrer diesen nach rechts riß und heraussprang.

»He!« schrie er. »Kommen Sie gefälligst zurück. Ich will mein Geld haben!«

Vincent torkelte durch die Menge, rannte in Passanten. Schwarze Gesichter drehten sich ihm zu, riesige Augen starrten ihn an.

Er gab sich keinerlei Illusionen hin: Selbst ohne den typischen Geruch wäre er sicher gewesen. Das Zeug, das er eingeatmet hatte, war ein Nervengift.

Er sah sich um, konnte seinen Verfolger nicht entdecken. Er taumelte auf die Straße, versuchte ein Taxi heranzuwinken – nein, das hatte keinen Sinn, und in dieser Gegend würde er auch schwerlich einen Polizisten finden. Da sah er den Mann auf sich zukommen: Er ging gelassen am Rande der Menge entlang.

Vincent stürzte sich wieder in das Menschengewimmel auf dem Trottoir. Er lief jetzt, aber durch hastiges Laufen würde das Gift nur um so schneller in seine Blutbahn gelangen. Sein Herz pochte schon wie rasend, seine Fingerspitzen waren bereits taub – ein schlechtes Zeichen. Doch der Mann folgte ihm, für den Fall, daß er noch nicht genügend Gift eingeatmet hatte . . . .

Er fing wieder an zu laufen – und wußte doch, daß dies das Gift nur noch schneller durch seinen Körper jagen würde. *Gebrauche deinen Verstand, um diesem Dämon zu begegnen!*

Er bog nach rechts ein, um sich irgendwo zu übergeben. Da sah er wieder den Mann.

Ihm war, als könne er nicht genug Sauerstoff in die Lungen bekommen. Seine Arme wurden lahm, und er mußte sich zwingen, seine Beine zu bewegen. Von irgendwoher hörte er heiseres Rufen und das Geräusch rennender Füße. Wie ein Wahnsinniger schob er sich durch die Menschenmenge, seine Gedanken rasten, drehten sich im Kreis, er bemühte sich, Klarheit zu erlangen . . . *Der Nebel.* Was für ein Narr er doch war! Die Sprühtröpfchen wurden durch die Poren der Haut aufgenommen. Das Brennen hätte es ihm schon seit einer Weile sagen müssen. Atmen beschleunigte die Wirkung nur.

Er war sich im klaren darüber, wie schrecklich allein er hier, mitten auf einer der Hauptstraßen, war, und wie wenig er Hilfe erwarten durfte. Ein Restaurant war ebenfalls nicht das richtige – zu hell erleuchtet. Er mußte irgendwohin entkommen, wo es dunkel war.

Es lag direkt vor ihm. Mit letzter Anstrengung, sein Herz hämmerte schmerzhaft, schleppte sich Vincent auf das Kino zu. Ein Riesenplakat zeigte eine Blondine mit üppigen Brüsten. Darunter war die Vergrößerung einer Zeitungskritik des Films angebracht. »Eine einzige Sexprovokation!« schrie die Überschrift. Vincent schubste einen Mann vor der Kasse beiseite, warf einen Schein auf die Zahlplatte, schob sich durch das Drehkreuz, überhörte die Rufe: »He, Mister, so warten Sie doch! Ihr Wechselgeld!«

Hineinstürzen ins Dunkel war eins. Verschwommene Schatten bewegten sich auf der Leinwand, und von überallher war tiefes Seufzen und Stöhnen zu vernehmen.

Vincent blinzelte, gewöhnte sich langsam an das Halbdunkel. Er sah sich nach der Männertoilette um. Ein Schild besagte, daß diese im 1. Stock zu finden sei. Unmöglich, daß er es bis dorthin schaffte.

Vorsichtig schob er sich nach hinten, vorbei an stehenden Zuschauern. Er kam an eine Reihe mit Automaten, die Popcorn, Süßigkeiten, Sodawasser enthielten.

Er grub in seinen Hosentaschen, fischte zwei Fünfundzwanzigcentstücke heraus. Er schob diese in den Schlitz, drückte auf irgendeinen Knopf. Er wartete ungeduldig, bis der gewachste Pappbecher herausfiel, Soda nachschoß. Er steckte die Hand in den Becher, fing die Eisstückchen auf. Er rieb sich mit dem Eis übers Gesicht. Er blinzelte, da er spürte, wie das kalte Wasser ihm in die Augen rann, übers Gesicht lief. Vielleicht hatte er es doch noch rechtzeitig geschafft. Das Eis war wie ein kühlender Balsam, linderte den Schmerz. Es gab eine Chance, doch, es gab eine. Das Taxi hatte zwar eine Klimaanlage, die Fenster waren geschlossen gewesen, aber er war sehr schnell herausgekommen. Er bemühte sich zu beurteilen, wie lange es wohl gedauert hatte, aber er gab es auf.

Er wandte den Kopf, sah zur Tür. Jemand kam herein. Jemand anderes ging hinaus. Für ihn waren es Schatten. War sein Verfolger bereits eingetroffen? Hier bot er jedenfalls ein perfektes Ziel.

Er ging wieder ins Kino zurück, den Mittelgang entlang. Sein Blickfeld schien klarer zu werden. Er konnte die Zuschauer sitzen sehen, still wie Statuen. Sein Kopf fuhr herum. Menschen kamen und gingen. Flackerndes Licht huschte über ihre Gesichter. Er drehte sich wieder der Leinwand zu.

Seine Hände fingen an zu zittern. Das konnte an dem verstärkten Ausstoß von Adrenalin liegen. Sein Mund war trokken, sein Atem ging schwer. Ansonsten aber fühlte er sich etwas besser als vorhin. Offenbar war die Dosis zu gering gewesen, um ihn zu töten. Er versuchte, sich zu entspannen, tief durchzuatmen; aber eine Seite seines Körpers schmerzte. Vielleicht von dem Gerenne?

Er fühlte sich mit jeder Minute besser. Denk nach! schrie es in ihm. Du mußt irgendwie hier herauskommen.

Die Zuschauer links hinter ihm standen auf, gingen. Schatten bewegten sich auf dem Gang, raschelten ... Jemand glitt auf den übernächsten Sitz in seiner Reihe. Sein Körper wurde steif, er wandte die Augen nach links, um zu sehen, wer ... Es war ein jüngerer Geschäftsmann, adrett gekleidet, mit kurz geschnittenem Haar, einem Attachékoffer auf den Knien – das Musterbild eines mittleren Angestellten.

Vincent wandte die Aufmerksamkeit von seinem Nachbarn ab, fing wieder an zu überlegen. Jemand berührte seinen Arm. Er fuhr zusammen. Der junge Mann, glattrasiert, mit geröteten Wangen, sicherlich auf der anderen Seite des Flusses irgendwo an den Jersey Palisades wohnend, wobei er eine Frau, zwei Kinder, einen Hund und einen Zweitwagen besaß, dieser hatte ihn freundlich auf den Arm getippt. Er neigte sich ihm zu. Seine Augen suchten die von Vincent. »Darf ich mich zu Ihnen setzen?« fragte der Mann hoffnungsvoll.

Sekundenlang starrte Vincent ihn sprachlos an, dann schüttelte er den Kopf, lehnte sich zur anderen Seite.

Er wischte sich über die Stirn, seine Finger wurden feucht. Aber er wußte jetzt, was er zu tun hatte; denn alles, was er tun konnte, hieß: warten.

Bei den Sitzen am Gang entstand Bewegung, ein Schatten blieb am Ende der Reihe stehen, in der Vincent saß. Er drehte vorsichtig ein wenig den Kopf, aber alles, was er sah, war eine dunkle, undefinierbare Masse. Der Geschäftsmann zwei Sitze weiter bewegte sich ein wenig, die Hände unter seinem Attachékoffer verborgen.

Jemand trat in Vincents Reihe. Vincent hielt den Atem an, sein Herz schlug heftig. *War es der Ninja?* Die schattenhafte Gestalt schob sich näher. Vincent verfolgte sie mit seinen Blicken. Sie war jetzt bei dem mit sich selbst beschäftigten Geschäftsmann angekommen. Vincent sah die Lichtreflexe in den Augen des Nahenden glitzern. *Es war der Ninja.* Dieser beugte sich vor, sagte etwas zu dem Geschäftsmann, der seine Beine bewegte, aber den Blick nicht von der Leinwand wandte.

Vincent bereitete sich auf das vor, was er zu tun hatte. Dafür brauchte er Schnelligkeit und Kraft und ... Jetzt war der Schatten neben ihm, ließ sich nicht nieder.

Vincent wollte sich bewegen. Nichts geschah. Seine Augen

traten aus den Höhlen. Er vermochte es nicht zu fassen: Er war wie gelähmt!

Er bemühte sich, seine Hände zu heben, aber seine Arme waren steif. Er versuchte aufzustehen, aber er hatte kein Gefühl mehr in den Beinen. Spürte seine Zehen nicht mehr, seine Wadenmuskeln – nichts. Da wußte er mit tödlicher Gewißheit, daß das Spray ihn nicht umbringen, sondern nur bewegungsunfähig machen sollte.

Der Schatten neigte sich über ihn, verdunkelte alles Licht. Er spürte die langsame Bewegung über sich, beobachtete ruhig, gleichsam distanziert, wie der Ninja noch näher kam und sanft den Unterarm gegen sein, Vincents, linkes Schlüsselbein drückte. Er spürte den Druck, blinzelte. Vielleicht zuckte einer seiner Finger, die da auf der Armlehne lagen. Doch in ihm war keine Furcht, kein Grauen, nur das Bild von Japan, die Vision jenes Felsenstrandes außerhalb von Uraga mit seinen armseligen Hütten, den schneeweißen Segeln der Fischerboote vor dem rotgelben Sonnenaufgang. Er sah die einsame Pinie auf dem Felsen, von Licht umflossen – eine düstere Schildwache seines Heimatlandes.

Tokio

Herbst 1963

»Das hier ist der ideale Ort, um den Sonnenuntergang zu beobachten«, sagte Cheong. Sie wandte sich zu Tai, reichte dieser das Lacktablett. Tai, sich verneigend, nahm es und verließ lautlos die Küche. Sie blieben allein.

»Siehst du, ich ließ deinen Vater den *shōji* entfernen und dafür Glas einsetzen.« Sie stieß ein kleines Lachen aus. »Natürlich war das für Itami ein Skandal. In ihrem Haus hätte es so etwas nicht gegeben.« Cheong seufzte, war mit einem Mal ernst. »Manchmal kann deine Tante sehr schwierig sein. Ich schäme mich, das zu sagen.«

»Itami ist keine Blutsverwandte, Mutter.«

Sie legte ihre schmale Hand über die seine und lächelte: »Manchmal, Nicholas, bindet der Geist stärker als das Blut. Vermutlich wirst auch du das noch erfahren, wenn du älter wirst.« Sie zog ihre Hand zurück. »Bist du hungrig?«

»Ja.«

»Fein. Tai hat deine Lieblingsspeise zubereitet.« Cheong deutete auf die Schüsseln.

»Meine Lieblingsspeise ist *dim sum*«, erwiderte er. »Aber Tai macht es nicht so gut wie du, obwohl du ihr doch das Rezept beigebracht hast.«

Cheong lachte, neigte sich ihm zu, küßte ihn auf die Wange. »Nun gut«, meinte sie leichthin, »an diesem Wochenende bereite ich dir *dim sum* zu.«

»Wievielerlei Arten?«

»Genügend«, sagte sie. »Genügend.«

Sie sah aus dem Fenster. Der Himmel am Horizont war senffarben, aber darüber schimmerte er mitternachtsdunkel. »Du kommst nicht mehr sehr oft, um dir das anzusehen, nicht wahr?«

»Das *bujutsu* nimmt viel Zeit in Anspruch, Mutter.«

»Ich weiß.« Sie zögerte. »Deine Schularbeiten leiden nicht darunter?« Es schien mehr eine rhetorische Frage zu sein.

»Es gibt keine Probleme damit.«

»Weißt du, mein Vater – «, sie sprach von So-Peng stets als von ihrem Vater, » – pflegte zu sagen, es ist ein großer Unterschied, wo du aufgewachsen bist. Deine Ahnen leben in deinem Blut.«

»Ach, ich weiß nicht recht«, antwortete Nicholas, »ich habe viele amerikanische Freunde, die alles tun, um aus diesen Zwängen auszubrechen, sich von ihren Eltern zu lösen . . .«

»Aber, mein Sohn, haben ihre Ahnen nicht doch den Fluß ihres Lebens bestimmt?«

Er sah sie nachdenklich an, dachte, daß sich ihre Meinung letztendlich als richtig erweisen würde.

»Alles, was ich jetzt bin, habe ich deinem Großvater zu verdanken«, sagte Cheong, »und alles, was er mich lehrte, kann ich jetzt an dich weitergeben.«

»Ich weiß so wenig von ihm.«

»Mit der Zeit wirst du es erfahren. Du bist noch jung.«

»Aber du warst viel jünger als ich, als du anfingst zu . . .«

»Es waren ganz andere Zeiten. Gefährliche Zeiten. Ich bin dankbar, daß dir dieses Elend erspart geblieben ist. Die Menschen sollten nicht so leiden müssen.« Ihr schönes Gesicht leuchtete in einem Lächeln auf. »Laß uns von angenehmeren Dingen sprechen.«

Ich will es wissen, sagte er sich in Gedanken. Ich will unbedingt wissen, was geschehen ist. Aber natürlich durfte er nicht danach fragen. Niemals. Falls sie sich entschließen sollte, ihm eines Tages alles zu erzählen . . . Aber das würde wohl nie eintreffen. Er bezweifelte, daß sein Vater mehr wußte. Es war wohl ein Geheimnis zwischen Cheong und So-Peng. Und So-Peng war schon lange tot.

»Deine Tante fragte heute nach dir«, sagte sie und unterbrach damit den Fluß seiner Gedanken. »Sie tut es jedesmal, wenn sie zu Besuch kommt.«

»Es ist sehr freundlich von ihr, an mich zu denken.«

»Ja.« Cheong lächelte und berührte ihn leicht. »Das solltest du ihr sagen. Es wird sie sehr glücklich machen.«

»Ich kann mir nicht denken . . .«

»Nicholas, Itami sieht uns – uns alle – als Teil ihrer Familie. Sie schätzt dich sehr.«

»Manchmal – manchmal macht sie es einem schwer, daran zu glauben.«

»Gewiß. Nun, die Menschen sind sehr vielschichtig. Geduld und Erkennen ist alles. Das zu lernen, ist wahrscheinlich schwer für dich. Dein Vater ist geduldig und ungeduldig zugleich. So bewältigt er die Dinge.« Sie strich ihm leicht über den Nacken, schüttelte den Kopf, als verwirre sie diese Erkenntnis. »Du bist ihm auf vielerlei Weise ähnlich. Auch darin, daß er schwer Freunde findet. Dennoch ist Asien seine Heimat, wie es die meine ist. Wir sind beide Kinder Ostasiens, auch wenn jeder seinen eigenen Weg beschreitet.«

»Das klingt so ernst. So – bedeutungsschwer.«

Sie lächelte: »Anders könnten wir nicht leben.«

Immer häufiger kamen jetzt Satsugai und Itami zum Essen. Seine Tante hatte schon immer zum Haus gehört – dafür hatte Cheong schon gesorgt. Aber nun wurde sie meist von ihrem Ehemann begleitet.

Je öfter Nicholas Satsugai lauschte, um so mehr begriff er, wie Japan von Männern wie diesem, die zu dem mächtigen *zaibatsu*-Klüngel gehörten, in den unheilvollen Krieg getrieben wurde. Nicht, daß Satsugai je von den Vorgängen vor oder während des Krieges erzählte. Es schien, als hätte dieser Krieg für ihn nie stattgefunden. Wie der Vogel Strauß, der seinen Kopf in den Sand steckt, stellte Satsugai sich blind. Er wollte die schlimmen, weithin erkennbaren Narben im Antlitz der Städte und des Landes nicht sehen.

»In Japan waren die Kommunisten stets ein Problem, Oberst.« Nicholas erinnerte sich noch gut an diesen Satz, der an einem kühlen Herbstabend von Satsugai gesprochen wurde. Der Himmel war eben dabei, sich von Rostrot in Pflaumenblau zu verfärben, und der Wind, der in den Pinien seufzte, wehte scharf. Feiner Regen fiel schräg an das große Fenster des Arbeitszimmers, rann daran herab wie Tränen. Ein armseliger Zaunkönig scharrte in einem immer schmaler werdenden Geviert unter dem sorgsam beschnittenen Pflaumenspalier, in dem sich die Regentropfen wie Perlen fingen. Der Vogel legte das Köpfchen schief, schien den Himmel zu betrachten – als schätze er voller Ungeduld ab, wann er wieder zum Himmel auffliegen könne.

»Aber die Partei ist nicht stark genug, selbst heute nicht«, meinte der Oberst. Er drückte den Tabak in dem Pfeifenkopf fest und zündete ihn behutsam an.

»Mein lieber Oberst«, erwiderte Satsugai damals, »man darf nicht in Zahlen denken, um eine Gefahr bestimmen zu können, vor allem nicht hier in Japan.« Er sprach, als wäre Nicholas' Vater ein Tourist in diesem Land. »Eher sollte man deren mögliche Schlagkraft in Betracht ziehen. Bei der kommunistischen Partei geht es um mehr als Fanatiker und Verführte. Sie strebt eindeutig den Weltkommunismus an. Wir dürfen nicht in den Fehler verfallen, sie zu unterschätzen. Das würde ihr Vorwärtskommen nur begünstigen.«

Der Oberst antwortete nicht, er schien mit seiner Pfeife beschäftigt. Es war eine bernsteinfarbene rohe Bruyère mit gebogenem Stiel und hohem Kopf. Sie hatte ihn durch den ganzen Krieg begleitet und war ihm – wahrscheinlich gerade deshalb – besonders teuer. Sie war ein persönliches Symbol für ihn; und obwohl er mehr als fünfundzwanzig Pfeifen in seiner Sammlung hatte, rauchte er fast ausschließlich diese.

Bizarre Gedanken kommen einem in Kriegszeiten, dachte der Oberst. Und doch war dies nur zu begreiflich, wenn einem die Tage gezählt schienen, verdüstert von den Schrekken der Dschungelnächte, wenn Kameraden vom Maschinengewehrfeuer niedergemäht oder durch Minen in Stücke gerissen wurden – nur einen Schritt von einem selbst entfernt; oder wenn ein lautlos anschleichender Partisan einem den Körper vom Hals bis zum Nabel aufschlitzte. Da blieben dann nur noch diese sonderbaren Vorstellungen, um sich zwischen das eigene Selbst und den Wahnsinn zu schieben.

Der Oberst bildete sich damals ein, daß sich alles zum Guten für ihn wenden würde, solange er nur diese Pfeife besaß, solange er seine Hand um den heißen Stiel legen konnte oder das rauhe Holz des Pfeifenkopfes in seiner Jakkentasche zu spüren vermochte.

Als wäre es gestern geschehen, so klar war in ihm die Erinnerung an jenen Morgen im Frühsommer des Jahres 1945, als seine Einheit den Angriff auf Singapur begann. Sie hatten das Camp aufgelöst und bewegten sich langsam südwärts, wobei sie miteinander in ständigem Walkie-talkie-Kontakt standen.

Im Dschungel wollte der Oberst nach der besänftigenden Rundung des Pfeifenkopfes greifen und entdeckte, daß die Pfeife verschwunden war. Er suchte das Erdreich um sich herum ab, aber er konnte sie in dem feuchten Gewirr von Laub und Wurzeln nirgendwo entdecken. Panik ergriff ihn. Ohne weiteres Nachdenken befahl er seinen Soldaten den Rückzug zum Camp. Dort fand er die Pfeife, halb vergraben im lehmigen Boden. Er säuberte sie und wollte eben seinen Männern den Befehl zum abermaligen Vormarsch erteilen, als er das erste Anrollen der Woge spürte. Die Erde unter ihm erzitterte wie bei einem Erdbeben. Im Süden sahen sie den gewaltigen Geiser aus Erde und Baumteilen blutrot gen Himmel explodieren.

Schweigend winkte der Oberst seinen Leuten. Sie krochen auf dem Bauch vorwärts, im Zickzack durch den dichten Dschungel, und fanden die übrige Kompanie tot auf. Diejenigen, die nicht in das raffiniert angelegte Minenfeld gelaufen waren, hatten die Kampfjäger erwischt. Der Oberst griff in die Jackentasche nach seiner Pfeife. Die Bruyère fühlte sich warm an unter seinen schwieligen Fingern. Er nahm sie heraus und wies mit dem Pfeifenstiel gen Westen, führte seine Männer durch den stinkenden Sumpf, um die Todesfallen herum, ehe sie sich wieder nach Süden in Marsch setzten. Mitten in der Nacht erreichten sie das japanische Lager an der Rückseite. Ohne einen Laut nahmen sie die äußeren Wachposten gefangen und knüpften sie an den Bäumen auf. Der Oberst schickte die Hälfte seiner Männer nach Osten. Genau um 0.40 Uhr eröffnete der Oberst mit seinen Leuten von Süden her das Feuer auf das Lager. Rauch stieg in die Luft, die Maschinengewehre ratterten. Ein Teil der japanischen Lagerbesatzung wurde vernichtet. Der andere Teil versuchte zu fliehen und lief dabei direkt in die Feuerlinie des zweiten Kontingents der Einheit des Obersten.

»Satsugai«, sagte der Oberst ruhig, während das Grauen des Krieges sich noch immer in seinen Augen widerspiegelte und er eine Wolke aromatischen Rauchs von sich blies, »du kennst die Geschichte deines Landes so gut wie jeder von uns. Der Kommunismus bedeutet für Japan keine Bedrohung, wie du weißt. Viele zu starke Traditionen stehen gegen diese Art von idealisierter Gleichmacherei. Die Vorstellung, Japan zu bolschewisieren, ist lächerlich; die Bevölkerung würde dergleichen nie mitmachen.«

Satsugais Gesicht erstarrte in einem stählernen Lächeln. »Was immer ich glaube, ist wohl von geringer Bedeutung, *hai*? Nur das, was die Amerikaner glauben, das ist von Wichtigkeit! Sie begreifen die kommunistische Gefahr; sie wissen, daß wir von den *zaibatsu* das stärkste Bollwerk dieses Landes gegen den Kommunismus sind. Diesem kann man nicht mit liberalen Reformen beikommen. MacArthur hat das bereits 1947 festgestellt.«

Die Augen des Obersten blitzten. »Damals hegten wir alle große Hoffnungen für die Zukunft Japans, dann . . . «

»Hoffnungen, Oberst, hegen nur die Naiven«, entgegnete der andere grob. »Den Realitäten heißt es ins Auge zu sehen. Das Festland ist von den *genkainada* von Fukuoka einen Katzensprung entfernt. Die kommunistische Bedrohung ist Wirklichkeit, das versichere ich Ihnen. Die Kommunisten werden nie nachlassen, Japan zu infiltrieren. Sie werden alles daransetzen, die Regierung von Japan zu untergraben. Dagegen fordern wir strikte Maßnahmen und verstärkte Verordnungen. Wir können den Liberalismus nicht tolerieren, nicht in diesem Land. Das werden Sie gewiß einsehen.«

»Ich sehe nur ein Land, das zwischen zwei Interessen hin- und hergerissen ist, genau wie damals vor dem Krieg.«

Einen Moment lang verhakten sich die Blicke der beiden ineinander, schienen wahre Blitzgewitter auszulösen.

»Wenn damals, 1873, alles so gewesen wäre wie jetzt«, sagte Satsugai sanft, »wären die *seikanron* nicht vernichtet worden.« Er sprach vom Eintreten der *genyōsha* für eine militärische Intervention in Korea in jenem Jahr. Ein Fehlschlagen trieb die *genyōsha* zum offenen Kampf gegen die Meiji-Regierung – mit dem Versuch, Tomomi Iwakura zu beseitigen. »Vergessen Sie nicht, Oberst, daß in Korea ein Krieg nie stattgefunden hätte, wenn die *seikanron* damals Erfolg gehabt hätten; die Kommunisten führten in der Mandschurei längst ein Schattendasein«, fügte er bitter hinzu. »Aber so wie es aussieht, jagen die Amerikaner weiter erfolglos von Krieg zu Krieg.«

»Wie meinen Sie das?«

»Aber das ist doch glasklar, oder etwa nicht? Sie selbst haben in den Dschungeln Asiens gekämpft. Dort sind die amerikanischen Panzer, Kampfwagen und die Artillerie, selbst breitflächige Bombenangriffe, nicht die richtigen Gegenmittel, beziehungsweise Gegenmaßnahmen. Die Kommunisten sind viel zu gut organisiert, und – auf jeden Fall – besitzen sie ein schier unerschöpfliches Menschenreservoir.«

»Vietnam geht uns nichts an.« Die Pfeife des Obersten erkaltete, er schien es nicht zu bemerken.

»Entschuldigen Sie, Verehrtester«, Satsugai kreuzte die Beine, strich die Falte seiner weiten baumwollenen Hosen glatt, »aber in diesem Fall muß ich leider sagen, daß Sie im Unrecht sind. Wenn Vietnam fällt, wird Kambodscha fraglos das nächste Land sein, das dran ist. Und dann? Was wird aus Thailand? Nein, die sogenannte Domino-Theorie ist als Möglichkeit nur allzu realistisch. Dieser Tatbestand läßt einen frieren.«

Der Oberst schien halb zu schlafen. Seine kühlen blauen Augen waren von den Lidern verdeckt, die Iris darunter dunkel. Die kalte Pfeife stak immer noch fest in einem Mundwinkel. Er lauschte dem monotonen Plätschern des Regens, der an die Fenster schlug, aus der Dachrinne tropfte. Seine Gedanken weilten in der Vergangenheit.

Soviel Idealismus hatten sie mitgebracht. Auf jeden Fall zu Anfang. Aber MacArthur war ein paranoider Mensch. Um 1947 setzte die amerikanische ›Umkehr‹ ein. Man war nicht mehr so unbedingt auf Reparationszahlungen aus, Japan erschien zudem entmilitarisiert genug. In den Vereinigten Staaten begann vielmehr die Vorstellung Fuß zu fassen, daß Japan sich als Wachhund gegen den Kommunismus des Fernen Ostens einsetzen ließe. Um dieses Ziel zu erreichen, begannen sie mit zwei parallel laufenden Maßnahmen. Zunächst rehabilitierten sie viele der früheren rechten Politiker und Geschäftsleute, dann pumpten sie Millionen von Dollar in die japanische Wirtschaft.

Draußen frischte der Wind auf, warf den Regen hart gegen die Fensterscheiben. Am tiefhängenden Himmel gab es keine Farben mehr.

Diese kleine, furchtlose Gruppe von Männern ... so voller Enthusiasmus waren sie damals, 1945, gewesen, sicher, daß ihre Vision von einem wahrhaft demokratischen Japan, frei von feudalistischer Unterdrückung, das einzig Wahre für das Land sei. Wie naiv wir doch alle waren! dachte der Oberst traurig – gleichsam als inneres Echo auf Satsugais Worte. Jeder von ihnen, alle meine Freunde, sind mittlerweile aus meinem Gesichtskreis entschwunden.

Er sah, wie der Regen Tränen über das Glas rinnen ließ, die kalt und verloren wirkten. Ein heftiger Windstoß verfing sich in den nassen Blättern, die in den letzten Stunden von den Bäumen gefallen waren. Noch vor kurzem war Ataki hier gewesen, hatte sie aufgeharkt, sie in die Luft wirbeln und dahinschweben lassen wie winzige, uralte Flugmaschinen.

In den dreiundzwanzig Jahren, die er im Fernen Osten verbracht hatte, hatte sich der Oberst nie so fremd gefühlt wie in diesem Augenblick. Seine Isolation erschien ihm sowohl total als auch unabänderlich. Einer nach dem anderen aus diesem inneren Kreis, der durch Freundschaft zusammengehalten wurde, aus diesem Kern politischer Berater um MacArthur, wurde entweder entlassen oder versetzt. Ja, sie wußten kaum etwas von der politischen Maschinerie, die um sie herum in Gang gesetzt worden war, sie ahnten nichts von der schwankenden Haltung MacArthurs. Sie hielten treu zu ihm, selbst nach der Wende im Jahre 1947. Gegen jede Wahrscheinlichkeit hofften sie dennoch, daß ihr vereinter Einfluß helfen könne, die Flut aufzuhalten und den Demokratisierungsprozeß in Japan fortzuführen.

Jetzt, im Rückblick, war alles so klar, es lag so offen auf der Hand, wie blind sie die ganze Zeit über gewesen waren. Die Politik wurde auf der anderen Seite der Erde bestimmt, und von ihnen erwartete man nur deren kommentarlose Ausführung. Darüber hatte sie zu Beginn niemand aufgeklärt. Terlaine hatte seine eigene Meinung vertreten – und war entlassen worden; McKenzie hatten sie fertiggemacht; er tauchte irgendwann wieder in den Vereinigten Staaten auf – ein Niemand; und Robinson hatte sich vor zwei Jahren zurückgezogen, war in ›Pension gegangen‹, nachdem man ihn jahrelang gedemütigt hatte. Nur der Oberst war übriggeblieben. Der Mann aus Stahl. Aber sein Herz blutete, sein Geist war desillusioniert, leer. Er konnte den Gedanken nicht ertragen, daß sein Lebenswerk völlig bedeutungslos sein sollte. Diese Idee, für die er so lange und mit nie erlahmender Kraft gekämpft hatte. Das alles sollte nie zu einem guten Ziel führen?

Aber der Oberst konnte nicht aufgeben. Selbst jetzt nicht. Aufzugeben, das lag einfach nicht in seinem Wesen, ebensowenig, in Grübelei zu versinken. Er hatte gemeint, er sei klüger als alle; er hielte das entscheidende As in der Hand.

Es sieht so aus, dachte er, als ob ich das Spiel, das ich gespielt, verloren habe. Dieser Fuchs hat mich überlistet. Aber noch ist nicht alles vorbei. Es darf nicht sein. Ich lasse es nicht zu.

Der Gedanke kam ihm an einem Tag des Jahres 1946, nachdem Satsugai von der SCAP-Military Police verhaftet worden war. Scheinbar hatte der Oberst nicht die geringste Möglichkeit, irgend etwas für ihn zu tun. Satsugai war in Japan hinlänglich bekannt, als mächtiger Reaktionär, der Kopf eines der monströsen *zaibatsu*-Kartelle. Es war unvermeidlich, daß er in den Verdacht geriet, ein Kriegsverbrecher zu sein, und deshalb verhaftet wurde.

Itami verhielt sich in der Zeit der Scham mit stoischem Gleichmut, so, wie sie allen Dingen in ihrem Leben mit stoischem Gleichmut begegnet war. Aber Cheong reagierte hysterisch. Wenn sie damals zusammen im Bett lagen, flehte sie den Oberst an, einzuschreiten. Er rangierte hoch oben in der SCAP-Hierarchie, er war höchstpersönlicher Berater von General MacArthur. Es mußte ihm doch ein leichtes sein, Satsugai zu helfen.

»Mein Liebling«, hatte er damals erwidert, »die Dinge liegen nicht so einfach. Außerdem«, fügte er hinzu, »ist es durchaus möglich, daß Satsugai dessen schuldig ist, wessen er angeklagt wird.«

Aber dieser Satz vertiefte nur Cheongs Zorn. »Das ist gleichgültig«, sagte sie schlicht. »Er gehört zur Familie.«

»Du meinst, aus diesem Grunde sei er kein Verbrecher?«

»Ja.«

»Liebling, du redest dummes Zeug.«

»Das mag sein.« Ihre Stimme war sehr ernst und besaß dennoch Kraft, wie der Oberst verblüfft feststellte. »Aber ich sage dir, es ist deine Pflicht, der Familie zu dienen. Und wenn es sonst für Satsugai keine Hilfe gibt, dann mußt du ihm helfen. *Kakujin wa hombun wo tsukusa neba narimasen.* Jeder hat seine Pflicht zu erfüllen.«

Cheong ist eine sehr kluge Frau, dachte der Oberst, aber manchmal kann sie außergewöhnlich eigensinnig sein. Er wußte, es gab keine Möglichkeit, sie von ihrem Weg abzubringen, wußte auch, daß es im Haus so lange keinen Frieden gäbe, bis er bewies, daß er alles getan hatte, um seinen Einfluß zu nutzen.

Mit diesem Gedanken war er eingeschlafen. Und als er sehr früh erwachte, war die Idee geboren.

Es gab einen Weg, Satsugai zu befreien. Dessen war er sich jetzt ganz sicher. Aber den Plan in die Tat umzusetzen, hieß, ungeheure Risiken einzugehen. Er zweifelte nicht daran, den Gerichtshof zu überzeugen. Es lag einzig und allein daran, ob er es tun *wollte.*

Schließlich erkannte er, daß er keine andere Wahl hatte. Er wußte sehr viel über Satsugais Hintergrund; sogar mehr, als Satsugai ahnte. Die Verbindung zu Fukuoka war zu offensichtlich, um sie zu übersehen. Es war ihm ein leichtes, an die Akten zu kommen. Er unternahm angeblich eine Dienstreise nach Kyushu im Süden Japans, und dort fand er die Wahrheit. Satsugai war ein *Genyõsha*-Führer.

Würde das SCAP-Tribunal davon erfahren – ganz gleichgültig, welche entlastenden Dokumente Satsugai dann auch vorbrächte –, das Todesurteil wäre ihm sicher.

Jedoch – der Oberst dachte überhaupt nicht daran, seine Informationen weiterzugeben, an wen auch immer. Satsugais Tod würde ihm nichts nützen. Er wünschte die Vernichtung der *Genyõsha.* Satsugai sollte freigelassen, um dann wie ein Hund an der Leine geführt zu werden, an der Leine, die der Oberst fest in der Hand hielt. Früher oder später mußte Satsugai so den Oberst ins Zentrum der *Genyõsha* bringen.

Der Oberst wandte den Blick von dem regenüberströmten Fenster ins Zimmer zurück. Er betrachtete die schrägstehenden, mongolischen Augen seines Gegenübers. Sie waren so beherrscht, daß er darin nichts erkennen konnte, nichts, was der Mann ihn nicht sehen lassen wollte.

Es scheint so lange her, dachte der Oberst nun, daß ich ihn freibekam. Und er führte mich nirgendwo hin. Er wußte alles – von Anfang an. Er wußte, was ich wollte. Mir ist es gelungen, ihn als Macht auszuschalten, aber er wiederum hat mich blockiert. Der Oberst fühlte tiefe Trauer in seinem Herzen. Ich habe früher jedes Spiel gewonnen, dachte er. Was für ein Narr bin ich, auch hierbei nicht aufzugeben.

Daß Satsugai ihn haßte, war keine Überraschung für ihn. Schließlich kamen sie von entgegengesetzten Seiten des politischen Spektrums. Und obwohl der Oberst – besser als irgendein Mensch aus dem Westen – die Japaner in ihrer Haltung zu ihrer Tradition, ihrem Erbe verstand, obwohl er wußte, daß ohne diese Eigentümlichkeiten das Land geistig veröden würde, so wußte er doch auch, daß der Traditionalismus, den Satsugai repräsentierte, schlecht und egozentrisch war und Japan nur schaden würde.

Jetzt, da er ins Dämmerlicht des Zimmers sah, wußte der Oberst, daß er etwas ungeheuer Wichtiges in diesem Puzzle übersehen hatte. Irgendein winziges Stück, das der Schlüssel zu allem war, fehlte ihm. Davon war er nun überzeugt.

Bisher hatte er geglaubt, er habe Satsugais Geheimnis vor vielen Jahren ergründet und sein Verhalten danach ausgerichtet. Jetzt mißtraute er dieser Annahme, war zornig auf sich selbst, daß er so leicht zum Narren gehalten werden konnte. Er hat mit mir gespielt, als wäre ich ein Kind, dachte der Oberst zornig.

Mein Gott, ging es ihm weiter durch den Kopf, was ist es, das er seit Jahren vor mir verbirgt? Der alte Kämpe ist noch immer ein kluger Mann. Und dann begriff der Oberst, was er zu tun hatte. Schon viel zuviel Zeit war an einen sinnlosen Plan verschwendet worden. Wie sagte Satsugai doch so richtig? Ja, er mußte der Wirklichkeit ins Auge sehen. Und die Realität hieß, daß er aus der Sackgasse herauskommen mußte, wie auch immer. Dazu gab es nur noch einen Weg.

Der Oberst blickte über die weite Fläche seines Besitzes hin, die Bäume tropften vor Nässe, bogen sich im Wind. Er suchte nach dem Zaunkönig, aber dieser war längst verschwunden, vielleicht hatte er den Sturm der Sicherheit vorgezogen.

»Was hast du vom *Go Rin No Sho* gelernt?« fragte Kansatsu eines Tages im *dōjō*.

»Manches ist recht nützlich«, antwortete Nicholas. »Obwohl das meiste davon eigentlich nur gesunder Menschenverstand ist.«

»Viele betrachten ihn als Offenbarung.« Kansatsus Stimme war völlig neutral; er gab Nicholas kein Zeichen, was er dachte oder nicht dachte, oder was ihm wichtig erschien. Seine Augen schimmerten wie dunkles Glas, wirkten undurchdringlich.

Hinter ihnen glitt der Nachmittag in malvenfarbenes Zwielicht hinüber. Die Sonne war längst in einer Welle von Dunst versunken, das letzte Licht spiegelte sich verschwommen im Himmel, zerfloß auf den Bäumen, hüllte die Welt ein.

»Ich wünschte mir fast, du hättest ihn mich nie gelehrt.«

»Könntest du dich klarer ausdrücken?«

»Nun, da ist etwas, das ich – ich weiß nicht recht – als störend empfinde.«

Kansatsu sprach nicht, er stand nur abwartend da. Hinter ihm war das sanfte Dröhnen der *bokken* zu vernehmen, das gemeinsame Atmen.

»Manche mögen es tugendhafte Reinheit nennen«, sagte Nicholas vorsichtig. »Aber nicht ich. Für mich hat es eher – etwas Zwanghaftes an sich, in dem etwas Gefährliches liegt.«

»Kannst du mir genau erklären, was?«

»Ausschließlichkeit. Und Ausgeschlossenheit.«

Als hätte er die ganze Zeit an nichts anderes gedacht, sagte Kansatsu: »Weißt du etwas vom Leben Musashis?«

»Eigentlich nicht. Nein.«

»Miyamoto Musashi wurde 1584 geboren«, sagte Kansatsu ernst. »Wie du wohl weißt, war das nicht gerade Japans beste Zeit. Die *daimyo* hatten das Land in einen Kriegsschauplatz verwandelt. Heute würde man sagen, es gab unzählige Bürgerkriege.

Musashi war ein *ronin,* ein Brigant. Seine Familie kam aus dem Süden, aus Kyushu. Als er einundzwanzig war, hatte er bereits den Norden bereist, war in Kyoto gewesen und hatte dort seinen ersten Kampf bestritten, in dem er eine Familie ausrottete, die für den Jahre zuvor erfolgten Tod seines Vaters verantwortlich war.

Es gibt viele, viele Geschichten um Musashi, und man sollte aufmerksam lauschen, wenn sie erzählt werden. Wie man dies überhaupt tun sollte, wenn von historischen Persönlichkeiten unserer feudalistischen Vergangenheit berichtet wird. Aber Musashis Leben wird von Legenden überdeckt. Diese Mischung aus Wahrheit und Phantasie mag für den, der nichts als Unterhaltung sucht, recht und billig sein. Jedoch für den ernsthaften Studenten der Historie – und dazu sollten alle die gehören, die *bujutsu* erlernen wollen – kann es zu einer gefährlichen Verlockung werden.«

»Aber gerade Legenden erhalten die Samurai am Leben«, sagte Nicholas.

»Dem ist nicht so«, Kansatsus Stimme wurde leidenschaftlich. »Die Historie ist es, die den Krieger fortleben läßt. Die Geschichte und die Verpflichtung unseren Ahnen gegenüber,

Nicholas. Sonst nichts. Legenden beeinträchtigen das Urteilsvermögen. Selbst die Sinne werden von ihnen beeinflußt.

Beim *bujutsu* haben wir es mit ernsthaften Dingen zu tun. Mit der Verteidigung des Lebens, ja, denn täglich stehen wir dem Tod gegenüber, und es gibt so viele Masken, in denen er uns begegnet, daß wir sie nicht zählen können. Aber ohne äußerstes Verantwortungsbewußtsein ist es nicht möglich, das Gelernte anzuwenden. Mythos und Legende untergraben dieses Verantwortungsbewußtsein. Du mußt wissen, daß wir ohne *bushido* nichts anderes wären als *Ninja,* gewöhnliche Kriminelle, die durch die Straßen schleichen. Es ist so leicht, in Mythen zu schlüpfen. Zu leicht.«

Er streckte seine Hand aus, deutete an, daß Nicholas sich setzen solle. »Du bist einen langen Weg gegangen«, fuhr er fort. »Deine Technik ist makellos, und deine Fähigkeit zu lernen scheint unerschöpflich. Es bleibt nur noch eine Hürde, die du nehmen mußt. Und diese Hürde ist hoch. Ja, ich muß dir sagen, daß die meisten Studenten, die so weit gelangen wie du jetzt, niemals weiter kommen.

Nicholas, diese Hürde existiert in dir, und du mußt sie überspringen. Ich kann dir dabei nicht helfen.«

»Heißt das, daß ich den *ryu* verlassen soll?« Nicholas schluckte.

Kansatsu schüttelte den Kopf. »Ich meine nichts dergleichen. Du bist vollkommen frei, hierzubleiben, solange du zu bleiben wünschst.«

Nicholas wußte, daß ihm etwas entgangen war. Zornig ging er in Gedanken das Gespräch noch einmal durch, versuchte herauszufinden, was es war. Kansatsu schien nicht enttäuscht von ihm zu sein. Im Gegenteil, ihm war eher unterschwellig eine Art freudige Erregung anzumerken. Denk nach! Was war ihm entgangen?

Kansatsu erhob sich. »Anstatt eine Übungsstunde abzuhalten«, sagte er, »möchte ich, daß du heute vor der Klasse einige Übungen vorführst.« Er sah nachdenklich auf Nicholas herab. »Und nun komm.«

Er trat in die Mitte des Raumes, schlug einmal in die Hände. Jeder Laut, jede Bewegung erstarb sofort, und alle Köpfe, sowohl der Schüler als auch die der *sensei*, wandten sich ihm erwartungsvoll zu. Kansatsu wählte, planlos wie es schien, vier Schüler aus. Sie waren alle vier aus der letzten Klasse, gehörten zu den körperlich Stärksten des *ryu* und waren allesamt älter als Nicholas.

»Bitte, stellt euch um Nicholas«, sagte Kansatsu zu den Versammelten, und diese traten näher, um einen Kreis zu bilden. Kansatsu winkte einen *sensei,* der dem Meister seinen *bokken* übergab. Kansatsu reichte diesen Nicholas. »Nun«, flüsterte er, so daß nur Nicholas ihn hören konnte, »nun werden wir sehen, wie du die Worte des Niten-*ryu,* Musashis Schule, aufgenommen hast.«

Er trat zurück, ließ Nicholas mit einem *bokken* in jeder Hand inmitten der vier anderen Schüler stehen. Jeder von ihnen hielt nur einen *bokken.* Aber alle waren sie schon viel länger im *ryu* als er.

Die *Libelle,* zum Beispiel, stellte nur eine der *tai-sabaki*, der kreisenden Bewegungen, dar, die aus Gleiten und schnellen Drehungen bestanden, wie sie in Musashis ›Zwei-Himmel‹-*ryu* entwickelt worden waren.

Unzählige Male hatte er diese und andere Übungen mit äußerster Perfektion von Kansatsu ausgeführt gesehen. Und immer wieder hatte er in Übungsbüchern, die der *sensei* ihm gab, darüber gelesen. Er selbst hatte einige davon auch allein eingeübt. Aber noch nie im Kampf erprobt.

Er mußte sich die Strategie der anderen durch ihre ersten Bewegungen diktieren lassen, denn nur, wenn er sich ihren Attacken anpaßte, konnte er die *tai-sabaki* erfolgreich anwenden, und nur die *tai-sabaki* würde ihm den Sieg über die vier Gegner schenken.

Zwei kamen auf ihn zu, einer auf jeder Seite, beide hoben sie ihre *bokken* im traditionellen zweihändigen *kenjutsu*-Griff. Mit einem lauten Schrei schlugen sie gleichzeitig auf ihn ein.

Er hatte sich zum *Rückwärtsfliegenden Schmetterling* entschlossen. Er beschrieb mit seinen Waffen einen Bogen, dabei fegte der *bokken* in seiner rechten Hand herab, hieb gegen die Schenkel eines Studenten. Gleichzeitig hob er die andere Waffe, drehte seinen Oberkörper und schlug den erhobenen *bokken* gegen die Luftröhre des zweiten Studenten. Beide stürzten zu Boden, wurden aber sofort durch die anderen beiden Gegner ersetzt. Er wollte schon das *Wasserrad* anwenden, änderte aber sofort sein Vorhaben, als die Gegner mit einer anderen Taktik angriffen als die beiden zuvor.

Er trieb sie, immer noch mit kreisender Bewegung, auseinander, sein Rücken bog sich, sein rechter *bokken* fuhr in die Körpermitte des Studenten zu seiner Linken, während seine linke Waffe hochschoß, die des anderen Gegners unterschnitt. Dabei handelte es sich um das *Verflochtene Kreuz,* eine der schwierigsten Übungen der *tai-sabaki.*

Er kehrte in die Ruhestellung zurück, seine *bokken* gelassen im Gleichgewicht haltend. Sie erbebten in der Luft, als hätten sie eigenes Leben und wünschten, weitere Taten zu vollbringen.

»Saigõ«, hörte er Kansatsu rufen. Die vier Studenten zogen sich in den Hintergrund des Raumes zurück, und Saigõ trat vor. In letzter Zeit kam er nicht mehr so regelmäßig in den *ryu.* Nicholas wußte nicht, zu welchem anderen *ryu* er inzwischen gehörte, niemand schien es zu wissen, außer, daß es kein *ryu* in der näheren Umgebung Tokios war.

Ohne Vorwarnung stürzte Saigõ auf Nicholas zu. Sein *katana* stak zwar noch in der Scheide, aber im Nu, schattenhaft geradezu, war es frei und auf Nicholas gerichtet. Unter anderem war Saigõ auch Adept von *iaijutsu,* der *Kunst des Schnellen Ziehens,* geworden. Dabei war das Entscheidende, erst im Augenblick des Stoßes das Schwert aus der Scheide zu ziehen. Der *iai-sensei* vermochte seinen Feind zu töten, ehe dieser überhaupt gewahr wurde, daß er seine Waffe gezogen hatte.

Für eine Sekunde war Saigõ ungedeckt, nein, es war der Bruchteil einer Sekunde – denn im nächsten Moment stieß er mit tödlicher Kraft zu. Doch Nicholas drehte sich auf dem rechten Fuß nach rückwärts, so daß er Saigõ lediglich seine linke Seite darbot. Der Stoß, der Nicholas Herz galt, fuhr ins Leere, und Nicholas benutzte seinen linken *bokken* und wischte damit die Schneide des *katana* nach oben, von sich fort.

Nicholas setzte die Bewegung fort, indem er herumwirbelte, wobei er für einen Augenblick seinem Gegner seinen Rükken darbot. Doch schon im nächsten Moment vollendete er die Drehung, und sein rechter *bokken* zischte in Saigõs ungeschützte Seite. Hiermit hatte er das *Wasserrad* praktiziert.

Die ganze Klasse beobachtete ihn, wie er auf gespreizten Beinen dastand, mit einem *bokken* auf jeder Seite, und auf Saigõs hingestreckten Körper hinunterblickte. In Kürze würde sich ein schlimmer blauer Fleck auf der Seite, wo er ihn getroffen hatte, bilden. Das war Nicholas klar. Und dieser Fleck würde frühestens nach einer Woche verschwinden.

In dem Raum war es mäuschenstill. Es war jene Art von Stille, die sich einem bleischwer auf die Gehörgänge legt, bis sie einem geradezu schmerzen.

Nicholas sah nur das Gesicht seines Vetters, das ihm zugewandt war. Niemals in seinem Leben hatte er einen Blick erfahren, der so voller Haß war wie der von Saigõ. Nicholas hatte bewirkt, daß er vor aller Augen im *ryu* sein Gesicht verloren hatte. Er, ein Fortgeschrittener, geschlagen von einem Schüler! Der stumme Zweikampf ihrer Blicke war so intensiv, daß die anderen vermeinten, ein Blitzstrahl müsse sich daran entzünden und in den Raum fahren.

Schließlich schlug Kansatsu zweimal in die Hände, und die Zuschauer lösten sich in kleine Gruppen auf. Für heute war der Unterricht beendet.

Nicholas spürte, daß er zitterte; seine Muskeln sprangen unbeherrscht unter seiner Haut. Die seelische Entladung und das freigesetzte Adrenalin ließen seinen Körper pulsieren. Sein Geist wußte, daß es vorbei war; aber sein Körper verlangte nach mehr Zeit, um sich auf die normale Situation einzustellen.

Tief atmete er ein und aus. Es war wie ein Erschauern.

Als er am Abend nach Hause zurückkehrte, öffnete ihm weder einer der Dienstboten noch Cheong die Tür, sondern – Yukio.

Er hatte sie in den vergangenen drei Jahren nur einmal kurz bei einem Familienbegräbnis gesehen. Dreieinhalb Jahre waren seit ihrer letzten aufreizenden Begegnung vergangen. Er hatte sie nie vergessen.

Sie verneigte sich. »Guten Abend, Nicholas.« Sie trug einen taubenblauen Kimono, den platinfarbene Fäden vertikal durchzogen. Auch das mitternachtsblaue Rad-und-Speichen-Wappen war darauf zu sehen – eine Huldigung an die Zeit der feudalen *daimyo.*

Auch er verneigte sich. »Guten Abend, Yukio.«

Sie trat beiseite, um ihn ins Haus zu lassen, ihr Blick war auf den Boden zu ihren Füßen gerichtet. »Du bist überrascht, mich hier zu finden.«

Er stellte seine Tasche ab, wandte den Blick nicht von ihrem Gesicht. »Es ist Jahre her, seit wir uns zum letztenmal sahen.«

»Tante Itami brachte mich heute nachmittag her, während du im *dõjõ* warst. Ich kam, um sie für einige Zeit zu besuchen, aber ihr Haus wird umgebaut, samt dem Gästezimmer.«

Er führte sie durch das Haus zum hinteren *shõji.* Sie traten hinaus in die Nacht des Zen-Gartens.

Der Himmel war klar, nur ein paar fedrige Wolken zogen gleich leichten Rauchschwaden über den Horizont. Der Vollmond wirkte riesengroß, sein Licht verwandelte alle Farben in das durchsichtige Blau des Meeres. Er betrachtete die sanfte Linie ihres Profils, ihre Augen lagen tief im Schatten. Sie hätte eine Statue aus dem Shinto-Tempel sein können.

Eine Nachtigall schlug zart in einem Baumwipfel über ihren Häuptern, von weither erscholl der langgezogene Ruf einer Schnee-Eule.

»Ich bin nie in Kyoto gewesen.« Kyoto war die Stadt, in der sie lebte.

»Du mußt bald einmal kommen«, sagte sie. Ihr Kopf wandte sich leicht zu ihm. Dabei ging ihr Blick über die Felsen hin, die wie lebendige Wesen dalagen. Ihre Stimme war wie nachtdunkler Samt. Sie standen ganz still, berührten einander nicht. »Es ist sehr schön hier.«

Nicht so schön wie du, dachte Nicholas. Sein Herz klopfte heftig. »Ich weiß noch, was damals war.«

Jetzt wandte sie ihm ihr Gesicht vollends zu, das Mondlicht glomm in ihren Augen. »Was meinst du damit?«

Er kam sich wie ein Narr vor. »Auf dem Fest . . .«, stammelte er und schwieg, um sodann fortzufahren. »Als wir tanzten . . .«

Sie lachte ein wenig befangen. »Oh, das. Ich hatte es vergessen.«

Nicholas fühlte sich mit einemmal unsicher. Er hatte gedacht, daß sie seinetwegen gekommen sei. Nun mußte er einsehen, wie dumm diese Vorstellung war. Die Dinge lagen dreieinhalb Jahre zurück. Warum sollte sie noch daran denken?

»War Saigõ heute im *dõjõ*?«

»Ja. Ich hatte ihn lange nicht gesehen. Er ist einem anderen *ryu* beigetreten.«

»Vielleicht reist er darum so häufig nach Kyushu.«

Er sah sie verblüfft an: »Nach Kyushu?«

Sie nickte. »Das hat wohl mein Onkel Satsugai veranlaßt. Da bin ich ziemlich sicher. Ich kann mir nicht vorstellen, daß es Saigõs Idee war, so weit von Tokio wegzugehen. Auf jeden Fall – es ist ein Geheimnis.«

»Und wieso weißt du es?«

Yukio zuckte nur mit den Schultern, kreuzte die Arme über ihren Brüsten. »Können wir hineingehen? Ich bin hungrig.«

Sie traten ins Haus, und Nicholas entschuldigte sich bei Yukio. Er ging in sein Zimmer, legte seine verschwitzte Kleidung ab, lief ins Badezimmer, drehte die Hähne auf und stellte sich unter die Dusche. Jemand, der so traditionsgebunden war wie Itami, hätte wohl ein Bad vorgezogen. Aber Nicholas war großzügiger in seinen Gewohnheiten.

Es war gut, das heiße Wasser auf dem Körper zu spüren. Er begann sich abzuseifen, seine Gedanken waren bei dem Tag im *dõjõ.* Er hätte gern nach dem Kampf mit Kansatsu gesprochen, aber es erwies sich als unmöglich. Warum hatte er Yukio nichts davon erzählt? Schließlich war sie zusammen mit Saigõ aufgewachsen. Er hob die Schultern, schob den Gedanken beiseite.

Erstaunt drehte er sich um. Auf der Glasscheibe der Duschkabine erschien ein Schatten, wurde größer. Jemand war ins Badezimmer gekommen.

Er stellte das Wasser ab, schob die Tür auf.

Er stand wie erstarrt. Wasser perlte über seine Haut, schimmerte im Licht des Badezimmers, das ihrer Haut die Farbe von Opalen gab.

»Du bist schön«, sagte Yukio. Sie war nackt. Über dem einen Arm trug sie ein baumwollenes Badetuch, aber sie reichte es ihm nicht.

Er suchte auf ihrem Gesicht nach einem Zeichen, was sie dachte. Er sah den Hunger in ihren Augen.

Er war siebzehn, und sie war zwei Jahre älter. Für ihn war es ein Abstand von Lichtjahren. Trotz seiner Erziehung, seines Körpertrainings, seiner sorgfältigen Schulbildung, seines kühlen Intellekts fühlte er sich ihr gegenüber unterlegen. Ihm öffnete sich das Tor zu einer Welt, auf die er überhaupt nicht vorbereitet war.

Sie tat einen Schritt auf ihn zu. Ihre Lippen öffneten sich, sie sagte irgend etwas. Es konnte so etwas Alltägliches sein, wie ›Willst du das Tuch?‹ Er hätte nicht zu sagen gewußt, was es war. Ein Bein hatte er vorgeschoben, wie vorhin im *dõjõ,* als er zum *Verflochtenen Kreuz* ansetzte. Er sah ihr schmales Fußgelenk, das Fleisch ihrer Wade, das leicht gebogene Knie, den langen Schwung ihrer Schenkel . . .

Irgend etwas in ihm, hoch droben unter seiner Schädeldekke, fing an zu flattern, machte sich auf, um davonzuschweben . . .

»Komm her«, sagte er mit belegter Stimme, streckte seine Hand aus, strich das Tuch von ihrem Arm. Es lag wie ein Teich auf dem schimmernden Fliesenboden, als sie ihm ihre Arme entgegenhob.

»Yukio.«

Ihre Brüste waren hoch angesetzt, die dunklen Knospen lang und bereits sehr hart. Was für eine schmale Taille sie besaß, was für einen sanften Leib. Der dunkle Hügel schwang sich hoch empor. Die Arme legten sich um ihn, und er umfing mit seinen Lippen ihren offenen Mund.

Ihr Körper schmiegte sich an den seinen. Ihre Lippen waren überall: auf seinen Wangen, an seinem Hals, liefen seinen Nacken empor, wirkten beinahe verzweifelt in ihrem Drängen.

Ihre Lippen waren jetzt an seinem Ohr, er hörte sie flüstern: »Dreh das Wasser an.«

Er wandte sich halb ab, langte hinter sich, um die Wasserhähne zu öffnen. Warmes Wasser stürzte rauschend herab, vereinte sie in seinem Schleier. Er drehte sich ihr ganz zu und war auch schon in ihr. Er keuchte. Kraft welchen Zaubers hatte sie das fertig gebracht? Wie ein anrollendes Gewitter schwoll die Erregung seiner Lenden an, erfaßte ihn.

Als er anfing, sich in ihr zu bewegen, warf sie den Kopf zurück, das Gesicht emporgehoben. Das nasse Haar fiel wie ein mitternachtsdunkler Katarakt über ihren Rücken. Er konnte ihren schweren Atem hören. Ihre Arme flogen hoch, hoch über ihren sich wiegenden Kopf, die Finger umklammerten die feuchte Duschbrause. Ihre Knöchel wurden weiß. Jetzt hoben sich ihre Schenkel, bis sie um seine Taille lagen und er sie mit seinem Körper hielt. Ihre Hüften wanden sich in harten kreisenden Bewegungen, als könne sie nicht genug von ihm bekommen, und er mußte beide Hände um ihre Taille legen, damit sie nicht aus ihrer Innigkeit glitten. Die Bewegungen ihres Körpers wurden noch heftiger.

Endlich gaben seine Beine nach. Ihre Hände ließen die Dusche los, sie brachen an der gekachelten Wand zusammen, das Wasser war auf ihnen, um sie, hüllte sie in Dampf ein. Ihre Arme legten sich um ihn, zogen ihn an sich.

Die Wolken hatten Feuer gefangen. Sie brannten.

Auf ihrer Umlaufbahn brach die Sonne schräg über die Schulter des Fudschis, tauchte den Himmel in Rosa. Genauso schnell wie diese Färbung entstanden war, verblaßte sie wieder, als die Sonne hinter dem Berg versank; und es blieben nur rosa Spuren – wie langsam heilende Wunden – auf den Unterseiten der Wolken zurück, die alsbald eine graue Färbung annahmen. Die Lichter gingen an.

Mitten im *dōjō* hockte Kansatsu mit gekreuzten Beinen. Nicholas saß ihm gegenüber. Es fiel kein Wort. Die Studenten, die anderen *sensei*, waren gegangen. Die beiden waren geblieben, leise atmend.

Endlich sagte Kansatsu: »Sag mir, was du vom *Go Rin No Sho* gelernt hast.« Seine Augen blieben geschlossen.

»Es liegt Gutes darin beschlossen«, antwortete Nicholas.

»Und Schlechtes.«

»Das ist selten, Nicholas.«

»Im Gegenteil, *sensei*.«

»So?«

»Ich glaube nicht, daß im Leben die Dinge ausschließlich gut oder ausschließlich schlecht sind.«

Kansatsu öffnete die Augen und nickte. »Du hast gut gelernt, Nicholas. Du bist ein kluger Schüler. Scharfsinnig. Es ist nicht klug, sich zu sehr auf eine bestimmte Disziplin oder Strategie zu verlassen. Sobald sie sich im Menschen festsetzen, stagniert das Denken. Geh von der Situation aus, die sich ergibt. Läßt du dich von bestimmten strategischen Grundsätzen leiten, wirst du bald geschlagen werden.« Er schloß wieder die Augen. »Du wärest überrascht, Nicholas, wenn du wüßtest, wie viele Studenten, recht gute dazu, diesen Fehler begehen. *Sensei* übrigens auch!«

Eine Weile herrschte Stille. Von draußen hörte Nicholas die Startgeräusche eines Autos. Jetzt fuhr es an. Die Lichtstrahlen der Scheinwerfer schwangen kurz in Nicholas' Blickfeld. Die Dunkelheit kehrte zurück.

Nicholas räusperte sich. »Ich habe alles gelesen.«

»Und was denkst du darüber?«

»Um ehrlich zu sein: Ich weiß nicht, was ich denken soll.«

»Interessieren dich die Ninja?«

»Ja.«

»Warum zögerst du dann?«

»Es war mir nicht bewußt, daß ich zögere.«

»Dann wäre es gut, wenn du in dich hineinlauschen würdest.«

Nicholas dachte nach. »Ich glaube, ich hätte ›nein‹ sagen sollen.«

»Ah!«

»*Ninjutsu* scheint mir ein verbotenes Thema zu sein.«

»Ein geheimes ja, aber kein verbotenes.« Kansatsu sah Nicholas über den schmalen Raum hinweg, der zwischen ihnen war, in die Augen. »Selbst hier in Japan wissen nur wenige von diesen Ninja. Sie kommen aus einer Schicht der Gesellschaft, auf die die Japaner nicht stolz sein können. Aber *Ninjutsu* ist eine antike Kunst. Sie kommt aus China, so heißt es, niemand kann das mit absoluter Gewißheit sagen.

Die Ninja waren nicht durch den ›Weg des Kriegers‹ in ihren Handlungen eingeschränkt. *Bushido* war nur ein Wort für sie. Sie kamen sehr schnell empor, und da sie so erfolgreich waren, benutzten die *bushi* sie häufiger und häufiger. Je größer ihr Reichtum wurde, desto ausgefeilter wurden ihre

Vorgehensweise und die Vielfalt ihrer Techniken. Dann kam der Zeitpunkt, da die Samurai zu den Ninja gingen, um zu lernen. So wurde der ›Weg‹ pervertiert.

In Japan gibt es viele *ryu*, mehr als in irgendeinem anderen asiatischen Land. Und die Disziplinen, die dort gelehrt werden, sind zahllos. Gute und schlechte vermischen sich aufs Geratewohl.«

Kansatsu fragte nicht, ob Nicholas seinem Gedankengang gefolgt war. Dunkelheit breitete sich aus. Die Wolken verbargen den Mond. Nur noch die künstlichen Lichter der Menschen brannten.

»Um ein wahrer Meister zu sein, Nicholas, muß man auch die dunkle Seite des Lebens erkennen.«

An jenem Abend nahm Cheong Nicholas beiseite. Sie begaben sich ins Arbeitszimmer des Obersten. Es roch nach Tabak und Leder. Wie die Küche lag das Zimmer nach Westen in dem ansonsten traditionell gebauten japanischen Haus.

Cheong setzte sich seitlich auf den Holzstuhl mit der hohen Lehne, der vor dem Schreibtisch des Obersten stand. Nicholas saß auf der Ledercouch, nahe bei ihr.

»Du bist glücklich, daß Yukio zu uns gekommen ist.« Es klang nicht wie eine Frage.

»Ja«, sagte er, der Wahrheit entsprechend. »Ist – etwas daran nicht in Ordnung?«

Cheong lächelte. »Du wächst zum Manne heran, aber du bleibst mein Kind. Ich denke, ich habe ein Recht zu fragen. Du weißt, daß du mir nicht antworten mußt.«

Er sah auf seine Hände, bevor er sagte: »Das weiß ich.«

Sie neigte sich zu ihm, nahm seine Hände zwischen die ihren. »Mein Liebling, von mir hast du nichts zu befürchten. Was immer du und Yukio miteinander tut, ist eure Angelegenheit. Dein Vater mag da anderer Ansicht sein, aber er sieht die Dinge auch anders als wir. Er ist eben durch und durch Soldat, darum mißtraut er allem und jedem.«

Nicholas sah sie an. »Er mißtraut Yukio. Aber warum . . .«

Cheong schüttelte den Kopf. »Es ist nicht wichtig. Mach dir nichts daraus. Ich bin sicher, er hat zu Beginn auch So-Peng mißtraut.«

Sie wandte sich um und öffnete eine Schublade des Schreibtisches mit einem kleinen Schlüssel. Sie hob das Drachen-und-Tiger-Kästchen heraus, So-Pengs Abschiedsgeschenk an sie und den Oberst. Mit geschickten Fingern öffnete sie das Schloß.

»Siehst du«, sagte sie mit leiser Stimme, »es sind fünfzehn.« Sie meinte die Edelsteine. »Ursprünglich waren es sechzehn. Mit einem wurde das Haus hier gekauft.« Sie sah zu ihm auf. »Ich bin sicher, daß dein Vater dir von diesem Geschenk erzählt hat.«

Nicholas nickte, und sie fuhr fort:

»Wovon er mit dir wohl nicht gesprochen hat, ist – das Geheimnis, das damit verbunden ist. Ich bin nicht einmal sicher, daß er wirklich davon weiß.« Sie hob die Schultern. »Falls doch, dann hat er wahrscheinlich den Gedanken von sich fortgeschoben. Dein Vater ist ein sehr pragmatischer Mann.« Sie lächelte. »Einer seiner wenigen Fehler, entschuldige, daß ich das sage.«

Sie hob das offene Behältnis mit seinem funkelnden Inhalt in Nicholas' Schoß.

»Du hast die Freiheit, dir sechs davon auszuwählen und sie in Geld umzumünzen, wenn du es brauchst. Nein, hör mir zu. Ich will, daß du alles verstehst . . .« Sie holte tief Atem. »Hier drin dürfen nie weniger als neun Smaragde liegen. Nie! Ganz gleich, aus welchem Grund auch immer, du darfst nicht mehr als sechs an dich nehmen.

Das ist ein mystisches Behältnis, Nicholas. Ihm wohnen gewisse Kräfte inne.« Sie schwieg, als warte sie auf etwas. »Ich sehe, du lächelst nicht. Gut. Ich glaube daran, wie es mein Vater, So-Peng, tat. Er war kein Narr. Er wußte sehr wohl, daß in Asien Dinge existieren, die sich dem wissenschaftlichen Verstand entziehen, die – vielleicht – keinen Platz in der modernen Welt haben.« Wieder hob sie die Schultern. »Ich glaube an diese Dinge.« Sie beobachtete sein Gesicht. »Du bist alt genug, um dir deine eigene Meinung zu bilden. Eine Meinung über die Welt und andere Mysterien. Wenn du glaubst, dann wird dir jene Stärke zuwachsen, die du eines Tages nötig haben wirst.«

Nacht. Nicholas hockte im Wohnzimmer auf gekreuzten Beinen vor dem Fenster.

Hoch am Himmel, der nicht mehr bewölkt war, schien der Mond, warf sein Licht über die Baumwipfel und den Garten. Schwarze Schatten strichen über das Fenster. Wenn der Wind durch die Äste der hohen Pinie fuhr, bewegten sie sich auf und ab, wie das Märchenboot, von dem ihm vor vielen Jahren seine Mutter zu erzählen pflegte, damit er besser einschlafen konnte. Diese Zeit schien so lange her. Nicholas fragte sich, ob wohl allen Menschen dieses Gefühl eigen war.

Die Kindheit gehörte zu einer anderen, schwerelosen Zeit, da alle Entscheidungen unwichtig waren und ohne Folgen.

In Kinderzeiten, in schlaflosen Nächten, war diese einsame Pinie sein Beschützer gewesen. Er kannte ihre Gestalt, jede Astgabel, jeden Knoten ihres dicken Stammes. Er sah sie als einen alten Soldaten, einen Wächter in der Nacht, einen Freund und Verbündeten. *Um ein wahrer Meister zu sein . . .*

Seine Welt veränderte sich jetzt so schnell . . .

Haragei ermöglichte es ihm, ihrer Gegenwart gewahr zu werden, ehe sie ins Zimmer trat. Er bewegte sich nicht. Er hörte sie auf sich zukommen. Leise. Ganz leise. Entsetzt spürte er, wie er hart wurde. Er wünschte, seine Erektion möge schwinden; aber sein Körper gehorchte ihm nicht.

Sie ließ sich anmutig nieder, sah ihn an, das Gesicht vom Mond abgewandt. Ihre Augen lagen in tiefem Schatten, das lange blauschwarze Haar schien einen leichten Schimmer wie aus Platin zu tragen. Er vermeinte, ihren ganzen Körper zu sehen, vernehmen zu können, im Rhythmus seines Blutes.

Er war sich ihrer so stark bewußt, daß es ihn schmerzte. Der Geruch ihres Körpers war vermischt mit dem Duft eines Parfüms, das er nicht kannte; sie strahlte eine Art Hitzigkeit aus, die sich auf ihn übertrug. Aber da war noch mehr – eine fast greifbare Kraft. Er fühlte sich von ihrer Aura eingehüllt.

Jäh erhob er sich. Er spürte, wie sie zusammenschrak, ohne daß er zu ihr hinsah. Er griff nach ihrer Hand, zog sie hoch und öffnete einen *shõji.* Sie traten hinaus.

Ohne die Kälte zu spüren, führte er sie zur Grenze des Besitztums seiner Eltern, zum Randes des dichten Waldes, suchte nach dem Pfad, den Itami ihm vor Jahren gezeigt.

Endlich fand er ihn und zog sie mit sich. Es war dunkel, Mondlicht floß zwischen den Baumwipfeln hindurch auf den Waldboden. Zikaden zirpten, irgendwo raschelten Blätter, leuchteten rote Augen aus der Dunkelheit.

Nicholas führte unbeirrt, als besäße er die feinen Sinne einer Fledermaus. Sie sprangen über Wurzeln, duckten sich unter schwarzen schwingenden Zweigen hindurch, und endlich traten sie durch die Bäume auf die vom Mond hell erleuchtete Lichtung. Vor ihnen lag der Kreispfad, und dahinter waren die geschlossenen Tore des Tempels zu sehen.

Sie zog ihn auf den Rasen, neben sich. »Jetzt«, flüsterte sie erregt. »Ich kann nicht länger warten.«

Ihr Gewand öffnete sich. Er konnte seine Hände nicht von ihr lassen, beugte sich über sie, öffnete das Gewand weiter. Er streichelte ihre Schenkel, bis sie stöhnte, hob sie mit beiden Armen zu sich auf. Ihr Atem war heiß an seinem Ohr.

»Ich wurde geboren, um etwas zu sein«, sagte sie später. »Mehr zu sein, als das, was ich bin.«

Friedlich raschelten die Wipfel über ihren Köpfen. Die Erde unter ihren erschöpften Körpern war weich.

»Jetzt bin ich nichts«, ihre Stimme war so leise wie der Nachtwind. »Nichts als eine Spiegelung.« Er verstand nicht, was sie meinte. »Mein ganzes Leben lang hat niemand ein Wort zu mir gesagt, das etwas bedeutete.« In seiner Armbeuge bewegte sie den Kopf. »Es waren alles Lügen.«

»Und deine Eltern?«

»Ich habe keine Eltern.« Sie drehte sich zur Seite, wandte ihm ihren Rücken zu. »Mein Vater starb im Krieg. Er war der Bruder von Satsugai. Mein Onkel war von Anfang an gegen diese Heirat gewesen.«

»Und was ist mit deiner Mutter?«

»Ich weiß es nicht. Niemand hat je mit mir darüber gesprochen. Vielleicht gab Satsugai ihr Geld, damit sie fortging.«

Irgendwo in der Ferne zwitscherte ein Vogel. Die Luft war schwer vom Nebel, der Himmel beinahe wolkenlos, und der Mond stand tief, riesengroß, in verschwommenem Orange.

»Es überrascht mich, daß Satsugai dich nicht in sein Haus aufgenommen hat«, sagte er.

»So, da bist du überrascht?« Sie lachte bitter. »Ich nicht. Itami wollte mich haben. Das weiß ich. Aber Satsugai fand ein Ehepaar für mich in Kyoto.« Sie schwieg eine Weile, dachte nach.

»In diesem Haus ist irgend etwas merkwürdig. Ich weiß nicht genau, was es ist. Satsugai und Saigõ sind darin verwikkelt. Itami nicht. Obwohl ich sicher bin, daß sie weiß, was vor sich geht.« Etwas flatterte über sie hin, ein Kiebitz zog südwärts. »Ich meine, es hat irgend etwas damit zu tun, daß Saigõ hingeht.«

»Nach Kyushu?«

»Ja.«

»Dort ist ein *ryu,* darauf wette ich.«

Sie wandte sich ihm wieder zu, ihre Augen schimmerten riesig in der Dunkelheit. Die Hitze ihres Körpers, sein Geruch hüllten ihn ein. »Aber warum sollte er deswegen so weit reisen? Es gibt viele *ryu* in und um Tokio.«

»Es ist wahrscheinlich ein außergewöhnlicher *ryu.*«

»Aber – welcher Art?« wollte sie wissen.

»Ich müßte den Namen der betreffenden Stadt kennen, um dies sagen zu können.«

»Den kann ich herausfinden«, sagte sie aufgeregt und stützte sich auf ihren Ellbogen. »Heute nacht fährt er nach

Kyushu. Ich muß nur einen Blick auf seine Fahrkarte werfen.«

»Würdest du das tun?«

Sie lächelte verschwörerisch. Lichter tanzten in ihren Augen. »Wenn du es willst – «

Er sah sie einen Augenblick an, dann legte er sich zurück, kreuzte die Hände unter dem Kopf. »Ich möchte etwas wissen.« Die Kehle wurde ihm eng. »Ich möchte wissen, ob das, was du gesagt hast ... letzthin ... wahr ist. Hast du mit Saigō geschlafen?«

»Ist das wichtig?«

»Ja, es ist wichtig.«

Sie warf die Arme um seinen Hals. »Oh, Nicholas! Sei doch nicht immer so ernsthaft.«

»Hast du?«

»Womöglich ist es einmal geschehen.«

Er fuhr hoch, starrte sie an. »Womöglich?«

»Nun gut. Ja, ich habe mit ihm geschlafen. Es ist einfach so passiert.«

»So wie es mit mir – passiert ist?« sagte er böse.

»O nein.« Ihre Augen sahen in die seinen. »Mit dir war es etwas ganz anderes.«

»Das heißt, du hast das mit mir – geplant?« drang er in sie.

Ihre Augen flatterten. »Ich ... ich wußte nicht, was ich davon halten sollte, als Tante Itami mich einlud. Aber ich wußte schon in der Nacht auf dem Fest, als wir miteinander tanzten, daß ich dich ficken wollte ...«

»Du hast mir aber gesagt, daß du dich daran nicht mehr erinnerst.« Sein entrüsteter Tonfall sollte sein inneres Entzükken kaschieren.

Sie lächelte. »Ich habe gelogen.« Sie lächelte weiter und ließ die Zungenspitze über ihre Lippen tanzen – eine sehr unjapanische Koketterie. »Ich wollte die Überraschung nicht verderben. In dem Augenblick, als ich dich wiedersah, wußte ich, was ich tun wollte.«

»Ich hatte davon keine Ahnung, als wir in den Garten gingen.«

Sie hob die Schultern. »In mir leben zwei Menschen. Zwei verschiedene Menschen. Du hast beide erlebt.«

»Wie war es für dich, erwachsen zu werden?«

»Warum fragst du das?«

Er brach in Lachen aus. »Weil ich mich für dich interessiere. Darum. Meinst du, ich bin hinter irgend etwas her?«

»Jeder ist immer hinter irgend etwas her.«

»Nicht jeder«, sagte er sanft, zog sie an sich. »Ich nicht.« Er küßte sie mit geschlossenen Lippen. »Ich mag dich, Yukio. Sehr sogar.«

Sie lachte. »Nun, wenigstens hast du nicht gesagt ›ich liebe dich‹.«

»Vielleicht – doch«, sagte er ernst. »Doch so richtig weiß ich das noch nicht.«

Sie warf den Kopf zurück. »Oh, laß das. Du weißt, daß du zu mir so etwas nicht zu sagen brauchst. Es bedeutet mir nichts. Du bekommst, was du willst, und das weißt du, oder etwa nicht?«

»Ich verstehe nicht.«

»Ich hab' es dir doch schon erklärt«, wiederholte sie geduldig. »Ich brauche keine Illusionen. Wir schenken einander Lust. Das genügt mir.«

»War es mit Saigō auch so?« fragte er zornig. »Ich meine, was ich sage: Ich mag dich. Ich möchte wissen, was dir geschieht. Wie du dich fühlst. Ob du glücklich bist oder traurig.«

Sie sah ihn lange an, als fände sie keine Worte. Endlich legte sie sich wieder ins Gras zurück.

»Als ich noch ein kleines Mädchen war«, sagte sie mit leiser, bebender Stimme, »reisten wir im Sommer in die Berge, in ein kleines Städtchen, das hoch oben auf der bewaldeten Bergseite lag. Ich weiß es noch genau, die Häuser standen auf Pfählen – wie auf Stelzen, weißt du. Die Stadt sah aus wie aus einem Märchenbuch.

Meine Stiefeltern hatten nie viel Zeit für mich, obwohl Satsugai ihnen jeden Monat genügend Geld schickte. Eigentlich hatten sie nie Kinder gewollt. Ich hatte also viel Zeit für mich. Ich erinnere mich, wie ich am Tage im hohen Gras saß, den Zikaden lauschte – jenen schrillen, metallischen Lauten, wie sie den Spätsommer kennzeichnen ...« Sie atmete schwer, sah hinauf in die nickenden Zweige der Pinien. »Der Nachmittag schien nie enden zu wollen. Ich saß auf dem Berg, sah über das Tal. In das Grün waren zwei lange Furchen gezogen, als hätte ein Riese wütend hineingeschnitten. Stundenlang dachte ich darüber nach, was diese gräßlichen Narben verursacht haben mochte.«

»Der Krieg – vielleicht«, sagte Nicholas.

»Ja. Das ist mir nie in den Sinn gekommen.« Sie wandte den Kopf ab. »Aber ich wurde geschlagen, weil ich so lange draußen blieb, dabei wußte ich doch, daß sie mich gar nicht bei sich haben wollten. Nie erfuhr ich Zärtlichkeit von ihnen. Nicht einmal den Hauch von Verständnis. Ich war für sie eine Fremde, eine Miniatur-Erwachsene. Mir kam es so vor, als wären sie selbst niemals Kinder gewesen und könnten sich nicht vorstellen, wie es ist, Kind zu sein.«

»Yukio«, sagte er zärtlich, beugte sich über sie und küßte sie sanft.

Als er sie losließ, sagte sie: »Dann war da noch der Bambushain. Er lag etwas tiefer am Berg. Ich entdeckte ihn rein zufällig, als ich mich eines Nachmittags verlief. Des Nachts bin ich oft aus dem Haus geschlichen; die Dunkelheit ängstigte mich, wenn ich im Bett lag und nicht schlafen konnte. Sie wurde schwer wie ein Gewicht, das sich auf meine Lider legte, bis ich einfach hinauslaufen mußte.

Der Hain lag an einem Bach, der murmelnd dahinfloß. Wenn der Mond schien, sah es aus, als bestünde er aus reinem Silber. Das Wasser war so eisig, daß meine Lippen davon taub wurden.

Mir war, als stünde ich in einem Tempel, wenn ich mich in jenem Hain befand, dessen Bambusstauden wie Säulen emporragten. Ihre Spitzen spießten den riesigen orangefarbenen Herbstmond auf, spät im Sommer, wenn die Zikaden besonders grell zirpten.«

Sie drängte sich an ihn, als suche sie in seinen Armen Schutz. Er spürte ihr nacktes Fleisch an seinem Körper. »Das war der einzige Platz, den ich mein eigen nennen konnte. Mein Geheimnis. Dort habe ich es auch zum ersten Mal getan.« Er fühlte, wie ihre Muskeln zu zittern begannen, als wäre ihr kalt. »Ich nahm einen Jungen mit dorthin. Er lebte in einem nahen Bauernhaus. Ich glaube, es war auch für ihn das erste Mal. Er war so schrecklich nervös, wollte es so machen, wie er es bei den Pferden gesehen hatte, dann ging er auch schon über meine Schenkel.«

»Im Westen«, äußerte Nicholas nachdenklich, »sagt man ›ich komme‹. Hier sagen wir ›ich gehe‹. Das ist genau das Gegenteil.«

»Wie beim Tod«, flüsterte sie. »Ich habe gehört, die Menschen im Westen begreifen *seppuku* nicht. Sie wenden sich nach außen, anstatt nach innen, springen aus dem Fenster ...«

»Oder schießen einem armen Kerl eine Kugel in den Kopf, bevor sie die Pistole gegen sich selbst richten.«

»Seltsam, nicht wahr?« Sie kicherte. »Vielleicht sind sie doch Barbaren.« Jetzt erschauerte sie.

»Laß uns nicht vom Tode sprechen«, sagte er und hielt sie fest.

»Nein«, flüsterte sie. »Lassen wir es sein.«

Vierter Ring

Das Buch des Feuers

火

West Bay Bridge/New York City

Sommer/Gegenwart

»Nein, nein, nein, nein!« rief sie lachend. »Laß uns das doch einfach alles vergessen.«

Sie war umgekehrt und rannte wieder auf ihn zu. Sie sprang über die Kuppe der Sanddüne und rutschte in die flache Mulde darunter, griff seine Fußgelenke und riß ihn zu Boden.

Justine lag halb auf ihm und lachte noch immer. Nicholas spuckte Sand und rollte sich auf den Rücken.

»Sehr lustig!«

Sie ließ sich der Länge nach auf ihn fallen, und sie wälzten sich in dem dunklen Sand. Vom Meer her kam ein kalter Wind auf und zauste an ihren Haaren. Durch den Bodennebel hindurch waren die Lichter auf der Terrasse des Hauses nur verschwommen zu sehen, wie von einem sanften Heiligenschein umgeben.

Ihr Gesicht war dem seinen ganz nahe, ihre Augen weit geöffnet. Im Licht konnte er die kleinen roten Flecke in ihnen sehen. Ihr langes Haar war wie eine Brücke von ihr zu ihm. Ihre langen, schmalen Finger lagen leicht auf seinen Wangen. Sie waren kräftig und zugleich sensibel wie die Hände eines Künstlers. »Ich will nicht, daß du traurig bist, Nicholas«, sagte sie weich.

Er küßte sie zart.

Sie war jetzt vollkommen ernst, ihre spielerische Laune war verflogen. »Ich habe viel Zeit gehabt, über ... verschiedenes nachzudenken.«

»Du meinst, als du im Bett lagst?«

Sie schüttelte den Kopf. »Nein. Als ich unter Wasser war. Ich dachte, wie es sein würde, dich nie mehr wiederzusehen.« Ihre Stimme war jetzt so leise, daß er sie, obwohl er ganz nahe war, kaum verstehen konnte. Sie schluckte, als ob ihr das Sprechen Mühe bereite. »Ich habe Angst, Angst vor dem, was ich dir zu sagen habe. Du weißt ja, es ist eine Sache, sich eines Gefühls bewußt zu sein, und eine ganz andere, die Dinge auszusprechen.« Sie sah ihn mit einem langen, tiefen Blick an. »Ich liebe dich«, sagte sie. »Wenn ich in deiner

Nähe bin, fühle ich mich glücklich. Im allgemeinen gehe ich ganz gern hierhin und dorthin, um mich mit Leuten zu treffen, doch das alles interessiert mich nicht mehr, wenn ich nur mit dir zusammen sein kann. Ich weiß, das klingt pubertär und romantisch, aber –«

Er lachte. »Romantisch schon, aber nicht pubertär. Doch davon ganz abgesehen, was ist denn so Schreckliches daran, wenn man romantisch ist? Ich bin romantisch. Wenngleich – wahrscheinlich gibt es nicht mehr viele, die so empfinden wie wir.«

Ihre Augen waren klar und fragend. »Liebst du mich, Nick? Ich möchte eine ehrliche Antwort. Auch wenn du mich nicht liebst, mir ist es lieber, die Wahrheit zu wissen.«

Er wußte nicht, was er sagen sollte. In seinem Bewußtsein drängten sich schöne und schmerzhafte Erinnerungen. Er wußte, daß er sich noch nicht von Yukio gelöst hatte. Er kam sich vor wie ein Lachs, der stromaufwärts schwamm und verzweifelt mit der Strömung kämpfte.

»An was denkst du?«

Seine Augen richteten sich auf ihr Gesicht. Auf ihren Zügen lag Besorgnis. »Du solltest keine Opfer bringen«, sagte er. »Nicht für mich. Das könnte gefährlich sein.«

»Verdammt noch mal. Ich bring' aber keine Opfer.« Ihre Augen glitzerten wie zwei elektrische Leuchtpunkte in der Dunkelheit. »Ist es wirklich so schlimm, daß du voll meinen Wünschen entsprichst? Daß ich mich zufrieden fühle? Lehnt sich ein Teil von dir dagegen auf?«

Ohne es zu wissen, hatte sie ihn getroffen. »Warum sagst du so etwas?« Er setzte sich auf, spürte, wie sein Herz hämmerte.

»Könnte es die Wahrheit sein?« Sie versuchte, in seine Augen zu sehen. »Ich weiß nicht. Aber ich weiß, wie dein Körper auf meinen reagiert. Er weiß bestimmt besser als dein Kopf, was für dich gut ist.« Sie lachte. »Ich kann es kaum glauben. Gerade du, der du dein ganzes Leben lang mit deinem Körper gearbeitet hast, du traust ihm immer noch nicht.«

»Davon verstehst du nichts«, entgegnete er kurz.

»Ach, so ist das?« Sie setzte sich. »Also dann erklär' es mir. Aber in einfachen Worten, bitte, so daß es ein schlichtes Frauengehirn begreifen kann.«

»Sei nicht kindisch.«

»Ich weiß wirklich nicht, wer hier kindisch ist, Nick. Hör doch mal in dich hinein. Du hast Angst, etwas von dir preiszugeben.«

»Hast du niemals daran gedacht, daß ich hierfür einen Grund haben könnte?«

»Gewiß doch. Deshalb frage ich dich ja, um zu erfahren, was der Grund ist.«

»Vielleicht solltest du dich nicht darum kümmern.«

»Wie wahr. Wie überaus wahr!« gab sie empört zurück. »Ich sehe jetzt, wohin es mit dir führt.«

»Nirgendwohin, Justine. Du besitzt mich nicht.«

»Das ist nun der Dank dafür, daß ich ehrlich mit dir bin.«

»Du möchtest also Offenheit?« Er wußte, er sollte es nicht tun, doch das war ihm im Augenblick gleichgültig. »Ich habe deinen Vater heute in der Stadt getroffen.«

Sie hob den Kopf, sah ihn ungläubig an. »Du hast meinen Vater getroffen?«

»Er hat mich, als ich auf jemanden wartete, in seinen Wagen bitten lassen. Er hat sich mir gegenüber einwandfrei benommen.«

Sie stand auf. »Ich möchte davon nichts hören.« Ihre Stimme war plötzlich schroff. Die Erinnerung an San Francisco stand ihr nur allzu klar vor Augen. In ihrem Inneren wuchs die Wut. Sie fühlte sich ihrem Vater gegenüber machtlos. Hatte sich immer machtlos gefühlt. Immer.

»Ich glaube, du solltest es dir anders überlegen«, sagte er kalt. Irgend etwas trieb ihn dazu, weiterzumachen und den schmerzlichen Ausdruck in ihrem Gesicht zu genießen.

»Nein!« schrie sie, hielt sich die Ohren zu und lief von ihm weg.

Er stand auf und ging ihr durch den kühlen Sand nach. »Er weiß alles von dir. Alles, was du getan, was du nicht getan hast.«

»Zum Teufel mit ihm!« Sie strauchelte am Abhang einer Düne, richtete sich wieder auf und stürzte sich auf ihn. Ihre Augen glühten wie die eines wilden Tieres. Sie war vor Zorn außer sich.

»Was seid ihr beide doch für Scheißkerle. Er, weil er es getan hat, und du, weil du es mir erzählen mußt. Du bist ein ausgesprochen fieser Hund, weißt du das?«

Doch er ließ nicht locker. »Er hat mir einen Job angeboten, und stell' dir vor, ich hab' ihn angenommen. Ich arbeite jetzt für ihn.«

»Wie konntest du mir das antun?« schrie sie. »Mein Gott! Mein Gott!« Weinend rannte sie von ihm weg, stolperte die Stufen zu ihrem Haus empor und verschwand darin.

Nicholas fiel auf die Knie und schluchzte. Doch hier, im Sand, würde ihm keine Vergebung zuteil werden.

»Er wird gleich da sein«, sagte Ah Ma. »Ist alles fertig?«

»Ja, Mutter«, erwiderte Penny von ihrem Platz zu Füßen Ah Mas aus. »Flower ist soeben mit den letzten von diesen ... äh, Sachen zurückgekommen.« Pennys makellos weißes Gesicht neigte sich über das ledergebundene Hauptbuch, in das sie in senkrechten Reihen chinesische Schriftzeichen schrieb. Sie verwandte dazu einen dünnen Pinsel, den sie von Zeit zu Zeit in ein offenes Fläschchen mit Higgins-Tusche tauchte. Ihre Bewegungen waren flink und sicher.

Sie überlegte, was das Schweigen ihrer Herrin zu bedeuten haben könnte, dann sagte sie entschlossen: »Meinen Sie, daß wir diesem Mann bei uns Einlaß gewähren sollen?« Sie hielt ihren Blick auf die Schriftzeichen gerichtet und spürte, wie sich ihr Herz bei dem Gedanken an einen möglichen Wutausbruch Ah Mas zusammenzog.

Ah Ma beließ es jedoch dabei, einen Seufzer auszustoßen. Penny hatte natürlich vollkommen recht. Früher hätte sie so etwas nie zugelassen. Ah Ma zuckte innerlich mit den Schultern. Was sollte man tun – für sie alle hatten sich die Zeiten geändert, und jeder mußte zusehen, wo er blieb. Ihre Stimme verriet nichts von diesem inneren Monolog, als sie sprach.

»Penny, Liebste, wie du genau weißt, geht es hier um viel Geld. Ich bin jemand ohne Vorurteile. Und du solltest ebenso sein.« Sie wußte, daß dies nicht stimmte, wenngleich es Penny verborgen bleiben würde. Ah Ma, jetzt hoch in den Sechzigern, stammte aus der an der chinesischen Küste zwischen Hongkong und Shanghai gelegenen Provinz Fukien. Sie war eines von fünfzehn Kindern, doch sie hatte sich immer als etwas Besonderes gefühlt. Vielleicht hatte das mit ihrem Namen zu tun. Es existierte die Geschichte eines armen Fukien-Mädchens namens Ah Ma, das auf einem chinesischen Segler mitfuhr. Als sie auf offener See waren, gerieten sie in einen furchtbaren Taifun, und es war Ah Ma, die die Dschunke rettete. Man hatte ihr deshalb am Fuße des Barra-Berges auf der Insel Macao einen Tempel errichtet.

Ah Mas Stuhl knarrte, als sie ihr Gewicht verlagerte. Sie spürte den Lufthauch, der über ihren Seidenärmel hinstrich. Durch das Fenster konnte sie klar den Lärm von der Doyers Street her hören. Dort gab es einen Fischmarkt, der bis in die späte Nacht hinein offen war. Um diese Jahreszeit hatten sie die besten Makrelen. Sie hörte streitende Stimmen und lächelte gequält über den Kanton-Dialekt. Hier oben in den geräumigen Gemächern, die den ganzen dritten Stock des Gebäudes einnahmen, sprach man nur Mandarin. So war es schon in Ah Mas Elternhaus gewesen; so war es immer noch.

Ah Ma stand auf, ging schweigend zum Fenster und sah auf die enge Straße hinab, in der es vor Menschen nur so wimmelte. Sie wußte, daß sie überall in Manhattan wohnen könnte, wo immer es ihr gefiel. Im Laufe der Jahre hatte sie eine Menge verlockender Angebote bekommen, woanders hinzuziehen. Sie hatte stets abgelehnt. Für sie schien es das einzig Richtige zu sein, daß ihr Geschäft genau im Herzen von Chinatown lag. Die ganze Gegend war etwas düster und ein bißchen schäbig, doch sie hatte Atmosphäre. Sie erinnerte Ah Ma auf vielerlei Weise an zu Hause. Und genau das wollte sie. Obwohl mittlerweile Millionärin, fühlte sie sich zwischen den Stahl- und Glastürmen von Manhattan noch genauso unwohl wie am ersten Tag beim Anblick des Chrysler Buildings, als sie zum erstenmal New Yorker Boden betrat.

Ja, dachte Ah Ma bei sich, als sie auf die nachtdunkle Straße hinabsah, über der das Stimmengewirr der Menschen lag, mit den sich vermischenden Gerüchen von frischem Fisch und dem köstlichen Duft von gedünstetem *dim sum* aus dem Speisehaus nebenan, ja, hier fühle ich mich wohl. Sehr wohl.

Sie seufzte. Natürlich wäre die Verwaltungsbehörde von Chinatown nicht glücklich, wenn man dort erfahren würde, was ihr eigentliches Geschäft war. Aber die Polizisten freuten sich auf jeden Fall über die tausend Dollar, die sie jeden Monat bei ihr abholen durften. Sie war sehr darauf bedacht, daß sie das selbst erledigte und ihnen jedesmal Tee servierte. Das erhöhte ihr Ansehen.

Nie hatte sie ihr Elternhaus in Fu-tschou vergessen, eigenartigerweise trat es, während sie älter wurde, immer stärker aus ihrer Erinnerung hervor. Nicht, daß sie jemals daran dachte, wieder zurückzugehen. Sie hegte keine Sympathien für die chinesischen Kommunisten, und sogar jetzt, da es für sie möglich gewesen wäre, besuchsweise nach Hause zurückzukehren, blieb das für sie eine ferne Welt.

Alles, was sie sich von Fu-tschou hätte wünschen können, hatte sie hier vor der Nase.

Gleich um die Ecke verwässerten die Neonlichter des Restaurants das nächtliche Dunkel. Es gehörte natürlich Japanern, die sie lange vor den Kommunisten gelernt hatte zu hassen. Nach ihren Abschlüssen in Shanghai waren die reichen arroganten Geschäftsleute die Küste heruntergekommen, weil sie vom Nachtleben der Stadt genug hatten oder noch ein Stück von China sehen wollten. Sie sind so absolut anders als wir Chinesen, wunderte sich Ah Ma. Aber sie blikken nicht wie wir auf eine Geschichte von Tausenden von

Jahren zurück. Die Japaner sind ein verhältnismäßig junges Volk. Als wir schon lange kaiserliche Dynastien hatten und mit Schießpulver experimentierten, da waren ihre Inseln noch von den primitiven Ainus bewohnt – unzivilisierten Wilden.

Sie wandte sich von dem Fenster, das zur Doyers Street hinausging, ab und sagte: »Ich möchte ihn jetzt sehen, Penny. Wir dürfen da keinen Fehler machen.«

Penny nickte, legte Buch und Pinsel beiseite, stand auf und ging durch den Raum.

»Penny . . .«

Penny verweilte kurz, während ihre Hand auf dem Türknauf lag. »Ja, Mutter?«

»Er ist nicht von hier?«

»Nein, Mutter. Er kommt aus der Oberstadt.«

Ah Ma nickte. »Das ist gut. Ich würde es nicht gern sehen, wenn Nachbarn in diese Geschichte . . . verwickelt würden.«

In der kurzen Zeit, in der sie weg war, dachte Ah Ma über Penny nach. Die Entscheidung, ihr eine bessere Position zu geben, war sicher richtig gewesen. Ah Ma würde das zwar nie zugeben, doch es gab Gelegenheiten, da sie sich auf Pennys Urteil verließ. Wenn sie auch ein wenig deren Abneigung gegen Japaner irritierte.

Den Namen Penny hatte ihr Ah Ma gegeben, als sich das Mädchen bei ihr bewarb; Ah Ma gab allen ihren Mädchen Namen, und man kannte sie dann nur noch unter diesen. Das war praktisch, ordentlich und so anonym, wie Ah Ma glaubte, daß es ihr Geschäft verlangte. Ganz abgesehen davon, machte es ihr Spaß, ihren »Kindern« Namen zu geben; und sie genoß es auch, von ihnen mit dem Ehrentitel »Mutter« angeredet zu werden.

Der Tag würde kommen, dachte Ah Ma, da sie sich würde zurückziehen müssen. Wenn dieser Fall eintreten sollte, wollte sie sicher sein, daß alles in die richtigen Hände kam.

Penny kehrte zurück. Sie brachte einen Jungen von ungefähr elf Jahren mit. Ihre Hände auf dessen Schultern gelegt, verharrte sie in der Tür. Der Junge verhielt sich ganz ruhig, bewahrte einen gleichgültigen Blick. Durch die halbgeöffnete Tür konnte Ah Ma hören, wie mit stiller Geschäftigkeit die Vorbereitungen getroffen wurden. Für heute abend wurden nur zwei Gäste erwartet, auch das war in dem phantastischen Betrag, den sie den Japanern berechnete, mit inbegriffen. Sie fand das vollkommen in Ordnung.

Sie sah sich den Jungen an. Er hatte eine angenehm glatte Haut, seine Backenknochen und Augen verrieten einen leicht mongolischen Einschlag. Die Iris seiner Augen war schwarz wie Kohle. Er besaß einen breiten Mund mit leicht sinnlichen Lippen.

»Das ist Philip Chen«, sagte Penny.

»Mach' die Tür zu, meine Liebe«, sagte Ah Ma sanft. Sie hielt die Hände vor ihrem Leib gefaltet. Sie sah den Jungen an. »Für die Zeit, die du hier bist, werden wir dir einen anderen Namen geben«, sagte sie. »Spatz. So wirst du in Zukunft gerufen werden, so wird man dich ansprechen. Ist das klar?«

Der Junge nickte und verzog sein Gesicht zu einem scheuen Lächeln.

»Und ich werde ›Mutter‹ genannt.«

»Ja, Mutter.«

»Hat man dir alles genau erklärt? Ich möchte keine Überraschungen erleben.«

»Ja«, erwiderte der Junge stolz. »Penny hat mir alles gesagt. Es ist alles klar.«

»Bist du sicher?« Ah Ma zog ihre Augenbrauen hoch. »Na, wir werden seh'n. Schon gut. Du kannst uns jetzt verlassen, Spatz. Sieh, wo ›Weide‹ ist. Sie wird dich in das richtige Zimmer bringen. Du weißt, was dann zu tun ist.«

»Ja, Mutter.« Er drehte sich um und ging.

Nachdem Penny die Tür hinter sich geschlossen hatte, fragte Ah Ma: »Hat er Eltern?« Penny schüttelte den Kopf. »Er lebt mit einem Onkel zusammen, der meistens zu betrunken ist, um sich um irgend etwas zu kümmern.«

»Und alles ist absolut sicher?«

Penny nickte und warf ihr Haar zurück wie ein Tier seine Mähne.

Ah Ma gestattete sich ein kleines Lächeln. »Das hast du gut gemacht, mein Kind.«

Penny beugte ihren Kopf nach vorn, um die Röte zu verbergen, die ihr in die Wangen stieg. Es kam nur selten vor, daß man von Ah Ma lobende Worte erhielt. »Danke, Mutter«, murmelte sie.

Ah Ma stand schweigend auf und trat vor Penny. Mit der einen Hand hob sie deren Kinn an. »Nun sag mir mal, was dir im Kopf herumgeht«, sagte sie ruhig.

Als sie in die allwissenden Augen sah, fiel es Penny schwer, etwas zu erwidern. Sie hatte das Gefühl, als ob es ihr die Luft abschnüre.

»Nun komm schon, mein Kind. Hat es mit dem Japaner zu tun? Was stört dich an ihm?«

»Ich schäme mich so, daß ich meine Gefühle nicht besser verbergen kann«, sagte Penny traurig. Sie senkte ihre Augen und vermeinte, jeden Augenblick in Tränen ausbrechen zu müssen.

»So ein Unsinn!« sagte Ah Ma irritiert. »Was ich sehe, sehen die anderen noch lange nicht. Bei mir verlierst du dein Gesicht nicht so schnell. Und jetzt erzähl' mir, was ich wissen will.«

»Es sind die Drogen, die mir Sorgen machen«, sagte Penny. »Ich glaube, darauf sollten wir uns nicht einlassen.«

Ah Ma schwieg einen Augenblick. Sie dachte zurück an eine Reise, die sie als kleines Mädchen nach Shanghai unternommen hatte. Sie konnte sich nur zu gut an den überwältigend süßlichen Geruch des glimmenden Opiums erinnern. Ihre Nasenflügel bebten bei dieser Erinnerung; sie hatte nie selbst geraucht, aber der Geruch hatte sich ihr eingeprägt, unauslöschlich wie ein Brandmal.

Er hatte in jener Nacht in der Luft gehangen, als die Kommunisten erschienen, um ihren Mann abzuholen. Alles ging vollkommen lautlos, sie wurden durch nichts und niemanden gewarnt. Sie hielten sich in einem fremden Haus versteckt, aber die Kommunisten wußten genau, wo sie nach ihnen suchen mußten. Sie waren verraten worden.

Ah Mas Mann war politisch stark engagiert. Er hatte die Dinge lange vorausgesehen, den heraufziehenden Sturm der kommunistischen Revolution, vielleicht sogar seine Unausweichlichkeit. Trotzdem kämpfte er mit unvergleichlichem Einsatz gegen diese Entwicklung. »Dieses eine Mal«, so hatte er in seinen Reden gesagt und in seinen Aufrufen geschrieben, »sind wir in einer Situation, wo wir von den Japanern lernen können. Was hat ihnen der Isolationismus der Shōgun gebracht? Das Land stagnierte, stranguliert vom eisernen Zugriff des Traditionalismus. Und jetzt? Seht euch an, wo sie heute stehen! Können wir es uns hier in China leisten, ein solches Beispiel der Geschichte zu ignorieren? Eine Machtübernahme durch die Kommunisten wird uns vom Westen abschneiden, vom Kapitalismus, der blühende Städte wie Hongkong und Shanghai hervorgebracht hat. China wird immer mehr hinter den anderen Ländern der Welt zurückbleiben – ein schlafender Riese.«

Sie stürmten herein, warfen Ah Ma gegen die Wand, so daß sie sich den Kopf an der Schrankkante blutig schlug. Sie zerrten ihn aus dem Bett, rissen ihm die Kleider vom Leib, prügelten ihn mit dicken Stöcken und Gewehrkolben. Die roten Sterne auf ihren Ballonmützen und den Schulterklappen ihrer stinkenden Uniformen leuchteten. Bewußtlos und blutend hatten sie Ah Mas Mann aus dem Haus geschleppt.

Das war das letzte Mal, daß sie ihn sah. Bis heute wußte sie nicht mit Sicherheit, ob er tot war oder noch lebte. Sie hoffte, daß er einen raschen Tod hatte. Vielleicht war ihm ein Stück Draht oder ein Bettuch dienlich gewesen. Sie mochte nicht daran denken, was sie womöglich mit seinem Gehirn gemacht hatten.

Das alles war lange her, doch manchmal, wenn die Tage traurig und grau waren, wenn der Regen gegen die Fenster schlug und die Straße kaum zu sehen war, hatte Ah Ma das Gefühl, daß diese Wunden immer noch offen waren.

Sie brachte ihre Gedanken wieder in die Gegenwart zurück und lächelte Penny an. Sie war so schön. Vollkommen und schön. »Ich finde es gut, daß du so denkst, meine Liebe«, sagte sie. »Wie du weißt, dulde ich hier im Hause keinerlei Drogen. Doch dieser Mann ist eine Ausnahme.« Er bekämpft die Kommunisten in China auf seine Art, dachte Ah Ma. Er wähnt sich hundertprozentig sicher. Doch ich weiß um sein Geheimnis. Wie sollte ich es nicht wissen? Sonst wäre ich nicht die, die ich bin. Ich weiß alles über jeden, der hierher kommt. Ausnahmslos. Bei diesem hier hat es etwas länger gedauert, mehr *baht* gefordert. Doch es gibt immer Hände, die sich schmieren lassen; alle diese Dinge haben ihren Preis.

»Kann ich vielleicht wissen, warum?« fragte Penny sanft. Ah Ma tätschelte ihr die Schulter. »Das braucht dich nicht weiter zu beunruhigen.« Sie lächelte. »Und jetzt lauf und hilf ›Weide‹. Es ist gleich soweit.«

Penny nickte, während sie die Augen auf den Boden geheftet hielt. »Ja, Mutter. Sofort.«

Ah Ma beobachtete, wie sie ruhig aus dem Zimmer ging und fragte sich, wie sich alles noch entwickeln würde.

Zur gleichen Zeit verließ der Japaner durch einen Seiteneingang das Kino. Er überquerte die Neunundvierzigste Straße und rannte die letzten Schritte, um den Bus zu erreichen. Dieser war ziemlich voll, doch nachdem sie die Vierundzwanzigste Straße passiert hatten, gab es Platz.

Eine Haltestelle vor der Endstation stieg er aus, um den restlichen Weg zum Village zu Fuß zu gehen. Er ging die Achte Straße entlang nach Osten bis zum Cooper Platz, wo die schwarze kubische Metallskulptur an der Ecke stand. Jemand hatte auf eine der Flächen mit einer Spraydose ›Zombie liebt Karen R.‹ gesprüht. So mußte es wohl sein.

An der Ecke der Achten und Dritten Avenue nahm er den City-Hall-Bus und fuhr die Bowery bis zur Canal Street hinab. Hier fand er eine Telefonzelle. Er sah zu der verschrammten Uhr über dem Juwelierladen empor. Riesenlaster, die schwarze Dieselwolken ausstießen, ratterten gen Westen, wo sich jenseits der Avenue die imitierten römischen Säulen der Manhattan-Brücke erhoben.

Er wählte eine Nummer und hörte die Zeitansage. Dann hängte er ein und wartete genau eine Minute und fünfzig Sekunden. Anschließend wählte er eine New Yorker Nummer. Er verabscheute diese Prozedur, doch sie war einkalkuliert und dazuhin logisch, und gegen Logik würde er sich nie wehren.

Der Hörer auf der anderen Seite wurde abgehoben. Der Japaner las die sieben Ziffern der Telefonzelle ab, von der aus er anrief, und hängte sofort wieder ein. Er drückte die Gabel nach unten, nahm den Hörer an sein Ohr. Eine Frau, die draußen gewartet hatte, drehte sich ärgerlich weg und suchte nach einer anderen Zelle.

Nach viereinhalb Minuten klingelte das Telefon. Der Japaner nahm seinen Finger von der Hörergabel. Die nun folgende Unterhaltung verlief in Japanisch.

»Ja.« Das typische Rauschen einer Überseeverbindung war in der Leitung zu hören.

»Wie steht's?«

»Alles läuft.«

»Ich möchte mehr wissen. Was für Ergebnisse haben Sie erzielt?«

»Ergebnisse?« Der Japaner schien überrascht. »Ich bin hier auf meinem Platz. Der Kauf ist in der Schwebe.« *Kauf* war sein Deckwort für derlei Missionen.

»Okay.« Es entstand eine Pause; ganz in der Ferne waren Stimmen eines anderen Gesprächs zu hören. »Ist die Leitung sicher?«

»Von hier aus bestimmt!«

Der Anrufer am anderen Ende der Leitung schien die kleine Unhöflichkeit zu überhören. »Wir wünschen eine schnelle Aufklärung.«

»Das hat man mir von Anfang an klargemacht.« Alle paar Sekunden musterte der Japaner seine unmittelbare Umgebung. Er erwartete zwar keine Überraschungen, doch es war besser, vorsichtig zu sein. Davon konnte alles abhängen.

»Genau.«

»Diese Dinge kann man nicht überstürzen. Sie wissen das. Ich habe meinen eigenen Arbeitsstil. Wenn wir uns darüber nicht geeinigt hätten, hätte ich mich auf diesen Kauf nie eingelassen.«

»Das ist uns schon klar. Aber die neuesten Ereignisse – die eingetreten sind, während Sie nicht im Lande waren – erfordern, daß wir die ganze Sache schneller zu Ende bringen.«

»So wickele ich niemals meine Geschäfte ab. Ich – «

»Diesmal werden Sie es aber so machen.« Die Stimme war sanft wie Seide, der Ton gleichmäßig. Die Worte kamen ganz ruhig und ohne drohend zu klingen. »Es ist unerläßlich, daß Sie den Kauf innerhalb der nächsten zweiundsiebzig Stunden abschließen.«

»Ich glaube nicht, daß – «

»Ihre Prämie ist hiermit verdoppelt.«

Der Hörer in seiner Hand war plötzlich stumm.

»Guten Abend«, sagte Ah Ma. Sie zauberte ein Lächeln auf ihr Gesicht und streckte den Arm aus. »Euer Ehren, dieses Haus – «

»Ist alles fertig?«

Ah Ma versuchte, sich ihre Verärgerung über diese rüde Mißachtung der Höflichkeitsregeln nicht in ihrer Stimme anmerken zu lassen. Sie war eine Frau, bei der alles seinen geregelten Gang hatte und die Abweichungen davon nur ungern hinnahm. Ebensowenig wie Unhöflichkeit. Einen Moment dachte sie daran, den Japaner hinauszuwerfen. Ganz gewiß war sie nicht auf sein Geld angewiesen. Aber er hatte in China Kommunisten getötet. Von drei Funktionären wußte sie das genau, das hieß, daß die wahre Zahl sicher höher lag. Und sie haßte die Kommunisten mehr als die Japaner. Sie hätte es vor ihrem Volk nicht verantworten können, wenn sie ihn jetzt weggeschickt hätte.

Ah Ma lächelte den Japaner an. »Alles ist so vorbereitet, wie wir es besprochen haben.« Verstohlen musterten ihn ihre weit auseinanderliegenden schwarzen Augen. Er befindet sich in einer extremen Stimmungslage, dachte sie. Er wirkt nicht gelöst, eher so, als stünde er unter großer Anspannung.

»Möchten Sie vorher etwas Tee haben?«

»Nein.«

»Wir bereiten gerade das Gebäck vor.«

Er schüttelte den Kopf.

Ah Ma zuckte mit den Schultern. »Wie Sie wünschen.« Barbar! dachte sie. Diese kleinen Höflichkeiten bedeuteten ihm überhaupt nichts. Die Zeit saß ihm im Genick – wie einem Amerikaner. Na, was sollte es! Die Japaner waren eben heutzutage fast genauso wie die Amerikaner – diese Meister der Anpassung. »Weide«, rief sie sanft.

Ein weibliches Wesen schwebte herein, groß, schlank, mit apartem Gesicht, in dem die großen Augen und die vollen weichen Lippen besonders stark zur Geltung kamen.

Weide sah nur Ah Ma an.

»Bringe den Herrn in die Goldene Suite«, sagte Ah Ma mit leiser Stimme. Alle Räume, die für geschäftliche Zwecke benutzt wurden, waren durch eine bestimmte Farbe gekennzeichnet.

Weide verbeugte sich knapp und führte den Mann einen schwach beleuchteten Korridor entlang. Die Wände waren mit blau-grüner Shantungseide ausgeschlagen. Die Teppiche, die Wandleisten und die Türen waren in einem tiefen Beigeton gehalten.

Vor der letzten Tür auf der linken Seite blieb Weide stehen. Sie streckte ihre Hand nach dem Türknauf aus.

»Einen Moment.« Die Hand des Mannes umfaßte ihr schlankes Handgelenk. Er wirbelte sie herum, so daß sie ihn ansah. »Hat die alte Frau dich für mich vorgesehen?« Er sprach Mandarin, da er nicht annehmen konnte, daß sie Japanisch verstand. »Ich hab' ihr doch gesagt, daß ich keine Große will.« Weide starrte ihn schweigend an. »Verstehst du, ich mag dich nicht. Da muß ein Mißverständnis vorliegen.«

Weide blickte auf seine Finger, die sie festhielten.

»Sag' der alten Frau, da ist etwas falsch gelaufen. Was das Geld anbetrifft, so bin ich – « Er hielt erstaunt inne. Sie hatte nicht versucht, sich von ihm loszumachen. Er hatte erwartet, daß sie sich zur Wehr setzen, womöglich sogar in Tränen ausbrechen würde. Er verstärkte den Druck seiner Finger, ohne daß sie darauf reagierte. Schließlich ließ er ihr Handgelenk los.

Weide drehte sich um und öffnete schweigend die Tür. Sie trat nicht über die Schwelle.

Der Japaner ging hinein und wandte sich nach ihr um. Doch die Tür schloß sich bereits hinter ihm.

Es war ein großer Raum. Der Boden war mit einem grünen Teppich bedeckt. Die Wände schimmerten golden; die Decke war eierschalenfarben gestrichen. Im Zimmer stand ein großes Doppelbett; das tiefe Sofa und drei dazu passende Stühle waren mit einem goldfarbenen Baumwollstoff bezogen. Eine offene Tür an der rechten Seite führte zu einem geräumigen und, wie man bei näherem Hinsehen entdecken konnte, reich dekorierten Badezimmer. Ein auf Hochglanz polierter hoher Eichenschrank stand auf der linken Seite des Zimmers neben einem großen Fenster.

Er ging zu dem Fenster und sah auf die Pell Street hinunter. An der Außenwand war die übliche schwarze Feuerleiter angebracht, das Bad hatte kein Fenster.

Als er sich umwandte, sah er den Jungen und hinter diesem eine junge Frau.

»Wie heißt du?« fragte er den Jungen. Der Name der jungen Frau kümmerte ihn nicht.

»Spatz.«

»Hast du es?«

Der Junge nickte und machte einen Schritt in Richtung des Japaners.

»Halt«, befahl dieser. »Gib es dem Mädchen.«

Der Junge drehte sich zur Seite und gab dem Mädchen etwas.

»Bring es zu mir.«

Die junge Frau verbeugte sich. Auf dem Weg zu ihm hielt sie inne, um eine Schale mit heißem Sake einzuschenken. Sie reichte sie ihm.

Er starrte ihr mit bohrendem Blick in die Augen. Seine Hand bewegte sich nur ganz kurz und schlug ihr das Gefäß aus der ausgestreckten Hand. Sie unterdrückte einen Schrei. Ihre Finger brannten wie Feuer.

»Du tust nichts«, sagte er kalt, »was ich dir nicht befehle. Und dann nimm dich in acht, daß du genau das tust, was ich dir sage. Verstanden?« Die junge Frau nickte eingeschüchtert. »Laß mich sehen, was du hast.«

Sie öffnete ihre Hand. In ihrer Handfläche sah er zwei braune Tabletten und daneben eine schwarze Substanz. Danach griff er zuerst und roch daran. Er nickte. Er legte die Paste auf ihre Hand zurück und griff nach den Tabletten. Er probierte sie mit der Zungenspitze. Befriedigt befahl er ihr, alles zu zermahlen.

Diese Mischung aus Opium und dem synthetischen DMT war für ihn nicht neu. Vor Jahren hatte ihn ein Studienfreund auf den Geschmack gebracht. Der Leistungsdruck an dem *ryu* war damals enorm gewesen. Natürlich hatte man sich oft mit Sake entspannt. Doch ihm hatte das nicht gereicht.

Aus glasigen Augen beobachtete er, wie die junge Frau auf dem Fußboden in einem steinernen Mörser, den sie aus dem Schrank geholt hatte, die Tabletten mit der Opiumpaste verrieb.

Als sie damit fertig war und ihm eine Pfeife mit der Mischung gefüllt hatte, befahl er ihr, ihm ein Bad zu bereiten.

»Das kann ich auch machen«, sagte Spatz.

»Du bleibst, wo du bist«, fuhr ihn der Japaner an. Sein

Blick wanderte zu der jungen Frau. »Tu was dir befohlen wurde.«

Sie beugte ihren Kopf und hastete aus dem Zimmer. Als er die Pfeife angebrannt hatte, hörte er das plätschernde Geräusch des laufenden Wassers.

Der Japaner tat drei tiefe Züge aus der Pfeife, dann sagte er: »Komm her, Spatz. Jetzt inhaliere. Nein, ganz tief. So ist's richtig.« Er führte die Pfeife wieder an seinen Mund, rauchte weiter. Das Rauschen des Wassers klang jetzt in seinen Ohren wie ein Wasserfall.

Bei jedem Einatmen spürte er die kalte Luft des Zimmers, während beim Ausatmen die Innenseiten seiner Nasenflügel zu verbrennen schienen. Er fühlte, wie sein Herz das Blut durch seine Adern pumpte und zum Pulsieren brachte. Ihm wurde heiß.

»Komm«, forderte er den Jungen auf, und sie gingen zusammen ins Badezimmer. Die Badewanne war zu drei Vierteln voll. Die junge Frau kniete davor und prüfte die Wassertemperatur.

Er stieg in das heiße Badewasser. »Und jetzt«, sagte er zu ihr, »wasch mich!«

Als sie damit fertig war, stieg er aus der Wanne und befahl ihr, sie zu säubern. Nachdem sie die Wanne ausgespült hatte, stieg er abermals hinein. Sie ließ das heiße Wasser erneut einlaufen.

Er lehnte sich zufrieden in der Wanne zurück, starrte an die schneeweiße Decke und fühlte sich, als sei er völlig allein. Er dachte über den Anruf und dessen Bedeutung nach. Er lächelte.

Er hatte Tomkin sowieso innerhalb der nächsten drei Tage umbringen wollen. Allerdings hatte er nicht die Absicht gehabt, dies seinen Auftraggebern zu verraten.

Er mußte lachen. Sein Körper bewegte sich, ließ kleine Wellen an den Rand der Badewanne schlagen. Indem er seine Pläne für sich behalten hatte, hatte sich seine Prämie verdoppelt. Zu Recht war sie schon von Anfang an hoch gewesen. Schon andere hatten versucht, Raphael Tomkin umzubringen; keiner war erfolgreich gewesen. An seinem Erfolg zweifelte der Japaner nicht, nicht eine Sekunde. Es war vor allem die Art und Weise der Ausführung, die ihn beschäftigte. Seine Mutmaßung war richtig gewesen. Es war sein Büro, wo Tomkin am meisten gefährdet war. Es war hoch gelegen, isoliert, und es gab eine Menge Ausgänge und halbfertige Zimmerfluchten, in die er sofort bei Bedarf verschwinden konnte.

Man konnte natürlich auch aus der Entfernung tätig werden: mit Schußwaffen, Bomben und so weiter. Doch solche Dinge gehörten nicht zum Mordrepertoire eines Japaners. Nur ein Feigling bediente sich dieser westlichen Form des Attentats. Er vollzog alle seine Exekutionen unmittelbar, mit eigener Hand, mit seinen eigenen Waffen. Anders konnte man nicht ehrenhaft töten. So hatte man es ihm gelehrt. Die Ninja besaßen ihren eigenen Ehrenkodex. Er hatte, wie er verächtlich bei sich dachte, mit den Gesetzen des schwächlichen *bushido* nahezu nichts zu tun. Ein ›Kauf‹, bei dem man sich dem Opfer nicht mindestens bis auf Armeslänge näherte, war einfach nicht der Mühe wert.

Die Sache würde sich also im obersten Geschoß des Geschäftshauses abspielen, in dem Luxusbüro – das wie geschaffen schien dafür. Nicht heute abend und wahrscheinlich auch nicht morgen, dafür mußten noch zu viele Dinge vorbereitet und abgeschlossen werden. Blieb die übernächste Nacht. Kein Anlaß, etwas zu überstürzen. Noch einmal ging er jede Phase des ›Kaufes‹ durch, wobei er ein wohliges Gefühl in seinem Unterleib verspürte.

»Es ist Zeit«, sagte er, und die junge Frau ließ das Wasser ablaufen. Er stand auf. Das heiße Wasser rann an seinem Körper herunter.

Doc Deerforth dachte an den Krieg zurück. Er saß in seinem alten Holzstuhl hinter seinem Praxisschreibtisch, vor ihm, halb auf der blauen Schreibunterlage, stand eine Tasse mit dampfendem Kaffee. Er hielt seinen Kopf so, daß er durch das Fliegenfenster hindurch an der alten Eiche vorbei auf die Main Street sehen konnte. Um diese Tageszeit war da noch nicht viel Leben. Es war noch nicht einmal sieben Uhr.

Blindlings langte Doc Deerforth nach seiner Kaffeetasse und nahm einen langen Schluck. Er verbrannte sich die Zunge, ohne davon Notiz zu nehmen.

Diese Kriegserinnerungen waren wie die Malaria; einmal eingefangen, kehrten sie immer wieder zurück. Vielleicht hing es sogar mit der Jahreszeit zusammen, daß diese Erinnerungen am stärksten während der Monate Juli und August auftraten, in den Hundstagen mithin, an denen hier in West Bay Bridge die Sonne so herniederbrannte und die Luft so schwül war, daß die Blätter an den Bäumen welkten.

Im Winter mußte er nie an den Krieg denken.

Er zog das Telefon zu sich und wählte Ray Florums Nummer in der Polizeistation. Er ließ es sechsmal klingeln, bevor er den Hörer wieder auflegte.

Wo, zum Teufel, war er, wunderte sich Doc Deerforth irritiert. Dann sah er auf die Uhr und bemerkte, daß es noch sehr früh war. Ray kam meistens nicht vor acht ins Büro. Doch Doc Deerforth wollte wissen, ob man bei der Fahndung nach dem Ninja Fortschritte gemacht hatte. Er spürte einen völlig irrationalen Ärger in sich aufsteigen und wußte, daß dieser eine Folge seiner Angst war.

Die Türklingel läutete, und er sprang auf. Für einen Augenblick dachte er daran, sie einfach zu ignorieren, doch als es noch einmal läutete, ging er durch das Haus zur Eingangstür.

»Nicholas«, sagte er, in das Tageslicht blinzelnd. »Komm rein.« Er schloß die Tür. »Was bringt dich denn so früh hierher? Bist du krank?«

»Ich hab' dich doch nicht aufgeweckt, oder?«

Doc Deerforth lachte. »Um Gottes willen, mein Sohn. Ich träumte gerade vor mich hin.« Er sah sich Nicholas genauer an. »Du siehst nicht gut aus. Komm herein.«

»Ich habe nicht geschlafen, das ist alles«, entgegnete Nicholas und betrat das Haus. Doc Deerforth führte ihn nicht in sein Praxiszimmer, sondern in die Küche.

»Nach einem ordentlichen Frühstück wirst du dich wieder wie neugeboren fühlen«, sagte er. Er öffnete den Eisschrank und nahm einen Plastikbehälter mit Orangensaft heraus. »Hier, nimm dir selbst.« Er sah auf. »Du hast doch nichts gegen Eier mit Schinken?«

»Hör mal, du brauchst wirklich nicht – «

Doc Deerforth wischte Nicholas' Einwand beiseite. »Natürlich brauche ich nicht. Ich *möchte* aber.« Er lächelte und trug die Eier zum Herd. »Es ist schon eine Weile her, daß ich einen Gast zum Frühstück hatte. Das wird mir guttun. Ich habe in letzter Zeit zu viel herumgegrübelt.« Er begann das Frühstück zuzubereiten, setzte Kaffeewasser auf und holte den Schinken aus dem Kühlschrank. Das Brutzeln des Schinkens in der Pfanne vermittelte ihm ein eigenartig heimeliges Gefühl. Er wunderte sich darüber, bis ihm einfiel, daß er früher für die Mädchen des öfteren Frühstück gemacht hatte. Das schien Ewigkeiten her zu sein. »Ich kann mir vorstellen, daß du gern wissen möchtest, welchen Spuren Florum gefolgt ist«, äußerte er. Nicholas setzte sich an den Tisch und schenkte sich etwas Saft ein. Er sah ihn gespannt an. »Keinen«, fuhr Doc Deerforth fort. »Es gibt bei Gott nichts, was sich weiterverfolgen ließe.«

»Das wundert mich nicht«, entgegnete Nicholas. Er berichtete dem Arzt, was sich in der Stadt zugetragen hatte.

»Es waren Freunde von dir, nicht wahr?« sagte Doc Deerforth, als Nicholas zu Ende war. »Das ist wirklich scheußlich. Tut mir leid.« Er wendete den Schinken. »Und du glaubst tatsächlich, daß er hinter Raphael Tomkin her ist?«

Nicholas nickte.

»Warum dann alle diese Morde? Keines der bisherigen Opfer scheint irgendeine Beziehung zu Tomkin zu haben.«

»Das ist richtig, soweit ich das beurteilen kann.«

»Was ist dann sein Ziel?«

»Ich habe darüber nachgedacht.« Nicholas starrte in sein Glas, als ob da die Antwort zu finden wäre. »Sicher ist, daß man nicht so leicht an Tomkin rankonımt. Um das zu schaffen, braucht man Zeit.«

»Aber das wäre doch für ihn gerade ein Grund, sich möglichst unauffällig zu verhalten. Diese Burschen mögen doch kein Rampenlicht.« Er schlug die Eier in die Pfanne.

»Normalerweise stimmt das schon«, erwiderte Nicholas. »Aber dieser Mann ist anders. Er ist schlauer als die meisten. Überleg dir mal, daß er gegen einen Mann steht, der schon drei- oder viermal die Zielscheibe von Mordanschlägen war. Wenn Tomkin noch lebt, so hat das gute Gründe. Der Ninja glaubt, daß er an Tomkin nicht auf die übliche Art herankommt. Er braucht also einen raffinierten Plan. Du weißt, wie die Ninja denken. Der Mann will an Tomkin ran. Mit Mordwaffen aus der Ferne zu arbeiten, gilt nicht. Er wird kein Gewehr, keine Bombe gebrauchen.«

»Schon klar.« Die Küche duftete nach Gebratenem. Doc Deerforth nahm das Brot aus dem Kasten und gab es Nicholas zum Toasten.

»Na gut. Es geht also darum, den Feind zu verwirren. Das ist eine alte Strategie im *kenjutsu* und auf dem Schlachtfeld. Wende verschiedene Formen des Angriffs an; attackiere den Feind von verschiedenen Seiten. Während dieser sich noch überlegt, welches deine Pläne sind, führst du den entscheidenden Stoß, und er ist besiegt.«

Doc Deerforth sah Nicholas an, als er die Teller zum Tisch brachte. »Und du glaubst, daß der Ninja so vorgeht?«

»Es scheint so, ja.«

Doc Deerforth begann zu essen und legte die Stirn in nachdenkliche Falten. »Du hast natürlich auch über andere Möglichkeiten nachgedacht«, äußerte er nach einer Weile.

Nicholas blickte auf. »Was für andere Möglichkeiten?«

»Ich weiß nicht. Aber sie sind hinterhältige Bastarde. Ich habe mir nie zugetraut zu sagen, was in ihren Köpfen vorging.«

Nicholas wandte seinen Blick ab. »Ich kannte einige in Japan.«

Doc Deerforths Augen blitzten kurz auf. »Tatsächlich?«

»Es liegt Jahre zurück.«

»Zeit bedeutet für sie überhaupt nichts.«

Nicholas wußte dies aus eigener Erfahrung. Er legte seine Gabel beiseite und schwieg.

»Sie sind nicht menschlich«, fügte Doc Deerforth nach einer Weile hinzu. Es wurde so still in dem Raum, daß Nicholas das Ticken der Wanduhr vernahm.

»Etwas Unmenschliches haftet ihnen an, so, als wären sie Vampire oder etwas Ähnliches. Übernatürliche Lebewesen.« Doc Deerforth schien nach innen zu blicken, während er in die Erinnerung zurückfiel.

»Der Krieg, den wir führten«, fuhr er fort, »unterschied sich grundlegend von den Kriegen an den anderen Fronten. Wo wir lagen, konnte nie die Rede davon sein, daß Einheiten einen Hang stürmten und diesen dann gegen den Feind hielten. Es gab keinen Frontverlauf, keine eroberten Gebiete, keine Rückzüge oder Angriffe.

Wir wußten nie genau, wo der Feind gerade lag. Einsatzbefehle gab es hie und da, und wenn sie kamen, war jedem klar, daß die Generale erst recht nicht wußten, wie die tatsächliche Lage war. Wir lebten in einer Art Anarchie, und die Panik saß uns immer im Genick.

Es war gegen Kriegsende. Fast alle von uns waren von Anfang an auf dem asiatischen Kriegsschauplatz dabei gewesen. Viele von uns waren nicht mehr in der Lage zu kämpfen. Malaria, Amöbenruhr und andere Krankheiten waren unsere Begleiter. Aber schließlich fürchteten wir sogar die Cholera weniger als die Nächte.

In den Nächten drangen sie bei uns ein, lautlos und todbringend. Wir waren nicht in der Lage, etwas dagegen zu tun. Wir verdoppelten die Wachen am Rand des Lagers und ließen Posten im Lager patrouillieren. Nichts half. In seiner Verzweiflung befahl der Kommandant eine Reihe nächtlicher Spähtruppunternehmen. Man schoß dabei auf Schatten oder ließ sich vom Schrei eines Nachtvogels täuschen und ballerte drauflos. Getroffen wurde keiner der Guerillas, aber immer mehr von uns wurden auf diese lautlose Weise umgebracht.

Diese Zwischenfälle erzeugten eine unwirkliche Stimmung bei uns. Eines Tages brachte irgend so ein Blödmann *Dracula* aufs Tapet. Er besaß eine zerfledderte Kopie des Buches von Bram Stoker, das schnell die Runde machte. Schon seit jeher erfand der Mensch ersatzweise irgendwelche Figuren und Gestalten, mit denen er versuchte, das Unerklärliche zu erklären. Durch dieses Buch vergrößerte sich noch unsere Furcht. Was konnte man unter diesen Bedingungen anderes erwarten. Sogar heute noch, nach so langer Zeit, hat das alles seine Schrecken für mich behalten. Wir waren gedrillt, Soldaten aus Fleisch und Blut zu bekämpfen und keine Schatten, die bei Tageslicht verschwanden. Wenn wir wenigstens einen gefangen, wenigstens einen gesehen hätten – um zu wissen, mit wem wir es zu tun hatten.

Angst eskaliert in eigenartiger Weise. Wir waren alle keine Feiglinge. Jeder von uns hatte schon Gegner getötet. Sogar ich war einige Male dabei gewesen ... Wir waren in Gefahr, in unseren Stellungen überrannt zu werden. Aber was wir jetzt erlebten, überstieg unsere Kraft. Es klingt womöglich alles übertrieben, doch du mußt mir glauben, Nicholas, es war genauso, wie ich es erzähle ...

Die große Seeschlacht im Golf von Leyte lag hinter uns. Auf dem Meer hatten wir zwar die Japaner geschlagen, aber zu Land war es eine ganz andere Sache. Luzon, die Hauptinsel, war noch in japanischer Hand. Da sie nicht genug Leute und viel zuwenig Nachschub hatten und wir sie zudem im Leyte-Golf geschlagen hatten, dachten wir, daß damit die Sache erledigt sei.

Doch dem war nicht so.

Kurz vor Beginn der Schlacht war ein neuer japanischer Kommandeur eingetroffen: Vizeadmiral Onishi von der Ersten Marine-Luftflotte in Manila. Zwei Tage nach seiner Ankunft reiste er nach Mabalacat, einer kleinen Stadt fünfzig Meilen nordwestlich, dem Standort der Luftwaffeneinheit Zweihundertundeins. Er leitete dort ein Treffen, das – wir hatten damals keine Ahnung davon – eine der folgenschwersten Konferenzen des Krieges werden sollte.

Nicht lange danach erreichten uns die ersten Berichte. Viele von uns, die die wilden Gerüchte kannten, die per Bambustelegraf verbreitet wurden, glaubten nicht daran. Doch dann, nicht einmal eine Woche später, konnten wir die Dinge mit eigenen Augen sehen. Zuerst dachten wir, daß die Zero-Flieger hinter uns her seien, doch sie rauschten über unsere Köpfe hinweg, als ob wir nicht existierten. Sie beschossen oder bombten auch nicht etwa unsere Schiffe auf dem Meer – einen Flugzeugträger und zwei Zerstörer. Sie kreisten über ihnen. Zuerst dachten wir, daß der erste getroffen und abgestürzt sei. Doch als alle zum gleichen selbstmörderischen Sturzflug ansetzten, begannen wir zu verstehen. Und auch wieder nicht. Wie konnten vernünftige Menschen so etwas tun? Es schien unvorstellbar. Wir dachten, daß man sie vielleicht einer Gehirnwäsche unterzogen hatte; die Japaner waren bekannt für derartige Methoden. Jedenfalls war das damals die vorherrschende Meinung.

Aber irgend etwas an dieser Theorie gefiel mir nicht. Ich konnte mir das einfach nicht vorstellen. Die Psyche eines Menschen zu verändern, braucht Zeit, das wußte ich. Und gerade das war es, was die Japaner nicht hatten. Nein, ich war ziemlich sicher, daß der Grund für ihren Selbstmord-Einsatz woanders zu suchen war. Doch wo?

Wir hatten Regenzeit; auf ganz Leyte schien es keinen Zentimeter trockenen Bodens zu geben. Wir machten Fortschritte, doch nicht ohne Opfer. Eines Nachts sollte die Einheit verlegt werden. Wir hatten eine ganze Anzahl Verletzter, um die sich jemand kümmern mußte. Ich meldete mich freiwillig zurückzubleiben. Für den nächsten Morgen war eine Ersatzeinheit angesagt. Doch die Situation war viel zu unsicher, so daß mein Kommandeur darauf bestand, daß ich zusammen mit den Verwundeten und der Einheit aufbräche.

Kurz vor Morgengrauen schlugen wir unser Lager auf. Viele von uns waren zu übermüdet, um gleich einzuschlafen. Wir saßen herum und unterhielten uns über Dracula. In der vorhergegangenen Nacht waren drei Mann getötet worden; die Vampirtheorien gediehen weiterhin.

Schließlich verließ ich die Runde, schlug mein Zelt auf und kroch hinein. Eine Zeitlang konnte ich noch ihre Stimmen hören, wie sie sich draußen weiter unterhielten, dann war es plötzlich still. Ich war nicht sicher, ob ich eingeschlafen war und sie sich mittlerweile auch zur Ruhe begeben hatten.

Ich befand mich in einem eigenartigen Zustand zwischen Schlafen und Wachen. Mir war, als ob jemand da sei, mich beobachtete. Ich versuchte aufzuwachen, doch es gelang mir nicht. Mein Kopf war viel zu schwer, als daß ich ihn hätte heben können. Ich mühte mich, doch es erfolgte keine Reaktion. Es war, als sei mein Bewußtsein von den Nervenzentren abgeschnitten, die die Muskeln aktivierten. Ich wollte über meinen Kopf hinwegsehen, in der Gewißheit, daß von dort die Gefahr kam. Ich konnte keine einzige Bewegung machen.

Über mir schwebte ein Gesicht, körperlos, wie es schien. Ich konnte mich nicht mehr erinnern, wann sich meine Augen geöffnet hatten oder ob ich sie überhaupt je geschlossen hatte. Ich fühlte ein schweres Gewicht auf meiner Brust, und ich hatte Schwierigkeiten beim Atmen. Ich fröstelte.

Nicht, daß die Nacht kalt gewesen wäre, es kam von innen. Ich zitterte.

Es war ein japanisches Gesicht, kohlrabenschwarz, als hätte man es mit Holzkohle oder Lampenruß eingerieben. Da es flach war, entstanden keine Lichtreflexe darauf. Die Augen erschienen riesengroß. Sie trugen einen verwirrenden Ausdruck, so, als ob sie, während sie mich anstarrten, in ein anderes Universum gerichtet seien. Es war gespenstisch. Das war eindeutig ein Mann, der jenseits aller moralischen Grenzen stand. Er lebte außerhalb der Zeit; die Zeit lebte in ihm und schenkte ihm unvorstellbare Energie – die Kraft des Chaos. Ich weiß nicht, wie ich es beschreiben soll, aber die Tatsache, daß ich ihn vor mir sah, unterstrich eher noch seine übersinnliche Aura. Wer weiß, vielleicht waren unsere Vampirgeschichten gar nicht so weit von der Realität entfernt.

Während mir das alles im Kopf herumging, spürte ich seine Bewegung. Er holte ein längliches schwarzes Tuch hervor, faltete es und band mir damit so fest den Mund zu, daß es schmerzte.

Er zerrte mich aus dem Zelt und hievte mich, indem er sich nach vorn beugte, über seine Schultern.

Er rannte.

Er rannte vollkommen geräuschlos. Wir warfen keinen Schatten, da er im Dunkeln blieb.

Ich wehrte mich nicht. Ich fing an, darüber nachzudenken, warum man mich nicht, wie die anderen Opfer dieser lautlosen Attacken, getötet hatte. Mein Kopf baumelte vornüber. Dennoch konnte ich gut genug sehen, um zu erkennen, daß er mit wahrer Zauberkraft lief. Er kam voran ohne erkennbare Bewegung. Das mag sich wie ein Widerspruch anhören, ist es aber nicht. Es war, als wenn er dahinströme, man spürte keinerlei Auf-und-ab-Bewegung, man wußte nur, daß man sich vorwärts bewegte.

Wir befanden uns jetzt im Dschungel und kamen ungeheuer schnell voran. Obwohl der Weg durch Schlingpflanzen und Unterholz immer schwieriger wurde, schien es, als ob sich unser Tempo noch steigerte. Mein Entführer verfügte über außerordentliche Kraft und Ausdauer. Mir schien, als seien wir vollkommen allein auf dieser Welt. Es war zu jener nächtlichen Stunde, da die Geschöpfe der Nacht schon wieder in ihre Höhlungen und Nester zurückgekrochen und die des Tages noch nicht erwacht waren. Der Dschungel war ganz ruhig, hie und da der Schrei eines verschlafenen Vogels – Töne, die vollkommen isoliert im Raum standen und aus einer anderen Welt zu kommen schienen.

So ging es vielleicht eine halbe Stunde. Dann hielt der Mann plötzlich an, warf mich von seinen Schultern und zog das schwarze Tuch, das meinen Mund bedeckte, auch über meine Augen. Stolpernd wurde ich von ihm durch den Dschungel geführt.

Nach einer Weile begann ich Stimmen zu vernehmen. Ich sprach kein Japanisch, verstand aber genug, um mir weiterzuhelfen, etwas, was ich natürlich nicht preisgeben wollte. Schließlich nahm man mir die Augenbinde ab. Wir befanden uns inmitten eines japanischen Lagers. Es ähnelte nicht im entferntesten dem, was ich mir vorgestellt hatte. Ich war vollkommen verblüfft; für einen Augenblick glaubte ich, daß ich mich in einem Lazarett befände. Die meisten Soldaten lagen oder saßen herum, waren nicht nach Truppen getrennt. Ich sah keine Wachen.

Wir waren in der Nähe des Wassers, wenngleich ich nicht sagen konnte, auf welcher Seite der Insel. Durch die Bäume konnte ich das Wasser erkennen. Ich konnte mich eine Weile völlig ungehindert umsehen, während der Mann, der mich hergebracht hatte, sich mit einigen seiner Kameraden, die genauso angezogen waren wie er, unterhielt. Zuerst lauschte ich ihren Gesprächen, doch entweder sprachen sie zu schnell oder in einem Dialekt, der mir unbekannt war, auf alle Fälle verstand ich nichts.

Der Morgen kam, und genau über dem Horizont war eine weiße Linie zu erkennen; ich wußte, daß ich nach Osten blickte. Ein dunkler Fleck schob sich ins Bild. Und dann ein zweiter. Gleichzeitig hörte ich aus Nordwesten ein tiefes Dröhnen, es kam aus der Richtung von Luzon. Es war die Zweihundertundeins. Ich richtete den Blick nach oben. Gegen den fahlen Himmel waren die schwarzen Punkte der Zero-Flieger zu erkennen. Die nächtlichen Wolken hatten sich zerstreut.

Die Zeros flogen über unsere Köpfe hinweg auf die See hinaus in Richtung der dunklen Flecken am Horizont.

›Sie attackieren eure Schiffe.‹

Ich betrachtete verwirrt mein Gegenüber. Es war ein hagerer Japaner. Er ging an Krücken. Sein linkes Hosenbein war oberhalb des Knies festgesteckt.

›Sie sprechen ganz gut Englisch‹, sagte ich.

›Ja.‹ Er starrte noch auf die sich bewegenden Objekte, die einander immer näher kamen. ›Sie werden nicht zurückkommen. Keiner von ihnen. Dafür hat Onishi gesorgt.‹ Es war mir klar, daß er den neuen Vizeadmiral meinte. Er schüttelte traurig den Kopf. ›Wie Sie wissen, half er Yamamoto bei der

Planung des Angriffs auf Pearl Harbor.‹ Er ließ ein schmatzendes Geräusch von den Lippen. ›Es ist lange her.‹ Er machte eine Bewegung mit seiner Hand. ›Sprichst du Japanisch? Nein? Sehr schade.‹ Er wandte sich ab. Die Zeros näherten sich den Schiffen. Man konnte sehen, wie die Geschütze zu feuern begannen. Schwarze Wolken stiegen auf, in deren Zentren orangerote Explosionen sichtbar wurden; Augenblicke später erbebte die Luft unter den Druckwellen. ›Nein, diese Kameraden kommen nicht zurück. Sie sind zu ihrer letzten Mission angetreten.‹

Plötzlich durchdrangen diese Worte den Nebel, der mich umgeben hatte, seit ich in das Lager gekommen war. ›Heißt das‹, rief ich aus, ›daß sie zu einer Selbstmordmission unterwegs sind? Daß die Maschine samt Piloten . . . ?‹

›Lenkbare Bomben sind? Ja.‹ Der Japaner stand ganz ruhig da. Tränen traten in seine Augen, doch seine Stimme war unverändert. ›Es war Vizeadmirals Onishis Idee. Ein Verzweiflungsschritt. Er hat einige Zeit gebraucht, um die anderen zu überzeugen, doch zum Schluß hat er sich durchgesetzt.‹ Er sagte etwas auf Japanisch, was sich wie ein Fluch anhörte. ›Noch nicht genug von uns sind um der Ehre willen gestorben. Immer noch schickt der Kaiser seine Söhne in einen Krieg, den wir längst verloren haben.‹ In der Ferne verschwanden die Zeros an der schwarzweißen Linie des Horizonts.

Hinter meinem Rücken rief jemand etwas. Ohne die Sprache zu verstehen, wußte ich, daß mein Entführer mich damit meinte. Ich machte Anstalten, den beinamputierten Soldaten zu verlassen, sagte aber noch: ›Sie sollten sehen, daß Sie etwas zu essen bekommen.‹

Er lachte kurz auf. ›Meinen Sie, ich wäre noch hier, wenn ich irgendwo anders die Möglichkeit hätte, mich zu versorgen?‹

›Und wie steht es mit einem Lazarett?‹

›Wenn man da nicht sein eigenes Essen mitbringt, wird man gar nicht aufgenommen‹, erwiderte er. Seine Augen waren ganz klar. Ich konnte sehen, daß seine Rippen unter seiner Uniformbluse hervorstachen. Ich dachte: Was fällt mir eigentlich ein? Es ist ein gegnerischer Soldat, mit dem ich mich da unterhalte. ›Wir werden alle an Unterernährung sterben.‹ Er starrte mich an, und für einen Augenblick schienen wir uns sehr nahe zu sein.

Dann packte mich mein Entführer und stieß mich, während er mich anbrüllte, in einen anderen Teil des Lagers. Auch hier lagen Soldaten herum.

Mein Entführer trug einen schwarzen Beutel bei sich, den ich bislang nicht an ihm bemerkt hatte. Mir war, als sei wegen dieses Beutels, beziehungsweise dessen Inhalt, unter seinen gleichgekleideten Kameraden, die im übrigen aussahen wie seine Zwillingsbrüder, Streit ausgebrochen. Mir tat es jetzt leid, daß ich meinen neugewonnenen Freund nicht gefragt hatte, wer diese Männer waren. Mir war klar, daß sie nicht zur normalen Armee gehörten. Etwas weiter entfernt brannte ein Feuer. Davor stand ein schwarzer Eisenkessel. Daneben lagen ein kleiner Haufen welkenden Gemüses und eine Schütte jener Kartoffeln, die fast wie Süßkartoffeln schmecken und von den Japanern *kamote* genannt werden. Offensichtlich war dies ihr ganzer Lebensmittelvorrat.

Der Mann, der mich gebracht hatte, zog etliche Konservenbüchsen aus der Tasche hervor, die er offensichtlich in unserem Lager entwendet hatte.

Erneut begann der Disput – ich glaube, es ging darum, wer wieviel bekommen sollte. Mein Entführer schob mich weiter, in Richtung mehrerer auf dem Boden liegender Japaner. Mir ging ein Licht auf: Ich sollte sie behandeln. Jetzt wußte ich, warum ich verschont geblieben war. Der Mann schien meine Funktion zu kennen. Ich fragte mich, was er sonst noch von mir wußte.

Ich wandte mich den Soldaten zu. Viel konnte ich nicht für sie tun. Ich war ohne meine Instrumente und ohne Medikamente. Doch sie hätten ohnehin nicht viel genützt. Mein japanischer Freund hatte die Situation genau erfaßt. Die Japaner starben an Unterernährung.

Ich erhob mich schließlich und wandte mich dem Mann zu, der mich gebracht hatte.

›Es tut mir leid‹, sagte ich, ›ich kann hier nichts tun.‹

Er schlug mich unvermittelt. Ich hatte überhaupt nicht bemerkt, wie er zu dem Schlag angesetzt hatte. Plötzlich saß ich im Dreck.

›Sie brauchen zu essen‹, sagte ich unsicher.

Er zerrte mich in die Höhe. Seine Augen wirkten ausdruckslos. Wieder versetzte er mir einen Schlag ins Gesicht, diesmal mit der Handkante. Ich ging abermals zu Boden, alle viere von mir gestreckt.

Als ich aufwachte, war es dunkel. Ich hatte wahnsinnige Kopfschmerzen, und meine rechte Schulter schien nicht zu funktionieren. Es war eigenartig. Ich konnte meine Finger bewegen, sogar eine lockere Faust machen, aber ich vermochte nicht, meinen Arm auch nur einen Zentimeter zu heben.

Ich befand mich in einem Zelt und lag auf etwas Hartem, jedoch nicht auf dem Boden. Ich hatte meinen Militärrock und mein Tarnhemd an, aber keine Hosen. Von der Gürtellinie an abwärts war ich nackt. Ich versuchte mich zu bewegen. Es ging nicht. Mein Kopf begann noch mehr zu schmerzen, so daß ich es vollends aufgeben mußte. Jeder Atemzug tat mir weh. Blitze zuckten über meine Netzhaut, und ich fragte mich, was der Mann mit meinen Nerven angestellt hatte.

Kurz danach kam er herein. Ich konnte ihn nicht hören, spürte jedoch die Bewegung in der feuchten Luft. Sein Gesicht beugte sich über mich. Er hatte sich den Lampenruß daraus entfernt, trug aber noch seine schwarze Kleidung. Offensichtlich war sie so etwas wie seine Uniform.

›Wie viele Leute hat deine Einheit?‹ fragte er.

Ich verstand. Nachdem ich mich als Arzt nutzlos erwiesen hatte, war ich jetzt ein gewöhnlicher Kriegsgefangener. Ich wußte, was das bedeutete.

Ich nannte ihm meinen Namen.

›Wie seid ihr mit Waffen ausgerüstet?‹

Ich nannte ihm meinen Namen.

›Welche Einheiten werden zu euch stoßen?‹

Ich nannte ihm meinen Namen.

›Wie ist der amerikanische Zeitplan für dieses Zusammentreffen?‹

Diesmal benutzte ich eine Variante. Ich nannte ihm meine Registriernummer und meinen Dienstrang.

›Wann planen die Amerikaner ihre Invasion von Luzon aus zu starten?‹

›Luzon hat die Invasion schon hinter sich‹, sagte ich. ›Durch die Japaner.‹

Daraufhin begann er mich zu bearbeiten. Er brauchte dazu nicht mehr als vier Fingerspitzen – jeweils die von Daumen und Zeigefinger. Kein Messer, kein Feuer, keine Drogen, kein Draht, kein Wasser waren vonnöten. Er wandte keine der traditionellen Verhörmethoden an. Die waren ihm wohl zu primitiv.

Er malträtierte mich die ganze Nacht – über zehn Stunden. Oh, natürlich nicht ohne Unterbrechung, das hätte ich niemals ausgehalten. Am Ende wies mein Körper nicht das kleinste Mal auf.

Er war wie ein Magier, der sich auf mein Nervensystem konzentrierte. Nicht etwa, wie man vielleicht hätte annehmen können, auf die Nervenzentren, nein, er bezog die Nervenbahnen mit ein. Nur seine Finger waren in Aktion.

Für mich hörte alles andere auf. Er sorgte dafür. Nach einer

Weile verlor ich die Kontrolle über mich – ich fühlte nur noch den Schmerz.

Wie du weißt, wird bei Schmerz im Körper ein Anästhetikum produziert. Es ist etwa so, wie wenn du zuviel bumst, dann spürst du eine Zeitlang überhaupt nichts mehr. Genauso ist es mit dem Schmerz. Auch da gibt es eine Toleranzgrenze. Nach einer gewissen Zeit schaltet dein Körper einfach ab, und du fühlst nichts mehr. Das ist wirklich das einzige, was dir bei einem solchen Verhör hilft.

Doch durch seine Technik vermied es der Mann, daß mir diese Erleichterung zuteil wurde. Er wußte genau, wie lange ich es aushalten konnte, und ließ dann von seinen Quälereien ab.

Während der ganzen Zeit wurden die Fragen wieder und wieder gestellt. Er schrie nicht, sein Ton war ruhig und freundlich, er sprach geradezu vertraulich mit mir, so, als ob wir alte Freunde seien, uns in einer Bar getroffen hätten und über alte Zeiten redeten.

Es war eine absurde Situation. Nach einer Weile hatte unser Verhältnis etwas von dem zweier Liebender. Ich wollte ihm plötzlich vertrauen können, ihm meine Geheimnisse preisgeben, die letzten Schranken zwischen uns niederreißen. Denn der Schmerz hatte sich nach einiger Zeit seltsam gewandelt. Er wurde – wie soll ich es ausdrücken? – erträglicher. Ich kann heute noch nicht verstehen, wie dies geschah. Natürlich war mir damals schon klar, daß mein Peiniger genauso wie meinen Körper mein Bewußtsein bearbeitete. Doch irgendwie half mir diese Erkenntnis in keiner Weise. Ich war machtlos, das aufzuhalten, was geschah. Ich spürte, wie die Dinge mir entglitten . . .

Ich hatte immer mehr ein Gefühl, als ob mein inneres Selbst schrumpfe und dahinter eine Person zum Vorschein käme, die ich nicht kannte. Es schien, als ob der Mann mehr von mir wußte als ich selbst, und dieser Umstand versetzte mich in furchtbaren Schrecken.

Plötzlich wünschte ich mehr als je zuvor, ihm alles zu erzählen. Ich war überzeugt davon, daß er mich, sobald ich nur einmal begonnen hätte, mich in seine Arme nehmen und trösten würde. Das Wohlbehagen wuchs. Ich begann den Schmerz als eine Art Offenbarung zu empfinden, ihn mir förmlich herbeizuwünschen, denn er war das Bindeglied zwischen dem Mann und mir. Ohne diesen Schmerz wähnte ich mich verloren, zu einem Nichts reduziert. Die Zeit hörte auf, irgendeine Bedeutung zu haben. Es gab keine Vergangenheit, keine Zukunft, nur ein endloses Hier und Jetzt mit glänzenden Verheißungen. Meine Mundhöhle war warm vom eigenen Blut, je mehr ich dagegen ankämpfte, diesem Manne alles zu verraten.

Dann war es plötzlich vorbei. Das Gefühl von Lust und Schmerz war ausgelöscht. Ich war verloren. Im Zelt allein gelassen, begann ich zu weinen, und mein Körper wurde von trockenem Schluchzen geschüttelt. Durch den extremen Flüssigkeitsverlust während der Nacht vermochte ich indes keine Träne hervorzubringen, war wie ausgetrocknet. Ich verspürte eine furchtbare Angst, allein zu sein, allein wie ein Kind, das von seiner Mutter verlassen wurde. Ich war psychologisch gesehen in einen kindlichen Zustand zurückversetzt worden, war nun von meinem Peiniger abhängig, wie ein Baby von seiner Mutter. Ich war absichtlich alleingelassen worden, um mich diese Abhängigkeit spüren zu lassen. Und ich wußte, daß ich in dem Augenblick, in dem der Mann zurückkehrte und mich zu quälen begann, wie ein Wasserfall reden würde.

Dann vernahm ich auf einmal ein Geräusch im Zelt. Es kam von hinter meinem Kopf. Ich dachte, er sei zurückgekehrt, und weinte vor Freude. Es folgten etliche kratzende Geräusche. Ich versuchte, meinen Kopf zu drehen, konnte aber nur die heftig flatternde Zeltspitze sehen.

›Steh auf!‹ Ein energisches Flüstern an meinem Ohr.

›Wie?‹ fragte ich töricht. Durch den Verlust an Wasser und durch meine geschwollene Zunge klang es, als sei ich total betrunken.

›Steh auf! Steh auf! Steh auf!‹ zischte die Stimme.

Ich fühlte, wie sich zwei Hände unter meinen Rücken schoben, mich in eine sitzende Position brachten. Es war dies eine geradezu neue Erfahrung. Einen Augenblick lang starrte ich benommen auf meinen Körper, wohl in der Erwartung, mein Fleisch in Fetzen herabhängen zu sehen oder angekohlte Bambusstifte unter meinen Fingernägeln zu entdecken. Nichts von alledem. Ich schauderte, als ich an die erlittenen Schmerzen dachte.

›Hier lang!‹ sagte die Stimme mit großer Dringlichkeit. ›Komm jetzt! Los, bewegen Sie sich. Da ist keine Zeit zum Herumsitzen.‹

Noch etwas benommen schwang ich mich von dem Holztisch und drehte mich um. Es war mein Freund, der beinamputierte Japaner. Sein Gesicht drückte große Besorgnis aus. Mit ausgestrecktem Arm hielt er eine Zeltklappe auf. Durch die Öffnung konnte ich das frische Grün des Dschungels sehen. Das Tageslicht tat meinen Augen weh, und für einen Augenblick wurde ich von einem Schwindelgefühl erfaßt.

Ich taumelte und wäre vornübergefallen, wenn er seine Hand nicht rechtzeitig ausgestreckt und mich gehalten hätte. ›Das schaff' ich nie‹, sagte ich.

›Doch‹, flüsterte er. ›Sie schaffen es. Während des Tages werden sie Sie nicht verfolgen.‹ Er reichte mir einen Becher mit Wasser und sah weg, als ich es gierig hinunterstürzte. ›Wir alle haben genug von diesem Krieg‹, sagte er leise. ›Er ist so ein Wahnsinn, so sinnlos.‹ Er schwang sich mit seinen Krücken vorwärts. ›Kommen Sie jetzt, wir haben keine Zeit zu verlieren. Sie sollten Sie ja wohl nicht so finden, nicht wahr?‹

Ich trat durch die Zeltöffnung. In meiner Brust schien ein Schmiedehammer zu stampfen. Ich glaubte, ich würde tot umfallen, bevor ich die nächsten zehn Schritte getan hätte.

›Ich weiß überhaupt nicht, wie ich Ihnen danken soll‹, sagte ich, als ich mich an ihm vorbeischob.

›Vergessen Sie es‹, entgegnete er. ›Wir kommen aus vollkommen verschiedenen Welten. Keiner würde den anderen je verstehen.‹

›Wirklich nicht?‹ Ich streckte ihm meine Hand entgegen. Er schlug für einen kurzen Augenblick ein, ließ sie sodann verlegen wieder los. ›Etwas noch zum Schluß‹ sagte ich. ›Wer sind diese Männer?‹ Er wußte, wen ich meinte.

›Wollen Sie das wirklich wissen?‹ Er wandte sich ab. Die Zeltklappe fiel herunter, als sei der Vorhang zwischen unseren beiden Welten gefallen.

›Ja, ich muß es wissen.‹

Er hatte mir bereits den Rücken zugewandt. ›Ninja.‹ Seine Stimme kam wie aus einer Grabesgruft. Ich wünschte ihm Glück«, beendete Doc Deerforth seine Erzählung. »Aber ich glaube nicht, daß er mich noch hörte. Ich drehte mich um und rannte in den Dschungel, weg von dem Lager, weg von den Ninja.«

Er saß da und starrte auf den Rest seiner Spiegeleier, als ob in ihnen die Vergangenheit beschlossen läge. Seine Stirn, von der im Laufe der Jahre die weißen Haare immer mehr zurückgewichen waren, war mit großen Schweißtropfen bedeckt. Zum erstenmal seit, wie ihm dünkte, Stunden, vernahm Nicholas das gleichmäßige Ticken der Wanduhr.

Nach einer Weile hob Doc Deerforth den Kopf. Aus erschöpften Augen blickte er Nicholas an. »Ich habe noch nie jemandem erzählt, was damals passierte«, sagte er. »Weder den Kameraden in meiner Einheit, noch meinem Vorgesetzten, noch nicht einmal meiner Frau. Ich hab' dir das Erlebnis erzählt, weil ich sicher war, daß du es verstehen würdest.« Sein Blick war jetzt ruhig, seine Augen schienen Löcher durch Nicholas' Schädeldecke bohren zu wollen.

»Du weißt also Bescheid«, äußerte Nicholas.

Doc Deerforth brauchte nicht zu nicken; seine Augen verrieten Nicholas, was er wissen wollte.

»Und was wirst du tun?«

»Ich – tun?« Doc Deerforth war überrascht. »Warum? Nichts. Was könnte ich denn tun?«

»Ich kann mir vorstellen«, sagte Nicholas, »was du ihnen gegenüber für Gefühle hegst.«

»Diesem einen gegenüber«, korrigierte ihn Doc Deerforth.

»Sie sind alle so, jedenfalls die meisten von ihnen.«

»Tatsächlich?«

»Das ist auf ihre Ausbildung zurückzuführen. Ihre Schulung ist sogar noch strenger als die der Samurai, ihre Tradition verlangt im übrigen strikte Geheimhaltung.«

»Ihre Tradition verlangt das. Ist es nicht eigenartig, daß solch strenge Traditionalisten derartig gewalttätig anarchische Ziele verfolgen?«

»So habe ich das noch nie betrachtet, aber du hast durchaus recht.«

»Ich will, daß du ihn kriegst, Nicholas.« Doc Deerforth stieß seinen Teller von sich. »Ich weiß, daß du der einzige bist, der dazu in der Lage ist. Die Polizei hat keine Ahnung – «

»Da hast du recht.«

» – von diesen ganzen Dingen. Es ist ein Glück, daß du in diesen Fall verwickelt wurdest. Hast du darüber schon einmal nachgedacht?«

Es war ein schöner Tag, der Himmel wolkenlos. Die Sonne spiegelte sich so intensiv im Chrom seines Wagens, daß er seine Sonnenbrille aufsetzen mußte.

Langsam verschwand die Stadt hinter ihm, als Nicholas zur Dune Road fuhr. Sein Wagen glitt durch die Hauseinfahrt an der Seite des Gebäudes, und er stieg aus. Er hob die *Times* die vor seiner Türe lag, auf, überflog desinteressiert die Schlagzeilen und ging die Stufen zum Strand hinunter.

Er näherte sich Justines Haus von der rechten Seite, so daß er nicht feststellen konnte, ob ihr Wagen da war. Die Haustür war geschlossen, doch jemand hatte die *Times* weggenommen. Er erklomm die sandbedeckten Stufen.

»Sie ist nicht da.«

Nicholas wandte sich um, Croaker kam von der linken Seite des Hauses herangeschlendert. Er steckte in einem zerknitterten braunen Anzug. Seine Krawatte war halb geöffnet. Er sah aus, als hätte er drei Nächte nicht geschlafen.

»Der Wagen ist weg.«

»Was machst du denn hier, Croaker?« Fast unbewußt kam die vertrauliche Anrede.

»Laß uns ein Stück gehen.«

Croaker lenkte seine Schritte zum Strand hinunter.

»Du bist nicht gerade passend angezogen für einen solchen Spaziergang«, bemerkte Nicholas.

»Ist schon in Ordnung so. Ich hab' gern Sand in meinen Schuhen. Erinnert mich an meine Kinderzeit. Für gewöhnlich blieben wir den Sommer über in der Stadt. Hatten nie das Geld, um irgendwo hinzufahren. Uns genügte der Hydrant. Wir drehten ihn auf und erfrischten uns mit dem Wasser.« Die Brecher krachten gegen das Ufer und die Gischt leckte über den Sand. Weiter hinten am Strand lagen Dekken. Aus einem Kofferradio ertönten Discoklänge, das Schrummen eines Basses und das Dröhnen des Schlagzeuges. »Wir waren sieben Kinder zu Hause. Wie der alte Herr uns ernährte, ist mir ein Rätsel. Doch einmal in jedem Sommer, weißt du, und das war so zuverlässig wie die Uhr, rief er mich zu sich, bevor er zur Arbeit ging. ›Lewis‹, pflegte er zu sagen, ›komm mal her. Ich hab' was für dich.‹ Er gab mir Geld für die Busfahrt nach Coney Island und für ein Eis. Er wußte, daß ich den Strand liebte. ›Versprich mir eins‹, sagte er jedesmal. ›Nimm ein Handtuch mit. Ich möchte nicht, daß deine Mutter Ärger bekommt. Okay?‹«

Jemand rannte lachend in die Brandung. Hinter den Brandungswellen konnte man Köpfe auf- und niederhüpfen sehen. Eine Frau in einem einteiligen Badeanzug, ein knallrotes Strandhandtuch lässig über die Schultern geworfen, kam auf sie zu. Nicholas dachte an Justine und fragte sich, wo sie sein mochte.

»Ja, ja, wir sind alte Freunde, der Sand und ich«, äußerte Croaker.

Die Frau war jetzt nahe genug, und Nicholas sah, wie schön sie war. Die Sonne hatte helle Strähnen in ihr langes Haar gebleicht. Sie lief an ihnen vorbei, ihrem Freund entgegen.

Croaker blinzelte einen Augenblick lang gegen die Sonne. »Ich hab' gestern abend Alison aus dem Haus geworfen.«

Nicholas sah ihn schweigend an.

Croaker warf ihm ein knappes Lächeln zu. »Na ja, es war vielleicht nicht ganz so. Ich glaube, daß sie von sich aus sowieso gehen wollte. Unruhig waren wir beide.« Er versenkte seine großen Hände in die Hosentaschen. »Sie wird darüber hinwegkommen. Diese Dinge – «, seine Schultern hoben und senkten sich, » – du weißt, wie das so ist, die wachsen sich aus – «

Wie auf ein Stichwort hin hielten sie beide plötzlich inne. Die Brandung rollte ganz in ihrer Nähe aus. Auf einer kleinen Sanderhebung lag ein dunkles Bündel Seegras.

Croaker sah auf seine halb im Sand versunkenen Schuhe. Als er wieder aufblickte, sagte er: »Nick, Vincent ist tot. Sie haben ihn letzte Nacht gefunden.« Er sagte nicht, wo. »Sein Genick war gebrochen.«

Nicholas holte tief Luft und setzte sich in den Sand. Er schlang die Arme um seine Knie und starrte auf das Meer.

»Nick . . .«

Nicholas fühlte sich benommen, wie narkotisiert. Er erinnerte sich daran, was Doc Deerforth über Schmerzen erzählt hatte. Heute war übrigens der Tag von Terrys und Eileens Begräbnis.

»O Gott«, stöhnte er. »O Gott.«

Croaker rückte näher an ihn heran. »Nick«, sagte er liebevoll, »ich konnte es dir nicht anders sagen. Nicht übers Telefon.«

Nicholas nickte. Das Verstehen durchdrang selbst seinen dumpfen Schmerz. Croaker war sich darüber klar geworden, was er ihm schuldete. Dessenungeachtet fand er es anständig, daß der Leutnant ihn hier draußen aufgesucht hatte, wo er genausogut hätte anrufen können. Er erinnerte sich, daß die beiden in der vergangenen Nacht zusammengewesen waren.

»Nick«, sagte Croaker. Er zögerte.

Nicholas sah ihn an.

»Was geht hier vor?« fragte Croaker. »Du mußt mich aufklären.«

»Wie meinst du das? Ich – also sieh mal, Tomkin steckt in

der ganzen Sache. Bis zum Halse. Vor einer Woche hat er von einem Ninja eine Warnung erhalten. Das paßt genau ins Bild. Ich habe sie gesehen. Sie ist echt. Er macht Geschäfte mit einer Anzahl sehr mächtiger japanischer Großfirmen. Er muß sie betrogen haben. Keine Frage, daß das für sie ein todeswürdiges Verbrechen ist. Zweifellos haben sie jemanden nach Amerika geschickt, um ihn umbringen zu lassen.«

»Das hat man zuvor auch schon versucht. Tomkin ist darin mittlerweile ein ganz ausgekochter Fuchs. Er kann gewiß auf deine Hilfe verzichten.«

Nicholas schüttelte den Kopf. »Gerade da irrst du dich. Ohne mich ist er ein toter Mann.«

»Aber das alles ergibt doch keinen Sinn? Die zwei Toten, die wir hier haben, und die drei in der Stadt – es haben sich keine Verbindungen zu Tomkin ergeben.«

»Da müssen Beziehungen bestehen«, sagte Nicholas unbeirrt. »Der Ninja hat sogar Justine eine Warnung zukommen lassen.« Er berichtete Croaker von dem Etwas aus Fell, das man durch das Fenster geworfen hatte.

Croaker sah ihn einen Augenblick an. In seinem Rücken konnte er das Brechen der Brandung hören. Helles, dünnes Gelächter, zerbrechlich wie Glas, stieg in die Luft.

»Und was ist«, sagte Croaker langsam, »wenn diese Nachricht gar nicht für Justine bestimmt war?«

Nicholas starrte Croaker an.

»Was meinst du damit?«

»Ich glaube, es ist an der Zeit, daß wir den Tatsachen ins Auge sehen. Ich meine, daß diese Warnung dir gegolten hat.«

Nicholas lachte kurz auf. »Mir? Das ist doch idiotisch. Wo sollte es dann da einen Grund geben – «

»Es muß einen geben«, sagte Croaker ernst. »Sieh dir das Muster an. Die beiden Toten hier draußen. In der Stadt Terry und Eileen, jetzt Vincent. All diese Morde scheinen auf dich zuzulaufen.«

»Den zweiten Mann hier habe ich nicht gekannt.«

»Richtig, doch der Mord passierte in deiner Nähe.«

»Lew, Morde passieren in der Nähe von sehr vielen Leuten.«

»Aber drei deiner Freunde wurden in der Folgezeit mit Ninja-Methoden umgebracht – wie dieser dir Unbekannte.«

Nicholas schüttelte den Kopf. »Ich glaube nicht, daß ich das akzeptieren kann. Wie schon gesagt, ich sehe keinen Grund. Hier wird eine Art Rauchvorhang gelegt.«

Croaker hob die Hand. »Okay, okay. Es war ja nur eine Vermutung.«

Sie standen auf. Trotz der Hitze hatte Croaker sein Jackett anbehalten, dessen er sich jetzt, weil er schwitzte, entledigte.

»Können wir zurückgehen?«

Nicholas nickte. »Da ist noch etwas, Lew.« Er zögerte.

»Spuck es aus.«

»Vielleicht willst du mir gegenüber nicht darüber sprechen.«

»Dann werde ich es sein lassen, okay?«

Nicholas lächelte. »Okay.« Sie hatten sich in Richtung auf Croakers Wagen in Marsch gesetzt. »Was ist zwischen dir und Tomkin?«

Croaker öffnete die Wagentür und warf seine Jacke auf den Rücksitz. Er setzte sich hinter das Lenkrad. Obwohl er im Schatten geparkt hatte, war das Innere des Wagens glühend heiß. Nicholas ließ sich auf den Beifahrersitz gleiten und Croaker betätigte den Anlasser.

»Du liegst nicht so ganz falsch«, sagte er. »Noch vor ein paar Tagen hätte ich mich nicht dazu geäußert.« Er wendete den Wagen und fuhr die Dune Road in Richtung der Brücke, die über den Kanal führte, hinauf. »Doch jetzt ist alles anders, und ich sage mir, wenn ich dir nicht trauen kann, wem kann ich dann noch trauen? Und ohne jemandem zu vertrauen, kann ich einfach nicht leben.«

Sie ließen die Brücke hinter sich und fuhren in Richtung auf die Bundesstraße, vorbei an den Bootshäusern, vor denen Boote mit hochgesetzten Außenbordmotoren im Wasser dümpelten.

»Du weißt über die Didion-Geschichte Bescheid?«

Nicholas war überrascht. »Meinst du den Mord an dem Modell? Gewiß doch, zumindest kenne ich das, was davon in den Zeitungen stand. Bilder von ihr waren ja überall zu sehen.«

»Jaah«, machte Croaker gedankenvoll. »Ein rassiges Weib. Einfach rassig. Das Wort hätte für sie erfunden sein können.«

»Das klingt ja fast, als ob – «

»Nein, nicht was du denkst.« Sie bogen in die Bundesstraße ein, und Croaker gab Gas. Es war immer noch zu warm, als daß der Fahrtwind Kühlung gebracht hätte. »Aber ich hab' darüber nachgedacht, daß dieses Mädchen ja ein Mensch war, wie jeder andere auch. Alle hatten nur ihr Image im Kopf, weißt du. Ihr Gesicht, ihren Körper und so weiter, einfach die Fassade. Keiner würde auch nur eine Sekunde Zeit an den Gedanken verschwendet haben, daß es ihr bisweilen womöglich genauso beschissen ging, wie uns Normalbürgern.«

Er wechselte auf die andere Fahrbahn, um einen weißblauen Bus zu überholen, dessen Dieselabgase nahe daran waren, sie zu betäuben.

»Und eines Tages ist sie tot, und es gibt ein Riesentheater deswegen. Sie war ein Star, und viele haben Geld mit ihr verdient, ganz zu schweigen von den Millionen, deren Phantasie sie anregte. Aber ich dachte, als ich in ihrem Schlafzimmer stand und auf ihren erkalteten Körper herabsah: Sie ist ein Mensch, und ich will, verdammt noch mal, wissen, wer sie umgebracht hat.

Wie auch immer, dieser Fall schien der größte Reinfall aller Zeiten zu werden. Ich meine, es gab keine einzige heiße Spur. Aus dem, was wir in ihrem Schlafzimmer sicherten, wußte ich, daß jemand in der betreffenden Nacht bei ihr gewesen sein mußte. Und zwar eine Frau. Eine Frau, die, so scheint es, mit Angela Didion intimen Verkehr hatte, und die möglicherweise Zeugin des Verbrechens war. Das einzige Problem ist: Sie verschwand, als ob sie sich in Nichts aufgelöst hätte.

So saß ich mit dem großen Nichts da, und du weißt, wie derlei Dinge laufen.«

Bevor sie die Kreuzung mit den Ausfahrten nach Manhattan erreichten, bogen sie in einer sanften Kurve von der Bundesstraße ab und gelangten auf den Queens Boulevard. Es gab kaum Verkehr in der Westrichtung, und sie kamen gut voran.

»Drei Beamte stellten in dem Haus, in dem die Didion wohnte, Nachforschungen an; wer hat was gesehen ... Doch, da es sich dabei um die Actium Luxusabsteige handelte, hatten sie Anweisung, leise aufzutreten, sich möglichst nur im Flüsterton zu unterhalten. Das Ergebnis: Keiner wußte etwas.

Okay. Dagegen kann man nichts sagen. Doch eine Woche darauf, nachdem jeder Blut sehen wollte – mein Blut versteht sich –, entschloß ich mich, selbst noch einmal nachzuhaken. Es stellte sich heraus, daß der Beamte, der auf Angela Didions Stockwerk die Befragungen durchgeführt hatte, eine Mieterin nicht vernommen hatte. Sie war zu jener Zeit gerade verreist. Nun, als ich die Sache aufgriff, war sie gerade zurückgekommen. Nachdem wir den Dingen noch etwas sorgfältiger nachgingen, stellte sich heraus, daß sie am Morgen nach dem Mord sehr früh nach Palm Springs abgereist war, wo sie sieben Tage blieb, bevor sie nach New York zurückkehrte. Es handelte sich um eine ältere Dame. So Ende Fünfzig, aber mindestens zehn Jahre älter aussehend. Offensichtlich eine Trinkerin. Ich befragte sie um zehn Uhr morgens, da roch ihr Atem bereits nach Gin. Ihre Hände zitterten, und sie mußte sich ein weiteres Glas einschenken.«

Croaker verließ den Queens Boulevard und fuhr den Yellowstone Boulevard nach Süden. Sie befanden sich jetzt in Forrest Hills.

»Doch das Interessanteste an der Geschichte war, daß sie Stein und Bein schwor, sie hätte einen Mann – immer den selben – beobachtet, der Angela Didion während der letzten sechs Monate regelmäßig besuchte. Vielleicht auch schon länger. Es lag sechs Monate zurück, daß sie darauf aufmerksam wurde. Offenbar hatte es eines Nachts Streit gegeben; von diesem Zeitpunkt an verfolgte sie die Vorgänge durch ihren Türspion. Sie hatte wohl nichts Besseres zu tun.«

Croaker parkte den Wagen vor einem mittelgroßen einstöckigen Gebäude mit einer weißen Ziegelfassade, die mit dunkelgrünen eigenwilligen Ornamenten geschmückt war. Mitten darauf verkündete ein schwungvoll geschriebenes Firmenschild Schwarz auf Weiß:

PARKSIDE BEERDIGUNGSINSTITUT.

Auf der anderen Seite des Rasens stand eine mächtige Ulme mit ausladender Baumkrone. Die Holztüren des Gebäudes standen offen. Während sie noch im Wagen verharrten, gingen einige Leute hinein. Nicholas erkannte einen Mann, der im *dõjõ* unterrichtete.

»Sie gab mir eine genaue Beschreibung des Mannes, Nick. Es besteht kein Zweifel, daß es Tomkin war.«

»Tomkin hatte also ein Verhältnis mit Angela Didion. Eigentlich nicht weiter verwunderlich, zwei erfolgreiche und dynamische Typen, die im selben Apartmenthaus wohnen, haben sich zusammengetan. Hat die betreffende Dame Tomkin in der Mordnacht gesehen?«

Croaker blickte auf die Ulme. Sie bewegte sich ein wenig in dem leichten warmen Wind. »Sie hat Angst vorm Fliegen«, erwiderte er nach einer Pause. »Deswegen schluckte sie ein starkes Beruhigungsmittel zusammen mit einem großen Gin und war bereits um achtzehn Uhr hinüber. Sie ist dann bis fünf Uhr am nächsten Morgen nicht mehr aufgestanden.«

»Als sie zu ihrer Reise nach Key West aufbrach?«

»Richtig.« Croaker wandte sich Nicholas zu. »Aber ich weiß, was ich weiß, Ich habe alles noch einmal genau überprüft. Es war Tomkin, ich bin mir da ganz sicher.«

»Aber du hast keinerlei Beweise, Lew«, sagte Nicholas. »Du hast nichts.«

»Weniger als nichts, altes Haus«, entgegnete Croaker zerknirscht.

Er stieg aus dem Wagen, und Nicholas folgte ihm zu dem Beerdigungsinstitut.

Ein anderer der *dōjō*-Instruktoren blieb auf der Treppe stehen und sprach einige Worte mit Nicholas. Dieser nickte.

»Hör zu«, sagte Croaker, indem er Nicholas näher zu sich heranzog und seine Stimme senkte, während der Instruktor vorausging. »Der Fall Didion ist offiziell abgeschlossen. Finito. Passé. Aus. Hab' ich dieser Tage von dem Wackelpudding Finnigan gehört. Das kam von oben, niemand würde sich entblöden, Finnigan etwas in die lausige Hand zu drücken.«

»Du meinst also, die Polizei ist gekauft worden?«

»Was ich sage ist nur, falls ich noch die geringsten Zweifel gehabt hätte, daß Tomkin in diesen Fall verwickelt sei, diese Zweifel mit der Anordnung, den Fall ad acta zu legen, endgültig ausgeräumt worden wären. Es gibt nur ganz wenige Leute, die eine Untersuchung auf diese Weise stoppen können. Tomkin gehört dazu.« Croakers Stimme wurde zu einem rauhen Flüstern. »Aber jetzt habe ich eine Spur. Einer meiner Kontaktleute hat mir eine Beschreibung der Frau gegeben, die in der Mordnacht bei Angela Didion im Apartment war. Ich warte nur noch auf ihren Namen und ihre Adresse. Wenn das klappt, werde ich diesen verdammten Hurensohn bei lebendigem Leibe an die Wand nageln.«

Der Gottesdienst war kurz, doch eindrucksvoll; er wurde halb in Englisch, halb in Japanisch abgehalten. Nicholas war gebeten worden, für beide, Terry und Eileen, den Nachruf zu sprechen. Er tat dies in Japanisch. Danach spielten einige von Eileens Freundinnen traditionelle japanische Musik auf der *kōtō* und der *shakuhachi*. Die traditionellen japanischen Trauerblumen wurden den beiden ins Grab geworfen.

Croaker wartete, bis sie sich vom Grab entfernt hatten. Hinter ihnen gingen die Friedhofsarbeiter daran, die Gruft zuzuschaufeln. Das Fallen der braunen Erdschollen auf die Särge schien sich geräuschlos zu vollziehen.

»Nick«, sagte er, »was kannst du mit den Namen Hideoshi, Yodogimi und Mitsunari anfangen?«

Nicholas blieb stehen, wandte sich von der Sonne ab. Er mochte seine Sonnenbrille nicht aufsetzen. »Das sind berühmte Namen aus der japanischen Geschichte. Warum?«

Croaker überging die Frage. »Könnten das auch Personen sein, die heute leben?«

Nicholas zuckte die Schultern. »Möglich wäre das schon. Sicher. Es sind Familiennamen. Aber sie sind durch geschichtliche Ereignisse miteinander verbunden. Die Wahrscheinlichkeit – «

»Ich weiß schon, was du sagen willst.«

Weiter unten auf der dunklen Straße schlug eine Wagentür, ein Motor sprang hustend an, sein Klang schien auf der heißen Luft zu schweben. Die Blätter der Platanen und Ahornbäume am Straßenrand raschelten. Die Hitze nahm zu.

»Vielleicht ist es besser, wenn du mir die ganze Geschichte erzählst«, sagte Nicholas.

Croaker langte in seine Manteltasche. Er reichte Nicholas ein länglich gefalztes Stück Papier. Als Nicholas es auffaltete, äußerte Croaker: »Ich fand das, als ich mir Terrys Nachlaß ansah. Es steckte in seiner Hosentasche. Es könnte aus der Nacht stammen, in der er ermordet wurde.«

»So?«

»Ein Mann – ein Japaner – war am gleichen Tag im *dõjõ*, als Terry und Ei ermordet wurden. Zwei von den Lehrern – Karate- und Aikido-*senseis* –«

»*Sensei.*«

»Schon gut, wie auch immer – sie sagten mir jedenfalls, daß sie einen so hervorragenden Mann noch nie erlebt hätten. Anschließend hatte er noch einen Kendo-Kampf mit Terry. Vincent erzählte mir, daß dieser Terry ziemlich verwirrte, wie ihm Terry beim gemeinsamen Essen am Abend, bevor der Doppelmord geschah, gestanden hatte.«

Nicholas sah Croaker an, hielt das Papier unbeachtet in seiner Hand. Es fühlte sich dünn und zerknittert an und schien Schweißflecken zu tragen. »Und was weiter?«

»Dieser Japaner nannte sich Hideoshi.«

Nicholas wandte den Blick für einen Moment ab und sah über den Friedhof. Die weißen Marmorgrabsteine schimmerten in der herniederbrennenden Sonne, und sogar die dunkelgrauen und braun marmorierten Steine wirkten so ätherisch, als ob sie sich jeden Augenblick vom Erdboden lösen und majestätisch in den Himmel entschweben könnten. Es war mitten in der Woche; kaum daß auf den schmalen Wegen Menschen zu sehen waren. Die Blumen auf den Gräbern bildeten grelle Farbkleckse, verliehen dem Ganzen eine kitschige Festlichkeit. Weiter hinten war ein gelber Bulldozer zu sehen, der Erde abräumte. Dahinter schwang sich die Bundesstraße als großer Bogen aus Stahl und Spannbeton in die Luft. Der Verkehrslärm war so gedämpft, daß er sich wie das Rauschen einer weit entfernten Brandung anhörte.

»1598«, sagte Nicholas, »starb Hideoshi, der Kwambaku, der alle *daimyo* Japans unter seiner Befehlsgewalt hatte. Es wird allgemein angenommen, daß er als ein weitsichtiger Mann die Macht an Ieyasu Tokugawa, das profilierteste Mitglied des Regierenden Rates, weitergab. Das stimmt aber nicht. Hideoshis Konkubine, Yodogimi, hatte ihm einen Sohn geboren. Hideoshi liebte sie beide, und es war sein größter Wunsch, daß sein Sohn eines Tages Japan regieren möge. Kurz vor seinem Tode ließ er deshalb seinen engen Vertrauten, Mitsunari, einen Mann der Palastwache, zu sich kommen. Unter dem Siegel der Verschwiegenheit befahl er ihm, über das Wohl von Yodogimi und das seines Sohnes zu wachen. ›Mitsunari, mein Freund‹, sagte er, ›Ieyasu wird mein Tod willkommen sein, wenngleich er es nicht zeigen wird. Laß dich nicht täuschen. Ieyasu ist schlau und gefährlich. Ich werde kaum tot sein, da wird er versuchen, Shōgun zu werden. Mitsunari, mein Freund, sei auf der Hut, denn, um Shōgun zu werden, muß Ieyasu Yodogimi und den wirklichen Thronerben beseitigen.‹

Kurze Zeit danach empfing Hideoshi Ieyasu. ›Du bist im Rat der Größte‹, sagte er ihm ›Wenn ich einmal nicht mehr bin, mußt du die Macht übernehmen.‹ – ›Sprich nicht von solch traurigen Dingen, Kwambaku‹, erwiderte Ieyasu, doch Hideoshi befahl ihm zu schweigen. ›Hör' zu, was ich dir zu sagen habe. Es bleibt nämlich wenig Zeit. Wenn ich nicht mehr bin, droht dem Rat die Anarchie. Er wird in rivalisierende Gruppen zerfallen, und das Land wird in einen neuerlichen Bürgerkrieg gestürzt werden. Dies muß um jeden Preis verhindert werden. Du mußt die Macht an dich reißen, Ieyasu. Die anderen drei *daimyo* kommen dir nicht gleich. Schalte sie aus und lenke die Dinge so, daß ein Bürgerkrieg, der Japan spalten würde, vermieden wird.‹ Und Ieyasu Tokugawa neigte sein Haupt in Zustimmung.

Auf diese Weise setzte Hideoshi kurz vor seinem Tode einen sehr raffinierten Plan in Gang, der zu gegebener Zeit die Nachfolge seines Sohnes sichern sollte. Er hoffte, auf diese Weise die Geschicke Japans noch aus dem Grabe lenken zu können. Der Zeitpunkt seines Todes war sehr ungünstig, das wußte er. Sein Sohn war noch viel zu jung, um seine Erbansprüche geltend zu machen, beziehungsweise über einen längeren Zeitraum hinweg Anhänger hinter sich zu scharen. Und Ieyasus Ehrgeiz war es, Shōgun zu werden. Das aber wollte Hideoshi verhindern. Diese Ehre gebührte allein seinem Sohn.«

Auf ihrer linken Seite tauchte ein kleiner Leichenzug auf,

der sich von der heißen Straße her über einen der schmalen Pfade auf ein Grab zu bewegte. Der polierte Sarg war bedeckt von Kränzen und Blumen. Die Trauernden formierten sich jetzt vor dem Grab. Plötzlich kam Unruhe in die Gruppe, als jemand aus der Trauergemeinde zusammenbrach. Die Entfernung und die Schwüle der Luft schluckten jeden Laut, so daß sich alles wie eine Pantomime abspielte.

»Hat Hideoshi Erfolg gehabt?« fragte Croaker nach einer Weile.

»Nein«, sagte Nicholas, »sein Plan scheiterte.« Er beobachtete noch immer die Menschengruppe. Die betreffende Person – eine Frau, wie er jetzt sah – hatte sich wieder gefaßt, und die Grabaussegnung begann. »Ieyasu Tokugawa war viel zu gerissen und viel zu mächtig. Das Bündnis der *daimyo*, das Mitsunari zusammenbrachte, war einfach nicht stark genug, um Ieyasu zu schlagen. Im Jahre 1615 führte Ieyasu seine Streitkräfte gegen die Beschützer von Yodogimi und Hideoshis Erben. Diese hatten sich in der Festung von Osaka verschanzt, die als uneinnehmbar galt. Am vierten Juni des betreffenden Jahres durchbrachen Ieyasus Truppen die Verteidigungsringe. Doch da waren Yodogimi und der junge Erbe bereits tot; Yodogimi hatte ihren Sohn getötet und sodann *seppuku* begangen.«

»Gibt es einen Schurken in dieser Geschichte?«

Über dem Himmel dröhnte eine B-747, die den Kennedy-Flughafen anflog.

»Ich glaube, das hängt davon ab, wie man die Dinge sieht«, sagte Nicholas. »Fest steht, das Ieyasu einer der größten Staatsmänner in der japanischen Geschichte wurde. Man mag sich darüber streiten, ob Hideoshi diese Qualitäten in Ieyasu gesehen hat. Sie waren in jedem Fall zwei sehr verschiedene Charaktere, und es ist, glaube ich, unmöglich zu entscheiden, wer von beiden der größere war. Beide waren zweifellos für die Entwicklung des Landes von entscheidender Bedeutung.«

»Doch letztlich war Hideoshi der Verlierer«, bemerkte Croaker. »Sein Geschlecht starb aus.« Nicholas schwieg. Eine eigenartige Stille lag über dem Friedhof. Die Leute sahen wie Statuen aus, eingefroren in ihren Bewegungen. Die halb vom Dunst verhüllte Silhouette von Manhattan am westlichen Horizont wirkte geradezu deplaziert, wie von einem betrunkenen Bühnenarbeiter versehentlich hingestellt. Croakers Stimme hatte sich etwas gesenkt, als er weitersprach. »Was könnte den Mann veranlaßt haben, den Namen Hideoshi – wir können wohl sicher sein, daß dies nicht sein richtiger

Name ist – anzunehmen, wenn der historische Hideoshi erfolglos war?«

Nicholas lächelte leicht und drehte sich so, daß er Croakers Gesicht sehen konnte. Eigenartig, dachte er. Je nachdem, mit welcher Intensität und von welcher Seite das Licht einfällt, kann man sein Gesicht als zerfurcht oder zerschlagen bezeichnen. »Das ist eine absolut westliche Art, Geschichte zu sehen«, sagte er ruhig. »In Japan gibt es so etwas wie den Adel des Mißerfolgs. Viele unserer großen Helden waren, mißt man sie an ihren Zielen, erfolglos. Aber ihre Visionen und die Taten, die sie vollbrachten, waren heroisch. Im Westen verehrt ihr immer nur die Siegreichen. Meinst du nicht auch, daß das eigentlich bedauerlich ist?«

Croaker kniff die Augen zusammen, da die Sonne ihn blendete. »Du würdest diesen Hideoshi also als Helden sehen?«

Nicholas nickte. »Ja.«

»Und was ist mit den anderen Namen auf der Liste? Wie passen die ins Bild?«

»Offen gestanden, ich weiß es nicht, aber Terry hat sie bestimmt nicht nur zum Spaß niedergekritzelt.« Er gab Croaker das Stück Papier zurück.

»Ich versteh' das nicht.«

»Ich genauso wenig«, sagte Nicholas.

Es lag eine Stille in der Luft, die nichts mit Traurigkeit, Tod oder Niederlage zu tun hatte. Nicholas fragte sich, wie lange es her war, seit er sich einem Mann so nahe gefühlt hatte wie in diesem Augenblick Lew Croaker.

»Weißt du«, sagte er, »als ich vor Jahren in dieses Land kam, habe ich ganz bewußt einen Teil meines Lebens beiseite geschoben. Das ist gewiß für niemanden leicht, besonders nicht für jemanden, der wie ich in Japan aufgewachsen ist.«

In Croakers Augen schimmerte es auf, während er Nicholas schweigend ansah. Ihm war die Bedeutung dieser Erklärung durchaus klar.

»Und auf einmal hab' ich mit allem Schluß gemacht. Von einem Tag zum anderen. Es war, als wäre ich plötzlich aus einem langen schweren Traum erwacht. Was hatte ich diese ganzen Jahre hindurch eigentlich gemacht? Was hatte ich erreicht? Ich wollte nicht, wie dies meinem Vater im Angesicht des Todes geschah, das Gefühl haben, ich hätte die mir zugeteilte Zeit vertan. Es war genug, daß ich von seiner Trauer und seiner Bitterkeit eingehüllt worden war. Ich wollte nicht, daß mir das gleiche passierte.«

Sie schwiegen eine Weile, vernahmen den launischen

Wind, der durch die Ulmen strich. Die Sonne brannte heiß hernieder. »Und?« Croaker stockte; er befand sich noch auf ihm fremdem Gebiet. »Hat sich irgend etwas geändert?«

Nicholas lachte, nicht unfreundlich, doch mit der Schärfe einer Schwertschneide. »Mein ganzes Leben ist wie auf den Kopf gestellt. Es ist, als wären die Jahre, die ich in diesem Land verbracht habe, ausgelöscht.«

»Ich versuche mir vorzustellen, daß mir so etwas passierte.«

Nicholas sah Croaker einen Augenblick mit Zuneigung an.

Als ob sie sich abgesprochen hätten, begannen sie den Weg zu Croakers Wagen einzuschlagen. Beide schienen ihre Schritte zu verhalten, als fürchteten sie die Hektik der Stadt. Kurz bevor sie den Wagen erreichten, sagte Croaker: »Wie ist deine Meinung über Justines Vater?«

»Ich konnte ihn zunächst überhaupt nicht ausstehen«, sagte Nicholas langsam, als ob er, während er sprach, nachdachte. »Doch das ist weiter nicht verwunderlich, wenn man Justines Haltung ihm gegenüber und die Umstände in Betracht zieht, unter denen wir zusammentrafen. Er ist direkt und brutal und daran gewöhnt, alles zu bekommen, was er haben will. Eigenschaften, die ich nicht sehr schätze.«

»Das hört sich so an, als würde da irgendwo ein ›Aber‹ mitschwingen.«

Nicholas blieb stehen und sah Croaker an. »Sieh, es wäre so einfach und sicherlich für uns alle am praktischsten, wenn wir ihn als den reichen Schurken aus einem Groschenheft abtun könnten. Doch so einfach ist es leider nicht.«

»Er ist ein Mörder, Nick.«

»Er ist verwundbar – «

»Oh, mein Gott – «

»Er hängt an seinen Töchtern, ganz gleich, was sie von ihm denken. Er würde alles tun, um sie zu beschützen. Und er ist nicht so selbstsicher, wie man vielleicht annehmen könnte. Da ist irgend etwas – «

»Das ist die große Schau, die er dir vorspielt. Er braucht deine Hilfe und weiß, daß er sich auf dich verlassen kann.«

»Ich glaube wirklich, daß du dich hier irrst. Er ist nicht so doppelzüngig, wie du meinst.«

»Also gut. Dein Ninja geht aus und bringt Leute um«, sagte Croaker. »Aber irgendwo muß da doch irgend jemand sein, zu dem er zurückkommt und den er liebt.«

»Du siehst nicht die Vielschichtigkeit –«

»Er ist ein widerlicher Verbrecher, Mann. Du tust besser daran, dem ins Auge zu sehen.«

»Du betrachtest die Dinge nur von einem einzigen Gesichtspunkt aus.«

Croaker schüttelte den Kopf. »Nein, Nick. Ich kenne ihn einfach länger, das ist das ganze Geheimnis.«

Auf dem Weg in die Stadt erzählte Croaker Nicholas alles, was er über Vincents Tod wußte. Es war nicht sehr viel.

Er setzte Nicholas in der Nähe von Tomkins Bürohaus an der Park Avenue ab und fuhr weiter zu seinem Büro. Auf seinem Schreibtisch lag der Bericht des Gerichtsarztes über die Todesursache von Vincent. Croaker warf seine Jacke über die Lehne des grauen, stumpfgrün bespannten Sessels, nahm ein Pfefferminzbonbon aus seiner Brusttasche, warf es sich in den Mund und öffnete die Akte.

Was er las, trieb ihm den Schweiß auf Stirn und Oberlippe. Er fuhr sich mit der einen Hand durch sein dichtes Haar und fluchte schweratmend. Dann griff er nach dem Telefon. Er bekam die Verbindung sofort.

»Nate«, sagte er, als er den Gerichtsarzt an der Strippe hatte. »Croaker. Besten Dank für den Bericht über Vincent Ito. Irgend jemand muß sich ein Bein ausgerissen haben, daß ich die Sache so schnell auf meinen Tisch gekriegt habe.«

»Das war ich.« Graumanns Stimme klang müde. »Wir sind hier alle noch ziemlich geschockt – «

»Was die chemische Verbindung anbetrifft, die du gefunden hast, bist du dir da ganz sicher – «

»Ich sagte dir ja, ich habe die Autopsie selbst vorgenommen. Es gibt, was die Ergebnisse anbetrifft, keinen Zweifel.«

»Schön. Damit kann man den Fall schon ziemlich gut eingrenzen.«

»Ich würde annehmen, daß er in dem Augenblick, in dem es passierte, nahezu hilflos war.«

»Das Gift wurde nicht injiziert?«

»Nein, auf diese Weise würde es auch nicht gewirkt haben. Es handelt sich hierbei um eine natürliche Verbindung, nicht um ein synthetisches Mittel, mit dem er aus nächster Nähe besprüht wurde. Kann sein, daß er seinen Mörder kannte.«

»Oder einfach keinerlei Verdacht schöpfte. Praktisch jeder – zum Beispiel jemand, der plötzlich aus einer Menschenmenge auftaucht, könnte ihn angesprüht haben. Hör zu, ich melde mich wieder.«

»In Ordnung. Ich hoffe nur, es wird nicht zu lange dauern.«

Croaker legte den Hörer gedankenvoll auf die Gabel. Er

hatte immer noch nichts von seinem Kontaktmann gehört. Warum dauerte das nur so verdammt lange? »Komm rein«, sagte er zu Vegas, der unter der Tür erschien. Er schob das Pfefferminzbonbon von einer Seite seines Mundes in die andere. »Wo hast du denn die ganze Zeit gesteckt?« Vegas trug einen pflaumenblauen Anzug mit breiten Aufschlägen und weiten Hosen. Darunter ein rosa Hemd mit hohem Kragen.

»War im Außendienst und habe Pferdescheiße eingesammelt«, sagte Vegas. Sein breites Lächeln wirkte wie mit Heftstichen auf seinem Gesicht angenäht.

Croaker brummte. »Wie immer.« Seine Gedanken waren bei dem Bericht des Gerichtsarztes.

»Es geht nichts mehr. Gar nichts.« Vegas lehnte sein Riesengestell gegen den Rahmen der offenen Tür, verschmähte einen der Bürostühle. »Hab' mir aber dabei einen Rotfuchs eingefangen. Sonderklasse.«

»Geh! Es sind doch alles dieselben miesen Nutten, mit denen du zu tun hast.«

Auf dieses Stichwort hatte Vegas wohl nur gewartet. Er stach mit seinem Zeigefinger nach Croaker und sagte mit hörbarem Entzücken: »Das ist ein Rotfuchs, der dich interessieren wird, mein Lieber. Ich habe die Dame nur hierher gebracht.«

Croaker sah irritiert auf. »Was zum Teufel redest du da?«

Vegas lachte gutmütig. »Was ich unten im Wagen habe, ist wertvolle Fracht, mein Lieber. Komm mit.« Croaker zog sein Jackett von der Stuhllehne und folgte Vegas den Gang hinunter.

»Ich kann dir nur raten, mich nicht auf den Arm zu nehmen«, sagte er kurz angebunden. »Ich hab' wirklich keine Zeit für einen deiner Scherze.«

»Oh, das ist kein Scherz, Mann. Wirklich nicht.« Vegas lachte abermals und drückte auf den Liftknopf. »Was ich da unten auf Eis liegen habe, wird dir einen schönen Tag bereiten. Glaube mir.« Er lachte aus vollem Halse und schlug Croaker auf den Rücken, als sich die Fahrstuhltüren öffneten. Im Lift war bereits ein Beamter, der einen ziemlich mitgenommen wirkenden Puertorikaner zur Abnahme von Fingerabdrücken und zum Fotografieren nach unten brachte. Sie sprachen nicht mehr, stiegen aus dem Fahrstuhl und gingen zum Seiteneingang hinaus.

Im kühlen Dämmerlicht der Einfahrt standen sie vor dem Polizei-Caravan. In dessen engem Innenraum hatte die Gestalt von Vegas noch mehr Wucht.

Er legte seine Pranke auf Croakers Schulter, eine Geste,

die Croaker an einen jener Fälle erinnerte, die sie zusammen durchgezogen hatten: Die Atherton-Sache. Mein Gott, dachte Croaker, war das ein hartes Ding gewesen! Der Vorfall stand ihm noch so deutlich vor Augen, als sei er gerade erst geschehen. Er lag mit einer von einer 45er zerschmetterten Schulter am Boden, als Vegas aus dem Schutz des ausgebrannten Wagens trat – wie ein Racheengel. Croaker hatte seinen Angreifer niedergeschossen, aber dieser Hüne von einem Neger mit der Radkette und jener kurzläufigen Pistole, die dieser Hurensohn so frisiert hatte, daß man damit auf drei Meter in eine Ziegelmauer ein Loch schießen konnte, der stand noch. Und Vegas ging den Kerl mit seinen bloßen Händen an. Croaker hatte noch nie jemanden so schnell zu Boden gehen sehen wie diesen mutterschänderischen Mistkerl. Da war es dann, daß Croaker die Hand des Freundes auf seiner heilen Schulter gespürt hatte. Vegas sagte: »Tut mir leid, Kumpel, war kein leichter Tag heute.«

Jetzt warf Vegas den Kopf zurück und lachte, daß es von den Wänden widerhallte. »Und jetzt sieh dir mal den Vogel an«, sagte er. »Wir haben an diesem Scarsdale-Fall drei Monate gearbeitet, bis wir die Sache heute hochgehen ließen. Bekamen einen Tip, es sei besser, zuzuschlagen. Und wir haben zugeschlagen. Haben jede Menge Stoff abgeräumt – genug Pillen, um die ganze chinesische Armee für ein Jahr lang wachzuhalten. Eine Riesenmenge Marihuana, eine Wagenladung voll Kokain und eine halbe Tonne Gras. Nicht übel, was? Sie schmissen gerade eine Party und waren alle furchtbar angekokst, verstehst du? Da sah ich sie. Ich dachte, ich bring' sie selber her, man weiß ja nie. Ich glaube, daß sie keine Drogen genommen hat, doch – «, Vegas hob die Schultern, » – man weiß ja nie. Na, wie auch immer, du kannst sie haben – die Formalitäten erledige ich oben.«

»Woher soll ich denn wissen, ob ich sie überhaupt will«, sagte Croaker, »wenn ich gar nicht weiß, um wen es sich handelt?«

Vegas nahm seine Hand von Croakers Schulter und legte diese auf den Griff der rückwärtigen Tür des Transportwagens. »Hier im Dunkeln, Mann, sitzt Raphaels älteste Tochter, Gelda Tomkin.«

Croaker fühlte, wie ein Schlag durch seinen Körper lief, als habe man ihm Eiswasser über den Kopf geschüttet.

Vegas grinste, drückte den Türgriff nieder, die Stahltür sprang auf, und Croaker stieg in den Wagen. Hinter ihm schlug die Tür ins Schloß.

Einen Augenblick stand er reglos, um seine Augen an das

fahle Licht zu gewöhnen, das durch die vergitterten, hoch angebrachten Fenster fiel.

Sie saß auf einer der einfachen Metallbänke, die an beiden Seiten angebracht waren, und hatte den Kopf an die Wand zurückgelegt. Das brachte ihr Profil zur Geltung, er konnte die Wölbung ihrer hohen Stirn sehen, den Verlauf ihrer geraden, vornehmen Nase, die Bögen ihrer sinnlichen Lippen und die Linie ihres langgeschwungenen Halses. Er erahnte mehr, als daß er es sah, das Funkeln in ihren Augen. Er wurde sich des ziemlich kräftigen Körpers mit den vollen Brüsten und den ausladenden Hüften bewußt, bemerkte den eleganten Schwung ihrer perfekten Beine, als sie diese jetzt von sich streckte. Es waren phantastische Beine, die, ohne daß man sich das richtig erklären konnte, ihrem Körper eine gewisse Grazie verliehen.

Er fühlte sich plötzlich plump, ungelenk. Er räusperte sich, um sodann anzusetzen: »Gelda, was bringt Sie denn hierher?«

Das sich scharf abzeichnende Profil löste sich in Schatten auf, als sie ihren Kopf in seine Richtung drehte.

»Wer zum Teufel sind Sie?« Sogar im Zorn hatte ihre Stimme eine üppige Färbung, einen seidenen Klang. Ihm war, als habe er nicht vor einigen Monaten, sondern erst gestern mit ihr gesprochen. Sogar die Aufregung konnte ihrer Wirkung keinen Abbruch tun.

»Leutnant Croaker«, sagte er. »Erinnern Sie sich an mich?«

»Sollte ich das?« Ihre Stimme hatte einen transparenten, weichen, sehr müden Klang. Die Luft zwischen ihnen beiden schien zu vibrieren.

»Kann sein, daß ich Sie schon mal gesehen habe.« Er stand jetzt über ihr und sah in dem dämmrigen Licht den schwachen Schimmer ihrer großen Augen. Aber er spürte ihre körperliche Nähe, und es war ihm nicht unangenehm, so über ihr zu stehen. »Ich habe Sie Anfang des Sommers im Zusammenhang mit dem Angela-Didion-Mordfall befragt; wir sprachen über Ihren Vater.«

»Diese Scheißgeschichte!« Obgleich sie diese Wörter geradezu ausspie, geschah dies nicht ohne eine gewisse Würde. Er hörte, wie sie die Luft einsog. »Ja. Ich erinnere mich an Sie. So ein Obermotz mit einem Gesicht wie Robert Mitchum.«

Sein Lachen klang wie ein kurzes Bellen. »Wie schmeichelhaft! Danke.«

»Darauf brauchen Sie sich nichts einzubilden. Sein Gesicht sieht so aus, als könne er den Dritten Weltkrieg auslösen. Das gilt auch für Sie.«

Croaker wartete einen Moment, sagte sodann: »Darf ich mich setzen?«

Er empfand mehr, als daß er es sah, wie sie mit den Schultern zuckte. »Machen Sie sich's bequem. Ich habe hier nicht das Hausrecht.«

»Aber am Sutton-Platz, nicht wahr?« sagte er und setzte sich neben sie.

Plötzlich hob sie den Kopf von der Wand. »Was wird hier eigentlich gespielt?« fuhr sie ihn an. »Wollen Sie mich einsperren?«

»Das kommt darauf an.«

»Worauf?«

Er zog mit einer schnellen Bewegung seine rechte Hand aus der Jackentasche. Seine linke Hand packte ihre beiden Handgelenke. Im gleichen Moment knipste er seine Taschenlampe an und untersuchte das weiße Fleisch in ihren Armbeugen. Er versuchte, nicht daran zu denken, wie zart ihre Haut an diesen Stellen war.

Er ließ ihre Arme los, löschte die Lampe und setzte sich zurück. »Ich könnte genausogut die Innenseite ihrer Schenkel untersuchen«, sagte er ruhig. »Doch vielleicht erzählen Sie mir ein bißchen was.« Er hatte ziemlich kräftig zugegriffen, und ihre Handgelenke schmerzten sie bestimmt, doch sie machte keine Anstalten, sie zu reiben; das fand er gut. Sie besaß offenbar eine Menge Stolz.

»Ich setze mir meine Schüsse in die Augäpfel«, sagte sie giftig. »Ich bin sicher, daß Sie schon mal davon gehört haben. Das hinterläßt keine Spuren.« Ihr Kopf drehte sich von ihm weg, und auf ihren Wangen zeichneten sich die Schatten der Gitterstäbe ab. Sie sah aus wie eine Heldin aus dem *film noir* der fünfziger Jahre. »Ich mache nichts, was ihr nicht auch macht. Vielleicht nicht einmal das. Ich schnupfe kein Kokain, zum Beispiel.«

Er schwieg, saß einfach neben ihr und sog ihr Parfüm ein, bis ihr Kopf wieder in die Dunkelheit tauchte. »Glauben Sie mir?« Ihre Stimme klang jetzt schwach, und er fragte sich, ob das gemacht war.

Er entschloß sich, mit ihr offen zu sein; alles andere würde wenig nutzen, war eher gefährlich. »Ja«, sagte er langsam. »Ich glaube Ihnen.«

»Dann bin ich also frei und kann gehen?«

»Gleich.« Er merkte nicht, welch verständnisvollen Klang seine Stimme angenommen hatte. »Warum, zum Teufel, machen Sie so etwas?«

»Haben Sie Angst, daß es meinem armen alten Vater das

Herz brechen wird, wenn er davon erfährt?« Sie lachte sarkastisch. »Also, raus damit, was wollen Sie von mir?«

»Darüber will ich mich ja gerade mit Ihnen unterhalten«, sagte er beschwichtigend.

»Das sehe ich. In einem Polizeiwagen, der von einer Razzia zurückkommt.«

»Das ist Ihr Problem, nicht meines.«

Sie schwieg eine Weile, und obgleich er sie nicht sehen konnte, spürte er, daß sie ihn intensiv musterte. Er wußte, alles konnte vergeblich sein; er hielt den Atem an und schwieg.

Sie lachte abermals, es war ein glockenähnlicher Ton, wobei das Metallgehäuse des Polizeiwagens ein schwaches Echo warf. »Also gut«, sagte sie versöhnlich, »ich werde Ihnen sagen, warum ich es tue. Weil ich es gern tue, so einfach ist das. Es macht einfach Spaß, dafür bezahlt zu werden, daß man mit jemandem schläft. Ich bin Schauspielerin, Modell, ich verkaufe mich, genauso wie Angela Didion dies tat. Das ist alles, weitere Gründe gibt es nicht.«

»Ach?«

Sie warf ihren Kopf zurück wie ein scheuendes Pferd, und er sah ein Licht in ihren Augen aufblitzen. »Manchmal«, bekannte sie, »schlafe ich auch mit einer Frau.« Sie dachte an Dare. »Schockiert Sie das?«

»Eigentlich nicht«, erwiderte er. »Dachten Sie, daß dies der Fall wäre?«

»Ich weiß nicht, was für ein Typ Mann Sie sind.«

»Ich bin einfach ein ganz gewöhnlicher New Yorker Bulle.«

»Ja, das merke ich.« Sie hatte ihn verletzt, und sie wußte es.

»Und was ist mit dem Alkohol?« fragte Croaker.

»Was soll denn damit sein?« Er spürte, wie sie wieder in Verteidigungsstellung ging, da ihre Stimme schroff wurde.

»Trinken Sie immer noch so viel?«

Merkwürdigerweise fühlte sie sich gedrängt, ihm die Wahrheit zu sagen, aber sie hielt sich noch rechtzeitig zurück. »Zur Zeit nicht mehr«, sagte sie. »Ich habe meine Arbeit, die mich warm hält.«

»Keine ernsthaften Männergeschichten?«

»Ist das jetzt die große Ausfrage?«

»Wenn Sie es so nennen wollen.«

»Ich will überhaupt nichts so nennen«, sagte sie kurz. »Ich will hier raus.«

»Ich kann Sie nicht länger festhalten.«

»Heißt das, daß ich jetzt frei bin?«

»Es gibt keine Anklage.«

»Jetzt erwarten Sie wohl, daß ich danke schön sage?«

Er wußte, es war vorbei; vielleicht hätte er das alles gar nicht erst anfangen sollen. Er fühlte sich müde und deprimiert. »Sie haben sich nichts zuschulden kommen lassen. Sie sind frei.« Er gebrauchte absichtlich ihre Worte.

Doch noch immer machte sie keine Anstalten, aufzubrechen.

Er saß steif, den Rücken gegen die Wand gelehnt, sein Gesäß ans Bankende gezwängt. Seine Hände lagen locker auf seinen Schenkeln. Er starrte darauf nieder, konnte kaum den weißen Rand seiner Nägel erkennen.

»Was wollen Sie von mir?«

Ihre Frage war so leise, daß er für einen Augenblick glaubte, eine Flüsterstimme spräche aus seinem eigenen Inneren.

»Nichts«, sagte er. Seine Stimme klang wie abgestorben. »Ich will absolut nichts von Ihnen.«

»Um was geht es wirklich?«

»Also gut.« Sein Kopf fuhr herum und er sah, daß sie ihn anstarrte. »Ich kann Ihnen helfen, Gelda.«

»Was soll das heißen?«

In diesem Augenblick war ihm klar, daß es nicht nur darum ging, Informationen über Raphael Tomkin zu bekommen. Er hatte die letzten beiden Wochen von ihr geträumt. Die Erkenntnis durchfuhr ihn plötzlich wie ein elektrischer Schlag. Ihre Augen schienen in seinem Gesicht nach etwas zu suchen.

»Daß ich Ihnen helfen kann, wie gesagt.«

»Selbst wenn ich am Ertrinken wäre, und Sie hätten den einzigen Rettungsring, würde ich mich nicht an Sie wenden.«

»Sie sind dabei zu ertrinken«, sagte er nachsichtig, um nach einer Weile hinzuzusetzen: »Aber es muß nicht sein.« Er hielt inne. »Sie könnten irgendwohin verreisen.«

»Weglaufen!« schrie sie. »Großer Gott, es gibt keinen Ort auf der Welt, wohin ich vor mir selbst fliehen könnte.« Sie legte ihren Kopf gegen die Metallwand, und er konnte wieder ihren sanft geschwungenen Hals sehen. »Wollen Sie wissen, wieso ich meinen Namen – Gelda – bekommen habe?« Sie sprach den Namen Gelda aus, als ob er einen bitteren Nachgeschmack hinterließe. »Ich hab' ihn bekommen, weil meine Mutter alles und jeden haßte.« Sie lachte bitter, der erste häßliche Ton, den er von ihr hörte. »Mächtig und reich zu werden, das war ihr Lebenstraum, ihr einziges Ziel, dem sie alles unterordnete. Nun, mein Vater ermöglichte ihr die Erreichung dieses Zieles. Aber sie mußte einsehen, daß es nicht das war, was sie erwartet hatte – weit davon entfernt. Oh, sie besaß jegliche Macht, von der sie geträumt hatte, und so viel Geld, wie sie nur wollte, doch mit meinem Vater zusammenzuleben, war die reinste Hölle für sie. Ständig versuchte er, sie zu erniedrigen.« Sie seufzte. »Es wurde, so glaube ich, für ihn zu einem Spiel, immer wieder auszuprobieren, wieviel er ihr nehmen konnte. Natürlich keine materiellen Dinge. Davon gab er ihr mehr als genug. Nein, er traktierte sie im geistig-seelischen Bereich, der für meinen Vater am meisten zählte. Ich glaube, daß, wenn sie gekämpft hätte, sie am Ende zwar blutend, aber siegreich daraus hervorgegangen wäre.

Aber sie war die Sklavin meines Vaters, die Sklavin, wenn man genauer sein will, seines Reichtums. Sie war ein Geschöpf mit einem schwachen Willen, das die Schmerzen ausgekostet haben muß, die ihr mein Vater zufügte. Ich meine, sie fand sich damit ab. Sogar, nachdem –« Sie schwieg abrupt und schlug sich mit der Hand vor den Mund. »Mein Gott, was sage ich da? Und auch noch zu einem Bullen.« Sie lachte nervös. »Ich muß ja nicht ganz bei Sinnen sein.«

Sein Herz schlug schneller, während er sie fragte: »Was hat das alles mit Ihrem Namen zu tun?«

»Ja, was hat es damit zu tun?« erwiderte sie gedankenverloren.

»Sie wollten mir etwas über Ihren Namen erzählen.«

»O ja, ja.« Sie rieb ihre Handflächen aneinander, um sodann mit ihnen ihre langen Schenkel auf- und abzufahren, wie in Hypnose.

»Ich glaube ganz sicher, daß ein Kind das allerletzte war, was sich meine Mutter wünschte. Doch mein Vater bestand wie gewöhnlich auf dem, was er sich in den Kopf gesetzt hatte. Und er wollte Kinder. Eigenartigerweise – oder vielleicht auch nicht – « lachte sie verkrampft, » – war es ihm gleichgültig, ob es ein Junge oder ein Mädchen würde, solange er nur überhaupt Vater wurde. In dieser Hinsicht ist er altmodisch, er glaubt, Kinder seien ein Beweis von Männlichkeit.

Aber meine Mutter verstand ihn falsch. Sie glaubte, daß er Söhne haben wolle, um die Tomkin-Nachfolge zu sichern, und daß eine Tochter in den Augen meines Vaters als ein Fehlschlag zu werten sei. Ich glaube, es ist auch ein Zeichen dafür, wie weit sie sich von ihm entfernt hatte, daß sie einem solchen Irrtum aufsitzen konnte.

Meine Mutter war deshalb vor Freude außer sich, daß sie eine Tochter geboren hatte. Und sie nannte mich Gelda. Ihre Vorfahren waren Deutsche, und sie wußte um die Bedeutung des Wortes Geld. Gelda, ›die dem Geld Geweihte‹, verstehen Sie?« Sie wandte sich ab, als ob sie sich von der Erinnerung abwende.

»Sie können ihn ändern lassen«, sagte er nüchtern, und zum ersten Mal lachte sie ganz natürlich. Es ist ein sehr angenehmes Lachen, dachte er. »Vielleicht bin ich etwas pervers«, erwiderte sie. »Ich trage ihn jetzt als Erinnerung.«

»Woran?«

»Das brauchen Sie nicht zu wissen«, entgegnete sie brüsk. Die Wärme, die über ihrer Stimme gelegen hatte, war mit einem Schlag wie weggewischt.

»Sehen Sie«, sagte er. »Ich werde Ihnen die Wahrheit sagen.« Es war ein verzweifeltes Spiel, und er hatte gehofft, sich nicht darauf einlassen zu müssen. Doch es gab keine andere Wahl. »Ich brauche Ihre Hilfe bei einer Untersuchung.«

»Wobei?«

»Ich glaube, Ihr Vater hat Angela Didion ermordet.«

»So?«

Das war nicht die Reaktion, die er erwartet hatte, und er war für einen Moment aus dem Konzept gebracht.

Gelda schien das zu amüsieren. »Offenbar hat es Ihnen die Sprache verschlagen«, sagte sie lachend. »Spricht für Sie. Hatten Sie vielleicht gedacht, ich würde sagen: ›Ich hasse diesen Kerl, aber er ist immerhin mein Vater?‹ Unsinn. Ich wäre nicht im geringsten überrascht, wenn er sie wirklich umgebracht hätte.«

»Sie meinen, er könnte jemanden umbringen?« Sein Herz klopfte wie ein Schmiedehammer in seiner Brust. Ihr Eingeständnis erschien ihm wie ein Geschenk des Himmels.

Sie lachte. »Ja. So wie ich es sehe, ist mein Vater durchaus fähig, jemanden umzubringen. Soweit ich mich erinnere, waren Gesetze nie etwas, über das er sich viel Gedanken gemacht hätte.«

Sie hatte sich ein wenig gedreht, so daß er jetzt drei Viertel ihres Gesichtes sehen konnte. In ihren Augen schien Betroffenheit zu liegen.

»Wußten Sie von Angela Didion?« fragte er ruhig.

»Sie meinen, daß er mit ihr ein Verhältnis hatte? Sicher. Ich war eines Tages anwesend, als sie bei ihm auftauchte. Sie tat dies in einer Art und Weise, als ob ihr alles gehöre, wenn Sie wissen, was ich meine?«

»Haben Sie mit ihr gesprochen?«

Sie lächelte. »Wir konnten uns nicht leiden. Zwischen uns herrschte so eine Art spontane Abneigung.«

»Ich dachte, Sie hätten kein besonders gutes Verhältnis zu Ihrem Vater?«

»Das stimmt.« Sie schien ihm jetzt sehr nahe, obwohl keiner von ihnen seinen Platz verändert hatte. »Doch es ist einfach unmöglich, meinen Vater das ganze Jahr über zu ignorieren. Wir sehen uns vielleicht zweimal im Jahr.« Sie hob die Schultern. »Er will sich dabei wohl überzeugen, daß ich mich geändert habe.«

»In welcher Weise?«

»Das geht Sie – « Das Feuer in ihren Augen erlosch, und sie sagte ganz freundlich: »Indem ich die Mädchen aufgegeben habe. Meine Vorliebe für Frauen stört ihn an mir. Ich glaube, das ist auch einer der Gründe, weshalb ich sie Männern vorziehe.« Sie zuckte die Schultern. »Ein Psychologe hat mir das mal gesagt. Ich habe mich dünngemacht. Ich zahle niemandem fünfzig Dollar die Stunde, um mir etwas vorquatschen zu lassen, was ich längst weiß.«

»Wie hat Tomkin überhaupt davon erfahren?«

»Von den Mädchen? Oh, er hat mich mal auf Gin Lane, unserem Sommersitz, draußen in der Nähe von Southampton, erwischt. Das war, nachdem wir das Anwesen in Connecticut verkauft hatten, als meine Mutter . . . gestorben war.«

»Wie geschah das?«

»Meine Mutter endete durch Selbstmord. Er – «

»Nein, ich meine, wie konnte er Sie mit einem Mädchen überraschen?«

»Wissen Sie, selbst meine Schwester Justine weiß nichts von diesem Kapitel. Ich habe ihr nie etwas darüber erzählt. Und mein Vater wird sich hüten, etwas darüber verlauten zu lassen. Er behandelte sie im übrigen genauso, wie er meine Mutter immer behandelt hat. Als ob sie geistig defekt wäre. Sie war das Nesthäkchen, dünn und sportlich, während ich dick war. Ganz egal, was sie mit mir anstellten, und glauben Sie mir, sie haben wirklich viele Diäten an mir ausprobiert, ich nahm nicht ab. Meine Mutter verzieh mir das nie. Sie brachte mich so weit, daß ich mich meiner Pummeligkeit wegen schämte.«

Sie unterbrach sich. »Ich weiß nicht mehr, wie ich da hineingeraten bin.« Sie sprach jetzt mehr zu sich selber. »Jedenfalls fand mich mein Vater mit diesem Mädchen. Es war im Hochsommer. Ich hatte Lisa am Strand getroffen – ihren Eltern gehörte das Haus am anderen Ende der Straße. Sie haßte ihre Stiefmutter. Ich glaube, es war unser beider Haß, der uns zusammenbrachte. Es war eine Reinheit in unserer Liebe, wie ich sie nie wieder finden werde.

Es war wahnsinnig heiß an diesem Tag, auch in der Nähe des Wassers. Alle Welt döste schlapp und faul vor sich hin. Wir lagen auf unserem Grundstück im Windschatten einer hohen Hecke. Wir hatten nur unsere Badeanzüge an. Keiner konnte die Hände vom anderen lassen. Wir zogen unsere Badeanzüge aus und liebten uns. Es war wunderbar.

Wir lagen noch zusammen, als ich meinen Vater bemerkte. Ich glaube, er stand schon einige Zeit da, vielleicht sogar von Anfang an, obgleich ich das nicht genau weiß.

Sein Gesicht war rot angelaufen, als drohe er zu ersticken. Er kaum auf uns zu und brüllte. Seine Hände erhoben sich. Lisa war entsetzt. Sie schnappte sich ihren Badeanzug und rannte in Richtung des Strandes davon. Mein Vater hatte sie keines Blickes gewürdigt.

Ich lag am Boden, wie gelähmt. Aus Angst, dachte ich. Doch heute weiß ich es besser. Vom ersten Augenblick an, da ich ihm in die Augen sah, wußte ich, was er getan hatte, während er uns beobachtet hatte; es war unübersehbar, gleich einem Kainszeichen. Eigentlich hätte ich mich wahnsinnig aufregen müssen, doch ich blieb ganz ruhig. Der Gedanke, daß er mich beim Liebesspiel beobachtet und daß ihn das erregt hatte, erfüllte mich mit einer eigenartigen Befriedigung.

Sie hielt inne, wandte den Kopf, wurde sich Croakers wieder bewußt. »Jetzt habe ich alles gesagt, nun ist alles heraus. Eigentlich müßte ich mich nun besser fühlen. Doch wissen Sie, ich fühle mich genauso beschissen wie vorher.«

Sie sackte vornüber, und Croaker fing sie auf. Seine Hände griffen unter ihre Arme, er hob sie von der Bank hoch. In ihren Beinen war keine Kraft, sie lehnte sich halb gegen ihn, er mußte sie stützen. Die Zuckungen ihres Körpers übertrugen sich auf ihn, drangen in ihn ein. Er fühlte, wie ihr langes, seidiges Haar ihm zärtlich über die Wange strich; er atmete den schweren Duft ihres Parfüms, spürte die Wärme ihres Körpers unter der eleganten Kleidung.

Sie schluchzte, und selbst als ihr Weinen langsam verebbte, klammerte sie sich noch an ihn, wobei ihre Hände hinter seinem Nacken verschränkt waren.

Dann hörte er sie flüstern: »Ich muß verrückt sein.«

»Komm.« Er sagte es sanft, aber mit Nachdruck. »Sehen wir zu, daß wir hier rauskommen.«

Nicholas dachte über die drei Namen nach, während er im Fahrstuhl zu Raphael Tomkins Luxusbüro emporfuhr. *Hideoshi. Yodogimi. Mitsunari.* Wen, verdammt noch mal, hatte Terry damit gemeint? Nicholas hatte Terry fast so gut gekannt wie Eileen, doch er konnte diesen geheimnisvollen Aufzeichnungen keinen Sinn entlocken. Nun gut. Fangen wir nochmals von vorne an. Nehmen wir an, Hideoshi ist der Ninja. Wer sind dann Yodogimi und Mitsunari? Sind drei Leute darin verwickelt? Das schien zwar den Regeln des *ninjutsu* zu widersprechen, man konnte es jedoch nicht vollkommen ausschließen.

Irgendwie fühlte er sich mit den Namen vertraut. Natürlich war ihm alles über die historischen Personen bekannt, ihre Lebensgeschichte – der Hauch der Vergangenheit streifte ihn. Doch das hier war Gegenwart, geschieden von der Vergangenheit.

Er blickte nach oben auf den Neon-Zeitanzeiger, der unermüdlich weiterklickte, als zerhacke er die Sekunden, Minuten, Stunden und Jahre. Zeit, dachte er.

Mein Gott! Wie denke ich denn? Ich bin schon zu lange im Westen; ich bin einer der ihren geworden. Er verspürte eine Art heimlicher Scham, etwas, das zuzugeben ihm schwerfiel, sogar vor sich selbst.

Hat man mir nicht beigebracht, daß die Gegenwart nicht von der Vergangenheit zu trennen ist? Warum habe ich das beiseite geschoben? Warum habe ich plötzlich mit dreiunddreißig mein gewohntes Leben aufgegeben? Meinen Job gekündigt, die Stadt verlassen, begonnen, mich zu vergraben – ja, das ist das richtige Wort – mich draußen am Strand vergraben, wie in einem Utopia, in dem es keine Sorgen und Verantwortlichkeiten gibt?

Auf einmal spürte er es – das Dunkle, Grauenvolle, Unaufhaltsame, jene *tsunami*, jene Flutwelle, die sich hinter ihm aufzutürmen begann, dabei war, ihn zu überrollen. War er nicht gewarnt worden?

Es hatte zahlreiche Warnungen gegeben. Er war einfach zu sehr mit anderen Dingen beschäftigt gewesen oder zu wenig auf der Hut, um sie zur Kenntnis zu nehmen. Oder vielleicht war er einfach zu nah an den Dingen dran?

Ihm war, als müsse er ersticken. Er streckte eine Hand aus, stützte sich an der mit Stoff verkleideten Fahrstuhlwand ab. Die Innenflächen seiner Hände waren feucht vor Schweiß.

Hatte die Vergangenheit ihn eingeholt?

Die Fahrstuhltüren öffneten sich mit einem schnurrenden Geräusch, und er trat mit steifen Beinen hinaus auf den Korridor. Er ging bis zum Ende des Ganges und blickte durch eine Glasscheibe, die frisch eingesetzt war, hinunter auf den Verkehr. Er war mit seinen Gedanken weit weg.

Alles lag plötzlich so klar vor ihm. Die Erinnerung an Yukio stand zwischen ihm und Justine wie ein Wachhund mit gefletschten Zähnen. Das war es, was Justine so verletzt hatte. Unbewußt ballten sich seine Hände zu Fäusten. Immer noch war Yukio ein Teil von ihm – nach dieser ganzen Zeit. Aber die Seele hatte kein Verhältnis zur Zeit; ihre Reaktionen waren die irrationalen Reflexe auf dem Spiegel des Bewußtseins.

Mit einem Schlage brach die Stärke seiner Gefühle für Justine durch, wie ein Geiser die gläserne Oberfläche eines ruhigen Sees durchbricht. Wie hatte er nur so unsagbar töricht sein können!

Nachdem er mit sich im reinen war, fühlte er sich ruhiger. Er ging mit entschlossenen Schritten auf Raphael Tomkins Büro zu, öffnete die Metalltüren.

Frank stand gerade drinnen. Seine Augen glommen, als er Nicholas sah, seine rechte Hand zuckte. Nicholas ging an ihm vorbei, ohne ihn eines weiteren Blickes zu würdigen.

»Was fällt Ihnen ein, Sie können doch nicht – «

Aber Tomkin, der hinter seinem Schreibtisch saß und telefonierte, winkte ab. »Schon gut, Frank«, sagte er freundlich. »Nicholas gehört jetzt dazu, nicht wahr?« Er richtete seinen Blick auf Nicholas.

Das Büro, das die Ausmaße eines kleinen Ballsaales hatte, war durch Möbelgruppen wie ein Wohnraum aufgeteilt.

Auf der linken Seite lag, eine Stufe tiefer in den Parkett-Fußboden eingelassen, eine Art Wohnzimmer mit halbrundem Roche-Bobois-Plüschsofa. Ein niedriger Kaffeetisch mit dicker Rauchglasplatte und Chrombeinen sowie eine Stehlampe mit halbmondartig geformtem Lampenschirm vervollständigten die Einrichtung.

Auf der rechten Seite, an der Fensterfront, war der Arbeitsraum eines Ingenieurs installiert, komplett mit Zeichentisch, schwenkbarem Licht und einem schwarzen Kunststoff-Abstelltisch. Ein Regalständer aus Metall diente der Aufbewahrung von Architekturzeichnungen. Obenauf stand das Modell des Wolkenkratzers, wie er nach seiner endgültigen Fertigstellung aussehen würde, einschließlich des Atriumgartens, des Vorplatzes und dessen Bepflanzung.

Ganz hinten links erblickte Nicholas im gedämpften Licht des Büros eine winzige Küche mit einem mannshohen Kühlschrank, einer Spüle aus rostfreiem Stahl und einem elektrischen Grill. Daneben stand eine Tür offen, die den Blick in ein luxuriös ausgestattetes Badezimmer freigab. Die weitere rückwärtige Wand diente übereck als Bibliothek. Die beiden Wandhälften waren von Bücherregalen eingenommen. Zwei massive Leselampen schwebten über einem Paar schwerer hochlehniger Ledersessel, die aussahen, als ob sie schon lange in Gebrauch seien.

Schließlich war da noch das eigentliche Büro, in dem Nicholas sich im Augenblick befand. Der prächtige Hartholzschreibtisch war offensichtlich eine Sonderanfertigung. Die dem Besucher zugewandte Seite zeigte eine glatte Holzfläche. Dahinter jedoch verbarg sich ein kompliziertes Datenkontrollpult, das fast dem Cockpit einer B-747 ähnelte. Es gab darin ein Fach mit vier Telefonen in vier verschiedenen Farben, ein Telexgerät, einen Börsenticker, eine Anzahl von Fernsehmonitoren zur Überwachung und eine ganze Reihe anderer technischer Geräte, deren Funktion im dunkeln blieb.

Tomkin telefonierte immer noch. Er bedeutete Nicholas durch eine Handbewegung, es sich in einem Sessel vor seinem Schreibtisch bequem zu machen. Nicholas sah, daß die linke Armlehne ebenfalls ein Telefon enthielt. Er hob den Hörer ab, drückte auf einen unbeleuchteten Knopf in der Hoffnung, das Amtszeichen zu bekommen, und wählte Justines Nummer in Bay Bridge. Er ließ es sechsmal klingeln, bevor er wieder auflegte. Vielleicht war sie gerade am Strand. Einer Eingebung folgend, wählte er die Nummer ihrer Stadtwohnung. Keine Antwort.

Er fragte Frank nach Abe Russos Nummer und wählte diese an. Als er den Baupolier am Apparat hatte, bat er diesen um eine Liste aller Asiaten, die zur Zeit an dem Wolkenkratzerprojekt arbeiteten.

»Dazu braucht man Zeit«, erwiderte Russo barsch. »Ich hab' aber 'ne Menge zu tun. Ich weiß nicht – «

»Vielleicht muß ich mich anders ausdrücken«, sagte Nicholas langsam. »Wenn wir diese Namen nicht bekommen, könnte es sein, daß wir das ganze Projekt einstellen müssen – für immer.«

»Schon gut. Ich bring' sie Ihnen rauf.«

»Schön, daß Sie mir helfen«, äußerte Nicholas. »Und, Abe, noch eins. Ich möchte, daß Sie das alleine machen. Kein anderer darf von der Sache Wind bekommen, ist das klar? Wenn die Liste fertig ist, dann will ich alle die Leute sehen, die darauf stehen. Machen Sie sich schon mal Gedanken deswegen, wie Sie das bewerkstelligen können, ohne daß die

Leute zu früh davon erfahren. Es darf keine undichten Stellen geben, okay? Gut.« Er legte auf, unterdrückte den Wunsch, es bei Justine nochmals zu versuchen.

Tomkin telefonierte noch weitere zehn Minuten. In den kurzen Sprechpausen konnte Nicholas das leise Rauschen der zentralen Klimaanlage hören. Frank stand unbeweglich neben der geschlossenen Tür.

Nicholas erhob sich und ging, an der Sitzecke vorbei, nach hinten in die Bibliothek. Auf der einen Seite stand ein altes Schreibpult mit einem Jalousieverschluß, das ihm bisher noch nicht aufgefallen war. Auf dessen Konsole standen einige Bilder in Silberrahmen. Eine Anzahl von Farbbildern zeigten immer dieselbe Frau, in einem Zeitraum zwischen etwa sechzehn bis zum dreißigsten Lebensjahr. Es war Justine. Auf den anderen Fotos, so nahm er an, müsse Gelda zu sehen sein. Sie waren beide auf unterschiedliche Weise attraktiv, doch durch einen bestimmten Ausdruck der Klasse, der ihnen beiden zu eigen war, einander verbunden. Er bemerkte ein Foto, auf dem die Schwestern zusammen abgebildet waren. Es handelte sich um ein Schwarzweißfoto, das an einer Ecke eingerissen war. Die beiden Mädchen waren darauf auf einem Rasen zu sehen. Im Hintergrund konnte er die Ecke eines Ziegelbaus ausmachen, der mit Efeu überwachsen und Teil eines Landhauses schien. Die Mädchen waren so zwischen sieben und zehn Jahren alt. Justine hielt ein bemaltes Ei in die Höhe. Zu ihren Füßen stand ein kleiner Weidenkorb. Sie lächelte in die Kamera. Gelda, einen Schritt hinter ihr, größer und sehr viel schwerer, sah gerade nach links.

»Nicholas!«

Nicholas drehte sich um und begab sich zu Tomkin zurück. Dieser erhob sich und kam um seinen Schreibtisch herum. Er trug einen fuchsfarbenen Seidenanzug, ein Hemd mit dunkelgelben Streifen, dessen Manschetten und Kragen in demselben Gelb gehalten waren, und dazu eine braune Krawatte. Er streckte seine Hand aus. Sie war fest, auf der Oberseite sproßten Haare. An seinem Ringfinger trug er einen Ring aus Platin, seine linke Hand war ohne jeden Schmuck.

»Freut mich, Sie zu sehen«, sagte er. Seine blauen Augen hatten heute einen grauen Schimmer. »Ich habe mich schon gefragt, wann ich Sie wohl wiedersehen würde. Was haben Sie herausgefunden?«

»Wie bitte?«

»Welche Informationen haben Sie, Nicholas?« Tomkin sprach ganz langsam, wie zu einem etwas begriffsstutzigen

Kind. »Sie sind nach West Bay Bridge hinausgefahren, weil Sie glaubten, der Ninja halte sich dort auf. Zumindest war es das, was Sie mir am Telefon sagten.«

»Er war nicht da.«

»Mit Justine ist alles in Ordnung?«

»Aber ja.«

»Der Ton Ihrer Stimme gefällt mir nicht.«

»Sie bezahlen mich nicht, weil Ihnen mein Timbre gefällt, sondern damit ich Sie beschütze.«

»Ich habe mich gefragt, wie das von Long Island aus vor sich gehen sollte. Durch Fernsteuerung vermutlich.«

Nicholas lachte kurz. Seine Augen waren stahlhart. »Lassen Sie uns nicht auf Kindereien herumreiten, Tomkin. Sie müssen mich nicht lieben, Sie müssen nur kooperativ sein. Wie soll ich sonst meinen Job erfüllen?«

»Ich mag Sie sehr gern, Nicholas. Was hat Ihnen den Eindruck vermittelt, daß dies nicht der Fall ist?« Mit einer freundlichen Geste bat er Nicholas in den Wohnbereich. Sie setzten sich auf die zum Sitzen sehr bequeme Couch, deren Plüschbezug schokoladenbraun war.

»Sie werden gewiß nicht überrascht sein, daß ich, was Ihre Methoden anbetrifft, sagen wir, neugierig bin. Immerhin werde ich von Frank hier nie aus den Augen gelassen, was allein schon dazu beiträgt, mir ein gewisses Gefühl der Sicherheit zu geben.«

»Frank können Sie vergessen«, sagte Nicholas, »wenn Sie es mit dem Ninja zu tun bekommen. Er geht durch Frank hindurch, als ob er Luft wäre.«

Tomkin lächelte süffisant. »Mag schon sein, daß er durch Frank hindurchläuft, doch nur mit einigen 45er Kugeln im Bauch.«

Nicholas zuckte mit den Schultern. »Wenn Sie die Sache auf die leichte Schulter nehmen wollen – «

»Ich versichere Ihnen, ich nehme das durchaus nicht auf die leichte Schulter. Auf keinen Fall. Sonst hätte ich Sie ja nicht zu engagieren brauchen, nicht wahr? Und jetzt – « er hieb sich auf seine prallen Schenkel, » – jetzt berichten Sie mal von Ihren Plänen.«

»Ich warte auf Abe Russo, der jeden Moment hier sein muß.«

»Für was, zum Teufel, brauchen wir den denn hier? Der hat alle Hände voll zu tun, um die Abnahmetermine einzuhalten.«

»Die typische Taktik des Ninja ist Infiltration«, sagte Nicholas ruhig. »Er wird nicht versuchen, Sie durch – Fernsteuerung, wie Sie es nennen würden – zu töten.« Er grinste. »Er kommt zu Ihnen ins Zimmer und tut es auf Armeslänge. Sobald Abe aufkreuzt, werden wir versuchen, herauszufinden, ob er im Gebäude ist.«

»Hier? Wie soll das denn möglich sein?«

»Am ehesten könnte er sich als Arbeiter eingeschlichen haben. Dabei bliebe er anonym und könnte sich im ganzen Bau frei bewegen. Scheint mir logisch.«

In diesem Moment ertönte ein Klopfen an der Tür. Frank ließ Abe Russo ein. In einer Hand hielt dieser die EDV-Listen. Seine Kleidung wirkte zerknittert, er strich sich eine Locke seines sandfarbenen Haares aus der Stirn.

»Hier haben Sie die gewünschte Aufstellung«, sagte er und knallte die Papiere auf den Kaffeetisch. »Um alle männlichen Beschäftigten asiatischer Abstammung habe ich einen Kreis gemacht. Im ganzen sind es einunddreißig«, fuhr er fort, als sich Tomkin und Nicholas über die Liste beugten.

»Wie wollen Sie ihn finden?« fragte Tomkin. »Kennen Sie denn seinen Namen?«

Nicholas schüttelte den Kopf. »Selbst wenn ich ihn kennen würde, würde mir das nichts nutzen, denn er würde ihn hier niemals verwenden.« Die Wahrscheinlichkeit, den Namen Hideoshi auf der Liste zu finden, war gewiß nicht groß, doch es wäre unverantwortlich gewesen, dieser, wenngleich entfernten Möglichkeit, nicht auch nachzugehen. »Sind das wirklich alle?« wollte er von Russo wissen.

Dieser nickte. »Ja. Fünfundzwanzig arbeiten am Tag, die anderen sind für die Nachtschicht eingeteilt.«

»Sind jetzt alle fünfundzwanzig anwesend?« fragte Nicholas. »Ist keiner krank gemeldet?«

»Nein, keiner. Sie sind alle da, soweit mir bekannt ist.«

»Und keiner weiß von dieser Aktion?«

»Keiner«, erwiderte Russo. »Ich habe die Liste ganz alleine zusammengestellt.«

»Okay«, entgegnete Nicholas. »Gehen wir.« Er stand auf.

»Was passiert jetzt?« schaltete sich Tomkin wieder ein.

Nicholas rollte die Liste zu einer Röhre. »Ich werde mir diese Männer einzeln ansehen. Jeder von ihnen kann der Ninja sein.«

Russo führte ihn durch das Gewirr von Gängen des Gebäudes, einer nach dem anderen wurden die Männer, die auf der Liste vermerkt waren, befragt und abgehakt.

Der dreizehnte Name lautete Richard Yao. Russo wußte nicht genau, wo Yao zu finden war. Er suchte daher seinen Vorarbeiter. Dieser beaufsichtigte im Augenblick Schweißarbeiten, die in der Eingangshalle ausgeführt wurden. Der Vorarbeiter war ein kräftiger Bursche, mit wenig Haaren auf dem Kopf und eng zusammenstehenden Augen.

»Den hast du um wenige Minuten verpaßt, Abe.« Der Vorarbeiter nahm den Zigarrenstummel aus dem Mund und deutete damit über die Schulter. »Er hat sich abgemeldet.«

»Warum?« fragte Russo.

»Sagte, er sei krank.« Der Vorarbeiter schob sich den kalten Stummel wieder zwischen die Zähne. »Sah auch nicht besonders gut aus.«

»Wann ist er gegangen?« fragte Nicholas.

»Oh, ich würde sagen, so ungefähr vor fünfzehn bis zwanzig Minuten. Wie schon gesagt, ihr habt ihn um wenige Minuten verpaßt.« Er sah Russo an. »Stimmt etwas nicht? Er ist ein guter Arbeiter, Abe.«

Russo warf Nicholas einen kurzen Blick zu, bevor er verneinend den Kopf schüttelte. »Schon gut, Mike, danke. Brauchst du einen anderen Mann?«

»Wär' bestimmt kein Fehler.«

»Okay. Ich kümmere mich drum.«

Auf dem Weg zurück zu den oberen Stockwerken des Wolkenkratzers äußerte er: »Was meinen Sie, Mr. Linnear?«

»Ich meine«, gab Nicholas zurück, »daß wir den Mann gefunden haben.«

»Moment, geben Sie mir doch mal –« Russo nahm Nicholas die Papierrolle aus der Hand und blätterte die Bögen durch. »Hier!« Sein Zeigefinger deutete auf einen Vermerk auf einem der Blätter. »Hier haben wir seine Adresse, die Fünfhundertsiebenundvierzigste – he, Augenblick mal! Eine solche Adresse gibt es im Westen gar nicht. Das kann nicht stimmen!«

»Wundert mich nicht.«

Die Fahrstuhltür öffnete sich, und Nicholas eilte den Korridor entlang, Russo hinter sich lassend. Er öffnete die Tür zu Tomkins Büro, schob sich an Frank vorbei. Tomkin befand sich hinter seinem Schreibtisch am Telefon. Er legte eine Hand über die Sprechmuschel. »Was gibt's?« fragte er. »Haben Sie – «

Doch Nicholas war schon auf der Höhe des Schreibtischs, seine Fingerspitzen bewegten sich schnell und sicher über die Platte.

»Was, zum Teufel – «

»Legen Sie auf«, sagte Nicholas. Er führte seine Untersuchung fort, indem er um den Schreibtisch herumging. Seine Fingerspitzen tasteten weiter die Oberfläche des polierten Holzes ab.

Tomkin starrte auf Nicholas' Hände, als ob diese sich verselbständigt hätten, zu zwei gefährlichen Wesen geworden seien. Er hob den Hörer nochmals kurz ans Ohr, murmelte ein paar Worte, legte sodann auf.

»Gut«, äußerte Nicholas, während er sich noch immer um den Schreibtisch herumbewegte. »Ich möchte gern mit Ihnen sprechen – «

»Über das, was Sie herausgefunden haben?« Tomkins blaue Augen waren weit aufgerissen, während er Nicholas beobachtete. Inzwischen war Russo hereingekommen. Er stand schweigend neben Frank und sah auf das, was in dem Raum vorging.

»Richtig. Über das, was ich herausgefunden habe.« Nicholas kniete sich nieder und begann unter dem Schreibtisch zu suchen. Er sprach dabei weiter. »Ich glaube, wir haben unseren Mann entdeckt.« Er nahm die Verkabelung und Computerelemente in Augenschein. »Es war der dreizehnte – ein Mann namens Richard Yao. Er wurde von einer Rubin-Bros.-Baustelle in Brooklyn hierher geschickt – war für die Elektroanschlüsse verantwortlich. Guter Arbeiter, wie sein Vorarbeiter sagte.«

»Na ja, und – « Tomkins tiefliegende Augen blieben abermals an Nicholas' Händen haften. »Was soll ich damit?«

»Er ist unser Mann. Er verschwand genau dann, als ich Russo gebeten hatte, eine Liste aller Asiaten zusammenzustellen, die hier im Gebäude arbeiten.« Seine Hand glitt in eine der Ritzen zwischen den Computerelementen, erfühlte sich einen Weg. Nicholas zog schließlich an etwas. »Russo hat mit niemandem über diese Angelegenheit gesprochen, keiner hatte die Möglichkeit zu erfahren, was er tat.« Seine Finger waren noch immer unsichtbar in Aktion. »Also nur Sie, Russo, ich und – « Nicholas brachte den Gegenstand, mit dem er sich abgemüht hatte, ans Licht und legte ihn Tomkin auf die glänzend polierte Schreibtischplatte. Es handelte sich um ein helles Kunststoffteil, das mit einem Metalldraht versehen war. Das Ganze war so dünn wie ein Blütenblatt und maß keine drei Zentimeter im Durchmesser. »Das Telefon dürfen wir nicht vergessen.«

Tomkins Gesicht hatte sich gerötet. Er schien von einem leichten Zittern befallen. Er streckte seinen Zeigefinger aus, stupste damit zögernd das Objekt, als ob er Angst hätte, es könne ihn beißen. »Verdammt noch mal!« schrie er. »Verdammt! Und so etwas passiert direkt unter meiner Nase!« Er schlug auf den Tisch. »Frank, du verdammter Hurensohn! Wie kann so etwas passieren? Ich bring dich um!«

Frank stand wie festgewurzelt, völlig verdattert.

»Das ist nicht sein Fehler«, bemerkte Nicholas gelassen.

Doch Tomkin war damit nicht zu besänftigen. Er kam hinter seinem Schreibtisch hervor und fuchtelte mit dem Zeigefinger in der Luft herum. »Wofür bezahle ich dich eigentlich, du Armleuchter? Sieh dir das an: Dieses Scheißding steckte hier drin! Und wo warst du, als es angebracht wurde, du Schlafmütze? Vielleicht kannst du mir das erklären!«

»Ich war immer hier, Mr. Tomkin«, beeilte sich Frank zu versichern. »Selbst wenn Sie zum Lunch weg waren, war ich hier. Das müssen Sie mir glauben. Dieser Kerl muß hier nachts eingebrochen haben, nachdem Sie und ich weg waren. Ich verstehe nicht – «

Tomkin sprang vor und schlug Frank mit dem Handrükken ins Gesicht. »Keiner hat hier eingebrochen, du Idiot – nicht ohne daß ich das am nächsten Tag gewußt hätte.« Er beobachtete den roten Flecken, der sich auf Franks Wange bildete, er vermeinte förmlich zu spüren, wie diese heiß wurde. »Nein, es ist direkt unter unseren Augen geschehen. Du warst einfach zu dämlich, es zu merken.«

»Aber auf wen hätte ich denn achten sollen?« fragte Frank.

»Halt's Maul! Halt endlich deine dumme Schnauze!« Tomkin drehte ihm den Rücken zu. »Großer Gott, man meint fast, man hätte es mit einem Idioten zu tun.«

Nicholas hatte seine Aufmerksamkeit von dem Kommunikationszentrum des Schreibtisches abgewandt, untersuchte jetzt den Wohnplatz. Nach weiteren zehn Minuten intensiven Suchens hatte er eine zweite Wanze unter der schokoladenfarbenen Couch gefunden.

»Ich glaube«, sagte Nicholas, während er sich den Staub von den Händen klopfte, »so wie die Dinge liegen, begeben wir uns besser nach unten.«

»Warum das?« Tomkin sah ihn verständnislos an. »Der Raum ist doch jetzt sicher, oder?«

Nicholas war schon auf dem Weg zur Tür. »Das erzähl ich Ihnen später, einverstanden?«

Auf dem Weg nach unten übertönte Tomkins Stimme das Schnurren des Fahrstuhls.

»Wollte Ihnen nur sagen, daß das ein gutes Stück Arbeit war, Nick. Verdammt gut. Danke.« Er seufzte. »Wissen Sie, normalerweise lasse ich mein Büro und meine Wohnung jedes halbe Jahr von einem Elektroniker untersuchen, damit mir so etwas nicht passiert, doch hier – großer Gott, ich war ja kaum richtig eingezogen.« Er fuhr sich mit den Fingern durch sein kurzgeschnittenes eisengraues Haar. »Du lieber

Himmel, wenn ich bedenke, was der Kerl über diese Dinger alles hat mithören können! Ich könnte ihm den Hals umdrehen!«

Die Türen glitten auf, sie traten in die Vorhalle.

»Sie meinen nicht, daß sich dieser Bastard hier noch irgendwo herumtreibt?« Tomkin wandte den Kopf nach allen Seiten.

»So gut wie unmöglich«, erwiderte Nicholas, indem er sich von Russo, der ihnen gefolgt war, während Frank zurückblieb, durch ein Kopfnicken verabschiedete. »Er wußte in dem Moment, als er meine Unterhaltung mit Russo abhörte, daß er nicht mehr sicher war. Der hat sich abgesetzt. Jedenfalls vorläufig.«

Sie schritten hinaus in die Sonne, die heiß auf die Park Avenue herniederbrannte. Es war, als träte man auf die Oberfläche eines noch nicht erkalteten Planeten; die Luft war so stickig, daß sie einen förmlich zu Boden drückte.

Als sie sich Tomkins Wagen näherten, stieg der hagere, knochige Chauffeur aus und erwartete sie, die Hand auf dem Türgriff.

Auf dem Plankenweg blieb Nicholas kurz stehen. Der ohrenbetäubende Krach der Preßlufthämmer erfüllte die Luft. Tomkin mußte sich vorbeugen, um zu hören, was Nicholas sagte. Er nickte und stieg gleich darauf in das kühle Halbdunkel der Limousine.

Sie fuhren sofort los, glitten in den Verkehrsstrom hinein. Nicholas begann abermals mit seiner Arbeit. Er nahm sich zuerst das Telefon vor, schraubte sowohl den Hörer als auch die Sprechmuschel auf, fand jedoch nichts. Er überlegte. Wenn, dann mußte die Wanze an einer leicht zu erreichenden Stelle verborgen sein. Der Ninja mochte in Tomkins Büro genug Zeit gehabt haben, seine Installationen vorzunehmen, aber sicherlich nicht hier. Er sah sich die Vertiefung an, in der der Hörer lag. Mit dem Zeigefinger fuhr er vorsichtig an allen Seiten entlang. Und da hatte er auch schon, was er suchte. Auf einen Knopfdruck hin öffnete sich das Fenster einen Spaltbreit. Er warf die Wanze hinaus und sorgte dafür, daß sich das Fenster wieder schloß.

»Alles sauber?« fragte Tomkin.

Nicholas wiegte den Kopf, inspizierte alle Stellen, die seiner Meinung nach noch in Frage kamen – nichts.

»In Ordnung.« Er setzte sich zurück. »Wir sind sicher.«

»Sehr gut.« Man sah, wie sich Tomkins Gesicht entspannte. »Diese Geschichte ist mir richtig in die Knochen gefahren, sie kam wirklich zum ungelegensten Zeitpunkt.« Er lehnte sich vor und drückte auf einen versteckt angebrachten Knopf. Eine getönte Trennscheibe glitt aus ihrer Versenkung empor, so daß sie vom vorderen Teil des Wagens abgeschlossen waren. Nicholas bemerkte, daß dichtmaschiger Draht in das Glas eingelassen war. »Ich stecke mitten in einem der größten Geschäfte, die ich je gemacht habe. Großkonzerne dreier Kontinente sind daran beteiligt. Es geht um einen Geldbetrag, na, lassen wir Zahlen beiseite. Großer Gott, gerade jetzt, wo ich vollkommen ungestört sein muß, habe ich diesen Blutegel am Halse.« Er lachte vor sich hin, seine Laune schien ganz plötzlich umzuschlagen. »Schön, eigentlich dürfte ich mich nicht beschweren. Die Idee kam nämlich von den Japanern. Sie waren nur viel zu kleinmütig, hatten Angst, die Sache durchzuziehen, auch dann noch, als ich ihnen erklärt hatte, wie perfekt sich das angehen läßt. Sie bekamen kalte Füße, das war's. Deshalb sind wir etwas auseinandergekommen.« Er lachte abermals. »Ich habe mich, sagen wir mal, ihrer Idee bedient. Zum Teufel – sie saßen auf der Sache einfach zu lange drauf.« Er rümpfte die Nase. »Auf diese Weise ist noch niemand reich geworden. Dann wollten sie, nachdem ich die Sache angekurbelt hatte, plötzlich wieder mitmischen. Können Sie sich das vorstellen? Ich habe sie ausgelacht. Zu der Zeit hatten sie schon ganz schön an Gesicht verloren – ich glaube fast, zuviel. So haben sie jetzt den Ninja geschickt.«

Tomkin machte es sich in den dickgepolsterten Samtsitzen so richtig bequem. »Nachdem wir jetzt schon auf Achse sind, können wir genausogut in irgendein Restaurant gehen.« Er bediente einen Schalter und gab dem Chauffeur eine Adresse an der West Side. »Ich habe Hunger. Wie steht's mit Ihnen?«

»Ich könnte auch etwas zu essen vertragen.«

»Okay.« Tomkin schloß für einen Moment seine Augen. »Ich möchte auf keinen Fall, daß meinen Töchtern etwas passiert, verstanden?«

Nicholas schwieg. Er dachte an das, was Croaker ihm über diesen Mann erzählt hatte. Er fragte sich, wo die Wahrheit lag.

Tomkin ruckte mit dem Kopf wie ein Hund, der Witterung aufgenommen hat. »Ich bin sicher, Sie glauben, daß es mir scheißegal ist, wie es ihnen geht. Ich kann mir vorstellen, was Justine Ihnen für Märchen über mich erzählt hat.«

»Sie spricht eigentlich nicht sehr viel über Sie. Wundert Sie das?«

»Sind Sie nicht etwas unverschämt?« entgegnete Tomkin kalt. »Damit kommen Sie bei mir nicht weit.« Seine Stimme wurde um einige Grade freundlicher, als er jetzt sagte: »Aber, um ganz ehrlich zu sein, ich bin tatsächlich überrascht, daß sie Ihnen nicht alles über mich erzählt hat.« Er machte eine Handbewegung, als ob er diesen Gedanken wegwischen wollte. »Doch das ist schließlich auch nicht das wichtigste. Ich hänge immer noch an beiden. Ich weiß, daß ich nicht der beste Vater bin, doch auch meine Töchter lassen einiges zu wünschen übrig. Sagen wir also, wir alle tragen unse ren Teil Schuld.«

»Vielleicht, wenn Sie Ihre Macht nicht so gebraucht hätten – «

»Ah, sie hat also doch mit Ihnen über mich gesprochen.«

»Nur ganz kurz.«

»Mein Lieber«, entgegnete Tomkin, »ich möchte jetzt nicht wichtigtuerisch klingen, aber Geld bedeutet nun einmal Macht. Und auf diesem Sektor liegt mein Talent, verstehen Sie. Da verwirkliche ich mich: im Entscheidungen treffen, im Aufbauen von Macht, im Anlegen des Geldes.“ Er legte einen Zeigefinger an seinen Nasenflügel, was ihn absurderweise wie eine Gestalt aus einem der Romane von Dickens wirken ließ. »Das ist es, was mich am Leben erhält. Ohne diesen Nervenkitzel wäre ich morgen tot; ich kann diese Dinge um keinen Preis aufgeben, auch nicht um meiner Töchter willen.«

»Und wenn Ihnen nichts anderes übrig bliebe?«

»Um ehrlich zu sein, ich weiß darauf keine Antwort.« Tomkin zuckte ratlos die Schultern. »Aber wie sollte eine Aufgabe meinerseits die Umstände ändern? Eine müßige Frage. Ich liebe mein Leben so, wie es ist; nur, daß mir eben einige Dinge verwehrt sind.«

»Ihnen auch?«

»Das Leben ist kein Zuckerschlecken, mein Lieber, was? Freut mich, daß Sie das ebenfalls herausgefunden haben.« Tomkin wandte Nicholas sein Gesicht zu. »Ich glaube, ich habe Sie richtig eingeschätzt. Es gefällt mir, wie Sie arbeiten.«

Sie überquerten die Fünfte Avenue in Richtung Westen. Der stockende Verkehr brachte den Wagen zum Stillstand. Hinter ihnen lag die grellweiße modernistische Silhouette der Stadt von Seven West. Die heiße Luft, vermischt mit den Benzinabgasen, waberte vom Asphalt der Straße auf.

»Wissen Sie«, sagte Tomkins, während der Wagen noch immer stand, »mit dem Geld ist es so eine Sache. Die meisten Leute, die es nicht haben, wünschen es sich. Doch die, die es haben, wissen, was es für eine schreckliche Last ist. Es gibt Tage, an denen ich überhaupt nicht ins Büro gehen möchte.

Da habe ich ein Gefühl, als ob ich Tonnen wiege, als ob jeder Atemzug, den ich mache, schmerze.« Vorn, an der Sechsten Avenue sprangen die Ampeln auf Grün. Doch nichts rührte sich. Ein Hupkonzert begann.

»Aber da sind Entscheidungen, die gefällt werden müssen«, fuhr Tomkin fort. »Entscheidungen, die Millionen von Dollars betreffen und von denen die Existenzen von Tausenden von Menschen in der ganzen Welt abhängen.« Seine Stimme nahm einen nachdenklichen Klang an. »Darin findet man schon eine ganze Menge Befriedigung, zu wissen, daß man etwas in einer Art und Weise tut, wie es niemand sonst könnte. Sie wissen das genausogut wie ich, oder? Was Sie machen, machen Sie besser als irgend jemand sonst.«

»Und was wäre das?«

Tomkins Augen verengten sich, als müsse er durch dichten Zigarettenrauch blicken. »Sie sind ein eiskalter Typ, Nick. Glauben Sie ja nicht, daß ich das nicht merke. Ich wußte das bereits, bevor Sie so mit Frank und Whistle umsprangen. Ich war mir derartig sicher, was Sie betrifft, wie schon lange nicht mehr. Um die Wahrheit zu sagen, es freut mich, daß Justine Sie mag – ich glaube, Sie sind gut für sie. Sie sollte mal erfahren, was ein richtiger Mann ist.«

Die Lampen an der Kreuzung schalteten wieder auf Rot, doch die Hupen gellten genauso laut wie zuvor.

»Was ist denn los, Tom?« fragte Tomkin.

»Ein Bus hat eine Panne, Mr. Tomkin«, kam die elektronisch gefilterte Antwort. »Kann nicht mehr lange dauern.«

»Busse«, sann Tomkin, indem er sich wieder zurechtsetzte. »Großer Gott, seit mehr als dreißig Jahren bin ich nicht mehr mit einem Bus gefahren.«

»Das haben Sie nur Ihrem Geld zu verdanken«, gab Nicholas unverblümt zurück.

»Das einzige, was Geld tut«, sagte Tomkin scharf, »ist, die Menschen zu korrumpieren.«

Nicholas wandte sich ihm zu. »Schließen Sie sich da mit ein?«

»Wir sind alle gefährdet. Irgendwo sind wir alle zu kriegen. Da gibt es keine Ausnahme. Keine. Geld ist der große Hobel, der uns alle gleich macht. Zu Narren nämlich.« Er lachte laut. »Diese Arschlöcher, die dir erzählen, daß Geld sie nicht verändert, haben Stroh im Hirn. Klar verändert es. Sie gefallen sich darin, Illusionen zu hegen. Was mich betrifft, so bin ich Realist. Ich akzeptiere die Nachteile. Alles hat seinen Preis – du mußt nur sicher sein, ihn bezahlen zu können.

Nehmen Sie meine verstorbene Frau zum Beispiel. Das

war eine Frau, die wußte mit tödlicher Sicherheit, was sie wollte; nur, glauben Sie, sie hätte jemals das Wort *Verantwortung* gehört? Nie im Leben.«

Inzwischen fuhren sie wieder. Schließlich hielt der Wagen vor Wolfs Feinschmeckerlokal.

»Kommen Sie«, sagte Tomkin. »Ich weiß nicht, wie Sie sich fühlen, aber ich bin jetzt richtig scharf drauf, mir ein erstklassiges Essen zusammenzustellen.«

Und im Wagen blieb die zweite Wanze, die sich unter dem Teppich befand, unentdeckt.

»Sind Sie nicht beeindruckt?«

»Eine Menge Platz für eine Person allein.«

»Ich bekomme leicht Platzangst.«

Croaker lachte. »Das kann Ihnen hier nicht passieren.« Er trat von der Fensterfront zurück, von der aus man über den East River und Queens sah. Seine Finger streichelten das samtweiche Leder der braunen Couch.

»Wunderschön«, murmelte er.

»Sie sind nicht der einzige, der das sagt.« Ihre topasfarbenen Augen betrachteten ihn übermütig. »Sagen Sie nur, Leutnant, daß Sie erröten! Aber erzählen Sie mir jetzt bitte nicht, daß Sie noch nie jemandem aus meinem Gewerbe begegnet sind – ich würde es nicht glauben.«

Er verzog sein Gesicht, diese Ouvertüre erschien ihm reichlich gequält. »Reden Sie immer so?«

»Sagen wir – gelegentlich.« Er fragte sich, was sie eigentlich hatte sagen wollen. »Ich habe Hunger.« Ihr Gesicht nahm einen enttäuschten Ausdruck an. »Oh, ich habe gar nichts hier – «

»Kein Problem, ich muß sowieso gehen – «

»Bitte, gehen Sie nicht. Nicht jetzt zumindest.« Sie begab sich zum Telefon. »Sie haben wirklich eine Pause verdient – wenigstens, um etwas zu sich zu nehmen.«

Gelda hob den Hörer ans Ohr und sagte: »Mögen Sie italienische Küche? Ich sterbe dafür.«

»Okay. Prima.«

Sie nickte, wählte eine Nummer, wartete einen Augenblick. »Philip«, sagte sie sodann. »Hier ist G. Ja, bestens. Und wie geht es dir? Bist du sicher? Du klingst so komisch. Nein? Wie wär's, wenn du mir etwas zum Essen besorgen würdest? Von Mario, ja. Für zwei. Du weißt schon, was. Okay. Tschüs.« Sie drehte sich zu Croaker um.

»Wer ist Philip?« fragte er.

»Ein Junge, der Besorgungen für einige von uns macht.«

Er lächelte, ging um die Couch herum und setzte sich. »Angenehmes Gefühl.«

Sie folgte ihm, neigte sich leicht über ihn und sagte: »Sie sollten sie mal ohne Kleider ausprobieren.«

Er gab ein kleines, etwas gequältes Lächeln von sich.

Gelda ging zur Schlafzimmertür. Auf dem Weg dorthin zog sie ihre Seidenbluse aus. Bevor sie hinter der Tür verschwand, konnte er ihren makellosen nackten Rücken sehen. Obwohl sie volle Brüste besaß, trug sie keinen BH.

»Was haben Sie jetzt vor?« Er erhob sich, fühlte sich ungemütlich, wie er so mit den Händen in den Taschen dastand.

»Ich zieh' mich nur rasch um«, kam ihre Stimme durch die offene Tür. »Keine Sorge, ich werde Sie nicht vergewaltigen.«

»Wäre auch nie auf den Gedanken gekommen«, erwiderte er, ohne dabei ganz ehrlich zu sein.

»Um so besser.«

Er hörte das erregende Rascheln von Seide. »Wollen Sie nicht reinkommen?« fragte sie. »Dann kann ich Sie wenigstens sehen, während wir uns unterhalten.«

»Ich fühl' mich ganz wohl hier.« Er kam sich vor wie ein Schuljunge bei seinem ersten Rendezvous.

»Hören Sie«, sagte sie, »Sie kennen inzwischen mein Innenleben. Ich kann mir nicht vorstellen, daß Sie mein Körper noch in Verlegenheit versetzen könnte.«

»Eigentlich richtig«, entgegnete er wie automatisch.

»Also, dann.«

Für einen Augenblick verhielt er, fühlte sich als Eindringling in dieser luxuriösen, verführerischen Landschaft.

Sie hatte ein Bein auf den Bettüberwurf gestellt und zog den Strumpf aus. Den Strumpf, dachte er bei sich, nicht etwa die Strumpfhose. Der makellos geformte Fuß schimmerte durch die Seidenmaschen, verlieh deren Schwarz einen perlmuttfarbenen Glanz. Ihre Zehen drückten den Bettüberwurf ein, als ob sie eine Sanddüne entlangwandere. Ihre Beine schienen kein Ende zu nehmen.

Sie trug lediglich ein Dreieckshöschen und einen Strumpfhalter, beide fleischfarben, hauchdünn und mit Spitzen besetzt. Der Rest war nackt. Es handelte sich um eine äußerst effektvolle Präsentation.

Sie sah ihn über ihre Schulter hinweg an. Ihre topasfarbenen Augen strahlten. Sie lächelte verführerisch. »Na . . .« Ihre Stimme war nur mehr ein Flüstern. »Ist das denn so schlimm?«

»Es wäre mir lieber, wenn Sie etwas anziehen würden.«

Sie ging durch das Zimmer. Er versuchte, seinen Blick von ihren Brüsten abzuwenden, die bei jedem Schritt wippten. Doch es gelang ihm nicht. Sie nahm ein blattgrünes Seidenneglige aus dem Schrank und kam auf ihn zu. »Gefällt Ihnen das, Lew? Ich darf Sie doch Lew nennen, nachdem ich Ihnen in der ›Grünen Minna‹ mein Herz ausgeschüttet habe?« Sie war inzwischen in das Negligé geschlüpft, das sie im Augenblick gürtete. Ihn mit der Hand leicht berührend, ging sie mit einem geheimnisvollen Lächeln ins Wohnzimmer zurück.

Er löste sich vom Türrahmen und fragte sich, wohin das führen solle; immer im Dienst, so ist das, dachte er. Doch dann mußte er an sein düsteres Apartment denken, so verlassen wie die Wall Street an einem Wochenende. Dahin jetzt zurückzukehren, erschien ihm unmöglich.

»Sollen wir jetzt gleich ins Bett steigen oder erst, nachdem wir gegessen haben?« Er konnte den Ärger in seiner Stimme nicht unterdrücken, spürte, daß ihn seine Selbstbeherrschung verließ.

Gelda wirbelte in der Mitte des Zimmers um ihre Achse. Der Gürtel ihres Gewandes löste sich. Es gab eines ihrer Beine in seiner vollen schimmernden Länge frei. »Denken Sie daran?« Sie lächelte sanft.

»Nur. Woran denn sonst?«

Sie hob eine Augenbraue. »Sie kennen meine sexuellen Vorlieben.«

Klar. Das hatte er vergessen. Absichtlich? Er kam sich idiotisch vor. Er steckte seine Hände wieder in die Taschen und wandte sich ab, zu verwirrt, um sich zu entschuldigen. Dein eigener Kopf ist voller Fallen, dachte er. Ist es nicht verrückt – da nehmen die Augen etwas auf, und das Gehirn – diese komplexe Monstrosität – läßt jede Vernunft fahren. Er fühlte sich plötzlich zurückversetzt in jene Hölle, wo nicht einmal mehr die sprudelnden Hydranten Kühlung brachten, wenn die dampfende Luft einen wie jene feuchten Laken einhüllte, die die Mutter um einen wickelte, wenn man krank war. Die Nervenenden schienen bloßzuliegen und Kurzschlüsse waren an der Tagesordnung.

Der Schrei drang durch das weit geöffnete Fenster, und er raste die schmalen dunklen Stiegen in den glühenden Sonnenschein hinaus. Genau zwei Toreingänge weiter lag er in der Gasse, seine Uniform war dunkel von Schweiß und Blut. Um ihn herum lagen umgeworfene Mülltonnen, die, wie in einem letzten Aufbäumen, ihre unappetitlichen Geheimnisse preisgegeben hatten. Seine grauen Augen waren geöffnet und wurden bereits glasig; Augen, die stets an einen sturmverhangenen Himmel erinnerten. Gütige Augen.

Das also war das Ende von Martin Croaker. Nach neunundzwanzig Jahren bei der New Yorker Polizei lag er hingestreckt in einer mit Unrat übersäten Gasse, umweht vom Gestank des Sommers. In der Ferne war das Heulen der Polizeisirenen zu hören. Martin Croaker starb mit vier Einschüssen im Körper, hundert Meter von seinem Haus entfernt.

Er starrte auf die Leiche seines Vaters, und die Welt schien aus den Fugen zu geraten. Sein erster Impuls war, wegzulaufen. Weg aus dem stinkenden Gefängnis. Ganz weit weg. Um nie mehr zurückzukommen. Niemals.

Doch das wäre zu einfach gewesen, sich davonzustehlen, und feige dazu. Das war nicht Lew Croakers Stil. Einige Dinge hatte ihm sein Vater nur zu gut beigebracht.

Er blieb. Und ging zur Polizei. Gealtert, mit grauen Haaren, war seine Mutter zur Abschlußfeier der Polizeiakademie erschienen und hatte geweint, als man ihn vereidigte.

Nie fand er den Mann, der den Tod seines Vaters auf dem Gewissen hatte, und nach einer gewissen Zeit klang der innere Schmerz ab.

Er spürte, wie sie seinen Arm berührte; er hatte gar nicht mehr gewußt, daß die Wunde noch immer empfindlich war. Noch immer schmerzend nach dieser langen Zeit.

»Tut mir leid«, äußerte sie. »Ich hätte mich Ihnen gegenüber nicht so benehmen dürfen. Ich war einfach ...«

»Was waren Sie einfach?«

Ihre Lider senkten sich. »Glücklich, mit Ihnen zusammen zu sein.« Sie versuchte, es halb scherzhaft zu sagen, doch es mißlang. »Bei Ihnen fühle ich ...«

»Was fühlen Sie?«

Sie sah auf. »Das Gefühl läßt sich nicht beschreiben.«

Er wurde wieder unsicher. »Ich kann mir vorstellen, daß Sie es tun können, ohne auch nur das geringste dabei zu empfinden.«

Sie nickte. »Das könnte ich, gewiß doch. In meiner Eigenschaft als Schauspielerin. Mißtrauen Sie mir? Das kann ich mir eigentlich nicht vorstellen, nicht nach unserem Gespräch in dem Polizeiwagen. Sie haben eine Menge riskiert, als Sie mir erzählten, was Sie für einen Verdacht gegen meinen Vater hegen. Eigentlich idiotisch, so etwas zu tun.«

»So bin ich nun mal. Immer der große Idiot.«

»Ja?« Ihre Stimme war seidenweich.

»Sie wissen mich ganz genau einzuschätzen.« Er sagte es leicht abwehrend, da sie ihm so nahe war. Ihn beherrschte die Empfindung, daß er das als Vorsichtsmaßnahme brauchte.

»Nein«, sagte sie, »gewiß nicht. Auf jeden Fall nicht in diesem Augenblick.« Sie strich mit den Fingerspitzen über seinen Arm. »Was für mich zählt, ist, daß ich bei Ihnen ehrlich sein kann. Das macht mich glücklich.«

Der gedämpfte Ton der Türglocke war zu hören.

Sie löste sich von ihm und verschwand in dem altmodisch eingerichteten Vorraum. Gleich darauf rief sie mit etwas unechter Stimme: »Hallo, Schätzchen! Komm rein.« Ihren Arm um einen ziemlich groß gewachsenen Jungen mit dunklen Mandelaugen gelegt, kam sie zurück. Das war wohl Philip. Croaker wandte sich ab, trat zum Fenster und sah auf den Fluß hinab. Ein großer mit Müll beladener Frachtkahn schob sich langsam stromabwärts. Auf dem Promenadenweg lief ein Jogger in einem rotweißen Trainingsanzug an dem Kahn vorbei, in die andere Richtung, verschwand aus Croakers Blickfeld. Er und Gelda im Bett –

»Was hat man denn mit dir gemacht, mein Schatz? Dein Gesicht sieht ja schlimm aus.«

Ihre Stimme klang, als ob jemand den Fernseher leiser gestellt hätte. Er wünschte sich die Genugtuung so verbissen, daß er sie fast schon auf der Zunge schmecken konnte – jene Genugtuung nämlich, ein Schwein wie Tomkin zwanzig Jahre hinter Gitter zu bringen.

»Du siehst aus, als seist du in eine Schlägerei geraten.«

»Es war keine Schlägerei, G.«

»Was dann?«

»Nichts weiter. Ich bin hingefallen ...«

Auf dem Wasser glitt ein Segelboot dahin. Die Segel standen grell weiß vor den Flickenteppichfarben der Gebäude am anderen Ufer. Und in deinen Händen ihre schweren Brüste, ihre Lippen, die sich langsam öffnen ...

... in der Gosse. Die Mülltonnen –

»Benimm dich nicht so idiotisch, Philip, und belüg mich. Schatz, du mußt mir sagen, was passiert ist. Hier, laß dir erst einmal etwas Eis auflegen – halt still.« Ein leichtes Klirren war zu vernehmen. »So, wer sagt's denn.«

Wenn Tomkin erst einmal hinter Gittern war, würde er sich freinehmen können. Er würde aufs Meer hinausfahren, wie Melville, als dessen Herz gebrochen war und er jeden haßte, der ihm zu nahe kam. Ja, hinaus aufs Meer würde er fahren. Nicht, um zu fischen; er haßte das Fischen. Aber vielleicht würde er segeln. Er hatte es noch nie versucht, doch vielleicht war es an der Zeit dafür.

»Ich war bei Ah Ma – die letzte Nacht, hab' da gearbeitet.«

»Sie würde dich doch nie so zurichten.«

»Nein. Aber ein Mann – «

»Großer Gott, wer ist dieser Mann?«

»Weiß ich nicht. Ein Japaner. Ein eigenartiger Mann. Er hat Augen wie tote Steine – du verstehst schon, als ob er aus einer anderen Welt kommt.«

Croaker hatte sich umgedreht, sein Gesicht war gerötet. »Erzähl mir, Philip«, sagte er langsam und sehr behutsam, um seine Erregung zu verbergen. »Erzähl mir von dem Japaner mit den Augen, die wie tote Steine aussehen.«

Croaker erwartete sie auf der Seite des Wolkenkratzers, die der Park Avenue zu lag. Seine große Gestalt schien leicht gelangweilt an den Dienstwagen gelehnt. Das Rotlicht drehte sich auf dem Dach des Wagens und zerschnitt die saphirblaue Dämmerung, der unmißverständlichen Warnung eines Leuchtturms gleich.

Nicholas stieg aus dem Wagen, der am Rinnstein hielt. Er ging auf den Kriminalleutnant zu, war sich Tomkins Gegenwart ganz intensiv bewußt, dem Tom, der hagere Chauffeur, die schwere Wagentür offenhielt.

Genauso war er sich der Stadt um sich herum bewußt, alles schien in Blau getaucht. Die Sonne war bereits in die Vergänglichkeit des Tages eingegangen, doch die Hitze mochte noch immer nicht von dem Asphalt unter seinen Schuhsohlen ablassen. Die Luft war schwer von Abgasen. Die Taxis bildeten ziellose gelbe Karawanen, die das Riesenmaul des randvergoldeten Helmsley Building verschlang und wieder von sich gab.

»Wie geht's deinem Boß?« Croakers Stimme klang tonlos, hart, unnachgiebig; er sah über Nicholas' Schulter hinweg.

Nicholas, der die Spannung spürte, sagte: »Laß das, Lew. Vergiß es –«

»Dafür ist es zu spät, mein Lieber.«

Er spürte ihn hinter sich, bevor er Tomkins Stimme vernahm: »Immer noch im Straßendienst, wie ich sehe, Leutnant. Besorgt darum, daß New York für seine Bürger sicher ist, was?« Der sarkastische Unterton war unüberhörbar.

»Für einige Leute ist diese Stadt in der Tat gefährlich«, erwiderte Croaker mit einer gewissen Schärfe.

»Was zum Teufel soll das heißen?«

»Dreimal dürfen Sie raten, Tomkin.«

»Ich schätze keine versteckten Drohungen, Leutnant. Vielleicht sollte ich noch einmal ein Gespräch mit dem Untersuchungsrichter führen –«

»Ich weiß sehr gut, daß Sie es waren, Sie dreckiger –«

»Mal sehen, wie lange Sie noch Leutnant bleiben –«

»Ich fürchte, wir werden uns in nächster Zeit häufiger sehen.«

»Wie bitte?«

Auf Tomkins Gesicht lag ein bösartiger Ausdruck, seine Haut war gelblich, wurde von Lichtern und Schatten des vorüberflutenden Verkehrs gefleckt.

Jetzt ließen Bremslichter Tomkins Gesicht rot erscheinen.

»Mein Gott, haben Sie mich nicht genug sekkiert? Wie ein Bluthund sind Sie mir gefolgt –«

»Ich bin zu Ihrer Sicherheit abgestellt«, erklärte Croaker, »um den Ninja zu kriegen, bevor er Sie erwischt.«

Tomkins Augen verengten sich. Das eigenartige, fahle Licht hatte jegliche Farbe daraus getilgt; sie wirkten gleichsam verwaschen. »Wäre es für Sie nicht angenehmer, Abstand zu nehmen?«

»Ich will Ihnen mal was sagen, Sie Bastard – «, Croaker warf sich nach vorn, versuchte, an Nicholas vorbeizukommen, »– ich mach meinen Job in dieser miesen Stadt besser als irgend jemand sonst. Und wenn es mir gelingen sollte, Sie festzunageln, dann eben aus jenem Grunde –«

»Festnageln, wieso?« schnarrte Tomkin. »Sie haben überhaupt nichts –«

»Nein, das stimmt. Aber ich werde das, was ich brauche, bekommen«, schrie Croaker. »Und wenn ich es habe, dann werde ich einen Haftbefehl gegen Sie erwirken, bei dem Ihren feinen, hochbezahlten Anwälten die Luft ausgeht!«

»Sie haben nichts«, mokierte sich Tomkin, »und daran wird sich auch nichts ändern. Ich war in der Nacht, als Angela Didion ermordet wurde, nicht bei ihr. Es gibt überhaupt nichts, was Ihnen erlauben würde, mich damit in Verbindung zu bringen –«

Sie waren mittlerweile handgreiflich geworden. Nicholas hörte kurze, harte Schritte auf dem Asphalt, die wie Gewehrschüsse klangen. Tom lief auf sie zu. Er trennte die beiden ziemlich energisch und befahl: »Hören Sie endlich auf, Sie beide!«

Tom bekam seinen Boß zu fassen und zerrte ihn weg. Tomkin ließ es mit sich geschehen, hob aber den Zeigefinger und fuchtelte damit in der Luft herum. »Ich warne Sie«, schrie er, »ich empfinde Sie als eine Belästigung. Ich wünsche Sie nicht in meiner Nähe zu sehen!« Daraufhin senkte er seine Stimme und sagte zu Nicholas: »Er ist hinter mir her. Ich weiß nicht, warum. Als handle es sich um eine Blutrache. Ich habe nichts getan, Nick. Was will er nur von mir?« Er wandte sich abrupt ab und ging mit Tom an seiner Seite schweigend zu seinem Wagen zurück. Die Reflexe des kreisenden Rotlichts strichen über ihre Rücken.

»Das war nicht besonders intelligent«, stellte Nicholas fest, indem er sich umdrehte.

»Wen kümmert das denn? Bist du etwa mein Kindermädchen? Großer Gott!« Croaker stieg in seinen Wagen.

Nicholas ging langsam auf die andere Seite des Polizeifahrzeugs. Er nahm sich Zeit zum Einsteigen. Croaker starrte durch die Windschutzscheibe geradeaus.

»Tut mir leid«, sagte er nach einer Weile. »Aber dieser Kerl bringt mein Blut zum Kochen.«

»Dadurch wird nichts leichter.«

Croaker wandte seinen Kopf und sah Nicholas an. »Weißt du, daß ich mich um dich sorge, Nick? Ehrlich.« Ihre Spiegelbilder wirkten im blinkenden Licht der Scheinwerfer wie verwaschene Leuchtreklamen auf der Windschutzscheibe. »Du bist einer, der nie die Beherrschung verliert. Wirst du nie wütend? Bist du nie traurig?«

Nicholas mußte an Justine denken. Wenn er jetzt nur bei ihr wäre, mit ihr sprechen könnte. Er wünschte sich das mehr als irgend etwas sonst auf der Welt.

»Kein Grund zur Besorgnis«, sagte er ruhig. »Ich bin genauso menschlich wie wir alle. Nur allzu menschlich.«

»Das hört sich gerade so an, als würdest du das als einen Nachteil ansehen. Doch wir sind schließlich in diese Welt hineingeboren, altes Haus.«

»Ich nicht«, sage Nicholas. »Ich bin in einer Welt aufgewachsen, wo man keine Fehler macht; wo das Fehlermachen als eine Art Versagen betrachtet wurde.«

»Hast du trotzdem Fehler gemacht?«

»Klar.« Nicholas lachte verhalten und fuhr dann ernst fort. »Ich machte viele Fehler, vor allem dann, wenn es um Frauen ging. Ich habe vertraut, wo ich besser nicht vertraut hätte; ich glaube, jetzt habe ich Angst, es noch einmal zu versuchen.«

»Mit Justine?«

»Ja. Wir hatten einen ganz schönen Streit. War vor allem mein Fehler, wie ich inzwischen weiß.«

»Weißt du, was ich glaube, altes Haus?« äußerte Croaker, während er den Wagen startete.

»Was?«

»Ich glaube, es ist nicht so sehr ein Problem zwischen dir und Justine, sondern eher eins, das aus der Vergangenheit stammt. Was ist denn so schlimm dabei, jemandem zu vertrauen? Wir alle müssen Vertrauen haben. Manchmal zahlt es sich aus, und manchmal . . .« Er zuckte mit den Schultern. »Aber was soll's? Es ist in jedem Falle schlimmer, niemandem zu vertrauen.« Er legte den Gang ein, und sie fuhren dicht an Tomkins Limousine vorbei.

Die Flut rollte heran, Nicholas wußte es. Sein Gesicht war in gelbes und rotes Licht getaucht, wurde zwischendurch blau übertüncht. Die *tsunami*, seine Flutwelle, türmte sich düster hinter ihm und bedrohte ihn. Nie wird die Vergangenheit von mir weichen, dachte er. Schmerz stieg in ihm auf, drohte ihn zu überwältigen. All die bitteren Tage, die wie Frostränder seine Seele säumten, und von denen er glaubte, daß er ihnen für immer entronnen wäre, waren auf einmal wieder da. Der lähmende Schmerz stieg wie eine Säule aus Granit in ihm auf. Er hatte nicht mehr die Kraft, die Erinnerungen zurückzudrängen.

Kommt nur! dachte er in wilder Verzweiflung. Ich bin bereit.

Aber bevor die *tsunami* ihn überrollte, hörte er Croaker triumphierend sagen: »Freu dich. Wir haben eine Spur. Wir wissen zwar nicht, wer der Ninja ist, aber ich weiß ganz bestimmt, wo er Punkt elf Uhr heute abend erscheinen wird.«

Osaka/Shimonoseki/Kumamoto/Tokio

Winter 1963

Um diese Jahreszeit lag das Land brach und wirkte fahl. Das aufdringliche Rot und Orange der Herbstblätter war verblichen, sie waren abgefallen; das welke braune Laub raschelte unter den Hufen der Tiere. Noch versagte es sich der erste Schnee, das müde Land mit seinem frischen Weiß zu bedekken.

Der tiefe, mit Regenwolken verhangene Himmel, unter dem sie im Zug dahinfuhren, ließ ihn an ein Kindergesicht denken, dessen Augen voller Tränen standen. Die Konturen der kahlen Bäume, die sich wie Drahtgespinste vor dem Immergrün der Kiefern abhoben, stimmten ihn traurig. Alles wirkte so verloren, als hätte der liebe Gott nach vielen Mühen diesen Teil der Welt schließlich aufgegeben.

Nicholas blickte mit zusammengekniffenen Augen zum Horizont. Die am Fenster vorbeihuschende Landschaft machte ihn schwindeln, er empfand ein schwarzbraunes Gefühl der Erregung wie bei einer Fahrt in der Achterbahn. Yukio, halb über ihn gebeugt, um etwas zu sehen, drückte sich mit fester Brust gegen ihn. Ihre Finger umklammerten seine Schenkel. Ihre Nägel gruben sich in sein Fleisch, Wärme durchströmte seine Lenden, und er wartete, ängstlich hoffend, daß sich ihre Hand weiter nach oben bewegen würde.

Ihnen gegenüber saß ein japanischer Geschäftsmann, der in einen dunkelfarbigen Nadelstreifenanzug gekleidet war. Er hatte ein sauber gewaschenes Gesicht, einen Attaché-Koffer, den er neben sich plaziert hatte, und darauf lagen ein sorgfältig zusammengefalteter holzkohlengrauer Kaschmir-Mantel und ein schwarzer Bowler-Hut. Jetzt hob er den Kopf von seiner Zeitung und gab den Blick auf zwei Augen frei, die durch dicke Brillengläser eine unnatürliche Größe erhielten. Er blinzelte wie ein Mensch, der sich plötzlich mit einem fremden Objekt konfrontiert sieht. Schätzte er die Entfernung von Yukios Fingern zu Nicholas' Hosenschlitz ab? Als er sich wieder seiner Lektüre zuwandte, raschelte die Zeitung ein wenig.

Nicholas beobachtete den Lichtreflex, der am Rand des breiten goldenen Ringes des Mannes spielte. Er nahm an, daß der Mann ein bedeutendes Mitglied der *zaibatsu* sein müsse. Doch in welcher der bekannten Firmen war er tätig? Bei Mitsubishi vielleicht? Oder Sumitomo oder Mitsui? Gewiß arbeitete er nicht für Fuyo, Sanwa, Dai Ichi, Kangyō, einen jener kleineren Konzerne, zu denen auch Nippon-Steel, Toyota oder Nissan gehörten. Nein, er sah eher aus, als ob er bei einem der schnell wachsenden Elektronikriesen mitmische, wie Tōshiba, Matsushita, Hitachi oder Tōkyū. Stellte Tōkyū überhaupt elektronische Geräte her? fiel ihm ein. Er war sich dessen nicht so sicher.

Vielleicht hatte die Familie dieses Mannes den Mitsubishi-Konzern gegründet. Die Familien, das wußte er, waren nach dem Kriege wieder in ihre alten Rechte eingesetzt worden, und sie beherrschten jetzt die Großindustrie wie eh und je. Die Amerikaner, die das ursprünglich verhindern wollten, hatten sich längst aus Japan zurückgezogen.

Nicholas starrte auf die Zeitungsseiten, als könnte er diese mit seinen Augen durchdringen. Das rundliche gelbe Gesicht hatte sich mit einem dünnen Schweißfilm überzogen. Um den untadelig weißen steifgestärkten Kragen war das Symbol des neuen Japans geschlungen: eine mitternachtsfarbene Seidenkrawatte. Das Tragen von westlicher Kleidung war das äußere Zeichen der Japaner, sich kulturell dem Westen angepaßt zu haben. MacArthur, unser Erlöser.

Das Land war dabei, den Schnellgang einzulegen, um all die Nationen zu überholen, von denen es gelernt hatte. Es würde der Tag kommen, davon war Nicholas überzeugt, an dem die Japaner, nachdem sie ihre wirtschaftliche Kraft bewiesen hatten, ihre westliche Kleidung wieder ablegen und in neugewonnener Sicherheit zu dem traditionellen Kimono zurückkehren würden, der Tracht des Landes.

Sie befanden sich im Expreß von Tokio nach Osaka. Auf der rechten Seite des Zuges erstreckte sich die Weite Honshus, der Hauptinsel. Zur Linken konnte man hin und wieder die See erscheinen sehen, deren Lichtreflexe an der Decke des Wagens spielten. Die Erschütterungen der Schienen waren kaum zu spüren, der schlanke, stromlinienförmige Zug in Blau und Silber, der in seinem Innern ruhig, geräumig, diskret war, schien nahezu geräuschlos dahinzugleiten.

Yukio saß jetzt auf ihrem Sitz zurückgelehnt und hielt seinen Arm umfaßt. »Warum bleiben wir nicht über Nacht in Osaka?« schlug sie vor, um sodann erklärend hinzuzusetzen: »Ich hasse Züge.«

Nicholas dachte darüber nach. Vielleicht war das gar keine schlechte Idee. Osaka bot ein strahlendes, funkelndes Nachtleben, und er konnte eine kleine Aufmunterung gebrauchen.

Die Geheimnistuerei, die er und Yukio sich wegen Saigō auferlegt hatten, erwies sich als unnötig. Bevor Yukio die Chance hatte, auf Saigōs Ticket das Ziel seiner Reise herauszubekommen, erhielt Nicholas eine Einladung in Saigōs Handschrift, ihn während der nächsten Wochen in Kumamoto auf Kyushu zu besuchen. Wie alles in Saigōs Leben, so sollte auch dies geheim bleiben.

Nicholas hatte den Brief mit gemischten Gefühlen gelesen. Unerklärlicherweise hatte er die Empfindung, Saigō habe seine Gedanken erraten.

Hinter den leicht getönten Fensterscheiben wuchsen schweigend die Berge empor, blaugrau, zerkerbt vom Schnee, der von den Gipfeln wie Sahne herunterzulaufen schien. Eine der drei Bergketten – die südlichste mit dem Mount Shirane als ihrer höchsten Erhebung – legte sich wie ein Gürtel um Honshus schmalste Stelle. Wo ging die Reise hin? fragte er sich. Ins Licht oder in die Dunkelheit?

»Ganz besonders hasse ich diesen hier«, äußerte Yukio nach einer langen Pause des Schweigens. »Es ist die Ruhe. Diese Ruhe macht mich nervös.« Sie verzog ihr Gesicht. »Mein Fuß ist eingeschlafen.« Sie hob die Beine von dem Sitzpolster, die sie bisher angezogen hatte, und streckte diese aus. Der Geschäftsmann gegenüber raschelte mit seiner Zeitung. Ein Zeichen der Indignation?

»Schon gut«, sagte Nicholas. »Geht in Ordnung.« Es gab keinen zwingenden Grund, mit diesem Zug direkt nach Kumamoto zu brausen. Er war ohnehin nur einmal in Osaka gewesen, und zwar, als er sehr viel jünger gewesen war; er war neugierig, zu sehen, wie sich die Stadt verändert hatte. Würde er sie wiedererkennen? Er bezweifelte es.

Er spürte Yukios Gegenwart, ihre Wärme und Nähe, und fragte sich, ob es klug war, sie mitzunehmen. In Wirklichkeit war es nicht seine Entscheidung gewesen. Nachdem er sich entschlossen hatte, Saigōs Einladung anzunehmen, erwies es sich als unmöglich, sie von der Mitreise abzubringen. »Schließlich bist du es gewesen«, erklärte sie mit einschmeichelnder, aber bestimmter Stimme, »der mich da hineingezogen hat.« Hatte der Oberst Cheong in dieser Weise nachgegeben?

Er zitterte bisweilen, wenn sie ihm so nahe war, seine Muskeln zuckten und spannten sich, ohne daß er dies hätte kontrollieren können. Manchmal beobachtete er dieses Phänomen, als ob er aus sich herausgetreten sei. Das half ihm, die aufkommenden Gefühle panischer Ängste zurückzudrängen, die wie Fledermäuse von seiner Magengrube zu seinem Kopf aufflatterten. Er wußte, daß er dies nicht zulassen durfte, sonst würde er verrückt werden.

Mr. Mitsubishi, dessen Gesicht glänzte wie das Fell eines Pferdes nach gestrecktem Galopp, hatte seine Zeitung längs gefaltet und niedergelegt. Dann begann er die Pyramide neben sich zu zerstören, öffnete sein Attaché-Köfferchen und entnahm diesem ein Päckchen. Auf der fleckenlosen Oberfläche des Köfferchens wickelte er das Butterbrotpapier auseinander, das ein Hühnersandwich enthielt. Das Licht spiegelte sich in seinen runden Brillengläsern.

Der Kultur wegen fuhr man nicht nach Osaka, dafür hatte man Kyoto, die Hauptstadt der Provinz. Die Japaner im allgemeinen und die Bürger von Tokio im besonderen waren der Meinung, daß es sich bei den Einwohnern von Osaka durchweg um geldgierige Geschäftsleute handle, die sich auf den überfüllten Straßen ihrer Stadt mit der stereotypen Frage: *Mõ kari makka*? »Heute schon Geld verdient?« begrüßten.

Nicholas wußte nicht allzuviel über diese Dinge, doch es stimmte, daß sich in Nebengassen zu den Hauptstraßen zahlreiche Fudõmiyõ-õ-Tempel befanden. Diese der Göttin der Geschäftsleute geweihten kleinen Heiligtümer waren immer gut besucht.

Yukio wollte unbedingt die Festung von Osaka sehen, die letzte Zuflucht der Toyotomi-Familie, die hier von Ieyasu Tokugawa belagert wurde, der sich bereits 1603 des Schutzes der Shõgun versichert hatte. Sie war, wie viele Teile Osakas, zu jener Zeit von Hideoshi Toyotomi errichtet und in drei Jahren, im Jahre 1586, vollendet worden.

»Es gab eine Zeit«, sagte Yukio, als sie durch den Park wanderten, der von der Skyline Osakas eingefaßt wurde, »da war Yodogimi mein Ideal.« Man sah die Silhouette der Festung in der sinkenden Dämmerung, einer mächtigen, hingeduckten Pagode gleich. Das war nicht die Art von Baulichkeit, dachte Nicholas bei sich, wie sie Ieyasu bevorzugt hätte.

Sie begegneten immer mehr Menschen, während sie sich den äußeren Befestigungswerken näherten. »Woran ich immer denken mußte, war, wie sie den Willen Hideoshis über dessen Tod hinaus zu erfüllen suchte, als wäre sie ein Samurai. Sie opferte sich völlig für das Wohl des Erben.«

Sie hatten das erste der massiven, wuchtigen Bollwerke erreicht, über dem die langen Schatten der Abendsonne lagen. »Zum Schaden für den Rest des Landes«, sagte Nicholas, »Sie verschwor sich mit Mitsunari –«

»Sie verschworen sich – wie du es ausdrücktest –, den Sohn des Shõgun zu beschützen. Sie taten, was ihre Ehre befahl.«

Nicholas wiegte den Kopf. »Yodogimi war die Mätresse des Shõgun, nicht sein ihm angetrautes Eheweib. Ihre Ambitionen waren für sie ein paar Nummern zu groß.« Er machte eine Handbewegung, als wolle er damit die Sache endgültig abtun. »Auf jeden Fall waren sie Ieyasu in keiner Weise gewachsen.«

»Vielleicht wäre das Kind zu einer der vortrefflichsten Führerpersönlichkeiten Japans herangewachsen.«

Nicholas sah an ihr vorbei. Links von ihr befand sich ein langgestrecktes Gebäude – die Waffenkammer. Dahin hatte Yodogimi, als das Ende abzusehen war, ihren Sohn gebracht. Dort hatte sie ihre letzten Getreuen um sich geschart und ihren Sohn getötet, bevor sie selbst *seppuku* beging. »Das ist doch unwesentlich, meinst du nicht? Da kein *daimyo* stark genug war, Shõgun zu werden und das Land zu regieren, bis der Erbe herangewachsen war, wäre Japan wieder in den Bürgerkrieg gestürzt worden, wie dies vor Hideoshi der Fall war. Ohne die Stärke Ieyasus wäre es dem Untergang geweiht gewesen.«

»Trotzdem war sie eine tapfere Frau. Treu und tapfer.« Yukios Stimme war wie das Flüstern des Windes. »Völlig selbstlos.« Sie beobachtete den Strom der Touristen vor dem Waffenhaus. »Ich bewundere sie sehr.«

Still glitt die Sonne der Erde zu, als ob sie zu schwer geworden sei, ihr eigenes Gewicht zu tragen. Der Himmel war wie flatternde graue Bänder, wirkte erregt wie ein erwartungsvoller Mädchenbusen beim Nahen des Liebsten. Ein kurzes goldenes Aufblitzen, das über die steinernen Mauern hinging, dann war die Sonne verschwunden.

»Komm«, sagte Nicholas und nahm ihre Hand. »Vorwärts, hinan!«

Die eigentliche Festung von Osaka war im Jahre 1615 bei der Eroberung durch Tokugawa und seine Truppen zerstört worden. Das, was jetzt zu besichtigen war, war eine Eisenbetonnachbildung aus dem Jahre 1931

Nacht im Dõtombori-Viertel, in dem sich Restaurants, Läden, Zeitungskioske, Kinos und Nachtclubs aneinanderreihten. Und über allem die in die Dunkelheit leuchtenden riesigen Lichtreklamen. Wechselnde Farben, blinkende Neonlichter wirkten wie der sichtbar gemachte Herzschlag jenes pulsenden Nachtlebens.

Sie aßen in einem Restaurant zu Abend, dessen Mobiliar aus smaragdgrünem lackiertem Holz gefertigt und dessen dicke Säulen mit glänzendem Chrom verkleidet waren, in denen sie sich widerspiegelten, als sie daran vorbeigingen. Man hatte sie in ein intimes *tatami* geleitet, wo sie ohne Schuhe saßen, Sashimi sowie Sake genossen und die Schreckensgeschichten über die Festung und ihre unbeugsamen Bewohner vergaßen.

»Vielleicht bewundere ich Yodogimi, weil ich ihr so wenig ähnlich bin.« Mit ruhiger Hand goß Yukio neuen Reiswein ein.

»Wieso?«

Sie sah ihn einen Augenblick lang an, bevor ihre Augen den seinen auswichen. »Ich bin nicht loyal und nicht im geringsten tapfer. Ich bin nur Japanerin.« Sie zuckte die Schultern. »Ich bin ein japanischer Feigling und interessiere keinen. Eine Japanerin ohne Familie und damit ohne jede Bindung.«

»Du vergißt deinen Onkel.«

»Nein.« Sie schüttelte den Kopf; ihr schwarzes Haar glänzte unter der niedrig hängenden Lampe. »Den vergesse ich bestimmt nicht. Niemals.«

»Er bedeutet für dich Familie.«

Ihre Augen funkelten. »Muß ich dir das alles nochmals erklären? Ich hasse Satsugai. Welche Gefühle würdest du denn gegenüber einem Onkel hegen, der dich nicht um sich haben will und dich in fremde Hände gibt?« Sie nahm hastig einen Schluck Sake.

»Eines Tages«, sagte er, ohne die Augen von seinem Teller zu heben, »wirst du dich verlieben.«

»Ich besitze keine Loyalität, wie gesagt!« Ihre Stimme hatte einen bitteren Klang. »Ich bin ohne die Fähigkeit geboren, loyal zu sein und zu lieben. Für mich sind das fremde Begriffe.«

»Weil du glaubst, daß Sex das einzige ist, was du besitzt.«

»Das einzige, was mich glücklich macht«, korrigierte sie ihn.

Er sah auf. »Siehst du eigentlich nicht, daß du das deshalb so betrachtest, weil du kein Selbstwertgefühl besitzt?« Er langte über den Tisch und legte seine Hand auf die ihre. »Was du dir anscheinend überhaupt nicht vorstellen kannst, ist, daß sich jemand für dich als Person interessiert, und nicht nur für deinen Körper.«

»Das ist einfach idiotisch«, äußerte sie. Doch sie nahm ihre Hand nicht weg, und diesmal hielt sie seinem Blick stand.

»Tatsächlich?«

»Ganz sicher. Ich glaube niemandem. Kannst du mich nicht so nehmen, wie ich bin? Verändern kannst du mich doch nicht.«

»Darum geht es gar nicht. Ich möchte, daß das, was ich in dir vermute, eine Chance hat, sich zu zeigen –«

»Oh, Nicholas – «, sie legte ihm die Finger an die Wange, » – warum quälst du dich damit, über eine Zukunft nachzudenken, die nie eintreten wird? Wer weiß, vielleicht bin ich in einem Jahr tot – «

»Hör auf«, sagte er ungeduldig. »Ich möchte nicht, daß du so sprichst!«

»Wie du meinst«, entgegnete sie überraschend nachgiebig. Ihr Kopf senkte sich, als gehe sie in sich, ihr dichtes Haar fiel wie ein mitternachtsblauer Wasserfall über die eine Seite ihres Gesichtes. Sie war auf einmal eine ganz japanische Hausfrau, die sich der unabdingbaren Autorität ihres Mannes beugt.

»Wer sagt denn, daß du dich im Leben nicht behaupten kannst?« Er hatte das dringende Bedürfnis, sich über den Tisch zu lehnen und ihre mit Lippenstift nachgezogenen Lippen zu küssen, doch es fehlte ihm der Mut dazu. »Du hast zwar bei dem Paar, bei dem du aufgewachsen bist, eine Menge Kraft gebraucht, aber das hat auch deinen Willen gestärkt.«

»Meinst du?« antwortete das kleine Mädchen in ihr.

Die Bedienung trat mit raschelndem Kimono ein und kniete an der Stirnseite des niedrigen Tisches nieder, um neue Speisen und Getränke zu servieren. Nicholas sah ihr nach, als sie wieder ging und auf der Türschwelle in ihre *geta* schlüpfte.

»Aber natürlich meine ich das«, sagte er entschieden. »Was ist denn los mit dir?«

»Ich weiß nicht.« Ihre Blicke huschten verloren über die Tischplatte. »Ich weiß es wirklich nicht.«

Er goß den Sake in ihre weiße, winzige Porzellanschale.

Sie verließen zusammen das Lokal, sie plauderte, als hätte sie zuvor nichts bedrückt, kapriziös von Thema zu Thema springend, fest bei ihm untergehakt.

Sie flohen die Nacht, indem sie durch das grellbunte Nachtleben schlenderten. Die Luft roch nach Räucherstäbchen und nach Benzin, die nachtumschatteten Hausmauern trugen den Aufputz der Markisen in dieser fast über Nacht emporgeschossenen Stadt der Kaufleute und Händler, jener neuen Klasse, die von den vornehmen Samurai und den armen Bauern gleichermaßen verachtet wurde.

Sie gingen eine endlos lange Fensterfront entlang, hinter der ein Besessener neben dem anderen an den Spielautomaten hantierte. Das Schluchzen schwarzer Stimmen, getragen von Geigenklängen und dem Rhythmus des Schlagzeugs, drang in ihr Ohr.

Auf ein erleuchtetes Fenster war ein Schwarzweißplakat mit vier Köpfen geklebt, unter denen stand: John, Paul, George, Ringo. *Close your eyes* . . . ertönte es.

»Wer sind sie?« fragte Yukio.

»Die Beatles«, antwortete der Ladeninhaber. »Eine neue Gruppe aus England.«

Und Nicholas kaufte ihr die Platte, die importiert und sündhaft teuer war.

Doch einen Block weiter vernahmen sie Stentorstimmen und die zirpende Musik der *samisen*. Kulturschock. Sie traten ein.

Hier gab es *bunraku*, das traditionelle Puppentheater, typisch für Osaka wie das *kabuki* für das alte Edo. Yukio war entzückt; in kindlichem Vergnügen in die Hände klatschend, bettelte sie ihn, ein Stück mit ihr anzusehen.

Das Theater war fast ganz voll, und sie fanden nur schwer einen Platz. Die Vorstellung hatte gerade begonnen; er wußte von dem Plakat, daß es die berühmte *Chūshingura* mit »Die getreuen siebenundvierzig *ronin*« war.

Die Puppen waren phantastisch. Die Hauptfiguren, allesamt prächtig gekleidet, waren so kompliziert gebaut, daß man drei Leute brauchte, um sie richtig zu bewegen. Der Meister führte den Kopf, den Körper und den rechten Arm, ein zweiter Puppenspieler den linken Arm und ein dritter die Beine oder, bei Frauen, den Kimonorock.

Sie saßen fast ganz hinten. Nach einiger Zeit kamen zwei amerikanische Marinesoldaten herein. Nicholas konnte sich nicht erklären, was sie zum *bunraku* führte. Der eine war weiß, der andere ein Farbiger. Vielleicht hatten sie auf ihre Mädchen gewartet, die sie sitzenließen, oder auf einen Freund, der nicht erschien. Der Weiße begab sich in eine der Sitzreihen, der Farbige indes blieb wartend im Gang stehen.

Nicholas sah, wie Yukios Augen von dem Farbenspiel auf

der Bühne weg wanderten. Er folgte ihrem Blick. Wie ein Jagdhund in Erwartung der Beute starrte sie auf die Ausbeulung zwischen seinen Beinen. Farben schwammen vor seinen Augen und erinnerten Nicholas an das Tiefseeaquarium in Tokio, das er einmal mit seinen Eltern besucht hatte. Alles erschien ihm so unwirklich. Sie hatte ihre Lippen leicht geöffnet. Er sah, wie sich ihre Brüste hoben und senkten, während sie atmete, beobachtete.

Im Halbdunkel fühlte er ihre Finger zwischen seinen Beinen, ihn streichelnd, den Reißverschluß herunterziehend; ihm wurde heiß. Seine Lenden zergingen. Er wollte ihr zuschreien: *Stopp!* Aber er konnte nicht. Er saß einfach da und folgte dem *bunraku*.

»Weißt du, warum ich es hasse, Japanerin zu sein?« fragte sie. Durch die Jalousie fiel das blauweiße Licht der Straßenbeleuchtung und zeichnete rechteckige Streifen auf die gegenüberliegende Zimmerwand und die Decke.

Er drehte sich im Bett um. »Nein, warum?«

»Weil ich dunkle Augen habe.« Sie seufzte, und er wußte, daß ihre vollen, weichen Lippen zu einem Schmollmund geschürzt waren. »Die französischen Mädchen, die ich in Kyoto sehe, und auch die Amerikanerinnen mit ihren kurzen Haaren und ihren blauen Augen gefallen mir. Komisch, ich habe immer davon geträumt, smaragdgrüne Augen zu haben.«

»Warum mußt du dich mit so etwas beschäftigen?«

»Ich glaube, daß mir dabei bewußt wird, wie wenig ich mich leiden kann. Hier – «, sie griff zu ihm hinüber, nahm seine Hand und führte diese zwischen ihre Beine, » – das ist das einzige, was zählt. Genau das hier.«

»Nein«, sagte er und zog seine Finger zurück. »Das finde ich überhaupt nicht wichtig.«

Sie drehte sich auf die Seite, ihre Stimme war jetzt ganz unbeschwert. »Findest du es auch nicht ein bißchen wichtig?«

Er mußte lachen. »Schon gut, ja. Ein kleines bißchen schon.« Er richtete sich auf und beugte sich über sie. Ihre Haut schimmerte blaß im Dämmerlicht, ihr dichtes Haar war wie ein dunkler Wald. »Sieh, Yukio, ich war an dir interessiert, bevor wir an diesem Abend zusammen tanzten.«

»Bevor ich –«

»Bevor du dich an mich geschmiegt hast.«

Sie streckte ihre Hand aus und strich leicht über seine Brust. Ein Muskel fing an zu zittern, und er spürte, wie sich sein Magen verkrampfte. Er konnte kaum atmen, fühlte sich wie ein Asthmatiker bei Nebel.

»Was hast du?« fragte sie, um sich mit einem Ruck aufzusetzen. »Wovor hast du Angst?« Er spürte, daß sie ihn ansah. »Hat es mit mir zu tun, Nicholas? Hast du Angst vor mir?«

»Ich weiß es nicht«, sagte er traurig.

Sie verließen Osaka in einem alten Vorkriegszug, der, obwohl tadellos sauber, sich auffällig von dem Super-Expreß, der sie in die Stadt gebracht hatte, unterschied.

Er ratterte, rüttelte, und seine Räder quietschten. Das Schaukeln war auch viel stärker zu spüren als bei dem modernen Zug des Vortages, doch eigenartigerweise übten die stärkeren Schwingungen eine beruhigende Wirkung auf ihn aus. Seine Gedanken wanderten zurück zu der *bunraku*-Vorstellung; genauer zu Yukios Vorstellung. War sie mannstoll? fragte er sich. Indes, er kannte noch nicht einmal die klinische Definition davon. War jemand mit einem unersättlichen Verlangen eine Nymphomanin? War das wirklich so einfach? Er konnte nicht einmal sagen, daß Yukio unersättlich war. Sie konnte sexuell befriedigt werden. Es verlangte nur einen enormen Aufwand an Energie. Und wenn sie wirklich eine Nymphomanin wäre? Würde das für ihn etwas ändern?

Er löste sich von ihrer Gegenwart und sah aus dem Fenster. Ratata-ratata. Jemand kam den Gang entlang, prallte gegen ihre Tür, als der Zug in eine Kurve einbog. Das Land fiel hier steil ab, ging dann über in flaches Gelände und Reisfelder. In der Ferne glaubte er Rinder zu erkennen. In weniger als einer Stunde würden sie im Südwesten das Meer erreichen.

Es war ein schöner Tag, am späten Morgen hatte die Sonne den weißen Bodennebel zerrissen.

Kobe, neben Yokohama der verkehrsreichste Hafen Japans, lag schon hinter ihnen, mit seinen Hunderten von Frachtschiffen und seiner Ausländerkolonie, die fast ein Viertel der Bevölkerung der Stadt ausmachte.

Davon sind wir weit entfernt, dachte Nicholas. Diese reinen Geschäftsviertel, wie es sie in Tokio gab, machten ihn nervös. Wie Flughäfen hatten sie alle, gleich in welchem Land, eine erschreckende Ähnlichkeit. Er wußte nie, wo er war, wenn er sich in einem Flughafen befand – es konnte irgendwo auf der Welt sein. Mit Bahnhöfen verhielt es sich etwas anders. Komisch, er kannte keine zwei, die sich ähnlich waren, und er empfand diesen Individualismus vergangener Zeiten als sehr angenehm. Und wenn man mit dem Zug fuhr, konnte man aus dem Fenster hinaussehen und weit mehr erblicken als nur graue Wolkenbänke, die sich wie die Bartsträhnen eines alten Mannes teilten. Warum stand der verdammte Zug eigentlich?

Er wandte seinen Blick von der Landschaft ab und sah sich im Wagen um. Die Reisenden in diesem Zug waren ebenfalls ganz anders als am Vortag. Der letzte Geschäftsmann war in Kobe ausgestiegen, und er konnte jetzt um sich herum Menschen vom Land beobachten. Ein Mann im blauen Arbeitsanzug, mit dicksohligen Stiefeln, saß an seiner Seite, die schwieligen Hände über dem flachen Bauch gefaltet. Das Kinn war ihm auf die Brust gesunken, die Beine hielt er ausgestreckt, die Füße waren gekreuzt. Er hatte ganz kurze weiße Haare und einen abstehenden schwarzen Schnurrbart. Ein Landarbeiter vielleicht, auf seinem Weg nach Hause. Auf der gegenüberliegenden Seite saß eine dicke Frau mit einem leuchtend weiß- und scharlachfarbenen Kimono, die mit offenem Mund friedlich vor sich hinschnarchte. Neben ihr lag ein kleiner Stapel Päckchen, die in braunes Packpapier eingeschlagen waren. Zwei westlich gekleidete Kinder, die die Ellbogen auf die Lehnen aufgestützt hielten, schnitten den Vorüberkommenden Grimassen.

»Nicholas, hast du mir zugehört?«

»Nein. Entschuldige. Ich war mit meinen Gedanken noch beim *bunraku*.«

Sie lachte, sagte leise: »Du meinst, als ich dir einen runtergeholt habe.«

»Ich verstehe nicht«, erwiderte er, »warum du dich so ordinär wie ein Seemann ausdrücken mußt.«

Er stand auf. »Muß das denn sein?« Er schob sich unwirsch an ihr vorbei in den Gang und ging bis zu dessen Ende, wo er stehenblieb und durch die Trennscheiben die Schlingerbewegungen des nächsten Wagens beobachtete.

An der rechten Seite zog eine Stadt vorbei, die immer kleiner wurde, während sie weiter nach Südosten fuhren. Er sah auf seine Uhr. Das mußte Kurashiki sein. Jeden Augenblick konnte der nördliche Zipfel von Seto Naikai, dem Inlandmeer, auftauchen, das er in den Sommern seiner Kinderzeit, in denen er mit seinen Eltern hierherfahren durfte, immer als so friedlich und ruhig empfunden hatte.

Der Zug glitt jetzt durch dichte Kiefernwälder. Das Innere des Wagens verdunkelte sich, als wären sie in eine Sonnenfinsternis geraten. Genauso schnell brach wieder die Sonne durch. Die Wälder waren zu Ende und gaben eine steile Böschung frei, an der sie entlangfuhren. Unter ihnen lag das Seto Naikai. Die Wellen sprühten im Sonnenlicht wie tausend goldene Dolche.

Er war gebannt von der Aussicht. Dennoch wünschte er sich, daß Yukio sich ihm von hintern nähere, ihre Arme um ihn schlinge und ihm sage, daß es ihr leid täte. Er war ein unverbesserlicher Romantiker.

Inseln, hochragende und flache, hoben sich bis zum Horizont aus dem Wasser des Inlandmeeres. Gab es hier wirklich, wie man ihm als Kind erzählt hatte, mehr Land als Wasser? Sie sahen wie die Ausschnitte eines fein geknüpften Netzes aus, diese Inseln, einige von ihnen mit Terrassen überzogen – fruchtbares Land war knapp in Japan.

Irgendwann einmal, dachte er bei sich, möchte ich meine Zeit damit verbringen, von Insel zu Insel zu reisen, mich mit den Menschen unterhalten, nachdem ich auf den Feldern geholfen habe. Ich möchte mit ihnen zusammensitzen, zusammen essen und mal hier, mal dort übernachten. Was für ein Gedanke! Niemals zurückzukehren, nur immer den Blick nach vorn gerichtet. Jeder Tag würde anders sein als der vorhergehende. Niemals würde man ermüden, sich niemals langweilen. Wie etwa im Augenblick? Er war eigentlich noch zu jung dazu, um sich so zu fühlen, dachte er belustigt. Doch er wußte, daß er nicht gelangweilt war, vielmehr die Symptome dessen verspürte, was er wirklich fühlte.

Angst.

In der Bucht von Hiroshima sahen sie das große *torii* in Orange und Schwarz, das Tor zum Itsukushima-Tempel. Es war eines der prächtigsten Bauwerke, das die Inseln boten.

Der Zug hielt, vor sich hinschnaufend, lange Zeit im Bahnhof von Hiroshima. Ringsherum waren die plumpen, häßlichen Gebäude einer Industriestadt zu sehen, über denen ein kaum spürbares Schweigen lag, das so dünn und zerbrechlich war wie ein Rotkehlchenei.

Der Platz ihnen gegenüber wurde von einem langen dürren Mann in einem graubraunen Kimono eingenommen. Sein Kopf war vollkommen haarlos, seiner Kinnspitze entsprossen indes einige weiße Bartsträhnen. Seine Haut wirkte so durchsichtig wie Pergament und spannte sich über seine hohen Backenknochen. Um seine Augen und an seinen Mundwinkeln hatten sich im Laufe der Jahre viele kleine Falten eingegraben.

Seine Augen waren wie funkelnde kleine Knöpfe, als er ihnen zunickte. Seine Hände verloren sich in den Falten seines Kimonos.

Bald darauf gab es ein kurzes Rucken, und der Zug bewegte sich langsam aus der Bahnhofshalle.

Nicholas fühlte ein Ziehen in seinen Gliedern, er sah aus dem Fenster in den hellen porzellanartigen Himmel, sicher, das schwere Dröhnen eines Flugzeuges gehört zu haben.

Der Zug bewegte sich unerträglich langsam durch die Stadt. Einen Augenblick lang konnte man die nackte Kuppelkonstruktion des alten Observatoriums als Silhouette gegen den Horizont sehen, die man nach 1945 in ihrem zerstörten Zustand belassen hatte.

»Willst du mein wirkliches Ich kennenlernen?« flüsterte ihm Yukio ins Ohr, während sie auf das Denkmal starrten. »Da. Da kannst du es sehen. Genauso sieht es in meinem Innern aus. Was du außen siehst, ist nur die Hülle.«

Nun hat sie wieder ihre Phase des Sichselbstbemitleidens, dachte er, die Kehrseite ihrer bitteren ›Ich-bin-so-hart-wie-Eisen‹-Schau. Aber, sann er bei sich, es war dieses Gespaltensein, das ihn immer wieder anzog. Keine Sekunde hatte er daran geglaubt, daß sie so unkompliziert war, wie sie sich gab. Er wußte, daß dies eine Verteidigungshaltung war – vielleicht ihre letzte Bastion. Aber er fragte sich immer wieder, wie es jenseits der großen Mauer, die sie so wirkungsvoll um sich aufgerichtet hatte, aussah.

Wolkenfetzen jagten schräg über den Himmel, während sie Hiroshima hinter sich ließen, so als ob sie von der Erde direkt ins Zentrum des Alls vorstießen.

»Entschuldigen Sie bitte«, sagte der alte Mann ihnen gegenüber. »Wenn ich mir eine Frage erlauben dürfte?«

Er machte eine Pause, und Nicholas fühlte sich verpflichtet, auf ihn einzugehen. »Worum handelt es sich denn?«

»Ich frage mich, ob Sie jemals in Hiroshima waren?«

»Nein«, sagte Nicholas, und Yukio schüttelte den Kopf.

»Das habe ich mir gedacht«, sagte der alte Mann. »Außerdem sind Sie viel zu jung, als daß Sie die Stadt noch vor ihrer Zerstörung gekannt hätten.«

»Haben Sie sie gekannt?« fragte Yukio.

»O ja.« Er lächelte nachdenklich, wobei die Falten aus seinem Gesicht zu verschwinden schienen. »Ja, Hiroshima war meine Heimatstadt. Früher einmal. Das scheint sehr lange her zu sein. Fast als ob es ein Teil eines anderen Lebens wäre.« Er lächelte wieder. »Aber ein wichtiger Teil.«

»Wo waren Sie«, fragte Nicholas, »als es passierte?«

»Ich war in den Bergen.« Er nickte. »In Sicherheit vor dem Feuerregen. Noch Meilen entfernt schwankten die Bäume, und die Erde bäumte sich auf, wie von Schmerzen gepeinigt.«

»Sie hatten Glück, daß Sie nicht in der Stadt waren, als die Bombe fiel.«

Der alte Mann sah Yukio an. »Glück?« echote er gedehnt, als kaue er auf dem Fleisch eines ihm unbekannten Tieres herum. »Ich weiß nicht. Vielleicht ist Glück der moderne Ausdruck dafür, obgleich er nicht stimmt. Wenn, dann war es *karma.* Sehen Sie, ich war kurz vor dem Krieg noch einmal außer Landes. Ich war damals Geschäftsmann und reiste ziemlich häufig auf den Kontinent. Vor allem nach Shanghai, wo ich die meisten Geschäfte tätigte.« Zum erstenmal waren jetzt seine Hände zu sehen, und Nicholas bemerkte die Überlänge seiner Fingernägel. Sie waren vollendet manikürt, gefeilt und poliert. Der alte Mann erkannte die Verwunderung in Nicholas' Augen und sagte: »Eine kleine Eitelkeit, die ich von den chinesischen Mandarinen übernommen habe, mit denen ich Geschäfte machte und deren Freundschaft ich gewann.« Er lehnte sich bequem in seinem Sitz zurück und begann zu sprechen, als würde er seinen Enkeln eine Gutenachtgeschichte erzählen. Er hatte eine bemerkenswerte Art zu reden, bestimmt und liebenswürdig zugleich, wobei seine Stimme geschult wie die eines geübten Vortragsredners war. »Wir hatten, nachdem unsere Geschäfte abgeschlossen waren, ein Wochenende Zeit und fuhren aufs Land, um uns zu entspannen. Ich hatte keine Vorstellung davon, was da auf mich zukam. Immerhin hatte ich es mit Chinesen zu tun. Die Mandarine haben einen, nun, sagen wir, ausgefallenen Geschmack in manchen Dingen. Doch im Geschäftsleben muß man lernen, kosmopolitisch zu denken, vor allem in bezug auf den persönlichen Geschmack des Kunden. Ja, ich glaube wirklich nicht, daß es gut ist, wenn man in diesen Dingen zu engstirnig oder, sagen wir, traditionell denkt. Es gibt so viele Kulturen auf dieser Welt, nicht wahr? Wer will schon entscheiden, welche die wertvollere ist?« Er zuckte mit den schmalen, knochigen Schultern. »Ich ganz bestimmt nicht.«

Draußen brach der Abend herein, die schrägen Wolkenbänke erglänzten an ihrer Unterseite in Gold und Rosa, darüber waren sie holzkohlengrau. Die Sonne war schon nicht mehr zu sehen, im Osten war der Himmel klar, eine riesige Schale aus blauem Porzellan, die gleichsam durchsichtig erschien. Hoch oben am Himmel konnte man bereits einige der größeren Sterne sehen, die wie von einer Riesenhand dorthin geschleudert wirkten. Die Welt war in eine vollkommene Stille eingetaucht, wie auf dem Höhepunkt eines langen Sommerabends, wenn die Zeit stillzustehen scheint.

»Sie luden mich zu einem Ausflug ein, meine Mandarin-

Freunde. ›In eine Stadt in der Stadt‹, wie sie es ausdrückten. Es war – Sie entschuldigen, meine Verehrteste – ein Bordell. Dabei handelte es sich nicht allein um ein Gebäude, o nein, sondern um eine ganze Stadt, ja, ganz richtig, eine Stadt des Vergnügens, und zwar in der Nähe von Shanghai gelegen. Meine junge Dame, Sie werden mir diesen Teil der Geschichte verzeihen. Ich war ein Mann, der sich wochenlang auf Geschäftsreise befand, und aus vielerlei Gründen war es schlecht möglich, auf solche Reisen eine Ehefrau mitzunehmen. Diese Dinge werden dann, na, sagen wir, fast schon erwartet.

Für Mandarine ist Sex eine sehr wichtige Angelegenheit, o ja, sehr wichtig. Und ich bin der letzte, der ihnen daraus einen Vorwurf machen würde.« Er lachte in sich hinein, doch in keiner Weise lüstern, sondern eher onkelhaft. »Immerhin ist es ein notwendiger und wichtiger Teil des Lebens, und warum sollte man ihm nicht die entsprechende Aufmerksamkeit widmen.

Hm, wie dem auch sein mag, dies war mit Abstand der größte und luxuriöseste Ort dieser Art, den ich je gesehen habe. Die Kundschaft kam ausschließlich aus Mandarin-Kreisen, und zwar, wie mir auffiel, aus ganz bestimmten Familien. Es war eine außerordentlich exklusive Sache, ja.« Seine Augen waren groß und träumerisch. »Man hätte dort bequem den Rest seines Lebens verbringen können, würde ich sagen. Obgleich ich glaube, daß eine solch exquisite Atmosphäre nach einer gewissen Zeit an Reiz verlieren wird. Ich hätte das aber gar nicht ausprobieren mögen. Es würde gewiß nicht taugen, wenn man all diese phantastischen Träume ans Tageslicht zöge. Jeder braucht in seinem Leben Zeiten, in denen er sich von der Realität freimachen kann, stimmt's?«

Der Zug ratterte weiter, über eine Balkenbrücke, um sodann in einen Wald mit dürren, entlaubten Bäumen einzutauchen, die so verloren wie die Reste einer geschlagenen Armee wirkten. Das Licht lag im Sterben, die Wolken wurden dunkler und massiver. Sie zerflatterten mit dem Horizont, wo der Dunst keine Farben mehr erkennen ließ. Die Nacht hatte sie weggewischt.

»So. Damit sind wir also an diesem Ort. Doch es ist ganz gewiß nicht meine Absicht, Ihnen zu erzählen, was da so stattgefunden hatte.« Er lächelte gewinnend. »Was das anbetrifft, brauchen Sie bei Ihrer Jugend von mir sicher keine Nachhilfe. Nein. Ich möchte Ihnen vielmehr von einem Mann erzählen, den ich dort traf.« Er hielt einen langen knochigen Finger in die Höhe. Der lange Fingernagel glänzte im künstlichen Licht des Wagens, gemahnte an eine Straßenmarkierung. »Eigenartig. Ich meine, was diesen Mann anbetrifft. Ich war sicher, daß er kein Kunde war. Doch er war auch kein Angestellter dieses Unternehmens. Auf jeden Fall habe ich ihn nie bei der Arbeit gesehen.« Er machte eine Pause. »Spät in der Nacht, oder besser gegen Morgen, konnte man ihn in dem großen Gesellschaftsraum im ersten Stock finden – das Gebäude hatte zwei Stockwerke; es war von den Engländern erbaut worden, wenngleich ursprünglich wohl für einen anderen Zweck. Dort saß er in einem dieser überladen dekorierten Sessel und spielte mit markierten roten und schwarzen Steinen ein Spiel, das ich nicht kannte –«

»Mah-jongg?« fragte Nicholas.

»Nein, nicht *mah-jongg*. Es war ein Spiel, dessen Regeln ich nie herausbekommen habe. Er saß da, stumm, reglos, während die Mädchen aufräumten. Sobald sie fertig waren und den Raum verlassen hatten, begann er mit seinem Spiel. Klick-klick. Klick-klick.«

Der alte Mann fischte sich eine Zigarette aus einer Pakkung, die er hervorgezogen hatte. Bedingt durch die Länge seiner Fingernägel konnte er sie nur mit einiger Schwierigkeit mittels eines schmalen Ronson-Feuerzeuges in Brand stekken. Er lächelte, während er mit halbgeschlossenen Augen dem Rauch nachsah. Er drehte das Feuerzeug spielerisch in seiner Hand, wobei sich ein Lichtstrahl darin fing. »Eine Erinnerung an jene Zeit«, erklärte er. »Es gehörte einem britischen Diplomaten, dem ich just an jenem Ort aus der Patsche geholfen habe. Er bestand darauf, daß ich es nähme. Ich hätte mein Gesicht verloren, wenn ich mich geweigert hätte.« Er steckte das Ronson-Feuerzeug wieder ein, sog kurz an seiner Zigarette und blies den Rauch vor sich hin, so daß seine Gestalt dahinter verschwamm wie die Landschaft, die am Fenster vorbeiglitt.

»Es war für mich unmöglich, dort zu schlafen – auch nicht, nachdem ich befriedigt war. Ich hoffe, ich erzähle die Dinge mit der gebotenen Schicklichkeit, meine junge Dame.«

»Durchaus«, sagte Yukio. Nicholas fragte sich, was der alte Mann wohl denken würde, wüßte er, mit welchen Ausdrükken Yukio normalerweise um sich warf.

»Es war meine Angewohnheit, bis spät in die Nacht zu lesen – ich bin unersättlich, was das anbetrifft. Doch eines Nachts war ich derart unruhig, daß ich mein Buch weglegte – ich las gerade *Moby Dick*. In Englisch, wenn ich das anmerken darf; ich halte nichts von Übersetzungen, es geht soviel dabei verloren. Dann machte ich einen Spaziergang durch den ersten Stock.

Klick-klick. Klick-klick, vernahm ich schon von weitem das Geräusch der Steine. Ich setzte mich neben ihn und sah ihm zu. Damals war ich sicher ein ziemlich ungenierter junger Mann. Nicht unerzogen, gewiß nicht. Dafür hatten meine Eltern gesorgt. Doch ich besaß so eine Art – wie soll ich sagen – jugendlicher Spontaneität, ich hoffe, daß ich mich richtig ausdrücke.

Nun, dieser Mann war älter, als ich es heute bin, ein gutes Stück älter, würde ich sagen. Doch ich bin nicht gut darin, das Alter von Menschen zu schätzen, Sie müssen also nicht soviel darauf geben. Immerhin – er war alt. Jeder, der ihn sah, hätte das gewiß gesagt, ja.

Das Auffallendste an ihm war, daß seine Fingernägel so lang waren, daß er gezwungen war, sie mit einer Art Hülle zu schützen, um sie vor dem Abbrechen zu bewahren. Von diesen Schutzhüllen hatte ich schon früher einmal gelesen. Sie waren bei den Mandarinen um die Jahrhundertwende sehr beliebt. Ich hatte gedacht, es handle sich um Schmuckstücke, doch nun bekam ich den Zweck vorgeführt. Aber wir schreiben Ende der dreißiger Jahre. Wer in China trug um diese Zeit noch seine Fingernägel auf diese Art und Weise? Niemand, hätte ich gedacht. Jetzt wußte ich es besser.

Normalerweise waren diese Schutzhüllen Lackarbeiten, doch die des Mannes waren, wenn mich meine Augen nicht trogen, aus purem Gold gefertigt. Doch wie funktionierte das überhaupt? fragte ich mich. Wie konnten die Nägel ein solches Gewicht tragen? Aber ich weiß ja schließlich, wie Gold aussieht. Und daß sie aus Gold waren, daran gab es keinen Zweifel mehr für mich.

›Warum bist du hierher gekommen?‹ fragte der Mann, ohne aufzusehen. *Klick-klick,* machten die Steine. *Klick-klick.*

Ich war so verdattert, daß ich kein Wort hervorbrachte; wodurch er sich wohl bemüßigt fühlte, mich erst recht zum Sprechen zu bringen. ›Na los schon‹, sagte er, ›Warum?‹ Genau in dem Klick-klick-Stakkato, das seine Steine vollführten.

›Ich kann nicht schlafen‹, erwiderte ich, immer noch etwas verlegen.

›Ich schlafe überhaupt nicht‹, sagte er. ›Doch das ist die Folge meines hohen Alters.‹ Er sah mich an. ›In deinem Alter habe ich nie eine Nacht ausgelassen. Vielleicht ist das der Grund, weshalb ich jetzt auf Schlaf verzichten kann.‹ Er sprach in einem eigenartigen Dialekt. Es war gewiß Mandarin, doch die Beugungen wichen davon ab, einige Hauptwörter waren verkürzt, und so weiter. Ich konnte mir nicht denken, wo er herkam.

›Ich habe diese Schwierigkeiten nur selten‹, sagte ich, wobei ich mich immer noch etwas schwer mit meiner Konversation tat. ›Aber Sie sind doch noch nicht so alt.‹

›Alt genug, um zu wissen, daß ich bald sterben werde.‹

›O nein, das glaube ich nicht.‹

Er musterte mich kritisch. ›Gefühle sind nie besonders zuverlässig!‹ Er schob seine Steine zusammen, jeweils neun aufeinander. ›Ich habe keine Furcht vor dem Tode. Im Gegenteil, ich werde glücklich sein, von hier weggehen zu können. Ich möchte nicht das erleben, was ich auf uns zukommen sehe.‹

›Was denn?‹ erwiderte ich verständnislos. ›Was wird auf uns zukommen?‹

›Etwas Furchtbares‹, sagte er. Seine Hände auf dem kleinen zusammenklappbaren Lacktischchen sahen aus wie Kunstgegenstände, die man gerade ausgegraben hatte. ›Eine neue Bombe mit einer Zerstörungskraft, die alles andere weit übertrifft. So effektiv, um eine ganze Stadt zu zerstören.‹

Ich werde diesen Augenblick nie vergessen. Er saß da wie eine Statue, kaum, daß man sein Atmen vernahm. Ich erinnere mich, daß das Zirpen einer Zikade zu hören war, so klar und so nah, daß ich glaubte, diese sei irgendwo im Hause gefangen. Merkwürdigerweise hatte ich das Verlangen aufzustehen, sie zu finden und sie in die weite Dunkelheit zu entlassen, die uns umgab.

Ich konnte mich nicht bewegen. Es war, als ob seine Worte mein Herz durchbohrt hätten.

›Das verstehe ich nicht‹, sagte ich ungläubig erstaunt.

›Das habe ich auch nicht erwartet‹, meinte er, während er die letzten Steine aufeinandersetzte und sie in eine Innentasche seines Gewandes steckte.

Er stand auf, und für einen ganz kurzen Augenblick hatte ich die Empfindung, ihm schon einmal in einer fernen, zurückliegenden Zeit begegnet zu sein.«

»Was passierte dann?« fragte Yukio.

»Was dann passierte?« Der alte Mann warf ihr einen verdutzten Blick zu. »Wieso? Nichts. Gar nichts. ›Ich darf dem jungen Herrn einen guten Abend entbieten‹, sagte er in seiner etwas förmlichen Art. ›Ich wünsche angenehme Träume.‹ Und ich wußte danach erst recht nicht, ob er das mit der Bombe im Ernst gemeint hatte.

Alles war ganz ruhig, nachdem er weggegangen war. Zurückgelehnt in meinen Sessel war mir, als könne ich draußen, wo die Baumfrösche schliefen, das Gras wachsen hören. Ein Moskitoschwarm sirrte gegen das Fensternetz.

Später muß ich dann wohl wieder nach oben gegangen sein, obwohl ich mich nicht genau daran erinnern kann. Doch selbst die Zauberwelt Melvilles konnte mich in dieser Nacht nicht mehr fesseln.

Seine Worte tobten in meinem Kopf herum, als hätte sie jemand mit einer geschickt geführten Sonde in meine Gehirnwindungen eingeführt.«

»Aber, wie hat er das wissen können?« fragte Nicholas. »Zu jener Zeit hatten noch nicht einmal die Amerikaner, die später das Manhattan-Projekt starteten, eine Ahnung davon.«

Der alte Mann nickte. »Ja«, sagte er langsam. »Das habe ich mich auch schon oft gefragt. Von dem Tag im August an, als ich auf dem abgelegenen Berghang stand und die Erde beben spürte und der Himmel brannte und der heiße Wind heranheulte, von da an habe ich mir immer wieder dieselbe Frage gestellt: Wie konnte er das wissen?«

»Und wie lautete die Antwort?«

Der alte Mann sah ihn an und lächelte nachsichtig. »Es gibt keine, mein Freund.« Der Zug verlangsamte seine Fahrt, als er an das Ende einer abfallenden Strecke kam. Funken stoben und tanzten in den Luftwirbeln auf und ab. Er stand auf und verbeugte sich vor ihnen, seine Hände mit den langen Fingern über dem schmalen Leib verschränkt, wobei die Nägel wie durchsichtige Eßstäbchen wirkten. »Meine Station kommt gleich«, murmelte er. »Ich muß aussteigen.«

»Hallo!« rief Nicholas. »Warten Sie einen Augenblick!« In seiner Ungeduld, noch mehr zu erfahren, ließ seine Sprache den nötigen Respekt vermissen, den eine junge einer älteren Person gegenüber schuldig ist. Doch der alte Mann war bereits dabei, sich leichtfüßig aus dem Wagen zu schwingen, noch bevor der Zug schnaufend zum Halten kam. Dampfwolken nahmen Nicholas den Blick.

Er kam den Gang zurück, fiel in seinen Sitz neben Yukio. »Zu spät«, sagte er. »Zu spät.«

Die Nacht stand alsbald in hellen Flammen. Sie fuhren an Ölraffinerien vorbei. Riesige Feuerzungen leckten in der Dunkelheit zum Himmel empor. Es erschien einem unmenschlich, hier leben und arbeiten zu müssen, ein gespenstischer Alptraum, aus dem es kein Entrinnen gab. Für lange Zeit bot sich ihnen das gleiche Bild: Ketten von roten und orangefarbenen Lichtern, die zum Hauptgebäude der Raffinerie hinführten, das sich gegen den Horizont abhob.

»Was meinst du zu der Geschichte des alten Mannes?« fragte Yukio.

Er wandte den Kopf. »Wie bitte?«

»Die Geschichte des alten Mannes. Hast du sie geglaubt?«

Aus irgendeinem Grunde mußte er an So-Peng denken. »Ja«, sagte er. »Ich schon.«

»Ich nicht.« Sie schlug ihre Beine übereinander, was sehr amerikanisch wirkte. »So etwas kann sich nicht zugetragen haben. Das Leben ist ganz einfach nicht so.«

Die Nacht verbrachten sie in Shimonoseki, so nahe am Meer, daß sie das Rauschen der Wellen hörten, wenngleich sie es auch aufgrund des Nebels nicht sehen konnten. Das Tuten der Nebelhörner drang melancholisch durch die Nacht.

Sie lag mit ihrem Kopf auf seiner nackten Brust, ihr nachtdunkles Haar wie einen Fächer über sein blasses Fleisch gebreitet. Er war im Begriff einzuschlafen, fühlte ihren ruhigen Atem, der rhythmisch durch seine Finger strich, ihr Gewicht auf Brustbein und Rippen. Er fragte sich, was sie an sich hatte, daß sie ihn so magisch anzog. Und konnte sich nicht darüber klarwerden, obwohl es für ihn so wichtig war, zu wissen.

Yukio bewegte sich, und es war, als bewege sich ein Teil von ihm.

»Ist was?« fragte er.

»Ach nein.« Ihre Stimme klang sehr sanft. »Ich mußte gerade an eine Geschichte denken, die mir meine Mutter erzählte. Die einzige, an die ich mich erinnern kann. Willst du sie hören?«

»Ja.«

»Nun denn. Es war einmal ein Edelfräulein. Das lebte auf einem Schloß zu Roku-No-Miya. Niemand weiß, wo das ist – so pflegte meine Mutter zu sagen. Nachdem die Eltern des Mädchens gestorben waren, übernahm seine Gouvernante – es war stets auf das ängstlichste behütet worden – die weitere Erziehung. Die Jahre verstrichen, und das Mädchen wuchs zu einer wunderschönen jungen Frau heran.

Eines Abends stellte man sie einem Manne vor, der von da an jeden Abend auf das Schloß kam, und sie erfreute ihn. Das ganze Schloß schien wie aus einem langen Schlaf zu erwachen.

An den langen Nachmittagen indes, an denen sie allein durch die Gärten des Schlosses wandelte, sann die junge Frau über das Schicksal nach. Es wurde ihr klar, daß ihr Glück von diesem Manne abhing. Doch sie zuckte nur die Schultern und lächelte schwach ins Sonnenlicht.

Nachts lag sie neben ihrem Liebsten, fühlte sich weder glücklich noch unglücklich. Was sie an Befriedigung empfand, verflog nur allzu schnell.

Dann, eines Tages, war alles zu Ende, denn ihr Liebhaber erklärte ihr, daß er seinen Vater in einen neuen Distrikt begleiten müsse, um ihm dort bei seinen politischen Aufgaben zu helfen. ›Aber‹, sagte er, ›diese Verpflichtung besteht nur auf die Dauer von fünf Jahren. Nach dieser Zeit komme ich zu dir zurück. Bitte, gib mit die Ehre und warte auf mich.‹

Die junge Frau weinte herzzerreißend. Vielleicht nicht einmal so sehr aus Liebe, sondern aus Angst vor der Trennung.

Nach sechs Jahren war auf dem Schloß der jungen Frau in Roku-No-Miya alles anders geworden. Ihr Liebhaber war nicht zurückgekehrt, und während die Zeit verging und das Geld immer knapper wurde, waren sämtliche Dienstboten weggelaufen. Die junge Frau mußte mit ihrer Gouvernante in die halbverfallenen, verlassenen Unterkünfte der Samurai ziehen.

Es gab nichts anderes als Reis zu essen, und durch die Ritzen in den Bretterwänden drangen Wind und Regen. Schließlich wandte sich die Gouvernante an ihre junge Herrin und sagte: ›Verzeihen Sie, Liebste, Ihr Liebhaber hat sie verlassen. Aber es gibt da einen Mann, der sich für Sie interessiert. Und, da es uns so schlecht geht . . .‹

Aber die junge Frau wollte nichts davon hören. ›Mir steht nicht der Sinn nach Abenteuern‹, erwiderte sie. ›Ich wünsche mir nur noch den Trost des Sterbens.‹

Zur selben Zeit lag der ungetreue Liebhaber bei seiner neuen Liebsten gebettet. Erschrocken setzte er sich im Dunkeln auf und sagte: ›Hast du das gehört?‹

›Schlaf wieder, Liebster‹, antwortete seine Geliebte. ›Es war nur das Fallen der Kirschblüte.‹

Noch war nicht ganz ein Jahr vergangen, da kehrte der Mann mit seiner Buhle und seinem Gefolge nach Roku-No-Miya zurück. Er hatte in einer Herberge an der Straße Quartier bezogen, um das Ende der Regenzeit abzuwarten, und hatte von dort aus seiner früheren Geliebten etliche Briefe gesandt. Nicht ein einziger war beantwortet worden. Schließlich ließ er seine Buhle zurück und machte sich auf den Weg nach Roku-No-Miya.

Er wäre fast daran vorbeigezogen, so war das Anwesen verändert. Von den mächtigen Toren aus Holz und Eisen, die ihm so vertraut waren, existierten nur noch die Stümpfe in der lehmigen Erde.

Das Schloß selbst fand er unbewohnbar. Ein furchtbarer Sturm hatte den Ostflügel zerstört, der Rest war verkommen.

In dem alten Samurai-Viertel fand er nur eine alte, von der Zeit gezeichnete Nonne vor. Sie war, wie sie sagte, die Tochter einer der früheren Dienerinnen der Schloßherrin. Als er sie nach deren Aufenthaltsort befragte, erwiderte sie: ›Gott möge mir vergeben, niemand weiß, wo sie ist.‹

Er machte sich auf, sie zu suchen, doch niemand im ganzen Viertel hatte sie gesehen.

In einer trostlosen, regnerischen Nacht machte er an einer Kreuzung halt, an der er einen Mönch traf. Er spähte, nachdem er eine Stimme vernommen hatte, die er zu kennen glaubte, durch die lose geflochtenen Wände der Herberge, die sich an der Weggabelung befand. Er erkannte sofort in der ausgemergelten Frau, die auf dem Boden lag, seine frühere Geliebte. Zusammen mit dem Mönch eilte er an ihre Seite und neigte sich über sie. Sie lag im Sterben, und er bat den Mönch, für sie eine Sutra zu beten. ›Rufe den Namen Amida Buddhas an! beschwor der Mönch die Frau. Darauf erwiderte diese, ›Ich sehe einen flammenden Wagen... Nein, es ist eine goldene Lotosblüte.‹ – ›Bitte, gute Frau‹, rief der Mönch aus, ›Sie müssen Amida Buddha anrufen. Sonst verlieren wir alle Macht über Ihre Seelenwanderung. Sie müssen IHN anrufen, mit der ganzen Kraft Ihres Herzens.‹

›Ich sehe nichts‹, rief die Frau. ›Nichts als Dunkelheit.‹

›Meine gute Frau –‹

›Dunkelheit, ein kalter Wind bläst. Ein schwarzer, kalter Wind . . .‹

Der Mönch versuchte, ihr nach besten Kräften zu helfen, während der Mann zu Amida Buddha betete. Langsam wurden die Schreie der Frau schwächer, zuletzt vermischten sie sich mit dem Flüstern des Windes in den Bäumen.«

Yukio schwieg eine ganze Weile.

»Ist das das Ende der Geschichte?«

»Nicht ganz. In der Nacht des vollen Mondes, einige Tage später, saß der Mönch an derselben Kreuzung und zog seinen durchlöcherten Mantel über seine knochigen Knie, um sich der Kälte zu erwehren.

Ein Samurai kam mit einem Lied auf den Lippen des Weges und verhielt, als er den Mönch sah, um sich neben ihm niederzukauern. ›Ist das der Ort?‹ fragte er. ›Man sagt, daß im Distrikt von Roku-No-Miya nachts bisweilen das Weinen einer Frau zu hören ist. Was weißt du davon?‹

›Horch selbst‹, war alles, was der Mönch entgegnete. Und der Samurai lauschte. Doch außer den kleinen Geräuschen der Nacht vernahm er nichts. Dann, mit einemmal, glaubte er, den Schmerzensschrei einer Frau gehört zu haben. ›Was ist das?‹ fragte er.

›Bete‹, erwiderte der Mönch. ›Bete für eine Seele, die weder im Himmel noch in der Hölle ihren Platz finden kann.‹ Aber der Samurai, der keinen Gott kannte, blickte den Mönch nur stumm an, bevor er weiterzog.«

Sie frühstückten im Hotel und gingen dann aus. Es war feucht und kalt und der Nebel drehte kleine Kringel um ihre Füße. Sie sahen den Zug, mit dem sie angekommen waren; er stand immer noch auf dem Bahnhof, der eher ein Bahnsteig war. Er bestand lediglich aus einer Plattform, die sich zwischen zwei Geleisen befand, und von einem auf grob behauenen Holzpfeilern ruhenden pagodenähnlichen Dach geschützt wurde. Dieses war an der Oberseite gestrichen, um es vor den Einflüssen der Witterung und der Salzluft zu bewahren, doch auf der Unterseite war es roh belassen. Der Geruch des Zedernholzes war immer noch intensiv.

Sie beobachteten, wie etliche Eisenbahner den Zug bestiegen, der einige Augenblicke später auf eine riesige Drehscheibe fuhr, die sich danach um 180 Grad drehte. Der Zug schob sich daraufhin langsam auf die andere Seite des Bahnsteiges, bereit für die Rückfahrt nach Osaka.

Danach gingen sie gemächlich weiter. Der Himmel war vollkommen weiß, das Sonnenlicht diffus und durch Nebelfetzen gefiltert.

Sie befanden sich jetzt nahe dem Hafen, Nicholas sah die hohen weißen Segel von drei Fischerbooten, die behutsam vom Kai ablegten. Denn unter ihnen, das wußte er, lauerten die Untiefen der asiatischen Küste.

Als sie im Hafengebiet angelangt waren, vermeinte er, die dunklen, braunen Hügel der Insel Kyushu zu sehen.

»Wie friedlich es hier ist«, sagte Yukio und räkelte sich wie eine Katze. »Wie ganz anders als in Tokio oder Osaka oder selbst in Kyoto – als hätte es hier weder eine Industrialisierung noch Krieg gegeben. Wir könnten uns genausogut im siebzehnten Jahrhundert befinden.«

»Mit seinen Samurai und deren Damen, was?«

Sie atmete tief durch. »Es ist, als sei man am Ende der Welt – oder an ihrem Anfang.« Sie wandte sich ihm zu und legte ihre schlanken Finger um seine Taille. Er war überrascht, welches Gefühl der Intimität, fernab jeglicher sexueller Empfindungen, diese Geste ihm vermittelte. Der scharfe Geruch von getrocknetem Fisch hing in der Luft und stach ihnen in die Nasen, wie der Geruch von Ölfarbe. Große, grau und rötlich gefärbte Möwen zogen kreischend am niedrigen Himmel ihre Kreise. »Warum bleiben wir nicht hier, Nicholas?«

»Hier?«

Sie nickte mit dem Kopf wie ein Kind. »Ja. Hier. Warum denn nicht? Es ist ein idyllischer Ort. Hier kann man den Rest der Welt vergessen. Wir zumindest könnten es. Wir wären frei. Könnten von neuem beginnen.«

Er sah sie an und spürte, wie sich ihre Finger verkrampften. »Bitte«, sagte sie, wobei ihre Stimme widerhallte, als stünde sie in einer Kathedrale, »laß uns hierbleiben. Was wird schon in Kumamoto auf uns warten, was mit dem hier zu vergleichen wäre? Du hättest mich und das Meer. Wir könnten segeln gehen. Hinaus aufs Meer. Könnten sogar hinüber zum Festland segeln. Es ist gar nicht so weit. Wie lange man wohl brauchen würde?«

»Das alles kannst du doch nicht im Ernst meinen«, sagte er. »Du mußt doch realistisch denken, Yukio.«

»Realistisch?« echote sie. »Was glaubst du denn, wie ich sonst denke? Dort gibt es absolut nichts für mich.« Sie deutete mit ihren Armen gen Norden, wo sie hergekommen waren. »Da gibt es keine Liebe, kein Leben. Und im Süden, dort in Kumamoto? Was habe ich da? Saigō. Saigō und seine verdammte Geheimnistuerei. Ich will wirklich nichts von alledem. Es jagt mir Angst ein.«

Sie kamen an einem Straßenverkäufer vorbei. Nicholas verließ sie für einen Augenblick, um zwei Papierbecher mit *tofu* zu kaufen, das mit einer klebrigen braunen Glasur bedeckt war. Er reichte Yukio einen davon. In der Mitte der Süßigkeit steckte ein kleiner Holzlöffel.

Sie sah die Leckerei an, dann ihn. »Was ist los mit dir?« fragte sie. Eine kräftige Windbö, feucht vom Meerwasser, fuhr über sie hinweg, und sie mußte sich ihr Haar aus dem Gesicht fingern. Einige Strähnen hingen noch an ihren feuchten Mundwinkeln. Der Rest ihrer Haare flatterte, lose wie die Enden eines Winterschals, hinter ihr drein. »Du behandelst mich wie ein Kind, dem man Zuckerzeug kauft, um es für ein Angsterlebnis zu entschädigen.« Sie schlug ihm den Papierbecher aus der ausgestreckten Hand. Er klatschte auf dem Boden auf und blieb als unappetitlicher Klumpen aus Weiß und Braun liegen. »Was ich fühle, läßt sich nicht beiseiteschieben, ganz gleich was du denken magst. Ich schlafe abends ein und erwache am nächsten Morgen in der Hoffnung, es sei alles nur ein Traum. Doch dem ist nicht so. Begreifst du denn nicht?« Er begann weiterzugehen, sie folgte ihm. »Nicholas, ich bitte dich.« Ihr Körper war leicht vornübergebeugt, als ob sie sich gegen den Wind oder gegen ihre Gefühle oder vielleicht gegen beides stemme. »Ich bitte dich ganz ernsthaft. Laß uns hierbleiben. Ich will nicht nach Kyushu hinüberfahren.«

»Aber warum denn nicht? Du wußtest, wohin die Reise geht, als du darauf bestanden hast, daß ich dich mitnähme. Was hast du dir denn darunter vorgestellt?«

»Ich weiß nicht«, sagte sie bedrückt. »So weit habe ich nicht vorausgedacht. Ich bin in dieser Hinsicht nicht wie du. Ich kann nicht vorausplanen. Ich weiß niemals, was ich als nächstes tun, wie ich mich fühlen werde, bis ich eine Sache tatsächlich angehe. Ich habe das nicht durchdacht. Ich wollte einfach bei dir sein –« Ihre Hand flog zu ihrem Mund, und die Augen öffneten sich weit. Sie wandte sich blitzschnell von ihm ab und beugte sich nach vorn.

»Yukio –«

»Laß mich allein. Ich weiß nicht mehr, was ich sage.«

Er warf den anderen Becher weg und hielt sie an den Schultern. »Ich verstehe überhaupt nichts mehr. Bitte – so rede doch.«

»Du weißt«, sagte sie, »daß ich das nicht kann.« Ihr Rükken war ihm noch immer zugewandt.

»Yukio –« er zog sie dichter an sich, »– du mußt es mir sagen.«

»Ich kann es nicht. Ich kann es nicht.«

Er drehte sie herum. »Doch, du kannst. Ich weiß, daß du es kannst.« Er starrte in ihre verängstigten Augen, die durch die aufsteigenden Tränen noch größer wurden. »Wird es dir helfen, wenn ich dir etwas sage?«

»Ja. Nein. Ich weiß nicht.« Aber letztendlich wußte sie, was er meinte.

»Ich liebe dich«, sagte er. »Ich weiß nicht, wie lange ich es bereits weiß, und es doch nie ausgesprochen habe. Ich –« War es das, was ihm Furcht einflößte?

»Nein. Nein«, sagte sie. »Sag' das bitte nicht! Ich kann das nicht ertragen. Ich kann es nicht ertragen.«

»Aber warum denn nicht?«

»Weil«, sagte sie mit wilder Entschlossenheit, wobei sich ihr Gesicht verzerrte, »weil ich dir auch so glaube.«

Fast mußte er vor Erleichterung lachen. »Und was ist daran so schlimm?«

»Verstehst du noch immer nicht?« Ihr Gesicht war dem seinen ganz nahe, ihre Blicke schienen die seinen aufzusaugen.

»Mir ist, als ob ich sterben müsse. Ich bin nicht dafür gemacht –«

»Doch, du bist!« Er schüttelte sie so, daß ihr Haar über ihr Gesicht fiel, und ihre Unterlippe zitterte. »Jeder ist dafür gemacht. Du weißt es nur nicht.«

»Ich werde nicht damit fertig.« Ihre Stimme war fast ein Schluchzen. Hinter ihr tutete ein Schiff, das rhythmische Stampfen seiner Maschinen ließ den Boden unter ihren Füßen erzittern.

»Ich habe mich festgelegt«, sagte er, um das Thema zu wechseln. »Ich habe gesagt, daß ich kommen würde.«

»Du kannst jederzeit deine Meinung ändern. Du bist nicht an deine Entscheidungen gebunden.« Ihre Stimme hatte einen beschwörenden Klang angenommen.

»Ich habe eine Verpflichtung mir gegenüber«, sagte er ruhig. »Ich muß herausfinden, was Saigõ in Kumamoto macht.«

»Warum? Warum ist das so wichtig? Wen kümmert das schon, was er tut? Wen berührt es? Keinen von uns beiden. Warum kannst du das nicht einfach vergessen? Es ist so unbedeutend.«

»Das ist es nicht«, entgegnete er bestürzt. »Es ist ganz bestimmt nicht unbedeutend.« Doch wie sollte er es ihr erklären? Wie ihr etwas beibringen, dessen Sinn er selbst nicht verstand?

»Es geht alles auf den Kampf zurück, den ihr im *dõjõ* miteinander hattet«, sagte sie vorsichtig. »Es ist, als ob ihr einander an der Gurgel liegen würdet, und keiner loslassen will. Auf diese Weise werdet ihr euch gegenseitig umbringen, siehst du das nicht? Einer muß nachgeben, sonst . . . Warum kannst nicht du derjenige sein?«

»Es ist eine Frage der Ehre.« Mit einem Male wußte er es. Es war wie eine Offenbarung – wie der erste Sonnenstrahl, der über den Horizont dringt, um den Kampf mit der Kälte einer langen Nacht aufzunehmen.

»Oh, komm doch nicht mit so was«, erwiderte sie schroff. »Diese Art von Ehre ist doch schon vor langer Zeit aus der Mode gekommen.«

Wie wenig sie doch vom Leben versteht, dachte er bei sich. »Für einige von uns ist sie nie aus der Mode gekommen.«

»Für die Samurai«, sagte sie sarkastisch. »Die Elite Japans. Die Krieger, die ihr Leben ohne Zaudern einsetzen. Deren höchstes Lebensziel nur darin besteht, den Tod auf dem Schlachtfeld zu finden.« Sie brach in ein rauhes, gebrochenes Lachen aus. »Wer von uns beiden braucht hier wohl eine

Lektion darüber, was Realität ist und was nicht? Ihr seid wie zwei tollwütige Hunde, die sich lieber gegenseitig zerfleischen als voneinander abzulassen.«

»So ist es nicht«, sagte er. »Überhaupt nicht. Saigõ haßt alles, was mir teuer ist. Er spottet meiner Liebe zu Japan, da ich das Aussehen eines Europäers habe. Er kann es nicht ertragen, daß jemand, der so aussieht wie ich, in irgend etwas besser ist als er, schon gar nicht in einer so wichtigen Sache, wie es das *bujutsu* ist.«

»Wichtig? Was ist denn am *bujutsu* so überaus wichtig? Was hat es mit dem Leben, mit Gefühlen zu tun?«

»Gerade du solltest dich nicht über solche Dinge lustig machen!« Kaum war ihm das über die Lippen gekommen, wußte er, daß er etwas Falsches gesagt hatte. Er sah den Ausdruck auf ihrem Gesicht und meinte, während er die Hand nach ihr ausstreckte: »Tut mir leid. Du weißt, ich habe es nicht so gemeint –«

»Oh, das hast du sehr wohl so gemeint, Nicholas. Ich bin da ziemlich sicher. Und du hast ein Recht, es zu sagen, meine ich. Ich habe mich die ganzen vergangenen Tage geängstigt, und nun weißt du, wie ich mich verhalte, wenn ich verängstigt bin. Manchmal möchte ich vor dir davonlaufen, mich verbergen. Kann ich dir vertrauen? Das ist es, was ich mich frage. Ist er nicht nur hinter meinem Sex, hinter meinem Körper her? Doch dann denke ich mir, das kann er ja alles auch anderswo haben, dafür braucht er sich nicht anzustrengen. Irgendwie müssen seine Gefühle für mich doch echt sein, auch wenn mir mein Verstand sagt, daß dem nicht so ist. Die Vergangenheit stirbt langsam. Wenn du mit mir sprichst, mir etwas sagst, höre ich zwar, was du sagst, doch in mein Bewußtsein graben sich – wie geheimnisvolle Hieroglyphen – ganz andere Bedeutungen ein, ich lausche auf zwei verschiedene Dinge und streite innerlich mit mir, welches dieser beiden Signale das richtige ist, welches dasjenige ist, von dem du willst, daß ich es höre.« Sie sah ihn an. »Ergibt das, was ich gesagt habe, für dich einen Sinn?«

»Ich glaube schon.«

»Ich merke, daß es keinen ergibt.« Ihre Augen leuchteten in einem eigenen Glanz. »Ich versuche dir zu erzählen, daß ich dich liebe.«

Ihre Arme waren plötzlich um seinen Nacken geschlungen, und er hätte nicht zu sagen gewußt, wie dies geschehen war.

Ihre Lippen trafen sich in einem Augenblick der Zeitlosigkeit, ihr Atem hing in der Luft wie kleine Nebelwolken an einem kühlen Wintermorgen.

Sie brachten ihre Koffer zum Kontrollhaus der Fähre, einer baufälligen Bude, nicht größer als ein Wetterunterstand, mit Fenstern ohne Glas und nur unzulänglich vor der Witterung geschützt. Ein Ort, an dem man sich leicht zu Tode frieren konnte.

Ein halbwüchsiger Junge nahm die beiden Fahrkarten, die Nicholas ihm hinhielt, stempelte und lochte diese und reichte sie ihm wieder zurück.

»Die nächste Fähre geht in sieben Minuten«, sagte er. Sogar hier, in diesem gottverlassenen Nest, funktionierte der japanische Pünktlichkeitstick.

Yukio war ungewöhnlich schweigsam bis sie ablegten. Doch dann schien ihre Melancholie langsam zu weichen. »Vielleicht gibt es eine neue Show in der Stadt«, meinte sie aufgekratzt. »Wir könnten eine Reitschule aufsuchen und nachmittags ausreiten und Picknicks veranstalten.« Sie plapperte, als hätte sich die Szene am Kai nicht ereignet. Nicholas indessen war immer noch betroffen davon.

Hinter ihnen verschwand Shimonoseki wie ein Traum im Heckwasser der Fähre. Möwen schwangen sich graziös über den Bug, formierten sich in schräger Flugordnung wie eine Fliegerstaffel, riefen kreischend ihre Freunde.

Sie fuhren ganz dicht an einigen Fischerbooten vorbei, die in der Dünung dümpelten und ihre schwarzen Netze am Mast hochgezogen hatten. Ein Junge auf einem der Boote winkte aufgeregt herüber, doch niemand an Bord schien in Stimmung dazu, seinen Gruß zu erwidern.

Langsam wandte Nicholas seinen Blick, sah Yukio neben sich an. Sie hatte den Kopf zurückgeworfen, als wolle sie von dem schwachen Sonnenlicht noch so viel wie möglich auf den Flächen ihrer Wangen einfangen, ihre Haare wehten auf eine Seite, wie der gespreizte Flügel eines Raben. Ihre lange Halslinie trat hervor, während sich ein sanfter Schatten in ihre Halskuhle schmiegte. Er betrachtete ihre prallen Brüste. War es Einbildung, oder konnte er tatsächlich ihre leicht vorstehenden Brustwarzen sehen, die sich aufgerichtet hatten und gegen den Stoff ihres Kleides stießen?

»Warum, glaubst du, hat Satsugai Angst vor dem Oberst?«

Der Wind zerrte an ihren Worten, sprang über die Seite der Fähre, auf der sie sich befanden, weiter zu den Fischerbooten, die jetzt nur noch als schwarze Punkte zu erkennen waren und zu verschwinden begannen. Für einen Augenblick war er nicht sicher, ob er sie richtig verstanden hatte.

»Es war mir nie bewußt, daß dies der Fall sein könnte.«

Sie wandte sich ihm zu und musterte sein Gesicht. »Du

meinst, du hast es noch nie bemerkt? Schön. Vielleicht sollte ich darüber wirklich nicht so erstaunt sein. Immerhin habe ich mit ihm mehr Zeit verbracht als du.«

»Sie streiten viel.« Nicholas spreizte seine Arme auf der Reling und lehnte sich hinaus. Er spürte ihre Hand auf seinem Arm.

»Mach' das nicht, bitte!« Sie lachte. »Wenn du hineinfällst, müßte ich dir nachspringen, und ich hasse Wasser.«

»Wasser und Züge.«

»Wasser noch mehr. Es macht mir nichts aus, in seiner Nähe zu sein, das mag ich sogar. Was mir Angst macht, sind die Flut, die Strömungen und dergleichen.«

»Noch mal zu Satsugai«, sagte er. »Er und mein Vater kommen politisch gesehen aus entgegengesetzten Lagern. Doch vielleicht ist alles auch nur Gerede.«

»Kannst du dir vorstellen, daß sie zusammenkämen, wenn es nicht wegen Itami und deiner Mutter wäre?«

Er sah auf das Meer hinaus, in dem sich dunkle und helle Stellen mischten. »Nein, ich glaube nicht.«

»Siehst du. Ich kenne Satsugai. Diese Art von Haß beruht auf Angst, und das eine kann ich dir sagen, er ist kein Mann, der sich so leicht fürchtet. Was immer es sein mag, was der Oberst gegen ihn vorzubringen hat, es ist sicherlich gewichtig.«

»Ich glaube, es hängt einfach damit zusammen, daß Satsugai, da er zum Kreis der *zaibatsu* gehört, eine Zeitlang auf der Liste der Kriegsverbrecher stand. Du erinnerst dich, daß die Amerikaner während der Säuberungen versuchten, die alten Familienstrukturen der *zaibatsu* zu zerschlagen. Mein Vater hat damals für Satsugai interveniert. Ich kenne nicht die Einzelheiten, doch an der Dankesschuld hätte Satsugai sicherlich schwer zu tragen.«

»Sicher. Er ist sehr stolz darauf, daß er niemandem etwas schuldig ist, und er ist heute mächtiger als während des Krieges.« Sie schüttelte den Kopf. »Wenn man sich überlegt, daß das zum Teil auch auf den Oberst zurückgeht.«

»Was die Familienbande angeht, darin hat meine Mutter ihre eisernen Grundsätze.«

Nebel schloß sie jetzt immer dichter ein, der Tag wurde kälter. Das Horn der Fähre rief in regelmäßigen Abständen mit einem tiefen, klagenden Ton. Die Möwen waren verschwunden, sogar das Wasser war kaum mehr zu sehen. Es war, als glitten sie durch die Luft, als seien sie von Watte umgeben, die das Atmen schwer machte. Fast kein Windhauch war zu spüren. Sie vernahmen gedämpfte, eigenartig klingende Stimmen von der anderen Seite des Bootes herüber, die von weither über einen riesigen, unergründlich tiefen Abgrund zu kommen schienen.

Mit einem Mal ragte aus dem dichten Nebel Land auf, und alsbald stieß die Fähre mit einem dumpfen Schlag an die Jutesäcke der Anlegestelle. Nicholas fragte sich, wie der Kapitän seinen Weg gefunden hatte. Sie hörten das Knirschen der Anlegebalken. Ein Hund fing hysterisch an zu bellen.

Für Nicholas schien die Bahnfahrt nach Kumamoto kein Ende nehmen zu wollen, obgleich sie nur einen Bruchteil der Zeit dauerte, die die gesamte Reise in Anspruch nahm. Vielleicht hatte der Nebel etwas damit zu tun? Immer drängender wurde in ihm der Wunsch, zu wissen, was Saigō an diesen Ort gebracht hatte. Kansatsu hatte sich besorgt darüber gezeigt. Das fiel ihm jetzt wieder ein. Der *sensei* hätte so etwas jedoch nie direkt geäußert, er würde es nur andeuten. Aber was an Saigōs Besuchen hier konnte so beunruhigend sein? Und warum machte sich Kansatsu darüber Sorgen? Diese Fragen nagten an ihm, als sie durch Kyushu fuhren, und er wünschte sich mit ganzer Kraft, daß sich ihm die Antworten auftun würden, doch das half natürlich nichts. Cheong hatte ihm mehr als einmal gesagt: »Jeder Wunsch ist eigentlich sinnlos. Wenn du wirklich etwas willst«, hatte sie gemeint, »dann mußt du handeln. Die, die nur herumsitzen und sich die Dinge wünschen, erreichen nichts.«

Plötzlich spürte er einen Widerwillen in sich aufkommen gegen jenen Teil seiner Natur, der abendländisch war. Doch er wußte auch, daß dieser Teil die lebendige Seite in ihm war, die ihn mit Energie, Sehnsucht, Ungeduld und Wechselhaftigkeit erfüllte. Kurzum, es war das, was ihn anders machte.

Kumamoto war eine Stadt, die während der Feudalzeit von ihrer Burg aus grobbehauenen Steinen beherrscht wurde. Diese thronte hoch oben auf einem graubraunen Hügel, der im Frühjahr, mit dem Hervorbrechen der Vegetation, von üppigem Grün überwuchert sein würde. Die moderne Zeit jedoch hatte die Bedeutung der Burg, obwohl sie noch immer gewichtig das Stadtbild beherrschte, gemindert. An die fünfzehn Schornsteine der großen Industrieanlagen, die sich im Tal nach Nordwesten erstreckten, reckten sich, plumpen Fingern gleich, zum Himmel. An diesem Spätnachmittag, als Nicholas und Yukio aus dem von Dampfwolken umwallten Zug stiegen, konnte man sie nicht in voller Höhe sehen. Durch den Nebel hindurch wirkten sie, als hätte man ihnen Handschuhe übergestreift.

Überraschenderweise war Kumamoto selbst nicht so modern, wie man dies aufgrund seiner Industrie vermutet hätte. Es gab nur wenig Anzeichen für Einflüsse der westlichen Kultur, und hier waren mehr traditionell gekleidete Japaner als irgendwo sonst auf ihrer Reise zu sehen. Trotz des Nebels, der sich schließlich langsam zu heben begann, war zu erkennen, wie bergig die Insel Kyushu war. Die Stadt war rundum von Hügeln eingeschlossen.

Sie nahmen Logis in einem Hotel an der ›Straße der Ringkämpfer‹. »Hier«, sagte der geschäftige Eigentümer, indem er die Türen zu ihren Räumen aufstieß, »werden Sie eine großartige Aussicht auf den Berg Aso haben.« Er stellte ihre Koffer ab und ging hinüber zu dem Fenster in Nicholas' Zimmer.

»Selbstverständlich brauchen Sie dazu einen klaren Tag, aber ich bin ganz sicher, daß Sie morgen die Berge sehen können, vielleicht nicht alle, aber ganz bestimmt den Nakadake.« Er drehte sich um und rieb sich die Hände. »Er ist noch sehr aktiv, müssen Sie wissen, er raucht noch immer.« Dabei vollführte er mit seiner kleinen Hand eine Bewegung, die den Nebel draußen umfaßte. »Dieses Wetter bekommen wir immer, wenn der Wind in die falsche Richtung weht.« Er ging zur Tür, und seine Finger berührten den Türknauf. »Es hat hier schon Asche und Bimssteine geregnet, und der Himmel wurde so dunkel während der Eruption, daß man meinen konnte, es sei Nacht.« Er schüttelte den Kopf. »Können Sie sich das vorstellen, wie das ist, wenn das alles herunterkommt?« Er ließ seine Zunge gegen seinen Gaumen schnalzen. »Trotzdem sollte man sich nicht beklagen. Der Berg Aso bringt jedes Jahr viele Leute hierher, und wo wäre ich ohne den Tourismus?« Er hob beschwörend die Hände. Nicholas gab ihm ein Trinkgeld, was der Hotelier mit einer steifen Verbeugung quittierte. »Was immer ich tun kann, um Ihren Aufenthalt hier angenehmer zu gestalten ...« sagte er und öffnete, bevor er ging, noch weit die Verbindungstür zwischen ihren beiden Zimmern.

Nicholas rief Saigō an, der war nicht zu Hause. Er hinterließ eine Nachricht und die Telefonnummer ihres Hotels.

Sie verbrachten einige Zeit damit, sich nach einem Reitstall umzusehen, doch so etwas schien es hier, zumindest innerhalb der Stadtgrenzen, nicht zu geben. Yukio konnte ihre Enttäuschung nicht verbergen.

In einem winzigen Teerestaurant an einem von Bäumen eingesäumten Platz aßen sie zu Mittag. Vögel zwitscherten, während sie von Ast zu Ast flatterten. Das Essen war einwandfrei, doch Nicholas konnte nicht allzuviel essen. Seine Magennerven waren verkrampft, er brauchte Bewegung.

Nachdem sie das Lokal verlassen hatten, begannen sie ziellos umherzustreifen. Sie wanderten durch die breiten Hauptstraßen und die engen Geschäftsgassen, die von den verschiedensten Düften durchweht waren und in denen sich die Passanten drängten. Sie kehrten am späten Nachmittag zum Hotel zurück, als das Licht am Himmel rasch schwächer wurde. Der Nebel hatte sich aufgelöst, und die gewaltige Wölbung des kobaltblauen Himmels schien sehr weit entfernt.

Eine Nachricht von Saigõ wartete auf sie. Er wollte mit ihnen zu Abend essen und würde ins Hotel kommen.

»Wie lange werden wir hierbleiben?« fragte Yukio, als sie sich anzogen. Die Tür zwischen ihren Räumen stand offen.

»Ich weiß nicht. Ich habe darüber noch nicht nachgedacht. Warum?«

»Ich will hier weg. Das ist alles.«

»Wir sind doch gerade erst angekommen.«

»Ich weiß, doch ich fühle mich, als wären wir schon ein ganzes Jahr hier. Es ist eine dämliche Stadt.«

Er lachte und zog seine Hose an. »Du hast einfach ein Vorurteil gegen Kumamoto. Vielleicht, weil wir hier nicht so nah am Wasser sind?« Er lächelte. »Damit kann ich auch nicht ertrinken.«

Ihr Lächeln war noch etwas dünner als das seine. »Ist dir noch nichts aufgefallen? Die Luft hier riecht anders als sonstwo, fast, als ob sie verbrannt wäre.«

»Das macht die Raffinerie«, sagte er. »Oder vielleicht der Berg Aso. Ich bin noch nie in der Nähe eines Vulkans gewesen. Gibt es einen in Hokkaido?«

Saigõ traf wenige Minuten nach sechs ein. Nicholas öffnete ihm die Tür zu seinem Zimmer.

»Nicholas –« Seine dunklen Augen glitten an Nicholas' Gesicht ab und blickten über seine Schultern. Er erbleichte. »Was macht sie hier?«

Nicholas wandte den Kopf. »Yukio? Sie hat sich entschlossen mitzukommen.«

Saigõ blickte ärgerlich auf Nicholas. Seine Augen waren hart und kalt. »Das hast du mit Absicht getan, nicht wahr?«

»Wovon sprichst du überhaupt?«

»Das weißt du doch ganz genau! Versuche nicht, mich zu täuschen, Nicholas. Sie hat dir alles erzählt.«

Nicholas fühlte Yukios Wärme in seinem Rücken.

»Ich habe ihm nichts gesagt.« Yukios Tonfall war so eisig, daß einem das Blut in den Adern gefrieren konnte. »Aber nachdem du dich hier wie ein hysterisches Kind benommen hast, solltest du ihn vielleicht aufklären.«

»Ihn aufklären? He, einen Moment!« Saigõ war im Begriff, auf Yukio zuzugehen. Nicholas stellte sich ihm in den Weg, indem er seine linke Schulter und seinen linken Arm gegen den Türrahmen stemmte. Yukio zog sich geschickt zurück.

»Ich fände es gut, wenn ihr mir erzählen würdet, um was es hier eigentlich geht.«

Saigõ hörte den warnenden Unterton in Nicholas' Stimme und spürte, wie sein Blut in Wallung geriet. Er legte sich mit der linken Seite seines Körpers nach vorn und verbarg dabei halb die waagerechte Bewegung seiner rechten Hand.

Nicholas stieß blitzschnell seinen Ellbogen nach unten und traf damit Saigõs Handgelenkknöchel. Der physische Schaden war unerheblich, doch die Leitung der Nervenbahnen war unterbrochen. Die Hand wurde gefühllos.

Sie standen eng beisammen. Saigõ benutzte seinen Fuß, um nach der Kniescheibe von Nicholas zu zielen. Der Türknauf war dabei sein Verbündeter; hier würde sich der Schlag fangen und Nicholas' Knie wie Kristall zerbrechen lassen. Doch Nicholas trat eher zu, und Saigõs Fußseite krachte in das Holz der Tür mit einem Getöse, als ob das ganze Haus zusammenfallen würde.

Saigõ fing sich, bevor Nicholas reagieren konnte, drehte sich um und rannte den Korridor hinab. Wortlos folgte ihm Nicholas.

Yukio lief zur Tür. »Nicholas!« rief sie ihm nach. Schließlich folgte sie den beiden.

Der Meerengel, der etwas von einer in graue Spitze gekleideten alten Jungfer hatte, schwebte dicht über dem Boden. Sein Maul öffnete und schloß sich. Wahrscheinlich versuchte er, die Algen von der Tankwand zu fressen.

Eine Gruppe Gourami schwamm an ihm vorüber und störte ihn offensichtlich. Er schoß hinter einigen Wasserpflanzen her, die sich elegant in den aufsteigenden Luftblasen wiegten.

Sie standen auf der gegenüberliegenden Seite der Straße im dunklen Schatten einer Toreinfahrt. Die Straße war ruhig, jeder Schritt der wenigen, die vorbeikamen, war zu hören.

»Auf was wartest du?«

»Psst –« machte Nicholas in Gedanken, *zwölf, dreizehn, vierzehn.*

Ein junges Paar kam die Straße herunter. Er warf einen kurzen Blick auf den Mann, ließ seine Augen sodann zurückgleiten, um die Eingangstür des Fischladens zu beobachten, hinter der Saigõ vor ein paar Sekunden verschwunden war.

Einundzwanzig, zweiundzwanzig, dreiundzwanzig. Als er bei dreißig angekommen war und sich noch immer nichts rührte, nahm er sie bei der Hand und ging mit ihr über die Straße.

Aus den Hinterräumen des Ladens konnte man den dünnen Klang der Glocke wie das Bimmeln eines Armesünderglöckchens hören. Es war ein enger Raum, in dem sie sich befanden, mit einfachen Fußbodendielen; in die Wände waren Glasbehälter unterschiedlicher Größe eingelassen. Nur zwei waren nicht mit Wasser gefüllt und von einem Staubschleier bedeckt.

Ein Mann, hager und von den Jahren gezeichnet, mit einer Haut so grau wie der Nebel des Vortages, saß auf einem hohen Holzstuhl vor einem Regal mit Filtern, Plastikschlauchrollen und übereinandergestapelten Kartons mit getrocknetem Fischfutter.

Niemand sonst war im Laden.

»Gibt es hier einen Hinterausgang?« fragte ihn Nicholas.

»Hm?« Der Mann sah bedächtig auf. »O ja, aber –«

Doch Nicholas rannte bereits an ihm vorbei durch den kurzen dunklen Gang zu der unverriegelten Tür, die zu dem Hinterausgang führte. Yukio war dabei immer einen Schritt hinter ihm.

Sie fanden sich in einem düsteren Ziegelgang wieder, der auf die Hintertür zuführte. Sie sahen: Es hatte nur einen Weg für Saigō gegeben, und diesem folgten sie jetzt.

Sie erblickten ihn, bereits einen Straßenblock weit entfernt, wie er nach Westen zu rannte. Zweimal verschwand er in einem Eingang, und einmal glaubte Nicholas, ihn ganz verloren zu haben. Aber sie hatten Glück. Saigō war in einer kleinen Menschengruppe, die sich um einen Zeitungsstand herum gebildet hatte, untergetaucht. Warum versuchte Saigō, ihnen zu entkommen?

Über ihren Köpfen hing ein voller Mond in einem bläulich-weißen Hof, groß wie ein Riesenlampion, Verkünder des ersten winterlichen Schnees. Flache dichte Wolken wirkten wie gebauschte Tüllvorhänge. Sie ließen die Beleuchtung wechseln, veränderten fortwährend die Perspektiven, so daß Nicholas immer wieder gezwungen war, anzuhalten und den Abstand zu der dunklen davoneilenden Gestalt vor sich zu prüfen.

Einmal drehte sich Saigō um, sein Gesicht war im Mondlicht nur ein fahler Schatten. Nicholas drängte Yukio in einen Hauseingang, vernahm lediglich das Rasseln ihres fliegenden Atems und das Hämmern seines eigenen Herzens.

Saigōs Schatten verlor sich immer schneller auf der dunklen Straße. Nicholas nahm Yukios Hand, zog sie mit sich, bis er schließlich sah, wie der Verfolgte in dem schmalen Hauseingang eines ziemlich schäbigen holzverkleideten, fensterlosen Hauses verschwand, wie ein Tier in seiner Höhle.

Nicholas stand absolut ruhig mit Yukio an seiner Seite. »Jetzt«, stieß er leise hervor und rannte mit ihr über die Straße.

An der Front des Hauses gab es nichts, woraus sich hätte schließen lassen, was sich hinter der Fassade verbarg; keine Klingeln, keine Schilder. Nichts. Die Eingangstür war aus Metall und tiefrot. Er faßte an den Messinggriff, sicher, daß die Tür geschlossen sei. Doch sie ging auf.

Sie befanden sich in einer nüchternen Eingangshalle. Eine breite Metalltreppe, wie in einer Fabrik, führte nach oben. Es gab keinerlei Türen im Erdgeschoß. Auch nicht im ersten Stock, wie sie alsbald herausfanden, nur viel leeren Raum.

Nichts schien sich in dem Gebäude zu regen, lediglich eine eigenartige, unregelmäßig einsetzende Erschütterung war zu verspüren, die durch die groben Holzdielen der breiten Treppenabsätze zu dringen schien.

Im dritten Stock entdeckten sie eine Tür, die geschlossen war. Yukio mußte zweimal husten, bevor sie ihre Hand vor den Mund halten konnte; es schien Sägestaub in der aufgewirbelten Luft zu hängen.

All das vermittelte ein eigenartiges Gefühl. Es war nicht nur die prickelnde Aufregung, die man verspürte, wenn man verbotenerweise in ein fremdes Haus eingedrungen war, sondern auch eine irritierende Leere in der Magengrube, wie sie sich einstellt, wenn man nächtens die Räumlichkeiten eines Spukhauses aufsucht.

»Ich möchte hier raus«, flüsterte Yukio. Sie zog an seinem Arm.

»Psssst –«

Er schlich vorsichtig von dem Treppenabsatz zu der geschlossenen Tür. Er hatte damit gerechnet – in der Tat. Doch das Licht war so schwach, daß er nicht sicher gewesen war. Doch jetzt, als er näher kam, sah er deutlich in der Mitte der Tür das in schwarzer Tusche handgemalte Wappen: einen Kreis, der neun schwarze Diamanten umgab. Im Zentrum stand das Schriftzeichen *komuso*.

Nicholas starrte auf das Zeichen. Wo hatte er es früher schon gesehen? Er war sicher, daß er es kannte – es gehörte zu einem *ryu*. Gewiß, es war das Emblem eines *ryus*. Aber welches? Er hatte dieses Zeichen vor nicht allzu langer Zeit gesehen. Kurz, bevor er Tokio verließ.

Abrupt griff er nach Yukios Hand und wich zurück.

»Was ist?« flüsterte sie. »Wo sind wir?«

»Komm«, sagte er, um sodann, während er sie mit sich zog, zu wiederholen: »Komm, schnell!«

Er fand sich atemlos auf der Straße wieder. Sie hinter sich herziehend, begann er die Straße hinunterzulaufen. Die Nacht schien unheimlich still, Kumamoto völlig verlassen. Er kam sich vor, als seien sie die einzigen Menschen weit und breit in dieser Nacht und würden durch eine Traumlandschaft, die sie nie wieder freigebe, fliehen.

Sein Herz schlug bis zum Halse, als ob es zerspringen wolle. Es war, als würde es von einem Fieber geschüttelt. Unkontrollierte Gedanken schossen ihm durchs Gehirn, und er hörte Yukios verzweifelte Fragen wie aus weiter Ferne.

Er hatte das Zeichen an der Tür erkannt, und gleichzeitig auch den Grund, warum er hierhergekommen war. Und er wußte auch, was die Zukunft für ihn barg.

Zurück im Hotel, bat er Yukio, in ihr Zimmer zu gehen.

»Bist du mir denn keine Erklärung schuldig?«

»Später«, sagte er, noch halb abwesend. »Nimm ein Bad, oder mach sonst etwas. Ich brauche jetzt Zeit für mich.«

»Du gehst doch nicht noch einmal weg?« fragte sie besorgt. »Ich will nicht, daß du mich hier allein läßt.«

»Keine Angst. Ich bleibe nebenan.«

In seinem Zimmer trat er zum Fenster. Draußen herrschte totale Finsternis. Dennoch vermeinte er, den weißen Bimsstein erkennen zu können, den der Nakadake, der fünfte Gipfel nach dem Berg Aso, ausspie. Oder tat er dies nur, weil der Hotelier ihm davon erzählt hatte?

Für ihn gab es jetzt keinen Zweifel mehr, warum Saigõ so weit gereist war, um Mitglied dieses exklusiven *ryu* zu werden, denn einen solchen gab es nicht im Bereich Tokios. Kansatsus Worte hämmerten eindringlich in seinem Bewußtsein: *Es gibt viele ryu in Japan, Nicholas. Die Vielfältigkeit der Schulen ist praktisch ohne Grenzen. Bei manchen fallen Gut und Böse unterschiedslos zusammen.*

Kein Wunder, daß Saigõ sich mit seinen Aktionen so geheimnisvoll verhalten hatte: Er war darauf bedacht gewesen, seine Spuren zu verwischen.

Für einen Ninja eine selbstverständliche Vorkehrung.

Denn ein Ninja war er geworden. Der Kumamoto-*ryu* war nicht irgendein regionaler *ryu*, sondern das Zentrum der Ninja-Ausbildung.

Die Ninja sind nicht an den ›Weg‹ gebunden, hatte ihm Kansatsu gesagt, und das war richtig. Aber *ninjutsu* war eine komplexe Sache, und es gab, wie beim *bujutsu*, viele verschiedene Arten, die gelehrt wurden. Gute und Böse, ›Schwarze‹ und ›Rote‹. Kansatsu hatte Nicholas noch erklärt, bevor dieser Tokio verließ: »Von den schwarzen *ryu* ist mit Abstand das *kuji-kiri* am gefährlichsten. *Kuji-kiri* ist ein chinesisches Wort und bedeutet ›Das Neun-Hände-Schneiden‹. Darauf beruht ein Großteil der echten oder eingebildeten Macht der Ninja. Viele behaupten, es handle sich dabei um eine der letzten magischen Überlieferungen auf Erden. Was mich betrifft, so bin ich mir da nicht so sicher. Aber, wie du selbst gelernt hast, gibt es Fälle, bei denen die Grenzen zwischen Imagination und Realität verschwimmen.« Daraufhin hatte ihm Kansatsu das Magiezeichen des *kuji-kiri-ryu* gezeigt. Dasselbe Zeichen hatte er vor einigen Augenblicken an der Tür des Lagerhauses entdeckt.

Er hörte, wie im Bad nebenan das Wasser lief und Yukio sich entkleidete.

Ein Verdacht stieg in ihm auf, und je mehr er darüber nachdachte, um so sicherer wurde er. Hatte Kansatsu gewußt, was er hier vorfinden würde? Vielleicht hatte er es auch nur vermutet. Doch was hatte Kansatsu überhaupt mit der ganzen Sache zu tun?

Mit einem Mal kam Nicholas die erschreckende Erkenntnis, daß er von Kräften manipuliert wurde, von deren Existenz er nichts geahnt hatte. Es war sicher, daß Kansatsu eine ganze Menge mehr wußte, als er Nicholas mitgeteilt hatte. Warum hatte er damit zurückgehalten?

Der Mond war aus den Wolken hervorgesegelt und beherrschte den Himmel. Die Welt war in ein blaues Licht getaucht, kalt, hart, metallisch. Weit hinten am Horizont – und jetzt war er sich dessen sicher – konnte er die abfallenden Flanken des Vulkans ausmachen. Der blasse Rauchschirm schwebte darüber, als liefe eine Explosion in Zeitlupe ab.

Es schien ihm jetzt, als ob seine Lebenslinien von einer geheimnisvollen Kraft vorgeprägt worden wären. Es war so, wie er es Yukio gegenüber erklärt hatte. Es war eine Frage der Ehre. Sie waren gegeneinander angetreten, er und Saigō, vom ersten Augenblick ihrer Begegnung an. Warum das so war, konnte er nicht sagen, doch das war die Realität, mit der er sich jetzt auseinandersetzen mußte.

Was war zu tun?

Er wußte es. Er wußte es nur zu gut. Und dieses Wissen jagte ihm Furcht ein.

Das Badewasser war schon vor einiger Zeit abgelaufen. Er erhob sich vom Fenstersims, auf den er sich gesetzt hatte, und öffnete die Verbindungstür zu Yukios Zimmer.

Auf der Schwelle blieb er stehen. Die Lichter waren gelöscht, und es war still in dem Raum.

Zärtlich rief er ihren Namen.

Blaues Mondlicht überflutete einen Teil des Fußbodens, den die Schatten der Fensterläden in schräge Streifen schnitten.

»Yukio?«

Schweigend betrat er das Zimmer.

Und verhielt. *Haragei.* Noch jemand war im Zimmer. Er wandte den Kopf, ohne den Körper zu bewegen, und sah Yukio auf dem Bett liegen, ein verlorener Lichtschein glänzte auf ihrem Nasenrücken. Sie lag auf dem Bettüberzug. Die andere Seite des Doppelbettes war aufgedeckt. Man konnte den Abdruck eines Körpers erkennen. Sie war unbekleidet. Ihre Brüste hoben und senkten sich, während sie gleichmäßig atmete.

»Willkommen, Nicholas.« Nicholas hob den Kopf. Auf dem Stuhl in der entgegengesetzten Ecke saß er. Das Mondlicht fiel auf jenen Teil seiner Rückenpartie, die er ihm zuwandte. Sein Gesicht war im Schatten. »Nett von dir, daß du dich zu uns gesellst.«

»Saigō. Wie bist du hier hereingekommen?«

»Wie wohl, Nicholas? Wie meinst du?«

»Ich glaube, es gibt viele Wege für einen – *Ninja.*«

Saigō schien ungerührt. »Ganz recht, o ja. Doch siehst du, ich brauchte keinen von ihnen zu beschreiten.« Er legte eine Pause ein. »Yukio hat mich eingelassen.«

»Yukio –« Nicholas tat einen Schritt in ihre Richtung.

»Das nutzt nichts, Nicholas. Sie kann dich nicht hören.«

»Sie –«

»Sie schläft nur. Du brauchst deine Zeit nicht zu verschwenden. Du kannst sie nicht aufwecken. Doch mach dir keine Sorgen, sie ist vollkommen in Ordnung.«

»Weck sie auf«, sagte Nicholas. Er saß inzwischen auf dem Bettrand. Ihr Körper fühlte sich kalt an, sie hatte eine Gänsehaut, doch sie schien normal zu atmen.

»Das werde ich nicht tun. Zumindest jetzt noch nicht.« Saigō erhob sich. Er hatte noch immer den schwarzen Anzug aus Rohseide von vorhin an, der reichlich altmodisch wirkte und an die Gewänder erinnerte, die die chinesischen Mandarine bei offiziellen Anlässen trugen. Seinen Kopf hatte man an den Seiten kahlgeschoren. Dieser Umstand, zusammen mit den verbliebenen Haarstoppeln, gab ihm ein unheilvolles Aussehen. »Ich hab' schon immer recht gehabt, was dich betrifft. Ebenso mein Vater.« Er schritt in die Mitte des Zimmers. Nicholas folgte ihm mit den Augen.

Saigō schüttelte den Kopf. »Wie konntest du nur jemals annehmen, daß ich keine Vorstellungskraft besitze?«

»Wovon«, entgegnete Nicholas, »sprichst du überhaupt?«

Saigōs Augen leuchteten auf, er preßte seine Lippen aufeinander, als hätte Nicholas ihn geschlagen. Er schoß quer durchs Zimmer und packte Nicholas am Hemd. »Nun gut«, flüsterte er in einem drohenden Ton. »Ich gebe es auf, höflich zu dir zu sein. Ich sehe, das nützt nichts. Hast du im Ernst geglaubt, ich hätte nicht gewußt, daß du mir folgst? Meinst du wirklich, es wäre dir gelungen, mich zu verfolgen, wenn ich es hätte verhindern wollen? Was bist du doch für ein Narr!«

Nicholas stieß mit der Handkante nach oben und schlug Saigōs Faust weg. Sie standen da und belauerten sich auf eine kurze Distanz, wobei sie beide ihren Atem unter Kontrolle hatten.

»Bist du dir im klaren darüber, was du dir antust?«

»Ich gebe meinem Leben einen Sinn«, erwiderte Saigō. »Ich habe geglaubt, das sei offensichtlich. Ich bin in den Kreis der Elite aufgenommen. Über *bushi* bin ich hinaus, Nicholas, weit hinaus.« Er tat einen kleinen Schritt vorwärts. »Es ist dies ein Weg, der dir ebenfalls offensteht.«

»Wie bitte?«

»Was hast du denn gedacht, warum ich dich hierhergebeten habe? Wir betreiben hier keine Erholung. Und da bringst du ausgerechnet sie mit, du Idiot!«

»Ich liebe sie.«

»Vergiß sie! Sie ist ein Nichts. Eine billige Hure.«

»Halt deine verdammte –!«

»O ja, fast hätte ich deine britische Herkunft vergessen. Stets der alte Gentleman!« Er trat noch einen Schritt vor, so daß sie sich fast berührten. »Was immer sie ist oder auch nicht ist, sie hört für dich und für mich auf zu existieren. Ich biete dir die Welt, Nicholas. Du hast keine Ahnung, was *ninjutsu* bedeutet –«

»Aber warum *kuji-kiri*? Warum gerade schwarz?«

»Aha, ich merke schon. Jetzt ist mir alles klar. Dieser Dummkopf von Kansatsu hat mit dir gesprochen. Richtig, es handelt sich um schwarzes *ninjutsu*, aber so sollte *ninjutsu* sein. Wir sind die Stärksten, die Mächtigsten. Mit *kuji-kiri* wirst du unverwundbar. In der ganzen Welt wird es keinen geben, der dich aufhalten kann. Überlege dir das, Mensch, du gewinnst unumschränkte Macht!«

»Ich wüßte nicht, was mich daran reizen könnte«, erwiderte Nicholas und hechtete auf die andere Seite des Bettes, weg von Yukio.

Er rollte hinüber, Saigō war sofort auf ihm, und er fürchtete dessen Ellbogenschlag auf die Luftröhre. Nicholas konnte sich teilweise befreien, bis auf seinen linken Arm, der von dem vollen Gewicht von Saigōs rechter Schulter niedergehalten wurde. Er wußte: jetzt bin ich in Schwierigkeiten. In dieser Position hatte Saigō mit seinem *ninjutsu*-Training einen enormen Vorteil. Seine einzige Hoffnung war, aus diesem Griff auszubrechen und auf Distanz zu gehen.

Indem er sich drehte, setzte er zu einem Kniestoß an, doch Saigō durchschaute dieses Manöver, und sein Schlag traf die Außenkante von Nicholas' Schlüsselbein; unwillkürlich zuckte sein Körper zusammen. Immerhin hatte er noch Glück, daß der Schlag nicht mit voller Wucht getroffen hatte.

Aneinandergeklammert lagen sie jetzt auf dem Boden; der Bettüberwurf hatte sich teilweise unter ihre Körper geschoben. Für lange Minuten war fast keine Bewegung wahrzunehmen, während sie miteinander rangen. Da umklammerten Finger Handgelenke, Ellbogen drückten gegen Brustbeine. Es war eine Art pervertierter Maschinerie, die durch ihre gegenläufigen Energien zum Stillstand verurteilt war.

Es war an der Zeit, etwas anderes zu probieren; Nicholas stieß seine Kniescheibe nach oben, hörte Saigōs unterdrückten Schmerzenslaut und, nahezu gleichzeitig, ein leises metallisches Klicken. Er sah eine schmale Klinge im Mondlicht glänzen, die, wie ein tödlicher Zahnstocher, zwischen Saigōs Daumenkuhle und Handgelenksknöchel herausragte. *Ein Taschenspielertrick.* Doch es war tödlicher Ernst. Mühsam drehte er den Kopf zur Seite, während sich die Schneide langsam auf seine Augen zubewegte. Seine Nase registrierte einen eigenartigen Geruch. Dann war dieser verflogen. Er versuchte, alle Kraft in seinem Unterarm gegen die Hand mit der Klinge zu mobilisieren. Mit letzter Anstrengung drückte er nach oben. Schweißtropfen waren auf seine Stirn getreten, rollten herab, um ihm im nächsten Augenblick die Sicht zu nehmen. Doch in dem Maße, in dem er die Hand zurückdrücken konnte, begann sich die Umklammerung zu lösen. Plötzlich war er frei und auf seinen Füßen. Seine Brust hob und senkte sich von der Anstrengung der letzten Augenblicke. Er wartete auf unsicheren Beinen, daß Saigō hochkäme. Als dies geschah, griff Nicholas an, doch vielleicht hatte ihn der Schlag auf sein Schlüsselbein stärker als vermutet mitgenommen, denn er schwankte und Saigō konnte seinen Hieb abwehren.

Jetzt stürzte sich Saigō auf ihn, schneller als zuvor. Nicholas konnte gerade noch einen Kreuzschlag abwehren, ein Schwertschlag traf ihn voll im Genick.

Er ging zu Boden wie ein nasser Sack. Hustend und japsend versuchte er seine Lungen mit Luft zu füllen. Auf dem Rücken liegend, sah er Saigō grinsend über sich stehen, als ob dieser wüßte, daß dies die Aufgabe seines Widerstands bedeute.

Er versuchte aufzustehen, doch er fühlte keine Beine. Er versuchte seine Hände zu heben. Vergebens. Ungläubig schloß und öffnete er einige Male seine Augen. Er war gefangen in einem Körper, der ihm nicht mehr gehorchte. Er sah an sich hinunter. Seine Hände lagen hingeweht wie verwelkte Blumen, wie Gegenstände, die nicht von dieser Welt zu sein schienen. Er vernahm das Schlagen seines Herzens ungewöhnlich laut in seinem inneren Ohr. Doch das war alles.

Saigō beugte sich über ihn, ein sarkastisches Lächeln in seinem Gesicht. »Hast du gemeint, ich sei unvorbereitet gewesen?« fragte er geradezu vertraulich, als handle es sich um einen Dialog von Freund zu Freund. »Nein, alles war von Anfang an genau geplant. Ja, Nicholas, sogar was Yukio betrifft. Sie wußte von der ganzen Sache. Einiges war sogar ihre Idee. Überrascht?«

Nicholas konnte nur noch stumm seinen Mund auf und zu klappen wie ein Fisch auf dem Trockenen. Seine Zunge versagte ihm den Dienst. Nein, dachte er verzweifelt. Nein, nein, nein! Es ist eine Lüge. Es *muß* eine Lüge sein!

»Eigentlich solltest du das nicht sein. Habe ich dir nicht gesagt, daß sie eine Hure ist? Gewiß hat sie dir erzählt, daß wir einmal ein Paar waren. Ja, da habe ich wohl nicht falsch gemutmaßt.«

Er wandte sich ab, und im Halbdunkel sah Nicholas, wie er zum Bett hinüberlangte. Er umfaßte Yukios schlafenden Körper und zog ihn über die Tagesdecke. Eine Lampe ging an, und Nicholas blinzelte, während er sich an die Helligkeit zu gewöhnen suchte. Ihm war, als ob ihm die Sonne ins Gesicht schiene.

Yukio! rief er lautlos. Yukio!

Saigō hatte sie aufgesetzt. In der Hand hielt er eine schmale Kapsel. Er zerbrach diese in zwei Teile und bewegte sie unter ihrer Nase hin und her. Ihr Kopf fiel zurück, seine Hand folgte mit der Kapsel. Sie warf ihren Kopf von einer

Seite zur anderen, als wolle sie sich dem Geruch entziehen.

Ihre Augen öffneten sich, ihr Gesicht nahm den Ausdruck eines lüsternen sklavischen Lächelns an. Sie schlang die Arme um Saigō. Er küßte sie flüchtig, schon öffneten sich ihre Lippen wie Blütenblätter.

Yukio!

Sorgfältig bemüht, in Nicholas' Blickfeld zu bleiben, liebkoste Saigō sie. Dann drehte er sie herum und legte sie quer über das Bett. Ihre Oberschenkel leuchteten im kalten Licht. Er ließ seine schwarze Seidenhose fallen.

Yukio entrang sich ein Schrei, als er sich auf ihrem Körper bewegte.

In diesem Augenblick verließ Saigō sie, und ein kleiner Seufzer der Enttäuschung kam über ihre Lippen.

Saigō beugte sich über Nicholas und warf ihn herum. Erst jetzt wurde Nicholas klar, was Saigō vorhatte.

Der Oberst traf ziemlich spät zu Hause ein.

Lange saß er noch hinter dem Lenkrad seines Wagens, rauchte seine Pfeife und ließ seine Gedanken schweifen. Tage schienen vergangen zu sein, seit er sie das letztemal zwischen den Zähnen gehabt hatte, und er genoß die milde Würze des Tabaks auf der Zunge und am Gaumen. Er hatte das Gefühl, als könne er jetzt einen Drink vertragen.

Der Mond zeigte sich nur ganz verschwommen tief am Horizont, als hätte er sich dort für die Nacht hingekuschelt. Langsam drehte der Oberst das Seitenfenster nach oben, um auszusteigen. Doch plötzlich überkam ihn eine eigenartige Schwere, die es ihm unmöglich machte, sich zu rühren.

Ich glaube, so fängt es an, dachte er.

Er sah das dunkle Haus vor sich und dachte an Cheong, die auf ihrem *futon* schlief. Wieviel empfand er doch für sie! Und dennoch hatte er ihr viel Unrecht getan. Sich selbst ebenso, und besonders Nicholas. Er hatte das getan, was in seinen Kräften stand, doch er wußte, daß das bei weitem nicht genug war. Die Dinge waren schon vor langer Zeit durcheinandergeraten.

Er dachte darüber nach, ob er Cheong belügen solle. Er hatte dies bisher noch nie getan, und alles in ihm sträubte sich dagegen. Trotzdem gab es keinen anderen Weg. Die Folgen der anderen Möglichkeit waren ihm nur zu klar.

Schließlich kletterte er aus dem Wagen und ließ die Tür

behutsam hinter sich zufallen. Die Nacht war von einer fast beängstigenden Stille.

Auf leisen Sohlen ging er auf das Haus zu und bemerkte den Blätterhaufen, den Ataki zusammengekehrt hatte und wohl am nächsten Morgen verbrennen wollte. Er kniete davor nieder, zündete ihn mit den Streichhölzern an und lauschte gedankenversunken dem Prasseln, während er den stechenden Geruch einatmete.

Er starrte in das Feuer. Komisch, dachte er, woran man sich zu manchen Zeiten erinnert. Wie ein U-Boot, das plötzlich auftaucht, kamen ihm die Erinnerungen an den hellen Sommerabend, an dem er, zusammen mit Premierminister Yoshida, John Foster Dulles, General Bradley und Verteidigungsminister Johnson, die potentiellen Folgen des koreanischen Krieges diskutierte. Dulles war nach Tokio gekommen. Unter den ersten amerikanischen Truppenkontingenten, die man nach Korea geschickt hatte, befanden sich nämlich auch diejenigen, die seit 1945 in Japan stationiert waren. Die Amerikaner empfahlen eine bescheidene japanische Wiederaufrüstung.

Dieser Vorschlag schlug wie eine Bombe ein. Zudem verstieß die Aufstellung einer solchen Streitmacht gegen den Artikel 9 der japanischen Verfassung von 1947. Darin hieß es: »Land-, See- und Luftstreitkräfte oder andere Kriegsmittel werden nie mehr unterhalten werden.«

Johnson, in der besten amerikanischen Tradition, argumentierte gegen Dulles' Position, und der Premier stand Dulles' Vorschlägen für eine Remilitarisierung ablehnend gegenüber. Allen war jedoch klar, daß etwas geschehen müsse. Der Oberst hatte vorgeschlagen, die bestehenden japanischen Polizeikräfte auf rund 75 000 Mann zu verstärken. »Auf diese Weise hätten wir eine einsatzbereite Truppe, ohne sie so benennen zu müssen«, hatte der Oberst ausgeführt.

Das entsprach natürlich nicht den Vorstellungen von Dulles. Doch Yoshida hatte sofort erkannt, daß sich für ihn hier ein Ausweg bot, bei dem er nicht das Gesicht verlieren würde, und er schlug sich auf die Seite des Obersten. Dabei lag es in der Natur des Planes, daß er streng geheim bleiben mußte. Yoshida bestand darauf, daß nicht einmal der Polizeinachwuchs erfahren sollte, daß er eine paramilitärische Ausbildung absolvierte.

Der Premierminister entwickelte den Plan, beim Innenministerium eine Sonderabteilung einzurichten, die für die Ausbildung des Personenkreises verantwortlich war und von einem amerikanischen Offizier überwacht werden sollte.

Anschließend hatte Yoshida den Oberst gebeten, noch zu bleiben. Im Raum hing noch die Anspannung der vergangenen Stunden wie der Geruch von verdorbenen Früchten. Der Premier schlug einen Spaziergang im Garten vor.

»Ich bin Ihnen sehr zu Dank verpflichtet«, hatte er, nach dem Austausch der üblichen konventionellen Höflichkeiten, die auch in einer solchen Situation nicht fehlen durften, zu ihm gesagt.

»Das Problem, Sir, besteht darin, daß die Amerikaner uns immer noch nicht verstehen.« Der Oberst merkte, daß ihn Yoshida von der Seite her anblickte. »Vielleicht wird ihnen das nie gelingen. Immerhin sind sie ja schon eine Weile hier.«

Der Premierminister lächelte. »Vergessen Sie nicht, Oberst, daß es einmal eine Zeit gab, da *wir* die Amerikaner nicht verstanden.«

»Ich glaube, daß die Japaner eine größere Fähigkeit besitzen, fremde Kulturen zu absorbieren.«

Yoshida seufzte nachdenklich. »Ja. Vielleicht stimmt das. Doch, wie auch immer, ich bin Ihnen außerordentlich dankbar. Mr. Dulles war drauf und dran, mich in eine ausweglose Situation zu bringen. Sein Ziel war ganz ohne Zweifel eine japanische Beteiligung am Krieg in Korea. Warum hätte er sonst auf einen so plötzlichen und erheblichen Ausbau unserer Streitkräfte gedrängt?« Er schüttelte den Kopf und schlang seine schmalen Hände hinter seinem Rücken ineinander. »Es ist für uns undenkbar, Oberst, daß wir Truppen nach Korea entsenden.«

Undenkbar, dachte der Oberst jetzt, als er vor dem knisternden Feuer kniete. Damals haben wir das Undenkbare mit Gottes Hilfe vermieden. Jetzt ist es geschehen.

Das Feuer loderte immer heftiger. Er zog die Schnur aus der Tasche seiner dunklen Nylonjacke und warf sie in die Flammen.

Es überraschte ihn nicht, daß der Knoten in der Mitte das letzte war, das gloste und zu Asche zerfiel.

Auf Wiedersehen, Aso! Hallo, Mount Fudschi!

Es regnete fast den ganzen Rückweg, die Tropfen rannen auf der Fensterscheibe zu kleinen Bächen zusammen. Der niedrige Himmel war schwarz und mit drohenden Wolken verhangen. Ein steifer Wind von Norden hatte die Temperaturen zum Sinken gebracht. Der Winter war da.

Nicholas verlagerte sein Gewicht von einer Seite auf die andere. Es war schmerzhaft für ihn, normal zu sitzen. Irgend jemand im Wagen drehte an einem Transistorradio. Ein kurzer Ausbruch von Rockmusik wurde abgelöst durch eine nüchtern kultivierte Stimme, die die Nachrichten verlas. Saburõ, der Führer der Japanischen Sozialistischen Partei, war wieder wegen seiner Pläne für eine »strukturelle Reform« unter Beschuß geraten, die die Partei bereits vor zwei Jahren angenommen hatte. Es gab Vermutungen, nach denen er nicht mehr lange auf seinem Posten sein würde.

Sie hatten gerade Osaka verlassen, als sich der Regen in Hagel verwandelte, der gegen die Fenster schlug und an den Wänden des Zuges seine Stepptänze vollführte.

Nicholas, in seinem Sitz zusammengesunken, fröstelte, obwohl geheizt war. Ganz vage, so, als gehöre das Empfinden einer anderen Person, verspürte er ein Hungergefühl. Seit er in Osaka in den Zug eingestiegen war, hatte er seinen Platz nicht verlassen. Auch die kleinste Bewegung erschien ihm als eine unmenschliche Anstrengung. Vielleicht mußte er sich, bevor sie in Tokio ankamen, erbrechen. Er zog es vor, nicht daran zu denken. Doch im Augenblick war auch jeder andere Gedanke unmöglich. Sein Gehirn glich einem Windkanal, in dem Blätter, von Strömungen verwirbelt, immer wieder die gleichen Muster bildeten, ganz gleich, wie oft das Spiel wiederholt wurde.

Hörst du das Stöhnen, fühlst du die Hitze auf seinem Gesicht? Siehst du den Lampenschirm? Schatten bewegen sich, steigen auf, sinken zurück. Saigõ, eigenartigerweise, macht das Bett. Yukio, in Rock und Bluse, packt mechanisch ihre Sachen. Er versucht etwas zu sagen, doch es ist, als wäre sein Mund mit trockenem Sand gefüllt. War auch sein Kehlkopf paralysiert?

Saigõ nahm Yukio am Arm, trug ihre Tasche in der anderen Hand. Sie mußten beide über ihn hinwegsteigen, um zur Tür zu gelangen. Er lag da, alle viere von sich gestreckt, aus seinen Augen flossen Schweiß und Tränen. Er verrenkte sich, um ihr Gesicht zu sehen, doch es lag zum Teil im Schatten, ihr langes schwarzes Haar verdeckte die eine Wange.

Saigõ flüsterte ihr etwas ins Ohr; sie blieb wie auf Befehl stehen und beugte sich herab. Auch ihr Gesicht glänzte vor Schweiß, war jetzt direkt über ihm.

»So ist es brav.« Saigõ grinste verächtlich. »Mach dir keine Mühe, uns zu folgen! Das hätte wirklich keinen Sinn. Denn jetzt heißt es Lebewohl. Nicht *sayonara.* Alles klar?« Er streckte seine Hand aus und tätschelte Nicholas' Wange fast zärtlich. »Sollten sich unsere Wege jemals wieder kreuzen, werde ich dich töten.«

Schatten im Raum – waren es Menschen aus Fleisch und Blut? Sie verschwanden, und nur Bilder blieben, Bilder, die vage über seine Iris gaukelten. Schließlich schloß er die Augen und konzentrierte sich aufs Atmen.

Er schätzte, daß die Lähmung irgendwann im Morgengrauen zurückgegangen war. Er war nicht sicher, wie spät es gewesen war. Irgendwann war er eingeschlafen. Er wußte nur, daß er, als er kurz vor acht erwachte, seine Finger und Zehen bewegen konnte.

Binnen einer Stunde konnte er aufstehen und wieder sicher gehen. Er begab sich ins Badezimmer und blieb dort lange Zeit.

Er schleppte sich zu dem Lagerhaus, in dem der *ryu* untergebracht war. Die Straße sah tagsüber vollkommen anders aus. Sie lag in der Nähe des Geschäftsviertels. Die ganze Gegend war vom Verkehr verstopft und von Fußgängern überflutet.

Er rüttelte an der vorderen Tür, doch diese war abgeschlossen. Nachdem er zweimal um das Gebäude herumgegangen war, war er sicher, daß es keinen anderen Eingang gab. Das Schloß aufzubrechen, kam nicht in Frage.

Er ging in ein nahegelegenes Teehaus, um zu frühstücken. Dabei setzte er sich an einen Tisch, von dem aus er die ganze Häuserfront überblicken konnte. Nach einer Stunde vergeblichen Wartens gab er auf.

Er bezahlte seine Rechnung und fragte nach dem Weg zur nächsten Polizeistation. Sie lag ganz in der Nähe. Man schickte ihn in den zweiten Stock eines Gebäudes, das aus Holz und Ziegeln erbaut war. Es roch nach Zement und Terpentin.

Der diensttuende Wachtmeister saß hinter seinem Schreibtisch, mit einem narbenbedeckten Gesicht wie ein Kriegsveteran. Er war ein schmächtiger Mann, ziemlich jung, mit gelbem Teint und einem buschigen Schnurrbart, der vermutlich seine auseinanderstehenden Zähne verbergen sollte. Seine Uniform war auffallend proper; Nicholas sah die Bügelfalten in seinem Hemd.

Er machte einen sympathischen Eindruck, gab sich hilfreich. Er notierte alle Einzelheiten, einschließlich der Adresse des Lagerhauses. Aber seine Augenbrauen schnellten ungläubig in die Höhe, als Nicholas ihm berichtete, was sich hinter der rotlackierten Tür im dritten Stock befand.

»Ein *ninjutsu-ryu*? Sind Sie ganz sicher, daß es sich hier nicht um einen Scherz handelt, um einen Studentenulk? Denn, soweit ich –«

»Nein«, sagte Nicholas, »bestimmt nicht.«

»Doch sicherlich ist Ihnen bekannt«, der junge Wachtmeister strich sich liebevoll mit dem Zeigefinger über seinen Schnurrbart, »daß der Ninja nicht mehr existiert. Er ist bereits vor einem Jahrhundert ausgestorben.«

»Wissen Sie das genau?«

»Also, jetzt hören Sie mal –«

»Ich bitte Sie um nichts weiter, als daß Sie einige Leute zu dem Lagerhaus entsenden.«

Widerstrebend nahm der Wachtmeister seine Hand von der Oberlippe und hielt sie mit der Handfläche nach oben. »Schon gut, Mr. Linnear. Schon gut. Überlassen Sie das mir. Sie gehen jetzt in Ihr Hotel zurück und warten dort auf meinen Anruf.«

Es dauerte bis nach drei Uhr, als das Telefon klingelte.

»Ja?«

»Mr. Linnear.« Die Stimme des Wachtmeisters klang gequält.

»Waren Sie in dem Lagerhaus?«

»Ja, ich bin selbst dort gewesen. Mit zwei Leuten von der Streife. Es gehört ›Pacific Imports‹.«

»Haben Sie das Zeichen an der Tür gesehen?«

»Da war kein Zeichen. Nur eine ganz normale Tür. Das Lagerhaus ist heute geschlossen, doch wir konnten dem Wachmann etwas Angst machen. Er hat uns durch das ganze Haus geführt. Es ist ein Lagerhaus. Nichts Unheimliches war zu entdecken.«

»Das verstehe ich nicht.«

»Mr. Linnear, vielleicht sollte ich einen Mann zu Ihnen rüberschicken, der sich das Gepäck Ihrer Freundin mal ansieht. Womöglich finden wir da irgendwelche Hinweise.«

»Welches Gepäck?« Nicholas war verwirrt. »Ihr Gepäck ist weg, Wachtmeister. Das sagte ich Ihnen doch.«

Die Stimme am anderen Ende der Leitung schien etwas auf Distanz zu gehen, wurde merklich kühler. »Nein«, sagte der Wachtmeister, »daran kann ich mich nicht erinnern, Mr. Linnear, daß Sie das gesagt haben. Hatten Sie vergangene Nacht vielleicht einen Streit mit Ihrer Freundin? Ist sie Ihnen weggelaufen?«

»Jetzt hören Sie mal –«

»Junger Mann, vielleicht sollte ich Ihre Eltern verständigen. Wo, sagten Sie, kommen Sie her?«

Er wartete bis lange nach Einbruch der Dämmerung, bevor er das Hotel verließ. Es war kälter geworden, und die Dunkelheit hing wie ein Stahlvorhang in der Luft. Wer um diese

Zeit noch auf der Straße war, eilte schnellen Schrittes an ihm vorbei, um die warme Geborgenheit seines Zuhauses zu erreichen.

Er ging einmal um den Block, um sicher zu sein. Keiner der Passanten begegnete ihm mehr als einmal. Er stand in einem Toreingang und starrte auf die Eingangstür, leicht fröstelnd, als ein Wind aufkam. Ein Stück Zeitungspapier wehte über den Rinnstein, hob sich in die Luft, fiel wieder herab, wie eine Riesenmotte, der eine Flamme die Flügel versengt hat.

Er brauchte vier Minuten, um hineinzugelangen. Er ging dabei mit allergrößter Vorsicht zu Werke. Endlos lang, so schien es ihm, stand er mit dem Rücken zur Tür und lauschte den Geräuschen. Er mußte das akustische Muster im Innern des Hauses aufnehmen und sich einprägen, so daß ihm jede Abweichung sofort auffiel. Davon konnte es abhängen, ob er hier lebend wieder herausfand. Er benötigte zehn Minuten, um ganz sicherzugehen; das Schallmuster bestand vorwiegend aus Verkehrslärm, und es bedurfte längerer Zeit, diesen in seinem Gedächtnis zu speichern, da er nicht gleichmäßig war. Dann stieg er lautlos die Treppe hinauf.

Das Haus schien verlassen, doch dem maß er keine Bedeutung bei. Er hatte zu beachten, daß er sich auf feindlichem Gebiet befand. Schon der Polizeiwachtmeister würde genügen, ihm Ärger zu bereiten, wenn man ihn hier fand. Und er hatte kein Interesse daran, daß der Name seines Vaters mit der Sache in Verbindung gebracht wurde; außerdem: je weniger der Oberst von seinen Aktivitäten in Kumamoto wußte, um so besser.

Da das Lagerhaus keine Fenster besaß, war es darin am Tage genauso dunkel wie nachts. Auf dem Treppenabsatz im dritten Stock nahm er seine Taschenlampe heraus und ließ den Strahl über die Tür spielen.

Für einige Augenblicke stand er vollkommen reglos. Irgendwo unten im Haus knarrte Holz, doch nicht aufgrund eines Schrittes. Draußen, dem hallenden Klang nach zu urteilen in einer Toreinfahrt, bellte ein Hund zweimal, schwieg sodann. Das kurze Rumpeln eines Lastwagens folgte.

Der Wachtmeister hatte nicht gelogen. An der Tür war keinerlei Zeichen mehr angebracht.

Er trat näher, um eine genauere Inspektion vorzunehmen. Im Licht der Taschenlampe rieb er mit dem Finger über die Oberfläche der Tür. Nichts. War hier jemals etwas gewesen? Er öffnete das Vorhängeschloß.

Fünfzehn Minuten später war er wieder draußen und ging

mit steifen, schmerzenden Beinen die Straße hinunter. Ein Lagerhaus – nichts weiter. Es gab keinen einzigen Hinweis darauf, daß es einen *ryu* beherbergen könnte. *Mach' dir keine Mühe, uns zu folgen!*

Im Radio wurde ein Pop-Song gespielt, den er nicht kannte. Das Tempo war schnell, die Melodie optimistisch. Die vorbeiziehende Landschaft war durch den Nebel nur undeutlich zu erkennen, Hagel prasselte, wobei die Körner wie Ping-Pong-Bälle von der Waggonwand abprallten.

Nicholas lehnte seine Stirn gegen das Fensterglas und genoß die Kühle. Er versuchte, einen Sinn in die ganze Geschichte zu bringen. Was war Yukio doch für eine Schauspielerin! Und als welch naiver kleiner Junge hatte er sich gezeigt. Es war fast zum Lachen. Er, so ernsthaft darum bemüht, ihr Vertrauen zu gewinnen, und sie, für die Vertrauen ein absolut bedeutungsloses Wort war. Nein, das alles war so deprimierend und in keiner Weise amüsant.

Doch welche Ironie lag in dem Ganzen. Welche Ironie!

Er fühlte ein Art von Taubheit in sich, so, als hätte ihn Saigōs brutales Eindringen seiner körperlichen Empfindungen beraubt. Er dachte an Yukios Bemerkung beim Anblick des zerbombten Observatoriums von Hiroshima. *Genauso sieht es in meinem Inneren aus.* Noch eine ihrer Lügen, doch auf ihn traf dieser Zustand jetzt nur allzugut zu.

Der Himmel wurde weiß, es begann zu schneien. Die Ruhe war vollkommen, ja fast unerträglich, nachdem der Hagel so lange angehalten hatte. Endlich wurde auch das Radio abgeschaltet.

Warum hatte sie ihm diese Geschichte von der unglücklichen, betrogenen Liebe erzählt? Zum ersten Mal begann er über Amerika anders zu denken als bisher. Sein geliebtes Japan verlassen? Ja, dachte er. Ja, aber zuerst ...

Mit einem Schlag fing das Radio wieder laut zu plärren an ... *I'll pretend that I'm kissing the lips I am missing / And hope that my dreams will come true / And then while I'm away / I'll write home every day / And I'll send all my loving to you ...*

Es war nicht weiter verwunderlich, daß sich Nicholas vom Bahnhof aus nicht sofort nach Hause begab.

Er warf sein Gepäck auf den Rücksitz eines Taxis und nannte dem Fahrer, während er einstieg, die Adresse von Kansatsus *ryu*.

In Tokio hatte es offensichtlich schon einige Zeit geschneit.

Es lagen fast drei Zentimeter Schnee, und der Verkehr bewegte sich nur langsam vorwärts. In diesem Jahr war der Schnee so spät gekommen, daß schon niemand mehr damit gerechnet hatte und alle davon überrascht wurden.

Die verkrusteten Scheibenwischer gaben ein monotones Zisch-Plop, Zisch-Plop von sich, während der Fahrer in halsbrecherischer Weise durch den Verkehr kurvte. Auf der Schnellstraße, die durch die Außenbezirke führte, kamen sie besser vorwärts; hier war der Streudienst bereits am Werk gewesen.

Nicholas saß zusammengesunken in der einen Ecke des Rücksitzes und hielt seine Augen geschlossen, bis sie vor dem *ryu* hielten. Er bat den Fahrer zu warten, bis er sicher war, daß sich noch jemand im *ryu* aufhielt.

Das Taxi schien förmlich auf dem Schnee aufzusitzen, aus dem Auspuff kamen kleine weiße Wolken. Er kam nach einem Augenblick zurück, bezahlte den Fahrer und holte sein Gepäck aus dem Wagen.

Kansatsu servierte ihm in einem der Hinterräume des *ryus* grünen Tee. Der *dõjõ* selbst war verlassen. Außer dem *sensei* und ihm war niemand anwesend.

»Du hast eine schwierige Reise hinter dir«, begann Kansatsu.

Durch einen offenen *shõji* konnte Nicholas beobachten, wie der Schnee lautlos herabfiel und jeden Ton erstickte. In der Dämmerung sah dieser eher blau als weiß aus. Der Fudschi war bei diesem Wetter nicht zu erkennen.

»Ich kann es an deinem Gesicht sehen.«

Nicholas berichtete. Nachdem er geendet hatte, entstand ein großes Schweigen.

»Kansatsu –«

Doch der *sensei* gebot ihm Schweigen. »Trink deinen Tee, Nicholas.«

Nicholas stieß die graue Keramikschale von sich; Tee spritzte auf die *tatamis*. »Ich bin es leid, wie ein Kind behandelt zu werden!«

»Ich meine«, sagte Kansatsu, vollkommen unberührt durch den Ausbruch, »daß du jetzt nach Hause gehen solltest.«

Nicholas stand auf, sein Gesicht war rot vor Zorn. »Verstehst du nicht, was passiert ist? Hast du überhaupt zugehört bei dem, was ich dir erzählt habe?«

»Ich habe jedes Wort vernommen.« Kansatsus Tonfall war friedfertig, beruhigend. »Ich habe volles Verständnis für dich. Du hast mir im übrigen bestätigt, was ich schon seit geraumer Zeit vermutet habe. Aber wir sollten keine übereilten Entscheidungen treffen. Bitte, befolge meinen Rat und geh' nach Hause. Nimm dir Zeit, über die Dinge nachzudenken –«

»Es gibt einige Antworten, die ich gern von dir gehört hätte«, sagte Nicholas ungehalten. »Du hast mich auf diese ganze Geschichte angesetzt. Du wußtest genau –«

»Ich wußte nichts Genaues. Wie ich dir schon sagte. Jetzt weiß ich es, ebenso wie du. Du wirst zugeben, daß das besser ist als die Ungewißheit.«

»Ja.«

»Nun gut.« Kansatsu seufzte und erhob sich. Sie standen sich an dem niedrigen Lacktisch gegenüber. »Laß mich dir eines sagen: Alles geschah letztlich zu deinem Besten –«

»Zu meinem –!«

Kansatsu erhob die Hand. »Laß mich bitte meinen Gedanken zu Ende bringen. Ich hatte, was Saigō anbetraf, nur bestimmte Vermutungen.« Seine Stimme veränderte sich, wurde weich. »Was dich anbelangt, so habe ich dir gegenüber meine Gedanken geäußert. Hier weiter zu arbeiten, würde keinem von uns beiden mehr nützen. Daß du die Reise nach Kumamoto überlebt hast, ist dafür Beweis genug – falls du meinen Worten nicht trauen solltest.«

»Das würde mir niemals einfallen.«

»Nein. Das weiß ich.« Kansatsu kam um den Tisch herum und berührte Nicholas' Bizeps. Es war das erste Mal, daß er Nicholas gegenüber eine solche Geste äußerte. »Du warst mein bester Schüler. Doch für uns ist die Stunde der Trennung gekommen. Du mußt deinen eigenen Weg gehen, Nicholas. Zu lange in einem *ryu* zu verbleiben, kann abträglich sein. Aber –« er hob seinen langen Zeigefinger, »– bevor du entscheidest, wohin du gehen willst, mußt du in deinem Kopf Klarheit schaffen. Du wirst zugeben, daß dies im Moment nicht der Fall ist, nicht wahr?«

Nicholas schwieg nachdenklich.

»Nimm dir ein paar Tage Zeit. Wenn du meinst, daß du mit dir im reinen bist, komm zu mir. Ich werde hier sein. Ich werde alle deine Fragen beantworten, so gut ich kann. Und wir werden zusammen über deine Zukunft entscheiden.«

»Es gibt da etwas«, erwiderte Nicholas schließlich, »das man nicht übersehen kann.«

»Und was ist das?«

»Ich habe mir einen Feind gemacht.« *Mach dir keine Mühe, uns zu folgen!* »Ich bin in ihre Sphäre eingedrungen, habe ihre Warnungen in den Wind geschlagen. Wenn sie kommen, muß ich bereit sein.«

Nie zuvor hatte Kansatsu so alt und zerbrechlich gewirkt

wie in diesem Augenblick, als er neben Nicholas stand und auf den fallenden Schnee hinaussah.

»Ich fürchte, es gibt schlechte Nachrichten.«

Er stand mit seinem Gepäck im Vorraum des Elternhauses. Er dachte sofort an Cheong. »Wo ist Mutter?«

»Bei deiner Tante. Komm herein, Nicholas.« Der Oberst sah blaß und erschöpft aus.

Das Haus wirkte auf eigenartige Weise verändert. Leerer.

»Was ist passiert?«

»Es betrifft Satsugai«, sagte der Oberst. In einer Hand hielt er seine erloschene Pfeife. »Wir haben versucht, dich in Kumamoto zu erreichen. Schließlich konnte ich heute nachmittag mit Saigō sprechen. Itami war überrascht, daß Yukio sich entschieden hatte, mit ihm zurückzukommen.«

Nicholas war, als ob sich ein Messer in ihm umdrehte. *All my loving darling. I will send to you.* Schweigen. Er konnte die Standuhr auf dem Kaminsims im Zimmer des Obersten tikken hören. Draußen bewegte sich nichts. Es war, als ob die Welt in einer neuen Eiszeit erstarrt sei.

Der Oberst räusperte sich. »Satsugai ist ermordet worden. Es tut mir leid. Das ist eine schlimme Heimkehr für dich. Ich sehe dir zudem an, daß du keine gute Reise hattest.«

Waren die Dinge so unauslöschlich in seinen Gesichtszügen eingeprägt wie ein Mal, das er nicht erkennen konnte?

»Wie ist es passiert?«

Der Oberst führte das Mundstück seiner Pfeife an die Lippen und versuchte, den Pfeifenkanal freizublasen. Er sah in den Pfeifenkopf. »Die Polizei glaubt an einen Raubüberfall. Es scheint, als hätte Satsugai die Einbrecher überrascht.«

»Niemand hat den Vorfall gehört?«

Der Oberst zuckte die Schultern. »Es war niemand im Haus um diese Zeit, Itami war bei ihrer Schwester.«

»Bei welcher? Ikura?«

»Nein. Teoke.«

Nicholas konnte Teoke nicht leiden.

»Ich werde erst einmal auspacken.« Er machte sich daran, das Gepäck in sein Zimmer zu tragen. Der Oberst kam ihm zu Hilfe, und sie gingen zusammen durchs Haus.

»Es ist so still«, sagte Nicholas. »Alles scheint anders zu sein.«

»Ja«, stimmte ihm der Oberst bei und rieb sich die Augen. »Es ist nicht mehr dasselbe.« Er setzte sich auf den *futon* und preßte Daumen und Zeigefinger gegen das Augenlid. »Die

Dienstboten sind mit deiner Mutter weggegangen, und Ataki wird heute nicht kommen.«

Nicholas begann auszupacken und die Sachen, die er nicht getragen hatte, aufzuhängen. »Vater«, sagte er nach einer Weile, »was weißt du von dem Ninja?«

»Oh, nicht sehr viel. Warum?«

Nicholas sah auf das Hemd, das er in der Hand hielt. »Kansatsu hat mir von ihnen erzählt. Wußtest du, daß sie, als die Portugiesen 1543 zum ersten Mal Feuerwaffen nach Japan brachten, diese sofort in die *ninjutsu*-Technik aufgenommen haben? Nein? Und daß das der Grund war, weshalb die Mehrzahl der anderen Kasten Feuerwaffen ablehnten – insbesondere die Samurai –, bis in die Zeit der Meiji-Restauration?«

Der Oberst stand auf und trat zu seinem Sohn. »Nicholas«, sagte er liebevoll, »was ist zwischen dir und Yukio passiert?« Als Nicholas schwieg, legte er diesem die Hand auf die Schulter und sagte: »Hast du Angst, es mir zu sagen?«

Nicholas drehte sich um und sah den Oberst an. »Angst. Nein. Ich – Es liegt einfach daran, daß ich weiß, wie du von ihr denkst. Du hast sie von Anfang an nicht leiden können.«

»Und deshalb willst du mir jetzt nichts weiter erzählen –«

»Ich liebe sie«, äußerte Nicholas schroff. »Auch sie hat mir gesagt, daß sie mich liebt. Aber dann . . . dann, war alles vorbei, als hätte ihre Liebe nie existiert!« Der Oberst empfand tiefes Mitleid, als er Nicholas' Gesichtsausdruck sah.

Als er Nicholas an der Tür empfangen hatte, war sein erster Impuls gewesen, ihm alles zu erzählen, sich zu erleichtern. Er wußte jetzt, daß er dies niemals tun würde; es wäre eigensüchtig gewesen. Diese Last war für ihn alleine bestimmt. Es wäre ungerecht gewesen, sie Nicholas für den Rest seines Lebens aufzubürden. Doch er wünschte sich verzweifelt, seinem Sohn etwas Versöhnliches sagen zu können. Seine Sprachlosigkeit war ihm unbegreiflich. Bin ich schon mein ganzes Leben lang so zu ihm gewesen? fragte er sich. Ich weiß nicht, was ich sagen soll; was könnte ihn beruhigen? Er wünschte sich, Cheong wäre hier. Mein Gott, dachte er, habe ich mich meinem Sohn so entfremdet? Hat das meine Arbeit aus mir gemacht? Es erschien dem Oberst geradezu als Ironie. Und es wurde ihm klar, wie sehr er Satsugai um sein enges Verhältnis zu Saigō beneidet hatte. Er würde zu Nicholas nie eine solche Beziehung haben. Der Fehler lag, wie er klar sah, bei ihm ganz allein.

Er hörte die Türglocke läuten. »Komm«, sagte er, und sie gingen beide zur Tür.

Ein Kriminalwachtmeister der Tokioter Polizei stand auf den Stufen. Er war ein stämmiger junger Mann, der sich offensichtlich in seiner Haut nicht ganz wohl fühlte; er wußte wohl nur zu gut, wer der Oberst war. Er salutierte stramm, als dieser die Tür öffnete.

»Oberst Linnear«, sagte der Wachtmeister mit ruhelosen braunen Augen, nachdem ihn der Oberst in den Vorraum gebeten hatte, »Leutnant Tomomi hat mich beauftragt, Sie über den Fortgang der Untersuchungen zu informieren.« Er schien es für überflüssig zu halten hinzuzufügen, um welche Untersuchungen es sich dabei handelte. »Unsere letzten Erkenntnisse gehen dahin, daß Ihr Schwager –«

»Er ist nicht mein Schwager.«

»Wie bitte, Sir?«

»Egal«, sagte der Oberst. »Fahren Sie fort.«

»Sehr wohl, Oberst. Wir haben die Hypothese eines Einbruchs verworfen. Sie steht zumindest nicht mehr an der Spitze unserer Liste.«

»Oh?«

»Der Bericht des Gerichtsarztes vermerkt einen doppelten Bruch des Kehlkopfringes. Ihr Schwager wurde erdrosselt. Von einem Fachmann. Leutnant Tomomi meint, daß man in diesem Zusammenhang den radikalen Linken ein besonderes Augenmerk widmen sollte.«

»Soll das heißen, daß man einen Mordanschlag vermutet?«

»Ja, Sir. Wir sind zur Zeit dabei, Verdächtige zu verhören. Aktivisten von der JSP, den Kommunisten und anderen Gruppen.«

»Ich danke Ihnen für die Information, Wachtmeister.«

»Nichts zu danken, Oberst. Guten Tag.« Er wandte sich um und verließ das Haus. Der Kies knirschte unter seinen hohen schwarzen Stiefeln.

In den folgenden Wochen kehrte das Familienleben scheinbar wieder in die alten Bahnen zurück. Doch wie der Oberst bereits festgestellt hatte, war es nicht mehr dasselbe.

Innerlich vermochte er über Satsugais Tod keine Trauer zu empfinden, was ihn allerdings nicht verwunderte. Vor dem Begräbnis allerdings fühlte er sich in einer gespannten Erwartung, ohne sagen zu können, warum. Bis er Saigō und Itami eintreffen sah. Da verdüsterte sich sein Gemüt jäh. Yukio war nirgendwo zu sehen. Saigō hatte nur Augen für seine Mutter, würdigte die anderen keines Wortes.

Da Saigō zu Hause bei seiner Mutter war, hatte Nicholas

damit gerechnet, daß Cheong zurückkommen würde. Doch dies war nicht der Fall. Sie blieb noch über eine Woche bei Itami.

Das tragische Geschehen hatte seine Mutter altern lassen, mußte Nicholas feststellen, ebenso seine Tante. Sie lächelte nur noch selten, schien den Dingen entrückt und sich allein durch Willenskraft am Leben zu erhalten.

Zudem, und dies war für Nicholas vollkommen unerklärlich, hatte sich auch etwas in ihrem Verhältnis zum Oberst geändert. Solange Nicholas denken konnte, war diese Beziehung immer das feste Bollwerk in seinem Leben gewesen, jene Stütze, auf die er sich hatte stets verlassen können. Die Veränderung war fast unmerklich vor sich gegangen und für einen Außenstehenden womöglich gar nicht zu erkennen. Doch für ihn war sie spürbar, und sie ängstigte ihn. Fast schien es, als mache Cheong den Oberst für das traurige Ereignis verantwortlich. Dabei hatte er doch Satsugais Leben einst gerettet. Er empfand, daß sie ungerecht war, und zum ersten Mal in seinem Leben fühlte er sich durch die fortschreitende Entfremdung seiner Eltern verunsichert.

Itami kam fast täglich zum Mittagessen. Hin und wieder brachte sie Saigõ mit, wenn dieser gerade in der Stadt war. Nicholas hielt sich von diesen Zusammenkünften fern, entweder war er im *ryu*, um sich mit Kansatsu zu unterhalten, oder bei Vorlesungen an der Tõdai, der Universität von Tokio. Doch Cheong erzählte ihm von diesen Besuchen, wenn er abends nach Hause kam.

Der Oberst hatte sich eine Woche Urlaub genommen, er hatte sich für fast anderthalb Jahre keine Pause gegönnt. Er erklärte, er sei krank, und zum ersten Mal, seit Cheong ihn kannte, ging er zu einem Arzt. Er sah blaß und abgearbeitet aus, aber die Untersuchung ergab, daß alles in Ordnung war.

Nicholas wurde immer mehr durch das Universitätsleben in Anspruch genommen. Nachdem er die äußerst schwierigen Aufnahmeprüfungen bestanden hatte, wurde er Mitglied der *Gakubatsu*, der Studentenverbindung der Universität. Die Tõdai war einer der exklusivsten Clubs der Welt, die Kaderschmiede für die Spitzenleute in Regierung und Wirtschaft. Hatten nicht allein fünf der Premierminister der Nachkriegszeit an der Tõdai graduiert?

Das intensive Studium entfremdete Nicholas seiner Familie, und es dauerte einige Wochen, bis er merkte, daß etwas nicht stimmte. Der Oberst hatte seinen Krankheitsurlaub verlängert. Er stand, wie immer, ziemlich früh auf und ging im Haus umher, wobei er die Gegenstände berührte, als sähe er sie zum ersten Mal. Oft stand er den Dienstboten im Wege, und diese drängten ihn gutmütig in ein anderes Zimmer oder – da er die Angewohnheit hatte, geistesabwesend wieder zurückzukommen – setzten sie ihn immer häufiger gleich vor die Tür. Er verbrachte dann lange Stunden, indem er im Zen-Garten saß, als studiere er die geschwungenen Linien des Kieses. Für einen Mann wie ihn, der sein ganzes Leben lang voller Energien und Aktivitäten gewesen war, war dieses Verhalten höchst ungewöhnlich.

Itami erschien während ihrer Besuche völlig zu Cheong hingezogen. In zunehmendem Maße verbrachte sie jetzt auch die Wochenenden mit ihr. Sie unternahmen lange Spaziergänge durch die Zedern- und Kiefernwälder zum Shinto-Tempel, zu dem Itami vor langer Zeit Nicholas mitgenommen hatte. Worüber Cheong und Itami auf diesen Spaziergängen sprachen, hatte Nicholas nicht die geringste Ahnung.

Eines Tages kam er von der Universität früher als sonst nach Hause und fand den Oberst im Freien sitzend. Er hatte sich in seinen alten englischen Überzieher gemummt, der ihm jetzt viel zu groß schien.

Nicholas ging an der Hausfront entlang und setzte sich neben ihn. Er war überrascht, wie scharf die Wangenknochen des Obersten hervorstachen.

»Wie geht's dir?« fragte er. Sein Atem gefror zu einer kleinen Wolke vor seinem Mund.

»Ausgezeichnet«, erwiderte der Oberst. »Ich bin nur – müde.« Er lächelte geheimnisvoll. »Einfach müde, das ist alles.« Seine Hände flatterten wie erschrockene Vögel. Die Handrücken waren von Altersflecken übersät. Wieder lagen sie ruhelos auf seinen Schenkeln. »Mach' dir meinetwegen keine Sorgen. Weißt du, ich denke daran, mit deiner Mutter irgendwo hinzufahren, um auszuruhen. Sie hat diese ganze Sache noch nicht überwunden. Sie muß einmal eine Weile von hier weg. Damit sie ihren Kummer vergißt. Deine Tante hängt sich zur Zeit an sie, als ob sie ihre einzige Verbindung zum Leben wäre. Das finde ich nicht gut.«

»Das kommt schon in Ordnung, Vater.«

Der Oberst seufzte. »Ich weiß nicht. Die Welt hat sich verändert. Sie ist zu komplex geworden. Ich verstehe das alles nicht mehr. Aber du wahrscheinlich. Das hoffe ich auf jeden Fall.« Er rieb mit den Handflächen seine Schenkel, als ob sie schmerzten. »Nichts ist mehr so, wie es früher war.« Er sah in den Himmel. Die letzten Gänse flogen in breiten V-Formationen nach Süden. »Was habe ich für Träume gehabt, als ich hierher kam. Es gab so viel, was ich hätte tun können.«

»Und das hast du auch. Du hast viel erreicht.«

»Asche im Wind«, erwiderte der Oberst. »Mir ist, als hätte ich nichts getan, als wäre ich immer nur auf der Flutwelle mitgeschwommen, von Kräften bestimmt, deren ich mir nicht bewußt war.« Er schüttelte den Kopf. »Ich kann mich von dem Gefühl nicht freimachen, daß ich mich nicht genug bemüht habe.«

»Wie kannst du so etwas sagen? Du hast wirklich alles getan. Alles.«

»Ich glaubte einfach, es sei das Richtige, was ich tat. War es dennoch falsch? Ich weiß es heute nicht. Ich fühle mich zerrissen. Ich wünschte, ich wäre nach Washington gegangen, um unsere Sache dort zu vertreten. Ich wünschte, ich hätte mehr Zeit mit dir und deiner Mutter verbracht.«

Nicholas legte seinen Arm um die Schultern des Obersten. Wie schmal er geworden war!

»Es ist schon gut, Vater.« Ein solch nichtssagender Satz, der überhaupt nichts bedeutete. Es schien ihm die Sprache verschlagen zu haben. »Es ist schon gut«, sagte Nicholas.

Was wollte er eigentlich sagen?

Doch etwas Unwiderrufliches hatte sich im Leben des Obersten ereignet.

Trotz wiederholter Besuche beim Arzt, trotz kräftigender Arzneien, guten Essens und schließlich Injektionen verlor er fortwährend an Gewicht, und zum Schluß gab es nichts, was irgend jemand noch für ihn hätte tun können. Zehn Tage nach seinem Gespräch mit Nicholas im Zen-Garten starb der Oberst im Schlaf.

Das Begräbnis wurde zu einer pompösen Angelegenheit. Das amerikanische Militär in Tokio übernahm es, die Trauerfeierlichkeiten auszurichten. Trauergäste kamen von jenseits des Pazifik, und Präsident Johnson entsandte seinen persönlichen Vertreter aus Washington. Nicholas erschien die Anwesenheit dieses Mannes als ein Witz in Anbetracht der gescheiterten Bemühungen seines Vaters.

Den Bekundungen der japanischen Regierung war da eher zu trauen. Der Premierminister höchstpersönlich wohnte den Trauerfeierlichkeiten bei, und mit ihm viele Mitglieder des Parlaments. Die Japaner hatten die beachtlichen Leistungen des Obersten für ihr Land nicht vergessen und erwiesen ihm den nötigen Respekt. Nachdem eine angemessene Zeit verstrichen war, bot man Nicholas die Möglichkeit einer Karriere in der Verwaltung an. Nicholas gab zwar zu erkennen, daß er sich geehrt fühle, lehnte jedoch ab.

Dem Letzten Willen des Obersten folgend, vollzog der

Rabbi der amerikanischen Armee den Trauergottesdienst, was ohne Zweifel viele der Anwesenden in Erstaunen setzte, vor allem die, die geglaubt hatten, den Oberst gut zu kennen. Der Rabbi war dem Oberst schon seit langer Zeit verbunden, seine Worte kamen ihm aus dem Herzen. Er sprach mit großer Überzeugung. Ja, so im Rückblick war es eine eindrucksvolle Feier gewesen, ging es Nicholas durch den Sinn.

»Der Tenshin Shoden Katori-*ryu* ist jetzt die einzige Antwort darauf.«

»Ich glaube, das stimmt. Ja. Ich möchte fort, und ich möchte bleiben.«

»Ich kann das vollkommen verstehen, Nicholas.«

Kansatsus Katzenaugen waren hell und voller Leben.

Er und Nicholas knieten sich gegenüber. Um sie herum war die strahlende Leere des *dõjõ*, ein verlassener Strand im Sonnenlicht.

»Wie wird es mir dort ergehen?«

»Das kann ich dir nicht sagen. Ich weiß es nicht.«

»Wird es sicher sein?«

»Das kannst nur du selbst beantworten. Doch die Stärke liegt in dir.«

»Es hat mich gefreut, daß du zum Begräbnis gekommen bist.«

»Dein Vater war ein feiner Mann, Nicholas. Ich habe ihn gut gekannt.«

»Das wußte ich nicht.«

»Nein.«

»Nun denn . . .«

»Ich habe die Empfehlungsbriefe für dich vorbereitet sowie deine Abschluß-Zertifikate für diesen *ryu*. Du hast mit den höchsten Noten bestanden.« Kansatsus Augen lagen fest auf Nicholas' Gesicht. Er zog aus seinen weiten Ärmeln drei enggerollte Dokumente aus Maulbeerbaumpapier, die mit einer dünnen schwarzen Schnur zugebunden waren. Er streckte sie Nicholas entgegen, und für Augenblicke waren sie die einzige körperliche Verbindung zwischen ihnen. »Denke daran«, sagte er, »diese Dinge um uns her sind wie eine zerbrechliche Kette. Sie ist sehr dünn, und ein Glied greift ins andere. Sieh zu, daß du erkundest, welcher Art das nächste Glied ist, nicht daß die Kette in deinen Händen zerspringt und du wehrlos allein dastehst.« Dann übergab er ihm die Unterlagen mit einer feierlichen, endgültigen Geste.

»*Sayonara*, Nicholas.«

»*Sayonara, sensei.*« Tränen schossen in seine Augen, so daß er nur noch bemerkte, wie sich ein Schatten erhob und den Raum verließ. *Ich liebe dich*, dachte er. Genau das war es, was er damals im Zen-Garten dem Oberst hatte sagen wollen und es dennoch nicht getan hatte.

Er hörte nicht, wie sich die Tür schloß, doch er wußte plötzlich, daß er allein war im Haus der Zedern.

Es war eigenartig, doch die Heckenrosen hingen wie abgestorben herunter. Ataki kam nicht mehr, und während der letzten Wochen war der Oberst zu krank gewesen, um eine Ersatzkraft einzustellen. Die Sträucher, die immer sorgfältig beschnitten waren, waren von Schnee überladen, der Boden war hart vom Eis und gefrorenen Schnee, aber das war nicht der Grund für den Zustand der Gewächse.

Er spürte ein wachsendes Verlangen, ins Haus zu rennen, um Cheong zu sagen, daß er fortgehen werde. Doch er war so unsicher, wie sie darauf reagieren würde, daß er vor dem Haus auf und ab ging.

Der Himmel über ihm wies ein üppiges Kobaltblau auf. Er zeigte nur wenige, ganz hohe Federwolken und einen orangefarbenen Streifen am Horizont, dort, wo die Sonne durch den dicken Dunst kam. Weit weg glaubte er das Brummen einer B-707 zu hören, die im Anflug auf Haneda war.

Jetzt tat es ihm leid, daß er seine Verabredung mit einigen Freunden von der Universität abgesagt hatte; er hatte Cheong erklärt, daß er erst gegen Morgen nach Hause kommen würde. Doch nachdem die Entscheidung gefallen war, nach Kyoto zu gehen, wo sich der neue *ryu* befand, wollte er alles in Ordnung bringen. Und dazu gehörte, es ihr zu sagen.

Im Inneren des Hauses war es still, wie schon die ganze Zeit, seit er von Kumamoto zurückgekehrt war, so, als hätte es sich auf unerklärliche Weise verselbständigt, als hätte sich in ihm ihrer aller Leben manifestiert. Er dachte an die Überzeugung des Obersten, letztlich von Kräften gesteuert worden zu sein, die er nicht kannte. Konnte das Leben wirklich auf so grausame Weise unergründlich sein?

Er ging durch die dunkle Halle und wunderte sich, daß keines der Lichter brannte.

Die Küche war verlassen. Auf sein Rufen hin erhielt er keine Antwort. Er legte seinen Mantel ab, warf ihn über die Lehne eines Sessels und begab sich in den hinteren Teil des Hauses. Stille umfing ihn.

Schließlich kam er zum Zimmer seiner Eltern. Der dünne

Papier-*shōji* war geschlossen, doch dahinter brannte ein Licht, und er sah eine Silhouette, die sich bewegte.

Da er Cheong, wenn sie gerade im Begriff war, sich zur Ruhe zu begeben, nicht stören wollte, zögerte er. Morgen, so schwor er sich, würde er sie mit zum Grab nehmen, und sie würden zusammen vor dem Grabstein bei der jungen Zeder knien, die Räucherstäbchen entzünden und ihre Gebete auf englisch und japanisch sprechen.

Wieder bewegte sich der Schatten, und er rief leise ihren Namen in die hereinbrechende Nacht. Er blieb ohne Antwort und öffnete vorsichtig den *shōji*.

Er verhielt, den einen Fuß schon im Zimmer, den anderen noch draußen, und starrte auf den Anblick, der sich ihm bot. Aller Atem war aus ihm gewichen. In seinem Kopf fühlte er ein Pochen und an seinem Nackenwirbel einen Schlag, als wäre er an einen elektrischen Draht geraten.

Alles, außer einer *tatami*, hatte man herausgenommen. Der *futon* war in einer Ecke, ordentlich zusammengelegt, verstaut. An der rechten Wand brannte eine Lampe mit einem weißen Papierschirm. Draußen, vor den gegenüberliegenden hohen Glasfenstern, leuchtete der blauweiße Schnee, jungfräulich, ohne die kleinste Narbe in seiner Oberfläche, vor dem dunklen Hintergrund der Zeder und des Pinienwaldes. Der Himmel hatte keine Lichter.

Die einzige *tatami* lag in der Mitte des Raumes; der sie umgebende Holzfußboden wirkte nackt, wie rohes Fleisch, dem man die Haut abgezogen hat. Auf diesem kniete Cheong mit dem Rücken zu ihm. Sie trug – wie zu einem festlichen Anlaß – einen hellgrauen Kimono mit Obi und aufgestickten roséfarbenen Rosen. Ihr Rücken war gekrümmt, ihr Kopf wie zum Gebet gesenkt. Das Licht schimmerte auf ihrem blauschwarzen Haar, das untadelig frisiert war.

Auf der rechten Seite kniete die zierliche Itami in einem rechten Winkel zu Cheong, so daß er ihr Profil sehen konnte. Sie war genauso feierlich in einen mitternachtsblauen Kimono mit scharlachroten Streifen an den Ärmeln gehüllt und trug einen weißen Obi.

Die absolute Stille in dem Raum wirkte als spürbare Kraft, wie eine unsichtbare Barriere, die ihn daran hinderte, sich zu bewegen, zu sprechen.

Und dann war da ein Geräusch, so jäh und überraschend wie der erste Donnerschlag eines unerwartet aufgezogenen Gewitters.

Es war das Zischen von Stahl, der aus der Scheide fuhr.

Cheongs rechter Arm bewegte sich mit unwahrscheinlicher

Geschwindigkeit nach vorn, und für den Bruchteil einer Sekunde hatte Nicholas unerklärlicherweise die Vision von aufbrechenden Kirschblüten, die vor einem Hintergrund grüner Blätter in einem unwirklichen Rosa schimmerten.

Er sah die Klinge, die sich wie glänzendes Platin in ihrer vollen Länge im Lampenlicht spiegelte, ihn blendete wie die Sonne, um nach innen zu rasen. In die linke Seite des Unterleibes.

Es mußte ein Traum sein.

Er sah, wie sich ihre Ellbogen spannten, als sie die Klinge zu ihrem Brustkorb hochzog. Sie offenbarte eine Stärke und Willenskraft, wie sie viele Männer nicht besaßen.

Unendlich langsam, als ob er sich zentimeterweise nach unten neige, die Fäuste noch um das Heft gekrampft, begann Cheongs Körper nach vorn zu sinken, noch immer in vollkommener Beherrschung – ein lebendes Denkmal. Ihre Stirn berührte den Fußboden vor der Kante des *tatami*.

Wie auf ein Signal hin begann sich jetzt Itami zu bewegen. Ihre rechte Hand flog an ihre Seite. Mit einem jähen Rascheln zog sie das *katana*, das bisher in den Falten ihres Kimonos verborgen gewesen war, hervor, und hob dieses, indem sie sich aufgerichtet hatte, hoch über Cheongs Kopf. Mit einem heißen, zischenden Geräusch eilte die schreckliche Schneide dem Fleisch entgegen.

»Nein!«

Wie von Ketten befreit sprang Nicholas vorwärts. Itami, den Blick auf das schöne Haupt gebannt, sah nicht auf.

»Wie konntest du! Wie konntest du!« Er war außerstande zu denken. Seine Zunge war wie gelähmt.

»Jetzt ist es vollbracht, Nicholas.« Itamis Stimme schien weit weg und überaus sanft. Das blutige *katana* lag an ihrer Seite.

»Sie ist eine Tochter der Ehre.«

Fünfter Ring

Der Ninja

忍者

New York City/West Bay Bridge

Sommer/Gegenwart

Jemand fing an zu schreien. Schon bevor das Schloß aufsprang und die schwere Tür mit einem Donnerkrachen nach innen aufschwang.

Der Raum war ein einziges Durcheinander.

Ein geduckter Schatten lief an ihm vorbei durchs Zimmer, zum offenen Fenster.

Er stürzte sich sofort auf ihn. Er war wütend über seine eigene Dummheit, die diese Situation bewirkt hatte. Wenn er nicht augenblicklich handelte, konnte das tödlich sein. Und er wollte nicht sterben.

Im Vorbeilaufen sah er die Frau auf dem Bett, die Arme und Beine gespreizt. Ihre Haut wirkte wie eingeölt, weiße Lichtstreifen lagen darüber. Sie war Chinesin.

Die Erkenntnis war ihm bereits gekommen, als sie sich Eintritt zu Ah Mas Etablissement verschafften, die Spur des *tsunami* verfolgend. Du hast viel zu langsam geschaltet, beschimpfte er sich selbst.

Die Frau starrte nicht auf ihn, sondern auf die muskulösen Beine, die sie wie in einer Schere hielten, die breiten Schultern lagen am Rande der fleckigen Decke, der Kopf hing in einem merkwürdigen Winkel aus dem Bett. Sie war es gewesen, die geschrien hatte.

Von unten her sah Philip sie vorwurfsvoll an.

Das Schreien schien in Kadenzen überzugehen, es hörte sich an wie eine Polizeisirene.

»Es gibt noch einen Weg«, hatte Nicholas gesagt. »Einen besseren Weg.« Er tunkte dabei die Hälfte eines Fleischklößchens in die dunkelbraune gewürzte Sauce und schob das Fleisch in den Mund. »Ich will nicht, daß einer deiner Männer verletzt wird.«

Croaker sah ihn fragend an. »Du bist vielleicht ein komischer Vogel? Dafür werden wir schließlich bezahlt – wir Bullen, damit wir im Ernstfall auch ein paar Risiken auf uns nehmen.«

Sie saßen in einem chinesischen Spezialitätenrestaurant an der Elizabeth Street zwischen Canal und Bayard. Das Lokal war überfüllt, der Lärm sehr stark.

»Na schön, sagen wir: *vernünftige* Risiken«, entgegnete Nicholas. »Der Ninja ist ein Zauberer des Todes. Auf ihn seid ihr auf der Polizeischule nicht vorbereitet worden.«

»Wirst du nicht ein bißchen melodramatisch?«

»Nein.«

Croaker legte seine Stäbchen weg, schob den Teller von sich. Sofort erschien ein Kellner und räumte ab. »Und wie willst du vorgehen?«

»Auf jeden Fall allein.«

»Du bist verrückt.« Er wedelte mit dem Zeigefinger. »Ich will dir mal was sagen, Nick. Das ist Sache der Polizei. Es handelt sich um eine Polizeiaktion. Weißt du, was das heißt? Ich könnte entlassen werden, weil ich dich überhaupt mitnehme. Und du verlangst, das im Alleingang zu machen! Der Untersuchungsrichter und Finnigan, mein Boß, würden mich hängen und vierteilen, wenn sie davon erführen. Du mußt dich schon mit dem zufriedengeben, was ich dir anbiete.«

»Dann also du und ich.«

»Denkste. Das würde heißen, ich überlasse dir die Dekkung von uns beiden. Unmöglich.«

»Dann wird es Ärger geben.«

»Nicht, wenn wir ihn bei Ah Ma festnageln. Und genau das werden wir tun.«

Als sie die Treppe zu Ah Mas Etablissement hinaufliefen, ärgerte es ihn ein paar Sekunden lang, daß sie taktisch im Nachteil waren. Gewiß, der Vorteil lag im Überraschungsmoment; aber nur der Mann da oben kannte die Anordnung der Zimmer und jeden Ausgang. Das gefiel Nicholas ganz und gar nicht.

Auf dem ersten Treppenabsatz hielt er Croaker zurück und sagte: »Wenn wir ihn innerhalb der ersten Sekunden nicht kriegen, können wir das Ganze vergessen!«

»Konzentriere dich lediglich darauf, den Hund zu fangen«, sagte Croaker und lief weiter zur Tür von Ah Mas Zimmer.

Ein wenig geduckt in der Vorhalle stehend, hielt Croaker die 38er in der einen Hand, den Hausdurchsuchungsbefehl in der anderen Hand. Es war nicht einfach gewesen, dieses Stück Papier zu bekommen. Ah Ma besaß schließlich viele einflußreiche Freunde.

Irgendwo hinter ihnen summte eine defekte elektrische Leitung. Unten auf der Straße fuhr ein Wagen vorbei, hupte. Das Trappeln laufender Füße war zu hören, gleich darauf ein scharfes, hohes Lachen.

Dann wurde die Tür geöffnet. Croaker schob eine große, elegante Chinesin beiseite. Der Durchsuchungsbefehl flog wie ein Vogel mit gebrochenen Flügeln durch die Luft.

Vor Nicholas lief alles ab wie in einem Film. Die nacheinander erfolgten Morde waren wie Glieder in einer Kette. Der Sinn von Terrys Notiz mit den Namen *Hideoshi*, *Yodogimi*, *Mitsunari* war nun klar. Sie waren Chiffren für *Satsugai*, *Yukio*, *Saigō*. Der Paladin, der beauftragt war, die Geliebte des toten Shōgun zu schützen – eines griff ins andere.

Idiot! schalt er sich zornig, als er hinter Croaker in die Räumlichkeiten von Ah Ma eindrang. Warum hab' ich das alles aus meinem Bewußtsein verdrängt?

Ein Amerikaner, schreckensbleich, mit weitaufgerissenen, erschreckten Augen, erhob sich hastig von einer Chaiselongue, stellte eine winzige Chinesin auf den Boden zurück und lief förmlich aus dem Empfangsraum davon, um in einer der Suiten zu verschwinden.

Croaker war bereits auf dem langen Flur, der zu den hinteren Räumen führte. ›Blume‹, die ihnen die Tür geöffnet hatte, rief nach Ah Ma. Sie war sogar in dieser Situation ruhig und sanft.

Ah Ma erschien, als Nicholas sich anschickte, Croaker in den hinteren Teil des Stockwerks zu folgen.

»Was soll das?« Sie ergriff Nicholas am Arm. »Wie können Sie es wagen, in meine Wohnung einzudringen? Ich habe gute Freunde, die bestimmt . . .«

»Der Japaner«, entgegnete Nicholas in perfektem Mandarin. Ah Ma schrak zusammen. Sie trippelte aufgeregt neben ihm her, als er den Korridor entlanglief. »Wo ist er?« fragte Nicholas. »Wir wollen nur ihn!« Sein Blick tastete die Türen ab. Eine nach der anderen öffnete sich einen Spaltbreit, es sah aus, als grinsten sie höhnisch. »Sind Sie Ah Ma?« Vor ihm war Lärm entstanden. Croaker rüttelte an einer verschlossenen Tür.

»Er ruiniert mir das Haus!« schrie Ah Ma. Sie mußte an die Kommunisten denken, die auch mitten in der Nacht gekommen waren und das Haus zertrümmerten, ehe sie ihren Mann verschleppt hatten. Aber hier waren sie in Amerika.

Nicholas spürte ihre Erregung. »Der Japaner ist ein sehr gefährlicher Mann, Ah Ma. Er könnte Ihre Mädchen verletzen, ihnen Schmerzen zufügen.«

Das verstand sie sofort. Sie wurde still, starrte ihn an.

»Wo ist er?«

»Dort. Dort. Holen Sie ihn heraus!«

Er eilte von ihr weg, rief Croaker zu: »Die linke! Die linke!«

Croaker fuhr herum, schoß durch das Schloß der Tür zu seiner Linken. Er stemmte sie mit der Schulter nach innen, und das war der Augenblick, als das Schreien einsetzte.

Der Schatten einer Bewegung. Instinktiv warf Nicholas seinen einen Arm über die Augen.

Grelles, bläulichweißes Licht. Der Gestank von Pulverdampf.

Croaker drehte sich einmal um die eigene Achse. Nicholas sah nur noch ein Bein und eine Schuhsohle durch das offene Fenster verschwinden.

»Jesus! Großer Gott!«

Er wandte sich um. Croaker hielt eine Hand über die Augen.

»Was war das?« Seine Stimme klang heiser.

»Eine Magnesiumblitzbombe«, entgegnete Nicholas. »Eine Miniaturausgabe.«

Lärm ertönte vom Flur her, gefolgt von schnellen Schritten.

»Er ist verschwunden, Croaker. Ab durchs Fenster.«

Über Funk erhielt der Streifenpolizist Tony DeLong seine Anweisungen von Leutnant Croaker. Er fuhr den blau-weißen Streifenwagen langsam die Pell Street hinab.

»Hier ist es«, sagte Sandy Binghamton, sein Beifahrer. »Fahr ran.«

DeLong schaltete die Scheinwerfer aus, parkte den Wagen diagonal zum Bürgersteig. Das Manöver diente einem doppelten Zweck. Er würde so den Verdächtigen im Auge haben, wenn dieser, von der Rückseite des Gebäudes kommend, die Straße betreten sollte. Gleichzeitig würden Spaziergänger und Neugierige davon abgehalten werden, ihre Nase in die Gefahrenzone zu stecken.

Binghamton stieg als erster aus, schob seinen mächtigen schwarzen Körper aus der rechten Tür, blieb stehen, eine Hand auf die Chromleiste gelegt, und blickte auf die Pell Street. DeLong blieb im Wagen, um den Funkkontakt mit dem zweiten Wagen abzuhören. Binghampton nahm die Mütze ab, wischte sich mit dem Uniformärmel über die Stirn.

Er drehte sich um, betrachtete aufmerksam das Ende der

Straße, um die Besonderheiten des Hauses in sich aufzunehmen, auf das sie sich zu konzentrieren hatten.

DeLong stellte das Funkgerät ab, trat auf die Straße, und gemeinsam verschwanden sie in den tiefen Schatten des Gebäudes. Nichts war zu hören oder zu sehen. DeLong beobachtete die Reihe der Fenster im dritten Stock und überlegte, daß es sich wohl um einen ungewöhnlichen Fall handeln müsse, wenn schon mehr als ein Streifenwagen eingesetzt wurde. Aber DeLong machte sich weiter keine Gedanken darüber. Er vertraute seinem Leutnant voll und ganz. Seit über einem Jahr arbeitete er nun schon unter Croaker, und er war sicher, daß er nach dem nächsten Examen befördert würde. Er wünschte es sich sehr. Von der Patrouillenarbeit hatte er genug, und er sehnte sich regelrecht danach, zur Kriminalpolizei versetzt zu werden. Dabei könnte der Leutnant ihm behilflich sein. Und die Gehaltserhöhung käme gerade recht, jetzt, da Denise bald niederkam.

Er fühlte Binghamtons Nähe. Das beruhigte ihn; sie waren ein alteingespieltes Team. Daß diese Zusammenarbeit mit seiner Beförderung zu Ende gehen würde, war das einzige, was er bedauerte. Er beendete diese erfolgreiche und gute Partnerschaft nur sehr ungern. Aber Sandy wollte nicht Kriminalpolizist werden. Er war mit der Arbeit auf den Straßen zufrieden. »Da gehöre ich nun mal hin«, hatte er DeLong immer wieder gesagt. »Ich will kein Schreibtischhengst werden.« Jeder sah eben die Dinge von seiner Warte aus, so war das nun mal. Leutnant Croakers Berufsleben bestand keinesfalls aus dem Wälzen von Akten, aber davon konnte er Sandy nicht überzeugen.

Binghamton stieß ihn an; aber er hatte ihn selbst bemerkt, diesen grellen Blitz, der von einem überraschend leisen Plop begleitet wurde.

»Bedeutet womöglich Ärger«, flüsterte DeLong. Beide zogen ihre Waffen, duckten sich ins Dunkel, warteten gespannt.

An den Fenstern entstand Bewegung, Schatten beugten sich dahinter wie in einem Schattenspieltheater für Kinder.

»Mach dich fertig«, Binghamtons Stimme war ein dunkles Grollen. »Ich hab' das Gefühl, er ist schon auf dem Weg aus dem Haus.«

DeLong nickte, und in geringem Abstand schoben sie sich näher an die Rückseite des Hauses heran. Sie bewegten sich so leise wie nur möglich, hielten sich im Schatten. Jetzt bemerkte DeLong plötzlich, daß einige Straßenlampen dunkel waren. Merkwürdig. Sonst war die ›New Chinatown Association‹ schnell dabei, derartige Vorkommnisse der Stadtverwaltung zu melden.

In derselben Sekunde sahen beide die schattenhafte Bewegung. DeLong versetzte seinem Partner einen leichten Schlag auf den Rücken und lief über den Weg in den verhüllenden Schatten auf der anderen Hausseite. Der Schwarze hielt den Blick unverwandt auf die Feuerleiter gerichtet. Aus langjähriger Erfahrung wußte er, was DeLong vorhatte.

Jetzt näherten sie sich von beiden Seiten der altmodischen Feuerleiter. Unter ihren erhobenen Blicken schoß der Schatten die Stufen herab, dann – nichts. Auf dem letzten Drittel der Leiter ward er nicht mehr gesehen.

Vorsichtig schoben sich die beiden Männer weiter vor, bis sie sich beinahe unter den Stufen der Feuerleiter befanden. Von hier aus gesehen wirkte sie wie eine riesige Dschungelpflanze aus glimmenden schmalen Streifen und tiefen Verschattungen.

»Was, zum Teufel, ist aus ihm geworden?« fragte DeLong.

»Keine Ahnung.« Binghamton steckte die 38er in das Halfter zurück, nahm zwei Stufen der eisernen Leiter auf einmal. »Aber ich find's raus. Vielleicht ist er übers Dach weg . . .« Er kletterte bis zum ersten Stockwerk, zog die Pistole. Dann, schnell und leise, kletterte er weiter.

Auf der Plattform zum zweiten Stock verharrte er, da er die Polizeisirene heulen hörte. Ein Patrouillenwagen schoß die Bowery hinauf. Das Geräusch verklang schnell. Irgendwoher wehte noch ein Echo in die Sommernacht. Dieser Einsatz hatte nichts mit ihnen zu tun.

»Hast du was gefunden?«

Die gedämpfte Stimme von DeLong drang durch das Gewirr des Verkehrslärms von Chinatown zu ihm herauf. Er winkte mit der freien Hand ab und hörte im selben Moment das Summen. *Irgendein Insekt.* Aber die Stiche, die tief in seine Brust drangen, hatten mit harmlosen Insektenstichen nichts, aber auch gar nichts zu tun.

Er schwankte, griff mit der linken Hand ins Leere, sah die Bewegung und feuerte, indem er sich am Geländer festhielt. Sein einziges Bestreben war, genügend Luft in die Lungen zu bekommen. Die 38er fiel klappernd auf das eiserne Gitter unter seinen Füßen.

Ein bleiches Gesicht, beherrscht von schwarzen Mandelaugen. Die Augen bewegten sich, wurden für kurze Zeit durch eine schmale weiße Linie Licht beleuchtet. Erweiterte Pupillen, stellte er fest. Verursacht durch Drogen, dachte er geradezu beiläufig. Sein Mund öffnete sich.

»DeLong.« War es laut genug? Seine Ohren dröhnten, als befände er sich in einer Diskothek.

Der Körper kam auf ihn zu, hing plötzlich über ihm – wie ein Ballon. Gefährlich. Drohend. Er streckte den Arm aus. Wie steif dieser war! Er wollte die Pistole heben ... wo war sie? Sein Gehirn arbeitete so langsam und töricht wie das eines Neandertalers.

Jetzt breitete sich das gesamte Funkeln der Stadt unter ihm aus, eine rosablaue Muschel aus Licht zitterte über dem Gebäude wie ein Leichentuch, das sich auf ihn senkte. Jenseits war die Unendlichkeit.

Er blinzelte durch den Nebel vor seinen Augen, sah noch, wie ein Schatten an seinem schwankenden Körper vorbeihuschte. Huschte? Flog. Beide Arme weit ausgebreitet. Er konnte sogar den bleichen Fleck erkennen, der DeLongs erschrecktes, nach oben gewandtes Gesicht war.

Als er noch einmal hinsehen wollte, verlor er ganz langsam die Balance.

Es war, als käme ein Fahrstuhl, bei dem die Seile gerissen waren, heruntergesaust.

DeLong sprang beiseite. Der Körper schlug neben ihm auf, der Laut war dumpf; er hatte so etwas noch nie gehört.

»Guter Gott!« entfuhr es ihm tonlos. Der Schweiß brach ihm aus. Er kniete neben dem zerschmetterten Körper seines Kollegen nieder. »Jesus, Jesus. Sandy, was ist geschehen?«

Es war der Schock. Er mußte sich sofort auf die Jagd nach jener Person machen, die das hier angerichtet hatte. Aber im Augenblick war er unfähig, seinen Blick abzuwenden.

DeLong stand auf und trat zwei Schritte zurück.

Da war plötzlich ein Laut, sanft wie das Schnurren einer Katze. Er riß den Blick von dem dunklen Bündel. Doyers Street schien zur Falle für ihn geworden. Er schlüpfte in die Schatten eines Toreingangs, sah sich um. Zum ersten Mal fragte er sich, in was für eine Geschichte der Leutnant sie da verwickelt hatte. Wo, zum Teufel, steckte dieser überhaupt?

Jetzt sah er den Schatten, der sich bewegte – lautlos. Er huschte die Feuerleiter herab. Unter anderen Umständen hätte er ihn für ein Tier gehalten. Er hob seine 38er, zielte und drückte ab. Der Widerhall dröhnte, echote von den Wänden, zickzackte von links nach rechts. Das *Peng* verriet ihm, daß die Kugel von Metall abgeprallt war.

»Scheiße!« Er zielte, drückte abermals ab. Diesmal erfolgte kein Echo. Hatte er getroffen?

DeLong zog sich wieder in den Eingang zurück. Es fiel ihm schwer, sich zu beherrschen. Binghamtons zerschmetterter Körper lag dort drüben unter der Leiter. Warte, gebot er sich. Warte, bis das Schwein eine sichere Zielscheibe abgibt.

Jetzt war der Schatten auf der Feuerleiter auf der Höhe des ersten Stocks angekommen. DeLong zielte sorgfältig, hielt den Revolver mit beiden Händen, wobei er eine Hand über die andere gelegt hatte, um die Waffe zu stabilisieren. Er visierte scharf sein Ziel auf der Plattform der Leiter an. Sein Zeigefinger krümmte sich um den Abzug. Warte! Tief durchatmen. Warte! Jetzt! Drei Schüsse erfolgten, schnell hintereinander abgefeuert.

Nichts geschah.

DeLong hob seinen Revolver. Verwirrt. Wo war die Bestie?

Dann fing sein Blick eine Bewegung auf der Straße auf. Unmöglich, dachte er. Wie war er heruntergekommen, ohne den letzten Teil der Feuerleiter zu benutzen? Und ohne jeden Laut?

Er fuhr herum, die Beine gespreizt, hielt die 38er in der klassischen Position vor sich, wie er das auf der Polizeischule gelernt hatte. Stille. Keinerlei Bewegung. Er bemühte sich, die Bewegungen des Schattens und deren Position in sein Bewußtsein zu zwingen ...

Spürte die Nähe so dicht, daß er erschrak. Er beugte blitzschnell ein Knie, feuerte schnell und sicher. Aber im Mündungsfeuer sah er das Wesen auf sich zuspringen. Die linke Hand war ausgestreckt, und DeLong konnte einen kurzen schwarzen Holzschläger mit stumpfem Ende erkennen, der über und über verziert war. DeLong war tot, ehe er auf das Pflaster fiel.

Nicholas schritt vor Croaker her den Gang entlang. Frauen, halbbekleidet, standen in den Türen, sahen ihnen neugierig nach.

Ah Ma, den Durchsuchungsbefehl in der Hand, erwartete sie mit steinernem Gesicht, neben ihr stand Penny. ›Weide‹ befand sich in der hinteren Suite, die der Japaner zuvor für sich angemietet hatte, sah nach dem Jungen und bemühte sich, das aufgeregte Mädchen zu beruhigen. ›Weide‹ ist in jeder Situation unersetzlich. Einfach wunderbar, dachte Ah Ma, wobei sie für sich resigniert hinzufügte: Wie ich einmal war. Sie seufzte auf. Ich will dort nicht hineingehen. Früher hätte ich es getan. Die Zeiten haben sich geändert. Und ich mich mit ihnen. Sie legte einen Arm um Pennys Schultern, als wolle sie das Mädchen trösten.

»Sie hätten ihn fangen sollen«, sagte Ah Ma in Mandarin

zu Nicholas. »Jetzt wird er vielleicht nicht mehr wiederkommen. Seine Sicherheit ist zerbrochen worden.«

»Er kommt nicht zurück«, versicherte ihr Nicholas.

Sie traten aus der Vordertür auf die Straße. Von irgendwoher hörten sie Schüsse.

In einer Einfahrt bellte ein Hund, in einem Fenster flackerte ein Fernsehapparat.

»O Gott!« stieß Croaker hervor, als sie zu rennen anfingen. »Was für eine gottverdammte Scheiße.«

Immer noch ertönten Schüsse in der heißen, klebrigen Nacht, während sie die Doyers Street entlangliefen, in Richtung Pell Street.

Dann sahen sie den blau-weißen Polizeiwagen, diagonal geparkt.

Und Nicholas erblickte sofort die beiden Körper. Einer lag am Bordstein, der andere in ein Spinnennetz von Schatten gehüllt. Er blieb stehen. Seine Blicke gingen von rechts nach links und wieder zurück.

Croaker lief an ihm vorbei, die Pistole in der Hand; er verhielt, als er die erste Leiche sah. Langsam, fast müde, ging er um sie herum, kniete sich nieder, drehte den Körper behutsam um. Er erkannte DeLong, war entsetzt. Vergebens suchte er nach einem Lebenszeichen.

Er erhob sich schwerfällig und lief seitwärts, wie ein Krebs, über die Straße. Kopfschüttelnd kam er zurück, ging wortlos an Nicholas vorbei und stieg in den Wagen, setzte sich hinter das Lenkrad.

Er wählte die Nummer der Zentrale, forderte den ›Fleischwagen‹ für die Pell Street an, außerdem Polizeiverstärkung und den Erkennungsdienst. Dann bat er, mit dem Polizeiarzt verbunden zu werden. Er war immer noch am Telefon, als Nicholas sich ins Fenster lehnte.

»Er ist längst weg. Tut mir leid.«

Croaker legte den Hörer auf, lehnte den Kopf an das Nakkenpolster und schloß die Augen. »Das war mein bestes Team.« Seine Augen öffneten sich, und seine großen Fäuste schlugen auf das Lenkrad. »Mein verdammt bestes Team!« Er stöhnte auf. »Tut mir leid, daß ich nicht auf dich gehört habe. Ich weiß nicht, wer der Kerl ist, aber . . .«

»Lew«, sagte Nicholas, »rutsch rüber. Ich möchte mit dir reden, bevor die ganze Meute hier aufkreuzt.«

Croaker sah ihn an, als er auf den Beifahrersitz glitt. Von sehr weit her hörten sie das Wimmern einer Sirene, die zu einem Krankenwagen gehören konnte.

»Ich weiß, wer der Ninja ist.«

Sekundenlang saß Croaker völlig reglos.

»Seit wann weißt du das?«

Nicholas atmete tief ein, als wolle er alles ausspeien, was seine Seele beschwerte und beschmutzt hatte. Ihm war, als trage er das alles schon viel zu lange mit sich herum. Und er begann, Croaker alles zu erzählen.

»Willst du damit vielleicht sagen«, äußerte Croaker, nachdem Nicholas geendet hatte, »daß Saigō nicht etwa hinter Tomkin, sondern hinter dir her ist?«

»Ja und nein«, entgegnete Nicholas müde. »Er wird Tomkin umbringen, es sei denn, wir hindern ihn daran. Aber ich glaube, daß er diesen *Job* nur annahm, um auch mich zu kriegen. Nur so kann ich mir all die Morde erklären.«

»Ich verstehe. Klar. Es handelt sich um eine Art Blutrache.«

»Es ist eine Sache der Ehre.«

»Aber du mußt doch gewußt haben, daß es so kommen wird.« Das Wimmern der Sirene wurde lauter, zu einem Schrei in der Nacht, dazwischen war das Rufen erregter Stimmen zu vernehmen, die von den Ziegelmauern widerhallten. »Hattest du nie Angst, daß . . .«

Nicholas schenkte ihm ein blasses Lächeln, indem er den Kopf schüttelte. »Jetzt bin ich darauf vorbereitet. Aber lange Zeit war ich es nicht.« Er kletterte aus dem Wagen. Jeder Muskel schien ihn zu schmerzen, und sein Kopf fühlte sich an, als läge er in einem Schraubstock. Er beugte sich noch einmal ins Fenster, damit Croaker ihn hören konnte, ehe dieser den Blau-Weißen startete und dem Krankenwagen entgegenfuhr.

»Lew«, sagte er langsam, »du sollst es wissen. Ich bin ebenfalls ein Ninja.«

»Was? Nick! Warte, verdammt noch mal!«

Aber Nicholas schritt bereits an der herandrängenden Menschenmenge vorbei die erhellte Straße hinab, ins Glitzern der schwülen Nacht hinein.

»Sam?«

»Daddy, hilf mir. Daddy, hilf mir. Daddy, hilf mir.« Noch nie in seinem Leben hatte er diese Worte ausgesprochen. Aber jetzt sprach er sie vor sich hin – lautlos.

»Ja?«

»Sam!«

»Wer ist da?«

»Bist du immer noch mein Rabbi?«

»*Oya*, Nick! Nick, bist du es wirklich?« Goldmans Stimme klang beschwingt.

»Ich bin es wirklich.«

»Mein Gott! Wie geht es dir?«

»Wie geht es Edna?«

»Edna? Edna – geht es so so lala. Sie kann es kaum erwarten, dich zu sehen. Wo bist du?« Schweigen. »Nick, ist alles in Ordnung?«

»Um ehrlich zu sein: Nein.«

»Warte eine Sekunde.« Aus einer anderen Welt kamen Stimmen. Aus einer Welt, in der es Häuser gab, Familien, Kinder, Teilzahlungsraten und womöglich eine zweiwöchige Europareise im Frühling. Was tat er eigentlich hier?

»Hör mal. Bist du in der City? Edna sagt, du sollst herkommen. Schließlich ist es Freitagabend, Sabbat. Sie hat eine Hühnersuppe gekocht. Mit *lokshen*. Dein Lieblingsgericht, weißt du noch?«

»Ich weiß noch.« Er erinnerte sich an alles.

»Also, komm. Wir werden essen. Wir werden reden.« Stille. »Du wirst Edna glücklich machen. Sie hat sich Sorgen um dich gemacht, hörst du?«

Er legte den Kopf gegen den Telefonkasten. Der Verkehr raste an ihm vorbei; er hätte jeden Wagen mit der Hand greifen können.

»Ja«, sagte er nach einer Weile. »Okay. Ich bin gleich da.«

Er legte auf und winkte einem Taxi. Die Goldmans wohnten im Dakota Building an der Kreuzung zwischen der Zweiundsiebzigsten und Central Park West. Sie fuhren zur Bowery, die in die Dritte Avenue mündete, den ganzen Weg hinauf zur Zweiundvierzigsten Straße, wo der Fahrer nach links abbog, um zur Achten Avenue zu gelangen.

Kurz hinter dem Broadway lehnte sich Nicholas vor und klopfte an die Trennscheibe. »Ich hab' mir's überlegt. Ich steige hier aus.« Er zahlte und stand auch schon auf der Straße.

Den ganzen Weg über hatte er müßig vom linken Wagenfenster aus die Titel der Filme angesehen, während sie an der langen Reihe der Kinos vorbeigefahren waren.

Er ging die Straße zurück, überquerte sie in Richtung Süden, hielt sich dann mehr westlich, schritt vorbei an den vielen Glas- und Chrom-Pornoläden, die unter anderem stolz verkündeten: »Paare willkommen«. Die Türen standen überall offen, in einer lehnte ein großer Neger mit breitkrempigem Hut und enger grüner Hose. »Hier tut sich was«, pries er halblaut. »*Joints*, *Coke*, *Speed*. Alles beste Qualität.«

Jetzt kamen die Kinos, eine Markise folgte auf die andere,

in einer schier unendlichen Reihe zu beiden Seiten der Straße. Die meisten zeigten Pornos, wie dies Nicholas bereits beim Blick aus dem Taxifenster festgestellt hatte. Aber eines davon nicht! Hier stand ein Kung-Fu-Thriller auf dem Programm. Bruce Lee spielte die Hauptrolle.

Nicholas fischte einen Dollarschein aus der Tasche und ging hinein. Das Kino roch alt und gammelig. Es war heller als die meisten anderen. Um die Sodawassermaschine im Hintergrund drängelten sich viele Schwarze und Puertoricaner.

Er setzte sich. Das Kino war beinahe ausverkauft. Auf der Leinwand sprach Bruce Lee mit einem Paar übelwirkender Japaner. Sein Englisch klang gräßlich. Das Publikum unterhielt sich laut, wartete auf die Action-Szenen. Dialoge interessierten diese Leute nicht.

Nicholas lehnte sich zurück, sah Lee eine Weile zu. Die Jahre hatten dessen Aura nichts anzuhaben vermocht. Lees Geist schien ihn von der Leinwand herab anzuspringen. Es gelang ihm, diesen miesen Film so packend zu gestalten, daß man gebannt zusah.

Nicholas erinnerte sich an ihre erste Begegnung. Es war in Hongkong gewesen. Ironischerweise. Denn Lee hatte bereits als kleiner Stuntman in Hollywood gearbeitet und etliche Schauspieler in den vordergründigen Kniffen der martialischen Kunst unterrichtet, damit sie mit diesem Rüstzeug vor die Kamera treten konnten.

Sie mochten sich beide auf den ersten Blick. Aber die Zeit und manche Zufälle arbeiteten gegen sie, und seitdem hatten sie sich nie wieder gesehen.

Lees Tod war ein Schock für Nicholas. Daß jemand den Gedanken hegen konnte, ihn umzubringen, mochte einem unmöglich erscheinen. Inzwischen kannte er Lee gut genug, um zu wissen, daß dessen kompromißloses Wesen vielen Menschen ein Dorn im Auge war. Aber daß dieser Gedanke, ihn zu töten, in die Tat umgesetzt wurde, das entsetzte ihn. Er fragte sich in der Folge immer wieder, wer es getan haben konnte. Jetzt vermeinte er, es zu wissen.

Draußen war es noch immer drückend schwül, und hier, in der Straße voll gleißender Lichter, fettigem Essen, Schmutz, Drogen und schlimmeren *deals*, kam ihm diese Schwüle noch fürchterlicher vor.

Er brauchte fünfzehn Minuten, um ein leeres Taxi zu finden, und die Hälfte der Zeit, das Dakota zu erreichen, da auf der Strecke dorthin der Verkehr schwächer wurde.

Er war lange genug in dem heruntergekommenen Kino geblieben, um eine der Szenen mitzukriegen, in der Lee – als Rächer – eine seiner großartigen choreographischen Action-Sequenzen hinlegte. Heute abend wollte ihm das alles echt, vor Leben vibrierend, keinesfalls gekünstelt, erscheinen.

Goldman, elegant wie immer in ein blaßblaues Nadelstreifenjackett mit dunkelblauer Leinenhose gekleidet, erwartete ihn unter der Tür. Er lächelte herzlich und streckte seine feste Hand aus. »Nick! Wir haben uns schon Sorgen gemacht, wo du bleibst.« Er wandte sich über seine Schulter. »Edna, hier ist er.« Dann zog er Nicholas in die Wohnung, drückte ihm ein Glas mit *Rum on the Rocks* in die Hand. »Nimm. Du siehst aus, als könntest du es gebrauchen.«

Edna, eine dunkelhaarige korpulente Person, huschte aus der geräumigen Küche ins Wohnzimmer. Sie strahlte, hob die Hände. »*Tateleh*!« Sie küßte ihn auf beide Wangen. Edna besaß soviel Herzenswärme, daß sie dadurch schön wirkte. »Wo warst du nur so lange! Warum hast du uns bis jetzt nicht besucht?« Ihre Stimme hielt genau die richtige Lage zwischen Liebe und Vorwurf.

Er lächelte schwach. »Es ist schön, euch beide wiederzusehen.«

»Ganz unsererseits«, sagte sie, und musterte ihn aufmerksam. »Du bist schlanker geworden. Komm.« Sie nahm ihn bei der Hand. »Laß uns erst essen. Worüber du auch immer mit Sam sprechen willst, es kann warten, bis dein Magen gefüllt ist.«

Sie aßen in der Küche mit der gelb-beigen Tapete, den uralten Möbeln und dem betagten Kühlschrank. Es gab keine Waschmaschine, keine Tiefkühltruhe. Die Goldmans waren auch ohne derlei Dinge glücklich. Der ovale Mahagonitisch war mit einem wunderschön bestickten weißen Tischtuch bedeckt. Eine alte kupferne Wärmeplatte stand im Regal neben dem Tisch.

Später, als Edna abgeräumt hatte, nickte Sam Nicholas zu, und sie erhoben sich. Edna küßte beide. »Was auch immer das Problem ist«, stellte sie mit resoluter Stimme fest, »ihr bringt das schon in Ordnung. Hab' ich recht?«

»Du hast immer recht.« Sam schob Nicholas ins Wohnzimmer.

Hier herrschten Beige und Blaßgrün vor. Edna haßte grelle Farben. Vielleicht, weil sie in ihrer Kindheit auf der Hundertneunundachtzigsten Straße zu viele schreiende Farben erlebt hatte. Jetzt wirkte das alles auf Nicholas besänftigend, wie ein kühler Wald in der Mittagshitze.

Sie setzten sich auf das beigefarbene Plüschsofa, und Sam

legte die Füße auf den dazugehörigen Hocker. Eine antike Uhr tickte auf dem weißen Marmorsims des Kamins leise vor sich hin. Ein großer Busch von getrocknetem Eukalyptus stand in einer blaßrosa Keramikvase mitten im Zimmer. Sein Duft war stark und durchdringend. An der gegenüberliegenden Wand hing ein Utrillo, an der Seitenwand ein kleiner Dali. Beides waren Originale, ebenso wie der Picasso und der Calder (den Edna allerdings nicht ausstehen konnte), die im Schlafzimmer der Goldmans hingen. Diese Kunstobjekte wurden im Hause Goldman mit einer natürlichen Lässigkeit präsentiert.

»Sie ist zurückgekommen«, sagte Nicholas leise. »Meine Vergangenheit. Wie eine riesige Flutwelle.«

Goldman griff nach einem geschnitzten Holzkasten, nahm eine Zigarre heraus, zündete diese gemächlich an.

»Irgendwo auf dem Weg hab' ich sogar die Gegenwart verloren. Ich weiß nicht mehr, wo ich bin.«

Goldman blies den Rauch sorgsam an Nicholas vorbei. »Nicholas, wie ließ Shakespeare seine Ophelia sagen: ›Wir wissen, wer wir sind, aber wir wissen nicht, wer wir sein können.‹«

»Sam. Ich bin nicht hergekommen, um mir Sprüche anzuhören!« brach es aus Nicholas heraus.

»Ich hatte auch nicht die Absicht, dir welche anzubieten.« Sam nahm die Zigarre aus dem Mund, legte sie in einen kristallenen Aschenbecher. »Hör zu, es ist ganz und gar unvernünftig, wenn du erwartest, alles über dich zu wissen und dich zu verstehen. Das menschliche Wesen ist so vielschichtig, daß wir uns damit begnügen müssen, irgendwie mit dieser Wirrnis zurechtzukommen. An manchen Tagen erscheint das leicht. Aber dann wieder ...« Gleichmütig hob Sam die Schultern.

»Gewiß. Einverstanden. Aber ich bin eben nur zum Teil Jude. Ich habe nicht das gelernt, was du –«

»Das hat nichts damit zu tun, was man gelernt hat«, erwiderte Goldman ernst. »Man begreift die Bedeutung des Judentums, wenn man begreift, was es heißt, ein Mensch zu sein. Indem man das Leben lebt. Nicht, indem man die Thora auswendig hersagen kann.

Es kommt von innen, aus dem, was deine Seele fühlt. Und das Wichtigste daran ist, daß du das, was in dir lebt, nicht leugnen kannst. Zweifel und Ängste, die Ungewißheit, was Gegenwart und Zukunft anbelangt – alles wird in deinem Inneren geboren. Dein Selbst aber muß frei sein, um in die ihm bestimmte Richtung gehen zu können.

Der Geist kann sich emporschwingen, Nicholas. Und es ist Sünde, ihn zu fesseln, ihm den Atem zu rauben, da jeder Tag seine eigene Hölle bereithält.

Ist damit deine Frage beantwortet?«

Die Nacht war still, als er mit Raphael Tomkin im Wolkenkratzer an der Park Avenue saß. Im Augenblick telefonierte Tomkin. Irgendwo in der Welt war es immer neun oder siebzehn Uhr, was hieß: es wurden Geschäfte gemacht. Entscheidungen – lebenswichtig für eine Tochtergesellschaft und damit wichtig für den gesamten Konzern – mußten gefällt werden. Drei Kontinente warteten auf die Entschlüsse, die in solchen transatlantischen und transpazifischen Gesprächen gefaßt wurden.

Während Tomkin mit Mega-Summen und Zunft-Kürzeln um sich warf, betrachtete Nicholas das winzige Metall- und Plastikstück, das er zwischen zwei Fingern hielt. Er drehte es hin und her, als sei es ein Miniaturglobus, dabei war es nur eine flache Scheibe, in der sich das Licht der Lampen fing, und es zu einem blendenden Drehspiegel machte.

Durchaus möglich, dachte Nicholas, daß in einem solch winzigen Objekt unserer elektronisierten Gegenwart alles beschlossen liegt. Die Vergangenheit, die Gegenwart und die Zukunft.

Er fühlte, daß Saigõ ihn jeder Initiative beraubt und ihn gleichsam nackt zurückgelassen hatte. Das war eine Technik des *Go Rin No Sho*.

Saigõ hatte ihn an der Nase herumgeführt, bis ihm schwindelte. Dabei bog sich dieser die ganze Zeit über vor Lachen. Wie hieß diese Technik doch? *Die Kissentechnik*. Ersticke die erfolgversprechenden Aktionen des Feindes, während du die, mit denen er sich schadet, förderst. Ihn sogar darin unterstützt. Zerr' ihn umher, als sei er ein Tanzbär mit einem Ring in der Nase. Wenn er dann völlig verwirrt ist, schlag zu!

»Wo sind Sie gewesen?« fragte Tomkin und legte den Hörer auf. Um diese Nachtzeit sah er etwas mitgenommen aus. Sein eierschalenfarbener Leinenanzug war in den Armbeugen zerknittert, der mittelbreite graue Seidenstrickschlips zur Seite hin verrutscht. Sein Gesicht hatte die rosige Farbe verloren, die es sonst aufwies, wirkte aufgedunsen. Um die Augen herum zeigten sich Fältchen, die ihn menschlicher erscheinen ließen. Nicholas stellte fest, daß er sich immer noch fragte, welches Gesicht bei diesem Mann die Fassade war.

»In Chinatown.«

Tomkin grunzte, schwang seinen hochlehnigen Ledersessel herum. Seine Hände spielten so gelassen mit dem elektronischen Pult an der Seite seines Schreibtisches, wie die eines griechischen Bauern mit dem Rosenkranz aus Holzperlen. »Chinatown, hm. Ich wette, mit diesem Tölpel von Croaker.«

Er starrte in Nicholas' Gesicht, und seine Augen, die wie blaue Quarzsplitter waren, blickten gnadenlos. Das sind Seemannsaugen, dachte Nicholas. Die Augen eines Mannes, der die Ironie des Meeres und des hohen Himmels darüber sehr wohl kennt. Es waren die Augen eines, der durchkam. »Es wäre besser, wenn Sie sich mit diesem Bullen nicht zu sehr anfreundeten. Das ist eine freundschaftliche Warnung. Ich warte nämlich nur darauf, daß dieser Scheißkerl einen Schritt daneben tut. Dann werde ich ihn persönlich zermalmen.«

Nicholas dachte an das, was Croaker ihm von Gelda erzählt hatte, und lächelte in sich hinein. Wie würde Tomkin wohl darauf reagieren, wenn er dahinter kam, daß Croaker und seine eigene Tochter sich – sahen? Er würde einen Schlaganfall erleiden – keine Frage.

»Dieses Schwein hat etwas gegen mich, und ich habe keine Ahnung, warum. Irgendwie ist er von der Vorstellung besessen, ich hätte Angela Didion gebumst und sie ermordet.«

Nicholas schob die elektronische Wanze zwischen seinen Fingerspitzen auf dem Schreibtisch hin und her.

Tomkin schnob verächtlich, was Nicholas irgendwie an das Schnauben eines Pferdes erinnerte. »Himmel, war diese Nutte abgegriffen. Sie trieb's mit Kerlen, die sie nicht mal kannte. Es machte ihr besonderen Spaß, wenn sie einem Jungen, den sie auf der Straße aufgelesen hatte, einen runterholen konnte. Dieses Flittchen war verrückt. Echt verrückt. Hätte ich das gewußt, hätte ich nur die winzigste Ahnung gehabt, hätte ich sie nie ... Zum Teufel, sie konnte sich fabelhaft verstellen.« Er wedelte mit der Hand, Gold blitzte auf. »Ach, was soll's, ist sowieso 'ne alte Geschichte ... Aber dieser Bulle will einfach nicht lockerlassen, müssen Sie wissen. Er ist wie ein Hund mit einem alten Knochen, den er nicht hergeben will.«

»Er tut seine Pflicht.«

»Er tut seine Pflicht keineswegs!« schrie Tomkin. »Das ist ja der gottverdammte Mist.« Er schlug auf den Tisch. »Die Angela-Didion-Affäre ist für alle in der New Yorker Polizei gestorben, außer für Croaker. Was bildet der sich eigentlich ein? Daß er von Gott ausersehen ist? Also, ich sag' Ihnen was: Ich will seinen Namen durch die Zeitungen gezogen sehen!« Er schwenkte mit seinem Sessel hin und her, so schnell, als hätte er einen Überschuß an Kraft loszuwerden. »Dieser ruhmsüchtige Bastard. Mich bekommt er nicht in die Schlagzeilen. Es wird Zeit, daß es ihm jemand steckt.« Er sah hoch, fragte: »Was ist mit diesem Kerl – dem Ninja?«

»Tja, darüber wollte ich eigentlich mit Ihnen sprechen, deshalb bin ich hierher gekommen. Bis jetzt war er der Schrittmacher, hat das Tempo vorgegeben. Ich meine, wir können jetzt nur eines tun: Den Spieß umdrehen. Wir haben eine Chance, wenn wir die Umgebung unter Kontrolle halten. Mit anderen Worten, wir müssen vor ihm auf dem Schlachtfeld sein.«

»Dann entwerfen Sie mal einen Schlachtplan. Dafür bezahle ich Sie ja schließlich.«

»So einfach ist es leider nicht.«

»Tun Sie, was Sie tun müssen. Mir ist es gleichgültig, was es ist. Ich will ihn aus dem Weg haben. Für immer.«

»Sie sind direkt gefährdet.«

»Klar, das weiß ich. Er ist hergeschickt worden, um mich zu töten.«

»Er ist hier, um auch mich zu töten.«

»Was?!«

»Ich kenne den Mann. Er will eine alte Rechnung begleichen. Aber das hat mit Ihnen nichts zu tun.«

»Verstehe.«

»Außer, daß es uns die Chance bietet, ihn zu kriegen.«

»Wie?«

»Durch eine seiner Wanzen.« Nicholas nahm die winzige Scheibe auf und hielt sie Tomkin hin, so daß dieser sie genauer betrachten konnte. »Sehen Sie, diese ist zur Zeit inaktiv. Sie gehört zu dem neuen Kontakttypus. Das heißt, würde sie auf einer Oberfläche angebracht werden, funktionierte sie sofort wieder.«

Tomkins eiskalte Augen schimmerten; Hinterlist war eine Währung, mit der er umzugehen verstand. »Sie meinen ...«

»Wir reaktivieren sie. Und benutzen sie. Wenn wir Glück haben, nimmt er an, es habe sich bei dem Ausfall der Wanze um eine vorübergehende Störung gehandelt.«

»Was ist, wenn er gerissener ist, als wir annehmen? Dieser Bursche ist ein Experte. Ich habe Geschichten über Ninjas gehört ...«

»Ich meine«, sagte Nicholas, »daß das unwesentlich ist. Er will uns beide haben, und wenn er der Ansicht ist, er bekommt uns beide auf einen Streich, wird er das Risiko eingehen, auch wenn er vermutet, es handle sich um eine Falle. Da ich sie präpariert habe, stellt sie eine Herausforderung für ihn dar, und er kann keinen Rückzieher machen, wenn er nicht sein Gesicht verlieren will. Und das will er gewiß nicht.«

»Es läuft praktisch darauf hinaus, daß wir ihn hierher einladen«, sagte Tomkin langsam.

»Ja.«

Die blauen Augen betrachteten Nicholas nachdenklich. Dieser konnte fast Tomkins Gehirn ticken hören, wie es alle Möglichkeiten durchspielte wie ein Computer.

»Dann wollen wir es tun.« Tomkins Stimme kam ohne zu zögern, klar wie eine Glocke.

Später, als Nicholas ihm die Wanze abnahm und in das mit Watte ausgepolsterte Etui legte, das er dazu vorbereitet hatte, sagte Tomkin: »Kann alles für die übernächste Nacht arrangiert werden?«

»Kein Problem.«

»Gut.« Er nahm schon wieder das Telefon auf, als Nicholas aufstand, um zu gehen. »Moment«, sagte er. »Sie haben mir ja gar nicht erzählt, daß Sie Probleme mit Justine haben.«

Nicholas erstarrte. Innerlich verwünschte er Tomkin. Hatte er seiner Tochter schon wieder nachspionieren lassen? Klar. Wie konnte er es sonst wissen?

»Das traf, was?« Er lachte. »Sie haben ein verdammt beherrschtes Pokergesicht; aber ich brauche Ihren Gesichtsausdruck nicht zu sehen, um zu wissen . . .«

»Was glauben Sie zu wissen?«

Tomkin hob lässig die Schultern. »Nur, daß sie in der Stadt ist, mit einem anderen Mann ausgeht. Ich weiß nicht, wer er ist, aber das wird nicht lange so sein.« Er senkte den Blick, fing an zu wählen. »Zu schade, wirklich. Hätte mir gepaßt, wenn sie zwei zusammengeblieben wären. Sie sind gut für sie. Aber nun macht sie wieder die alten Mätzchen.«

»Wo ist sie?«

»Hallo? Ja . . .«

»*Tomkin . . .*« Nicholas' Stimme fuhr wie eine stählerne Klinge in das Gespräch.

»Bleiben Sie bitte eine Sekunde am Apparat . . .« Tomkin legte seine Hand über die Muschel. »Was meinten Sie?« fragte er in liebenswürdigem Ton.

»Wo ist sie?«

»In einer Diskothek. An der westlichen Sechsundvierzigsten Straße.« Tomkin kramte mit der einen Hand zwischen den Papieren auf seiner Schreibtischplatte. »Ich weiß genau, ich hatte den Namen hier irgendwo . . . Ah, hier ist sie.« Er las den Namen der Diskothek von einem Zettel ab, hob die Augen. »Kennen Sie den Schuppen?«

»Ich verkehre im allgemeinen nicht in Diskotheken«, entgegnete Nicholas gereizt. Tomkin sah ihn mit einem Ausdruck an, als lasse er sich ein besonders delikates Stück Konfekt auf der Zunge zergehen.

»Nein, vermutlich nicht. Sonst wären Sie ihr ja längst begegnet. Es handelt sich um eine ihrer Stammkneipen. Vielleicht sollten Sie mal vorbeischauen.« Er wandte sich abermals dem Telefon zu. Nicholas war verabschiedet.

Eine Weile sprach er belanglose Sätze in den Apparat, hörte mit einem Ohr auf das Aufseufzen der Lifttüren, als diese sich schlossen, auf das leise Summen, als der Fahrstuhl Nicholas nach unten in die Halle brachte.

Als das Summen sich verlor, öffnete er mit der rechten Hand die Schreibtischschublade. Ohne den Kopf zu wenden, legte er den Hörer auf.

Er sah auf das Stück Plastik mit Metall. Erregung stand in seinen Augen. Schweiß bedeckte seine Stirn, so wie es manchmal der Fall war, wenn er ein besonders wichtiges Geschäft durchbringen wollte.

Er leckte sich über die Lippen, hob behutsam die Wanze aus ihrem Bett und heftete sie an die Seite seines Schreibtisches.

Er drehte sich in seinem Sessel in die Ausgangsposition zurück, so daß er in die blinkende Nacht über der City sehen konnte. Er blickte gen Westen, das ganze Land lag in Gedanken vor ihm. Schließlich begann er zu sprechen.

»Es hängt davon ab«, äußerte er, gleichsam laut denkend, »wie sehr Sie ihn haben wollen. Aber, was wäre . . ., wenn ich Ihnen Nicholas Linnear garantieren würde? Ich könnte ihn Ihnen quasi auf einem Silbertablett reichen.« Er schwang wieder herum, sprach jetzt direkt in das winzige Mikrophon, das wie eine tote Spinne am Tisch klebte. »Ich wette, das wäre Ihnen eine Menge wert, oder? Ein Menschenleben doch wohl. Was meinen Sie?«

Er streckte die Hand aus, nahm die Wanze ab und legte sie in ihr Wattebett und das Etui in die Schublade. Genau auf den Platz, wo Nicholas es hingetan hatte. Denn Tomkin war ein peinlich ordentlicher Mann.

Dann setzte er sich zurück, faltete die Hände hinter seinem Kopf und wartete auf den Anruf. Er war sicher, daß er bald kommen würde. Das Halfter mit der geladenen Pistole klebte an seinem feuchten Hemd unter seiner Jacke. Sie war schwer und warm und ungeheuer beruhigend.

In einer Angelegenheit wie dieser, dachte er, kann man nicht vorsichtig genug sein.

»Irgend jemand will dich sprechen.«

Das Telefon klingelte, als Croaker eintrat, Gelda nahm ab.

Sie sah ihn an, während sie der Stimme an ihrem Ohr lauschte, sah, wie er reglos in dem schrägen Streifen von Licht und Dunkel stand, der an seinen Beinen hinauf bis zu den Knien reichte. Sein Gesicht wurde von dem breiten gelben Lichtstrahl aus dem Schlafzimmer erhellt.

»G. Bist du's?«

«Ja. Pear.«

»Ich dachte schon, du seist mal wieder weggetreten. Hast du heute abend schon was eingeworfen?«

»Nein, nichts.«

Er wurde von einer Müdigkeit überschwemmt, die nichts mit Schlafmangel zu tun hatte, die viel, viel tiefer reichte.

»Nur eine berufliche Frage«, bemerkte Pear. Sie hielt Geldas Schweigen für ein Zeichen von Verärgerung. »Will nur hören, wie es ...«

»Nicht heute nacht.«

»Es handelt sich um den Senator.«

Gelda wußte, was das hieß. »Besorg' ihm eine andere.«

»G.«, sagte Pear geduldig und betont langsam. »Er will dich. Es gibt keine andere für ihn. Du weißt doch, wie er ist.«

Er stand in dem Halbdunkel und schien sie kaum wahrzunehmen.

»Die Antwort heißt weiterhin: Nein.« Sie nahm ihn mit allen Sinnen wahr.

»Und was ist mit Dare, wenn sie heute wieder in die Stadt kommt?« Pear war offenbar irgend etwas in Geldas Stimme aufgefallen.

Plötzlich wurde Gelda klar, daß sie ans Telefon gegangen war, gerade weil er hier war. »Nein. Nicht einmal Dare. Das ist alles vorbei. Ich habe Schluß gemacht.«

»Ich verstehe.« Pears Stimme war weder Schmerz noch verletzter Stolz noch irgendeine Demütigung anzuhören.

Gelda wurde leicht ums Herz, ihr war leicht schwindlig, als hätte sie eine ganze Flasche Dom Pérignon ausgetrunken. Sie fühlte sich glücklicher als je zuvor in ihrem Leben.

»Wir werden dich vermissen, G. Du wirst besonders mir fehlen.« Typisch Pear, daß sie in diesem Augenblick die Kunden nicht erwähnte.

»Ich werde dich nie vergessen«, sagte Gelda leise.

Ein sanftes Lachen ertönte. »Das will ich nicht hoffen. Auf Wiedersehen, G. . .«

Gelda legte den Hörer auf, ging auf Croaker zu. »Was ist geschehen?« Sie führte ihn ins Schlafzimmer.

Im warmen Licht der Lampen sah sie das getrocknete Blut an seinen Händen. »Willst du es mir nicht sagen?« Ihre Stimme war ruhiger als ihr Herz. »Du siehst so traurig aus.«

»Ich komme eben von zwei Besuchen, der eine galt einer schwangeren Frau, der andere einer Mutter mit drei kleinen Kindern.« Er sah sie verzweifelt an. »Mußtest du schon mal jemandem mitteilen, daß der Mensch, den er am meisten liebt, tot ist?« Er holte tief Luft. »Nun, ich mußte es schon des öfteren. Aber noch nie war ich dabei schuld am Tod dieses Menschen. Heute habe ich diese Schuld gleich doppelt auf mich geladen.« Er starrte auf seine braunen Hände, fleckig, als hätte er sie in Farbe getaucht, verkrustet, als seien sie von Meersalz bedeckt.

»Warum fängst du nicht von vorne an?« fragte sie leise. Sie nahm seine Hände in die ihren, zog ihn an sich. »Aber zuerst muß das Blut abgewaschen werden.«

I knew what I was doing / I knew right from the start / I knew where I was going / There's radar in my heart . . .

Der Raum bestand aus verchromten Spiegeln, einer schwarzen Rauchglasdecke aus mehreren Ebenen, die wie die Hängenden Gärten wirkten, mit Böden aus halbdurchsichtigem Glas, unter dem farbiges Licht im Rhythmus der Musik zuckte.

Die Luft vibrierte vom Schlagzeuglärm und elektronisch vermischten Stimmen. Sie war gleich einem Weihnachtsbaumbehang, mit Girlanden aus Parfüm und Schweiß und schwelendem Pot.

I felt your contact coming / Your star was on my chart / I heard your motors humming / Got radar in my heart . . .

Irgendwo war die Bar, verborgen hinter einem Wald erhobener Arme, wehender Haare, schimmernder, entrückter Gesichter. Es war eine ekstatische Massenorgie, ein rituelles Fest, trivialisiert bis hin zu jenem Punkt, an dem sämtliche mögliche Konsequenzen ausgelöscht sind.

The posters on your walls mark every fashion's rise and fall / Why try to keep the past alive / And though I know the time is almost 1984 / It feels like 1965 . . .

Als bewege man sich in einem Traum. Alle Sinne wurden rücksichtslos, brutal erfaßt.

The music in my room is always slightly out to tune / My harmony is up on trial / And though I know the rhythm you'd prefer me dancing to / I'll turn my revolt into style ...

Vor der Bar standen drei ledergepolsterte Hocker, auf denen niemand saß; sie wirkten wie Krähen, die spöttisch ein sommerliches Kornfeld beäugten.

Nicholas setzte sich und bestellte einen Drink, obwohl er nicht durstig war. Vor ihm glitzerten die Lamé-Kleidungsstücke der Tänzer in den Lichtspiralen, stöckelten durchsichtige Kunststoffschuhe mit riesenhohen Absätzen übers Parkett. Vielfarbiges Augen-Make-up schien das halbe Gesicht der Frauen zu bedecken, deren Gesichter er während des Tanzes beobachtete. An unbedecktem Fleisch war Mangel, so schien es ihm. Die Arme, Beine und Schenkel der meisten Gäste waren bemalt, wirkten wie die Haut von Echsen, und erinnerten ihn lebhaft an Szenen aus dem Film ›Metropolis‹.

Sein Blick suchte Justine, aber in diesem Tollhaus war es unmöglich, jemanden zu finden. So wie damals, als er in Kumamoto hinter Yukio herlief. Türen schienen vor ihm zuzuschlagen, andere sich zu öffnen ...

Dann begann ihm das, was Sam ihm an diesem Abend gesagt hatte, ins Bewußtsein aufzusteigen. War es denn wesentlich zu wissen, wer er gegenwärtig war, solange er nicht wußte, wer er überhaupt sein wollte. Man schrieb nicht mehr das Jahr 1963, sein Leben hatte sich verändert. Aber er wußte, daß er niemals wirklich frei sein würde, ehe er nicht alles verstand. Und ohne zu verstehen, das wußte er, war eine Verwandlung unmöglich. Die *kijin* – die Gespenster seiner Vergangenheit – würden vorher keine Ruhe geben.

»Was ist, wollen wir tanzen?«

Eine schlehdornäugige Blondine in einem lavendelfarbenen Crépe-de-Chine-Kleid, das ihre vollen Brüste wirkungsvoll zur Geltung brachte, hatte sich ihm genähert.

I feel like a wog: People give me the eyes / But I was born just like you you you ...

»Magst du nicht ...?« Sie hielt ihren Vogelkopf kokett zur Seite geneigt.

»Nein. Ich glaube nicht ...«

... like a wog / I don't mean you no harm' I just want to shine your shoes ...

»Steinbock, stimmt's? Mußt du sein, störrisch, wie du bist.« Sie dehnte das Wort ›störrisch‹. »Alle Steinböcke sind störrisch. Aber ...«

»Ich bin nicht hier, um zu tanzen«, sagte er und spürte sofort, wie albern er wirkte. »Ich suche nur jemanden.«

Golly gee / Golly gee / Don't call me your golliwog . . .

»Wir könnten uns doch zusammentun.«

Don't call me, don't call me, don't call me / I'll call you if I want you . . .

»Sie verstehen mich nicht. Ich suche jemanden. Eine Frau.«

»So?« Sie ergriff seine Hand, rosa Nägel schimmerten, wechselten die Farbe im Spiel der Lichter. »Laß uns tanzen, bis wir sie finden.«

Er machte sich los.

»Warum bist du denn hier? Willst du vielleicht nicht auch deinen Spaß haben?« rief sie ihm nach.

. . . made me feel like, feel like, feel like a wog . . .

Er stieg ins erste Stockwerk hinauf. Die verschiedensten Abstufungen von Blau und Grün herrschten hier vor. Man fühlte sich wie in einer Grotte aus wogendem Seetang. Sein Körper hatte inzwischen den Rhythmus aufgenommen, er fühlte seinen Puls schlagen.

Und endlich sah er sie. Noch ein Stockwerk höher, zum Teil vom Geländer der geschwungenen Treppe verdeckt. Er mußte ein paar Minuten warten. Der Weg zu ihr war verstopft von Tanzenden, die die Treppen hinauf- und hinabtanzten.

Er tauchte in eine Welle von tanzenden Armen und Köpfen, lief die Treppe hinauf, zwei Stufen auf einmal nehmend. Mit schwarzem Leder bespannte Wandnischen wirkten wie Gummizellen.

Lichter in Rot und Gelb wurden darauf grau und weiß.

Da war sie. Sie tanzte mit einem großen breitschultrigen Mann, der langes schwarzes Haar und die gelbliche Gesichtshaut der Puertoricaner hatte. Er trug ein ärmelloses Unterhemd, dazu eine hoch angesetzte tiefrote Hose.

Didn't I hear your cry this morning / Didn't I feel you weep / Teardrops flowing down on me / Like rivers in my sleep . . .

»Justine!«

Ihr Kopf fuhr herum, Licht fing sich in den roten Flecken ihrer Augen. Sie sah ihn stumm an, als ihr Partner sie herumwirbelte. Wie einen Schatten.

»Justine.«

»Was will'ste denn, Mann? Mach' gefälligst meine Mieze nicht an, klar?«

Didn't I hear your voice this morning / Didn't you call my name / I heard your whisper softly / But the words were never plain . . .

»Justine! Sieh mich an.« Er griff nach ihr.

»He, Mann, verpiß dich!«

Nicholas sah die erweiterten Pupillen, die geröteten Nasenlöcher.

That's a strange way you tell me you love me: When your sorrow is all I can see / If you just want to cry to somebody / Don't cry to me . . .

»Jetzt reicht's mir aber, Mann. Ich hab's satt, mich von dir blöd anquasseln zu lassen.« In dem lärmerfüllten Raum war das Klicken zwar nicht zu hören, aber das Aufschimmern des Messers war nicht zu übersehen.

»Justine.«

»Hau ab, Mann.« Die Schulter des Puertoricaners senkte sich. »Und das ist für dich.«

Er war äußerst flink und wußte, wie man mit einem Messer umgeht. Das hatte er auf den Straßen gelernt, wo es nur ein Gesetz gab: Überleben. Diese Sorte konnte weitaus gefährlicher sein als ein professioneller Killer, denn sie war unberechenbar.

Den ersten Stoß blockte Nicholas mit dem linken Unterarm ab, dann wirbelte er um seine Achse und schlug mit der Kante der rechten Hand in die Hüfte des Puertoricaners. Außer der Musik war nichts zu vernehmen. Die zuckenden Bewegungen der Tänzer fügten sich in das wilde Gewoge des lichtdurchfluteten Lederraumes.

Der Mund des Puertoricaners öffnete sich weit, er warf den Kopf zurück, taumelte, versuchte sich aufrecht zu halten, und Nicholas stieß ihm mit aller Kraft den Fuß in die Leiste. Dadurch verlor er das Gleichgewicht endgültig, fiel seitwärts zwischen zwei verschreckte Paare. Sein ausgestreckter Arm schlug dabei jemandem ins Gesicht.

Es hätte eine Szene aus einer Slapstick-Komödie sein können, aber Nicholas war nicht zum Lachen zumute.

Here are we/ One magical moment/ Subject the stuff from where dreams are women . . .

Justine sah von ihm zu dem am Boden Liegenden, kniete nieder und legte ihre Hand auf dessen Hüfte. Das Klappmesser lag auf dem gefleckten Fußboden.

»Justine . . .«

»Wie hast du mich gefunden? Was willst du von mir?«

»Justine!«

»Ich kann dich nicht mehr ertragen!«

There are you/ Drive like a demon/ From station to station . . . .

»Justine, ich bin hierhergekommen . . .«

»Das interessiert mich nicht.«

». . . um dir zu sagen, daß ich dich liebe.«

Tränen schossen ihr in die Augen. Die Luft schien dick und klebrig vor Musik, drängenden Rhythmen, dem Hämmern der Schlaginstrumente. Hatte sie ihn überhaupt gehört?

»Ich liebe dich.«

It's not the side effects of the cocaine/ I'm thinking that it must be love/ It's too late to be grateful/ It's too late to be late again/ It's too late to be hateful: It's too late . . . / It's too late . . .

». . . und dann lag ich im Sand vor deinem Haus, mitten in der Nacht, und weinte. Und das ist mir noch niemals zuvor in meinem Leben passiert.« Und er dachte, als er auf dem langen gischtfarbenen Sofa lag, Justines schlanken, warmen Körper neben sich: Croaker, du irrst dich, ich kann fühlen. Und wie ich fühlen kann!

»Du solltest dich dessen nicht schämen.«

»Nein, das tue ich auch nicht. Sonst hätte ich es dir ja nicht erzählt.«

Ihre bestrumpften Beine flüsterten miteinander wie Zikadenflügel.

»Es ist ein ganz neues Fühlen.« Sie sah, wie sich sein Blick nach innen wandte, lauschte seinen Worten. »Was ich dir angetan habe, war – grausam. Aber ich tat es . . . ich tat es aus Selbstschutz, aus einer Art Überlebenswillen heraus. Plötzlich spürte ich, wie nah du dem Kern meines Wesens gekommen warst, und es erinnerte mich . . .«

Ihr langes Haar umschmeichelte seine Schulter. »Woran?«

»An das Meer, an den Nebel auf der Überfahrt mit der Fähre zur Insel Kyushu.« Seine Lippen blieben halb geöffnet, als er schwieg. Er atmete gleichmäßig wie ein Träumender. »Es erinnerte mich an eine junge Frau, die ich einmal geliebt habe, und von der ich glaubte, sie noch immer zu lieben.«

»Wo ist sie jetzt?«

»Ich weiß es nicht. Nirgendwo und überall.« Sie spürte, wie sich sein Körper – gleichmäßig wie die Flut – hob und senkte. »Sie hatte mir gesagt, daß sie mich liebe, und ich habe es ihr geglaubt. Ich wußte nicht, daß Menschen so gut sein können – im Heucheln!«

Sie lächelte, halb im Dunkel verborgen. »Als Frau wüßtest du das nur zu gut.«

»Manchmal meine ich, Sex ist für die Tiere.«

Eine Weile blieb es still im Zimmer, nur das ununterbrochene entfernte Summen des spätnächtlichen Verkehrs war zu hören. Justine war überrascht. Noch nie hatte sie ihn so erbittert erlebt. Und sie fragte sich, was zwischen ihm und diesem Mädchen vorgegangen sein mochte.

»Ich bin eifersüchtig«, dachte sie. Und es ging ihr durch den Sinn, daß sie sich auf einen sehr gefährlichen Pfad begab. »Ich bin eifersüchtig auf all das, was du ihr von dir gegeben hast.« Neben ihr blieb er still. »Wird es nicht noch einmal geschehen, Nicholas?« Ihre Hüften und ihr Haar berührten ihn.

Als er sprach, war seine Stimme heiser. Womit kämpfte er nur? »Sie lehrte mich ... zu fühlen ...«

»Was?«

»Zu fühlen. Einfach zu fühlen.«

»Ist das etwas so Außergewöhnliches?«

»Und dann verließ sie mich. Sie ging mit ...« Und er erzählte ihr, was er noch niemandem anvertraut hatte. Scham überkam ihn.

Justine legte ihre warmen Lippen an sein Ohr, flüsterte: »Mach' meinen Reißverschluß auf, Nicholas.«

Er legte seine Arme um sie. Ihm war, als wäre er ein Stück Holz, das im Feuer glomm, zu glosender Asche zerfiel.

Die Spitzen ihrer Brüste schimmerten bleich, wie die Kronen der Wellen im Morgendämmer. Aber das Ziehen ging tiefer als in seine Lenden, es war eine Art Flutwelle, die seinen ganzen Körper überspülte, in seinen Kopf drang. »Ich habe dich so sehr vermißt.«

Und es war nicht länger Yukio.

Sie konnte fühlen, wie etwas aus ihm fortgeschwemmt wurde. »Ja«, flüsterte sie. »Ich kann es jetzt begreifen. Ich war alt und müde ohne dich.« Sie ließ mit einer kleinen Bewegung die Träger ihres Kleides von ihren Schultern gleiten.

»Laß uns warten. Wir wollen es noch nicht tun, bitte.«

Ihre Augen glitzerten so nahe über den seinen ... Das kleine Flämmchen darin war wie ein Leuchtfeuer, das ihm den Weg wies.

»Sag es noch einmal.«

»Justine, manchmal haben Worte überhaupt keine Bedeutung.«

»Was denn?«

Er schlang seine Arme um sie. »Ich halte dich«, flüsterte er. »Und du hältst mich.«

Ihre Fingerspitzen streichelten seine Haut.

Fukashigi, der *kenjutsu*-Meister, erwachte im ersten Licht des Morgens; irgend etwas waberte noch in seinem Bewußtsein.

Die Welt, so früh, verzerrt von den ersten Sonnenstrahlen, löste sich zu einem pointillistischen Gemälde auf.

Es war kein Traum. Fukashigi trug Träume nie in die Welt des Wachseins.

Irgend etwas hatte ihn aus dem Schlaf gerissen. In seinem Kopf wurde es lichter.

Und sofort dachte er an Nicholas.

Es mußte denn also an der Zeit sein. Trotz all seiner Abgeklärtheit spürte Fukashigi leichte Fieberschauer durch sein Blut jagen.

Oft, in den langen Nächten, in denen der Schlaf ihn floh, hatte er daran gedacht; mit einem Male wußte er, daß er sich immer selbst betrogen hatte, wenn er annahm, dieser Tag würde nie kommen.

Jetzt war er da. Nach all der Zeit.

Aber er wußte nur zu gut, daß Zeit und Raum absolut nichts bedeuteten.

Selbst über die große Entfernung hinweg, spürte er die seelische Spannung wie das Zerren der See am Anker eines Schiffes bei hohem Wellengang.

Die langen in China und Japan verbrachten Jahre erschienen ihm wie ein im Nebel versunkener Traum. In gewisser Weise nahm Amerika nie den Realitätscharakter jener Tage und Nächte an den Küsten Asiens an – umwoben von ihren Düften und Mythen.

Ihm war, als hätte er einmal Zeit besessen, unbegrenzte Zeit, um sich allen menschlichen Irrungen hinzugeben. Und die Freude, die er damals empfand, wenn er sie auskostete, gab es seitdem nie mehr für ihn.

Gewiß gab es Zeiten für ihn, da er Grund fand, zu bedauern, welches Leben er sich da gewählt hatte. Es war schließlich doch ein sehr gefahrvoller Pfad, den er da beschritt.

Fukashigi setzte sich auf seinem *futon* auf, hörte seine Knochen knacken. Magie, dachte er. Was für ein falsch verstandenes Wort. Typisch westlich. Er mußte lachen.

Dann dachte er abermals an Nicholas. Er beneidete ihn nicht. Und in ihm brannte wieder die Erregung.

Jetzt vermeinte er, hinuntersehen zu können bis auf den Grund. Dieser war schlammbedeckt, fahle Fische zogen durch Sand, Felsbrocken und Schlick die unveränderlichen Muster ihres Lebens.

Seit über siebenhundert Jahren galt dieser Teil der Meerenge von Shimonoseki als verflucht. Hier war Kaiser Antoku Tennõ in der gewaltigen Seeschlacht von Minamoto geschlagen worden und mit Mann und Maus seiner Taira-Sippe untergegangen.

Das Seemannsgarn, das von Fischern und Seeleuten um jene seltenen *heiké*, wie die Taira-Krabben auch genannt werden, gesponnen wurde, ist schier unendlich. Diese Krustentiere tragen auf ihren Schalen menschliche Gesichter, und es heißt, sie werden von den *kami* der einst getöteten Krieger behaust.

Wie in jenen Legenden berichtet wird, können diese keinen Frieden finden. In nebelverhangenen Nächten, so schwören die Fischer, huschen seltsame, vielfarbige Feuer über die bewegten Wasser hin. Deshalb weigern sie sich, mit ihren Booten hinauszufahren; denn in diesen Spuknächten, so sind sie der Überzeugung, erhebe sich der *heiké* aus den Tiefen des Meeres, bringe Schiffe zum Kentern, ziehe tollkühne nächtliche Schwimmer hinab, hinab zu den Toten.

Für diese verlorenen, ruhelosen Seelen wurde an den Gestaden der Meeresstraße der buddhistische Tempel von Amidaji errichtet.

Mehr denn je, dachte Saigõ, ist dieses *Dan-no-ura* verflucht, denn ein Ausbruch meiner eigenen Seele liegt besiegt und tot in diesen Wassern begraben. Wie für die freudlosen *heiké* auf ihrer endlosen Reisen wird es kein wärmendes Feuer geben, kein Heim aus Lotosblättern.

Er konnte das vollendet schöne Gesicht auf dem Meeresgrund liegen sehen, unberührt von den Gezeiten, vollendet im Tod. Die traditionelle Heldin – die fromme Tochter, das treue Eheweib, das Herz erfüllt von Opfermut, gereinigt von allen Sünden. Es war gut so, sagte er sich. Es war richtig. Es war gerecht. Ein Tod, wie ihn die Geschichte forderte.

Was sonst hätte er tun können?

Er spürte, wie ihm das Atmen schwerfiel, wie die brennenden Tränen drohten, seine toten Augen zu ertränken, und automatisch begann er den Hannya-Shin-Kyo zu rezitieren: *Form ist Leere; und Leere ist Form . . . Was Leere ist – das ist Form . . . Einsicht, Name, Begreifen und Wissen, alles ist gleichfalls Leere . . . Da ist kein Auge, kein Ohr, keine Nase, keine Zunge, kein Körper, kein Geist . . .*

In Dunkelheit liegt Sünde; in Dunkelheit liegt Tod. Sünde leugnet den Geist, und ein Wesen ohne Geist zu töten, kann nur als ein Akt der Gnade gewertet werden.

Aber, wie konnte es Liebe geben, wo es Sünde gab? Das

war eine Frage, die ihn seit Jahren quälte, mehr als alles andere, das sein Leben bestimmte. Während er sich wieder jene bohrende Frage stellte, schlug er sich mit geballten Fäusten vor die Stirn – in dem vergeblichen Versuch, das in sich zu zerstören, was ihn trieb. Diese grauenhafte Besessenheit hatte ihn den Drogen anheimfallen lassen. Inzwischen hatte er sich so an sie gewöhnt, daß er ohne sie nicht mehr auskam.

Fraglos war Nicholas Linnear der Anstoß gewesen, der diesen traurigen Zustand bei ihm heraufbeschworen hatte. Gäbe es ihn nicht . . .

Hinter Saigõs geschlossenen Lidern blitzten Lichter auf, während er auf sein Gesicht eintrommelte. Aber nichts konnte die Vision der trägen, bleichen Fische in der Meerenge von Shimonoseki vertreiben. O Amida! Wie der Wind heulte in jener Nacht! Schnee wirbelte herab gleich einem sich bauschenden Spitzenvorhang, tauchte ein in die Wellen, über denen der schwarze Himmel so tief hing, daß weder Kyushu noch Honshu zu sehen waren. Er war allein in dem tanzenden Boot. War der Wind dabei, die Kraft der Wellen zu verstärken? Wußte der *heiké*, daß er womöglich bald einen weiteren reuelosen Sünder empfangen würde?

Spuklichter glommen über der Meerenge, genau wie die alten Geschichten erzählten. Er sprach Gebete über Gebete, alle, die er kannte, wiederholte sie ohne Unterlaß, bis der Bug des Bootes an den holzverkleideten Kai von Shimonoseki stieß und er festen Boden unter den Füßen bekam. Er zitterte, durchnäßt trotz des Ölzeugs, und schwitzte trotz Schnees und eisigen Nordwindes.

Heute vernahm er wieder das unheimliche Heulen der Dämonen, die ihn riefen, die Schrecken zu vollenden, die andere nur halb getan hatten. Sie kreisten in seinem Kopf wie schwarze Aasgeier, die sich alsbald auf einen blutigen Kadaver niederlassen.

Endlich fiel er in dumpfen Schlaf. Sein Atem war schwer vom Nachgeschmack der Drogen, er war so schweißdurchnäßt, als käme er aus dem Dampfbad. Aber das Schlimmste war der dröhnende Widerhall seiner Träume in seinem Kopf.

Nicholas träumte von jener Stelle, da das Land zu Ende war. Von jener Brücke aus Holz und Steinen, sehr ähnlich der von Nihonbashi, die über die Bucht führte. Als er die Brücke betrat, sah er, daß zu beiden Seiten nichts war als tiefhängender Nebel. Er wandte sich um, um zurückzusehen. Aber zu seiner Überraschung und seinem Schrecken hatte sich das Land hinter ihm verändert, so daß er sich gar nicht mehr erinnern konnte, welches Land es einmal gewesen war. Und auch das, auf das er zuschritt, war ihm fremd geworden, als hätte der Nebel auch dessen Geist verschlungen.

Als er sich ungefähr auf halbem Weg befand, meinte er, einen Laut zu hören, dumpf und erstickt im Nebel. Aber je näher er kam, um so überzeugter war er, daß es das Schluchzen einer Frau war.

Als seine Augen sich allmählich an das gräuliche Licht gewöhnten, konnte er die dunklen Umrisse einer jungen Frau erkennen. Sie war groß und schlank und trug ein enganliegendes Kleid aus weißer Seide. Wie er jetzt sah, perlten Wassertropfen an dem Gewand herab, als wäre sie soeben aus dem Meer entstiegen.

Sie stand mit ihrem schmalen Rücken gegen die feuchte Balustrade gelehnt, weinte in ihre vor ihr Gesicht geschlagenen Hände, und die Macht ihres Wehklagens war so heftig, daß es Nicholas unwillkürlich zu ihr hinzog.

Als er nur noch wenige Schritte von ihr entfernt war, hörte er sie sprechen: »Du bist gekommen. Endlich! Endlich! Ich hatte schon alle Hoffnung aufgegeben!«

»Verzeihen Sie!« Seine Stimme echote in seiner Brust, als halle sie in einer Kathedrale oder von einem Berg wider. »Ich glaube nicht, daß ich Sie kenne. Sollte vielleicht ein Irrtum vorliegen?«

Während er das sagte, suchte er ihr Gesicht zu erkennen, aber ihre Gestalt verschwamm im Nebel. Ihr langes dunkles Haar war bedeckt von kleinen Muscheln, Schwämmen und Seetang. Ihre langfingrigen Hände, das sah er jetzt, preßte sie immer noch vor ihr Antlitz, das damit seinem Blick verborgen blieb.

»Nein, es liegt kein Irrtum vor. Du bist der, nach dem ich all die Jahre suchte.«

»Warum weinen Sie so bitterlich? Welcher Kummer betrübt Sie?«

»Ein höchst unehrenhafter Tod, und ehe dieser nicht gerächt ist, muß mein Geist hier auf Erden wandern.«

»Ich weiß nicht, wie ich Ihnen behilflich sein kann, aber, wenn Sie mir gestatten würden, Ihr Gesicht zu sehen . . .«

»Dies würde Ihnen nichts nützen«, erwiderte sie derart traurig, daß er vermeinte, ihm müsse das Herz brechen.

»Mithin war meine Mutmaßung doch richtig: Ich kenne Sie nicht.«

Sie schwieg; ließ ihn im unklaren.

»Nehmt Eure Hände vom Gesicht«, bat er. »Ich bitte Euch,

erlauchteste Dame. Sonst kann ich Euch nicht behilflich sein.«

Langsam, widerstrebend hob sie ihre langen Finger – und er hielt den Atem an.

Wo ihr Gesicht hätte sein müssen, wo man Augen, Nase, Lippen, kurzum all das erwartete, was ein Menschenantlitz ausmacht, war ihre Haut flach und gleichmäßig wie ein Ei ...

». . . Gott, Nicholas, was ist?«

Seine Brust hob und senkte sich so heftig, als täte er die letzten Schritte eines Marathonlaufs, Schweißtropfen glitzerten wie Rauhreif auf seinem Gesicht.

Justines Gesicht, aufs äußerste besorgt, war über ihm, ihr langes Haar fiel zu beiden Seiten herab, ein elektrisierender Vorhang, ein zartes Band zwischen ihnen.

»Was – was ist geschehen?«

»Ich weiß es nicht. Du hast im Schlaf geschrien . . .«

»Was habe ich gesagt?«

»Auch das weiß ich nicht, Liebling. Es war nicht zu verstehen, auf jeden Fall war es nicht Englisch. Irgend etwas wie, oh . . .« Ihre Stirn runzelte sich nachdenklich. »Minamara no tat – oder so ähnlich?«

»Migawari ni tatsu?«

»Ja! Genau das war es!«

»Bist du sicher? Absolut sicher?«

»Ja, ich bin mir ganz sicher. Du hast es mehr als einmal gesagt. Was heißt es?«

»Wörtlich heißt es: Als Ersatz dienen!«

»Das verstehe ich nicht.«

»In Japan herrscht der Glauben vor, daß es ehrenvoll ist, sein Leben für einen anderen zu geben. Es muß nicht einmal ein Mensch sein. Auch ein Baum kann es zum Beispiel sein, irgendein beseeltes Wesen.«

»Wovon hast du also geträumt?«

»Ich bin mir nicht sicher.«

»Nicholas«, sagte sie in der für sie typischen Intuition. »Hat jemand für dich sein Leben gegeben? – Im Traum eben, meine ich?«

Er sah sie an, legte eine Hand an ihre Wange, aber es schien nicht ihre weiche Haut zu sein, die er streichelte, und es war auch nicht ihre Stimme, die er in seinem Innern hörte.

Er war in jenem, von einem vollkommenen Tod erfüllten Raum: Seine Zehen berührten den Saum des erlesenen, in traditionelle Falten gelegten Kimonos seiner Mutter. Nur wenig davon entfernt tropfte Blut, wie Rubine so rot, zu

Boden, wurde zu einem schmalen Rinnsal. Itami sagte: »Wir beide müssen sie jetzt verlassen, Nicholas. Für Außenstehende gibt es hier nichts mehr zu tun.«

»Wohin wirst du gehen?« Seine Stimme klang dumpf.

»Nach China.«

Seine Blicke wanderten suchend über ihr weißes Gesicht. »Zu den Kommunisten?«

Sie schüttelte leicht den Kopf. »Nein. Dort gibt es auch noch Menschen, die anders denken. Sie waren schon lange vor den Kommunisten dort. Dein Großvater, So-Peng, war einer von ihnen.«

»Du bringst es über dich, Saigō zurückzulassen?«

Ihre Augen waren so blank wie die eines Vogels.

»Nicholas, hast du dich nie gefragt, warum ich nur das eine Kind habe? Aber nein, weshalb solltest du?« Ihre Lippen verzerrten sich zu einem bösen Lächeln, das ihm Schauer über den Rücken jagte. »Ich kann nur sagen, daß ich mich absichtlich dazu entschieden habe. Obwohl Satsugai davon nie erfuhr. O ja, ich habe ihn belogen. Vorsätzlich. Bist du nun überrascht?« Sie bewegte sich leicht wie ein Schößling in einem jähen Windstoß; eine Sekunde lang ließ sie sich gehen. »Ich wollte kein Kind wie ihn mehr haben.« Ihre dunklen Augen waren jetzt Schlitze. »Verstehst du mich? Ich glaube, *du* kannst mich verstehen.«

Sie sah kurz auf ihr *katana*, das auf seiner blutigen Spitze stand. »Verachtest du mich deshalb? Es würde mich nicht wundern ... Aber nein, ich sehe, daß du es nicht tust. Das freut mich. Ich kann dir gar nicht sagen, wie sehr.

Ich liebe dich, Nicholas. Wärest du mein eigenes Kind, ich könnte dich nicht mehr lieben; aber ich meine, das weiß deine Seele schon seit langem.« Sie warf den Kopf in den Nacken, als erinnere sie sich an etwas. »Diese Tage von *kwaidan* rinnen mir durch die Finger wie Sand. Die Zeit ist kurz, und ich habe noch viel zu tun.«

Er stand vor ihr, blaß, mit ernstem Gesicht. Sein Körper erschauerte, obgleich nicht ein Windhauch spürbar war.

»Würdest du mir erklären«, sagte er, »welche Ehre in einer solchen Tat liegt?«

»Alle Ehre, die uns auf dieser Welt noch verblieb«, erwiderte Itami traurig. »Diese Ehre lebt jetzt hier in diesem Zimmer. Es ist wenig genug, fürchte ich. Wenig genug.«

»Kläre mich auf! Kläre mich auf!« Seine Stimme war beinahe ein Schrei; und er war sicher, daß er in ihren Augenwinkeln Tränen sah gleich Perlen.

»Ach, Nicholas. Das läßt sich nicht so leicht erklären. Du

bittest mich, die Seele Japans bloßzulegen. Eher würde ich es fertigbringen, mir eine Klinge in den Leib zu rennen.« Ihre Lider schlossen sich, als versuche sie, ein Bild aus ihren Gedanken zu bannen. Ihre Stimme wurde zum Flüstern. »Frag mich etwas anderes. Irgend etwas.«

»Was wird aus dir werden – Tante?«

Ihre Augen öffneten sich, und sie lächelte liebevoll. »In China werde ich reisen und den Ort, den Cheong mich mit ihrem letzten Atemzug zu finden bat, suchen. Ich werde dort nicht lange verweilen.« Ihre Hand krampfte sich um den Griff ihres *katana;* ein weiterer Tropfen Blut rann von der glatten Oberfläche der Klinge auf den kahlen Holzfußboden.

Ich muß Fukashigi aufsuchen, dachte Nicholas jetzt und blickte immer noch Justine an. Im Zimmer war es dämmrig. Ich muß ihn sehen. Es ist an der Zeit, die alten Gelübde zu erneuern. Und sie muß von hier fort; sie muß jeder möglichen Gefahr entzogen werden. *Aka i ninjutsu* war die einzige Möglichkeit, nun, da sich die Mächte des *Kan-aku na ninjutsu* bereitmachten, ihm entgegenzutreten – uralte, unerbittliche Feinde, die sich auf einem modernen Schlachtfeld formierten. Er würde sich, das wußte er, mit allen Kräften wappnen müssen, um dieses eine, letzte Mal siegreich zu sein.

Als Saigõ erwachte, war er einen Augenblick lang überzeugt, er befände sich im dunklen Reich des Todes. Der Tod barg keinerlei Schrecken für ihn; aber vielleicht nur, weil das Leben so wenig für ihn bereithielt. Leben war ein so billiges Geschenk, daß es ihm nichts bedeutete, sich von ihm zu trennen.

Dann entsann er sich, daß er bis zur Stunde Nicholas noch nicht getötet hatte; und damit hatte ihn das Leben wieder.

O ja! Rache war süß! Sie allein war es, die sein Herz noch schlagen ließ. Er dachte an das Geld auf seinem Bankkonto, an die vielen Hektar Land, die vier kleinen, aber schnell wachsenden Elektronikkonzerne, die er besaß. Was war das schon? Sie wogen nicht einmal eine von Meisterhand gefertigte Klinge auf – nein!

Geld war nichts als das schwankende Tor zur Macht, und Macht war nur gut, um frei handeln zu können.

Für ihn gab es jedoch nur noch eines, das er zu vollenden trachtete, und das war: das Leben eines anderen auszulöschen. Heute nacht, dachte er voller Heftigkeit. Er lag nackt auf dem *futon.* Bleichgraues Licht stahl sich durch die Jalousien, wirkte über die Zimmerdecke hingeworfen wie die zerlumpte, zerrissene Kutte eines Wanderpredigers, in die der Wind gefahren war. Die Schwächlichkeit der Amerikaner amüsierte ihn. Diese Feiglinge! Ihr Geist war alles andere als machtvoll. Wie sie den Krieg gewonnen hatten – er konnte es sich noch immer nicht erklären. Welche Freude würde es ihm bereiten, in Raphael Tomkins Gesicht zu sehen, wenn dieser unter seiner stählernen Klinge starb. Allein schon den Gedanken zu hegen, er, Saigō, sei für einen Krämerhandel zu haben! Mit Saigō war nicht mehr zu handeln, wenn er einmal einen endgültigen Kauf abgeschlossen hatte.

Nein. Der Tod würde heute nacht zu ihm kommen. Zu ihm und Nicholas. Vielleicht gelang ihm das Arrangement, den einen vor den Augen des anderen sterben zu lassen. Das würde ihm ein besonderes Vergnügen bereiten, denn es kam nicht so sehr darauf an, *daß* man starb, sondern *wie*. An dieses Wie erinnerte sich die Welt, nicht daran, wie der betreffende Mensch gelebt hatte.

Für Saigō – wie für alle japanischen Krieger aus der ruhmreichen Vergangenheit bis in die Gegenwart – gab es nur zwei ehrenhafte Arten zu sterben: Im Kampf oder von eigener Hand, mit Gelassenheit, im Ritual. Auf andere Weise dahinzugehen, hieß Schmach für die Ewigkeit, ein böses *karma* im nächsten Leben, oder, noch schlimmer, in die Ewigkeit des Nichts einzugehen.

Dieser gelassenen Todesvorstellung entsprang seine Härte Obwohl er es fast bedauerte, den chinesischen Knaben getötet zu haben. Dieser war so gut gewesen. Aber er hatte keine Wahl gehabt. Genau wie damals – lange Zeit war inzwischen darüber vergangen, als er ebenfalls keine andere Wahl hatte ...

Irgendwann in der Nacht hatte ihn sein Haß überschwemmt, so stark, daß er beinahe darüber sein langjähriges Training vergessen hätte. Auf diese Weise vermögen Gefühle die Seele zu verzerren, dachte er bei sich, und setzte sich auf seinem schwarzen Einzel-*futon* auf. Er verfluchte den Tag, an dem Yukio in sein Leben getreten war. O Amida! schrie es stumm in ihm.

Aber diese frühe Stunde hielt kristallene Klarheit für ihn bereit. Einmal, im Schatten dieser Nacht, hatte er erwogen, sich umzubringen. Aber während er am Saum des Todesreiches schlummerte, war sein Geist an der Arbeit geblieben, und nun wußte er, daß es für ihn mehr gab als nur den Tod dieser beiden Männer. Er dachte an die Meerenge und erschauerte. Stimmen schienen seinen Geist zu erfüllen, schrien, seufzten wie der Herbstwind. Er hielt den Atem an, schloß die Augen für lange Minuten, bis die Laute verstummten.

Gewiß doch, dachte er, und erhob sich, um zu baden, es gab Schlimmeres für den Feind, als daß ihm der Bauch aufgeschlitzt wurde. Dies hatte ihn sein Training gelehrt.

Die Welt, das wußte er, war ein großes Rad, auf das man aufgrund seines *karma* geflochten war. Räder griffen in Räder, Pläne in Pläne. Am Ende des Tages würde sein Geist ruhig sein. Dann, wenn der Tod käme, würde er ihn willkommen heißen.

Es war ein herrlicher Tag, klar und noch kühl; nur einige Federwolken standen hoch am westlichen Himmel. Er war viel zu schön, um im Haus zu bleiben, dachte Justine, indem sie ihre Taschen auf das Bett warf.

Als sie um das Haus herumging, fiel ihr auf, wie einladend der Strand aussah. Sie nahm den Wagen, fuhr gen Osten, ohne bestimmtes Ziel. Aber als sie die Ausfahrt nach Watermill erreichte fiel ihr ein Strand in dieser Gegend ein, über den sie des öfteren gesprochen hatten. Flying Point hieß er.

Sie war nicht überrascht, daß sie sich mehrmals verfuhr; aber so weit draußen an der Südküste war es nicht leicht, sich wieder zurechtzufinden, aber endlich erreichte sie den Strand von Flying Point. Sie stieg aus, sah sich um, watete durch den Sand.

Sie war noch viel zu energiegeladen, um sich hinzulegen, darum bewegte sie sich weiter. Der Strand war breit, überraschend sauber, mit ganz hellem Sand.

Die Flut kam herein, türmte sich zu durchsichtigen grünen Bögen auf, gekrönt von weißem Schaum, ehe sie in silbrigem Wellengekräusel auf den Sand gischtete.

So früh am Morgen war es hier noch leer, doch die Strände so weit draußen waren ohnehin nie überfüllt, wie dies am Jones Beach stets der Fall zu sein schien.

Es war ruhig und friedlich hier, nur die sich ständig wiederholenden Geräusche des Meeres waren zu hören, das Kreischen der Möwen, die sich der Sonne entgegenwarfen.

Der Strand veränderte sich so allmählich, daß sie lange Zeit dessen gar nicht gewahr wurde. Aber plötzlich kam ihr die Gegend irgendwie bekannt vor. So hatte sie zum Beispiel das Gefühl, bald an eine schmale Landzunge zu kommen, hinter der dann wieder der leicht geschwungene Strand anfing. Und so war es auch. Als dies ein paarmal geschah, begann sie sich zu fragen, wo sie sei.

Als dann ihr Blick auf die Anwesen zu ihrer Rechten fiel, erkannte sie die Bäume. Sie spürte, wie sich ihr Magen zusammenkrampfte, als sause sie in einem Fahrstuhl mit großer Geschwindigkeit in die Tiefe. Wie konnte sie nur so töricht sein! Flying Point lag östlich von Southampton und Gin Lane.

Da stand es in seiner ganzen Pracht – das Landhaus der Familie.

Während sie noch zu ihm hinstarrte, sah sie das Holztor aufschwingen und jemand die Holzstufen in die Dünen hinablaufen.

Mein Gott, dachte sie. Das ist Gelda!

Ihr erster Impuls war, sich umzudrehen und davonzulaufen. Aber sie stand wie angewurzelt, dachte: Was, zum Teufel, tut sie denn hier?

Gelda blieb stehen, nahm ihre Sonnenbrille ab.

Sie kam auf Justine zu. Sie standen sich auf dem menschenleeren Strand gegenüber wie zwei Duellanten, die angetreten sind, aufeinander zu feuern.

»Justine! Was für eine Überraschung.« Ihre Augen waren stumpf, als hätte sich ein eisernes Tor dahinter geschlossen. Sie gaben sich so förmlich wie zwei Fremde, die sich zufällig auf einer Party getroffen haben.

»Bist du mit jemand hier?«

Der Wind peitschte den Sand, machte Wimpel aus ihrem Haar als ritten sie wie zwei junge Kürassiere in die Schlacht.

»Nein. Ich warte auf jemanden.«

»Ich auch.«

Sie wollte vor sich selbst nicht zugeben, wie sehr Gelda sich verändert hatte. Wie schön sie mit einem Male war. Dazu die anmutigen Bewegungen, die ihr angeboren waren. Und hinter all dem war eine Art von Selbstsicherheit zu spüren. Nun, Gelda hatte schon immer genügend Selbstsicherheit für sie beide besessen. Es war Gelda gewesen, die stets Freunde hatte, die immer zu Partys eingeladen wurde oder zu Football-Spielen. Es war Gelda, die schlittschuhlaufen konnte, so einzigartig elegant – wobei ihre Verehrer über dem Geländer hingen und ihr mit unverhohlener Bewunderung zusahen.

Justine war für all das zu jener Zeit zu jung, zu mager für Jungen, als daß diese sich für sie interessiert hätten, zu ungeschickt für jeglichen Sport. Statt dessen zeichnete sie und wurde immer einsamer. Ihr Neid nagte an ihr wie ein gieriger Kannibale.

»Ist Vater hier?«

Gelda schüttelte den Kopf. »Nein, er ist in der Stadt.« Sie zögerte einen Augenblick, als überlege sie. »Er hat – irgendein Problem. Irgend etwas bereitet ihm Sorgen.«

»Das ist doch nichts Neues.«

»Nein. Aber ich dachte, es würde dich zumindest interessieren. Doch ich hatte es vergessen: Du warst stets auf Mutters Seite.«

Da war es wieder. Starrte sie an wie ein häßliches rotes Mal.

»Bei Mutters Zustand«, sagte Justine in dem Versuch, sich zu rechtfertigen. Zorn stieg in ihr auf. Wenn sie je daran gedacht hatte, Gelda von Nicholas zu erzählen, so war dieser Gedanke verflogen.

»Ich kann nichts dafür, daß ich so bin, wie ich bin.«

»Das war immer deine Entschuldigung dafür, daß du nur tatest, was du wolltest.«

Sie sahen sich schweigend an. Justine war erschreckt, vermochte sich zu keiner Reaktion aufzuraffen. Mein Gott, dachte sie verzweifelt, wir gehen miteinander um wie Kinder. Wir können nicht wie Erwachsene denken, wenn wir zusammen sind, tun alles nur, um dem anderen wehzutun, wie damals.

Gelda kniff die Augen zusammen, blinzelte in die Sonne. »Willst du mit hineinkommen?«

»Nein, ich . . .«

»Oh, los schon, Justine. Sei ein bißchen lockerer!«

»Du hast es also auch gefühlt.«

»Ja. Gegen Morgen. Ich weiß nicht genau, wann.«

»Es ist wichtig, daß du hier bist.«

»Wohin hätte ich sonst gehen sollen«, sagte Nicholas.

Fukashigi lächelte schwach.

Heute war kein Unterricht, und der *dõjõ* erschien riesig in seiner stillen Leere. Nicholas wurde traurig, als er an das letzte Mal dachte, damals mit Kansatsu im *ryu* außerhalb von Tokio. Der leere *dõjõ* erinnerte ihn schmerzlich daran. Ihm wurde klar, daß er seither sein Leben in einer Art Schwebezustand verbracht hatte, sich hatte treiben lassen; die Tage und Nächte wiegten ihn sacht, gingen ineinander über, wiegten ihn auf ihren Höhepunkten in den Schlaf.

Was hatte er in Amerika fertiggebracht? Und was hätte er getan, wenn er in Japan geblieben wäre? Wenn er nicht *bujutsu* studiert hätte? Was wäre dann? Er bekleidete zweifellos ein hohes Regierungsamt mit einem sehr guten Gehalt und besäße einen vollkommenen Garten. Jedes Jahr würde er zwei Wochen in Kyoto oder an irgendeinem anderen Ort am Meer verbringen, vielleicht auch in Hongkong, zu einer Jahreszeit, da die Stadt nicht von Touristen überlaufen war. Er hätte ein treues Eheweib daheim und eine Familie. Kinder, die schwatzten und lachten.

Justine, Justine, Justine. Sein Lohn dafür, daß er endlich die Vergangenheit zermalmt hatte? Nur noch eines wünschte er sich: Die Gräber seiner Eltern wiederzusehen, vor ihren *sotoba* zu knien, die Räucherstäbchen anzuzünden, die liturgischen Gebete über ihnen zu sprechen.

»Du hast ihn mitgebracht?« fragte Fukashigi.

»Ja. Ich wußte, ich mußte es eines Tages tun, obwohl ich nicht weiß, warum.«

»Komm.«

Fukashigi führte ihn durch den verlassenen *dõjõ*, der vom Licht der Sonne erhellt war, das durch die Wolkenfetzen des Sommerhimmels fiel.

Vor der Schwelle zu den hinteren Räumen streifte Nicholas seine Schuhe ab, Fukashigi seine *geta*, und der alte Mann geleitete ihn zum äußersten Winkel des Hauses, in einen Raum mit erhöhtem Erker, dessen Boden mit *tatamis* bedeckt war. Er schob den *shõji* beiseite, und sie traten ein.

Fukashigi setzte sich auf seine gekreuzten Beine und winkte Nicholas mit der Hand. »Bitte, stell' ihn zwischen uns.«

Nicholas stellte das Paket auf die *tatamis* und wickelte es aus. Da stand der Drachen-Tiger-Schrein, den So-Peng seinen Eltern geschenkt hatte.

»Öffne ihn.« Fukashigis Stimme war ehrfürchtig.

Nicholas gehorchte, hob den schweren Deckel, um die neun Smaragde freizulegen.

Fukashigi atmete so tief ein, daß Nicholas dachte, ihm müßten die Lungen platzen. Er starrte auf die neun Steine, die in dem diffusen Licht glühten und funkelten.

»Ich dachte niemals«, sagte der alte Mann leise, »daß mir je ein solcher Anblick zuteil werden würde.« Er seufzte. »Und sie sind alle vorhanden. Alle neun Smaragde.«

Er sah auf. Der viereckige Raum wirkte rein, geräumig, harmonisch, beruhigend.

»Die Zeit verändert viele Dinge. Als du vor vielen Jahren zu mir kamst – es war in Kyoto, meine ich –, hielt mich nur der Brief meines Freundes Kansatsu davor zurück, dich fortzuschicken. Du hast das nicht gewußt? Nun, es ist die Wahrheit. Und, um ganz ehrlich zu sein: Selbst, nachdem ich seinen Empfehlungsbrief gelesen hatte, dachte ich, daß ich vielleicht einen schwerwiegenden Fehler machen könnte. Schließlich wissen wir aus der Geschichte, daß *Aka i ninjutsu* keine erlernbare Kunst ist, sondern eine Berufung, eine ernsthafte Berufung, so geheimnisvoll wie die Berufung, Amida Buddha zu dienen – dazu wird man zunächst geboren und späterhin erzogen.

Ich kann dir heute sagen, daß meine Zweifel groß waren, ob ich dir Zutritt zu *Aka i ninjutsu* gewähren sollte oder nicht, trotz allem, was Kansatsu schrieb. Er ist kein Ninja, dachte ich, darum kann er nicht wissen. Jedoch war ein Einbruch in unsere Sphäre durch deine Vorbildung bereits vollzogen, und du erschienst mir sehr natürlich für einen Menschen des Westens. Zudem wußte ich, daß auf Kansatsu Verlaß ist.

Jetzt weiß ich, daß es ein Fehler gewesen wäre, dich fortzuschicken.« Seine Fingerspitzen streichelten den vor ihm stehenden Kasten. Er lächelte. »Du siehst also, ich bin keineswegs, wie so oft behauptet wird, allwissend.«

Der alte Mann neigte leicht den Kopf. »Es ist Kansatsus Intuition zu verdanken, daß du der erste Student mit gemischtem Blut in den Adern im Tenshin Shoden Katori *ryu* wurdest. Du bist auch der einzige dieser Art geblieben. Das stellt eine einmalige Ehre dar, und von meiner Seite aus eine unorthodoxe Entscheidung. Doch ich bedauere sie nicht. Der *ryu* hat in all den Jahren, da er mir unterstand, keinen besseren Schüler gehabt.«

Jetzt war es an Nicholas, den Kopf zu neigen.

»Du bist damals aus einem bestimmten Grund zu uns gekommen, nicht wahr? Nun ist die Zeit da. Die Uhr läuft.«

»Ich bedauere, *sensei*, sagen zu müssen, daß es schon vor einiger Zeit begann.« Und er erzählte dem alten Mann alles von den Morden.

Fukashigi saß regungslos da. Als Nicholas seinen Bericht beendet hatte, herrschte Schweigen. Dann wandte er den Kopf, sein kühler Blick verweilte prüfend auf Nicholas' Antlitz. »Als du zu uns kamst, hast du bestimmte Gelübde abgelegt, die du täglich bei jeder weiteren Stufe deines Trainings erneuert hast. Du mußt gewußt haben, was eintritt – in dem Augenblick, als du das *shaken*-Fragment entdecktest. Dennoch hast du nichts unternommen. Vielleicht sind nur deshalb so viele Menschen – allein drei von deinen Freunden – tot.« Seine ruhigen Augen schimmerten wie Leuchtfeuer im Nebel. »Bist du womöglich ebenfalls tot, Nicholas?«

Nicholas betrachtete seine Handrücken; die Worte des alten Mannes waren wie Nadelstiche in seine Seele gedrungen. »Vielleicht hätte ich nie in den Westen gehen sollen. Ich glaube, ich habe nur versucht, meinem *karma* davonzulaufen.«

»Du weißt, daß du dich selbst belügst. Wo immer du auch hingehst, dein *karma* wird mit dir gehen.«

»Das klingt wie ein Fluch.«

»Wer sein Leben so betrachten will, wird es auch als Fluch

erfahren. Aber ich bin überrascht, daß du diese westlichen Gedanken hegst.«

»Vielleicht hat Amerika mich genauso verändert wie es Vincent verändert hat.«

»Natürlich kennt nur einer die Wahrheit . . .«

»Ich bin auf unerklärliche Weise mit Saigō verbunden und – mit Yukio. Dennoch . . .«

»Die Annahme des *karma* sollte nicht mit Fatalismus verwechselt werden. Wir alle sind, zu einem großen Teil, Herr unseres eigenen Geschicks. Aber wir müssen ebenfalls lernen, uns dem Unvermeidlichen zu beugen; das ist die wahre Bedeutung von Annehmen. Nur dies wird uns mit Harmonie erfüllen, ohne die das Leben nicht wert ist, gelebt zu werden.«

»Das alles verstehe ich«, sagte Nicholas. »Es sind die Zeichen, die sich mir entziehen.«

Fukashigi nickte und griff in sein Gewand, aus dem er mehrere Blätter aus Reispapier zog, die sorgfältig zusammengefaltet waren und aussahen, als seien sie älteren Datums. Fukashigi reichte sie Nicholas.

»Dieser Brief stammt von Kansatsu. Ich folge seinen ausdrücklichen Anweisungen, indem ich ihn dir in diesem Augenblick übergebe.«

Es handelte sich um einen schlichten schwarzen Ford Sedan.

Doc Deerforth bemühte sich zu erkennen, wer darin saß; aber die Sonnenstrahlen des späten Morgens woben ein Netz flirrenden Lichts über die Windschutzscheibe, so daß man nicht hindurchblicken konnte.

Er sah dem Sedan so lange nach, bis er sicher war, daß er Justines ziegelrotem Sportwagen folgte. Gedankenverloren und zweifelnd, ob er nicht besser Nicholas Bescheid geben sollte, ließ er das Lenkrad seines Wagens einschlagen und machte sich daran, den beiden Autos nachzufahren.

Am frühen Morgen hatte ihn ein Patient in die Dune Road gerufen. Als er von diesem zurückfuhr, kam ihm der Gedanke, nach Justine zu sehen. Er war noch etwas von ihrem Haus entfernt, als er ihren Roadster auf die Straße biegen sah und dabei den schwarzen Ford bemerkte.

Er hielt sich jetzt ein gutes Stück hinter Justines Wagen. Als dieser am Flying Point hielt, fuhr der schwarze Ford an den Straßenrand. Aber niemand stieg aus. Doc Deerforth, der ebenfalls geparkt hatte, wartete ungeduldig. Als ihm die Zeit zu lang wurde, stieg er aus, um Justine am Strand nachzugehen. Da startete der schwarze Ford. Langsam folgte er Justine, die man von der Küstenstraße aus unten am Strand entlanggehen sehen konnte.

Eilends lief Doc Deerforth zu seinem Wagen und stieg ein.

Als er um die letzte Kurve bog, schwitzte er stark; der schwarze Sedan parkte in einer gewissen Entfernung vor Gin Lane.

Er war froh, ihn nicht aus den Augen verloren zu haben. Der Verkehr war zwar nicht übermäßig stark, aber bei der vorsichtigen Fahrweise, die er sich auferlegen mußte, hatte er den Ford mehrmals hinter einer Biegung aus den Augen verloren.

Jetzt wußte er, welches Ziel sowohl Justine wie der Fahrer des Wagens hatten. Er erkannte Raphael Tomkins Haus sofort.

Unter seinen Schuhsohlen knirschte der Kies, als er aus dem Wagen stieg. Er setzte die Sonnengläser auf seine Brille. Das Licht blendete stark.

Es war sehr still. Auf einer hohen Pinie saß ein einsamer stummer Vogel. Die Brandung war hier oben nicht zu hören. Das Fehlen des gewohnten Rauschens der Wellen war wie ein weißes Geräusch, das gegen sein Gehirn anbrandete.

Er ging langsam auf den Ford zu. Schon der geringste Laut war in der Stille übermäßig stark zu hören. Kein Windhauch bewegte die hohen Baumwipfel. Es war sehr heiß.

Er näherte sich dem schwarzen Wagen, der leer war und wie ein unheimliches Schloß wirkte, das in der Wüste thront. Wer konnte Justine verfolgen? Und warum? *Paß auf sie auf*, hatte Nicholas ihm gesagt. Überrascht stellte Doc Deerforth fest, daß er an die beiden dachte, als seien sie seine Kinder.

Sein Hemd war durch und durch naß, klebte an seiner Haut wie loses altes Fleisch. Genau wie damals, überlegte er, im Dschungel, vor vielen, vielen Jahren. Und plötzlich taumelte er, ihm war schwindlig. Das ist die Malaria, dachte er und hielt sich an einem harzigen Baumstamm fest. Meine Art von Malaria. Denn es ist Sommer. Im Herbst wird sie vorbei sein.

Er fuhr mit der einen Hand über die sengend heiße Flanke des Ford, beugte sich ein wenig hinunter, sah ins Innere. Es gab nichts Besonderes zu sehen.

Er stand immer noch in derselben Haltung, ein gebückter alter Mann mit schütter werdendem Haar, schwitzend in der Hitze des Tages, als ein Schatten über den schwarzen Sedan fiel.

Er war dabei, sich umzudrehen, als er den unheimlichen schwirrenden Laut hörte. Aus den Augenwinkeln sah er etwas Dunkles auf sich zukommen – und hob instinktiv den Arm vors Gesicht.

Etwas wickelte sich um seine Knöchel und zog ihm die Füße weg, schnappte nach Luft, wand sich wie ein Fisch an der Angel...

Er sah an sich hinunter. Eine lange Kette, mit einem Gewicht beschwert, war um seine Fußknöchel festgezurrt. Daran wurde er in eine Gruppe dichtstehender Pappeln gezogen, hinter denen sich ein Kornfeld dehnte.

Er rollte herum, atmete schwer, versuchte sich aufzusetzen. Jetzt spürte er die Klinge an seinem Hals.

Er sah auf. Vor dem tiefen Blau des Himmels sah er ein Gesicht, das ihn erschauern ließ. Der Atem stockte ihm.

Er sah in Augen, die so tot waren wie Steine. Die Augen eines Wahnsinnigen. Anders als die, in die er vor langer Zeit geblickt, und doch dieselben. *Der Ninja*, dachte Doc Deerforth. Sein Gehirn schien bei dem Gedanken zu erstarren, ihm war, als gäbe es nichts mehr auf der Welt als diese Augen. Sein Leben schien sich auf die Größe einer Erbse zusammenzuziehen, verschwand endgültig, wurde gänzlich bedeutungslos. Zikaden zirpten, Fliegen summten. Er war zurück – zurück auf den Philippinen, zurück im Zelt, gefesselt, unfähig, sich zu bewegen.

Und die sanfte, altbekannte Stimme sagte zu ihm: »Warum bist du mir gefolgt?«

»Warum sind Sie dem Mädchen gefolgt?«

Der Ausdruck in diesen starren Augen veränderte sich nicht im mindesten, dessen war er sicher. Aber ohne Vorwarnung zog der Ninja an der Kette, und die stählernen Glieder bohrten sich durch Doc Deerforths Haut.

Doc Deerforths Kopf flog zurück, pfeifend entwich sein Atem den halb geöffneten Lippen. Sein Gesicht war blutleer.

»Warum bist du mir gefolgt?«

Die Worte kamen wieder und wieder, wie eine Litanei, das Gebet eines Mönches, wenn der Tag sich neigt.

»Warum bist du mir gefolgt?«

Auf einmal erkannte Doc Deerforth ganz klar, daß dieser Mann ein anderer war. Er war grausamer und weniger in sich selbst zurückgezogen als seinerzeit. Er besaß eine elementare Macht über ihn, die ihn bis in seine tiefste Seele ängstigte. Es war, als ob der Teufel selbst erschienen sei, um ihm das Leben zu entreißen.

Der Schrei eines Kindes entschied endgültig über das Schicksal von Doc Deerforth. Er ertönte ganz in der Nähe, und Saigō erkannte, daß er auch nichts gewinnen würde, wenn er das Spiel ausdehnen würde. Er nahm das andere Ende der *kyotetsu-shoge* und tötete Doc Deerforth.

»Von Anfang an«, las Nicholas, *»war Dein Vater Satsugai gegenüber mißtrauisch. Beim ersten Male, da sie sich begegneten, begriff der Oberst, daß dieser Mann innerhalb der zaibatsu über eine große Macht verfügte und über ein geheimes Organisationsnetz gebot. Wie spätere Untersuchungen ergaben, vermutete er zu Recht, daß Satsugai tief in die Genyõsha verstrickt war, und die Genyõsha waren in der Hauptsache diejenigen, die die böse Saat säten, die in dem voreiligen Angriff auf Pearl Harbor aufging.*

Anliegen Deines Vaters war es, die Genyõsha zu zerschlagen. Aus diesem Grunde vermittelte er zugunsten von Satsugai, als das SCAP-Gericht diesen wegen seiner Kriegsverbrechen verurteilen wollte. Er dachte, wenn Satsugai freikäme und seine Pläne verfolgen könne, würde das schließlich zur Verhaftung der wichtigsten Männer innerhalb des Genyõsha führen.

Es war ein guter Plan. Doch Satsugai entdeckte ihn. Er merkte, daß er zwar in des Obersten Schuld stand, dieser jedoch gleichzeitig darauf sann, ihn zu vernichten. Dieser Gedanke war für ihn unerträglich. Satsugai war von der alten Schule und für seine Person ein Ehrenmann. Er selbst hätte es nicht vermocht, Hand an den Obersten zu legen.

Darum bestellte er seinen Sohn Saigõ zum Botschafter des Todes und schickte diesen nach Kumamoto in den am meisten von allen gefürchteten ryu, den kan-aku-na-ninjutsu-ryu, in dem kuji-kiri gelehrt wird.

Mit den Jahren begriff der Oberst seine Torheit. Er hatte zu hoch gespielt und verloren. Jetzt stand Satsugai für immer außerhalb des Gesetzes, und das war seine Schuld.

Dein Vater war von Geburt Engländer, doch er hätte im Wesen nicht japanischer sein können. Er tötete Satsugai mit eigener Hand.«

Verstört hob Nicholas den Blick. Und wegen dieser Schmach, die auf der Familie lastete, hatte Cheong *seppuku* begangen.

»Lies weiter«, sagte Fukashigi behutsam.

»Dein Vater war ein Nobelmann, Nicholas, darum hat ihn niemand verdächtigt. Doch Saigõ, im kan-aku-na-ninjutsu ausgebildet, brauchte nicht lange, um die Wahrheit herauszufinden. Dieses Wissen behielt er für sich, und während das Feuer seines Hasses in ihm schwelte, zeigte er der Welt das Gesicht des trauernden Sohnes. In seinem Geist indes hatte sich bereits ein Racheplan gebildet.

So richtete er es hin und wieder ein, dabei zu sein, wenn Itami euer Haus besuchte und Du nicht daheim warst.

Inzwischen wirst Du wissen, welch erstaunliche yogen – Che-

miker – die kuji-kiri-Adepten sind, wie viele Varianten und Finessen sie kennen, um ein menschliches Wesen zu töten, ohne es auch nur zu berühren.

Dies widerfuhr Deinem Vater. Saigō brachte ihn mit einem langsam wirkenden Gift um.«

Nicholas spürte, wie Tränen in seinen Augen aufstiegen, und es fiel ihm schwer, die letzten Sätze klar zu erkennen. Seine Finger, die das dünne Reispapier umklammerten, zitterten.

»An dieser Stelle muß ich Dich aufrichtig um Verzeihung bitten. Ich fühle mich, zumindest zu einem Teil, verantwortlich am Tod Deines Vaters. Er war mir ein großer Freund, und ich weiß – jetzt, da der erste Kummer gewichen ist –, daß ich es hätte vorhersehen müssen.

Du bist zum Symbol meiner Buße und Sühne geworden. Wie ich annehme, liest Du dieses hier an der Seite meines hochgeschätzten Freundes Fukashigi – so hätte ich es mir zumindest gewünscht.

Ich nehme an, daß Du ziemlich überrascht warst, im Tenshin-Shoden-Katori-ryu anzukommen und festzustellen, daß das Honorar für Deine Studien im voraus bezahlt war.

Ich bin sicher, Du verstehst, warum ich es tun mußte, bevor ich sterbe, und ich bete zu Amida Buddha, daß Du einem alten Manne seine Fehler vergibst.«

Er sah die mit dem Pinsel gemalten Zeichen von Kansatsus Namen durch einen Schleier von Tränen. Er vergoß sie für den Oberst und für Cheong. Ihm war, als wären die Jahre verweht wie die roten und goldenen Blätter des Herbstes. Und jetzt vermochte er auch um seine Freunde zu weinen, die ihn geliebt hatten, und die er weiterhin liebte.

Neben ihm, still wie das Sonnenlicht, saß Fukashigi in tiefem Nachdenken versunken.

»Bist du hierhergekommen, um trocken zu werden?«

»Ist das nicht ein bißchen sehr direkt?«

»Tut mir leid.«

»Schon gut. Ich glaube, ich habe es verdient. Doch, um auf deine Frage zu antworten: Ich bin schon eine ganze Weile trocken.«

Sie saßen in dem riesigen Oval des schimmernden Wohnraums. Alle Wände waren bis auf halbe Höhe aus Glas, öffneten sich dem Sonnenglanz des Strandes und des Meeres. Das Oberlicht über ihren Köpfen wirkte wie ein geschliffener Diamant, der größte der Welt, so kam es Justine immer vor, wenn sie, als sie noch klein war, zu dem Fenster aufsah.

Die Couch, auf der sie beide saßen, war vollkommen rund und in ihren Maßen so ausgewogen, als gehöre sie zu einem riesigen chinesischen Puzzle. Sie saßen beide mit dem Blick gen Osten, hielten ihre Rücken steif, ihre Augen waren achtsam, wie die von Katzen in einer ungewohnten Umgebung.

Eisgekühlte Drinks in hohen Gläsern standen auf den Tischen zu ihrer Seite. Sie waren unberührt, als würde diejenige, die zuerst trank, sich eines Vergehens schuldig machen.

»Wie lange wirst du bleiben?« Das hatte Justine eigentlich nicht fragen wollen. Eher lag ihr auf der Zunge: »Ich freue mich«, zu sagen. Denn sie freute sich tatsächlich. Kein Mensch wollte eine Säuferin zur Schwester haben. Aber es war, als klebe ihr die Zunge am Gaumen, wenn sie etwas Nettes zu Gelda sagen wollte. Ich kann ihr wahrlich nichts von alledem verzeihen, dachte sie bei sich. Nicht einmal die winzigste Kleinigkeit. Sie fühlte, wie Scham sie überkam.

Als Halbwüchsige hatte sie sich immer gefreut, wenn Gelda mit ihren Freunden ausging und auch die anderen das Haus verließen. Dann nahm sie ein Bad, entstieg ihm, naß und warm, ein großes schneeweißes Badelaken um ihren schmalen Körper geschlungen, ein kleineres um den Kopf mit dem langen Haar gewickelt. Und dann, als lagere sie in einem byzantinischen Palast auf ihrem Lotterbett, ließ sie sich auf die Couch sinken, den Rücken an die weichen Kissen gelehnt, die Beine hoch über die Lehne hängend. In dieser Stellung würde sie dann den Kopf in den Nacken legen, um zuzusehen, wie sich der Tag gleich einem Rad drehte. Aufgrund des Lichtes, das durch das Atelierfenster strömte, konnte sie genau feststellen, welche Tageszeit es war, ohne auf die große Uhr auf dem Kaminsims in ihrem Rücken zu sehen. Ihr unablässiges Ticken indes ließ sie träumen; sie sah die Sonne wie sämigen Honig durch die Scheiben des Oberlichts tropfen und ließ sie auf ihre ausgestreckte Zunge fallen.

»Du kannst so lange bleiben, wie du willst«, sagte Gelda.

»Schon gut. Ich muß wieder weg.« Aber Justine machte keine Anstalten, sich zu erheben.

»Dann entschuldige mich bitte«, bat Gelda und stand auf. Sie legte ihre Hände auf die Lehne der Couch. »Du hast diesen Raum immer besonders geliebt, nicht wahr?«

»Ja«, sagte Justine überrascht.

»Wußte ich's doch.« Geldas Finger zupften am Stoff der Polsterung. Sie sah auf ihre Hände, dann auf Justine, die in die Kissen gekuschelt dalag. »Du sagst doch noch auf Wiedersehen, ehe du gehst?«

»Gewiß.«

Dann war sie allein im Haus. Die Dienstboten hatten am Wochenende frei. Sie war so allein wie früher als Kind, und ganz selbstverständlich glitt ihr Blick hinauf zum Oberlicht, durch das die Strahlen der Morgensonne fielen. Sie stellte sich vor, wie es sein würde, eine Dame früherer Zeiten zu sein, als es noch keine Autos und kein Telefon gab, nicht einmal Elektrizität. Sie liebte Kerzenlicht und Öllampen.

Und so fand Saigō sie, allein und verträumt, verloren in ihren Phantasien. Sie begriff nie, daß sie gefühllos wurde, spürte nicht, was man ihr antat.

Während der ganzen Zeit waren Justines Augen weit geöffnet. Sie sah nur sein Gesicht, verzerrt, wie eine geologische Formation nach einem Erdbeben. Aber da war eine gewisse Vertrautheit. Es wurde zu einem Gesicht, das mehr war als ein Menschenantlitz.

Es wurde zum Boden, auf dem sie ging, zum Mahl, das sie verzehrte, zum Wasser, das sie durstig trank, zur Luft, die sie atmete. Es wurde ihre Welt und schließlich ihr Universum.

Sie lauschte ihm, während er zu ihr sprach, diesem Etwas, diesem Wesen, das sie umschloß, viel größer als der Diamant, der über ihrem Kopf schimmerte. Sein hypnotischer Wille ragte über ihr auf wie eine undurchdringliche Mauer, die sie in Bann hielt. Jetzt war alles möglich, denn das hier war anders. Er war Ninja. Er beherrschte das *kuji-kiri* und, darüber hinaus, das *kobūdera*, das selbst seine *kan-aku-na-ninjutsu-sensei* fürchteten.

Denn es war Magie.

Er wartete geduldig, bis Nicholas die Blätter aus Reispapier beiseite legte. Sie waren naß von Tränen.

Es war das Ende eines langen feuchtwarmen Nachmittags; die Stadt kühlte sich langsam ab, während die aufgeblähte Sonne hinter den hohen Stahl- und Glasgebäuden verschwand. Aber das geschah draußen. Hier, in diesen Raum, konnte der Westen nicht eindringen. Hier, in diesem Raum, leugnete der Osten die Zeit. Irgendwo sang ein Vogel sein Abendlied.

»Kansatsu verhielt sich sehr einfühlsam, als er damit wartete, dich aufzuklären, Nicholas. Hättest du früher davon gewußt, hättest du dich zweifellos auf die Suche nach Saigō begeben. Und dafür warst du noch nicht bereit. Er hätte dich einfach so vernichtet, wie ihm dies damals am Abend in Kumamoto möglich gewesen wäre.«

»Und nun?« Seine Stimme klang tränenerstickt.

»Er kann dich immer noch vernichten. Ich befürchte, Nicholas, daß er noch über die Lehren des *kuji-kiri* hinausging.

Er suchte sich *sensei*, die, aufgrund ihrer Lehren, nie in einem *ryu* Eingang gefunden hätten, nicht einmal im *kan-aku-na ninjutsu*. Es waren Magier, die ihr Wissen aus alten Überlieferungen aus dem Teil Chinas bezogen, der für die meisten von uns sogar noch heutzutage im dunkeln liegt – den Steppen der Mongolei. Jetzt lebt die Magie in ihm, Nicholas; und sie hat ihn völlig in ihren Besitz genommen.«

»Nun, auch in unseren *ninjutsu*-Lehren ist viel Magie enthalten.«

»Das sind allerdings erdachte Magien, das heißt Illusionen. Diese und die echte Magie dürfen nicht durcheinandergebracht werden.«

Nicholas war zu klug, um über dieses Thema mit Fukashigi zu streiten. Er schwieg auch während des einfachen Mahls, das der *sensei* bereitet hatte. Später, in der Dunkelheit der Nacht, begann Fukashigi mit dem Ritual, das bis zum Morgen währen würde.

»Hier –« seine Fingerspitzen berührten leicht den geöffneten Deckel des Kastens, »– ist das *kokoro*. Dieses Wort hat, wie viele Wörter im Japanischen, mehrere Bedeutungen: Es kann Herz, Geist, Mut, Entschlossenheit, innerste Gedanken und mehr heißen, auch ›das Herz aller Dinge‹. Ihm wohnt ebenfalls echte Magie inne. Deine Mutter wußte es. Sie war der Meinung, dein Vater ahne nichts davon, wollte aber, daß du davon erführest.«

Fukashigis junge Augen waren wachsam, voller Leben und von noch etwas. »Neun ist die Schlüsselzahl, Nicholas. Hier sind neun Smaragde. Jeweils einer, um die neunhändigen Arme des *kuji-kiri* zu brechen –«

Saigō erwachte in der Stunde vor der Dämmerung und verließ seinen *futon*. Es gab viel zu tun an diesem letzten Tag, und die Stunden würden nur so dahinfliegen, trotz seiner präzisen Organisation. Er hatte fest und traumlos geschlafen, das erste Mal seit mehr als einer Woche.

Schon sehr früh war er auf der Straße. Er begab sich ins East Village, zu einem riesigen Army-Navy-Kaufhaus, wo er eine dunkelfarbene Leinentasche mit dreifachem Innenfutter erstand; sie war für besonders schweres Gewicht gearbeitet. Er prüfte die Trag- und Umhängeschlaufen, ob sie kräftig genug waren.

Dann ging er zur IND-Untergrundbahn – er achtete streng darauf, nur öffentliche Verkehrsmittel zu benutzen – und stieg an der Siebenundvierzigsten Straße aus. Einen Block weiter, am Broadway, betrat er ein Geschäft für Theaterkostüme und -ausstattungen.

Das dritte Geschäft, das er ansteuerte, war Brooks Brothers, wo er einen leichten braunen Geschäftsanzug von der Stange kaufte. Die Jacke paßte genau, aber die Hose ließ er beim Schneider zum Kürzen. Auf dem Weg zum Ausgang kaufte er noch einen Bowler, der bei Tage völlig absurd auf seinem Kopf wirken mußte, aber nachts genau richtig war.

Letzte Station machte er in Chinatown, wo er einen Bambusstock erwarb. Dann brachte er seine Pakete in seine Behausung – auch die Hose war inzwischen fertig – und ging wieder aus. Diesmal war er auf der Suche nach einem Mann, der ihm ähnlich sah. Damit hatte er schon angefangen, als er in New York angekommen war. Größe, Gewicht, die Statur waren es, die ihn interessierten. Das Gesicht würde nicht wichtig sein. Nicht mehr, wenn er alles hinter sich gebracht hatte.

Croaker rief zweimal innerhalb einer halben Stunde an, und es war gut, daß er es tat.

Beim zweiten Anruf bekam er die Nachricht, auf die er wartete.

»Matty hat angerufen. Er hat seine Nummer nicht ...«

»Schon gut. Ich habe sie.«

Er suchte im dichten Verkehr nach einer Telefonzelle. Als er eine entdeckte, fuhr er den Wagen an den Bordstein. Er kramte eine Münze aus der Tasche und wählte. Hier hörte die Polizei nicht mit.

»Keiner zu Hause«, sagte Matty, ›der Mund‹, in miserablem Italienisch.

»Hier spricht Croaker.«

»Oh! Hallo!«

»Vergiß die Höflichkeiten. Hast du's?«

»Ja-ah, aber es ist 'ne Menge mehr wert ...«

»Matty, über den Preis sind wir uns doch längst einig.«

»Also schauen Sie, Leutnant, schließlich haben wir – eine Art Inflation. Die Preise steigen rasend.«

»Was willst du damit sagen?«

»Hören Sie ... das Honorar ist sozusagen – überholt, indiskutabel. Das Geld ist nichts mehr wert ...«

»Also ...«

»Auch die Situation hat sich verändert, seit wir das letzte Mal miteinander sprachen. Aber das ist kein Grund, Magenkrämpfe zu kriegen oder so herumzubrüllen.«

»Ich hab' da was läuten gehört, daß ich deinen Arsch woandershin befördern soll, alter Junge. Was meinst du dazu?«

Matty schnalzte mit der Zunge. »Ich? Ich müßte lügen, wenn ich sagen würde, ich wär da scharf drauf. Aber seien Sie vorsichtig, Leutnant, denn nur von mir können Sie was rausbekommen. Sonst gibt es keinen Menschen in der Stadt, der damit was zu tun haben will!«

Croaker fühlte, wie sich sein Magen zusammenzog. Sein Herz schlug heftig. »Was ist denn los?« fragte er vorsichtig.

»Die Sache müßte gerade Ihnen sehr wichtig sein.«

»Spuck's aus.«

»Die Geschichte war kalt«, erwiderte Matty, »als wir zum ersten Mal davon sprachen.«

»Und jetzt?«

»Jetzt ist sie so heiß wie Luzifers Arsch. Es suchte nämlich noch jemand nach der Dame. Als heißester Posten steht sie plötzlich bei allen ganz oben auf der Liste Irgendwie kam das über Nacht, müssen Sie wissen.«

»Schön. Aber was weißt du wirklich?«

»Leutnant, wenn ich Ihnen sage, ich hab' was, dann ist es nicht erst auf dem Weg von der Küste hierher. Die Information befindet sich bei mir.«

»Also, noch mal, spuck sie aus. Raus damit, sage ich.«

»Erst«, entgegnete Matty, »wenn wir uns über den neuen Preis einig sind.«

»Okay, nenn ihn!«

»Dreimal soviel.«

»Dreimal soviel! Hast du den Verstand verloren?«

»Leutnant«, sagte Matty sehr ruhig, »wir sprechen im Augenblick darüber, was mein Leben wert ist. Wenn irgend jemand Wind davon bekommt, daß ich . . .«

»Wer sollte denn Wind davon bekommen? Wer hat sich um die Nutte schon gekümmert?«

»Kann ich nicht sagen.«

Croaker seufzte. »Matty, sei ein lieber Junge.«

»Schon möglich. Aber zu meinem Preis. Einverstanden?«

»Einverstanden.«

»Okay. Hier ist das Perlchen.« Der Name, den Croaker erfuhr, lautete Alix Logan. Er bekam auch ihre Telefonnummer und eine Adresse in Key West, Florida.

»Und was die andere Geschichte angeht«, sagte Croaker, »solltest du dich ein bißchen beeilen. Ich setz' mich nämlich bald für eine gewisse Zeit nach Süden ab, kapiert?«

»So dringend, hm?«

»Ich weiß überhaupt nicht, wann ich zuletzt Urlaub hatte.«

»Geht in Ordnung, Leutnant. Sie sind wirklich okay. 'ne dufte Type. Und Sie haben auch nichts gegen mich, oder? Geschäft ist Geschäft, müssen Sie wissen.«

«Ja-ah, in der Tat. Vielen Dank für dein Vertrauen. Ich hab' das Gefühl, ich hab's nötig.«

»Da ist noch eine Sache.« In Mattys Stimme lag eine Schärfe, als sei er eben vom Telefon geweckt worden. »Ich möchte wissen, wie groß das Ding ist.«

»Und warum interessiert dich das?«

»Na, schließlich bin ich in die Sache verwickelt, oder? Bis zum Stehkragen sogar. Ich will nur wissen, ob ich mitten in einem Haufen Hundescheiße stehe, oder . . .«

»Das kann ich wirklich nicht sagen. Die Jury ist noch im Beratungszimmer. Aber – es könnte schon sein.«

»Vielleicht sollte ich mich dann lieber dünnmachen?«

»Das liegt ganz allein an dir. Aber das wäre keine schlechte Idee.«

»Nett von Ihnen, das zu sagen, Leutnant.«

»Schließlich will ich ja nicht, daß meine Quellen versiegen. In dieser Beziehung denke ich wie ein Texaner.«

Matty, ›der Mund‹, lachte. Es klang wie das trockene Raspeln einer Feile auf einem Stück Metall. »Vorzüglich. Was ich heute bin, verdanke ich Ihnen.«

»Behalt' es für dich, Matty. Und: Kopf hoch, ja, Matty? Versprich es mir.«

Er fuhr im Wagen zum Büro. Finnigan, der fette Scheißer, würde sich gar nicht freuen, ihn so früh zu sehen.

Zum Teufel mit ihm. Croaker bremste wie ein Verrückter, schlug mit der Handkante auf die Hupe, stieg aufs Gas. Wenn er – mit Alix Logan im Schlepptau – von Key West zurückkehren würde, hatte den Hund hoffentlich der Schlag getroffen.

Wenn er sie nur zum Sprechen bringen konnte. Angst war eine sehr wirkungsvolle Waffe, wenn sie geschickt angewandt wurde. Wenn er sich nicht sehr irrte, hatte sein kleiner Ausbruch auch auf Tomkin die gewünschte Wirkung gehabt. Eine Tote war plötzlich wieder lebendig geworden. Jetzt gab es ein direktes Bindeglied zwischen Alix Logan und Raphael Tomkin. Einen Augenblick lang dachte er daran, Vegas in den Fall mit einzubeziehen. Aber er ließ den Gedanken wieder fallen. Es wäre nicht fair, einen solchen Riesenhaufen Scheiße in Vegas' Schoß zu kippen. Nein, er selbst hatte sich um alles zu kümmern. Planen. Es galt zu planen. Zeit bedeutete alles. Er brauchte viel Zeit.

Und eine große Portion Glück.

»Ich hab' mich gestern vorerst von Justine verabschiedet«, sagte Nicholas. »Hab' sie gebeten, nach West Bay Bridge zurückzukehren, bis alles vorbei ist.«

Croaker warf die Wagentür zu. »Gute Idee. Ich habe Gelda vorgeschlagen, sie soll vorläufig zu Freunden ziehen. Vor allem wollte ich sie aus der Wohnung haben. Für eine Weile jedenfalls.«

Über ihnen erhob sich der Wolkenkratzer an der Park Avenue, noch halb Skelett. Er wirkte wie ein abstraktes Kunstwerk.

»Ist er oben?« fragte Croaker und deutete mit dem Kopf auf das Gebäude.

»Denke schon. Ich hab' alles mit ihm abgesprochen.« Sie schritten über die Holzplanken zu dem unfertigen Bau. »Er ist nicht dumm, das mußt sogar du ihm lassen.«

»Ich muß ihm gar nichts lassen. Wenn er zugestimmt hat, dann gehe ich jede Wette ein, daß er eine Trumpfkarte im Ärmel hat.«

»Klar. Um Saigō abzuschütteln. Meinst du, der möchte gern gejagt werden?«

Croaker grinste Nicholas von der Seite an. »Nee, ich kann mir nicht vorstellen, daß irgend jemand gern gejagt werden möchte. Nicht mal er!«

Sie stiegen in den Fahrstuhl.

»Wo sind die Männer?«

»Kommen in« –, Croaker sah auf die Uhr, »in ungefähr fünfzig Minuten. Alles TPF – Tactical Police Force – für dich blutigen Laien gesprochen. Wir können mit Tränengas, schallgedämpften Maschinengewehren, einigen Scharfschützen aufwarten, deren Waffen über Infrarot-Zielfernrohre verfügen. Die treffen ein Zehncentstück im Dunkeln auf tausend Yards. Und natürlich tragen alle kugelsichere Westen – sie sind sozusagen handverlesen.« Die Türen öffneten sich auf dem obersten Stockwerk, und sie traten aus dem Lift. »Tomkin soll sich ja anständig aufführen.«

»Hör zu! Überlaß Tomkin mir, okay? Halt dich da raus. Er reizt dich nur, weil er dich nicht leiden kann. Und er hat Angst vor dir.«

»Was du nicht sagst!« Croaker grinste abermals. »So was höre ich gern, das erwärmt mein Herz.«

Kurz vor der Tür zu Tomkins Büro blieb Nicholas stehen. »Denk dran«, sagte er. »Ich will keinen deiner Männer auf diesem Stockwerk sehen. Ist das klar? Dieser Korridor bleibt sauber.«

»Reg dich nicht auf. Mir schmeckt das zwar überhaupt

nicht, aber das ist sein Haus, und du bestimmst hier. Nachdem ich neulich nicht gut abgeschnitten habe, meine ich, ich sollte mich auf dich verlassen. Nur ...«, er hob warnend den Zeigefinger, »... nur erwarte nicht von mir, daß ich da unten bei meinen Leuten bleibe. Ich möchte sofort in deiner Nähe sein können.«

Nicholas nickte. »Solange du über die Route kommst, die wir zusammen festgelegt haben.«

»Ich würde zu gerne wissen, was du für diesen Kerl ausgekocht hast.«

Nicholas' Finger legten sich schwer um den Handschutz seines *katana*, das noch in der Scheide stak. »Das«, sagte er, »ist alles, was ich brauchen werde.« Er klopfte kurz an, stieß die Tür auf, und sie betraten den Raum.

Tomkin saß, wie immer, hinter seinem riesigen Schreibtisch. Er sah auf, runzelte die Stirn. »Ist es denn zu fassen«, knurrte er. »Ein gottverdammter Müllstreik. Und das mitten im Sommer. Himmel, diese Gewerkschaftshunde wissen, wie sie Blut aus einem Stein pressen können! Hier wird es zum Himmel stinken, noch bevor das Haus fertig ist.«

Der alte Mann stand an der Westseite von Park Avenue. Obwohl es nur wenig Verkehr gab, da es schon spät in der Nacht war, wartete er, bis die Ampel von Rot auf Grün schaltete. Erst dann begab er sich langsamen Schrittes über die Straße. Aus der Entfernung sah er klein und zerbrechlich aus, gebückt unter dem Gewicht der Leinentasche, die er über seiner krummen Schulter trug. Er hatte offenbar Plattfüße, und sein Bambusstock schien ihm eine Stütze, während er dahinschlurfte. Da die Park Avenue sehr breit ist, schaffte er es nicht, über den Zebrastreifen zu kommen. Die Ampel wechselte auf Rot, als er noch auf halbem Wege war.

Während er reglos auf dem Fußgängerstreifen stand, sah er suchend nach oben, wie ein Großvater, der aus seinem Nachmittagsschlaf in seinem Sessel erwacht. Es dauerte eine Weile, bis sein Blick das halbfertige Gebäude an der Ostseite der Avenue einfing. Niemand hätte sich etwas dabei gedacht, daß der Alte den Neubau betrachtete, um sich die Zeit zu vertreiben, bis das Licht wieder wechselte. Als die Ampel auf Grün gesprungen war, humpelte er weiter über die Straße.

Anstatt sich nach rechts zu wenden, ging er geradeaus, in Richtung Osten, auf die Lexington Avenue zu. Von dort aus begab er sich südwärts bis zum Ende des Blocks; damit hatte er einen Halbkreis um den Wolkenkratzer geschlagen.

An der Ecke befand sich eines jener altmodischen Telefonhäuschen, dessen Metallgerippe grün gestrichen war und dessen Glaseinsätze bis hinunter zum Pflaster reichten. Daneben lagen mehrere schwarze und braune Kunststoffsäcke voll Abfall aufgehäuft, warteten darauf, daß die Müllwagen kämen, um sie abzutransportieren.

Er tauchte in die dunklen Schatten der Säcke ein, verharrte bewegungslos. Sein Äußeres bedurfte noch der Veränderung. Die Leinentasche lag zu seinen Füßen, seine breiten Schultern waren gespannt.

Er wartete zwanzig Minuten.

Ohne seine Haltung zu verändern, zog er den Reißverschluß der Tasche auf und arbeitete mit schnellen, geschickten Bewegungen. Als er aus seiner Deckung hervortrat, war er ein braver Geschäftsmann im konservativen Anzug mit einem Bowler auf dem Kopf; und er vergaß nicht einmal, mit weitausholenden, energischen Schritten zu gehen und sicher aufzutreten, wie jemand, der ein bestimmtes Ziel hat. Denn er wußte, daß die beste Maskierung nichts taugt, wenn deren Träger nicht gleichzeitig seine Art zu gehen daran anpaßt. Der Gang eines Menschen ist normalerweise so individuell ausgeprägt, wie dies seine Fingerabdrücke sind.

In Richtung Osten hatte sich auf der Straße nichts gerührt; aber er sah zwei Blau-Weiße auf der Nordseite stehen. Sie waren dunkel; wahrscheinlich sollte suggeriert werden, sie seien leer.

Als er sich nun aufmachte, die Rückseite des Wolkenkratzers abzugehen, stieg seine Achtung für die Polizei von New York ein wenig. Insgesamt zählte er ein halbes Dutzend Männer, die innerhalb und außerhalb des Anwesens postiert waren. Und auf einmal bemerkte er ein kurzes Aufblitzen auf einem der umliegenden Dächer, das von einer Gewehrmündung stammen mochte.

Nicht daß es ihm darauf ankam zu wissen, wie viele Männer sie abgestellt hatten, um Tomkin zu bewachen. Aber man mußte auf alles vorbereitet sein. Trotzdem gab er auf Vorausplanung und Einschätzung einer Situation wenig. Man hatte ihn gelehrt – und er glaubte fest daran –, daß Prognosen gefährlich seien. Wie viele Männer hatten schon sterben müssen, weil sie sich allzusehr auf ihre Vorplanungen verlassen hatten.

Er ging weiter nach Süden. Über einen kleinen Umweg erreichte er wieder das Telefonhäuschen an der Lexington Avenue. Eine halbe Stunde war inzwischen vergangen. Es war jedoch nicht geboten, sorglos zu werden.

Die Leinentasche lag immer noch zwischen den Plastiksäkken mit Müll, wo er sie versteckt hatte. Er überprüfte die Zeit auf seiner Armbanduhr. Noch dreißig Sekunden. Zum letztenmal zog er den Reißverschluß der Leinentasche auf. Er streifte seinen braunen Anzug ab, ließ den Hut in die Gosse fallen. Dann beugte er sich tief über die Tasche und warf sich deren Inhalt über die Schultern.

Der kleine, aber sehr wirkungsvolle Feuerwerkskörper, den er vorhin als alter Mann unter einen Wagen an der nördlichen Seite des Gebäudes plaziert hatte, explodierte. Ein weißgrüner Blitz schoß in die Nacht. Fast einen ganzen Block entfernt spürte er noch die leichte Erschütterung, als die Kraft der Explosion die Luft aus dem Epizentrum fortschleu derte. Ein Rieseln von Metall- und Glassplittern, hell wie Diamanten unter den Straßenlaternen, erfolgte. Flammen leckten himmelwärts.

Geduckt lief er auf kürzestem Weg zur Front des Wolkenkratzers, huschte in dessen dichten Schatten, schlich sich weiter zur Südseite. Hinter der erstklassigen Deckung der schlafenden Maschinen – die Nachtschicht war vor zwei Tagen eingestellt worden, nachdem man entdeckt hatte, daß er sich als Bauarbeiter eingeschmuggelt hatte – war er innerhalb von vier Sekunden verschwunden.

Jetzt bewegte er sich von Stützpfeiler zu Stützpfeiler, fühlte unter seinen Fingern die rauhe Oberfläche der Rostschutzfarbe. Zementstaub hing noch immer in der Luft. Als er seine schwere Bürde fallen ließ, bemerkte er die scharfen Schatten, die die riesigen Maschinen zeichneten. Sie verwandelten die Baustelle in einen verlassenen Rummelplatz. Wo war noch gleich der Lunapark gewesen? In Shimonoseki. Er entsann sich, sah ihn vor sich, und die Erinnerung, die wie eine Welle über ihm zusammenschlug, veranlaßte ihn, in die Tasche zu greifen. Er schob sich ein quadratisches, körniges Etwas in den Mund und schluckte es hinunter.

Er hockte da wie ein Raubvogel, der auf Beute aus war; wartete, bis die Droge wirkte. Man hatte ihn gezwungen, den *kuji-kiri* zu verlassen, als er sich nicht mehr in der Gewalt hatte und das Zeugs während des Trainings zu schlucken begann. Er konnte nichts dafür; er wurde dazu verleitet, getrieben. Es war keine Dummheit, sagte er sich jetzt, er konnte nicht anders. Da war noch immer das kenternde Boot auf der rauhen See, das Heulen des Windes und das schwere Klatschen der Wellen gegen die Bootswand, bis sie sich schlossen über . . .

Schlag zu! In dem grellen Licht waren Formen und Linien

klar und nackt, wirkten dreidimensional, als handle es sich um eine Guckkastenbühne. Ihm war, als könne er auf einmal in alle Richtungen sehen. Er spürte den in der Luft liegenden Staub mit einemmal viel stärker. Selbst diese Kleinigkeit kann mir zum Vorteil gereichen, dachte er. Denn der Gegner vermag nicht klar zu sehen, weil der Staub seine Augen reizen wird. Und dieses Minimum an Zeit würde zur Entscheidung über Leben und Tod werden.

Er hob den Blick und sah den ersten. Er war anders angezogen als die Männer in der Doyers Street. Außerdem schien er sich viel selbstsicherer zu bewegen.

Saigō beobachtete den Polizisten ein paar Minuten lang. Er wollte noch einiges wissen. War ihm ein bestimmtes Areal zugeteilt worden? Wenn ja, überschnitt dieses sich mit dem eines Kollegen?

Als er zufriedengestellt war, hob er die beiden Bogenhälften von der Brüstung und schraubte diese zusammen. Es ergab sich ein straffgespannter Bogen aus Kunststoff mit Leichtaluminium ın der Mitte.

Interessant, dachte er. Die Explosion hat offenbar keine so große Verwirrung gestiftet, wie ich mir das ausgerechnet hatte. Im Gegenteil. Sie gab ihnen offenbar genügend Zeit, das Umfeld des Gebäudes vollends in Besitz zu nehmen. Jetzt hörte er das durchdringende Heulen der Feuerwehrsirene. Sie hatten wohl umgehend festgestellt, daß sich niemand in dem brennenden Wagen befand, und auch, daß kein Passant verletzt war. Damit überließen sie die Lösch- und Aufräumarbeiten der Feuerwehr.

Von seinem Beobachtungsposten aus konnte er sehen, wie sich der Scharfschütze behutsam in seiner Deckung bewegte. Er wartete, bis der Polizist am äußersten Ende seines Patrouillenganges angelangt war. Dann legte er einen Pfeil mit stählerner Spitze auf den Bogen, zog den Bogen an und zielte. Es war kein normaler Jagdbogen. Die stählernen Spitzen der Pfeile waren genauso sorgsam geschmiedet wie die Schneiden der *katana*. In früheren Zeiten, so wurde berichtet, hätten sie selbst Rüstungen durchbohrt.

Er ließ den Pfeil von der Sehne schnellen. Ein leises Summen ertönte, wie das einer honigsuchenden Hummel, dann ein leises *Peng*. Das Glimmen das Gewehrlaufes war nicht mehr zu sehen, aber die Pfeilfedern ragten ohne zu zittern aus dem Nacken des Scharfschützen.

Der Polizist hatte sich umgedreht und kam zurück. Er blieb direkt vor Saigō stehen und hob den Kopf. Dunkel und feucht tropfte es auf seine Schulter. Er schob sein Maschinengewehr unter den linken Arm, wollte in sein Walkie-talkie sprechen.

Saigõ sprang ihn an – ein beseelter Schatten. Sein linker Arm war emporgereckt, bildete jetzt einen Bogen über seinem Kopf; es gab einen zischenden Laut, als er herniedersauste. Saigõs Hand trug einen dünnen netzartigen Handschuh aus Stahlfäden, die sich vom Handgelenk zu den Fingerspitzen spannten, wo sie in Klauen ausliefen, gebogen und rasiermesserscharf.

Leise lachend über die wirkungslose kugelsichere Weste stieg Saigõ über die Leiche und nahm seinen Bogen auf.

Und nun zur Eingangshalle, dachte er. Er hatte keine Eile. Die da oben konnten warten. Er stellte sich Tomkins breites Gesicht vor, schimmernd vor Schweiß, weil er nicht wußte, was unten geschah.

Seine Bewegungen waren nicht lauter als der laue Nachtwind, der zwischen den Säulen des Rohbaus flüsterte. Jetzt erblickte er noch einen Polizisten in Zivil. Er schlich sich hinter ihn, warf die schwarze Nylonschnur über dessen Kopf, zog, als sie um den Hals des Mannes lag, zu.

Saigõ erschrak – war völlig überrascht. Der Mann war herumgewirbelt und griff ihn an – trotz der Schlinge um seinen Hals. Er war bärenstark, und Saigõ fühlte, wie er das Gleichgewicht verlor. Die Arme des Polizisten, dick wie Trossen, waren um Saigõs Taille geschlungen, hielten ihn wie in einem Schraubstock. Saigõ trat mit seinem Schuh auf den Rist des Mannes, und dieser ließ ihn los. Saigõ taumelte zur Seite, die Schwungkraft war zu stark, als daß er sich auf den Beinen halten konnte.

Der Polizist war sofort über ihm, keuchend, wandte Drachen- und Schwertschläge an, die indes nur teilweise trafen; aber sein enormes Körpergewicht verhinderte Saigõs Abwehr.

Der Polizist legte sein ganzes Gewicht in seine Knie, die er gegen Saigõs Brust stemmte, wollte diesem die Luft abdrükken. Das war ein Fehler. Aber woher sollte er wissen, daß Saigõ es mindestens sieben Minuten ohne zu atmen aushalten konnte.

Mit verzweifelter Anstrengung wandte Saigõ jetzt den *tettsui* gegen das Brustbein an. Der Mann über ihm bekam keine Luft mehr.

Saigõ war endlich frei und saß auch schon rittlings auf dem Polizisten, zog die Schnur wieder mit aller Kraft zu.

Er hörte es. Der Ton wurde heller und heller, bis die Phonzahl zu hoch war, um vom menschlichen Gehör noch erfaßt zu werden. Er duckte sich, fühlte die weiße Hitze an seiner rechten Schläfe und rollte halb von Sinnen über den Boden der Halle. Kroch auf die Schatten zu, aber der tödliche Laut folgte ihm, wimmerte hinter ihm drein, schlug zu.

Es war also noch ein Scharfschütze im Raum. Er kauerte sich in den Schatten einer massiven Säule, hörte, wie die Nacht überall um ihn herum zu Lauten und Bewegungen aufbrach. Blut sickerte aus der Wunde, und er hob automatisch die Hand. Die Verletzung war nur oberflächlich. Aber schon wieder war er nicht wachsam gewesen! *»Wir können das Einnehmen von Drogen nicht dulden – um welche Drogen auch immer es sich handeln mag«* – hörte er seinen *sensei* sagen. *»Drogen verengen das Bewußtsein, scheinen das Reaktionsvermögen zwar zu steigern, in Wirklichkeit aber beeinträchtigen sie die Denkfähigkeit und damit den Realitätssinn eines Menschen. Das durch Drogen eingeschränkte Bewußtsein wird sich in welchem Kampf auch immer als gefährlich erweisen, vor allem in den letzten Stadien.«*

Und das genau war die Falle, die er sich selbst gestellt hatte, und in die er beinahe gestolpert wäre. Sonst hätte ihn die Kugel nie streifen können.

Sein Gehör arbeitete noch nicht normal, und er versuchte, sich aus dem Zentrum verwirrender Laute herauszukämpfen. Er würde einige Zeit brauchen, bis er sich erholt hatte.

Bewegung von links und von vorn, während er in einem verborgenen Winkel im Inneren des Gebäudes lag. Über ihm verschwamm die teilweise fertiggestellte Decke des Atriums in ein immer enger werdendes Muster aus dämmrigem Licht und tiefem Schatten. Die schwarze Luft über ihm war schwer wie eine Säule aus Wasser, schwer und erdrückend.

Zum ersten Male zog er die deprimierende Möglichkeit in Betracht, daß er seine Feinde, seine Gegner ernsthaft unterschätzt hatte. Er fühlte sich hilflos und entsetzlich allein – wie damals in jener Nacht, als die Winde über dem Meer heulten und einen Teil von ihm in die Tiefe rissen, als er mit trockenen, brennenden Augen und zitternden Händen dastand. Da der einzige Mensch, der ihn verstanden hatte, nicht mehr auf dieser Erde wandelte, war nur noch Raum für die letzten Wünsche seines Vaters Satsugai. Nichts schien mehr von Wichtigkeit. Es war, als hätte er sein Leben in die Klauen der machtvollen *kami* gegeben, sich einem *jikininki* – einem Menschen verschlingenden Dämon – anvertraut. Vielleicht war es seinem Vater ebenso ergangen? Obwohl Saigō seinem Vater mehr Respekt zollte als irgend jemand sonst auf der

Welt, hatte er schon zu Lebzeiten dessen undurchdringbar zwanghaftes Handeln erkannt. Nur einen Mann gab es noch, dem er ähnliche Ehrfurcht zollte – seinem Namensvetter Saigõ. Als er zum ersten Mal die Lebensgeschichte des historischen Saigõ las, wollte ihm scheinen, als wohne der *kami* dieses großen Patrioten in Satsugai. Dem buddhistischen Glauben nach war dies durchaus möglich.

Satsugai hatte in einem frühen Stadium von seinem, Saigõs Leben vollständig Besitz ergriffen. Seine Existenz stellte nur noch die Verlängerung des Lebens seines Vaters dar, in dem es keine Freude mehr zu geben schien außer der Aussicht auf Rache.

Jetzt fühlte er sich nicht mehr allein, nicht mehr ängstlich. Die Droge hatte sein Inneres durchströmt, seine Sinne erweitert. Seine Muskeln bebten vor unterdrückter Energie. Es wurde Zeit zu handeln.

Er bewegte sich lautlos durch das Gebiet, das von einem zweiten Scharfschützen bewacht wurde. Der zweite Posten hatte nicht geschossen. Das war etwas, was ihn unsicher machte. Der Scharfschütze war bestimmt so flink wie er. Konnte *haragei* ihn vom Angriff abhalten? Aber plötzlich war es Saigõ, als verlöre er die Kontrolle über sich selbst in diesem Tumult. Er fühlte sich abgeschnitten von seinen übernatürlichen Kräften, und *haragei*, das erkannte er, war auf diese Entfernung sinnlos.

Er wollte jetzt sofort nach oben; aber er wußte, daß dies nicht möglich war, ehe er nicht die letzte Bedrohung ausgeschaltet hatte.

Mit einem Sprung erreichte er die Stufen zum Zwischenstockwerk. In rasender Folge wurden zwei Schüsse von links abgefeuert, und hätte er sich nicht im Sprung befunden, hätte zumindest einer getroffen.

Er lief treppaufwärts, sein Gehirn konzentrierte sich auf das, was vor ihm lag, während sein Unterbewußtsein die Position der Scharfschützen aufnahm. Im äußersten Blickwinkel hatte er ein doppeltes Aufblitzen wahrgenommen.

Er hatte jetzt völlige Beherrschung über seinen Körper, über sein Bewußtsein erlangt. In Gedanken steckte er die Stellung der Schützen ab, lauerte auf die geringste Bewegung.

Über ihm blinkten zwei Lichtflecke, dazwischen lag ein breiter Schatten Abstand. Zwei Meter vor dem ersten Lichtreflex verhielt er, stand vollkommen reglos, überblickte die Szene vor sich.

Er atmete dreimal tief durch, setzte zum Sprung nach vorn

an, schnellte sich ab. Während er durch die Luft flog, hielt er seine Beine angezogen wie ein Taucher, so daß er wie ein Ball durch den ersten Feuerschein schoß.

Er befand sich bereits auf halbem Weg zum Boden zurück, als er das metallische Klicken des Abzugs hörte. Er wußte nicht genau, wie nahe der Schütze war, aber er wollte keinerlei Risiko eingehen. Kaum hatten seine Füße den Boden berührt, als er bereits wieder hochfederte. Jetzt schien die Luft um ihn herum dicht und feucht, als segle er durch eine Regenwolke.

Automatisch hielt er den Atem an. Als er sich mitten im Sprung umdrehte, sah er im Widerschein des Lichts von draußen einen Kanister über den Korridor kollern. Er vernahm das Wimmern der Kugeln und zählte vier Einschläge. Er spürte etwas Heißes an seiner Wade, befand sich wieder im Dunkel, stürzte quer über den Gang auf den Schützen zu. Er ignorierte den Schmerz im rechten Bein, schob den Nervenschock in eine Gehirnkammer ab, vergaß das Vibrieren seiner Sinne.

Der Scharfschütze bemerkte die auf ihn zulaufende Gestalt. Doch es war zu spät, niederzuknien und zu zielen. Er machte einen Schritt zurück, trat zur Seite, richtete die Mündung nach vorn, Saigō schlug sie mit dem Unterarm weg und warf ein Bein vor. Er war dem anderen jetzt nahe genug, um seine Handkante in dessen Rippen zu schlagen.

Der Mann stöhnte geradezu überrascht auf. Als sein Kopf und Oberkörper nach vorn fielen, zog Saigō den Fuß hoch, traf ihn auf die Nase. Der Polizist fiel auf seine nutzlos gewordene Waffe, rollte über die Stufen hinab.

Mit einem Sprung war Saigō auf und davon, raste auf die Treppen zu, die weiter nach oben führten. Er umfaßte das *katana*, das er in der Scheide an seiner Seite trug.

»Sie haben ihn. Hören Sie doch bloß mal den Lärm.«

Tomkin meinte die Gewehrsalven. Er stand hinter seinem Schreibtisch, den Oberkörper vorgeneigt wie ein Sprinter im Startloch. Die Säulen seiner kräftigen Arme waren steif, die Fäuste hielt er auf die Tischplatte gestemmt.

Das Feuern der Maschinengewehre klang wie fernes Donnergrollen, hallte in der Weite des Atriums wider.

Nicholas, auf seinem Posten neben der metallenen Doppeltür, hatte sich nicht im geringsten bewegt.

»Was meinen Sie, Nick?«

Er wunderte sich, daß Tomkin plötzlich so nervös wurde. Bis jetzt war er kühl und entspannt gewesen wie ein Mann, der aus einem langen Urlaub zurückkehrt. Aber plötzlich wirkte er gereizt, angespannt, und gleichzeitig schien er zu zittern.

Tomkin, auf der anderen Seite des Raumes, schwitzte tatsächlich. Hatte er wirklich richtig gehandelt, als er dem Ninja das Doppelspiel anbot? Da unten schien alles durcheinanderzugehen, die Aktivitäten kein Ende zu nehmen. Er wußte, wieviel Männer Croaker mit Waffen ausgerüstet hatte. Hatten sie ihn erwischt? Was war, wenn er doch heraufkam? Was, wenn er ihm nicht trauen konnte? Mein Gott, Linnear ist meine letzte Verteidigungslinie, dachte er. Und ihn habe ich geopfert.

Tomkin öffnete den Mund, als wolle er etwas sagen, aber in letzter Sekunde hielt er die Worte zurück. Er konnte doch Nicholas nicht eingestehen, was er getan hatte. Er steckte seine bebende Hand in die Jackettasche. Seine Finger waren schweißnaß, als sie vom Griff der Pistole abglitten. Er fühlte sich völlig fehl am Platz.

Es war ein Gefühl, das er nicht kannte. Sonst war er glücklich, wenn er hinter seinem Schreibtisch saß, am Telefon Überseegeschäfte besprach und abschloß, zögernde Käufer überzeugte, andere hängen ließ, Geschicke lenkte. Und nun beherrschten Fremde sein Leben, *sein* Leben! Er verspürte diesen seltsamen Schmerz, wie damals. Diese Angst, die er nicht mehr gekannt hatte, seit jenem heißen Sommertag vor sechzehn Jahren. Das Haus an der Gin Lane, die wahnsinnige Sommerhitze, das Tuscheln des Windes im hohen Dünengras, der trockene Sand, wie Glassplitter so hart ... Der Wind rauschte lauter, das Atmen der Flut war zu vernehmen, jene leisen stöhnenden Bewegungen. Und – Gelda. Mein Gott. *Gelda! Gelda! Gelda!*

»Es wäre besser, wenn Sie sich hinsetzen würden, wie ich Ihnen dies schon vorhin gesagt habe.«

»Wie bitte? Was?«

»Setzen Sie sich, Tomkin. Er wird bald kommen.«

»Kommen?! Wer?«

»Saigō. Der Ninja.«

Tomkins Gesicht erschien leichenfahl im Widerschein des Lichts, das durch die Fenster drang. Alle Lampen waren ausgeschaltet.

»Sie haben ihn nicht erwischt?«

»Ich glaube nicht.«

»Aber was ist denn mit all diesen Männern da unten?«

Tomkin sah sie nur noch als seine Verteidigungslinie. So schnell, so leicht konnte diese doch unmöglich durchbrochen werden!

Nicholas tat, als verstünde er nicht. »Es wundert mich, daß Sie sich darüber Gedanken machen. Es war nicht meine Idee. Ich habe Ihnen gesagt: nur Sie, ich und – er. Die da unten sterben alle unschuldig!«

»Was heißen soll«, sagte Tomkin und trat ein paar Schritte zum Fenster, hoffend, Nicholas möge ihm folgen, wie der Ninja dies gefordert hatte, »daß wir – Sie, ich und der Bulle – nicht unschuldig sind?«

Nicholas hätte eine Statue sein können. Er rührte sich nicht vom Fleck. »Hier oben im Olymp hat das Wort ›Moral‹ wenig Bedeutung. Hat man sich erst einmal daran gewöhnt, die Menschen aus solch luftiger Höhe zu betrachten, werden ihre Gesichter undeutlich, und nach einer gewissen Zeit sind sie nicht einmal mehr voneinander zu unterscheiden – wirken wie Ameisen. Was heißt schon: eine Ameise weniger? Sie ist viel zu unbedeutend, als daß man an sie einen Gedanken verschwendet.«

»Sie sind verrückt«, sagte Tomkin. »Ich weiß überhaupt nicht, wovon Sie reden.« Schlimm ist nur, dachte er, daß ich genau weiß, wovon er spricht. Er drückte die Handflächen gegen seine Schläfen, preßte die Augen zu, um das sonnendurchflirrte Chaos seiner inneren Bilder nicht mehr zu sehen. *Gelda und ein anderes Mädchen!* Wie sein Puls raste! Haß durchglühte seine Adern. Sein Kopf kam ihm aufgeblasen vor, wie ein Luftballon. Wie konnte sie nur . . . Aber er hatte ihr die gerechte Strafe erteilt. Die hatte sie verdient. Seine Gedanken begannen gefährlich zu rasen.

Wo waren die Tage der Unschuld hin? fragte er sich. Das Ostereiersuchen in Connecticut, die Schulbälle, die heiteren, unbeschwerten Sommer, wenn die Mädchen wie braunhäutige Nixen vom Surfen zurückkehrten.

Eingefangen in verblichenen Fotografien, festgebannt auf Kodakpapier, aufgegangen in Rauch, wie die Hoffnungen eines Süchtigen.

»Sie sagen, er wird kommen.« Tomkins Stimme war schwer, und er mußte sich erst räuspern, ehe er fortfahren konnte. »Was wollen Sie unternehmen?«

»Setzen Sie sich gefälligst hin«, sagte Nicholas. »Ich möchte, daß Sie vom Fenster weggehen.«

»Ich will es wissen!« schrie Tomkin. »Es handelt sich schließlich um *mein* Leben!«

»Setzen Sie sich, Tomkin.« Nicholas' Stimme war noch leiser geworden. »Hören Sie auf, herumzubrüllen, sonst haben Sie ihn sofort am Hals.«

Tomkin starrte ihn an. Seine Brust hob und senkte sich in schnellen Stößen unter seinem eleganten Jackett. Dann, ganz plötzlich, sank er in seinen Sessel.

Nicholas drehte den Kopf, sein Blick glitt über die rechte Wand des Büros. Neben der offenstehenden Tür des Badezimmers lag eine kleine Diele, von der aus man zu den elektrischen Anlagen für dieses Stockwerk gelangte. Von dort aus konnte man auch die übrigen Büroräume des Korridors erreichen.

Er nahm nicht an, daß Saigō durch den Vordereingang kommen würde. Einfach, weil die Doppeltüren zu schwer waren und zu mühsam zu öffnen. Er sollte natürlich die Fenster nicht außer acht lassen; aber wie in den meisten modernen Gebäuden mit Klimaanlagen und Temperaturreglern, waren diese nicht zu öffnen. Gewiß, man konnte sie leicht zertrümmern, aber auch dafür brauchte man Zeit.

Also war anzunehmen, daß der Angriff von dort hinten erfolgen würde. Er überlegte kurz, ob er sich besser in dem Raum mit den elektrischen Anlagen verbergen solle. Wenn aber Saigō, wider Erwarten, einen anderen Weg hierher wählte, würde es zuviel Zeit kosten, ihm entgegenzutreten. Und das durfte er nicht riskieren.

Daß Saigō in diesen Augenblicken auf dem Weg nach oben war, daran zweifelte er keine Sekunde.

Es war sehr still. Nur das leise Summen der Leere war in seinem Gehörgang wie ein abklingender Tornado. Kein Laut drang von der Straße herauf, die Fenster waren schalldicht.

Lediglich Tomkins schweres Atmen war zu vernehmen, das aus halbgeöffnetem Mund kam wie bei einem Asthmatiker. Er war hinter seinem Schreibtisch ein einziger dunkler Schatten.

»Ein bißchen mehr nach rechts«, sagte Nicholas leise. »Nicht mit dem Sessel, mit dem Kopf. Ja, so ist es gut.« Ein schmaler Lichtstreifen lag auf einem Teil des stahlgrauen Haares, ließ ein Viertel des Schädels erkennen. »Und jetzt bleiben Sie ganz ruhig.«

Das Haus schwirrte förmlich von ihnen.

Aber damit hatte er selbstverständlich gerechnet.

Zwei am Eingang zum Treppenhaus, weitere drei, die den Aufzug bewachten; aber er hatte sowieso nie vorgehabt, den Aufzug zu benutzen.

Am einfachsten wäre es gewesen, mit Hypnose zu arbeiten; es wäre praktisch und zudem noch amüsant gewesen. Der Gedanke, von einem dieser Bullen in Zivil wie von einem artigen Hündchen in den Aufzug begleitet zu werden, gefiel ihm. Aber dazu hätte er erst noch einen genauen Plan ausarbeiten müssen; er war davon überzeugt, daß er auf diese Weise und mit etwas mehr Zeit alle getötet hätte. Jetzt in diesem Augenblick wußte er aber, daß ihm dazu die Zeit nicht mehr reichte. Unten hatten sie wohl schon versucht, wieder Ordnung ins Chaos zu bringen, hatten womöglich schon ihre Scheinwerfer aufgeblendet und Verstärkung angefordert. Und er wollte jetzt kein weiteres Risiko eingehen, indem er durch ein Spalier Polizisten jagte, alle mit dem Finger am Abzug und nur mit dem einen Ziel im Auge.

Nicht daß er dazu nicht fähig gewesen wäre, aber es schien ihm unvernünftig, Risiken einzugehen, wenn keine absolute Notwendigkeit dafür bestand. Im Schatten verborgen nahm er vier Gummistreifen aus seinem Gürtel. Sorgfältig befestigte er zwei an den Sohlen seiner Schuhe, die anderen beiden an den Handflächen. Sein *katana* hängte er sich diagonal über den Rücken. Jeder Schritt, den er tat, wollte überlegt sein, denn aus den Spitzen der Gummistreifen ragten, dicht nebeneinander in einem komplizierten Muster angeordnet, fünf Zentimeter lange stählerne Spitzen hervor.

Saigō wickelte eine lange Nylonschnur, die er um die Taille trug, ab. Am Ende war ein kleiner dreieckiger Haken befestigt. Er sah von der Balustrade des Zwischenstockwerks aus nach oben, betrachtete genau alle Seiten des Innenhofes, obwohl er diese schon sehr genau kannte. Er fand, wonach er suchte und wirbelte die beschwerte Schnur über seinem Kopf.

Er ließ los, und sie schoß hoch hinauf, fing sich über einem Stahlträger. Er stieß immer wieder gegen die Wand, während er sich hinaufschwang. Er spürte, wie die stählernen Spitzen sich in den unechten Marmorüberzug gruben.

Es handelte sich hierbei um eine der ältesten Techniken des *ninjutsu*. In früheren Zeiten wurden sie angewandt, um die Festungen des Feindes zu erklimmen. Mauern, wie dick auch immer sie sein mochten, konnten einen Ninja nicht abhalten.

Mit atemberaubender Schnelligkeit bewegte er sich nach oben. Wie eine Fliege an der Wand.

Den erschrockenen und verwirrten Männern im Atrium schien er plötzlich unsichtbar geworden zu sein. Hatte er sich in Luft aufgelöst? Sie wandten sich über ihre Walkie-talkies verzweifelt an Croaker.

Das Halluzinogen wütete jetzt mit voller Kraft in seinem Körper. Seine Verbindung mit der unmittelbaren Umgebung war vollkommen. Als er die Mauer hinaufkletterte, konnte er zur selben Zeit sehen, riechen, schmecken, hören, fühlen.

Von den Mauern zurückgeworfene, winzige Laute schwebten aus den unteren Stockwerken zu ihm herauf, klangen hohl. Seltsam, daß einige Geräusche besonders klar zu vernehmen waren, als befände er sich selbst da unten.

Leichter Staub von der Mauer stieg mit ihm nach oben, drehte sich in Spiralen, ein winziges erblindendes Zyklopenauge in der Nacht.

Im obersten Stockwerk herrschte Stille. Nicholas hatte dafür gesorgt. Darum hatte er auch darauf bestanden, daß keiner von Croakers Männern hier postiert würde. Jeder Laut konnte tödlich sein.

»Ich möchte«, hatte er zu Tomkin gesagt, »daß Sie sich umdrehen, wenn er kommt. Meinen Sie, daß Sie das schaffen?« Es ist nämlich sehr schwer, einem Menschen, von dem man weiß, daß er darauf aus ist, einen umzubringen, den Rücken zuzukehren. Aber es war wesentlich, daß Tomkin mit dem Rücken zum Ninja saß. Nicholas fürchtete, das *kuji-kiri* könne Tomkin dazu bringen, das Fensterglas zu zertreten und den letzten Schritt ins Freie zu tun. Doch das war nur eine unter vielen Möglichkeiten.

»Ja, ich glaube schon.«

Er hörte die Angst in Tomkins Stimme und wunderte sich erneut darüber. Was war mit dem Mann los?

»Und Sie bleiben da stehen, wo Sie sind, auch wenn er kommt?«

»Machen Sie sich darüber keine Gedanken. Halten Sie sich an das, was ich Ihnen gesagt habe. Tun Sie es nicht, sind Sie ein toter Mann, ehe Sie noch mit der Wimper zucken. Das ist jetzt nicht die Stunde, in der Sie den Ton angeben.«

»Nicht so schroff, junger Mann!« Tomkin wurde zu spät klar, daß seine Furcht der Empfindung entsprang, es gäbe zwischen ihm und Linnear gewisse Gemeinsamkeiten. Er besaß weder die Einsichtsfähigkeit noch das Wissen, um zu begreifen, was diese Übereinstimmung bewirken mochte. Er wußte nur, daß dem so war. Vielleicht war das der Grund, warum er Linnear seine Geheimnisse anvertrauen wollte. Dennoch fand er nicht den Mut dazu, die Last von seinen Schultern zu wälzen und sie Nicholas sozusagen vor die Füße zu legen.

»Ich weiß Bescheid. Mein Leben lang habe ich mich unter Kontrolle gehalten. Das ist nicht einfach. Im Gegenteil, es ist schwer zu ertragen. Schwielen entstehen nicht nur an den Händen.

Mir ist, als sei mein Kopf seit Jahren mit Novokain vollgepumpt.« Er schwieg, legte den Kopf lauschend zur Seite. Ihm zitterten die Knie. Kam er schon?

»Ihre Tochter ist eine außergewöhnliche Frau.«

»Welche – Justine?« stieß Tomkin erregt hervor. Da er sich jetzt wieder auf sicherem Territorium befand, wurde ihm besser. »Gewiß doch! Wenn Sie überkandidelt als außergewöhnlich empfinden. Ich tue es nicht.«

»Sie sind doch wirklich ein Narr, meinen Sie nicht?« Sie schwiegen. Nicholas fragte sich, ob Croaker das Gespräch mitgehört hatte, und grinste bei dem Gedanken.

»Es ist wohl alles eine Sache der Einstellung«, äußerte Tomkin. Er machte diesen Rückzieher, denn es war sicherlich unklug, wenn er Linnear in diesem Augenblick verärgerte. »Ich habe viel mit ihr durchgemacht. Sie hingegen kennen sie erst kurze Zeit. Trotzdem . . .«, er klopfte mit dem Zeigefinger auf die Tischplatte, ». . . ich war es schließlich, der Ihnen gesagt hat, wo sie zu finden ist. Ich würde mich freuen, wenn es mit euch beiden etwas werden würde. Das hab' ich Ihnen schon mal gesagt, und ich meine es auch. Sie sind gut für sie. Ihre Kraft kann sie zurückhalten von . . .«

»Sie kennen sie überhaupt nicht«, sagte Nicholas. »Sie besitzt mehr Kraft als mancher Mann, den ich kenne.« Er ließ den Satz wirken. Ob er damit Tomkin den Fehdehandschuh hingeworfen hatte? Tomkin tat jedenfalls so, als hätte er die Entgegnung überhört.

»Vielleicht hat sie sich inzwischen verändert. Ich habe sie ziemlich lange nicht gesehen. Vermutlich denke ich an sie immer noch als das Nesthäkchen. Gelda, meine ältere, erschien mir immer viel fähiger als Justine, mit dem Leben fertig zu werden. Sie war stets viel kontaktfreudiger, geselliger als Justine.« Kontaktfreudig, und ob! Er mußte beinahe auflachen. Eine Frau, die eine andere Frau fickt. »Tut mir leid, das sagen zu müssen, aber wir sind keine Musterfamilie.« Wie, zum Teufel, hätte das auch zugehen sollen? »Zwischen uns sind die Familienbande sehr schwach ausgeprägt. Ich bedauere das sehr, aber was kann ich anderes erwarten, nachdem ich nie Zeit hatte . . .« Nicholas konnte Tomkins Schulterzucken in der Dunkelheit des Zimmers fühlen. »Aber Kinder wenden sich ohnehin von ihren Eltern ab, finden andere Menschen, die ihre Bedürfnisse befriedigen.« Er hörte auf, mit dem Finger zu klopfen, zögerte, ehe er weitersprach. »Ich schätze, man könnte sagen, daß meine beiden Töchter irgendwo noch in ihrer Pubertät gefangen sind. Na ja.«

Lange Zeit sprach keiner ein Wort. Das Schweigen war absolut, völlig atypisch für eine solche Riesenstadt. Das Draußen existierte nicht für sie. Sie waren hier gefangen in einer tödlichen Welt, die sie sich selbst geschaffen hatten und in der die normalen Werte nicht mehr existierten. Blutrünstige Dämonengötter schritten durch die düsteren Gänge. Die Jahrhunderte fielen ab wie rötliche Blätter im Herbstwind.

Er kommt, dachte Nicholas. *Endlich kommt er.*

Er war in das Element Erde geboren. *Dai-en-kyō-chi,* wie das *Aka i ninjutsu* ihn gelehrt hatte: ›Die Weisheit des großen runden Spiegels‹. Daraus bezog er seine Kraft. Er sprach das *Shu-ji*, das Samenwort *mantra,* das ihn in das Stadium bringen würde, wo er endgültig bereit war in blutiger Todesnacht, zum Kampf der *ninjutsu.*

Den Bruchteil einer Sekunde später, nachdem Saigō den nahezu lautlosen Sprung auf das oberste Stockwerk getan hatte, vernahm sein Ohr diesen einzigartigen Laut der Welt, der das Herausziehen des *katanas* aus der Scheide begleitet.

Croaker, du Dummkopf, dachte Nicholas, du hättest dich heraushalten sollen. Ich habe dich gewarnt. Das hier ist einzig und allein eine Sache zwischen Saigō und mir. Gott stehe jedem bei, der uns in den Weg tritt.

Schritte auf dem Fußboden. Nur Nicholas vernahm sie. *Haragei.* Er konnte das Nahen des Adepten spüren. Er spürte dessen Nähe, wie man das Jucken eines Fingers im Schlaf fühlt. Nicholas trug lediglich ein leichtes schwarzes Seidenhemd und eine schwarze Baumwollhose. Er umfaßte das *katana* mit beiden Händen, stand in der *happo-biraki*-Haltung, was soviel heißt wie ›Nach allen acht Seiten offen‹. Die Technik dazu hatte Miyamoto Musashi vor mehr als drei Jahrhunderten entwickelt. Für den Angriff gab es keine *kenjutsu*-Eröffnung. Das stand lange fest, bevor Nicholas geboren war

Wie elektrischer Strom aus einem Generator floß Kraft durch ihn. Die Nacht pochte. Er folgte einer Bestimmung, die er noch nicht kannte.

Für ihn zerfiel der Raum in seine Einzelteile, seine Topographie wurde offenbar. Die Welt, zusammengeschrumpft auf diese wenigen, klar umrissenen Räumlichkeiten, in denen der Tanz des Todes zu Ende geführt werden würde, der vor so vielen Jahren begonnen hatte.

Ein Schatten bewegte sich, und Nicholas wußte, daß Saigō in der schmalen Diele war. Er sprang durch den Raum, sein *katana* hoch über dem Kopf, ein Schrei formte sich in den Tiefen seiner Brust.

Seine Nasenflügel bebten. In der Luft drehte er sich einmal um seine Achse, glitt an der Diele vorbei. Er hatte es gerochen, noch bevor er das leise Klicken gehört, als es den Gang entlangrollte.

Die Tür zum Badezimmer stand offen, er rannte hinein. Der Raum war nur schwach beleuchtet. Er spürte die Erschütterung und wußte, daß Tomkin aufgesprungen war.

Saigō war bereits im Zimmer, bewegte sich mit größter Geschwindigkeit, nutzte Schall- und Druckwellen gleichsam als Tarnkappe, lief direkt auf Tomkin zu.

»Weg von mir!« schrie Tomkin und hob abwehrend die Hände. Er hatte keine Zeit gefunden, seine Pistole zu ziehen. »Er ist dort drüben!« Mit zitternden Fingern deutete er auf die Stelle, wo Nicholas stand.

Saigō sprach kein Wort, aber seine Augen glänzten vor kalter Wut in dem diffusen Licht, das von draußen hereinfiel. Tomkin erschauerte vor Entsetzen. Er sah das grauenhafte Glimmen der stählernen Klauen an der linken Hand des Ninja, die dieser jetzt hob, um sie auf Tomkins Brust zuzustoßen.

Dann, schneller als das Flattern eines Augenlides, wurde der Ninja zur Seite gestoßen.

Nicholas, die rechte Schulter etwas vorgeneigt, tanzte leichtfüßig auf den herumwirbelnden Körper zu, sein *katana* mit beiden Händen vor seinen Körper haltend.

Saigō taumelte zu Boden, sprang auf, sah sich Nicholas gegenüber. Er zog sein *katana* in der linken Hand zurück, machte mit der rechten eine flüchtige, flackernde Bewegung.

Nicholas duckte sich und sprang im selben Augenblick. Ein Etwas, nicht größer als eine Erbse, schoß durch die Luft. Es kam auf dem Fußboden vor dem Schreibtisch auf. Saigō hatte sich nicht ganz im Gleichgewicht befunden, als er es warf, weshalb der Gegenstand nicht auf der Schreibtischplatte aufgekommen, sondern davor gelandet war.

Aber die winzige Explosion genügte, um Nicholas das *katana* aus den Händen zu wischen, den halben Schreibtisch zu zerschmettern und den Teppich aufzureißen.

Sofort warf Saigō sich Nicholas entgegen, der sich noch vor der Stichflamme wegduckte.

Aus den Augenwinkeln sah Nicholas Saigō auf sich zustürzen. Er war verletzlich, und er wußte es. Von seiner Position aus half keine der Verteidigungsarten, die gelehrt wurden, und erst recht nicht bei einem so hervorragend geschulten Kämpfer wie Saigō. Im Bruchteil einer Sekunde fällte Nicholas seine Entscheidung. Er warf seinen Körper diagonal hoch, verlegte alle Kraft in die Handflächen, Arme und Schultern, drehte sich, seine Fußsohlen trafen Saigōs Finger, als diese sich um das Heft seines *katanas* schlossen. Der Winkel, aus dem er sprang, verstärkte die Kraft seines Schlages noch, und die Waffe flog aus Saigōs Händen zu Boden.

Saigō war nun darauf aus, den *Herz-Drachen* anzuwenden, was blitzschnell geschehen mußte, um tödlich zu wirken. Nicholas mußte alle Sinne zusammenreißen, um diesem zu entgehen.

Saigō ignorierte den *Schlangenstreich* gegen sein Schlüsselbein, biß die Zähne zusammen, schluckte den Schmerz hinunter und konzentrierte sich auf das, was er zu tun hatte. Für einen kurzen Augenblick war er verwirrt über die Kampfart von Nicholas. Es war eine *ninjutsu*-Technik, die ihm noch nie untergekommen war. Wild dachte er: War es *Aka- i-ninjutsu* gewesen? Ninja stand gegen Ninja.

Er bereitete sich auf das *Vier-Hände-Schloß* vor und war gleichzeitig bereit für den *Herz-Drachen*. In weniger Zeit als es brauchte, einen Gedanken zu fassen, würde Nicholas tot sein. Ob er nun Ninja war oder nicht.

Er duckte sich weg, als eine Kugel durch die Luft pfiff, genau an jener Stelle, wo eben noch sein Kopf gewesen war. Amida! Hier war noch jemand! Er fluchte innerlich, weil er sich allein auf Nicholas konzentriert und seine Sinne nicht auf einen dritten Mann gerichtet hatte. Wo war dieser?

Aber Nicholas hatte ihn schon in den *tettsui-tō* genommen, hielt ihn so stark umfaßt, daß er seine ganze Aufmerksamkeit allein auf ihn richten mußte.

Mit beinahe übermenschlicher Kraft kämpfte er sich frei und stürzte zu der Stelle, wo sein *katana* lag. Wieder schwirrte eine Kugel, traf das Holz. Splitter spien ihm ins Gesicht, und er rollte sich fluchend auf dem Boden beiseite.

Nicholas zielte auf den Schwertarm Saigōs, sehr sorgfältig, denn all die vielen *shaken*, die er kannte, konnten jederzeit gegen ihn angewendet werden. Mit dem *Luft-Meer-Wechsel* brachte er Saigō aus dem Gleichgewicht Denn dieser hatte wie er das leise Summen des Fahrstuhls gehört. Saigō wußte, daß Croakers Männer diesmal kein Risiko mehr eingehen und Tränengasbomben werfen würden, sobald sie die Türen geöffnet hatten.

Saigō erkannte, daß er an der äußersten Grenze seiner Leistungsfähigkeit angelangt war. Ein neuer Faktor, mit dem er nicht gerechnet hatte, war dazugekommen. Nicholas brauchte nur einen Griff anzubringen, um ihn endgültig niederzuzwingen.

Sein Gehirn raste, aber es kam immer wieder zu demselben Schluß: Er mußte sich zunächst mit einem zufriedengeben und sich die beiden anderen für später aufheben. Es gab keine Frage für ihn, wen er zuerst zu wählen hatte.

Er steckte ein paar Schläge ein, krümmte sich, als habe er große Schmerzen, was jedoch nicht der Fall war. Dabei fuhr seine rechte Hand in seinen Gürtel, griff nach der zweiten winzigen Bombe. Diesmal durfte er keinen Fehler begehen, er mußte genau zielen.

Er drehte seinen Kopf nur ganz wenig, um Tomkins Stellung zu fixieren, und Nicholas wußte sofort, um was es ging. Er warf sich zurück, als Saigō mit dem Ding zielte, sprang über den Tisch, warf sich gegen den reglos verharrenden Tomkin. Indem er Tomkin aus dem Weg stieß, warf er den massiven hochlehnigen Sessel um. Zur gleichen Sekunde hörte er einen Schuß und etwas, das wie heller Donner klang. Er stürzte zu Boden, als die Explosion erfolgte.

Auf eine grün-weiß-gelbe Stichflamme folgte unmittelbar die Erschütterung, eine Druckwelle so stark, daß sie körperlich spürbar war, und das Zusammenbrechen von Möbelstükken klang wie Hagel an einem Wintertag.

Nicholas drehte sich auf den Rücken, setzte sich auf.

»Was ist passiert?« vernahm er Tomkins gepreßte Stimme.

Er drückte mit der Hand Tomkins Kopf hinunter. »Mund halten«, gebot er schroff.

Dann sah er Croakers Kopf hinter dem Sofa auftauchen.

»Guter Gott!« Croaker stand auf. »Ist Tomkin in Ordnung?«

»Unverletzt«, erwiderte Nicholas. Er hatte das Entsetzen in Saigōs Augen gesehen, als dieser merkte, daß er, Nicholas, ein Ninja war. Aber dadurch würde die nächste Begegnung nur noch gefährlicher werden. Heute abend war er nicht darauf vorbereitet gewesen...

»Lieber Gott!« sagte Croaker noch einmal, und Nicholas folgte seinem ungläubigen Blick. »Ich dachte, ich seh' nicht recht, als die Explosion losging.«

Wo das dritte Fenster gewesen war, gähnte glasgezackte Leere. Glassplitter bedeckten den Teppich, als hätte ein Tornado gewütet.

»Verrückt«, sagte Croaker und ließ seine 38er in das Halfter gleiten. »Der Kerl muß wahnsinnig sein oder ein Selbstmörder.« Er drehte sich um, als die schweren Metalltüren aufflogen, und wedelte mit der Hand. »Seht unten nach«, sagte er zu einem Wachtmeister mit zerwühltem Haar, »was für die Gerichtsmediziner von dem Kerl noch übriggeblieben ist.«

Nicholas war an das zerbrochene Fenster getreten, sah hinaus. Croaker trat zu ihm.

»Kann von hier aus nichts sehen«, sagte er, »nur diese dämlichen rot-weißen Lichter.« Womit er die sich drehenden Lampen der Polizeiwagen meinte.

Tomkin stand hinter ihnen, klopfte mit der Hand seinen Anzug ab, der völlig ruiniert war, von der Explosion mit Staub überzogen, als wäre er jäh gealtert.

Croaker verließ das Zimmer, ohne ihn nur eines Blickes zu würdigen.

»Nick.« Zum erstenmal in seinem Leben fiel es ihm schwer, ein Wort herauszubekommen. Seine Beine fühlten sich an, als seien sie aus Gummi. »Ist er weg?«

Nicholas blickte noch immer hinunter auf die Straße. Jetzt blinkten Lichter auf, Menschen liefen hin und her. Sie hatten die Leiche gefunden.

»Sie haben mir das Leben gerettet.« Tomkin räusperte sich. »Ich möchte Ihnen danken.« Vielleicht hatte Nicholas doch nicht bemerkt, daß er mit diesem Wahnsinnigen Kontakt aufgenommen hatte? Er selbst mußte wohl wahnsinnig gewesen sein, diesem Kerl zu trauen! Mit erschreckender Gewißheit wurde ihm klar, daß er ohne Nicholas' Eingreifen jetzt tot wäre. Er spürte, wie Zorn in ihm hochstieg. Für wenige Sekunden verachtete er sich. Auf der Straße sah Nicholas, daß sie die Leiche bereits in einem Plastiksack verstaut hatten. Er trat dazwischen, ehe sie diesen in den Ambulanzwagen schieben konnten. Die Ärztin, eine hellhaarige Frau mit rosigem Gesicht, blickte Croaker an. Dieser nickte.

»Nicht mehr viel übrig – nach einem Sturz wie diesem«, stellte Croaker seltsam unberührt fest, als der Sack noch einmal geöffnet worden war.

Er hatte recht. Saigōs Kopf war bis zur Unkenntlichkeit zerschmettert.

»Bringt ihn fort«, sagte die Ärztin. »Ich hab' hier noch viel zu tun.« Sie wandte sich ab, und Nicholas konnte die Parade von Bahren sehen, die aus dem Gebäude getragen wurden.

Croakers Gesicht war weiß und von tiefen Furchen gezeichnet.

»Vier Tote, Nick.« Seine Stimme war rauh. »Bis jetzt jedenfalls. Zwei sind vermißt, und ein paar andere im Krankenhaus, um das Gas aus den Lungen zu kriegen.« Er strich sich mit den Fingern über das Gesicht. »Ich bin nur froh, daß alles vorbei ist. Heilfroh.«

»Es tut mir leid, daß es so gekommen ist«, äußerte Nicholas.

»Treffe jetzt bitte nicht die Feststellung: Ich hab's dir ja gesagt.«

»Daran habe ich überhaupt nicht gedacht. Nur – daß er nicht mehr ist. Ich kann wieder leben und will nur eines: Justine sehen.«

»Warum ist er hinuntergesprungen?«

»Er war ein Krieger. Er lebte, um im Kampf zu sterben.«

»Diese Art von Philosophie verstehe ich nicht.«

Nicholas zuckte lässig mit den Schultern. »Es ist auch egal.« Er sah sich um. »Hast du sein *katana* gefunden? Ich würde es gern haben.«

»Sein *was*?«

»Sein Schwert.«

»Oh, sein Schwert. Nein. Aber ich glaube, sie haben noch nicht alles von ihm gefunden. Wir werden es schon kriegen.«

»Ach, es ist auch nicht mehr wichtig.«

Croakers Blick schweifte über Nicholas' Schulter. »Dein Chef sucht dich wohl.«

Nicholas grinste seinen Freund an. »Ex-Chef, meinst du wohl.«

Tomkin, den Anzug beschmutzt, stand an der offenen Tür seiner Limousine, die Tom aufhielt. Der Motor lief. Sirenen wimmerten klagend durch die Nacht.

»Hör zu«, sagte Croaker und nahm Nicholas' Arm, führte ihn ein paar Schritte weg. »Bevor du gehst, möchte ich dir noch sagen, daß ich den Anruf bekam, auf den ich so lange gewartet habe. Die Frau, die in der Wohnung von Angela Didion war, in jener Nacht, als diese umgebracht wurde – ich weiß, wo sie ist.«

Nicholas sah erst ihn an, dann ging sein Blick zu Tomkin, der noch immer neben seinem Wagen stand. »Du wirst dir das doch nicht entgehen lassen, oder?«

»Auf keinen Fall. Das ist Ehrensache. Wenn ich es nicht tue, wird es niemand tun.«

»Aber bist du wirklich sicher, daß du auf der richtigen Spur bist?«

Croaker steckte sich einen Zahnstocher in den Mundwinkel. Seine Augen waren dunkle Teiche. Sein Gesicht schien in den letzten beiden Tagen gealtert; aber vielleicht lag es auch nur an dem grellen Licht. Er erzählte Nicholas von seinem Gespräch mit Matty, ›dem Mund‹. »Du hast gedacht, ich reiße bei Tomkin nur mein großes Maul auf, was? Matty konnte zwar nicht herausfinden, wer da noch herumschnüffelte in dieser Sache, aber ich wette, daß es Frank war. Hast du ihn in letzter Zeit mal gesehen? Nein? Dann frag' mal deinen Ex-Chef, wo Frank ist, okay?«

»Du weißt aber nichts Genaues, deshalb mußt du mit der Frau sprechen, stimmt's?«

»Stimmt. Darum fahre ich jetzt auf direktem Wege nach Key West. Für meine Abteilung mach ich mal ein paar Tage längst fälligen Urlaub.«

»Ich hoffe, du weißt, worauf du dich einläßt.«

Der letzte Krankenwagen startete. Die Sirene heulte. Sekundenlang wurden sie vom Licht der kreisenden roten Lampe auf dem Dach in rosa Gespenster verwandelt. Dann verschwand der Wagen um die nächste Ecke. Die Nacht verdunkelte sich wie vor einem nahenden Gewitter.

»Merkwürdig, daß ausgerechnet du so etwas sagst.« Croaker sprach erstaunt.

»Nick, kommen Sie?« Tomkins Stimme drang zu ihnen herüber, als käme sie aus einer anderen Welt.

»Eine Minute noch«, rief Nicholas, ohne ihn eines Blickes zu würdigen. Zu Croaker meinte er: »Du wirst doch Gelda noch sehen, bevor du abfährst?«

»Dafür habe ich keine Zeit. Ich werde sie anrufen. Ich kann sie da im übrigen nicht mit hineinziehen. Das würde sie nicht verkraften.« Er sah auf seine Füße. »Hallo!« rief er Nicholas nach, der sich zum Gehen wandte. »Was dich betrifft, so solltest du dich um Justine kümmern. Sie ist bestimmt krank vor Sorge um dich.«

Als Tomkin Nicholas kommen sah, zog er den Kopf ein und stieg in den Wagen. Tom hielt die Tür auf, bis Nicholas eingestiegen war, dann schloß er diese leise, ging vorn um den Wagen herum, setzte sich hinters Lenkrad.

Alle nächtlichen Geräusche waren erloschen. Hier drinnen war es still bis auf das Schnurren des laufenden Motors und das Summen der Klimaanlage.

Draußen rannten noch immer Polizisten geschäftig umher. Nicholas sah Croaker mit einem jungen Streifenbeamten sprechen. Dieser schüttelte den Kopf, offenbar als Erwiderung auf eine Frage von Croaker, und deutete auf den Eingang des Gebäudes.

»Ich bin Ihnen dankbar, Nick.« Tomkin legte seinen Arm über die Lehne des Rücksitzes, seine feisten Finger waren gekrümmt. »Ich meine es ehrlich. Morgen kommen Sie zu mir ins Büro und holen sich Ihren Scheck ab. Zum vereinbarten Honorar lege ich einen Bonus dazu. Sie haben ihn verdient.«

Nicholas saß schweigend, sein *katana*, das in der Scheide steckte, lag über seinen Knien. Er lehnte den Kopf zurück und schloß die Augen.

»Dann können wir einiges besprechen«, fuhr Tomkin fort. »Zum Beispiel, was Ihren Job in der Firma betrifft.«

»Ich bin nicht interessiert«, sagte Nicholas.

»Aber, aber! Ich würde eine solche Entscheidung nicht übereilt treffen.« Tomkins Stimme klang heller, aber trotzdem noch gewichtig. »Ich kann Sie gebrauchen. Irgendwo – ziemlich hoch oben. Sie verfügen über beachtliche Begabungen.« Tomkin schwieg eine Weile. Selbst mit geschlossenen Augen wußte Nicholas, daß er ihn musterte. »Wie würde es Ihnen gefallen, nach Japan zurückzugehen?«

Nicholas öffnete die Augen, sah vor sich auf die Kunst stoffscheibe, die sie vom Fahrer trennte. »Dafür benötige ich Sie nicht«, erwiderte er langsam.

»Gewiß nicht«, stimmte Tomkin zu. »Sie können ein Flugzeug besteigen – heute nacht noch, wenn Sie wollen – und sind in zehn Stunden drüben. Aber – wenn Sie bei mir einsteigen, würde das ein Minimum von, na, sagen wir, einer Viertelmillion Dollar bedeuten.«

Nicholas richtete seinen Blick auf Tomkin.

»Ich meine es ernst. Weil dieser ... dieser Ninja tot ist, heißt das noch lange nicht, daß meine Probleme da drüben gelöst wären. Im Gegenteil. Ich brauche einen Experten, der ...«

Nicholas hob die Hand. »Tut mir leid, Tomkin.«

Dieser zuckte die Schultern. »Na, Sie werden es noch überdenken. Wir haben Zeit.«

Nicholas sah über seine Schulter hinweg, wie Croaker hinter ihnen in seinen Wagen kletterte.

Tomkin gab Tom die Anweisung: »Fahren wir über die Dritte. Ich möchte noch 'ne Kleinigkeit essen, bevor wir Mr. Linnear absetzen.«

Die Limousine fuhr an, bog um die Ecke des Wolkenkratzers, so daß sie auf die Straße nach Osten in Richtung der Park Avenue gelangten. Nicholas bemerkte, daß Croaker dicht hinter ihnen war; er schien seinen Bericht über Funk abzugeben, ehe er sich auf den Weg machte.

»Wie geht es Justine?« fragte Tomkin.

Dieser Mann ist nicht einmal meine Verachtung wert, dachte Nicholas. Er, für seinen Teil, wollte nur noch nach Hause, um Justine anzurufen. »Haben Sie mich zu der Diskothek verfolgen lassen?«

Tomkin versuchte ein Lachen. »Nein. Nein. Ich wußte, daß Sie es sich nicht nehmen lassen würden, dort aufzukreuzen.«

Wäre die ganze Sache nicht so traurig, hätte man ihr vielleicht ein paar komische Akzente abgewinnen können, ging es Nicholas durch den Sinn. Er begreift einfach nicht. »Es geht ihr gut.«

»Oh, das freut mich.«

Das Ampellicht wechselte, und sie fuhren über die Avenue. Tomkin räusperte sich wieder, schien etwas sagen zu wollen, schwieg jedoch.

»Nick, ich weiß, Sie können mich nicht leiden, aber – ich möchte Sie trotzdem um einen Gefallen bitten.«

Nicholas schwieg, sah aus dem Fenster.

»Ich möchte nicht, daß sich Justine mir vollends entfremdet. Ich dachte, Sie würden vielleicht helfen, uns einander wieder näherzubringen...«

Sie fuhren an dem Parkplatz entlang, der zu dem Grundstück gehörte, auf dem der Wolkenkratzer stand. Etliche Lastwagen waren dort geparkt. In Höhe des dritten Stocks lief eine Holz- und Metallrampe, die dazu diente, die riesigen getönten Glasscheiben aufzunehmen, die von dort aus weiterbefördert wurden.

»Ich meine«, sagte Nicholas, »daß das ausschließlich eine Angelegenheit zwischen Ihnen beiden ist.«

»Sie sind aber bereits darin verwickelt«, sagte Tomkin in seiner Eine-Million-Dollar-Verhandlungsstimme.

Nicholas wandte sich vom Fenster ab und sah Tomkin an. »Übrigens«, sagte er, »ich habe Frank ein paar Tage lang nicht gesehen. Wo ist er überhaupt?«

Im selben Augenblick durchdrang ein furchtbares Krachen die gedämpfte Stille des Wageninneren. Die Windschutzscheibe splitterte nach innen. Tom zuckte und zappelte hinter dem Lenkrad wie ein Fisch an der Angel. Er fiel mit solcher Wucht nach hinten über, daß die Trennscheibe zerbarst.

»Oh, mein Gott! Was ...?« Aus Tomkins Gesicht wich jegliche Farbe.

Der Wagen fuhr weiter, schoß über die Kreuzung an der Lexington Avenue.

Vom Fahrersitz ausgehend drangen dumpfe Schlaggeräusche nach hinten. Aber Tom schrie nicht mehr. Irgend etwas kroch durch die zerborstene Windschutzscheibe.

Führerlos glitt der Wagen nach links, prallte gegen den Bordstein und kam zum Stehen, als die Kühlerhaube gegen einen Laternenpfahl krachte.

Schwärze stand vor dem Wagen, als hätte die Nacht ihren Vorhang herabgelassen.

Nicholas hielt schon sein *katana* in der linken Hand, doch es hatte keinen Sinn es zu ziehen, der Raum war zu eng. Tomkin kämpfte mit dem Türgriff, aber die Tür ließ sich nicht öffnen. Die automatischen Türen wurden vom Fahrersitz aus bedient. Dies stellte zwar eine Sicherheitsvorkehrung dar, die Tomkin aber in diesem Augenblick verfluchte.

Toms Leichnam wurde zur Seite gestoßen.

Irgend etwas Dunkles schlug gegen die zerborstene Trennscheibe. Nicholas wartete auf den dritten Schlag, zählte die Sekunden im Geiste mit. Als dann der vierte Schlag kam, traten seine Füße mit enormer Kraft gegen die Kunststoffscheibe; sie zerbrach unter der Gewalt des Stoßes, und Nicholas hechtete auf die Vordersitze.

Saigō hatte zunächst den Toten über die Brüstung des Wolkenkratzer-Dachgartens gekippt. Dann hatte er so lange gewartet, bis er ganz sicher war, daß seine Häscher auf der Straße auf den Trick hereingefallen waren, um sodann im Schatten der Mauer hinunterzuhangeln. Diejenigen Polizisten, die hin und wieder zu dem zertrümmerten Fenster von Tomkins Büro hinaufsahen, entdeckten ihn nicht. Nur Nicholas hätte ihn, wäre er unten auf der Straße gewesen, ›gespürt‹.

Eine Weile blieb er zusammengekauert im Dunkel hocken, leise vor sich hinfluchend, da er einen jähen Anflug von Furcht fühlte. *Nicholas ein Ninja!* Seine Gedanken kreisten immer wieder um diese Erkenntnis. Gleichsam im Reflex warf er sich erneut eine braune Tablette in den Mund und kaute sie sorgfältig, um die Wirkung damit zu beschleunigen.

Alsbald rann die Droge durch seine Adern, verstärkt durch den Ausstoß von Adrenalin. Der Himmel war jetzt zu einer rosaschwarzen Wolke geworden, die pilzförmig explodierte. Seine Muskeln und sein Nacken bebten vor Kraft, und sein Blickfeld war grell erhellt. Ihm war, als berste er vor Energie.

Dann hörte er die Stimmen im linken Ohr. Er hob die Hand, berührte mit dem Zeigefinger den elektronischen Empfänger im Gehörgang. Tomkin und Nicholas unterhielten sich. Er vernahm ›Dritte‹, womit Tomkin mit Sicherheit die Dritte Avenue meinte, und schlich sich auf der Rampe zur Südseite des Gebäudes. Dort schwang er sich lautlos hinab, als der Wagen vorbeifuhr.

Er hockte auf der Kühlerhaube, zog sein *katana* aus der Scheide. Der Nachtwind spielte in seinem Haar, als er das Schwert durch die Windschutzscheibe stieß, schreiend vor Ekstase, und der Wagen unter ihm wie ein wildes Tier zu zittern begann, das man erlegt hat.

Croaker fuhr ebenfalls in Richtung Park, als er vermeinte über Tomkins Limousine eine Bewegung zu sehen. Er vernahm ein Geräusch, das er nicht identifizieren konnte. Er bremste hart, die Räder rutschten nach links weg.

Reifen quietschten, sein Wagen geriet ins Schlingern. Er umfaßte hart das Lenkrad. Hupen kreischten, und er fluchte leise, als er den Wagen wendete.

Dann raste er zum Haupteingang des Wolkenkratzers zurück ...

In den ersten Minuten des Schocks war Nicholas eindeutig im Nachteil. Saigõ wußte das und nutzte es aus. Er duckte sich unter dem ersten starken Aufprall von Nicholas' Stoß und setzte zum *kansetsũ-waza* – der ›Verrenkung‹ – mit der Spitze seines linken Ellbogens an.

Nicholas, über Saigõ, fühlte eher den Mangel an Widerstand als er ihn sah und ging sofort in den *osae-waza*, um ihn bewegungsunfähig zu machen. Mit dieser Verteidigungsart lenkte er Saigõs Ellbogen ab, während er gleichzeitig in die Offensive ging.

Sekundenlang bekam Saigõ eine kurze Klinge frei. Dann wurde auch schon seine Hand heruntergedrückt, und die beiden Gegner waren ineinander verschlungen, vereint durch den gezogenen Stahl, der zu einem Teil ihrer Körper geworden war – der heiligste der heiligen, ohne den ihr Leben selbst keine Bedeutung haben konnte.

Muskeln traten an ihren gekrümmten Rücken hervor, Schweiß lief über ihre Gesichter. Saigõ knirschte mit den Zähnen. Nicholas hielt ihn noch immer nieder. Es war, als hätten Sonne und Mond, einst Sprößlinge eines einzigen Wesens, den Kampf gegeneinander angetreten. War das die grauenhafte Macht, die Kain und Abel verband, die sie dazu getrieben hatte, die Hand gegeneinander zu erheben?

Jetzt war die Zeit ihrer rasenden Wut gekommen. Denn Ninja waren sie, von *ryu*, die sich schon Feindschaft geschworen hatten, als die stummen Sterne noch in anderen Konstellationen standen, als die Sommer vielleicht heißer waren, die Winter viel kälter, die Kontinente vielleicht sogar noch die pickligen Gesichter der Pubertät trugen. Dieses Konzept vom endlosen Strom der Zeit hatten sie beide in ihrer Jugend aus freiem Willen übernommen.

Nicholas versuchte sofort, die enge Umklammerung mit der ›Luft-Meer‹-Bewegung zu trennen, aber offenbar hatte Saigō das erwartet, da er sofort mit *shime-waza* – der ›Drei-Finger-Strangulation‹ – konterte und Nicholas in einem unkonzentrierten Augenblick erwischte. Aber der ›Leber-Drache‹ – sehr verkürzt angewendet, da sie kaum Raum hatten für ihren Kampf – wehrte diesen Griff erfolgreich ab.

Jetzt setzte Nicholas zum ›Herz-Drachen‹ an, und Saigō, der davon überrascht wurde, legte sich nach außen und landete einen Schlag auf Nicholas' Kopf.

Sofort danach schnellte er hoch und rollte sich durch die zerborstene Windschutzscheibe nach draußen. Nicholas folgte ihm, sprang von der Haube der Limousine auf die Straße.

Er sah Saigō, ganz in Schwarz, neben dem verbogenen Laternenpfahl stehen. Er hatte die Scheide seines *katana* von sich geschleudert und hielt es jetzt in der ›Ersten Position‹.

Irgendwo in seinem Blickfeld sah Nicholas einen Wagen hart bremsen und halten. Croaker sprang heraus. Ohne den Kopf zu drehen rief Nicholas: »Laß uns allein! Kümmere dich um Tomkin! Er sitzt hinten im Wagen.«

Dann ging er Saigō an.

Ein Ninja sieht nicht nur mit den eigenen Augen, durch *haragei* sieht er mit dem gesamten Körper. So geschah es auch, daß Nicholas, als er sich auf Saigō zubewegte, mit den Augen den einhändigen Griff des anderen sah, während sein Körper sofort reagierte.

Indem er den *iai*-Zug vollführte, hob er die Klinge seines *katana* gerade rechtzeitig genug, um die zwei *shaken,* die Saigō beinahe lässig gegen ihn schwang, abzuwehren. Wie zornige Bienen surrten sie zur Erde hinunter, klirrten hinter Saigō über die Backsteinstufen auf den tiefer gelegenen Vorplatz des Gebäudes. Hinter ihm rauschte Wasser aus einer modernen Fontäne, sprühte über rechteckige ›Felsen‹ in einen Teich auf der Plaza.

Ihre *katana* rasselten im ›Feuer-und-Stein-Schnitt‹ aufeinander, wetzten aneinander. Nur die einzigartig geschmiedeten japanischen Waffen konnten diese machtvollen Schläge heil überstehen.

Saigō schien wie von Sinnen. Seine Pupillen waren so groß,

daß seine Augen ganz und gar schwarz erschienen, so fremdartig, daß Croaker vom *hsing-i* geradezu durchbohrt wurde, es beinahe körperlich spüren konnte.

Saigõ griff kraftvoll und geschmeidig an. Seine Kraft schien unermeßlich, selbst für Nicholas. Er fühlte sich in einer Art Magnetsturm eingeschlossen, der ihn so herumwirbelte, daß er die Orientierung zu verlieren drohte. Und er fiel unter dem Angriff zurück.

Er sah, wie Saigõs Lippen sich langsam bewegten, lautlos, und fragte sich, wie ›high‹ er wohl war; wieviel der Droge jetzt durch seinen Kreislauf raste, und wie er diesen Umstand zu seinem eigenen Vorteil nutzen konnte.

Er schüttelte den Kopf, als ein Streich beinahe durch seine Deckung hindurchdrang. Plötzlich fühlten sich seine Arme ungeheuer schwer an. Seine Lider flatterten. Und auf Saigõs Gesicht sah er ein wölfisches Grinsen.

Nicholas stolperte rückwärts, spürte, wie Wasser seine Beine hinunterrann. Er stand im Wasserfall, der steil hinter ihm abfiel. Wie war es nur möglich, daß er sich einmal um seine Achse gedreht hatte?

Ein scharfer Schmerz in seinem Arm. Saigõs *katana* zeigte eine schmale Linie von Blut.

Es war der *Kõbudera*. Der Zauber, den nicht einmal der fanatischste aller *Kan-aku-na-ninja* herausfordern würde. Keiner, außer Saigõ.

Unter dem grausamen Angriff wich Nicholas weiter zurück, bis sie beide im Wasser waren. Magie hüllte ihn ein, verwandelte die Nacht in Morgenrot. Er schien seine Beine nicht mehr zu spüren, taumelte. Seine Finger waren taub, der Griff um sein *katana* unsicher. Sein Atem kam stoßweise.

Und gnadenlos war Saigõ über ihm, wieder und wieder schlagend und grinsend, während seine Lippen unaufhörlich den *Kõbudera* murmelten.

Nicholas glitt auf einem schlüpfrigen Teil der Skulptur aus, das er nicht gesehen hatte, so daß er beinah gestürzt wäre. Erneut wurde er getroffen.

Er dachte an Musashi, den ›Schwert-Heiligen‹, wie er vor mehr als dreihundert Jahren in seinem Garten stand. »Was ist der ›Körper eines Felsens‹? «, wurde er gefragt. Als Antwort winkte Musashi einen Schüler zu sich und forderte ihn auf, sich zu töten, indem er sich den Unterleib mit einem Messer aufschlitze. Eben als der Schüler dem Gebot folgen wollte, fiel ihm der Meister in die Bewegung und sagte: »Dies ist der ›Körper eines Felsens‹. «

Daran dachte jetzt Nicholas, als er tief in sein Selbst hinabtauchte, wo etwas, von dem er nicht einmal wußte, daß es existierte, verborgen lag. Mit aller Kraft brachte er es an die Oberfläche. Danach konnten ihn, wie Musashi schrieb, tausend Dinge nicht mehr berühren, nicht Saigõs *katana*, nicht einmal der *Kõbudera*.

Mit schattenhaftem Schwung sauste Nicholas' *katana* von links nach rechts. Im Schock riß Saigõ sein eigenes Schwert hoch, seine Augen weit geöffnet und starr.

Wasser saugte und platschte, als sie darum kämpften, das Gleichgewicht zu halten. Für Saigõ wurde es eine Herkulesaufgabe. Er griff sich oben an die Brust, in die Nähe des Schulterblatts, aber Nicholas schlug ihm mit der Spitze seiner Klinge seine todbringenden *shuriken*-Nadeln beiseite, die er umklammert hielt.

Stöhnend stützte Saigõ sich jetzt auf das Heft seines *katana*, wie auf einen Spazierstock, der ihn noch aufrecht hielt. Ohne ihn wäre er wie ein alter Mann zusammengebrochen

»Töte mich nun.« Seine Stimme war ein heiseres Gurgeln über dem ruhelosen Rauschen des Wassers. »Aber nicht, ehe ich dir das sage, Vetter, was ich dir sagen muß. Seit Jahren warte ich darauf, es auszusprechen.« Seine Schulter zuckte. »Komm näher.« Seine Stimme brach, wurde schwach. »Komm näher. Du sollst deinen Triumph nicht genießen können. O nein!«

Nicholas machte einen Schritt auf ihn zu. Saigõs Brust, sein Leib waren voller Blut. Nicholas fühlte ein dumpfes Pulsieren in seinem Arm, an der Stelle, wo Saigõ ihn getroffen hatte.

»Du hättest mich totschlagen können«, sagte er. »Aber dein Geist war nicht frei; der *Kõbudera* hielt dich zurück, und nun hast du mich nur verletzt.«

Saigõ taumelte. »Was ist es, das du da sagst, Vetter? Komm noch näher. Ich kann dich nicht hören.« Sein Gesicht verzog sich vor Schmerz, ganz kurz nur, wie eine flüchtig dahinziehende Wolke, dann war sie verflogen, verschwunden hinter den vielen Masken, die sie beide erworben hatten. Das war es wohl, worin sich die japanische Mentalität so sehr von der anderer Völker unterschied – jener stahlharte Kern unter all den Masken und Schichten der Pflichterfüllung und des kindlichen Gehorsams. Darum auch sehen die meisten Japaner nach vorn und niemals zurück. Doch, o Amida, ihr Gedächtnis reicht weit, weit in die Vergangenheit zurück, reicht, wie dies in vielen Sagen belegt, über das Grab hinaus.

Nicholas wollte jetzt schlafen. Sein Körper hatte den Schock überwunden, und nun, da er sich dem Schmerz überließ, wurde er ruhig.

»Du meinst, du hättest gesiegt, aber da täuschst du dich«, keuchte Saigō. »Ich weiß, daß ich mich beeilen muß... Aber würdest du nicht näherkommen, Vetter, damit ich nicht so schreien muß? Gut.« Seine Augen brannten kalt. »Du glaubst, daß Yukio am Leben ist, irgendwo, daß sie vielleicht das Leben einer verheirateten Dame führt und, ach so oft, an die alten Tage mit dir denkt. Aber, o nein, dem ist nicht so!« Er fing an zu lachen, aber es erstarb in keuchendem Husten. Er sah in Nicholas' Augen, als er sagte: »Sie liegt auf dem Grunde der Meerenge von Shimonoseki, Vetter, genau dort, wo ich sie versenkt habe.

Sie liebte dich, weißt du das? Mit jedem Atemzug, den sie tat, mit jedem Wort, das sie sprach. Oh, ich konnte sie mit Drogen betäuben, wie in jener Nacht mit dir, und dann vergaß sie dich sogar für kurze Zeit. Doch jedesmal, wenn sie aus dem Rausch erwachte, war es wie vorher.

Schließlich war ich wie von Sinnen. Sie war die einzige Frau, die einzige... für mich...« Seine Augen glühten wie Kohlen, rotgerändert und wahnsinnig. Das Rinnsal aus Blut war breiter geworden, fiel in schweren Tropfen, verdunkelte das Wasser.

»Du brachtest mich dazu, sie zu töten, Nicholas«, sagte er in jäher Anklage. »Hätte sie dich nicht geliebt...«

»Wenn das Leben nicht so wäre, wie es ist...«, sagte Nicholas hart. Seine Arme waren bereits in Bewegung, sein *katana* wurde zu einem Halbmond aus lebendigem Licht, als wäre es des Herrn wahrer Bote, flog wie ein lebendiges Wesen durch die heiße, feuchte Luft.

»...aber es ist so«, sagte Nicholas und beendete den Satz. Zu seinen Füßen wiegte sich leise das Wasser, wie von einer fernen Flutwelle getragen, und zitternd liebkoste es Nicholas' gespreizte Beine.

Als alles vorüber war, wollte Croaker natürlich wissen, wie er es fertiggebracht hatte; und er bat Nicholas, mit ihm ins Leichenschauhaus zu kommen, um die fremde Leiche anzusehen.

»Keiner kann sagen, wie er gestorben ist. Und – wir sind nicht mal drauf gekommen, daß es nicht Saigō ist.«

Nicholas sah auf den zerschmetterten, entstellten Körper. Es war ein Japaner mit gleicher Größe und gleichem Gewicht wie Saigō. Eine gründliche Autopsie würde die Unterschiede in der Muskulatur selbstverständlich freilegen. Aber eins sah er bereits: Dieser Mann konnte nicht so geschult gewesen sein wie Saigō. Aber das fiel auch nur auf, wenn man nach einem Unterschied *suchte*.

Er drehte den Kopf behutsam zur Seite, betrachtete die Halsseite, den Nacken, berührte ihn mit den Fingerspitzen. »Da«, sagte er.

»Was?« Croaker besah sich die Stelle. »Sein Genick ist gebrochen. Na und? Passiert immer, wenn jemand von solcher Höhe stürzt.«

»Nein, Lew. Es ist die *Art*, wie es gebrochen ist. Ich habe so etwas vor Jahren gesehen. Die Knochen sind – durchtrennt, wie mit einem Skalpell. Das kann kein Sturz hervorrufen. Das ist *koppo*, Lew. Eine Ninja-Technik.«

»O Gott«, sagte Croaker. »Er hat einen Mann getötet, nur um uns an der Nase rumzuführen.«

Nicholas nickte. »Alles, was zu seinem Plan gehörte.«

Er stand hinter der Maschendrahttür, nur sie war zwischen ihm und der Kühle und Stille des Abends. Er lauschte dem Brechen der Wellen, ihren Seufzern, wenn sie sich erhoben, überschlugen und fielen. Wieder und wieder, wie sein eigener Atem.

Er dachte an Japan. An den Oberst, an Cheong, an Saigō, und vor allem an Yukio.

Jetzt waren sie alle an ihrem rechtmäßigen Ort. Die Rache war vollbracht, die Fäden entwirrt. Sie waren wieder am Anfang angekommen, wo Geborenwerden Sterben heißt.

Der Zorn, der in ihm aufgebrandet war, als Saigō ihm alles gesagt hatte, war jetzt wie erloschene Glut. Er dachte an seinen Traum, und die Frau ohne Gesicht war nicht länger gesichtslos. Aber erst jetzt konnte er die Größe von Yukios Opfer verstehen. Sie hätte jederzeit Saigō entfliehen können. Ja, und wo hätte sie hingehen sollen? Wo sie hin wollte: an deine Seite. Und Fukashigi hatte gesagt: *Du warst noch nicht bereit. Er hätte dich vernichtet* ... Nicholas erkannte jetzt die ganze Wahrheit, die in diesen Worten lag. Solange sie bei Saigō blieb, konnte Yukio seinen Haß auf ihn im Zaum halten; zumindest besaß er sie – und nicht Nicholas. Sie hat ihr Leben für mich hingegeben. *Migawari ni tatsu.*

Warum weint Ihr so bitterlich, meine Dame. Welcher Kummer quält Euch? Ein höchst unehrenhafter Tod. mein Herr, und ehe er nicht gerächt ist, muß mein Geist wandern ... hier wandern.

Nun nicht mehr.

Er spürte, wie Justine leise hinter ihn trat, und gleichzeitig überkam ihn ein unendlicher Friede, so als käme er zum Haus seiner Eltern am Ufer der See, bewacht von hohen Pinien, die er seit seiner Kindheit kannte. Ein warmer Wind strich durch seine Seele, und er schloß seine Augen, als er ihre Arme um sich fühlte und ihre Lippen die Linien seiner Wange nachzogen.

»Geht es dir gut?«

»Ja. Ja.« Sie bewegten sich zusammen wie zwei Blätter an einem Zweig. »Das Meer ist so blau. Blauer als der Himmel.«

»Weil der Himmel sich im Wasser spiegelt. Siehst du, wie sie beide vereint sind?«

»Das ist der Künstler in dir. Du siehst die Farben.«

»Aber du siehst sie auch, nicht wahr?«

»Jetzt, da du sie mir gezeigt hast, ja.«

Sie schmiegte ihre Wange an seine Schulter. »Doc Deerforth fehlt mir.«

»Mir auch.« Er sah aufs Meer hinaus. »Seine Töchter werden bald hier sein.«

»Saigō muß in Gin Lane gewesen sein und Vater gesucht haben. Aber was tat Doc dort?«

»Ich weiß nicht«, sagte Nicholas sanft. »Vielleicht hat er ihn gesehen und ist mißtrauisch geworden.« Aber seine Gedanken waren weit fort.

Nach geraumer Zeit bereiteten sie das Abendessen, saßen auf der Terrasse, und der Wind zauste in ihrem Haar, wie eine liebevolle Mutter. Er wirbelte ihre Papierservietten hinaus in die Dünen und ließ sie in den Wellen verschwinden, platinfarben und mauve.

Ein Paar ging Hand in Hand vorüber, ihre bloßen Füße gruben sich in den Sand, hinterließen Spuren wie von einem Paar großer Krabben. Ein schmaler irischer Setter, dessen schimmerndes Fell hellrot in der untergehenden Sonne leuchtete, lief fröhlich bellend vor ihnen her. Seine lange Zunge hechelte, als er am Rande des Meeres dahintanzte.

»Möchtest du jetzt zurückgehen?« fragte sie, ihre Hand in seiner. »Nach Japan?«

Er sah sie an und lächelte. Er dachte an das Angebot ihres Vaters. »Ich glaube nicht.« Er lehnte sich in dem einfachen Sessel zurück, der dabei ein wenig knarrte, wie das Knattern von Segeln auf einem Boot. »Oh, eines Tages vielleicht ... werden wir zwei uns dort wie Touristen umschauen.«

»Du könntest dort nie ein Tourist sein.«

»Versuchen könnte ich es auf alle Fälle.«

Segelboote flogen vom nahen Horizont zurück zur Küste, ihre Segel hoch und vom Wind gebauscht. Es sah aus wie eine Regatta, aber dafür war es schon zu spät am Tag. Von irgendwo am Strand klang Musik, die abrupt abgeschnitten wurde, als eine Tür schlug.

Justine fing an zu kichern.

»Was ist?« Er lächelte wie in Erwartung einer lustigen Geschichte.

»Ich dachte eben daran, wie du damals in der Disko aufgekreuzt bist, um mich rauszuholen.« Ihr Gesicht wurde plötzlich ernst. »Ich hätte mir gewünscht, du hättest mich in alles eingeweiht«, flüsterte sie.

»Ich wollte dich nicht beunruhigen.«

»Ich hätte mich nur um dich geängstigt«, sagte sie.

Er stand auf, die Hände in den Taschen, wirkte dadurch sehr westlich.

»Nun ist alles vorüber, nicht wahr?« Sie sah zu ihm auf, ihr Gesicht leicht zur Seite geneigt, so daß das letzte Licht des Tages, reflektiert vom Wasser, ihre Haut tönte, kühlte, und sie dann erglühen ließ.

»Ja«, sagte er und rieb sich den verbundenen Arm. »Nun ist alles vorüber.«

Halb träumend lag er auf der Seite, als Justine aus dem Badezimmer kam. Sie knipste das Licht aus, und ihm war, als sei der Mond hinter den Rand des Horizontes gesunken.

Er spürte sie leise ins Bett gleiten, ihr Kissen zurechtrükken, dann die Wärme ihres Körpers nahe dem seinen: die Linie ihres Rückgrats, die sanfte Wölbung ihrer Pobacken, ihre Knie an seinen Schenkeln. Ein elektrischer Strom schien von einem Körper zum andern zu fließen.

Er dachte an Yukio, als sich die Erschöpfung wie eine Flüssigkeit über ihn legte, seine Glieder durchflutete. Jetzt wußte er, daß seine Furcht dasselbe war wie seine Liebe zu ihr. Ihre elementare Sexualität war es, die ihn anzog, die ihn stets aufs neue reizte, wenn er mit ihr zusammen war. Aber er hatte nie zugeben wollen, und darum hatte er Angst, daß auch in ihm die gleiche elementare Begierde brannte. Da Yukio fähig gewesen war, sie in ihm anzufachen, hatte er sie zur selben Zeit geliebt und gefürchtet.

Es machte ihn sehr traurig, daß er so viele Jahre mit einer Lüge gelebt hatte, indem er geglaubt hatte, sie habe ihn betrogen. Aber nun zu wissen, daß sie ihn geliebt hatte, wie er sie, war genug. Sie war schon vor langer Zeit von ihm gegangen – außer in seinen Träumen. Diese Erinnerung gehörte ihm, und er würde für sie auch das tun, was er für seine Eltern tat, Räucherkerzen entzünden und am Tage ihrer Geburt die Gebete für sie sprechen.

Justine bewegte sich neben ihm, und er drehte sich auf den Rücken. Ihr rechter Arm lag unter ihrem Kopf, die Hand bis zum Gelenk unter dem zerdrückten Kissen vergraben. Er hörte ihr sanftes Atmen . . .

In dem hohen Haus, das erfüllt war von Streifen goldenen Sonnenlichts und tiefen Schatten, die schräg über den kahlen Holzfußboden fielen, begegnete Nicholas So-Peng. Seit der Zeit, da der Oberst ihn mit Cheong besucht hatte, schien er um keinen Tag gealtert zu sein. Hochgewachsen und dünn, mit glänzenden schwarzen Augen und langen Händen, sehr langen Fingernägeln, die leise klirrten – wie die Kinnbacken eines mythischen Wesens –, stand er mitten im Raum unter der gewölbten Decke, sah Nicholas an.

»Du hast mir ein sehr kostbares Geschenk gebracht. Ich bin von tiefer Dankbarkeit erfüllt.«

Nicholas blickte sich um, sah nichts. Nur er und So-Peng. Er verstand ihn nicht.

»Wo bin ich?«

»Irgendwo«, sagte der alte Mann, »östlich des Mondes, östlich der Sonne.«

»Ich kann mich nicht erinnern, wie ich hierher kam.« Panik überkam Nicholas. »Ich werde nie wieder hierher finden.«

So-Peng lächelte, und seine Fingernägel, die er gegeneinander rieb, zirpten wie Zikaden in der Mittagssonne. »Du bist einmal hierher gekommen. Du wirst den Weg auch wieder finden.«

Und dann war Nicholas allein in dem hohen Haus und starrte sich aus einem hohen gerahmten Spiegel entgegen.

Morgendämmerung, die sich sanft und bleich durchs Schlafzimmerfenster stahl, weckte ihn. Justine schlief noch. Er hob behutsam die Decke und stand auf.

Leise wusch er sich, zog sich an, ging durch die Diele in die Küche, um sich eine Tasse grünen Tee zu bereiten. Er ließ die zerstoßenen Blätter so lange in der Tasse herumwirbeln, bis sie sich aufgelöst hatten. Auf der Oberfläche schwamm ein feiner Schaum, zartgrün wie Herbstnebel in den Bergen Japans.

Er nahm einen Schluck, trank sehr langsam, genoß den bitteren Geschmack, der mit nichts in der Welt vergleichbar ist. Dann ging er ins Wohnzimmer. Er schaltete das Licht im Aquarium an, fütterte dessen Bewohner.

Es war ein auffallend klarer Tag. Die wenigen Wolken standen sehr hoch mit deutlichen Konturen am Himmel, ihre Schichtungen so fein wie Marmor. Sanft wiegten sie sich im Wind. Er öffnete die Tür und ließ nur die Maschendrahttür wegen der Strandmücken geschlossen. Vom Meer her strich eine Brise herein, würzig und feucht.

Justine träumte von einem Mann, dessen Gesicht nur aus Mund bestand. Er war eine lippenlose Narbe, gleich dem Horizont kurz vor dem Ausbruch eines wilden Gewitters, schwarz und unheilvoll; sie öffnete und schloß sich, als in der Ferne grelle Blitze hervorzuckten und flackerten.

Schreie, die ihr galten, wieder und wieder, die Stimme jedoch nur ein Flüstern, jedes Flüstern ein Peitschenhieb, der ihr Herz traf, Striemen hinterließ, bis sich eine Narbe bildete, wenn der Schrei nachließ.

Sie bemühte sich, ihre Gedanken zu sammeln, zusammenhängend zu denken; doch der schreiende Mund verwirrte sie, und sie lag einfach so da – wie ein Auto im Leerlauf.

Die Wörter, die der Mund ihr zurief, fielen wie schwere Regentropfen auf sie herab, verursachten ihrem Geist Schmerzen, bis sie nichts mehr wollte, als die Hände über ihre Ohren zu legen, um die grauenhaften Schreie auszuschließen. Aber der Mund schrie weiter und weiter und weiter.

Der einzige Weg, ihn zum Schweigen zu bringen, war, das zu tun, was er sagte.

Sie wollte aufwachen. Oder doch nicht? Sie wußte es nicht genau. Sie begann zu wimmern und zu weinen. Im Traum? Oder war es Wirklichkeit? Was wollte sie denn lieber tun? Aufwachen? Oder weiterschlafen? Sie war zutiefst verängstigt, und immer, wenn sie weiterschlief, wurde die Angst noch stärker.

Sie begann zu kämpfen. Sie fühlte, wie Stahl ein Kreuz über ihre Handflächen zog.

Dann schlug sie die Augen auf.

Nicholas kniete, den Rücken kerzengerade aufgerichtet, den Blick auf das Fenster gewandt, auf das Wasser und die Morgendämmerung, als Justine ins Zimmer trat. Seine Augen waren geschlossen. Vor ihm dampfte der grüne Tee in der henkellosen Tasse. Sein Geist erweiterte sich, wirbelte hoch empor in den klaren Himmel, griff in die hohen Wolken.

Justine, die Augen weit geöffnet und glänzend wie kaltes Feuer, stahl sich leise hinter das blubbernde Aquarium. Ihr blaßgelbes Nachthemd umwehte sie, als löse sie sich in Nebel auf, als schwebe sie über dem Fußboden.

Sie wandte sich um, hob beide Hände und nahm das *katana* von der Wand, das genau unterhalb Nicholas' *dai-katana* hing. Sie hätte das *dai-katana* genommen, aber es hing außerhalb ihrer Reichweite.

Wieder dreht sie sich um, verändert. Das sind nicht mehr ihre Augen. Die Farbe hat jäh gewechselt, und die roten Punkte sind von der abgrundtiefen Schwärze ihrer erweiterten Pupillen ausgelöscht. Ihr Gesicht, das fühlt sie in einem Durcheinander von Entsetzen und Heiterkeit, trägt keine weiblichen Züge mehr, obwohl ihr Körper sich nicht verändert hat. Es flackert in ihr wie dunkles Blitzen, wie das Züngeln einer Natter, wie tausend Ameisen, wie die Erektion eines Mannes. Sie schüttelt den Kopf, als das Blickfeld vor ihren Augen verschwimmt. Die Farben sind so seltsam, die Formen stülpen sich ihr in wirren Proportionen entgegen. Alles hat diese eine Dimension verloren, in der sie früher einmal die Welt sah. Jetzt ist sie ein kalter und hassenswerter Ort, freudlos und öde wie die Wüste Gobi.

Luft keucht in ihren Lungen, als würden sie von einer bösartigen Macht bewegt, und ihr Inneres krümmt sich jammernd und zitternd.

Doch ihre Hände sind ruhig und beherrscht, als sie sie übereinander um den ledernen Handschutz des *katana* legt; sie spürt sein Gewicht, seine Harmonie, die unvergleichliche Ausgewogenheit. Sie weiß – und weiß nicht, warum sie es weiß –, wie vollkommen es ist.

Jetzt setzt sie einen bloßen Fuß langsam vor den anderen, im präzisen Winkel, und nähert sich lautlos dem muskulösen Rücken vor dem Fenster.

Kühles Licht überflutet sie, als sie aus dem Schatten tritt, und sie verharrt einen Augenblick, damit ihre Augen sich an die jähe Helle gewöhnen.

Nun ist sie so nahe, daß es scheint, ihr rauher Atem müsse seine Haut berühren. Ihre Arme sind hoch über ihren Kopf erhoben – bereit für den tödlichen Schlag. Ein Lidschlag, und es ist alles vorüber, wie das Aufflackern eines Zündholzes im Dunkel, wie das Schnipsen eines Fingernagels am anderen Der Unterschied zwischen Leben und Tod.

Die Spitze des *katana* beginnt zu zittern, während sich die tödliche Kraft aufbaut. In dieser Situation kann man den *kiai* nicht ausstoßen – den großen Schrei, der soviel Energie freisetzt. Wie kann ich das wissen? fragt sie sich. Man muß die nötige Kraft aus dem untersten Teil des Unterleibes heraufziehen – mehr, mehr, die Muskeln sind so schwach.

Und es geschieht in diesem Augenblick, als das *katana* seinen Abwärtsschwung beginnt, daß sich ihr Inneres, das endlich erkennt, zu lösen anfängt.

Nein! ruft sie sich selbst zu. *Nein, nein, nein!*

Aber die Klinge ist schon zum Schatten geworden, spaltet die Luft, als sie heruntereilt, herunter, herunter. Und voll Verzweiflung weiß sie, daß es zu spät ist.

Im Fluge schien sein Geist das Wesen eines alten Mannes anzunehmen. Nicht irgendeines alten Mannes, sondern eines bestimmten.

Nicholas, ungebeugt, war alt, doch er schien die Jahre nicht zu spüren. Sie hingen aufgereiht wie über einen nackten, körperlosen Arm, gleich einer Reihe seidener Schals, jeder in einer anderen Farbe, in Übereinstimmung mit seinen Erinnerungen.

Im Himmel des anbrechenden Tages tanzte er den Tanz des Lebens, ein entzücktes Kind, das dennoch schon so manches gesehen, viele Tage und Nächte erfahren hat. Aus den Wolkenstreifen formt es Weizenhalme, nimmt einen davon in jede Faust, und wirbelt sie um seinen Kopf wie flatternde Streifen aus buntem Kreppapier.

Unter ihm drehte sich der asiatische Kontinent wie ein riesengroßer Tiger, gähnend in der ersten Morgenhelle, sich langsam räkelnd. Doch es war das Asien eines anderen Zeitalters, vor dem Beginn der erfolgreichen Industrialisierung, der Revolution in China, der Verwüstung Vietnams und Kambodschas. Die Luft war wie Weihrauch.

Nicholas wurde sich der Gegenwart Justines bewußt – und zur selben Sekunde des *katana.* Wäre er nicht so weit von ihr entfernt gewesen, hätte das *haragei* seine Aufmerksamkeit schon viel früher geweckt. Aber er war entspannt und in diesem Augenblick sich seiner Umwelt nicht bewußt gewesen.

Im letzten Augenblick jedoch vernahm er das Rollen des schwarzen Donners und drehte sich bereits um, als das *katana* auf ihn herabsauste.

Es gab natürlich keine Zeit, sein Denkvermögen einzuschalten. Hätte er es auch nur einen Lidschlag lang versucht, wäre er gestorben. Der Tod war schon näher, als er zu fühlen wagte.

Es gab verschiedene Methoden, den Kampf ohne Schwert zu führen. Die eine, die er am besten kannte und jetzt anwendete, war ›Laß das Heft los‹. Instinktiv riß er seine gekreuzten Arme hoch, so daß sie *innerhalb* des Bewegungsbogens der Klinge waren, schlug Justines Unterarme beiseite und nach oben.

Er stand jetzt auf den Füßen, und sie kam auf ihn zu mit einem horizontalen Hieb von links nach rechts, und da wußte er, was geschehen war.

Mit einem durchdringenden Schrei riß er das linke Bein, am Knie abgewinkelt, in die Höhe, kreuzte den rechten Arm über den linken und landete mit der flachen Hand einen Schlag gegen ihre Fäuste.

Er stampfte auf, um sie zu erschrecken, und versuchte, sich auf das *katana* zu werfen. Auf halbem Wege wurde ihm klar, daß der Schlag, den er beabsichtigte, die Knochen ihrer Handgelenke zerschmettern würde, und so griff er stattdessen nach ihnen, bog sie nach hinten, bis sie aufschrie und das Schwert zu Boden fiel.

Ihr Knie schoß hoch und traf ihn in die Magengrube. Im jähen Reflex wirbelte er herum, und sie trommelte mit beiden Fäusten auf seinen Rücken.

Er schien kaum noch atmen zu können, griff aber trotzdem noch im Fallen mit den Unterarmen hinter sich und riß sie mit sich zu Boden. Schwer fiel sie halb über ihn und schlug sofort weiter auf ihn ein.

Durch das Trommelfeuer ihrer Schläge griff Nicholas noch nach der Seite ihres Halses. Irgend etwas schrie. Es kam aus ihrem weit geöffneten Mund, es benutzte dazu ihre Stimmbänder, sie selbst hätte einen solchen Schrei nie hervorbringen können. Ihre fremden schwarzen Augen verdrehten sich, bis nur noch das Weiße zu sehen war, dann fielen die Lider darüber, und sie brach bewußtlos über ihm zusammen. Ihr langes Haar bedeckte zur Hälfte den schimmernden Stahl der Klinge des verlassen daliegenden *katana.*

Der zweite Hieb war es gewesen – von links nach rechts. Justine war Rechtshänderin und hätte somit von rechts nach links geschlagen. Es war nicht Justine gewesen, die die Klinge geschwungen hatte. Zu dem wäre sie nie fähig gewesen, mit dem *katana* so gut umzugehen.

Saiminjutsu – die Kunst der Ninja-Hypnose – war nur eine

der Besonderheiten gewesen, die er vor Jahren gelernt hatte. Er arbeitete mehr als vier Stunden mit ihr – denn jemanden wieder aus dieser Hypnose herauszuholen, war wesentlich schwieriger als die Hypnose selbst; er wendete alles an, was er gelernt hatte, um den Dämon auszutreiben.

Schweiß triefte von ihnen wie Regentropfen, vermischte sich auf dem Holzfußboden, während er mit ihr arbeitete bis endlich ihr Körper in seinen Armen erzitterte und sich unter ihrem schrillen, entsetzten Schrei aufbäumte.

Innerhalb von Sekunden war sie fest eingeschlafen. Aber selbst dann ließ er sie nicht aus seinen Armen und hielt sie fest, wiegte sie beschützend in seinem Schoß. Er ließ sie nur einmal während des heißen Tages allein, um zur Toilette zu gehen und um ein Handtuch mit kühlem Wasser zu tränken, das er ihr auf die Stirn legte.

Fast die ganze Zeit über sah er in ihr Gesicht, wobei seine Züge einen anderen Ausdruck trugen als sonst. Einmal drang das Blubbergeräusch des Aquariums in seine Gedanken, und er blickte hinüber zu den Wesen aus der Tiefe des Meeres, wie sie sich spielerisch zwischen den hohen Wasserpflanzen und den stacheligen Rücken der farbigen Felsen hindurchbewegten. Hinter dem Glas sahen sie ihn ausdruckslos an, als käme ihr Blick aus einer ganz anderen Welt.

Am dritten Tag hatte sie sich vollständig erholt. Bis dahin hatte sie fast die ganze Zeit geschlafen, wie ein Mensch, der sich im Schlaf einer bösen Krankheit entledigt.

Und während der ganzen Zeit fütterte und wusch Nicholas sie, es machte ihm gar nichts. Er konnte lange Stunden hintereinander auf der Veranda sitzen, aufs Meer starren, vorbei an den Badenden und Sonnenanbetern, so als existierten sie gar nicht. Aber er ging nicht an den Strand oder in die Nähe des Wassers. Er würde überhaupt nicht einen Schritt zu weit von ihr weggehen.

Und als der Tag dämmerte, als sie ihre Augen aufschlug, und sie leuchtend und klar waren, die winzigen roten Punkte im linken so strahlend wie ein Leuchtfeuer, legte er seine Arme um sie und küßte ihre Lippen.

Aber erst, nachdem er Frühstück gemacht und sie die Zeitung hereingeholt hatte, erzählte er ihr, was geschehen war. Er sagte ihr alles, denn das war es, was sie wissen mußte, um zu begreifen, daß sie die Kraft besaß, die Kraft und den Mut, um durchzuhalten. Denn er hätte es allein nie fertigbringen können. Sie hatte den *Kōbudera* von Anfang an bekämpft.

»Jetzt bin ich stark.« Sie lachte. »So stark wie du.«

»In gewisser Weise«, sagte er, ernsthafter als sie. »Ja!«

Sie erschauerte. »An solche Kräfte muß ich mich erst gewöhnen.«

Sie las die Zeitung, während er aufräumte, und das sanfte Geklapper in der Küche, als er abwusch, vermittelte ihr ein warmes, wohliges Gefühl.

»Nachher«, sagte sie, »wollen wir an den Strand gehen.«

»Ja, das sollten wir wirklich. Der Sommer ist fast vorüber. Wir sollten aus den letzten Tagen hier draußen das Beste machen. Und dann« – er trocknete sich die Hände ab – »sind da in der Stadt einige Leute, die du kennenlernen mußt...«

»Nick...«, sie blickte von der Zeitung auf.

Er kam herüber. »Warum dieser Blick?« Er küßte sie.

»Sieh dir das an.« Sie schob ihm die Zeitung hin.

Er nahm sie und blickte noch einmal kurz auf ihr beunruhigtes Gesicht.

»Ich sollte Gelda anrufen«, hörte er sie wie aus weiter Entfernung sagen.

Dann vertiefte er sich in die Zeitung.

Polizist bei Autounfall getötet. Key West, Florida. Kriminalleutnant Lewis J. Croaker wurde gestern tot in einem Leihwagen aufgefunden, wie ein Sprecher der Monroe County Police mitteilte. Der Wagen kam – offenbar mit hoher Geschwindigkeit – sechs Meilen vor Key West von der Highway ab, überschlug sich und rollte die Böschung hinunter, wobei er Feuer fing. Schwere Regengüsse und Stürme, die seit einigen Tagen in diesem Gebiet herrschten, mögen den Unfall mit verursacht haben, meinte der Sprecher...«

»Kriminalleutnant Croaker, 43, wollte offenbar in Key West Ferien machen. Wir sprachen sofort mit Kriminalhauptmann Michael C. Finnigan, dem Vorgesetzten Croakers, der folgenden Kommentar abgab...«

Aber Nicholas las nicht mehr weiter. In seinem Herzen war ein seltsam hohes Hämmern, es klang, als stünde er in einem leeren Tempel. Sein Blick verschwamm, und er schien nicht zu bemerken, wie er die Zeitung in seinen Händen zerknüllte.

»Nicholas...« Justine stand neben ihm, die Arme gekreuzt, wobei ihre Hände in einer Geste der Hilflosigkeit ihre Ellbogen umklammerten. »Ich kann es nicht glauben.«

Aber er konnte es glauben; mit dieser typisch asiatischen Einsicht in den unabänderlichen Gang der Dinge. *Karma*, dachte er wild. Aber Croakers Tod war wie ein Messer, das man ihm in den Leib gerammt hatte, ein siedend heißer Schmerz, der nicht nachlassen wollte.

Dann erinnerte er sich wieder, warum Croaker nach Key West gefahren war. Er glättete das Papier und las den Artikel noch einmal, diesmal von der ersten bis zur letzten Zeile. Ferien – mein Gott! Als schwebe Croakers *kami* wie in Zuflucht um ihn, hörte er es wieder.

Er ist ein Mörder, Nick. Hätte ich nur den geringsten Zweifel an Tomkins Mittäterschaft im Falle Angela Didion, hätte ich die Sache ganz schnell fallengelassen, als die offizielle Order kam, die Akten darüber zu schließen. Er ist ein Hai, mein Lieber. Du tust gut daran, dieser Tatsache ins Auge zu sehen. Ein heißer Wind, der aus den Ulmen des Friedhofs herüberwehte, schlug ihm ins Gesicht, als er begann, die vergangenen Ereignisse in einem neuen, frostigen Licht zu sehen. Die Begegnung zwischen Tomkin und Croaker war beabsichtigt gewesen. Croaker wollte Tomkin festnageln, ihn vielleicht provozieren, irgendeinen verdachterregenden Schachzug zu machen – wie Tomkin andererseits versucht hatte, Croaker auf diese oder jene Weise zum Schweigen zu zwingen. Und jetzt war es zu hören: das Wispern des Galgens. Und Frank, Tomkins wichtigster Leibwächter, war seit Tagen verschwunden. Wer weiß, wohin?

Ich muß ihn kriegen. Ich muß es ihm ins Gesicht schreien. Jedes Wort, an das er sich erinnerte, wurde zu einer Umdrehung des Messers. Wenn ich es nicht tue, wird es niemand tun.

Er stand auf und ging zum Telefon. Sein Geist war plötzlich glasklar. Er wählte eine Nummer. Sein ganzer Körper schien zu schmerzen, als sei er geschlagen worden. Er dachte: Es ist nicht fair, daß das ihnen zuteil werden mußte; eine Freundschaft wie ihre mußte gewürdigt und durfte nicht von einem Dieb in der Nacht entwendet werden. Ihn beherrschte das Gefühl, daß sie beide betrogen worden waren. Das war, er wußte es, westliches Denken, und er schob den Gedanken beiseite, legte ihn in ein besonderes Fach seines Gehirns, wie man es ihn gelehrt hatte; so wie man ein kostbares Geschenk sorgfältig verwahrte, damit es nicht zerbricht oder verlorengeht. Und doch, sekundenlang, sah er sie vier über eine Düne laufen, naß von der salzigen Gischt, lachend und sorglos, die Sonne in ihren Augen. Dann verbannte er das Bild, ließ es von sich abgleiten, als wäre es der letzte Sonnenstrahl, der unter dem dunklen Horizont versinkt. Aber änderte das irgend etwas? Nicht im geringsten, wie er schon einmal festgestellt hatte. Liebe und Freundschaft waren in Japan untrennbar miteinander verbunden, und er war, trotz all der Jahre im Westen, der Kleider, der neuen Attitüden, Asiate geblieben. Jetzt und immerdar. Er erkannte dies mit einer jähen und schmerzlichen Überzeugung, die ihn sowohl erregte als auch beruhigte. Er besaß jetzt einen Sinn für den Ort, genau wie einen Sinn für Zeit.

Und Opfer, Rache, die Eckpfeiler japanischer Geschichte, waren ebenfalls ein Teil von ihm. Das war Itamis letzte Botschaft an ihn gewesen, obwohl er sie damals noch nicht ganz verstanden hatte.

Croakers Tod machte jetzt alles nur zu klar.

Ein Zitat, das Ieyasu Tokugawa zugeschrieben wurde, flatterte durch seinen Kopf; wie ein Vogel auf der Jagd schwebte es im Himmel seines Gehirns. Er wußte, was er zu tun hatte.

»Was ist?« fragte Justine. Ihre Stimme klang belegt, als stünde sie noch immer unter Schock.

Er legte den Zeigefinger über seine Lippen, sprach ins Telefon. »Ist er da? Hier spricht Nicholas Linnear.« Er wartete einen Augenblick. Justine trat hinter ihn, schlang die Arme um seinen Körper.

Frank antwortete. Also war er zurück. Dieser Schweinehund. Aber seine Stimme war beherrscht, als er sagte: »Hatten Sie einen angenehmen Urlaub? Ja? Zu schade, daß Sie die ganzen Aufregungen nicht mitbekommen haben.« Er spürte ihre Brüste an seinem Rücken, legte einen Arm um sie, hielt sie. »Sicher. Das nächstemal, wenn ich Sie sehe, erzähle ich Ihnen alles.« Und dachte: Es wird viel eher sein, als du denkst. Frank bat ihn, am Apparat zu bleiben.

Nicholas schloß die Augen, sah das Meer zu jener Tageszeit vor sich, wenn die Sonne, nachdem sie untergegangen ist, es in das mächtigste Leuchten verwandelt. Im Zwielicht schimmerte das Wasser wie ein Teppich aus Licht.

»Hallo«, sagte er. »Ich habe über Ihr Angebot nachgedacht. Ja, ja. Ich weiß sehr wohl, was ich gesagt habe.« Seine Lider öffneten sich, und Justine, so nahe seinem Körper, spürte die Spannung, die ihn durchlief. Sie wunderte sich über die Diskrepanz zwischen dem, was er sagte, und dem, was er offensichtlich dabei fühlte. »Aber – einiges hat sich ein wenig geändert. Ich habe noch mal alles überdacht. Ja, ja. Ich weiß, was ich neulich gesagt habe. Natürlich. Ich habe es mir anders überlegt. Ja. Ich dachte mir, daß Sie das sein würden.« *Oh, Ieyasu!* Ich werde beweisen, daß du recht hattest! »Wann immer Sie wollen.« Seine Knöchel färbten sich weiß, als seine Finger fester um den Hörer griffen. »Ja. Ich habe vorhin in der Zeitung davon gelesen. Sicher. Ein Freund. Ich kannte ihn ganz gut.« Justine, die seinen wachsenden Zorn spürte, preßte sich enger an ihn, als wolle sie ihn durch ihre Gegenwart, ihre Nähe, besänftigen. Nicholas fühlte ihre Wärme in sich übergehen, wußte, daß er sehr bald – bestimmt noch, bevor sie zum Strand hinuntergingen – mit ihr schlafen wollte. Er konnte nicht anders, obwohl er um seinen Freund trauerte. Vielleicht gerade deswegen. Er kehrte jetzt ins Leben zurück – und sie ebenfalls.

»In einer Woche?« sagte er. »Nein. Ich denke nicht, daß es irgendwelche Probleme bei mir gibt. Sie müssen mir nur noch die notwendigen Details geben. Aber ... darüber können wir auch im Flugzeug sprechen, nicht wahr? Ja. Ja.« Er lauschte noch eine Sekunde ins Telefon, sein Geist war weit weg. »Also, ich werde Sie ja bald sehen. Bis auf bald. Sehr bald.«

Er war jetzt eins mit Ieyasu, mit seinen Worten: *Um deinen Feind kennenzulernen, mußt du zuerst sein Freund werden.*

Und nun sog er alle Wärme, die er brauchte, aus Justine. Denn ihm war kalt geworden bis ins Herz, als ihm klar geworden war, daß Tomkin Frank nach Key West geschickt hatte, um dort die Frau zu finden. Und dann war Croaker in Key West umgebracht worden. *Mord.* Das Wort dröhnte in seinem Kopf wie eine schwere Glocke. Wenn nicht für dich ... dachte er ins Telefon, als er auflegte.

Ist er erst einmal dein Freund geworden, wird er jegliche Vorsicht fallen lassen. Und dann ist es an dir, zu wählen, auf welche Art du ihn am besten vernichten kannst.

Epilog

In der japanischen martialischen Philosophie, die viele Elemente der buddhistischen und shintoistischen Religion enthält, gibt es fünf Hauptsymbole: Die Erde, das Wasser, den Wind, das Feuer und die Leere.

Miyamoto Musashis *Go Rin No Sho* besteht bis zum heutigen Tag. Es ist, im wörtlichen Sinne, *ein Buch der fünf Ringe.*

Der Ninja ist ebenfalls ein Buch der fünf Ringe.

Danksagung

Anläßlich der Arbeit an diesem Buch kam ich mit vielen Menschen zusammen, die Positionen innehatten, die wiederum im Handlungsverlauf dieses Romans eine Rolle spielen. Es scheint mir deshalb wichtig, ausdrücklich darauf hinzuweisen, daß keiner der von mir gezeichneten Charaktere irgendeine Ähnlichkeit mit seinen lebenden Vorbildern hat, deren hilfreiche Unterstüzung für mich unentbehrlich war.

Ich danke:

Dr. Geertha Natarajah, Associate Medical Examiner in New York City.

Leutnant Jim Doyle, Commander, Village Police, Westhampton Beach

und vor allem:

Dr. Michael Baden, ehemaliger Chief Medical Examiner von New York City.

Dank auch den zahlreichen Fachleuten, die mir bei den Übersetzungen halfen, und meinem Vater, der das Manuskript durchsah.

Besonders sei Ruth und Arthur für unschätzbare R & R in Shangri-La gedankt.

Und meiner Mutter für ihren Mut